고함과 분노

고함과 분노

The Sound and the Fury

윌리엄 포크너 장편소설 윤교찬 옮김

THE SOUND AND THE FURY
by WILLIAM FAULKNER (1929)

일러두기

1. 원문 내의 이탤릭체는 고딕체로 표기했다.
2. 원문에서 마침표가 없는 부분에는 본 책에서도 마침표를 넣지 않았다.

이 책은 실로 꿰매어 제본하는 정통적인 사철 방식으로 만들어졌습니다.
사철 방식으로 제본된 책은 오랫동안 보관해도 손상되지 않습니다.

1928년 4월 7일

울타리를 휘감아 핀 꽃 사이로 사람들이 치는 모습이 보였다. 그들이 깃발이 있는 곳으로 오고 있었고 나는 울타리를 따라갔다. 러스터는 꽃나무 옆 풀밭을 뒤지고 있었다. 그들이 깃발을 뽑고 다시 쳤다. 그리고 다시 깃발을 꽂더니 평평한 곳으로 움직였다. 한 사람이 쳤고 나머지도 따라 쳤다. 그들이 다시 갔고 울타리 너머에서 나도 갔다. 러스터가 꽃나무에서 돌아왔고 우리는 계속 울타리를 따라갔다. 그들이 멈췄고 우리도 멈췄다. 러스터가 풀밭을 뒤지는 동안 나는 울타리 틈으로 쳐다봤다.

「어이, 캐디.」 한 사람이 쳤다. 목초지를 따라 그들이 멀리 사라졌다. 나는 울타리를 붙잡고 그 모습을 지켜봤다.

「우는 것 좀 보라지.」 러스터가 말했다. 「대단해. 서른세 살인데 이렇게 징징대기만 하니. 네 케이크 사려고 내가 얼마나 읍내를 쏘다녔는데. 그만 징징대. 그리고 오늘 공연 구경이나 가게 은전 찾는 거 좀 도와 달라고.」

목장을 가로질러 치는 사람들이 작아졌다.[1] 나는 울타리를 따라 깃발이 있던 데로 돌아왔다. 깃발이 환한 풀과 나무 위에서 펄럭였다.

「어서 가자고.」 러스터가 말했다. 「거긴 다 살펴봤어. 저 사람들 이제 안 온다고. 다른 깜둥이들이 은전을 챙기기 전에 우리가 먼저 냇가로 가야 해.」

목장을 가로지를 때 깃발이 붉게 펄럭였다. 새가 비스듬히 날아와 앉자 깃발이 흔들렸다. 러스터가 던졌다. 깃발은 환한 풀밭과 나무 위로 펄럭였다. 나는 울타리를 붙들었다.

「제발 그만 징징대.」 러스터가 말했다. 「저 사람들이 안 돌아오는 걸 나보고 어쩌라고. 그쳐, 안 그치면 엄마가 네 생일도 안 챙겨 줄 거야. 그만하지 않으면 네 케이크랑 촛불까지 내가 다 먹어 치울 거라고. 서른세 개 몽땅 다. 자, 그만 냇가로 가자. 난 은전을 챙겨야 하고, 잘하면 공도 하나 찾을 수 있어. 봐, 사람들이 저기 길 건너 쪽에 있잖아.」 러스터가 울타리로 와서 사람들이 있는 곳을 가리켰다. 「저 사람들 보라고. 이제 더 이상 이리 안 온다니까.」

---

1 지능 발달이 늦은 벤지는 주위에서 벌어지는 일을 과거, 현재, 미래라는 시간의 흐름이나 사건의 전후 연관성으로 파악하지 못하고 자신이 느끼는 감각의 유관성으로 이해한다. 골프장에서의 원근감도 벤지에게는 단순히 크기 개념으로 다가온다. 그렇기에 멀어지는 골퍼들의 모습을 작아지는 것으로 여긴다. 이하 모든 주는 옮긴이의 주이다.

울타리를 따라가다가 텃밭 언저리에 오자 우리 그림자가 보였다. 울타리에 비친 내 그림자가 러스터의 그림자보다 길었다. 망가진 울타리 틈새를 따라 우리는 안으로 들어갔다.

「잠깐만.」 러스터가 말했다. 「또 못에 걸렸잖아. 그놈의 못에 좀 안 걸리고 들어올 수 없니.」

캐디가 걸린 것을 풀어 주었고 우리는 거길 기어 나왔다.[2] 눈에 띄면 안 된다고 모리 삼촌이 그랬잖아. 그러니까 이렇게 숨어. 캐디가 말했다. 몸을 숙인 채 텃밭을 지나가자 꽃들이 스치며 소리가 났다. 땅이 단단했다. 울타리를 넘자 킁킁대며 꿀꿀거리는 돼지들이 보였다. 오늘 죽는 돼지 때문에 저렇게 슬퍼하는 걸 거야. 캐디가 말했다. 땅은 단단했고 여기저기 울퉁불퉁 마디져 있었다.

주머니에 손 넣어. 캐디가 말했다. 손 언다고. 크리스마스 날에 손이 얼면 되겠니.

「밖이 너무 추워.」 버시가 말했다. 「밖에 안 나가는 게 좋아.」[3]

「무슨 일이니.」 엄마가 말했다.

2 현재 러스터와 울타리를 넘다가 못에 걸리는 장면은 지난날 캐디와 함께 울타리를 빠져나오다가 못에 걸렸던 사건으로 연결된다. 또한 골프장 캐디를 부르는 소리는 과거에 자기를 아껴 주던 캐디 누나로 연결된다. 시간의 전환은 이처럼 글씨체 변화로 표시된다.
3 현재 서른세 살인 벤지는 러스터가 돌보고 있고, 벤지가 어릴 적에는 버시가, 그다음엔 티피가 돌봤다.

「밖에 나가고 싶은가 봐요.」 버시가 말했다.

「내보내 줘.」 모리 삼촌이 말했다.

「너무 추워요.」 엄마가 말했다. 「안에 있는 게 낫다고. 벤저민, 이제 그만, 뚝.」

「별 탈 없을 거야.」 삼촌이 말했다.

「벤저민. 말 안 들으면 부엌으로 보낸다.」 엄마가 말했다.

「엄마[4]가 오늘은 아무도 부엌에 오면 안 된다고 했어요.」 버시가 말했다. 「오늘 준비할 음식이 너무 많대요.」

「캐럴라인, 내보내 주자고.」 모리 삼촌이 말했다. 「애 걱정하다가 병나겠어.」

「나도 알아요.」 엄마가 말했다. 「가끔은 천벌이란 생각이 들어요.」

「나도 알아.」 삼촌이 말했다. 「하지만 힘을 내. 내가 토디[5] 한 잔 만들어 줄게.」

「그걸 먹으면 속이 더 안 좋아요.」 엄마가 말했다. 「오빠도 알잖아요.」

「기분이 나아질 거야.」 모리 삼촌이 말했다. 「버시, 벤지를 단단히 입혀서 잠깐 나갔다 오너라.」

모리 삼촌이 없어졌고 버시도 없어졌다.

4 버시의 엄마인 딜지를 말한다. 흑인 하인인 딜지와 로스커스 사이에는 세 자녀인 버시, 프로니, 티피가 있고, 현재 벤지를 돌보는 러스터는 프로니의 아들이다.
5 위스키에 물과 설탕 등을 가미한 따뜻한 음료.

「제발 조용히 해.」 엄마가 말했다. 「준비되면 곧 나갈 거니까. 제발 아프지 말고.」

버시가 내게 덧신을 신기고 외투를 입혔다. 우리는 모자를 쓰고 밖으로 나갔다. 모리 삼촌이 술병을 주방 찬장에다 치워 두었다.

「버시, 30분만 나갔다 오너라.」 삼촌이 말했다. 「마당 밖으로 나가면 안 된다.」

「알겠어요.」 버시가 말했다. 「절대 안 내보낼게요.」

밖으로 나오자 차가운 햇빛이 밝게 빛나고 있었다.

「대체 어디 가려고.」 버시가 말했다. 「설마 읍내 가려는 건 아니지.」 우리는 나뭇잎이 스치는 소리를 들으며 걸었다. 문이 차가웠다. 「손은 주머니에 넣어 두는 게 좋을걸.」 버시가 말했다. 「대문에 손이 얼어붙으면 어쩌려고. 그냥 집 안에서 기다리면 될 텐데.」 버시가 내 손을 주머니 안에 찔러 넣었다. 나뭇잎 사이로 버시의 떠드는 소리가 들렸다. 차가운 냄새도 났다. 문이 차가웠다.

「히커리 열매가 떨어져 있네. 아, 저기 나무 위로 간다. 벤지, 저 다람쥐 좀 봐.」

아무런 느낌도 없는 문에서 밝고 차가운 냄새가 났다.

「그놈의 손, 제발 주머니에 넣어 둬.」

캐디가 걸어오고 있었다. 아니 달려오고 있었다. 등 뒤의 책가방이 옆으로 또 위아래로 흔들렸다.

「안녕, 벤지.」 캐디가 말했다. 그리고 문을 열고 들어와 내게 몸을 굽혔다. 캐디에게서 나뭇잎 냄새가 났다. 「나 만나려고 나왔구나.」 캐디가 말했다. 「이 캐디 누나를 만나려고 나온 거야. 버시, 왜 벤지 손을 얼게 내버려 둔 거니.」

「주머니에 넣으라고 했는데.」 버시가 말했다. 「자꾸 저 쇠문을 잡고 있더라니까.」

「나 만나려고 나온 거니.」 내 손을 비비며 캐디가 말했다. 「무슨 일인데. 캐디 누나한테 무슨 말을 하려고.」 캐디에게서 나무 냄새가 났고, 같이 잠자리에 들었을 때 맡았던 냄새가 났다.

왜 징징대는 거야. 러스터가 말했다. 냇가로 가면 그 사람들 다시 보인다니까. 자, 흰독말풀이야. 러스터가 내게 꽃을 주었다. 우리는 울타리를 지나 공터로 나갔다.

「대체 무슨 일이야.」 캐디가 말했다. 「캐디 누나에게 하고픈 말이 뭔데. 버시, 누가 벤지를 내보낸 거니.」

「집 안에 둘 수 없었어.」 버시가 말했다. 「내보내 줄 때까지 징징대는 바람에 어쩔 수 없었어. 나오자마자 곧장 여기로 오더니 문틈으로 내다보고 있던걸.」

「무슨 일이지.」 캐디가 물었다. 「내가 학교에서 돌아올 때면 크리스마스일 거라고 생각한 거구나. 그렇게 생각한 거지. 크리스마스는 모레야. 산타 할아버지 말이야, 벤지. 자, 안에 들어가 따뜻하게 있자고.」 캐디가 내 손을 잡고 밝게 빛을 내며 흔들리는 나뭇잎 사이로 달렸다. 우리는 계단을 올라 빛나는 추위에서 벗어나 어두운 추위

속으로 들어갔다. 모리 삼촌이 위스키병을 주방 찬장에 넣었다. 삼촌이 캐디를 불렀다. 캐디가 말했다.

「버시, 벤지를 불가로 데려가. 버시를 따라가렴.」 캐디가 말했다. 「나도 곧 갈게.」

우리는 불가로 갔다. 엄마가 말했다.

「버시, 벤지가 춥다고 하니.」

「아니요.」 버시가 말했다.

「외투랑 덧신을 벗겨라.」 엄마가 말했다. 「덧신 신고 집 안으로 들이지 말라고 내가 몇 번을 말했니.」

「알겠어요.」 버시가 말했다. 「가만 좀 있어.」 버시가 내 덧신을 벗기고는 외투 단추도 풀었다. 캐디가 말했다.

「버시, 잠깐만. 엄마, 벤지 다시 나가면 안 되나요. 벤지랑 같이 나가고 싶어요.」

「벤지는 놔두지 그러니.」 모리 삼촌이 말했다. 「오늘 많이 나가 있었어.」

「너희 둘 다 그냥 안에 있는 게 좋을 거야.」 엄마가 말했다. 「딜지가 날씨가 더 추워진다고 했거든.」

「엄마, 제발.」 캐디가 말했다.

「말도 안 돼.」 삼촌이 말했다. 「캐디는 온종일 학교에 있었다고. 신선한 공기를 좀 마셔야 해. 캔디스, 넌 나가거라.」

「엄마, 벤지도 같이 나가게 해줘요.」 캐디가 말했다. 「제발요. 보나 마나 울 거란 말이에요.」

「그 말을 왜 벤지 앞에서 하니.」 엄마가 말했다. 「여기는 왜 들어와서 걱정거리를 만드는 거야. 오늘은 이제 충분하니, 벤지랑 집에서 놀아라.」

「내보내 주자고, 캐럴라인.」 삼촌이 거들었다. 「좀 춥지만 괜찮을 거야. 기운 좀 차리고.」

「나도 알아요.」 엄마가 말했다. 「내가 크리스마스 때문에 얼마나 걱정하는지 아무도 몰라. 정말 몰라요. 무슨 일이든 잘 견뎌 내는 여자도 있지만, 난 그렇지 못하잖아요. 제이슨과 애들 때문에라도 좀 더 버텼으면 좋겠는데.」

「최선을 다하면 되지. 걱정 그만하고.」 삼촌이 말했다. 「너희들 빨리 나가거라. 하지만 너무 오래 있지는 말고. 엄마가 걱정하신다.」

「알겠어요.」 캐디가 말했다. 「벤지, 우리 다시 나가자.」 캐디가 내 외투 단추를 채워 주었고 우리는 문 쪽으로 향했다.

「덧신도 안 신기고 나가는 거니.」 엄마가 말했다. 「이따가 집에 손님도 많을 텐데, 애까지 아프게 할 작정이야.」

「깜박했어요.」 캐디가 말했다. 「신은 줄 알았어요.」

우리는 돌아갔다. 「제발 생각 좀 해라.」 엄마가 말했다. 가만히 좀 있어 버시가 말했다. 그가 덧신을 신겨 주었다. 「언젠가 내가 죽으면, 네가 벤지를 챙겨야 한다.」 이제 발을 디뎌 봐 버시가 말했다. 「벤저민, 이리 와서 엄마한테 키스하렴.」

캐디가 나를 엄마 의자로 데려갔다. 엄마가 두 손으로 내 얼굴을 어루만진 다음 나를 껴안았다.

「불쌍한 것.」엄마가 말했다. 엄마가 나를 놓아주었다. 「캐디, 그리고 버시, 너희들 벤저민을 잘 돌봐야 한다.」

「알아요.」캐디가 말했다. 밖으로 나오며 캐디가 말했다.

「버시, 넌 나올 필요 없어. 벤지 내가 볼게.」

「알겠어.」버시가 대답했다. 「너무 추워서 나가고 싶지도 않아.」버시는 갔고, 캐디가 복도에서 무릎을 꿇고는 밝게 빛나는 차가운 뺨을 내 뺨에 비비며 날 껴안았다. 캐디에게서 나무 냄새가 났다.

「누가 불쌍하다고 그래. 너에겐 캐디 누나가 있잖아. 그렇지.」

제발 침 흘리며 징징대지 마. 러스터가 말했다. 이렇게 소란 피우면 창피하지도 않니. 우리는 마차 차고를 지나갔다. 마차에는 새 바퀴가 달려 있었다.

「자, 마차에 타야지. 마님 오실 때까지 얌전히 앉아 있어.」딜지가 말했다. 딜지가 나를 마차 안으로 밀었다. 티피가 말고삐를 잡고 있었다. 「대체 제이슨은 왜 새 마차로 바꾸질 않는지 몰라.」딜지가 말했다. 「이건 언제고 틀림없이 부서질 거야. 저 바퀴 꼴 좀 봐라.」

엄마가 얼굴을 베일로 가리고 나왔다. 손에는 꽃이 들려 있었다.

「로스커스는 어디 있어.」엄마가 물었다.

「로스커스는 오늘 팔이 아파서 들지도 못해요.」 딜지가 말했다. 「티피도 잘 몰아요.」

「겁이 나서 그래.」 엄마가 말했다. 「일주일에 한 번 정도 마부를 데려오면 되는 일인데. 대단한 일을 해달라는 것도 아니잖아.」

「마님, 지독한 류머티즘 때문에 로스커스가 자기 일밖에 못 한다는 거 잘 아시잖아요.」 딜지가 말했다. 「어서 타세요. 티피도 제 아비만큼 잘 몰아요.」

「난 겁이 나.」 엄마가 말했다. 「게다가 어린것까지 탔잖아.」

딜지가 계단 위로 올라갔다. 「저렇게 큰 애를 어린것이라고 하세요.」 딜지가 그렇게 말하고는, 엄마의 팔을 잡았다. 「티피만 한데 애라니요. 자, 어서 타세요.」

「겁난다니까.」 엄마가 말했다. 둘은 계단을 내려왔고 딜지가 엄마를 도와 마차에 타게 했다. 「이러다가 내가 그냥 죽는 게 어쩌면 모두에게 최선일 수도 있겠지.」 엄마가 말했다.

「그렇게 말씀하시다니, 창피하지도 않으세요.」 딜지가 말했다. 「열여덟 살짜리 깜둥이가 퀴니[6] 같은 말을 부린다는 게 얼마나 어려운 건지 아시잖아요. 퀴니는 티피와 벤지 나이를 합친 것보다 더 늙었다고요. 티피, 너 퀴니 갖고 장난치면 안 된다. 마님 마음에 들게 몰지 않으면

6 콤슨 집안의 말. 이 외에도 프린스와 팬시가 있다.

18

아빠한테 혼내 주라고 할 거야. 아무리 바빠도 널 혼내실 게다.」

「알겠어요, 엄마.」 티피가 말했다.

「분명 뭔 일이 터질 거라고.」 엄마가 말했다. 「벤저민, 그만해.」

「꽃을 쥐여 주세요.」 딜지가 말했다. 「그걸 좋아해요.」 딜지가 마차 안으로 손을 뻗었다.

「안 돼.」 엄마가 말했다. 「꽃이 다 흩어진다니까.」

「그럼 마님이 꼭 잡으세요. 제가 한 송이만 뽑아 줄게 요.」 딜지가 꽃 한 송이를 뽑아서 내게 주었다. 그리고 손 이 사라졌다.

「자, 어서 가세요. 퀜틴[7]이 보면 같이 가자고 고집 피울 거예요.」

「어디 있는데.」 엄마가 말했다.

「집에서 러스터랑 놀고 있어요.」 딜지가 말했다. 「자, 티피, 아빠 말씀대로 마차 잘 몰아야 한다.」

「알겠어요.」 티피가 말했다. 「이랴! 퀴니.」

「퀜틴 잘 봐.」 엄마가 말했다. 「절대로　」[8]

「물론이죠.」 딜지가 말했다.

마차가 덜컹대며 진입로를 빠져나갔다. 「퀜틴을 두고

7 캐디가 낳은 사생아 딸인 퀜틴을 말한다.
8 딜지가 콤슨 부인의 말을 끊고 들어오는 부분으로, 포크너는 문장 부호 없이 그냥 공백으로 처리했다. 콤슨 부인은 캐디가 집에 돌아와 퀜 틴을 데려갈까 봐 걱정한다.

나가기가 겁나.」엄마가 말했다. 「티피, 안 가는 게 좋겠다.」대문을 빠져나오자 마차는 더 이상 덜컹대지 않았다. 티피가 채찍으로 퀴니를 몰았다.

「티피, 조심해.」엄마가 말했다.

「계속 몰아야 해요.」티피가 말했다. 「헛간으로 무사히 돌아올 때까지 정신 바짝 차리게 해야 해요.」

「마차 돌려라.」엄마가 말했다. 「퀜틴을 두고 가자니 겁나서 안 되겠다.」

「여기선 못 돌려요.」티피가 말했다. 길이 곧 넓어졌다.

「여기서 돌리면 안 되겠니.」엄마가 말했다.

「알겠어요.」티피가 말했다. 마차를 돌리기 시작했다.

「티피, 조심해.」엄마가 나를 붙잡으며 말했다.

「어떻게든 여기서 돌려야 해요.」티피가 말했다. 「워 워, 퀴니.」마차가 섰다.

「그러다 마차가 엎어지겠어.」엄마가 말했다.

「마님, 어떻게 하라고요.」티피가 말했다.

「마차 돌리기가 겁난다.」엄마가 말했다

「이랴, 퀴니.」티피가 말했다. 우리는 계속 갔다.

「내가 없는 동안 네 엄마가 퀜틴에게 무슨 일이 벌어지도록 놔둘 게 분명해.」엄마가 말했다. 「갔다가 서둘러 돌아오자꾸나.」

「자, 가자, 퀴니.」티피가 말했다. 티피가 채찍으로 퀴니를 때렸다.

「티피, 조심해.」 나를 끌어안으며 엄마가 말했다. 퀴니의 말발굽 소리가 들렸다. 양쪽으로 밝은 형체들이 계속 유유히 지나갔고 그 그림자들이 퀴니의 등을 따라 흘러갔다. 마치 빛나는 마차 바퀴의 표면처럼 지나갔다. 그러다가 한쪽 형체들이 군인 모습의 하얀 대리석상 앞에 멈춰 섰다. 다른 한쪽은 속도가 줄었지만 계속 유유히 지나갔다.[9]

「웬일이세요.」 제이슨이 말했다. 손을 주머니에 찔러 넣은 채 귀에는 연필을 꽂고 있었다.

「묘지에 가는 길인데.」 엄마가 말했다.

「알았어요.」 제이슨이 말했다. 「가지 말라는 게 아니에요. 근데 제게 그 말씀 하려고 마차를 세우셨나요.」

「가고 싶지 않은 모양이구나.」 엄마가 말했다. 「너와 같이 가면 마음이 더 편할 것 같은데.」

「편하다니요.」 제이슨이 물었다. 「아버지나 형이나 이젠 엄마에게 아무 짓 못 하잖아요.」

엄마가 베일 밑으로 손수건을 갖다 댔다. 「그만하세요.」 제이슨이 말했다. 「저 빌어먹을 미치광이 녀석이 광장 한가운데서 울부짖는 걸 보고 싶으신가요. 티피, 빨리 몰아.」

9 마차가 제퍼슨시 광장에 도착한 모습. 소설 마지막 부분에서 러스터가 광장 가운데 있는 대리석상을 반대로 도는 바람에 벤지가 울부짖게 되는 장면과 대비된다. 벤지의 눈에 비친 밝은 형체들은 마을의 건물로 보인다.

「이랴, 퀴니.」티피가 말했다.

「하느님이 내린 천벌인 게지.」엄마가 말했다. 「나도 이제 머지않아 죽을 테고.」

「잠깐만.」제이슨이 말했다.

「워, 워.」티피가 말했다. 이어 제이슨이 말했다.

「모리 삼촌이 엄마 돈에서 50달러를 빼 가려고 해요. 어쩌실래요.」

「뭘 물어보니.」엄마가 말했다. 「나는 뭐라 할 말이 없어. 너와 딜지에게 걱정 끼치고 싶지 않을 뿐이야. 내가 머지않아 죽으면, 네가—」

「자, 가라, 티피.」제이슨이 말했다.

「이랴, 퀴니.」티피가 말했다. 형체들이 다시 흘러갔다. 다른 쪽 형체들이 밝은 모습으로, 마치 캐디와 잠자리에 들 때 그랬던 것처럼, 유유히 순조롭게 흘러가기 시작했다.

이 울보야. 러스터가 말했다. 창피한 줄도 모르니. 우리는 헛간을 지나갔다. 모든 방들이 다 열려 있었다. 이제는 네가 탈 얼룩말도 없어. 러스터가 말했다. 바닥은 말랐는데 먼지투성이였고 지붕은 내려앉아 있었다. 옆으로 기운 방마다 어지럽게 노란빛이 빙빙 돌고 있었다. 그쪽으로 왜 가려고. 공에 머리 한 대 맞고 싶어서 그래.

「손은 주머니에 넣어.」캐디가 말했다. 「아니면 손이 얼어요. 크리스마스에 손이 얼면 안 되지.」

헛간을 돌아 나가니 다 자란 소와 어린 소가 헛간 문 앞에 있었다. 헛간 안에서 프린스와 퀴니, 팬시가 발을 쿵쿵대고 있었다. 「춥지 않으면 팬시를 탈 수 있을 텐데.」 캐디가 말했다. 「오늘은 참기 힘들 정도로 추워.」 냇가가 보였고 연기가 피어오르고 있었다. 「저기가 돼지 잡는 곳이야.」 캐디가 말했다. 「돌아올 때 가서 보자고.」 우리는 언덕을 따라 내려갔다.

「편지를 갖고 싶어서 그러는구나.」 캐디가 말했다. 「그럼 네가 갖고 가.」 캐디가 주머니에서 편지를 꺼내 내 주머니에 넣었다. 「크리스마스 선물이래.」 캐디가 말했다. 「모리 삼촌이 이 선물로 패터슨 아주머니를 놀라게 해주고 싶은 모양이야. 몰래 전해 주기만 하면 돼. 자, 손은 주머니에 넣고.」 냇가에 도착했다.

「얼었네.」 캐디가 말했다. 「봐봐.」 캐디가 물 윗부분을 깨서 내 얼굴 앞에 들어 보여 주었다. 「이게 얼음이야. 얼마나 추운 줄 알겠지.」 캐디가 냇가 건너는 걸 도와주었고 우리는 함께 언덕으로 올라갔다. 「엄마와 아빠에게도 말하면 안 돼. 이 편지는 엄마, 아빠, 그리고 패터슨 아저씨는 모르는 깜짝 선물이야. 패터슨 아저씨가 너에게 캔디를 보내 준 것에 대한 보답이지. 지난여름에 패터슨 아저씨가 캔디 보내 준 거 기억하지.」

울타리가 있었다. 말라 버린 덩굴에서 타다닥거리는 바람 소리가 들렸다.

「모리 삼촌이 왜 버시를 안 보내는지 모르겠어.」캐디
가 말했다. 「버시도 엄마 아빠에게 말 안 할 텐데.」패터
슨 아주머니가 창밖을 내다보고 있었다. 「여기서 기다
려.」캐디가 말했다. 「곧 올 테니 여기 있어. 편지는 내게
주고.」캐디가 내 주머니에서 편지를 꺼냈다. 「손은 주머
니에 꼭 넣고 있어.」캐디는 편지를 손에 들고, 타다닥거
리는 갈색 꽃을 통과해 울타리를 넘어갔다. 패터슨 아주
머니가 문을 열고 서 있었다.

패터슨 아저씨가 호미로 초록색 꽃들을 솎아 내고 있었다.
하던 일을 멈추곤 나를 쳐다보았다. 패터슨 아주머니가 텃밭을
가로질러 내게 달려왔다. 아주머니와 눈이 마주치자 나는 울기
시작했다. 바보 같긴. 절대 너 혼자 보내지는 말라고 했는데.
자, 어서 내게 편지를 줘. 패터슨 아저씨가 호미를 든 채 달려
왔다. 아주머니가 울타리에 기대며 손을 내밀었다. 울타리를 넘
을 기세였다. 빨리 줘. 아주머니가 말했다. 아저씨가 울타리를
넘어와 편지를 낚아챘다. 아주머니 옷이 울타리에 걸리고 말았
다. 아주머니와 눈이 마주치자 나는 언덕을 달려 내려왔다.

「저 너머에는 집밖에 없어.」러스터가 말했다. 「냇가로
내려가자.」

사람들이 냇가에서 빨래를 하고 있었다. 한 명은 노래
를 하고 있었다. 펄럭거리는 옷 냄새가 났다. 냇가 건너
편에선 연기가 피어오르고 있었다.

「여기 있어.」러스터가 말했다. 「넌 저 위에 올라갈 수

없어. 저 사람들 공에 맞는다니까.」

「대체 저이는 뭘 하고 싶다는 거야.」

「자기가 뭘 하고 싶은지도 몰라요.」러스터가 말했다. 「사람들이 공 때리는 저 언덕 위로 가고 싶은 거예요. 벤지, 여기 앉아 흰독말풀꽃 갖고 놀아. 저기 냇가에서 노는 애들 좀 보라고. 언제쯤 사람 구실하려고 그래.」나는 둑에 앉았다. 사람들이 빨래를 하고 있었고, 푸른 연기가 피어오르고 있었다.

「혹시 여기서 25센트 은전 같은 거 본 사람 있나요.」러스터가 말했다.

「무슨 은전인데.」

「오늘 아침까지 갖고 있었는데요.」러스터가 말했다. 「어디에 떨어뜨렸는지 모르겠어요. 주머니에 구멍 난 곳으로 샌 모양인데. 못 찾으면 오늘 밤 공연 구경을 못 가거든요.」

「얘, 너 동전 어디서 났니. 백인들 한눈팔 때 주머니에서 슬쩍한 거지.」

「구할 만한 데서 구했어요.」러스터가 말했다. 「거기엔 더 많다고요. 난 그저 잃어버린 것만 찾으면 돼요. 그거 주운 사람 없나요.」

「난 그런 은전 같은 거 관심 없어. 안 그래도 할 일이 많은데.」

「이리 와, 벤지.」러스터가 말했다. 「찾는 거나 도와줘.」

「저이는 은전을 봐도 뭔지 모를걸.」

「그래도 볼 순 있어요.」 러스터가 말했다. 「오늘 밤 공연 보러 가시나요.」

「공연 얘긴 하지도 마. 이 빨래 바구니 끝낼 때쯤 되면 녹초가 돼서 손가락 하나 까딱 못 할 거야.」

「가나 안 가나 내기할까요.」 러스터가 말했다. 「어젯밤에도 간 게 뻔한데. 텐트가 열릴 때쯤이면 분명 그 앞에 있을 거면서.」

「내가 없어도 깜둥이 구경꾼들 천지일 거다. 어젯밤에도 그랬거든.」

「깜둥이 돈이나 백인 돈이나 다 같은 돈이에요.」

「백인이 깜둥이에게 돈을 주는 건 백인 밴드가 와서 다시 다 거둬 가기 때문이야. 그러면 깜둥이들은 돈 벌려고 다시 일하러 가야 하는 거지.」

「누가 시켜서 공연 보러 가는 건 아니잖아요.」

「아직은 아니지. 시킬 생각을 못 한 것뿐이지.」

「백인들한테 무슨 불만 있나요.」

「아무 불만 없어. 난 내 길 가고 백인들은 자기 길 가면 되니까. 난 이 공연에 관심 없어.」

「이번엔 톱으로 연주하는 사람도 있던데, 마치 밴조 켜듯이 연주한다네.」

「어젯밤에 가셨군요.」 러스터가 말했다. 「난 오늘 갈 거예요. 그놈의 은전만 찾으면 말이죠.」

「저이도 데려갈 거니.」

「제가 왜요.」 러스터가 말했다. 「저이가 소리 지르는 곳에 내가 항상 같이 있는 줄 아시나 봐요.」

「그러다가 악쓰면 어떡하니.」

「때리면 되지요.」 러스터가 바닥에 앉아 작업복을 걷어 올렸다. 사람들이 냇가에서 놀고 있었다.

「혹시 불알만 한 공 같은 건 못 봤나요.」 러스터가 말했다.

「말하는 게 시건방지네. 네 할머니가 너 말하는 본새를 보면 난리 치실 텐데.」

사람들이 놀고 있는 냇가로 러스터가 내려갔다. 그러고는 둑을 따라 공을 찾기 시작했다.

「오늘 아침 여기 왔을 때만 해도 은전이 있었거든요.」 러스터가 말했다.

「대체 어디쯤에서 잃어버린 거야.」

「여기 이 주머니 구멍으로 빠졌어요.」 러스터가 말했다. 모두 냇가를 수색했다. 그러다가 한순간 모두 멈칫하며 벌떡 일어났다. 그러고는 물을 튕기며 싸웠다. 러스터가 그것을 주웠고, 모두들 냇가에 웅크리고 앉아 수풀 사이로 언덕 위를 쳐다봤다.

「사람들이 오나요.」 러스터가 말했다.

「아직 안 보이는데.」

러스터는 그걸 주머니에 넣었다. 사람들이 언덕을 내

려왔다.

「공 이리로 굴러왔지.」

「물속에 있을 거야. 너희들 공 빠지는 소리 들었니. 공 본 사람 없어.」

「아무 소리 못 들었어요.」 러스터가 말했다. 「저 너머 나무에 뭔가 맞는 소리가 났는데, 어디로 갔는지는 몰라요.」

그들이 냇가를 수색했다.

「제길. 냇가 따라 찾아보자고. 이리로 가는 걸 봤거든.」

그들이 냇가를 따라 찾아 나섰다. 그러다가 다시 언덕 위로 돌아갔다.

「네가 공 가져갔지.」 젊은 친구가 말했다.

「내가 가져가서 뭐 하게.」 러스터가 말했다. 「공 같은 거 못 봤어.」

그 젊은 친구는 물로 뛰어들어 계속 공을 찾았다. 그리고 고개를 돌려 다시 러스터를 쳐다보다가 다시 냇가를 따라 내려갔다.

한 사람이 언덕 위에서 말했다. 「캐디.」 젊은 친구는 물에서 나와 언덕 위로 올라갔다.

「또 징징대네.」 러스터가 말했다. 「조용히 하지 못해.」

「대체 왜 징징대는 거야.」

「난들 아나요.」 러스터가 말했다. 「꼭 이런 식이거든요. 아침 내내 이랬어요. 오늘이 자기 생일이라 그런가 봐요.」

「몇 살이야.」

「서른셋이요.」 러스터가 말했다. 「오늘 아침 서른하고
도 세 살이 된 거예요.」

「30년 동안 세 살이 되었다는 거겠지.」

「난 엄마가 말한 대로 말한 거예요.」 러스터가 말했다.
「전 잘 모르고. 어쨌든 케이크에 초를 서른세 개나 꽂는
데요. 케이크가 작아 다 올릴 수도 없어요. 뚝 그쳐. 이리
오라고.」 러스터가 내 팔을 잡아당겼다. 「이 멍청아.」 러
스터가 말했다. 「맞고 싶어 이러지.」

「네가 잘도 때리겠다.」

「이미 한 대 때렸어요. 조용히 좀 해.」 러스터가 말했
다. 「저 위로는 못 간다고 했잖아. 저 사람들이 친 공에
머리 맞는다고. 이리 와.」 러스터가 나를 잡아 내렸다.
「앉아 봐.」 바닥에 앉자 러스터가 내 신발을 벗기고는 바
지를 접어 올렸다. 「자, 물에 들어가 놀아. 제발 끙끙대거
나 징징대지 말고.」

울음을 멈추고 나는 물에 들어갔다. 로스커스가 와서 저
녁을 먹으라고 하자 캐디가 말했다.[10]

아직 일러. 지금 안 갈 거야.

캐디가 물에 젖었다. 냇가에서 놀다가 주저앉는 바람
에 옷이 젖자 버시가 말했다.

---

10 냇가에서 놀던 과거 시절로 연결되며, 과거의 이날은 1898년 여
름 다머디 할머니가 돌아가신 날이다.

「옷 젖었다고 마님한테 혼날걸.」

「엄마는 이런 걸로는 안 혼내.」 캐디가 말했다.

「네가 어떻게 아니.」 퀜틴이 말했다.

「내 말이 맞다니까. 난 안다고.」 캐디가 말했다. 「오빠는 어떻게 아는데.」

「엄마가 혼낸다고 했거든.」 퀜틴이 말했다. 「그리고 내가 나이가 더 많잖아.」

「나도 일곱 살이야. 알 만한 건 다 알아.」 캐디가 말했다.

「내가 더 먹었잖아.」 퀜틴이 말했다. 「내년이면 난 학교에 가거든. 버시, 내 말이 맞지.」

「나도 내년에 학교 가.」 캐디가 말했다. 「내년이 되면 나도 가는 거지, 버시.」

「근데 옷 젖으면 마님한테 혼나는 거 알잖아.」 버시가 말했다.

「안 젖었다고.」 캐디가 말했다. 물속에 선 채로 캐디가 자기 옷을 쳐다보았다. 「벗어 버릴 테야. 그러면 마르겠지, 뭐.」

「하지 마.」 퀜틴이 말했다.

「벗을 거야.」 캐디가 말했다.

「안 그러는 게 좋을걸.」 퀜틴이 말했다.

캐디가 버시와 내게로 와서 등을 돌려 섰다.

「단추 좀 풀어 줘, 버시.」 캐디가 말했다.

「버시, 하지 마.」 퀜틴이 말했다.

「내 옷도 아닌데 왜.」 버시가 말했다.

「당장 풀어 줘, 버시.」 캐디가 말했다. 「내 말 안 들으면 네가 어제 한 짓 딜지에게 다 이를 테야.」 그러자 버시가 단추를 풀어 주었다.

「너 벗기만 해봐.」 퀜틴이 말했다. 캐디는 옷을 벗어 둑에 던지고는 보디스와 속바지 차림이 되었다. 퀜틴이 때리는 바람에 캐디가 미끄러져 물에 빠졌다. 캐디는 일어나 퀜틴에게 물을 뿌렸고 퀜틴도 물을 뿌렸다. 물방울이 버시와 내게도 튀자 버시가 나를 둑으로 안아 올렸다. 버시가 둘 다 마님에게 이를 거라고 하자 이번에는 둘이 함께 버시에게 물을 뿌렸다. 버시가 나무 뒤로 숨었다.

「마님한테 다 일러바친다.」 버시가 말했다.

둑으로 올라온 퀜틴이 버시를 잡으려 했지만 버시는 도망갔다. 퀜틴이 돌아오자 버시가 멈춰 서서 꼭 이를 거라고 소리쳤다. 캐디가 엄마에게 일러바치지 않는다고 약속하면 다시 와도 된다고 말했다. 버시가 그러겠다고 하며 다시 돌아왔다.

「이제 만족하겠구나.」 퀜틴이 말했다. 「우리 둘 다 매 맞을 테니까.」

「상관없어.」 캐디가 말했다. 「집 나가면 돼.」

「잘도 그러겠다.」 퀜틴이 말했다.

「집 나가서 안 돌아올 거야.」 그 말에 내가 울음을 터뜨렸다. 캐디가 돌아서서 〈쉿〉 하고 말했다. 나는 울음을 그쳤고 우리 모두 다시 물에서 놀았다. 제이슨은 냇가 저 아래에서 혼자 놀았다. 나무 뒤편으로 돌아온 버시가 나를 안아 다시 물에 놓아 주었다. 온통 물에 젖은 캐디의 속옷에 진흙이 묻었다. 내가 울기 시작하자 캐디가 다가와 내 앞에 쪼그리고 앉았다.

「울음 뚝.」 캐디가 말했다. 「안 나갈게.」 그 말에 나는 울음을 그쳤다. 캐디에게서 비에 젖은 나무 냄새가 났다.

대체 왜 그래. 러스터가 말했다. 제발 그만 징징거리고 사람들이랑 냇가에서 놀란 말이야.

왜 집에 안 데리고 가니. 사람들이 집 밖으로 데리고 나가지 말라고 안 하던.

이 바보는 아직도 이 목장이 자기 땅인 줄 알아요. 러스터가 말했다. 하긴 집에서는 우리가 여기 있는 걸 아무도 몰라요.

우린 알잖아. 그리고 미친 사람 보는 거 좋아하는 사람이 어디 있어. 재수 없잖아.

로스커스가 저녁을 먹으러 오라고 하자, 캐디가 아직 이르다고 말했다.

「밥때가 됐어.」 로스커스가 말했다. 「딜지가 모두 다 집으로 오란다. 버시, 모두 데려오렴.」 로스커스가 소들이 울어 대는 언덕 위로 올라갔다.

「집에 도착할 때쯤이면 옷이 다 마를 거야.」 퀜틴이 말했다.

「다 오빠 잘못이야.」 캐디가 말했다. 「차라리 한 대 맞는 게 좋겠어.」 캐디가 옷을 입고는 버시에게 단추를 채워 달라고 했다.

「옷 젖은 거 아무도 모를 거야.」 버시가 말했다. 「티도 잘 안 나. 나랑 제이슨만 입 다물고 있으면 돼.」

「제이슨, 너 안 이를 거지.」 캐디가 말했다.

「누구를 일러.」 제이슨이 말했다.

「말 안 할 거지, 제이슨.」 퀜틴이 말했다.

「쟤 분명 고자질한다.」 캐디가 말했다. 「쟤가 다머디 할머니에게 다 말한다니까.」

「말 못 할걸.」 퀜틴이 말했다. 「할머니는 아프니까. 이대로 천천히 걸어가면 어두워져서 보이지도 않을 거야.」

「난 보든 안 보든 상관 안 해. 내가 직접 말할 거니까.」 캐디가 말했다. 「버시, 너는 언덕 위로 쟤를 데려가.」

「제이슨은 고자질 못 할 거야.」 퀜틴이 말했다. 「제이슨, 내가 만들어 준 활이랑 화살 기억하지.」

「그거 부러졌어.」 제이슨이 말했다.

「말하라고 해. 난 상관 안 해.」 캐디가 말했다. 「버시, 모리[11]를 언덕 위로 데려가라니까.」 버시가 무릎을 굽히고는 나를 업었다.

오늘 밤 공연장에서 보자고요. 러스터가 말했다. 자, 우린 은전이나 찾자.

「천천히 걸으면 어두울 때 집에 도착할 거야.」 퀜틴이

11 개명하기 전 벤지의 이름.

말했다.

「난 천천히 걷기 싫어.」캐디가 말했다. 모두 언덕으로 올라갔지만 퀜틴은 따라오지 않았다. 우리가 돼지 냄새가 나는 곳에 다다를 때까지 퀜틴은 냇가에 남아 있었다. 돼지들이 한쪽 구석에서 여물통에 코를 처박은 채 꿀꿀대고 있었다. 주머니에 손을 집어넣은 채 제이슨이 우리 뒤를 따라왔다. 로스커스는 헛간에서 소젖을 짜고 있었다.

소들이 헛간 밖으로 튀어나왔다.[12]

「자.」티피가 말했다. 「소리를 질러. 나도 고함지를 테니. 야호.」퀜틴이 다시 티피를 발로 걷어찼다. 티피가 돼지 여물통에 처박혔다. 「잘됐어.」티피가 말했다. 「저번에도 걷어찼지. 저 백인이 저번에도 날 찼다니까. 야호.」

나는 울지 않았지만 가만히 있을 수 없었다. 나는 울지 않았지만 땅바닥이 가만있지 않았다. 그래서 다시 울 수밖에 없었다. 땅바닥이 계속 엎어졌고 소들이 언덕 위로 뛰어갔다. 티피도 일어나려 했지만 다시 넘어졌고 소들이 언덕 아래로 내달렸다. 퀜틴이 내 팔을 잡고 헛간으로 데려갔다. 그런데 헛간이 그 자리에 없었다. 나는 헛간이 다시 돌아올 때까지 기다렸다. 나는 헛간이 되돌아오는 걸 보지 못했다. 헛간이 우리 뒤로 오자 퀜틴은 나를 들

---

12 1910년 4월 25일, 캐디의 결혼식 날. 티피가 준 술을 먹고 취한 벤지는 마구 자빠진다. 이에 놀란 소들이 튀어나오는 광경이거나, 자신이 구르고 있어서 소들이 뛰는 것처럼 보이는 것일 수도 있다.

어 돼지 여물통에 앉혔다. 나는 여물통을 꽉 잡았다. 여물통이 사라지기에 꼭 붙들었다. 소들이 헛간 문을 지나 다시 언덕 아래로 내달렸다. 나는 가만히 있을 수 없었다. 퀜틴과 티피가 서로 다투며 언덕으로 올라갔다. 티피가 언덕 아래로 굴러떨어지자 퀜틴이 다시 언덕으로 끌고 갔다. 퀜틴이 티피를 다시 때렸다. 나는 가만히 있을 수 없었다.

「일어나.」 퀜틴이 말했다. 「넌 여기 있어. 내가 올 때까지 꼼짝 말고 있어.」

「나랑 벤지는 결혼식에 갈 건데. 야호.」 티피가 말했다.

퀜틴이 티피를 다시 때렸고 이내 벽에다 처박았다. 티피는 웃고 있었다. 벽에 처박힐 때마다 〈야호〉 하고 말하려 했지만 웃느라 말도 못 했다. 나는 울음은 그쳤지만 가만히 있을 수가 없었다. 티피가 내게 자빠졌고 헛간 문이 사라졌다. 언덕 아래로 문이 사라졌고 티피는 혼자 싸우다가 다시 쓰러졌다. 여전히 웃고 있었다. 나도 일어나려 했지만 자빠지고 말았다. 그래도 가만히 있을 수가 없었다. 버시가 말했다.

「너 제대로 일 쳤구나. 이러면 정말 곤란한데. 그만 좀 징징대.」

티피는 아직도 웃고 있었다. 문에 주저앉아 웃고 있었다. 「야호. 나랑 벤지는 결혼식에 간다니까. 사스프릴러[13]

---

13 Sassprilluh. 사스퍼릴라Sarsaparilla를 티피가 발음하는 대로 옮

만세.」티피가 말했다.

「입 닥쳐.」버시가 말했다. 「그거 어디서 났어.」

「창고에서.」티피가 말했다. 「야호.」

「조용히 하라니까.」버시가 말했다. 「지하 창고 어디.」

「아무 데서나.」티피가 말했다. 그는 아까보다 더 크게 웃었다. 「백 병도 더 남았다고. 아니 수만 병은 될 거야. 깜둥이 형, 내가 고함지를 테니 조심하라고.」

퀜틴이 말했다. 「애 좀 일으켜 줘.」

버시가 나를 일으켰다.

「벤지, 이거 마셔.」퀜틴이 말했다. 컵이 뜨거웠다. 「뚝 그치고. 이거 마셔.」

「사스프릴러.」티피가 말했다. 「퀜틴, 나도 좀 더 마시면 안 될까.」

「입 닥치지 못해.」버시가 말했다. 「너 퀜틴한테 혼날 줄 알아.」

「버시, 쟤 좀 잘 잡으라니까.」퀜틴이 말했다.

퀜틴과 버시가 나를 잡았다. 무언가 뜨거운 게 내 턱과 셔츠에 닿았다. 「마셔.」퀜틴이 말했다. 둘이 내 머리를 잡았다. 속이 뜨거워지자 다시 시작됐다. 속에서 무슨 일인가 벌어졌고 나는 이제 더 크게 울었다. 퀜틴과 버시가 그 일이 멈출 때까지 나를 잡아 주었다. 그러자 난 울

긴 것. 북미산 녹나무과 식물로 만든 음료인데, 사실 이들이 마신 것은 캐디의 결혼 축하용 샴페인이다.

음을 멈췄다. 하지만 여전히 일이 벌어지고 있었고 형체들도 움직였다. 「버시, 우리 문이나 열어.」 형체들이 서서히 움직였다. 「빈 자루를 바닥에 깔라고.」 형체들이 더 빨리, 정말 빠르게 움직였다. 「이제, 쟤 발을 잡아.」 계속 밝은 모습으로 형체들이 매끄럽게 움직였다. 티피의 웃음소리가 들렸다. 나도 그들과 함께 빛나는 언덕 위로 올라갔다.

버시가 나를 언덕 위에 내려놓았다. 「퀜틴, 어서 이쪽으로 와.」 버시가 언덕 아래를 내려다보며 퀜틴에게 말했다. 퀜틴은 아직도 냇가 나뭇가지 그림자 아래서 뭔가를 던지고 있었다.

「저 능청이는 내버려 둬.」 캐디가 말했다. 캐디는 내 손을 잡고 헛간을 지나 문을 통과했다. 벽돌이 깔린 도로 가운데에 두꺼비가 쭈그리고 앉아 있었다. 캐디는 두꺼비를 뛰어넘고는 나를 끌어당겼다.

「빨리 와, 모리.」 캐디가 말했다. 두꺼비는 계속 쭈그리고 있다가 제이슨이 발끝으로 건드리자 움직였다.

「제이슨, 그거 건드리면 사마귀 생겨.」 버시가 말했다. 두꺼비가 폴짝 뛰어 사라졌다.

「자, 모리.」 캐디가 말했다.

「오늘 밤엔 집에 손님이 많아.」 버시가 말했다.

「네가 어떻게 알아.」 캐디가 물었다.

「불을 다 켜놨잖아. 창문마다.」 버시가 말했다.

「손님이 없어도 불을 켜놓을 수 있잖아.」캐디가 말했다.

「손님이 있을 거야.」버시가 말했다.「모두 뒷문으로 들어가 위층으로 올라가는 게 좋겠다.」

「상관없어.」캐디가 말했다.「나는 사람들이 있는 거실로 곧장 들어갈 거야.」

「그러면 나리에게 혼날 텐데.」버시가 말했다.

「상관없어. 나는 거실로 들어갈 거야. 그리고 식당으로 가서 저녁을 먹을 테야.」캐디가 말했다.

「어디에 앉으려고.」버시가 말했다.

「다머디 할머니 자리에 앉을 거야. 할머니는 침대에서 드시거든.」캐디가 말했다.

「나도 배고파.」제이슨이 말했다. 제이슨이 우리를 지나쳐 앞으로 내달렸다. 그러나 주머니에 손을 넣고 달리다가 자빠지고 말았다. 버시가 다가가 제이슨을 일으켰다.

「손을 빼고 다니면 넘어지지 않는다니까.」버시가 말했다.「뚱뚱해서 넘어지기 전에 손을 뺄 수도 없잖아.」

아버지가 부엌 계단 앞에 서 계셨다.

「퀜틴은.」아버지가 말했다.

「길을 따라 오고 있어요.」버시가 말했다. 퀜틴이 천천히 오고 있었다. 퀜틴의 셔츠에 흰 얼룩이 보였다.

「그래.」아버지가 말했다. 불빛이 계단을 비추다가 아버지도 비췄다.

「캐디와 퀜틴이 서로 물을 뿌려서 그래요.」제이슨이

말했다.

우리는 말없이 기다렸다.

「그랬구나.」 아버지가 말했다. 퀜틴이 도착하자 아버지가 말했다. 「오늘 저녁은 부엌에서 먹어야 한다.」 아버지가 허리를 숙여 나를 안았다. 불빛이 계단을 타고 내려와 내 머리를 비췄다. 나는 캐디와 제이슨, 퀜틴과 버시를 내려다보았다. 아버지가 계단 쪽으로 돌아섰다. 「하지만 조용히 해야 한다.」 아버지가 말했다.

「왜 그래야 해요.」 캐디가 물었다. 「손님이 있나요.」

「그래.」 아버지가 말했다.

「손님이 있다고 했잖아.」 버시가 말했다.

「네가 언제.」 캐디가 말했다. 「손님이 있다고 한 건 나야. 난 바로 」

「쉿.」 아버지가 말했다. 모두 조용해지자 아버지가 문을 열었다. 우리는 뒤쪽 현관을 지나 부엌으로 들어갔다. 딜지가 안에 있었다. 아버지는 나를 의자에 앉혀 턱받이를 해주고 나서 저녁상이 차려진 테이블 쪽으로 나를 바싹 잡아당겼다. 김이 피어오르고 있었다.

「이제 딜지 말 잘 들어라.」 아버지가 말했다. 「딜지, 이제 애들이 떠들지 못하게 해야 하네.」

「네, 나리.」 딜지가 말했다. 아버지는 다른 곳으로 갔다.

「이제부터 딜지 말 잘 들어야 해.」 등 뒤에서 아버지가 말했다. 저녁 식사에서 피어오르는 뜨거운 김이 내 얼굴에 닿았다.

「아빠, 오늘 밤은 내 말을 따르라고 해주세요.」캐디가
말했다.

「난 싫어.」제이슨이 말했다. 「난 딜지 말을 들을 테야.」

「아빠가 지시하면 따라야 할걸.」캐디가 말했다. 「아
빠, 내 말을 듣게 해주세요.」

「싫어. 난 누나 말 안 들어.」제이슨이 말했다.

「쉿.」아버지가 말했다. 「그럼 오늘은 캐디 말을 따르도
록 해라. 그리고 딜지, 식사가 끝나면 애들을 뒤쪽 계단으
로 올려 보내게.」

「네, 나리.」딜지가 말했다.

「봤지.」캐디가 말했다. 「이제 내가 시키는 대로 해야 해.」

「자, 다들 쉿 해야지.」딜지가 말했다. 「오늘 밤은 모두
조용히 해야 해.」

「왜 오늘 밤은 조용히 해야 해.」캐디가 속삭였다.

「몰라도 돼.」딜지가 말했다. 「주님의 때가 오면 알게
될 테니까.」딜지가 내 그릇을 가져왔다. 뜨거운 김이 내
얼굴을 간질였다. 「버시, 너도 이리 와.」딜지가 말했다.

「주님의 때가 언제야, 딜지.」캐디가 말했다.

「일요일이잖아.」퀜틴이 말했다. 「대체 넌 아는 게 뭐야.」

「쉬이이잇.」딜지가 말했다. 「나리께서 모두 조용히 하
라고 하셨지. 자, 밥 먹자. 버시, 애 숟가락 좀 가져와라.」
숟가락과 함께 버시의 손이 내 그릇 쪽으로 왔다. 숟가락

이 내 입으로 왔다. 뜨거운 김이 내 입을 간질였다. 우리는 먹다 말고 말없이 서로를 쳐다봤다. 그때 다시 그 소리가 들렸고 나는 울음을 터뜨렸다.

「뭔 소리지.」 캐디가 물었다. 캐디가 내 손을 잡았다.

「엄마 소린데.」 퀜틴이 말했다. 숟가락이 내 입으로 오자 나는 다시 먹었고, 이내 울음을 터뜨렸다.

「쉿.」 캐디가 말했다. 내가 울음을 멈추지 않자 캐디가 다가와 나를 안았다. 딜지가 양쪽 문을 닫자 아무 소리도 들리지 않았다.

「이제 뚝.」 캐디가 말했다. 나는 울음을 멈추고 먹기 시작했다. 퀜틴은 더 이상 먹지 않았지만, 제이슨은 먹고 있었다.

「엄마가 맞아.」 퀜틴이 말했다. 그러곤 벌떡 일어났다.

「누군가 노래하는 소리가 들려.」 캐디가 말했다. 「딜지, 내 말이 맞지.」

「자, 나리께서 말씀하신 대로 모두 식사부터 끝내자.」 딜지가 말했다. 「주님의 때가 오면 알게 될 거야.」 캐디가 자기 자리로 돌아갔다.

「파티가 있을 거라고 내가 그랬지.」 캐디가 말했다.

버시가 말했다. 「얘도 다 먹었어요.」

「그릇을 이리로 가져와라.」 딜지가 말했다. 그릇이 사라졌다.

「딜지, 퀜틴은 안 먹었어. 내 말도 안 듣고.」 캐디가 말했다.

「퀜틴, 빨리 먹어.」딜지가 말했다. 「모두 식사 끝내고 부엌에서 나가야 한다.」

「나는 안 먹을 거야.」퀜틴이 말했다.

「내가 먹으라고 하면 먹어야 해. 그렇지, 딜지.」캐디가 말했다.

그릇에서 올라온 김이 내 얼굴에 닿았고, 버시가 그릇에 숟가락을 넣자 이내 김이 내 입을 간질였다.

「더 안 먹을 거야.」퀜틴이 말했다. 「다머디 할머니가 아픈데 파티를 하다니.」

「아래층에서 하니까, 다머디 할머니는 난간에서 보면 되잖아. 나도 잠옷 입고 그렇게 할 거야.」캐디가 말했다.

「엄마가 울고 있잖아.」퀜틴이 말했다. 「엄마 소리 맞지, 딜지.」

「얘들아, 오늘은 귀찮게 하지 마라. 너희들 식사 끝나면 손님들 식사 챙겨야 하니까.」딜지가 말했다.

잠시 후 밥을 다 먹은 제이슨이 울기 시작했다.

「조용히 못 하겠니.」딜지가 말했다.

「쟤는 다머디 할머니가 아파서 잠을 같이 못 자게 된 후로 매번 저래요.」캐디가 말했다. 「에이, 울보야.」

「내가 다 일러바칠 거야.」제이슨이 말했다.

제이슨이 계속 울어 댔다. 「이미 다 고자질했잖아. 고자질할 게 더 남았니.」캐디가 말했다.

「자, 모두들 잠자러 가자꾸나.」 딜지가 말했다. 딜지가 와서 나를 안고는 따뜻한 수건으로 내 입과 손을 닦아 주었다. 「버시, 모두들 뒤쪽 계단으로 조용히 올려 보내야 한다. 제이슨, 넌 뚝 그치고.」

「자러 가긴 너무 일러.」 캐디가 말했다. 「이렇게 빨리 자러 갈 필요 없잖아.」

「오늘은 일찍 자야 해.」 딜지가 말했다. 「나리가 너희 들 식사 끝나면 곧장 위층에 올라가 자라고 했지.」

「아빠가 모두들 내 말을 들으라고 했어.」 캐디가 말했다.

「나는 누나 말 안 들을 거야.」 제이슨이 말했다.

「내 말을 들어야 해.」 캐디가 말했다. 「자, 내가 시키는 대로 해.」

「버시, 모두 조용히 시켜라.」 딜지가 말했다. 「너희들 조용히 못 하겠니.」

「왜 오늘 밤은 조용히 해야 하는 건데.」 캐디가 말했다.

「마님께서 몸이 불편하시거든.」 딜지가 말했다. 「모두 버시와 같이 가거라.」

「엄마가 울고 있다고 했지.」 퀜틴이 말했다. 버시가 나 를 안고는 2층 현관으로 가는 문을 열었다. 모두 나간 후 버시가 문을 닫자 사방이 깜깜해졌다. 나는 버시 냄새를 맡고 그를 느낄 수 있었다. 모두 조용히 해. 우린 아직 계 단 안 올라갈 거야. 나리께서 곧장 올라가라고 했지. 아 빠가 내 말을 따르라고 했어. 나는 누나 말 안 들을 거야.

하지만 아빠가 다들 그러라고 했잖아. 오빠, 내 말이 맞지. 버시의 머리가 느껴졌고 모든 소리가 다 들렸다. 내 말이 맞지, 버시. 응, 그래. 그럼 우리 모두 잠깐 밖에 나가 있자. 자, 나가자고. 버시가 문을 열자 우리 모두 밖으로 나갔다.

다시 계단을 내려갔다.

「버시네 집으로 가자. 그러면 우리 소리가 안 들릴 테니까.」 캐디가 말했다. 버시가 나를 내려놓자 캐디가 내 손을 잡고는 벽돌이 깔린 도로를 따라 내려갔다.

「어서.」 캐디가 말했다. 「두꺼비가 사라졌네. 지금쯤 텃밭 너머로 갔을 거야. 또 한 마리 있을지도 몰라.」 로스커스가 우유 통을 들고 와 우리를 지나쳤다. 퀜틴은 우리와 함께 오지 않고 부엌 계단에 앉아 있었다. 우리는 버시네 집으로 내려갔다. 나는 버시네 집 냄새가 좋았다. 집 안에 불이 피워져 있었고 티피가 셔츠 자락을 늘어뜨린 채 그 앞에 앉아 불을 지피고 있었다.[14]

내가 일어서자 티피가 내게 옷을 입히고 부엌으로 데려가 밥을 먹였다. 딜지가 뭐라고 흥얼거리다가 내가 울음을 터뜨리자 이내 멈추었다.

「벤지를 집 안에 데리고 가면 안 된다.」 딜지가 말했다.

「거기는 못 가.」 티피가 말했다.

우리는 냇가에서 놀았다.

14 벤지의 형 퀜틴이 자살한 1910년 6월.

「벤지, 거기 가면 안 돼. 엄마가 안 된다고 했잖아.」티피가 말했다.

딜지가 부엌에서 흥얼대고 있었다. 나는 울음을 터뜨렸다.

「쉿.」티피가 말했다. 「이리 와. 우리 헛간에 가자.」

로스커스가 소젖을 짜고 있었다. 한 손으로 짜면서 계속 끙끙거렸다. 새 몇 마리가 헛간 문에 앉아 로스커스를 쳐다보았다. 한 마리는 바닥에 내려와 소여물을 같이 쪼았다. 나는 로스커스가 젖을 짜고 티피가 퀴니와 프린스에게 여물 주는 모습을 쳐다보았다. 돼지우리 안에 있던 송아지가 코로 철조망을 밀어 대며 울고 있었다.

「티피.」로스커스가 말했다. 티피가 헛간에서 〈예〉하고 말했다. 티피가 아직 여물을 주지 않았기 때문인지 팬시가 문 너머로 고개를 내밀었다. 「거긴 됐어.」로스커스가 말했다. 「네가 우유를 짜. 더 이상 내 오른팔을 쓸 수가 없구나.」

티피가 와서 우유를 짰다.

「왜 의사한테 안 가보세요.」티피가 말했다.

「의사도 아무 소용 없어.」로스커스가 말했다. 「이곳에서는 말이다.」

「왜, 이곳에 문제가 있나요.」티피가 물었다.

「이 집은 운이 다했어.」로스커스가 말했다. 「끝나면 송아지를 제 우리에 넣어라.」

이 집은 운이 다했어. 로스커스가 말했다.[15] 로스커스와 버시 뒤로 불길이 오르락내리락하더니 얼굴 위로 미끄러졌다. 딜지가 나를 잠자리에 눕혔다. 침대에서 티피와 같은 냄새가 났다. 기분이 좋았다.

「뭘 안다고 그래요.」 딜지가 말했다. 「무슨 신이라도 내렸우.」

「신은 무슨.」 로스커스가 말했다. 「저 침대에 누운 애한테서 징조가 보이잖아. 지난 15년간 쭉 봐왔잖아.」

「그럴 수도 있지만.」 딜지가 말했다. 「우리랑 우리 애들한테는 아무런 해가 없었잖아요. 버시는 일하고, 프로니는 결혼해서 당신 손을 떠났고, 티피는 류머티즘에 걸린 당신 대신 일할 만큼 다 컸으니 말예요.」

「벌써 두 명이야.」 로스커스가 말했다. 「하나 더 있을 거야. 그 징조를 봤어. 당신도 봤잖아.」[16]

「저도 그날[17] 밤 부엉이 우는 소리를 들었어요.」 티피가 말했다. 「댄[18]이 이리로 오려고도 안 하고 밥도 안 먹더라고요. 헛간 너머로 오지도 않고요. 어두워지자마자 짖기 시작했어요. 버시 형도 들었어요.」

「죽을 사람이 어디 한 명뿐이겠어요.」 딜지가 말했다.

15 벤지의 아버지 제이슨 콤슨이 죽은 1912년.
16 〈두 명〉은 다머디와 퀜틴의 죽음을 가리킨다. 또 한 명은 지나친 음주로 2년 후 사망할 아버지 콤슨을 말한다.
17 퀜틴이 자살한 날.
18 콤슨 집안의 개 이름.

「때가 되면 가지 않을 사람이 누가 있다고 그래요.」

「단지 죽는 문제만이 아니잖아.」 로스커스가 말했다.

「무슨 생각을 하는지 알아요.」 딜지가 말했다. 「그 이름을 입에 올렸다가는 재수 없을 줄 알아요. 밤새 저 애가 울 동안 당신이 옆에 붙어 있어야 할지도 몰라요.」

「여긴 정말 재수 옴 붙은 곳이야.」 로스커스가 말했다. 「저 애 이름 바꿀 때 내가 알아봤거든. 그럴 줄 알았다니까.」

「말조심해요, 여보.」 딜지가 말했다. 딜지가 나를 덮어주었다. 티피 냄새가 났다. 「애 잠들 때까지 다들 조용히.」

「내가 징조를 봤다고.」 로스커스가 말했다.

「징조라니, 당신이 가고 티피가 당신 일을 죄다 떠맡을 거라는 징조 말이우.」 딜지가 말했다. 티피, 벤지와 퀜틴[19]을 집으로 데려가 러스터와 같이 놀게 해라. 프로니가 돌보면 되니까. 그리고 가서 아빠 도와드리고.

우리는 식사를 마쳤다. 티피가 퀜틴을 안아 들었고 우리는 티피네 집으로 건너갔다. 흙바닥에서 러스터가 놀고 있었다. 티피가 품에서 퀜틴을 내려놓자 퀜틴도 러스터와 함께 흙바닥에서 놀았다. 러스터가 갖고 있는 실패 몇 개 때문에 둘이 싸우기 시작했다. 퀜틴이 실패를 빼앗자 러스터가 울었다. 프로니가 와서 러스터에게 갖고 놀 깡통을 주었다. 내가 실패를 빼앗자 퀜틴은 이제 나와 싸

19 여기서는 캐디의 사생아 퀜틴을 말한다.

웠고 결국 내가 울기 시작했다.

「뚝.」프로니가 말했다. 「어린애 장난감을 빼앗다니 창
피하지도 않니.」프로니가 내 실패를 빼앗아 다시 퀜틴에
게 주었다.

「이제 뚝.」프로니가 말했다. 「뚝 하라니까.」

「조용히 못 하겠니.」프로니가 말했다. 「너도 맞고 싶
어 그러지.」프로니가 러스터와 퀜틴을 안았다. 「이리들
와.」프로니가 말했다. 우리는 헛간으로 갔다. 티피가 젖
을 짜고 있었고 로스커스가 상자 위에 앉아 있었다.

「벤지는 또 무슨 일이야.」로스커스가 말했다.

「재 좀 여기서 잠깐 봐주셔야겠어요.」프로니가 말했
다. 「애들이랑 싸운다니까요. 애들 장난감을 빼앗질 않
나. 자, 티피랑 여기 같이 있어. 잠시 뚝 하고.」

「소는 젖을 잘 닦아 봐야 한다.」로스커스가 말했다.
「작년 겨울 저 어린놈의 젖을 네가 다 짜버리는 바람에
젖이 말랐어. 이 소도 젖을 다 짜버리면 자칫 우유가 안
나올 수 있으니 조심해라.」

딜지가 흥얼대고 있었다.

「저쪽으로 가면 안 돼.」티피가 말했다. 「엄마가 거기
는 가지 말라고 했어.」

사람들이 흥얼대고 있었다.

「자, 어서.」티피가 말했다. 「퀜틴이랑 러스터랑 같이
놀자고.」

퀜틴과 러스터가 티피네 집 앞 흙바닥에서 놀고 있었다. 집에서 불길이 오르락내리락했고 등지고 서 있는 로스커스는 검게 보였다.

「맙소사, 이제 세 명째야.」로스커스가 말했다. 「2년 전에 내가 그랬지. 이 집은 운이 다했다고.」

「그럼 이 집을 떠나면 되겠네.」딜지가 말했다. 딜지가 내 옷을 벗겼다. 「당신의 재수 얘기 때문에 버시가 멤피스로 뜰 생각을 하잖아요. 그러면 좋겠나요.」

「버시도 그런 운수라면 차라리 거기로 가는 게 나아.」로스커스가 말했다.

프로니가 들어왔다.

「다 됐니.」딜지가 말했다.

「티피가 마무리하는 중이에요.」프로니가 말했다. 「엄마, 마님이 퀜틴 좀 재워 달라는데요.」

「곧 간다고 해라.」딜지가 말했다. 「내가 날개가 안 달렸다는 것쯤은 이제 아실 만도 한데.」

「내 말이 그 말이야.」로스커스가 말했다. 「제 자식 이름을 입 밖에 내지도 못하게 하는 그런 집안에 무슨 재수가 있겠어.」

「조용히 해요.」딜지가 말했다. 「저 애가 또 징징대는 꼴을 보고 싶어서 그래요.」

「제 엄마 이름도 모르는 애를 키우다니, 말이 되냐고.」

「신경 끄세요.」딜지가 말했다. 「내가 이 집 애들을 다

키웠는데 하나쯤 더 못 키우겠어요. 조용히 하세요. 쟤가
잠 좀 자게 말예요.」

「이름 말하는 거 가지고 뭘요.」 프로니가 말했다. 「쟤
는 이름 같은 거 몰라요.」

「한번 이름을 불러 볼래. 쟤가 정말 모르나 보게.」 딜지
가 말했다.

「자면서도 다 듣는다니까.」

「쟤는 우리가 생각하는 것보다 훨씬 더 많이 알고 있
어.」 로스커스가 말했다. 「저 사냥개처럼, 사람이 죽는 거
다 알고 있어. 말을 못 해서 그렇지, 그때가 언젠지 알고
있을 거다. 내가 언제 가는지, 그리고 네가 언제 가는지
저 앤 다 알고 있다고.」

「엄마, 러스터를 쟤랑 침대에 같이 못 있게 하세요. 놔
두면 자칫 쟤한테 홀리겠어요.」 프로니가 말했다.

「조용히 하지 못해.」 딜지가 말했다. 「너 그 정도밖에
안 되니. 네 아빠 얘길 들어서 뭐 하게. 자, 벤지, 침대로
가야지.」

딜지가 나를 침대에 눕혔고, 거기에는 러스터가 이미
잠들어 있었다. 딜지가 기다란 판때기를 나와 러스터 사
이에 놓았다. 「자기 자리에서 자는 거야. 러스터는 아직
어려. 너도 어린애를 다치게 하고 싶지 않지.」

아직 가면 안 돼. 기다려. 티피가 말했다.

집 모퉁이를 돌다가 우리는 마차가 떠나는 걸 보았다.

「자, 보라고.」티피가 퀜틴을 안아 올리며 말했다. 우리는 울타리 끝까지 쫓아가 사람들이 나가는 걸 지켜보았다. 「저기 나리가 나가시네.」티피가 말했다. 「유리창으로 안이 들여다보여. 그 안에 나리가 누워 계셔.」

자. 러스터가 말했다. 이 공은 집에 가져가 숨겨 놓을 거야. 벤지 씨, 공을 슬쩍하시면 안 되죠. 저 사람들이 네가 그걸 갖고 있는 걸 보면 훔쳤다고 할 게 뻔해. 그만 뚝. 절대 안 돼. 공이 있으면 뭘 해. 갖고 놀 수도 없는데.

프로니와 티피가 집 앞 흙바닥에서 놀고 있었다. 티피가 병에 든 반딧불이를 갖고 있었다.

「왜 모두 밖에 나와 있는 거야.」프로니가 말했다.

「집에 손님이 있대. 그리고 아버지가 오늘은 모두 내 말을 따라야 한다고 했어. 너랑 티피 모두 내 말을 들어야 할걸.」캐디가 말했다.

「누나 말은 안 들을 거야.」제이슨이 말했다. 「프로니와 티피도 그럴 필요 없어.」

「내가 시키는 대로 해야 해.」캐디가 말했다. 「두 사람은 그럴 필요 없을 수도 있지만.」

「티피는 누구 말도 안 들어.」프로니가 말했다. 「장례식이 시작됐나.」

「장례식이 뭐야.」제이슨이 말했다.

「엄마가 장례식에 대해선 입도 뻥긋하지 말라고 했잖아.」버시가 말했다.

「거긴 사람들이 우는 곳이야.」프로니가 말했다. 「뷸라 클레이 언니 때도 이틀 동안 울었어.」

딜지 집에서 사람들이 울었다.[20] 딜지의 울음소리가 들렸다. 딜지가 울 때 러스터가 쉿 하고 말했다. 우리는 조용히 했다. 그리고 내가 울기 시작했고 부엌 계단 밑에서 블루[21]도 짖기 시작했다. 그러자 딜지가 울음을 멈췄고 우리도 울음을 멈췄다.

「아, 깜둥이들이니까 그렇지.」캐디가 말했다. 「백인들은 장례식이란 걸 안 해.」

「프로니, 엄마가 얘들한테는 입도 뻥긋하지 말라고 했잖아.」버시가 말했다.

「뭘 말이야.」캐디가 말했다.

딜지가 울었다. 그 소리가 거기까지 들리자 나도 울기 시작했고 블루도 계단 밑에서 울기 시작했다. 러스터, 얘들 헛간으로 데려가. 프로니가 창문 안쪽에서 말했다. 정신이 사나워서 음식 준비도 못 하겠어. 저 개도 데려가. 모두 여기서 데리고 나가.

거긴 안 갈래요. 러스터가 말했다. 거기서 할아버지를 볼까 무서워요. 어젯밤에 봤는데 내게 손까지 흔들었어요.

「왜 말하지 말라는 거지.」프로니가 말했다. 「백인들도 죽긴 마찬가진데. 너희 할머니도 우리 깜둥이들처럼 죽었어.」

20 1915년 딜지의 남편인 로스커스의 장례식 때.
21 콤슨 집안의 또 다른 개 이름.

「개들도 죽어.」 캐디가 말했다. 「낸시가 도랑에 빠졌을 때 로스커스가 총으로 쐈어. 독수리들이 와서 뼈만 남기고 다 먹어 버렸는걸.」

시커먼 넝쿨로 덮인 어두운 도랑에서 나뒹굴던 뼈가 달빛 속에서 도랑 밖으로 둥글게 빛났다. 마치 그 형체들이 일부 멈췄을 때처럼. 그때 그 형체들이 모두 멈췄고 날도 어두워졌다. 내가 울음을 그쳤다가 다시 울려 하는데 엄마의 울음소리가 들렸고, 빠르게 움직이는 발소리가 들렸다. 냄새가 났다. 그때 방이 다가왔고 내 눈이 감겼다. 나는 계속 울어 댔다. 계속 냄새가 났다. 티피가 침대보를 풀었다.

「쉿.」 티피가 말했다. 「쉬이이이잇.」

하지만 냄새가 계속 났다. 티피가 나를 안고 급히 옷을 입혔다.

「벤지, 뚝. 우리 집으로 가자. 우리 집에서 프로니와 같이 있고 싶지. 조용. 쉬이잇.」 티피가 말했다.

티피가 내 신발 끈을 묶고 모자를 씌우더니 나를 데리고 밖으로 나갔다. 복도에 불빛이 보였고 그 건너로 엄마의 우는 소리가 들렸다.

「쉬이이잇, 벤지. 곧 나갈 거야.」 티피가 말했다.

문이 열리자 냄새가 더 심하게 났다. 누군가 머리를 내밀었다. 아버지가 아니었다. 아버지는 몸이 아파 방 안에 있었다.

「개 좀 밖으로 데려가라니까.」

「나가는 중이에요.」 티피가 말했다. 딜지가 계단으로 올라왔다.

「쉿, 조용. 집으로 데려가라, 티피. 프로니더러 잠자리 좀 봐주라 하고. 벤지 잘 보고 있어야 한다. 자, 벤지, 티피를 따라가야지.」

딜지가 엄마의 울음소리가 나는 곳으로 돌아갔다.

「쭉 거기에 있게 하는 게 낫겠어.」 아버지 소리가 아니었다. 다시 문이 닫혔다. 하지만 냄새는 여전했다.

계단을 내려와 어두운 곳으로 내려갔다. 티피가 내 손을 잡았다. 문밖으로 나와 어둠을 빠져나왔다. 뒤뜰에서 댄이 짖어 대고 있었다.

「저 녀석도 냄새를 맡나 보네.」 티피가 말했다. 「너도 냄새로 다 아는 거야.」

우리는 그림자가 비치는 계단을 따라 내려갔다.

「아차, 네 외투를 깜빡했네.」 티피가 말했다. 「입어야 하는데. 근데 돌아가긴 싫어.」

댄이 짖어 댔다.

「시끄러.」 티피가 말했다. 우리의 그림자가 움직였다. 댄의 그림자는 짖을 때만 움직였다.

「이렇게 울어 대면 우리 집에 안 데려간다.」 티피가 말했다. 「이젠 꼭 개구리처럼 쉰 소리로 울어 대네. 그만해.」

우리는 그림자와 함께 벽돌 길을 따라 내려갔다. 돼지

우리에서 돼지 냄새가 났다. 공터의 소가 우리를 보며 여물을 씹고 있었다. 댄도 울부짖었다.

「동네 사람들 다 깨우겠네. 조용히 좀 해.」티피가 말했다.

냇가 옆에서 뭔가를 뜯어 먹고 있는 팬시가 보였다. 냇가에 도착하자 달빛이 물 위를 비추고 있었다.

「안 돼. 여긴 너무 가까워.」티피가 말했다. 「여기 있으면 안 돼. 네 꼴 좀 봐라. 다리가 온통 다 젖었네. 자, 가자고.」댄이 짖어 대고 있었다.

소리가 나는 풀밭 너머로 도랑이 보였다. 시커먼 넝쿨 사이로 뼈가 굴러다니고 있었다.

「자, 이젠 목청껏 울어 봐. 밤새 울어도 돼. 20에이커나 되는 풀밭에 대고 실컷 울어 봐.」티피가 말했다.

티피가 도랑에 누웠고, 나는 독수리가 무겁고 검은 날갯짓을 하며 서서히 쪼아 먹었던 낸시의 뼈를 쳐다보며 바닥에 앉았다.

지난번에 여기 왔을 때는 가지고 있었는데. 러스터가 말했다. 내가 보여 줬잖아. 너도 봤지. 내가 주머니에서 꺼내 보여 줬잖아.

「독수리가 다머디 할머니 옷까지 홀랑 벗겨 버릴 거라고 생각하는 거니.」캐디가 말했다. 「너 미쳤구나.」

「누나가 돈 거지.」제이슨이 말했다. 그리고 울기 시작했다.

「넌 멍청이야.」캐디가 말했다. 제이슨이 울었다. 제이슨은 주머니에 손을 넣고 있었다.

「제이슨은 커서 부자가 될 거야.」버시가 말했다.「항상 주머니에 손을 넣어 돈을 쥐고 있잖아.」

제이슨이 울었다.

「너 때문에 애까지 울잖아.」캐디가 말했다.「제이슨, 그만해. 독수리가 할머니 묻힌 곳에 어떻게 들어가니. 아버지가 그냥 놔둘 것 같니. 너 계속 그러면 독수리가 널 쪼아 먹게 한다. 쉿, 조용히 해.」

제이슨이 울음을 그쳤다.「프로니가 장례식이라고 했어.」제이슨이 말했다.

「장례식이 아니고 파티라니까. 프로니는 아무것도 몰라. 티피, 벤지가 반딧불이를 갖고 싶어 하니까 병 좀 잠깐만 빌려줘.」캐디가 말했다.

티피가 반딧불이 병을 내게 주었다.

「거실 문 쪽으로 가면 뭔가 보일 거야.」캐디가 말했다.「그럼 내 말을 믿게 될걸.」

「난 벌써 알고 있어.」프로니가 말했다.「볼 필요도 없어.」

「프로니, 너 조용히 하지 못하겠니.」버시가 말했다.「엄마한테 혼난다.」

「대체 뭔데.」캐디가 말했다.

「난 다 안다니까.」프로니가 말했다.

「그럼, 우리 앞쪽으로 돌아가자.」캐디가 말했다.

우리는 그곳으로 움직였다.

「티피가 자기 반딧불이 달래.」프로니가 말했다.

「조금 더 갖고 있게 해줘, 티피.」캐디가 말했다.「돌려줄 테니까.」

「너희들은 한 번도 잡은 적이 없잖아.」프로니가 말했다.

「너랑 티피 모두 따라오게 해줄 테니, 좀 갖고 있게 해줘.」캐디가 말했다.

「나와 티피가 네 말을 들어야 한다고 누가 그래.」프로니가 말했다.

「그럼 내 말 안 들어도 된다고 할 테니, 벤지가 갖고 있게 해줄래.」캐디가 말했다.

「좋아. 티피, 벤지 좀 갖고 있게 해주자. 우리는 사람들이 우는 거 보러 가자.」프로니가 말했다.

「우는 게 아니라 파티라니까. 버시, 사람들이 울고 있니.」캐디가 물었다.

「여기선 뭘 하는지 안 보여.」버시가 말했다.

「가자. 프로니와 티피는 내 말 안 들어도 돼. 나머지는 내 말을 따라야 해. 버시, 벤지를 데려와. 곧 어두워진다고.」

버시가 나를 안았다. 우리는 부엌을 돌아 나갔다.

모퉁이를 돌아 내다보니 진입로를 따라 불빛이 올라오는 게 보였다. 티피가 지하 창고로 돌아가 문을 열었다.

저 아래 뭐가 있는지 아니. 티피가 말했다. 소다수가 있다고.

나리께서 양손에 쥐고 올라오는 걸 봤거든. 여기서 잠깐 기다려.

티피가 가더니 부엌 안을 슬쩍 훔쳐보았다. 너 뭐 훔쳐보는 거야. 딜지가 말했다. 벤지는 어디 있고.

여기 밖에 있어요. 티피가 말했다.

가서 걔나 봐. 딜지가 말했다. 집 안에 들여보내지 말고.

알았어요. 티피가 말했다. 아직 시작 안 했어요.

저 애는 눈에 띄지 않게 하고. 딜지가 말했다. 난 할 일이 산더미처럼 많아.

뱀 한 마리가 집 밑에서 기어 나왔다. 제이슨이 자신은 뱀이 안 무섭다고 하자 캐디가 제이슨은 겁쟁이이고 오히려 자기가 안 무서워한다고 했다. 버시가 둘 다 무서워한다고 하자 캐디는 아버지가 시킨 대로 조용히 하라고 했다.

이제 울고 그러면 안 돼. 티피가 말했다. 너도 이 사스프릴러 술 먹고 싶지.

냄새 때문에 코와 눈이 간지러웠다.

너 안 먹으면 내가 다 먹을게. 티피가 말했다. 여기 또 있네. 아무도 안 볼 때 한 병 더 챙기자고. 넌 조용히 있어.

우리는 거실 문 옆에 있는 나무 아래에서 멈췄다. 버시가 젖은 잔디 위에 나를 내려놓았다. 날씨가 추웠다. 창문마다 불이 켜져 있었다.

「저기가 다머디 할머니가 있는 곳이야.」 캐디가 말했다. 「다머디 할머니가 요즘 매일 아프셔. 할머니 병이 나으면 모두 함께 피크닉을 간다고 하던데.」

「나는 다 알고 있어.」프로니가 말했다.

나무가 윙윙댔다. 풀도 윙윙거렸다.

「저 옆방이 우리가 홍역에 걸렸을 때 있던 곳이야.」캐디가 말했다. 「너와 티피는 어디서 홍역을 앓았니.」

「글쎄, 그냥 우리가 있는 곳에서 치렀겠지.」프로니가 말했다.

「아직 시작 안 했지.」캐디가 말했다.

이제 시작하나 보네. 티피가 말했다. 창문을 통해 보게끔 내가 상자를 구해 올 테니 넌 여기 있어. 우선 사스프릴러 술부터 마시자. 꼭 배 속에 부엉이 한 마리가 들어가 있는 기분이야.

우리는 사스프릴러를 마셨다. 티피가 지하실 격자창 틈으로 술병을 내밀고는 어디론가 가버렸다. 거실에서 사람들 소리가 들렸고 나는 손으로 벽을 긁어 댔다. 티피가 상자를 끌어오다 자빠졌다. 그리고 웃어 대기 시작했다. 바닥에 눕더니 풀밭에 얼굴을 대고 웃었다. 그런 다음 일어나 웃음을 참고 창문 아래로 상자를 끌고 갔다.

「하마터면 깜짝 놀라 소리 지를 뻔했네.」티피가 말했다. 「상자에 올라가서 시작했는지 봐봐.」

「밴드가 와야 시작을 하지.」캐디가 말했다.[22]

「무슨 밴드가 와.」프로니가 말했다.

22 글씨체 변화 없이 시간대 전환. 벤지의 생각이 캐디의 결혼식 피로연 때에서 별안간 다머디 할머니의 장례식 때로 바뀐다.

「네까짓 게 뭘 안다고 그래.」 캐디가 말했다.

「알 건 다 알아.」 프로니가 말했다.

「넌 아무것도 몰라.」 캐디가 말했다. 그리고 나무 아래로 갔다. 「버시, 나 좀 올려 줘.」

「나리가 그 나무에서 떨어져 있으라고 했잖아.」 버시가 말했다.

「그건 옛날 일이야.」 캐디가 말했다. 「이젠 아빠도 다 잊었을 거야. 그리고 오늘은 다 내 말을 들으라고 했지. 오늘 밤 내 말 들으라고 그런 거 맞지.」

「난 누나 말 안 들을 거야.」 제이슨이 말했다. 「프로니와 티피도 마찬가지고.」

「버시, 나 좀 올려 달라니까.」 캐디가 말했다.

「알았어.」 버시가 말했다. 「혼나도 네가 혼나는 거지, 난 아니니까.」 버시가 캐디를 나무의 맨 윗가지 위로 들어 올렸다. 캐디의 속옷에 진흙이 묻은 게 보였다. 그러다가 캐디가 보이지 않았고, 나뭇잎 스치는 소리만 들렸다.

「나뭇가지를 부러뜨리면 나리가 혼낼 거라고 하셨어.」 버시가 말했다.

「내가 누나가 한 짓 아빠한테 다 일러바칠 거야.」 제이슨이 말했다.

나뭇잎 스치는 소리가 멈췄다. 우리는 가만히 있는 나뭇가지를 올려다보았다.

「뭐가 보여.」 프로니가 말했다.

그들이 보였다. 그리고 머리에 꽃을 꽂고 빛나는 바람처럼 긴 베일을 쓴 캐디의 모습이 보였다. 캐디 캐디

「쉿.」티피가 말했다.「네 소리 다 들리잖아. 빨리 고개 숙여.」티피가 나를 잡아당겼다. 캐디. 나는 손톱으로 벽을 긁었다. 캐디. 티피가 나를 잡아당겼다.「쉿.」티피가 말했다.「쉿, 빨리 이쪽으로 와.」티피가 다시 나를 잡아 당겼다. 캐디.「벤지, 조용히 해. 네 소리 다 들려. 자, 사스프릴러나 더 마시자. 그리고 네가 조용히 있으면 다시 돌아올 거야. 한 병 더 챙기자. 아니면 우리 둘 다 소리 지를 것 같아. 댄이 마셨다고 하면 되지. 퀜틴은 댄이 똑똑한 개라고 항상 말했잖아. 그러니까 댄이 먹었다고 하면 돼.」

달빛이 창고 계단까지 내려왔다. 우리는 사스프릴러를 더 마셨다.

「내가 바라는 게 뭔지 모르지.」티피가 말했다.「곰 한 마리가 저 창고 문으로 걸어 들어왔으면 좋겠어. 그러면 내가 말이야, 곰에게 다가가 눈에 침을 뱉어 줄 거야. 자, 내가 웃음을 터뜨리기 전에 내 입 좀 막게 저 술병이나 줘.」

티피가 자빠졌다. 티피가 웃기 시작했고, 창고 문과 달빛이 달려가더니 무언가 나를 때렸다.

「쉿.」웃음을 참으며 티피가 말했다.「세상에, 다 들리 겠네. 일어나. 벤지, 빨리.」티피가 자지러지게 웃고 있었고 나는 일어나려고 했다. 창고 계단이 달빛 아래서 언덕

위로 내달렸고, 티피가 언덕 위로, 그리고 달빛 속으로 자빠졌다. 나는 울타리에 부딪쳤고 티피가 〈조용히, 조용히 해〉하며 나를 따라왔다. 그리고 웃으며 꽃밭에 자빠졌다. 나는 상자에 부딪쳤고 기어 올라가려고 했지만 상자가 펄쩍 뛰더니 내 뒤통수를 때리는 바람에 내 목구멍에서 소리가 났다. 다시 한번 소리가 났고 내가 일어나려고 하자 또다시 소리가 났다. 나는 울기 시작했다. 티피가 나를 당겼지만 목구멍에서 계속 소리가 났다. 계속 소리가 났지만 내가 울고 있는지도 몰랐다. 티피가 웃으며 내 위로 자빠졌고 내 목구멍이 계속 소리를 냈다. 퀜틴이 달려와 티피를 발로 걷어찼다. 캐디가 날 감싸 안았고 빛나는 베일이 보였다. 캐디에게서 나무 냄새가 나지 않았고 나는 울기 시작했다.

벤지. 캐디가 말했다. 벤지. 캐디가 다시 날 안으려 했지만 나는 가버렸다. 「벤지, 왜 그래. 이 모자 때문이니.」캐디가 모자를 벗고 내게 다가왔다. 하지만 나는 다시 가버렸다.

「벤지.」캐디가 말했다. 「무슨 일이야, 벤지. 누나가 뭘 잘못했니.」

「걔는 숙녀인 척하는 그런 그 옷 안 좋아해.」제이슨이 말했다. 「자기가 무슨 어른이라도 되나. 남들보다 자기가 잘났다고 생각하죠, 아가씨.」

「너 입 못 닥쳐.」캐디가 말했다. 「이 짐승만도 못한 놈이. 애, 벤지.」

「열네 살 됐다고 어른처럼 굴지 마.」제이슨이 말했다. 「자기가 뭐 특별난 줄 알아.」

「쉿, 벤지.」캐디가 말했다. 「울면 엄마가 정신 사나워 하셔, 벤지.」

하지만 나는 그치지 않았다. 그리고 캐디가 다른 곳으로 가버리면 나도 뒤따라갔다. 하지만 캐디가 계단에 서서 나를 기다리면 나도 멈춰 섰다.

「왜 그래, 벤지.」캐디가 말했다. 「캐디 누나에게 말하면 다 해줄게. 자.」

「캔디스.」엄마가 말했다.

「네, 엄마.」캐디가 말했다.

「걔를 왜 건드리니.」엄마가 말했다. 「이리 데려와라.」

우리는 엄마 방으로 갔다. 엄마는 어디가 아픈지 이마에 천을 대고 있었다.

「무슨 일이야, 벤저민.」엄마가 말했다.

「벤지.」캐디가 말했다. 캐디가 다가오자 나는 다시 가버렸다.

「네가 벤저민에게 무슨 짓을 했구나.」엄마가 말했다. 「나 좀 쉬게, 걔 좀 내버려 둬라. 상자 좀 갖다 주고 그냥 놀게 내버려 둬.」

캐디가 장신구 상자를 가져와 바닥에 놓았다. 상자는 별로 가득 차 있었다. 내가 가만히 있으면 별도 가만히 있고, 내가 움직이면 별이 빛을 내며 반짝거렸다. 나는 울음을 그쳤다.

그리고 캐디가 움직이는 소리를 듣자 나도 따라 움직였다.

「벤저민, 이리 와라.」 엄마가 말했다. 나는 문 앞으로 갔다. 「얘, 벤저민.」 엄마가 말했다.

「대체 무슨 일이야.」 아버지가 말했다. 「너 어디 가니.」

「제이슨, 쟤 좀 아래층으로 데려가서 누가 좀 챙기라고 해라.」 엄마가 말했다. 「엄마가 아픈지 알면서도, 대체 」

아버지가 우리 뒤에서 방문을 닫고 나갔다.

「티피.」 아버지가 말했다.

「예, 나리.」 아래층에서 티피가 말했다.

「벤지 내려간다.」 아버지가 말했다. 「티피랑 나가거라.」

나는 화장실 문으로 갔다. 물소리가 들렸다.

「벤지.」 티피가 아래층에서 나를 불렀다.

물소리가 들렸고 나는 그 소리를 계속 들었다.

「벤지.」 티피가 아래층에서 나를 불렀다.

나는 물소리를 들었다.

물소리가 끝나자 캐디가 문을 열었다.

「자, 벤지.」 캐디가 말했다. 캐디가 나를 쳐다보자 나는 캐디에게로 갔다. 캐디가 나를 껴안았다. 「다시 누나를 찾았지.」 캐디가 말했다. 「누나가 도망간 줄 알았구나.」 캐디에게서 나무 냄새가 났다.

우리는 캐디 방으로 갔다. 캐디가 거울 앞에 앉았다.

64

그런 다음 손을 멈추곤 나를 쳐다봤다.

「벤지, 왜 그래. 울면 안 돼. 난 어디 안 가. 자, 여기
봐.」캐디는 병을 꺼내더니 마개를 열어 내 코에 갖다 댔
다.「한번 맡아 봐. 향기 좋지.」

나는 달아나며 울음을 터뜨렸다. 캐디는 병을 잡고 나
를 쳐다봤다.

「아.」캐디가 말했다. 캐디가 병을 내려놓고 나를 껴안
았다.「이거였구나. 누나에게 말하고 싶었는데 말을 못
한 거야. 말하고 싶었는데 못 한 거 맞지. 이젠 절대 쓰지
않을게. 다신 안 그럴게. 옷 입을 때까지 기다려.」

캐디가 옷을 입은 다음 병을 들고 나왔고 우리는 부엌
으로 갔다.

「딜지.」캐디가 말했다.「벤지가 줄 선물이 있대요.」캐
디가 허리를 숙여 그 병을 내 손에 쥐어 주었다.「이제 이
걸 딜지에게 주렴.」캐디가 내 손을 잡아 딜지에게 내밀
자 딜지가 병을 받았다.

「정말이지, 우리 귀염둥이가 나에게 향수병을 다 주다
니.」딜지가 말했다.「여보, 이걸 보구려.」

캐디에게서 나무 냄새가 났다.「우린 향수 안 좋아해
요.」캐디가 말했다.

캐디에게서 나무 냄새가 났다.

「자, 이리 와.」딜지가 말했다.「다 큰 애가 혼자 자야
지. 열세 살인데. 모리 삼촌 방에서 혼자 자야 한다.」

모리 삼촌이 아팠다. 눈도 아프고 입도 아팠다. 버시가 쟁반에 식사를 담아 삼촌에게 가져갔다.

「처남이 그놈을 쏴 죽이겠다고 하던데.」 아버지가 말했다. 「그래서 내가 패터슨이 눈치채게 미리 떠들고 다니지 않는 편이 좋을 거라고 했지.」 아버지는 술을 마셨다.

「여보.」 엄마가 말했다.

「쏘다니 누구를 쏴요, 아버지.」 퀜틴이 말했다. 「모리 삼촌이 그 사람을 왜 쏘려고 하는데요.」

「그 사람이 사소한 농담을 받아들이지 못해서 그래.」 아버지가 말했다.

「여보.」 엄마가 말했다. 「도대체 왜 그래요. 숨어서 총질하는 놈에게 오빠가 맞아 죽어도 거기 앉아 웃고만 있을 작정인가요.」

「그럼 처남이 매복 장소에서 멀리 떨어져 있으면 되겠네.」 아버지가 말했다.

「누구를 쏜다는 거예요, 아버지.」 퀜틴이 말했다. 「삼촌이 누굴 쏘는데요.」

「아무것도 아냐.」 아버지가 말했다. 「나는 빌려줄 총도 없어.」

엄마가 울기 시작했다. 「오빠가 밥만 축낸다고 원망하고 싶으면 오빠 면전에 대고 말하지 그래요. 없을 때 애들 앞에서 조롱하지 말고.」

「조롱하다니.」 아버지가 말했다. 「처남을 칭찬하는 거야. 내 인종적 우월감을 갖는 데 처남이 절대 필요하거든. 말 한 쌍을 준다고 해도 처남과 바꿀 생각이 없어요. 그 이유가 뭔지 아니, 퀜틴.」

「몰라요.」 퀜틴이 말했다.

「엣 에고 인 아르카디아.[23] 한데 건초가 라틴어로 뭐였는지 생각이 안 나네.」 아버지가 말했다. 「자, 다 농담이야.」 아버지는 뭔가 마시고 잔을 내려놓더니 일어나서 엄마의 어깨에 손을 얹었다.

「농담이 아니죠.」 엄마가 말했다. 「우리 집도 당신네만큼이나 괜찮은 집안이에요. 오빠가 건강이 좀 나쁠 뿐이지.」

「누가 아니라나.」 아버지가 말했다. 「나쁜 건강은 모든 생명의 주된 원천이지. 질병으로 생겨나서 부패하다가 썩고 마는 거야. 버시.」

「예, 나리.」 내 의자 뒤에서 버시가 말했다.

「이 술병 가져가서 다시 채워 다오.」

「딜지에게 얼른 와서 벤저민을 잠자리에 눕히라고 해라.」 엄마가 말했다.

「너도 이제 다 컸잖아.」 딜지가 말했다. 「캐디도 너랑

23 Et ego in arcadia. 〈나는 아르카디아에 있었고〉라는 뜻의 라틴 시 구절. 전체 문장은 〈나는 아르카디아에 있었고 거기에는 먹을 건초가 많았다〉이다. 라틴어로 〈건초〉는 〈은혜〉와 관련 있는 어휘로, 대접을 한 다음 대가를 받으면 은혜가 아니라는 의미에서, 이 집에 얹혀사는 모리 삼촌은 아무런 일도 하지 않으니 그것이 은혜가 된다는 뜻을 담고 있다.

같이 자는 데 지쳤어. 자, 이제 뚝 하고 그만 자야지.」방
이 사라졌다. 나는 다시 울기 시작했다. 다시 방이 돌아
왔고 딜지가 와서 나를 쳐다보며 침대에 앉았다.

「자, 착한 아이지. 그만 뚝.」딜지가 말했다. 「안 그치겠
군. 그럼 잠깐만 기다려.」

딜지가 사라졌다. 문 앞에 아무도 없었다. 그러다가 캐
디가 나타났다.

「뚝. 내가 왔잖아.」캐디가 말했다.

나는 울음을 그쳤다. 딜지가 침대보를 젖혔고 캐디가
침대보와 담요 사이에 누웠다. 캐디는 잠옷을 입은 채로
누웠다.

「자, 내가 왔잖아.」캐디가 말했다. 딜지가 담요를 가져
와 펼치더니 그걸로 캐디를 감쌌다.

「곧 잠들 거야.」딜지가 말했다. 「네 방에 불은 켜놓을게.」

「응.」캐디가 말했다. 캐디가 내게 바짝 붙어 나랑 같이
베개를 벴다. 「잘 자, 딜지.」

「예쁜 아가씨도 잘 자요.」딜지가 말했다. 방이 어두워
졌다. 캐디에게서 나무 냄새가 났다.

우리는 캐디가 있는 나무 위를 쳐다봤다.

「오빠, 캐디가 뭘 보는 거지.」프로니가 속삭였다.

「쉬이이잇.」나무 위에서 캐디가 말했다. 딜지가 말했다.

「너희들 이리 와라.」딜지가 집 모퉁이를 돌아서 왔다.
「너희들 왜 나리가 말씀하신 대로 계단 위로 올라가지 않

고 몰래 빠져나온 거야. 캐디랑 퀜틴은 어디 있고.」

「누나한테 올라가지 말라고 했는데.」제이슨이 말했다. 「내가 다 일러바칠 거야.」

「나무 위에 누구야.」딜지가 말했다. 딜지가 다가와 나무 위를 쳐다봤다. 「캐디.」딜지가 말했다. 다시 나뭇가지가 흔들리기 시작했다.

「요 짓궂은 사탄 같으니라고.」딜지가 말했다. 「당장 거기서 내려오지 못하겠니.」[24]

「쉿.」캐디가 말했다. 「아빠가 조용히 하라고 했잖아.」 캐디의 다리가 보였고 딜지가 올라가 캐디를 나무에서 안아 내렸다.

「애들을 이리로 오게 하지 말았어야지. 그 정도 분별력도 없니.」

「캐디가 내 말을 들어야지요.」버시가 말했다.

「너희들 여기서 뭐 하는 거니.」딜지가 말했다. 「누가 집에 오자고 했어.」

「캐디가 그랬어요.」프로니가 말했다. 「캐디가 우리보고 오자고 했어요.」

---

24 집 밑에서 기어 나오는 뱀, 다머디 할머니의 죽음을 보기 위해 나무를 타고 올라간 캐디, 진흙 묻은 속바지를 쳐다보고 있는 퀜틴과 벤지, 나무에 올라탄 캐디를 〈사탄〉이라고 꾸짖는 딜지, 제이슨의 돈을 훔친 후 이 나무를 타고 내려와 남자 친구와 야반도주하는 캐디의 딸 퀜틴(네 번째 장) 등, 포크너는 에덴동산의 이미지를 그리고 있다. 배나무는 마치 에덴동산 한가운데 있는 선악과나무의 이미지를 연상시킨다.

「캐디가 말하는 대로 하라고 누가 그러던.」딜지가 말했다. 「집에 가지 못해.」프로니와 티피는 먼저 갔다. 그들이 멀어져 갔고 더 이상 보이지 않았다.

「이 밤중에 여기를 오다니.」딜지가 말했다. 딜지가 나를 안고 부엌으로 갔다.

「나 몰래 살짝 빠져나오다니.」딜지가 말했다. 「자러 갈 시간 지난 거 알지.」

「쉬이잇, 딜지.」캐디가 말했다. 「크게 떠들지 마. 조용히 해야 한다니까.」

「너나 입 닫고 조용히 해라.」딜지가 말했다. 「퀜틴은 어디 갔어.」

「오빠는 내 말을 따르라고 해서 화가 잔뜩 났어.」캐디가 말했다. 「벤지가 아직 티피의 반딧불이 병을 갖고 있어.」

「티피는 그거 없어도 괜찮아.」딜지가 말했다. 「버시, 가서 퀜틴이나 찾아봐라. 퀜틴이 헛간으로 가는 걸 아버지가 봤다더라.」버시가 갔다. 그리고 보이지 않았다.

「저 안엔 아무 일도 없네.」캐디가 말했다. 「그냥 의자에 앉아 쳐다만 보고들 있어.」

「너희가 도와줄 일이 전혀 없단다.」딜지가 말했다. 우리는 부엌을 돌아 나갔다.

어딜 가고 싶은 건데. 러스터가 말했다. 다시 돌아가서 사람들 공 치는 거 보려고 그러니. 거긴 다 찾아봤잖아. 자, 기다려.

내가 가서 공 주워 올 때까지 여기서 기다려. 생각난 게 있거든.

부엌이 어두웠다.[25] 하늘로 뻗은 나무들이 검었다. 댄이 계단 아래에서 어기적대며 기어 나와 내 발목을 깨물었다. 부엌을 돌아 나갔더니 달이 떠 있었다. 댄이 달 속으로 허둥대며 갔다.

「벤지.」 티피가 집에서 말했다.

거실 옆 꽃나무는 어둡지 않았지만 무성한 나무들은 어두웠다. 달빛 아래서 풀들이 소리를 냈고 내 그림자가 풀밭 위를 걸어왔다.

「벤지.」 티피가 집에서 말했다. 「너 어디 숨었어. 살짝 빠져나가려고 그러지. 내가 다 알아.」

러스터가 돌아왔다. 기다려. 러스터가 말했다. 거기 가면 안 돼. 퀜틴하고 남자 친구가 그네 타고 있다고. 벤지, 이리 와. 이리 돌아오라고.

나무 밑이 어두웠다. 댄은 오려 하지 않고 달빛 아래 서 있었다. 그러자 그네가 보였고 나는 울음을 터뜨렸다.

거기서 떨어지라고, 벤지. 러스터가 말했다. 퀜틴이 성질 부리는 거 잘 알잖아.

두 명이었다가 다시 그네에 한 명만 보였다. 캐디가 급하게 달려왔다. 달빛 아래 하얀 모습이었다.

「벤지.」 캐디가 말했다. 「집에서 어떻게 빠져나왔어.

25 여기부터는 캐디가 남자 친구와 데이트하는 장면과 그녀의 딸 퀜틴이 남자 친구와 데이트하는 장면이 번갈아 등장한다.

버시는 어디 있고.」

캐디가 나를 껴안자 나는 울음을 그쳤다. 나는 캐디의
옷을 붙잡고 잡아끌려 했다.

「왜 그래, 벤지.」 캐디가 말했다. 「찰리야, 찰리 알잖아.」

「쟤 돌보는 깜둥이는 어디 갔어.」 찰리가 말했다. 「어
쩌자고 쟤를 풀어놓은 거야.」

「뚝, 벤지.」 캐디가 말했다. 「찰리, 저리 가. 벤지가 너
를 싫어해.」 찰리가 가버리자 나는 울음을 그쳤다. 그리
고 캐디의 옷에 매달렸다.

「왜 그래, 벤지.」 캐디가 말했다. 「누나가 여기에서 잠
깐만 찰리와 얘기하면 안 될까.」

「깜둥일 불러.」 찰리가 말했다. 그가 돌아오자 나는 더
크게 울면서 캐디의 옷을 잡아당겼다.

「찰리, 저리 가라니까.」 캐디가 말했다. 찰리가 다가와
두 손으로 캐디를 잡자 나는 다시 울음을 터뜨렸고 더 크
게 울었다.

「하지 마.」 캐디가 말했다. 「하지 말라니까.」

「얘는 말도 못 하잖아.」 찰리가 말했다. 「캐디.」

「미쳤니.」 캐디가 말했다. 캐디의 숨소리가 빨라졌다.
「동생이 보잖아. 하지 마. 하지 말라니까.」 캐디가 밀어냈
다. 둘 다 숨소리가 빨라졌다. 「제발. 제발.」 캐디가 속삭
이는 소리로 말했다.

「쟤 좀 보내라니까.」 찰리가 말했다.

「알았어.」 캐디가 말했다. 「나 좀 놔줘.」

「쟤 보낼 거지.」 찰리가 말했다.

「그래.」 캐디가 말했다. 「좀 놔봐.」 찰리가 다른 곳으로 갔다. 「뚝.」 캐디가 말했다. 「찰리가 갔잖아.」 나는 뚝 그쳤다. 캐디를 느낄 수 있었다. 캐디의 심장이 가쁘게 뛰고 있었다.

「내 동생을 집에 데려가야 해.」 캐디가 말했다. 그리고 내 손을 잡았다. 「곧 올게.」 캐디가 속삭였다.

「잠깐.」 찰리가 말했다. 「깜둥일 부르라니까.」

「안 돼.」 캐디가 말했다. 「다시 올게. 벤지, 가자.」

「캐디.」 찰리가 속삭이며 크게 불렀다. 우리는 그냥 갔다. 「돌아와야 해. 꼭 돌아올 거지.」 캐디와 나는 달리고 있었다. 「캐디.」 찰리가 말했다. 우리는 달빛 아래서 부엌을 향해 달렸다.

「캐디.」 찰리가 다시 불렀다.

캐디와 나는 내달렸다. 부엌 계단을 올라가 현관으로 내달렸다. 어둠 속에서 캐디가 무릎을 꿇고 나를 안았다. 나는 헐떡이는 캐디의 가슴을 느끼고 들을 수 있었다. 「안 그럴게.」 캐디가 말했다. 「벤지, 절대 다시는 안 그럴게.」 그러다가 캐디가 울기 시작했고 나도 울기 시작했다. 우리는 서로를 부둥켜안았다. 「이제 뚝.」 캐디가 말했다. 「이제 안 그럴 테니, 뚝 해.」 내가 울음을 그쳤고 캐디가 일어났다. 우리는 부엌으로 들어가 불을 켰다. 캐디가 비누를 꺼내더니 싱크대에서 입을 닦았다. 아주 세게 닦았다. 캐디에게서 나무 냄새가 났다.

거기 가면 안 된다고 수없이 말했잖아. 러스터가 말했다. 그들이 재빨리 그네에서 일어났다. 퀜틴이 두 손으로 머리를 매만졌다. 남자는 넥타이가 빨겠다.

이 늙은 미치광이. 퀜틴이 말했다. 러스터, 내가 가는 곳마다 저 바보가 따라다니게 둔다고 딜지에게 일러바칠 거야. 너 딜지한테 맞을 줄 알아.

「나도 저 바보를 못 말려.」 러스터가 말했다. 「벤지, 가자니까.」

「일부러 안 하는 거지.」 퀜틴이 말했다. 「너희 둘 다 기웃대면서 나를 쫓아다니잖아. 할머니가 나 감시하라고 너희들 보낸 거지.」 퀜틴이 그네에서 내려왔다. 「당장 저 바보를 멀리 데려가지 않으면 삼촌한테 일러서 널 때리라고 할 거야.」

「나도 어쩔 수 없다고 했잖아.」 러스터가 말했다. 「할 수 있으면 네가 한번 해봐.」

「닥쳐.」 퀜틴이 말했다. 「데려갈 거지.」

「그냥 놔둬 봐.」 남자가 말했다. 남자의 넥타이가 빨겠다. 그 위에 벌건 해가 비쳤다. 「이봐.」 남자가 성냥을 켜더니 입에 넣었다. 그리고 다시 빼냈다. 아직 불이 붙어 있었다. 「한번 해볼래.」 그가 말했다. 나는 그에게로 갔다. 「입 벌려 봐.」 그가 말했다. 내가 입을 벌리자 퀜틴이 성냥불을 손으로 쳐서 꺼버렸다.

「빌어먹을.」 퀜틴이 말했다. 「다시 울게 할 작정이야. 하루 종일 소리 지른단 말이야. 러스터, 내가 딜지에게 다 이를 거야.」 퀜틴이 달음박질치며 사라졌다.

「어이.」 그가 말했다. 「돌아와. 이 녀석한테 장난치지 않을게.」

퀜틴이 집으로 내달아 부엌을 돌아 들어갔다.

「헤이, 당신이 말썽이네.」 그가 말했다. 「그렇잖아.」

「무슨 말인지 못 알아들어요.」 러스터가 말했다. 「귀머거리에다 벙어리예요.」

「그래.」 그가 말했다. 「저렇게 된 지 오래됐나.」

「오늘로 33년째예요.」 러스터가 말했다. 「태어날 때부터 멍청이였어요. 그런데 당신 혹시 공연단원 아닌가요.」

「그건 왜.」 그가 말했다.

「이 근처에서 본 적이 없어서요.」 러스터가 말했다.

「그래, 근데 그게 어때서.」 그가 말했다.

「그냥요.」 러스터가 말했다. 「오늘 밤에 공연 보러 가거든요.」

그가 나를 쳐다봤다.

「혹시 톱 가지고 연주하는 사람 아닌가요.」 러스터가 말했다.

「그걸 알려면 25센트 은전을 내야 할 거야.」 그가 말했다. 그가 다시 나를 쳐다봤다. 「한데 왜 이 녀석을 집에 가둬 놓지 않는 거지.」그가 물었다.「넌 왜 이 녀석을 바깥에 데리고 나오는 거야.」

「내게 말해 봤자 소용없어요.」러스터가 말했다.「저도 어쩔 수 없거든요. 저는 오늘 밤 공연 구경 가려고 잃어버린 은전을 찾으러 왔을 뿐이에요. 그런데 못 갈 것 같아요.」러스터가 바닥을 살폈다.「혹시 은전 남은 거 없나요.」러스터가 말했다.

「없어.」그가 말했다.「가진 게 없어.」

「그럼 다른 은전이라도 찾을 수밖에요.」러스터가 말했다. 러스터가 주머니에 손을 넣었다.「혹시 골프공 살 생각 있으세요.」

「무슨 공.」그가 말했다.

「골프공요.」러스터가 말했다.「저는 은전만 있으면 돼요.」

「내가 그 공을 어디에 쓰게.」그가 말했다.「필요 없어.」

「그럴 줄 알았어요.」러스터가 말했다.「헤이, 멍청아, 빨리 가자.」러스터가 말했다.「이리 와서 저 사람들 공 치는 거나 보라고. 어, 흰독말풀이랑 같이 갖고 놀 수 있는 게 여기 또 있네.」러스터가 말했다. 러스터가 그걸 내게 주었다. 환하게 빛이 났다.

「너 그거 어디서 났어.」그가 말했다. 걸어가고 있는 그의 넥타이가 태양빛에 빨갰다.

「저 수풀 속에서 찾았어요.」러스터가 말했다.「내가

잃어버린 동전인 줄 알았어요.」

그가 돌아와 그걸 내게서 빼앗았다.

「쉿.」러스터가 말했다. 「보고 나서 돌려줄 거야.」

「애그니스 메이블 베키.」[26] 그가 말했다. 그는 집 쪽을 쳐다보았다.

「쉿.」러스터가 말했다. 「지금 돌려줄 거야.」

그가 그것을 내게 돌려주었고 나는 울음을 그쳤다.

「어젯밤 누가 퀜틴을 보러 왔지.」그가 말했다.

「전 몰라요.」러스터가 말했다. 「매일 밤 누군가 오면 퀜틴이 나무를 타고 내려가요. 전 그 사람들 흔적조차 몰라요.」

「빌어먹을, 한 놈이라도 흔적을 안 남겼을 리가 있나.」 그가 말했다. 그리고 집을 쳐다보더니 그네로 가서 그 위에 누웠다. 「귀찮게 굴지 말고 꺼져.」그가 말했다.

「자, 가자.」러스터가 말했다. 「네가 다 망쳐 놨어. 지금쯤 퀜틴이 널 다 일러바쳤을 거야.」

우리는 울타리로 가서 휘감은 꽃들 사이로 쳐다봤다. 풀 속에서 러스터가 뭔가를 계속 찾고 있었다.

「여기 있었는데.」러스터가 말했다. 나는 깃발이 펄럭이는 모습을 봤고 넓은 풀밭으로 해가 기울어지는 것을 봤다.

「곧 사람들이 올 거야.」러스터가 말했다. 「저기 몇 명

26 콘돔 상표.

있는데, 그냥 가버리네. 어서 이리 와서 내가 찾는 거나 도와줘.」

우리는 울타리를 따라갔다.

「쉿.」러스터가 말했다. 「저 사람들이 안 오는데, 어떻게 오게 만들어. 기다려 봐, 곧 몇 명이 올 거야. 저기 봐, 몇 명 오잖아.」

나는 울타리를 따라가다가 문 앞까지 왔다. 책가방을 멘 여자애들이 지나가고 있었다. 「벤지, 돌아오지 못해.」 러스터가 말했다.

문밖을 내다봐도 아무 소용 없어. 티피가 말했다. 캐디는 먼 곳으로 가버렸다고. 결혼을 해서 널 떠났어. 문 잡고 울어 봤자 소용없어. 이젠 네 목소리를 들을 수도 없어.

티피, 저 애가 원하는 게 뭐니. 엄마가 말했다. 저 애랑 좀 놀아 주면서 조용히 시킬 수 없겠니.

저 아래로 가서 문밖을 내다보려고 해요. 티피가 말했다.

그럴 수는 없지. 엄마가 말했다. 밖에 비가 내리잖아. 쟤랑 놀아 주면서 울지 않게 해줘. 벤저민, 내 말 들어라.

아무리 말해도 안 그쳐요. 티피가 말했다. 자기가 문 앞에 가면 캐디가 오는 줄 알아요.

말도 안 돼. 엄마가 말했다.

그들이 얘기하는 소리가 들렸다. 밖에 나가니 더 이상 들리지 않았다. 문 앞으로 가니 책가방을 멘 여학생들이 지나가고 있었다. 나를 보더니 고개를 돌린 채 황급히 걸어갔다. 나는 말을 걸려 했지만 그들은 그냥 나를 지나쳤다. 말을 걸려고 울타리를 따라 쫓아가면 그들은 더 멀리 도망가 버렸고 마침내 마구 달리기 시작했다. 울타리 모퉁이까지 따라갔지만 더 이상 갈 수 없었다. 나는 울타리에 매달려 그들을 쳐다보며 말을 걸려고 했다.

「벤지.」티피가 말했다.「몰래 빠져나오고 뭐 하는 짓이야. 우리 엄마한테 혼나려고 그래.」

「울타리에서 징징대고 울어 봤자 아무 소용 없어.」티피가 말했다.「재들이 무서워하잖아. 재들 길 건너로 도망가는 것 좀 봐.」

재가 어떻게 밖에 나갔지. 아버지가 말했다. 제이슨, 너 들어올 때 문고리 걸지 않고 들어왔지.

말도 안 돼요. 제이슨이 말했다. 제가 그 정도는 아니에요. 제가 이런 일이 벌어지기를 원했겠어요. 이미 이 집안이 엉망인 걸 아는데요. 벌써 말씀드렸어야 하는 건데, 이제 벤지를 잭슨시[27]로 보내야 해요. 버지스 씨가 재를 먼저 쏴 죽이지만 않는다면 말예요.

입 닥치지 못해. 아버지가 말했다.

진작에 말씀드리려고 했어요. 제이슨이 말했다.

손을 대자 문은 이미 열려 있었다. 해 질 무렵 나는 문에 매달려 있었다. 나는 울고 있지 않았다. 해 질 무렵에 여학생들이 걸어오는 모습을 보며 울음을 그치려고 했

27 주립 정신 병원이 있는 곳.

다. 나는 울고 있지 않았다.

「그 사람 저기 있다.」

여학생들이 멈춰 섰다.

「밖에는 못 나와. 그리고 남을 해치지도 않는대. 어서 가자고.」

「난 무서워. 무서우니까 길 건너로 갈래.」

「저 사람 못 나온다니까.」

나는 울고 있지 않았다.

「겁쟁이처럼 굴지 마. 자, 가자니까.」

여학생들이 해 질 무렵 집으로 돌아오고 있었다. 나는 울음을 그친 채 문을 잡고 있었다. 그들이 서서히 다가왔다.

「무섭다니까.」

「남을 해치진 않아. 내가 매일 지나다니는데. 그냥 울타리를 따라 달리기만 해.」

그들이 다가왔다. 내가 문을 열자 여학생들이 뒤를 돌아보며 멈춰 섰다. 말을 걸려고 여학생 한 명을 붙잡자 그녀가 비명을 질렀다. 말을 걸려고 했지만 밝은 형체들이 멈춰 섰고 나는 빠져나가려 애썼다. 내 얼굴에서 그것을 벗으려 했지만 밝은 형체가 다시 움직이기 시작했다. 형체들은 언덕으로 올라가더니 사라졌고 나는 울음을 터뜨리려 했다. 하지만 숨을 들이마시자 숨이 내쉬어지지 않아 울 수가 없었다. 나는 언덕에서 굴러떨어지지 않으려 했지만 결국 언덕에서 굴러 눈부시게 휘도는 형체 속

으로 떨어지고 말았다.[28]

멍청아. 러스터가 말했다. 저기 몇 명이 오잖아. 이제 징징대며 울지 마.

사람들이 깃발 쪽으로 왔다. 한 사람이 깃발을 뽑자 모두 쳤다. 그리고 다시 깃발을 꽂았다.

「어르신.」 러스터가 말했다.

그가 뒤돌아봤다. 「무슨 일이냐.」 그가 말했다.

「골프공 사시겠어요.」 러스터가 말했다.

「어디 한번 보자.」 그가 말하며 울타리로 다가왔고 러스터가 울타리 틈새로 공을 내밀었다.

「너 이 공 어디서 났어.」 그가 물었다.

「주웠어요.」 러스터가 말했다.

「그건 나도 알아. 어디서 주웠어. 누구 골프 백에서 주웠냐고.」 그가 말했다.

「저기 안뜰에 놓여 있는 걸 주웠어요.」 러스터가 말했다. 「공값으로 25센트 은전만 주세요.」

「이게 네 공이라고 누가 그러더냐.」 그가 말했다.

「내가 주웠다니까요.」 러스터가 말했다.

「그럼 가서 하나 더 주워 봐.」 그가 말했다. 그는 주머니에 그 공을 넣은 채 그냥 가버렸다.

28 여학생에게 접근하려던 벤지는 결국 수술대에 올라 마취 상태로 거세 수술을 받게 된다. 수술대 위의 조명등 아래서 마취용 거즈를 벗으려고 하는 모습이 보이고, 마취 상태는 결혼식장에서 술에 취했던 경험과 유사한 효과를 가져온다.

「오늘 밤에 공연 구경하러 가야 해요.」러스터가 말했다.

「그래.」그가 말했다. 그리고 평평한 곳으로 갔다. 「공 좀 봐, 캐디.」그는 그렇게 말하고 쳤다.

「대체 저 사람들이 안 보여도 난리고 보여도 난리인 이유가 뭐야. 조용히 좀 해. 사람들이 마냥 징징대는 소리를 싫어하는 거 몰라. 꽃은 왜 떨어뜨려.」러스터가 꽃을 주워 내게 주었다. 「새 꽃 달라고. 벌써 그게 지겨운 거야.」우리는 울타리에 서서 그 사람들을 쳐다보았다.

「저 백인은 상대하기 어려워.」러스터가 말했다. 「내 공 가져가는 거 봤지.」그들이 걸어갔고 우리도 울타리를 따라 걸어갔다. 텃밭까지 오자 더 이상 갈 수 없었다. 나는 울타리를 잡고 텃밭에 핀 꽃 사이로 쳐다봤다. 그들은 가버렸다.

「이제 징징댈 일 없잖아.」러스터가 말했다. 「조용히 해. 정작 마음 아파해야 할 사람은 네가 아니라 나라고. 그 꽃은 왜 안 잡고 있어. 그것 때문에 또 징징댈 거잖아.」러스터가 내게 꽃을 주었다. 「이제 어디 가려고.」

풀밭에 우리 그림자가 보였다. 우리가 나무에 도착하기 전에 그림자가 먼저 닿았다. 내 그림자가 먼저 닿았다. 우리가 도착하자 그림자가 사라졌다. 병 안에 꽃이 있었다. 나는 다른 꽃도 그 안에 넣었다.

「다 큰 사람이 병 속에 잡풀 두 개 넣고 장난하나.」러스터가 말했다. 「마님 돌아가시면 사람들이 너를 어찌할지 알고 있기나 해. 널 잭슨시로 보낼 거야. 네가 있어야 할 곳은 거기야. 제이슨 나리가 그랬다고. 거기에서 미친 사람, 징징대는 사람들이랑 온종일 철창을 붙들고 있을 수 있어. 좋겠지.」

러스터가 손으로 꽃을 쳐 바닥에 떨어뜨렸다. 「네가 울어 대면 거기에선 이런 식으로 널 대할 거야.」

내가 꽃을 집으려 하자 러스터가 먼저 집었다. 그리고 꽃들이 없어졌다. 나는 울기 시작했다.

「어디 울어 봐.」 러스터가 말했다. 「울어 보라고. 뭔가 울부짖을 거리가 필요했지. 알았어. 자, 캐디.」 러스터가 내게 속삭였다. 「캐디. 자, 울어 보라니까. 캐디.」

「러스터.」 딜지가 부엌에서 말했다.

꽃들이 다시 돌아왔다.

「뚝.」 러스터가 말했다. 「꽃 여기 있어. 봐, 아까처럼 꽃들이 다시 돌아왔잖아. 이제 뚝 그쳐.」

「애, 러스터.」 딜지가 말했다.

「네, 할머니.」 러스터가 말했다. 「가요. 다 엉망으로 만들어 놓고 꼴좋네. 어서 일어나.」 러스터가 내 팔을 잡아 당기는 바람에 일어섰다. 우리는 나무에서 멀어졌고 그림자도 사라졌다.

「조용히 해.」 러스터가 말했다. 「사람들이 다 보고 있잖아. 뚝 해.」

「벤지 이리 데려오너라.」 딜지가 말했다. 딜지가 계단을 내려왔다.

「너 벤지에게 무슨 짓을 했니.」딜지가 말했다.

「아무 짓도 안 했어요.」러스터가 말했다. 「그냥 징징 댄다니까요.」

「분명 뭔 짓을 했어.」딜지가 말했다. 「벤지에게 무슨 짓을 한 거야. 너 어디 있었어.」

「저기 삼나무 아래 있었어요.」러스터가 말했다.

「퀜틴까지 화나게 만들고.」딜지가 말했다. 「제발 벤지를 퀜틴 곁에서 떨어뜨리라고 했지. 자기 곁에 벤지가 있는 걸 싫어하는 거 잘 알잖아.」

「퀜틴도 나만큼은 벤지를 봐줄 수 있잖아요.」러스터가 말했다. 「벤지는 내 삼촌도 아니에요.」

「이 깜둥이 녀석이 주제넘게 구네.」딜지가 말했다.

「저는 벤지에게 아무 짓도 안 했어요.」러스터가 말했다. 「그냥 저기서 놀다가 별안간 징징대는 거예요.」

「너 벤지 장난감 무덤에다가 장난질했지.」딜지가 말했다.

「거긴 손도 안 댔어요.」러스터가 말했다.

「이 녀석이 거짓말까지.」딜지가 말했다. 우리는 계단을 올라가 부엌으로 들어갔다. 딜지가 화덕이 있는 문을 열고는 그 앞에 의자를 끌어다 나를 앉혔다. 나는 울음을 그쳤다.

뭣 때문에 마님을 울게 만드는 거지. 딜지가 말했다. 그 애를 밖에 데려가라니까.

얘는 그냥 불만 쳐다보고 있었다니까. 캐디가 말했다. 엄마가 얘 이름을 새로 지었다고 알려 줬어. 우리가 엄마를 울게 만든 건 아니야.

나도 알고 있어. 딜지가 말했다. 저 애랑 마님은 절대 같이 있으면 안 돼. 집 이쪽 끝과 저쪽 끝에 따로 있어야 한다고. 너희들은 내 물건에 손대지 말고. 내가 돌아올 때까지 아무것도 건드리면 안 돼.

「저 애를 놀리다니. 이 녀석아, 창피한 줄 좀 알아.」 딜지가 말했다. 딜지가 테이블 위에다 케이크를 놓았다.

「놀리지 않았어요.」 러스터가 말했다. 「국화꽃 채운 병을 갖고 놀다가 별안간 징징대기 시작했어요. 할머니도 우는 소리 들었잖아요.」

「네가 꽃 가지고 장난쳤지.」 딜지가 말했다.

「벤지 장난감 무덤엔 손도 안 댔어요.」 러스터가 말했다. 「쓰레기 같은 거에 관심 없어요. 전 은전을 찾고 있었어요.」

「잃어버렸구나.」 딜지가 말했다. 딜지가 케이크의 촛불을 켰다. 몇 개는 작은 초였고 어떤 것은 큰 초를 작게 자른 것이었다. 「내가 잘 두라고 그랬지. 이제 내가 네 엄마에게 말해서 하나 더 얻어 주었으면 하겠지.」

「벤지를 보든 안 보든, 그 공연은 꼭 보러 가야 해요.」 러스터가 말했다. 「밤낮 벤지만 볼 수는 없잖아요.」

「요 깜둥이 녀석, 넌 그저 벤지가 하고자 하는 대로 따라야 해.」딜지가 말했다. 「내 말 알겠어.」

「항상 그렇게 하잖아요.」러스터가 말했다. 「벤지, 내가 항상 당신 하자는 대로 하는 거 맞지.」

「그래, 계속 그렇게 해라.」딜지가 말했다. 「여기 데려와 소리 지르게 해서 마님 정신을 빼놓지 말고. 자, 이리와서 케이크 먹자. 제이슨이 오기 전에 말이다. 내 돈으로 산 케이크 가지고도 난리 칠 게 뻔하거든. 여기서 케이크 굽는다고 난리고, 부엌에 들어오는 모든 계란 수도 다 센단다. 그리고 알겠어, 오늘 밤 공연 보러 가고 싶으면 벤지를 건드리면 안 돼.」

딜지가 가버렸다.

「너 촛불도 끌 줄 모르지.」러스터가 말했다. 「내가 끌 테니 잘 봐.」러스터가 몸을 숙여 훅 하고 불자 촛불이 다 꺼졌다. 나는 울기 시작했다. 「뚝.」러스터가 말했다. 「내가 케이크 자를 동안 저 화덕 불이나 보고 있어.」

벽시계 소리가 들렸다. 등 뒤에 서 있는 캐디 소리도 들리고 지붕 소리도 들렸다. 아직도 비가 내리네. 캐디가 말했다. 난 비가 싫어. 모든 게 다 싫다고. 그러곤 내 무릎에 머리를 기댄 채 나를 잡고 울기 시작했다. 나도 캐디와 같이 울기 시작했다. 다시 불을 바라보았을 때는 밝고 유연한 형체가 다시 움직였다. 시계 소리, 지붕 소리, 캐디 소리가 들렸다.

케이크 몇 조각을 먹었다. 러스터의 손이 나타나 케이

크 한 조각을 다시 집었다. 러스터가 먹는 소리를 들을 수 있었다. 나는 불을 바라보았다.

어깨 너머로 긴 철사 줄이 나타났다. 철사 줄이 화덕 문 쪽으로 가더니 불이 사라졌다. 나는 울기 시작했다.

「대체 이번엔 왜 우는 거야.」 러스터가 말했다.

「자, 봐.」 다시 불이 보였다. 나는 울음을 그쳤다. 「제발 할머니 말씀대로 가만히 앉아서 불이나 보고 있을 수 없어.」 러스터가 말했다. 「창피한 줄도 모르고. 자, 여기 케이크 더 있어.」

「또 무슨 짓을 했어.」 딜지가 말했다. 「제발 건드리지 말라니까.」

「울음 뚝 그치고 마님 마음 좀 편하게 해달라고 했어요.」 러스터가 말했다. 「또 뭔 일이 생겼나 봐요.」

「난 그게 뭔지 다 안다.」 딜지가 말했다. 「버시 삼촌 오면 널 손 좀 보라고 해야겠다. 네가 건방이나 떨고, 온종일 매를 버는구나. 너 벤지를 또 냇가에 데려간 거지.」

「아니에요.」 러스터가 말했다. 「할머니 말씀대로 하루 종일 바로 이 뜰에 있었어요.」

러스터의 손이 다시 케이크 한 조각을 향했다. 딜지가 러스터의 손을 때렸다. 「한 번만 더 손대 봐. 이 부엌칼로 손모가지를 잘라 버릴 테니까.」 딜지가 말했다. 「벤지는 한 조각 손도 못 댄 게 뻔하지.」

「아니, 먹었어요.」 러스터가 말했다. 「저보다 두 배는 더 먹었어요. 직접 물어보세요.」

「그 손 한 번만 더 대봐.」 딜지가 말했다. 「그러기만 해봐.」

맞아. 딜지가 말했다. 다음엔 내가 울 차례다. 모리가 나도 자기 무릎에 대고 울게 해주겠지.

얘 이름은 이제 벤지야. 캐디가 말했다.

어째서. 딜지가 말했다. 태어날 때 지은 이름이 아직 닳지도 않았는데.

벤저민은 성경에서 따온 이름이야. 캐디가 말했다. 모리보다 더 잘 어울리잖아.

어째서. 딜지가 말했다.

엄마가 그렇대. 캐디가 말했다.

나 참. 딜지가 말했다. 이름 바꿔도 도움 되는 것 없어. 이름이 해를 끼치지도 못하고. 이름을 바꾼다고 운수가 달라지지는 않아. 내 이름은 내가 기억하기 전부터 딜지였고, 사람들이 날 잊은 지 오래돼도 딜지일 거야.

사람들이 다 잊었는데 어떻게 딜지인 줄 알아. 캐디가 말했다.

귀여운 아가씨, 하늘나라 장부에는 적혀 있을 거예요. 딜지가 말했다.

그걸 읽을 수 있나. 캐디가 말했다.

내가 읽을 필요는 없어. 딜지가 말했다. 거기 사람들이 나를 위해 읽어 줄 테니까. 내가 할 일은 〈나 여기 있어요〉라고 말하는 거야.

내 어깨 너머로 긴 철사 줄이 다가오자 다시금 불이 사라졌다. 나는 울기 시작했다.

딜지가 러스터와 말다툼을 했다.

「내가 다 봤지.」 딜지가 말했다. 「응, 다 봤다니까.」 그녀가 러스터를 마구 흔들어 대며 구석에서 끌어냈다. 「벤지를 안 건드렸다고 했지. 네 아빠가 집에 오면 보자고. 전처럼 내가 젊었다면, 네놈 머리통에서 귀를 잡아떼었을 텐데. 널 창고에 가둬 오늘 공연도 못 보러 가게 할 거다. 두고 봐라.」

「아파요, 할머니.」 러스터가 말했다. 「아프다니까요.」

나는 불이 있던 곳으로 손을 뻗었다.

「벤지 붙잡아.」 딜지가 말했다. 「빨리 걔 손부터 빼라니까.」

내 손이 홱 뒤로 젖혀졌다. 손을 입에 넣으려는데 딜지가 내 손을 잡았다. 내 울음소리 사이로 여전히 시계 소리가 들렸다. 딜지가 손을 뻗어 러스터의 머리를 때렸다. 내 목소리는 점점 더 커지고 있었다.

「저 탄산수 가져와.」 딜지가 말했다. 딜지가 내 손을 입에서 꺼냈다. 그 순간 내 목소리가 더 커졌고 내 손은 다시 입으로 돌아가려고 했다. 하지만 딜지가 내 손을 잡았다. 내 목소리가 더 커졌다. 딜지가 내 손에 탄산수를 뿌렸다.

「찬장에 가서 못에 걸린 천 조각 찢어 와.」 딜지가 말했다. 「이제 그만. 이러다간 마님이 또 드러누우시겠다. 자, 저 불을 봐야지. 내가 곧 손이 안 아프게 해줄게. 불을 보라니까.」 딜지가 화덕 문을 열었다. 불을 봤지만 내 손은 멈추지 않았고 나도 멈추지 않았다. 손이 다시 입으로 향하자 딜지가 내 손을 잡았다.

딜지가 내 손을 헝겊으로 감쌌다. 이때 엄마가 말했다.

「또 무슨 일이야. 편안할 때가 없구나. 다 큰 깜둥이가 둘씩이나 있는데, 내가 일어나서 애한테 와봐야 하는 거냐고.」

「이제 괜찮아요.」 딜지가 말했다. 「이제 안 울어요. 손을 좀 데었을 뿐이에요.」

「다 큰 깜둥이가 둘이나 있는데, 애를 기껏 집에 데려와 울리다니.」 엄마가 말했다. 「너희들 내가 아픈 거 알고 일부러 그러는 거지.」 엄마가 내 옆에 와서 말했다. 「그만. 당장 그만해. 딜지, 애한테 이 케이크 먹인 건가.」

「제가 사줬어요.」 딜지가 말했다. 「제이슨 주방에서 나온 게 아니에요. 제가 벤지 생일상을 차렸다고요.」

「이런 싸구려 가게용 케이크를 먹고 식중독에 걸리면 어쩌려고 그래.」 엄마가 말했다. 「그렇게 생각이 없냐고. 제발 1분만이라도 날 편안하게 해주면 안 되겠어.」

「위층에 올라가 눈 좀 붙이세요.」 딜지가 말했다. 「이제 벤지 아픈 것도 곧 나아질 거고, 그러면 뚝 그칠 거예요. 자, 올라가세요.」

「얘를 여기 두면 너희들이 또 무슨 해코질 하려고.」엄마가 말했다.「아래에서 애가 울어 젖히는데 어떻게 위에서 잠이 오겠어. 벤저민, 당장 그치지 못해.」

「벤지를 데리고 갈 곳도 없어요.」딜지가 말했다.「있던 방도 이젠 다 없어지고. 이웃 사람들이 쳐다보는데 뜰에 놔둘 순 없잖아요.」

「나도 안다니까, 알아요.」엄마가 말했다.「또 모두 내 잘못이지. 내가 곧 죽어 없어지면 자네랑 제이슨이 더 잘 지낼 게 아닌가.」엄마가 울기 시작했다.

「이제 그만하세요.」딜지가 말했다.「그러다가 다시 아프기 전에, 위로 올라가세요. 러스터에게 서재로 데리고 가서 식사 차릴 때까지 같이 있으라고 할게요.」

딜지와 엄마가 나갔다.

「조용히 해.」러스터가 말했다.「그만하지 못해. 다른 손마저 데고 싶어서 그래. 이제 안 아프니까 조용히 해.」

「자, 그만 울어.」딜지가 말했다. 딜지가 내게 슬리퍼를 주자 나는 울음을 그쳤다.「서재로 데려가거라. 벤지 우는 소리가 또 들리면 이번엔 네가 맞을 줄 알아.」

우리는 서재로 갔다. 러스터가 불을 켜자 창문이 어두워졌다. 벽에 있던 큼지막한 어둠의 자리가 다시 살아나자 나는 가서 그것을 만졌다. 문 같았지만 문이 아니었다.

불이 내 뒤에서 나타났고 나는 불로 가서 슬리퍼를 쥐

고 바닥에 앉았다. 불이 더 높게 올라 엄마 의자의 쿠션 위로 갔다.

「조용히 해.」 러스터가 말했다. 「제발 잠깐만이라도 가만히 있어 봐. 내가 불도 지폈는데 쳐다보지도 않고 말이야.」

네 이름은 벤지야. 캐디가 말했다. 내 말 알아듣겠니. 벤지. 벤지.

그렇게 부르지 말라니까. 엄마가 말했다. 이리로 데려오렴.

캐디가 내 겨드랑이에 팔을 끼워 나를 들었다.

일어나, 모…… 아니 벤지. 캐디가 말했다.

안으려 하지 말고. 엄마가 말했다. 여기로 오게 이끌어 줘야지. 그 정도 생각도 못 하니.

안을 수 있어요. 캐디가 말했다. 「안고 가게 해줘, 딜지.」

「자, 꼬마 아가씨.」 딜지가 말했다. 「아직 어려서 벼룩조차 들 힘도 없으면서. 나리 말씀대로 조용히 있어야 돼.」

계단 맨 위에 불이 켜져 있었다. 아버지가 셔츠 차림으로 서 있었다. 그 모습이 마치 조용히 하라고 하는 것 같았다. 캐디가 속삭였다,

「엄마가 아픈 거야.」

버시가 나를 내려놓았다. 우리는 엄마 방으로 갔다. 불이 있었는데 벽 위를 오르락내리락하고 있었다. 거울에도 불이 있었다. 엄마의 머리 위에 놓인 접힌 천에서 아픈 냄새를 맡을 수 있었다. 엄마의 머리카락이 베개에 있었다. 불이 거기에는 닿

지 않았지만 엄마의 손에서 빛나고 있었고 손에 낀 엄마의 반지가 뛰어오르고 있었다.

「와서 엄마한테 〈안녕히 주무세요〉라고 해야지.」 캐디가 말했다. 우리는 침대 쪽으로 갔다. 거울 속의 불이 사라졌다. 아버지가 침대에서 일어나 나를 번쩍 들었고 엄마는 내 이마에 손을 얹었다.

「지금 몇 시지.」 엄마가 말했다. 엄마의 눈이 감겨 있었다.

「7시 10분 전.」 아버지가 말했다.

「자러 가긴 너무 일러.」 엄마가 말했다. 「새벽같이 일어날 텐데, 그럼 정말 오늘 같은 날을 또 겪을 텐데, 그건 안 돼요.」

「자, 여보.」 아버지가 말했다. 아버지는 엄마의 얼굴을 어루만졌다.

「내가 당신에게 짐이 된다는 거 알아요.」 엄마가 말했다. 「하지만 곧 내가 죽어 없어지면 귀찮은 일도 없을 거예요.」

「여보, 그만해요.」 아버지가 말했다. 「내가 잠시 애를 아래층에 데려가겠소.」 아버지가 나를 안았다. 「자, 친구, 잠시 아래층으로 내려갈까. 퀜틴 형이 공부할 동안 떠들면 안 돼요.」

캐디가 다가가서 엄마 침대에 얼굴을 기댔고 엄마의 손이 불빛 속으로 들어왔다. 엄마의 반지가 캐디의 등에

서 뛰어올랐다.

엄마가 아프단다. 아버지가 말했다. 딜지가 널 재워 줄 거다.
퀜틴은 어디 있어.

버시가 데리러 갔어요. 딜지가 말했다.

아버지가 서서 우리가 지나가는 것을 지켜보았다. 방
에서 엄마 소리가 들렸다. 캐디가 〈쉿〉 하고 말했다. 제이
슨이 주머니에 손을 넣은 채 계단을 올라오고 있었다.

「너희들 오늘은 모두 말 잘 들어야 한다.」 아버지가 말
했다. 「그리고 조용히 해야 돼. 엄마 방해하지 말고.」

「모두 조용히 있을게요.」 캐디가 말했다. 「제이슨, 너
이제 조용히 있어야 해.」 캐디가 말했다. 우리는 발끝으
로 걸었다.

지붕 소리가 들렸다. 거울 속의 불도 보였다. 캐디가 다시
나를 안아 들었다.

「자.」 캐디가 말했다. 「이제 불가로 다시 갈 수 있지. 그
러니 뚝 하자.」

「캔디스.」 엄마가 말했다.

「벤지, 뚝.」 캐디가 말했다. 「엄마가 널 잠깐만 보재. 착
하지. 그리고 다시 오면 돼.」

캐디가 나를 내려놓았다. 나는 울음을 그쳤다.

「엄마, 애 여기 있게 해줘요. 불 다 보고 난 후 얘기해
도 되잖아요.」

「캔디스.」 엄마가 말했다. 캐디가 허리를 숙여 나를 들

었다. 우리는 비틀거렸다. 「캔디스.」 엄마가 말했다.

「쉿.」 캐디가 말했다. 「아직 볼 수 있잖아. 뚝 해.」

「그 앨 이리로 데려오너라.」 엄마가 말했다. 「애가 너무 커서 이제 네가 안을 수 없어. 이제 그만 안거라. 허리 다칠라. 우리 집 여자들 모두 몸가짐에 자부심을 가졌단다. 세탁부처럼 보이고 싶은 건 아니겠지.」

「별로 안 무거워요.」 캐디가 말했다. 「제가 안을 수 있어요.」

「나는 네가 그 앨 안고 다니는 걸 원치 않아.」 엄마가 말했다. 「다섯 살이나 되었잖니. 안 돼, 안 돼, 내 무릎에도 안 돼. 혼자 서게 해.」

「엄마가 안아 주면 울음을 그칠 거예요.」 캐디가 말했다. 「쉿.」 캐디가 말했다. 「금방 저기로 돌아갈 수 있어. 여기 네 쿠션도 있네. 보라니까.」

「캔디스, 안 돼.」 엄마가 말했다.

「이거 보게 놔두면 그칠 거예요.」 캐디가 말했다. 「이거 좀 빼게 잠깐만 몸을 들어 주세요. 자, 벤지, 이것 좀 봐.」

나는 쿠션을 보고 울음을 그쳤다.

「넌 애 비위를 너무 맞추는구나.」 엄마가 말했다. 「너랑 네 아빠 모두. 너는 엄마가 대신 그 대가를 치른다는 걸 몰라. 다머디 할머니가 그런 식으로 제이슨을 버려 놨지. 거기서 벗어나는 데만 2년 걸렸고, 벤저민 때문에 같은 일을 겪기엔 엄마가 너무 힘이 없단다.」

「엄마는 애 신경 쓰지 마세요.」 캐디가 말했다. 「제가 돌볼게요. 벤지, 그게 좋지.」

「캔디스.」 엄마가 말했다. 「그렇게 부르지 말라고 했지. 네 아빠 고집 때문에 너를 우스꽝스러운 별칭으로 부르는 걸로 족하단다. 이 애를 그런 식으로 부르면 안 돼. 별칭은 천박한 거야. 천박한 사람들이나 하는 짓이지. 벤저민.」 엄마가 말했다.

「나를 보거라.」 엄마가 말했다.

「벤저민.」 엄마가 말했다. 엄마가 내 얼굴을 잡고 자기 쪽으로 돌렸다.

「벤저민.」 엄마가 말했다. 「저 쿠션 치워라, 캔디스.」

「그러면 울어요.」 캐디가 말했다.

「내 말대로 쿠션 치우라니까.」 엄마가 말했다. 「애도 말 듣는 법을 배워야 해.」

쿠션이 사라졌다.

「벤지, 뚝.」 캐디가 말했다.

「넌 저리 가서 앉아 있어.」 엄마가 말했다. 엄마가 내 얼굴을 잡고 자기 쪽으로 돌렸다.

「그만.」 엄마가 말했다. 「그만하라고.」

하지만 나는 그만하지 않았고 엄마는 나를 안고 울기 시작했다. 나도 울었다. 그러자 쿠션이 돌아왔다. 캐디가 그것을 엄마 머리 위로 들었다. 캐디가 엄마를 다시 의자로 끌어당기자 엄마는 빨갛고 노란 쿠션에 기대어 울었다.

「엄마, 울지 마세요.」 캐디가 말했다. 「위층에 가서 누우세요. 그러다간 또 아파요. 내가 딜지를 불러올게요.」 캐디가 나를 불가로 데려갔고 나는 밝고 유유한 형체를 바라보았다. 불 소리, 지붕 소리가 들렸다.

아버지가 나를 안아 올렸다. 아버지에게서 비 냄새가 났다.

「우리 벤지.」 아버지가 말했다. 「오늘 하루 말 잘 들었니.」

캐디와 제이슨이 거울 속에서 싸우고 있었다.

「캐디, 너.」 아버지가 말했다.

둘이 싸웠다. 제이슨이 울기 시작했다.

「캐디.」 아버지가 말했다. 제이슨이 울고 있었다. 제이슨은 더 이상 싸우고 있지 않았지만 거울 속에서 캐디가 계속 싸우는 것이 보였다. 아버지가 나를 내려놓았다. 그리고 거울 속으로 가더니 같이 싸우기 시작했다. 아버지가 캐디를 안아 들었다. 캐디는 계속 싸웠다. 바닥에 누워 울고 있던 제이슨의 손에는 가위가 들려 있었다. 아버지가 캐디를 안았다.

「쟤가 벤지 인형을 모두 잘랐어요.」 캐디가 말했다. 「나도 저 녀석 목을 자를 거예요.」

「캔디스.」 아버지가 말했다.

「꼭 자를 거예요.」 캐디가 말했다. 「꼭요.」 캐디는 계속 싸웠다. 아버지가 말리자 제이슨을 발로 걸어찼다. 제이슨이 구석으로 굴러가 거울에서 사라졌다. 아버지가 캐디를 불가로 데려갔다. 모두 거울 속에서 사라지고 불만 보였다. 불이 마치 문안에 있는 듯했다.

「그만해.」 아버지가 말했다. 「엄마를 또 아프게 만들 작정이냐.」

캐디가 멈췄다. 「쟤가 모…… 아니 벤지와 내가 같이 만든 인형을 모두 잘라 버렸단 말예요.」 캐디가 말했다. 「일부러 그런 비열한 짓을 한 거예요.」

「아니야.」 제이슨이 말했다. 제이슨은 바닥에 앉아 울고 있었다. 「인형이 벤지 건지 몰랐단 말이야. 그냥 낡은 신문지 줄 알았어.」

「네가 모를 리가 없지.」 캐디가 말했다. 「넌 알고 한 짓이야.」

「쉿.」 아버지가 말했다. 「제이슨도.」 그가 말했다.

「벤지, 내가 내일 더 만들어 줄게.」 캐디가 말했다. 「우리 같이 많이 만들자. 그리고 이 쿠션 보면서 놀아도 돼.」

제이슨이 들어왔다.

그만 울라고 내가 그랬지. 러스터가 말했다.

대체 이번엔 왜 그러는 거냐. 제이슨이 말했다.

「도대체 말을 안 들어요.」 러스터가 말했다. 「온종일 저랬다니까요.」

「그러면 그냥 놔둬.」 제이슨이 말했다. 「조용히 못 시킬 거면 쟤를 부엌으로 데리고 나가. 엄마처럼 우리 모두 방 안에만 처박혀 있을 순 없잖아.」

「할머니가 식사 준비될 때까지 부엌에서 데리고 나가 있으라고 했어요.」러스터가 말했다.

「그러면 같이 놀면서 조용하게 만들던가.」제이슨이 말했다. 「하루 종일 일하다가 이렇게 정신 병원 같은 집으로 돌아와서야 되겠어.」그리고 신문을 펴서 읽기 시작했다.

불도 보고 거울이랑 쿠션도 보고 있어. 캐디가 말했다. 이젠 쿠션 보려고 저녁 먹을 때까지 기다릴 필요 없어. 지붕 소리가 났다. 벽 너머로 제이슨의 울음소리도 들렸다.

딜지가 말했다. 「제이슨 왔나. 넌 그 애 잘 보고 있는 거지.」

「그럼요.」러스터가 말했다.

「퀜틴은 어디 있고.」딜지가 말했다. 「저녁 준비 다 됐는데.」

「저도 몰라요.」러스터가 말했다. 「보지도 못했어요.」

딜지가 사라졌다. 「퀜틴.」딜지가 복도에서 말했다. 「퀜틴, 밥 먹어야지.」

지붕 소리가 들렸다. 퀜틴한테서도 비 냄새가 났다.

제이슨이 무슨 짓을 했는데. 퀜틴이 말했다.

그 녀석이 벤지 인형을 다 잘라 버렸다고. 캐디가 말했다.

엄마가 벤지라고 부르지 말라고 그랬잖아. 퀜틴이 말했다. 퀜틴이 우리 곁에 있는 깔개에 앉았다. 비가 멈췄으면 좋겠다. 그가 말했다. 아무것도 할 수 없잖아.

오빠도 누구랑 다퉜구나. 캐디가 말했다. 내 말이 맞지.

별거 아니야. 퀜틴이 말했다.

말해 봐. 캐디가 말했다. 어차피 아버지가 다 아시게 될 텐데.

난 신경 안 써. 퀜틴이 말했다. 비 좀 안 왔으면 좋겠다.

퀜틴이 말했다. 「딜지가 식사 준비 다 됐다고 하지 않았나.」

「그랬어.」 러스터가 말했다. 제이슨이 퀜틴을 쳐다봤다. 그리고 다시 신문을 읽었다. 퀜틴이 들어왔다. 「준비 됐다고 했어.」 러스터가 말했다. 퀜틴이 엄마 의자에 풀썩 앉았다. 러스터가 말했다.

「제이슨 나리.」

「왜.」 제이슨이 말했다.

「저 25센트만 주세요.」 러스터가 말했다.

「뭐에 쓰게.」 제이슨이 말했다.

「오늘 밤 공연에 가려고요.」 러스터가 말했다.

「딜지가 네 엄마한테 25센트 받아서 네게 줄 거다.」 제이슨이 말했다.

「그랬는데, 돈을 잃어버렸어요.」 러스터가 말했다. 「벤지랑 같이 온종일 찾았어요. 벤지에게 물어보세요.」

「그럼 벤지에게 빌려 달라고 해.」 제이슨이 말했다. 「나는 내 할 일이 있어.」 그는 다시 신문을 읽었다. 퀜틴이 불을 바라보았다. 불이 퀜틴의 눈과 입에서 타고 있었다. 퀜틴의 입술이 빨갰다.

「벤지를 거기에서 멀리 데려가려 했다니까.」러스터가 말했다.

「입 닥쳐.」퀜틴이 말했다. 제이슨이 퀜틴을 쳐다봤다.

「그 공연단원 녀석을 다시 만나다가 들키면 내가 어떻게 한다고 했지.」제이슨이 말했다. 퀜틴이 불을 바라보았다. 「내 말 안 들려.」제이슨이 말했다.

「들었어요.」퀜틴이 말했다. 「그러면 원하는 대로 해보시죠.」

「까불지 마라.」제이슨이 말했다.

「내가 언제요.」퀜틴이 말했다. 제이슨이 다시 신문을 읽었다.

지붕 소리가 났다. 아버지가 앞으로 고개를 숙이고 퀜틴을 쳐다보았다.

그래, 누가 이겼니. 아버지가 말했다.

「아무도요. 말렸거든요, 선생님들이.」퀜틴이 말했다.

「누구와 싸웠는데.」아버지가 말했다. 「말해 봐라.」

「별일 없었어요.」퀜틴이 말했다. 「덩치가 비슷했거든요.」

「다행이군.」아버지가 말했다. 「그런데 무슨 일로 그랬니.」

「별거 아녜요.」퀜틴이 말했다. 「그 자식이 여선생님 책상 서랍에 개구리를 넣어도 선생님은 감히 자기를 못 때린다고 했거든요.」

「그렇군.」 아버지가 말했다. 「여선생님이라고. 그래서.」

「네, 아버지.」 퀜틴이 말했다. 「그래서 제가 한 대 때린 거예요.」

지붕 소리, 불 소리, 그리고 문밖에서 흐느끼는 소리가 들렸다.

「그런데 대체 11월에 어디서 개구리를 구했다니.」[29] 아버지가 말했다.

「저도 몰라요.」 퀜틴이 말했다.

소리들이 들렸다.

「제이슨.」 아버지가 말했다. 제이슨 소리가 들렸다.

「제이슨.」 아버지가 말했다. 「들어오너라. 그리고 그만 울고.」

지붕소리, 불 소리, 그리고 제이슨 소리가 들렸다.

「당장 그치지 못해.」 아버지가 말했다. 「또 맞고 싶어 그러는 거냐.」 아버지가 제이슨을 들어 옆 의자에 앉혔다. 제이슨이 훌쩍거렸다. 불 소리와 지붕 소리가 들렸고 제이슨은 더 큰 소리로 훌쩍였다.

「한 번만 더 해봐라.」 아버지가 말했다. 불 소리와 지붕 소리가 들렸다.

딜지가 말했다. 자, 이제 모두 식사하러 오세요.

버시에게서도 비 냄새가 났다. 개 냄새도 났다. 불 소리와 지

---

29 퀜틴이 캐디 문제로 싸웠다는 것을 눈치챈 아버지가 에둘러 묻고 있다.

붕 소리가 들렸다.

빨리 걷는 캐디의 발소리가 들렸다. 엄마와 아버지가 문을 쳐다봤다. 캐디가 빨리 걸어서 문을 지나갔다. 쳐다보지도 않고 빨리 걸어갔다.

「캔디스.」엄마가 말했다. 캐디가 걸음을 멈췄다.

「네, 엄마.」캐디가 말했다.

「이리 와보렴.」엄마가 말했다.

「여보, 가만있어요.」아버지가 말했다.「그냥 놔두구려.」

캐디가 문 앞으로 와서 엄마와 아버지를 쳐다보며 섰다. 캐디의 시선이 내게로 왔다가 이내 사라졌다. 나는 울음을 터뜨렸다. 점점 크게 울면서 내가 일어섰다. 캐디가 들어와 벽을 등지고 선 채 나를 쳐다봤다. 나는 울면서 캐디에게 다가갔다. 캐디가 벽에 기댄 채 몸을 웅크렸다. 나는 캐디의 눈을 보며 더 크게 울었고 캐디의 옷을 잡아당겼다. 캐디가 손을 내밀었지만 나는 캐디의 옷을 잡아당겼다. 캐디의 눈에서 눈물이 흘렀다.

버시가 말했다. 이제 네 이름은 벤저민이야. 네 이름이 왜 벤저민이 되었는지 아니. 이 이름이 네 잇몸을 파랗게 만들어 줄 거야.[30] 엄마가 그러는데 예전에 네 할아버지가 깜둥이 이름을 바꾼 적이 있대. 그자가 목사가 됐는데, 사람들이 보니 그자의 잇몸이 파랗더라는 거야. 이전에는 그렇지 않았대. 임

---

30 흑인들의 민담으로 전해지는 잇몸이 파란 흑인 이야기로, 그 이에 물리면 독이 있어 사망한다는 미신이 있다.

신한 여자가 보름달이 뜬 밤에 그자를 봤는데 잇몸이 파란 아기가 태어났더래. 그러던 어느 날 밤, 한 열두 명 정도 되는 푸른 잇몸을 가진 아이들이 거리를 쏘다니더니 그자가 사라졌다네. 주머니쥐 사냥꾼들이 숲속에서 봤는데, 누군가 그자를 다먹어 치웠더래. 누군지 알겠지. 바로 그 파란 잇몸을 가진 아이들이었다는 거야.

우리는 복도에 있었다. 캐디가 아직 나를 쳐다보고 있었다. 캐디는 손을 입에 대고 있었고 나는 캐디의 눈을 쳐다보고 울음을 터뜨렸다. 우리는 계단을 올라갔다. 캐디가 다시 멈췄고 벽에 기댄 채 나를 쳐다봤다. 나는 다시 울었다. 캐디는 계속 갔고 나도 울며 따라갔다. 캐디가 나를 쳐다보며 벽에 기댄 채 몸을 웅크렸다. 캐디가 자기 방문을 열자 나는 캐디의 옷을 잡아당겼다. 우리는 욕실로 갔다. 캐디가 문에 기댄 채 서서 나를 바라보았다. 그러곤 손으로 얼굴을 가렸다. 나는 울면서 캐디를 밀었다.

너 대체 무슨 짓을 한 거야. 제이슨이 말했다. 저 녀석 그냥 놔두라니까.

전 안 건드렸어요. 러스터가 말했다. 하루 종일 저랬어요. 손좀 봐주세요.

잭슨시로 보내야 한다니까요. 퀜틴이 말했다. 이런 집에서 누가 살 수 있겠어요.

아가씨, 집이 싫으면 자기가 떠나면 되는 거야. 제이슨이 말했다.

걱정 마세요, 그러지 않아도 떠날 거니까. 퀜틴이 말했다.

버시가 말했다. 「뒤로 좀 가봐. 내 다리 좀 말리게.」 버시가 나를 조금 뒤로 밀었다. 「이제 소리 지르면 안 돼. 아직 불을 볼 수 있지. 그러면 되는 거잖아. 나처럼 비 오는데 바깥에 나가 있을 필요도 없고, 넌 모르겠지만 좋은 팔자로 태어난 거야.」 버시가 불 앞에 누웠다.

「네 이름이 왜 벤저민이 되었는지 아니.」 버시가 말했다. 「마님이 너를 너무 자랑스러워해서 그렇대. 엄마가 말해 줬어.」

「거기 가만히 있어. 내 다리부터 말리게.」 버시가 말했다. 「말 안 들으면 알지. 내가 정말 혼내 줄 거야.」

불 소리, 지붕 소리, 그리고 버시 소리가 들렸다.

버시가 벌떡 일어나 뻗었던 다리를 오므렸다. 아버지가 말했다. 「괜찮아, 버시.」

「쟤는 오늘 내가 밥 먹일게.」 캐디가 말했다. 「버시가 밥 먹이면 가끔 울거든.」

「이 음식 올려 보낸 다음, 후딱 돌아와서 벤지 밥 먹여야 해.」 딜지가 말했다.

「누나가 밥 먹여 줄게.」 캐디가 말했다.

식탁 위에다 저 더러운 슬리퍼를 계속 둬야 하나. 퀜틴이 말했다. 저 사람은 부엌에서 밥 먹게 해요. 꼭 돼지랑 같이 밥 먹는 기분이에요.

이렇게 밥 먹는 게 싫으면 네가 식탁머리에 안 오면 되지.

제이슨이 말했다.

로스커스에게서 김이 났다. 그는 난로 앞에 앉아 있었다. 열려 있는 오븐 안에 로스커스가 발을 넣었다. 그릇에서도 김이 났다. 캐디가 천천히 내 입에 숟가락을 넣었다. 그릇 안쪽에 검은 얼룩이 있었다.

자, 자, 그만들 해요. 딜지가 말했다. 벤지 삼촌이 더 이상 귀찮게 안 할 거야.

숟가락이 검은 얼룩 아래로 내려갔다. 그릇이 다 비워진 채 사라졌다. 「오늘 밤 배가 고팠나 봐요.」 캐디가 말했다. 그릇이 돌아왔다. 검은 얼룩을 볼 수 없었다. 그러다 다시 보였다. 「배가 많이 고팠나 봐.」 캐디가 말했다. 「얼마나 많이 먹었는지 봐.」

아니, 귀찮게 할걸. 퀜틴이 말했다. 일부러 저 바보를 내게 보내서 날 감시하잖아. 이 집 정말 싫어. 나가 버릴 테야.

로스커스가 말했다. 「오늘 밤 비가 오겠는걸.」

너야 계속 나갔지. 다만 밥 먹으러 돌아올 수 있을 정도로만 멀리 나갔을 뿐이지. 제이슨이 말했다.

두고 봐요. 퀜틴이 말했다.

「어찌해야 할지 모르겠어.」 딜지가 말했다. 「엉덩이가 너무 결려서 움직일 수 없을 정도야. 저녁 내내 저 계단을 오르내려야 하는데.」

그래, 새로운 일도 아닌데 뭘. 제이슨이 말했다. 네가 뭘 하든 놀랄 일이 있겠니.

퀜틴이 냅킨을 식탁 위로 내팽개쳤다.

제이슨, 제발 그만. 딜지가 말했다. 딜지가 퀜틴에게 다가가 퀜틴을 껴안았다. 퀜틴, 그만 앉아. 딜지가 말했다. 네 잘못도 아닌 걸로 저렇게 굴다니, 제이슨 삼촌이 너무하는구나.

「마님이 또 기분이 안 좋으신가 보네.」로스커스가 말했다.

「잠자코 있어요.」딜지가 말했다.

퀜틴이 딜지를 밀쳤다. 그리고 제이슨을 쳐다봤다. 입술이 새빨갰다. 퀜틴이 제이슨을 쳐다보며 물잔을 집어 든 팔을 뒤로 젖혔다. 딜지가 퀜틴의 팔을 잡았다. 둘은 몸싸움을 했다. 탁자 위에서 잔이 깨졌고 물이 탁자 위로 흘렀다. 퀜틴이 달음박질쳤다.

「엄마가 또 아파.」캐디가 말했다.

「분명 그러실 거야.」딜지가 말했다. 「이런 날씨엔 안 아픈 사람이 없지. 그런데 아가씨, 밥 먹이는 것부터 빨리 끝내지요.」

빌어먹을. 퀜틴이 말했다. 빌어먹을. 퀜틴이 계단에서 뛰는 소리가 들렸다. 우리는 서재로 갔다.

캐디가 내게 쿠션을 줬다. 나는 쿠션과 거울, 그리고 불을 볼 수 있었다.

「퀜틴이 공부할 동안 모두 조용히 해야지.」아버지가 말했다. 「제이슨, 너는 뭐 하니.」

「아무 일도요.」제이슨이 말했다.

「그럼 이리 와서 하려무나.」 아버지가 말했다.

제이슨이 구석에서 나왔다.

「뭘 씹고 있어.」 아버지가 말했다.

「아무것도요.」 제이슨이 말했다.

「또 종이 씹는 거예요.」 캐디가 말했다.

「이리 오렴, 제이슨.」 아버지가 말했다.

제이슨이 불 속에다 던졌다. 그것이 소리를 내면서 펼쳐지더니 까맣게 변했다가 다시 회색이 되었다. 그러곤 없어졌다. 캐디와 아버지, 그리고 제이슨이 엄마의 의자에 있었다. 제이슨이 연기 때문에 눈을 감았고 마치 입맛다시듯 입을 움직였다. 캐디의 머리가 아버지의 어깨 위에 있었다. 머리털이 마치 불 같았고 작은 불이 점처럼 눈 속에 있었다. 내가 다가가자 아버지가 나를 들어 의자에 앉혔고 캐디도 나를 안았다. 캐디에게서 나무 냄새가 났다.

캐디에게서 나무 냄새가 났다. 구석은 어두웠지만 창문이 보였다. 나는 슬리퍼를 쥐고 그곳에 앉았다. 나는 그것을 못 봤지만 내 손은 봤다. 밤이 되는 소리를 들었다. 내 손에는 슬리퍼가 보였지만 나에게는 내가 보이지 않았다. 하지만 내 손에는 슬리퍼가 보였고 나는 어두워지는 소리를 들으며 거기에 앉았다.

여기 있었네. 러스터가 말했다. 내가 뭘 가지고 있는지 알아. 러스터는 그것을 내게 보여 주었다. 어디서 난 건지 모르지. 퀜틴이 줬어. 감히 나를 따돌릴 수 있겠냐고. 근데 거기서 뭐 하고 있어. 난 슬며시 문밖으로 나간 줄 알았지. 여기 빈방에 숨어서 칭얼대며 애끓이고 있지 않아도 오늘은 충분히 울었고 낑낑댔잖아. 이리 와, 어서 자자고. 그래야 공연이 시작하기 전에 내가 일어나서 갈 거 아냐. 오늘 밤은 너랑 바보짓할 시간이 없어. 저 나팔이 울리기만 하면 난 없어질 테니까.

우리는 방으로 가지 않았다.

「여기가 우리가 홍역을 앓았던 방이야.」 캐디가 말했다. 「오늘 밤은 왜 여기서 자야 하는 거야.」

「어디서 자든지 무슨 상관이야.」 딜지가 말했다. 딜지가 문을 닫고는 앉아서 내 옷을 벗기기 시작했다. 제이슨이 울음을 터뜨렸다. 「쉿..」 딜지가 말했다.

「난 다머디 할머니와 자고 싶어.」 제이슨이 말했다.

「할머니는 아프셔.」 캐디가 말했다. 「좀 나아지면 같이 잘 수 있대. 딜지, 내 말이 맞지.」

「뚝, 그쳐.」 딜지가 말했다. 제이슨이 울음을 그쳤다.

「우리 잠옷이랑 모든 게 다 여기 있네.」 캐디가 말했다. 「꼭 이사 온 느낌이야.」

「다들 잠옷으로 갈아입어.」 딜지가 말했다. 「네가 제이슨 옷 좀 벗겨 줘라.」

캐디가 제이슨 옷을 벗기자, 제이슨이 울기 시작했다.

「매 맞고 싶구나.」 딜지가 말했다. 제이슨이 울음을 그쳤다.

퀜틴. 복도에서 엄마가 말했다.

왜요. 벽 너머에서 퀜틴이 말했다. 우리는 엄마가 문 잠그는 소리를 들었다. 엄마는 우리 방을 둘러보더니 들어와서 침대로 몸을 굽히고 내 이마에 입을 맞췄다.

벤지를 재운 다음에 딜지한테 가서 나한테 온수 주머니 좀 가져다줄 수 있는지 물어보거라. 엄마가 말했다. 만약 안 된다면 내가 그거 없이 죽든 살든 버텨 보겠다고 전해. 그저 궁금해서 묻는 거라고.

네, 마님. 러스터가 말했다. 자, 이제 옷 벗어야지.

퀜틴과 버시가 들어왔다. 퀜틴은 얼굴을 다른 곳으로 돌렸다. 「왜 우는 거야.」 캐디가 말했다.

「쉿.」 딜지가 말했다. 「다들 옷부터 벗고. 버시, 너는 집으로 가거라.」

나는 옷을 벗은 다음 벗은 나를 쳐다보았다. 그러다 울기 시작했다. 쉿. 러스터가 말했다. 그거 찾아봤자 소용없다고. 없어졌잖아. 그리고 계속 이런 식으로 굴면 이제 생일상 안 차려준다. 러스터가 내게 잠옷을 입혔다. 나는 울음을 그쳤다. 러스터가 잠시 멈추곤 창문으로 고개를 돌렸다. 그리고 창문으로 가더니 밖을 내다보다가 다시 돌아와서 내 팔을 잡았다. 퀜틴이 나가네. 러스터가 말했다. 조용히 해. 우리는 창문으로 가서 밖을 내다보았다. 퀜틴의 창문에서 그것이 나오더니 나무를 타고 내려갔다. 나무가 흔들렸고 흔들림이 나무를 타고 내려갔다. 드디어 그것이 나타났고 이내 풀밭을 가로질러 사라지는 것이 보였다. 더 이상 그것이 보이지 않았다. 자. 러스터가 말했다. 저 나팔 소리 들리지. 내가 바쁘게 가는 동안 넌 잠자리에 드는 거야.

침대가 둘이었다. 퀜틴이 두 번째에 누웠다. 그런 다음 벽 쪽으로 고개를 돌렸다. 딜지가 제이슨을 퀜틴과 같이 눕혔다. 캐디가 옷을 벗었다.

「속바지 좀 봐.」 딜지가 말했다. 「네 엄마가 그 모습을 안 본 게 천만다행이다.」

「내가 이미 다 일러바쳤어.」 제이슨이 말했다.

「그럴 줄 알았지.」 딜지가 말했다.

「그래서 네가 얻는 게 뭐니.」 캐디가 말했다. 「이 고자질쟁이야.」

「내가 뭘 얻었을까.」 제이슨이 말했다.

「잠옷은 왜 안 입어.」 딜지가 말했다. 딜지가 가서 캐디가 보디스와 속바지 벗는 걸 도왔다. 「네 꼴 좀 봐라.」 딜지가 말했다. 그리고 캐디의 속바지를 뭉쳐 그것으로 캐디의 엉덩이를 닦았다. 「흙이 아예 몸에 완전히 배어들었네.」 딜지가 말했다. 「하지만 오늘은 목욕할 수가 없어.」 딜지가 캐디에게 잠옷을 입혔고 캐디가 침대로 올라갔다. 딜지가 문 쪽으로 가 전등에 손을 댔다. 「이제 조용히 해야 한다.」 딜지가 말했다.

「알겠어.」 캐디가 말했다. 「오늘은 엄마가 못 오신대. 그러니까 다들 아직은 내 말 들어야 해.」

「자.」 딜지가 말했다. 「이제 그만 자거라.」

「엄마가 아프대.」 캐디가 말했다. 「엄마랑 다머디 할머니 모두 아프대.」

「쉿.」 딜지가 말했다. 「그만 자라니까.」

방이 어두워졌다. 문만 보였다. 그런 다음 문도 어두워졌다. 캐디가 손으로 나를 어루만지며 말했다. 「모리, 쉿.」 나는 가만히 있었다. 우리 소리가 들렸고 어둠 소리도 들렸다.

어둠이 사라지고 아버지가 우리를 보고 있었다. 아버지는 퀜틴과 제이슨을 먼저 보고 와서 캐디에게 입 맞추고 손을 내 머리에 얹었다.

「엄마 많이 아픈가요.」 캐디가 말했다.

「아니.」 아버지가 말했다. 「네가 모리를 잘 돌봐야 한다.」

「네.」 캐디가 말했다.

아버지가 문으로 다가가 다시 우리를 쳐다봤다. 다시 어둠이 왔고 어둡게 서 있는 아버지 모습이 보였다. 다시 어두워졌다. 캐디가 나를 안았다. 어둠 소리와 다른 모든 소리가 들렸고 냄새 나는 것들도 소리가 들렸다. 창문이 보였고 나무들이 윙윙대는 소리를 냈다. 그리고 항상 그랬듯이, 내가 잠들었다고 캐디가 말하는 그 순간에도 어둠은 밝고 유유한 형체로 나아갔다.

1910년 6월 2일

* 콤슨가 사 남매 중 첫째인 퀜틴이 화자로 등장하는 장이다. 하버드 대학
1학년생으로 재학 중인 퀜틴의 1910년 6월 2일의 이야기가 그려진다. 현재의
상념 속에 수시로 과거의 기억이 파편적으로 끼어들며 복잡한 의식의 흐름을 보
여 준다.

커튼에 창틀 그림자가 보이면 7시와 8시 사이가 된 것이다. 그러면 나는 다시금 시계 소리를 듣게 되고, 시간 속으로 들어가게 된다. 이 시계는 할아버지 것이었는데, 아버지가 이렇게 말하면서 내게 주었다. 퀜틴, 인간의 모든 희망과 욕망을 묻어 버리는 무덤을 네게 준다. 나도 가슴이 아프긴 하다만, 너도 이것을 쓰면서 인간의 모든 경험이란 결국 부조리하다는 것을[1] 깨닫게 될 거다. 그 경험이란 것이 네 할아버지나 증조할아버지에게도 원하는 대로 되지 않았듯이, 네 개인적인 요구에도 제대로 부합하지 못할 거란다. 이 시계를 주는 것은 시간을 기억하라는 의미가 아니라, 이따금씩 잠시 망각하라는 것이다. 시간과 싸워 이겨 보려고 모든 힘을 소진해서는 안 된다.

1 reducto absurdum. 라틴어 reductio absurdum의 오기. 영어로는 reduction to absurdity. 시간이 인간을 죽음으로 몰기 때문에 결국 모든 것을 부조리한 것으로 만들어 버린다는 아버지의 허무주의적 견해를 보여 준다.

아무도 이 싸움에서 이겨 본 적이 없기 때문이지. 심지어 싸워 본 적조차 없단다. 이 싸움터는 인간의 어리석음과 절망만을 보여 줄 뿐, 철학자와 멍청이 들만이 승리라는 환상을 품지.

시계는 화장대 아래 옷깃을 보관하는 상자[2]에 기대어 있었고 나는 누운 채 시계 소리를 들었다. 아니, 무심코 듣고 있었다. 회중시계든 벽시계든 일부러 그 소리를 들으려고 하는 사람은 없을 것이다. 그럴 필요가 없기 때문이다. 한참 동안 소리에 둔감해 있다가 단 1초의 째깍 소리에 그동안 듣지 못했던, 서서히 사라져 가는 시간의 긴 행렬이 끊임없이 이어지는 소리로 재탄생하는 것이다. 아버지의 말씀대로, 길고도 외로운 빛줄기를 따라 올라가는 예수의 모습을 보게 될 수도 있다.[3] 그리고 죽음을 나의 어린 누이라고 말했던 선량한 성자 프란체스코[4]도. 사실 그에게는 누이동생이 없었다.

벽 너머로 슈리브의 침대 스프링 소리가 들리더니, 이어서 바닥에 끌리는 슬리퍼 소리가 났다. 나는 일어나 화장대로 갔다. 화장대를 따라 손을 미끄러뜨리다가 시계를 잡았다. 손에 잡힌 시계를 엎어 놓고는 다시 침대로

2 collar box. 당시에는 옷깃을 떼어 내어 별도로 보관했다.
3 시간의 행렬 속에 빠져 아직도 승천 중에 있는 예수의 모습.
4 성 프란체스코는 임종 시 〈나의 누이 죽음이여, 어서 오라〉라고 말했다고 한다. 죽음과 누이의 모티브는 누이동생 캐디와의 관계, 그리고 자신의 자살을 다룬 이 장에서 계속 언급된다.

돌아갔다. 창틀 그림자는 아직 그 자리에 있었다. 나는 그림자만 보고도 시간을 분 단위까지 맞히는 법을 알기 때문에 그림자를 등지고 눕곤 했다. 그림자가 머리 위까지 오면 나는 마치 뒤통수에 눈이 달린 동물처럼 돌아보고 싶은 마음에 온몸이 근질근질해진다. 그런 식으로 게으른 습관을 들이면 나중에 반드시 후회하게 될 게다. 아버지는 말했다. 예수도 십자가에 못 박힌 것이 아니고, 조그만 시계 톱니바퀴들이 째깍대며 돌아가는 미세한 소리에 닳아 없어진 것이라고 했다. 그에게도 누이동생은 없었다.

그림자를 더 이상 볼 수 없게 되자마자 다시 몇 시일까 궁금해지기 시작했다. 아버지는 인위적이고 기계적인 시계 문자판 위 시곗바늘의 위치를 보며 평생 시간을 추측하는 것은 인간의 마음이 빚어내는 증상이라고 말했다. 땀이 나거나 소변을 배설하는 것과 마찬가지라고 했다. 나는 네, 하고 답했다. 궁금해해. 그러니까 계속 몇 시인지 궁금해하라고.

구름 낀 날씨였다면 아버지가 말한 게으른 습관을 생각하며 창문을 쳐다보았을 것이다. 날씨가 계속 이렇다면 뉴런던[5]에 있는 친구들에게는 좋을 텐데, 라고 생각하면서. 그렇지 않겠는가? 바야흐로 신부의 달이다. 울리는 목소리[6] 캐디가 거울 밖으로,[7] 자욱한 꽃향기 밖으로 뛰어나

5 하버드와 예일 대학 간 연례 조정 경기가 벌어지는 곳.

갔다. 장미꽃. 장미꽃. 제이슨 리치먼드 콤슨 부부는 ……의 결
혼식이 있다는 소식을 알립니다. 도그우드나 밀크위드 같은
처녀가 아니라 장미꽃. 제가 근친상간을 범했습니다, 아
버지. 나는 말했다. 장미꽃. 교활하면서도 차분한 꽃. 하
버드에 1년 다니면서 조정 경기를 못 봤다면 등록금을
환불받아야지. 제이슨에게 기회를 주세요. 제이슨을 1년
간 하버드에 보내세요.

슈리브가 옷깃을 달며 문 앞에 서 있었다. 벌건 얼굴
로 안경을 닦기라도 한 것처럼 안경도 장밋빛을 띠고 있
었다. 「오늘 아침엔 안 갈 거야?」

「벌써 시간이 그렇게 됐나?」

슈리브가 시계를 보며 말했다. 「2분 후면 시작 종이
울려.」

「그렇게 된 줄 몰랐네.」 그가 계속 시계를 보며 입을 여
었다. 「서둘러. 또 빠지면 안 돼. 지난주에 학장이 경고했

---

6 the voice that breathed. 캐디의 결혼식 때 울부짖던 벤지의 목소리
와, 존 키블(1792~1866)의 결혼 축가 「성스러운 결혼Holy Matrimony」
의 가사〈에덴동산 위로 울리는 목소리The voice that breathed o'er Eden〉
를 연상한 것이다.

7 1910년 4월 25일 캐디의 결혼식에서 거울을 통해 결혼 가운을 입
은 캐디를 본 벤지는 캐디가 사라질까 봐 울부짖는다. 캐디는 울부짖는
벤지를 달래기 위해 뛰어간다. 퀜틴의 장 역시 벤지의 장처럼 과거와 현
재가 혼재되어 나타난다. 하버드대생인 퀜틴이 기억하는 방식은 벤지보
다 더욱 복잡하기에, 한순간에 단편적인 과거의 사건들이 연속적으로
나타나기도 하고, 한 장면 위에 또 다른 장면이 겹쳐 나타나기도 한다.
그렇기에 온점이 생략되거나 문장 성분이 생략되는 경우가 많다.

는데…….」 그는 시계를 다시 주머니에 넣었다. 나도 그제야 말을 멈췄다.

「서둘러 옷 걸치고 나와.」 그렇게 말하며 그는 방을 나갔다.

나는 일어나 벽 너머로 슈리브의 목소리를 들으며 이리저리 서성댔다. 슈리브가 거실로 나가 문 앞에 섰다.

「아직 준비 덜 됐니?」

「아직 안 됐어. 빨리 가. 뒤쫓아 갈게.」

슈리브가 나가고 문이 닫혔다. 복도를 따라 내려가는 소리가 들렸다. 시계 소리가 다시 들리기 시작했다. 나는 서성대다 말고 창가로 갔다. 커튼을 한쪽으로 젖히고 채플실로 달려가는 학생들의 모습을 보았다. 한결같이 상의 소매에 팔을 넣으려 허둥대고 있고, 매일 똑같은 책을 들고, 홍수에 떠내려가는 잔해물처럼 옷깃을 펄럭이며 달려가고 있다. 그리고 스포드의 모습이 보인다. 그 녀석은 슈리브를 내 남편이라고 불렀다. 얘 좀 그냥 내버려 둬. 슈리브가 말했다. 얘는 더러운 매춘부나 쫓아다닐 정도로 분별력이 없긴 않잖아. 남부에서는 동정을 지키는 것이 자랑할 만한 일이 못 된단다. 애나 어른이나 다 동정 지키는 걸 두고 거짓말을 하지. 여자들에게는 그게 별로 중요치 않아. 아버지는 말했다. 동정이란 말을 만들어 낸 것도 여자가 아니라 남자지. 아버지는 동정이라는 건 마치 죽음과 같다고 했다. 누구는 떠나고 누구는 남는 그런 상태일 뿐이라고. 하지만 그렇다고 그게 중요하지 않다는 것은, 이라고 내가 묻자 아버지는 그래서 동정뿐 아니라 모든 걸 그런 식으로 생각하는 게 안타까울 뿐이라고 했다. 동정을 잃은 게 왜 내가 아니고 캐디여야 하는지 묻자, 아버지는 그것 역시 애석하다고 했으며, 서로 바뀌어 봤자 별로 나을 게 없다고도 했다. 슈리브가, 애는 더러운 매춘부들 꽁무니나 쫓아다닐 정도로 분별력이 없진 않잖아, 라고 했을 때 내가 물었다. 너 누이동생이 있어 봤니? 있어 봤어? 있어 봤냐고?

흩날리는 낙엽으로 덮인 거리를 마치 테라핀 거북이인 양 스포드가 걸어가고 있었다. 옷깃을 귀까지 올린 채 평소처럼 느긋하게 걷고 있었다. 사우스캐롤라이나 출신인 그는 4학년이다. 스포드가 속한 클럽은 그가 한 번도 채플에 서둘러 가는 일이 없고 정시에 도착하지 못하면서도 결석한 적은 4년 동안 한 번도 없다는 사실을 자랑거리로 삼는다. 채플이건 첫 수업이건 셔츠를 걸치고 양말을 신고 간 적이 한 번도 없다는 사실 또한 그들의 자랑거리였다. 그는 10시쯤 톰슨스 카페에 나타나 커피 두 잔을 시킨다. 그리고 커피가 식는 동안 구두를 벗고는 주머니에서 양말을 꺼내 신는다. 정오쯤이면 셔츠를 걸치고 옷깃을 단 정상적인 모습으로 나타난다. 모두들 그를 지나쳐 달려갈 때도, 그는 결코 서두르는 법이 없다. 조금 지나니 사각형 안뜰에 사람들이 모두 사라졌다.

참새 한 마리가 햇살을 거슬러 비스듬히 날아와 창틀에 앉더니 고개를 돌려 나를 쳐다보았다. 참새의 동그란 눈이 반짝였다. 한쪽 눈으로 나를 살피더니, 이내 휙 고개를 돌려 다른 눈으로 나를 살폈다. 맥박이 뛰는 것보다 빠르게 목을 움직였다. 시간을 알리는 종이 울리자 마치 자기도 그 소리에 신경 쓴다는 듯 좌우로 돌려 보기를 멈추곤 종소리가 멈출 때까지 한쪽 눈으로 계속 나를 주시했다. 그러더니 훌쩍 날아가 버렸다.

한참이 지나서야 마지막 종소리가 사라졌다. 대기 중에 한동안 머물러 있던 종소리는 귀로 듣기보다 몸으로 느껴졌다. 스러져 가는 빛 속으로 길게 울려 퍼지는 종소리처럼, 예수처럼, 그리고 자기 누이에 대해 말한 성 프란체스코처럼. 만약 그저 지옥으로 가는 것이라면, 그게 전부라면. 그것으로 끝이라면. 그렇게 모든 것이 끝나기만 한다면. 그곳엔 나와 캐디만 남게 되겠지. 우리가 너무 끔찍한 짓을 저질러서 나머지 사람들이 우리만 남겨두고 모두 그곳에서 도피한다면. 제가 근친상간을 범했습니다, 아버지. 돌턴 에임스가 아니고 저예요 그러자 아버지가 돌턴 에임스를. 돌턴 에임스. 돌턴 에임스. 그가 내게 권총을 쥐여 주었을 때 나는 쏘지 않았다. 맞아, 그래서 쏘지 않은 것이다. 그러면 그도 거기 있을 것이고, 캐디도, 나도 거기 있게 될 것이다.[8] 돌턴 에임스. 돌턴 에임스.

8 돌턴 에임스는 캐디가 결혼하기 전의 남자 친구로, 퀜틴은 그를 죽

돌턴 에임스. 우리가 정말 뭔가 끔찍한 일을 벌이기라도 했다면. 그러자 아버지가 말했다. 그것 또한 애석하단다. 사람들은 그렇게 끔찍한 일은 저지르지 못하지. 그런 끔찍한 일은 전혀 못 해. 사람들은 오늘 끔찍하다고 생각했던 일들을 내일이 되면 기억조차 못 한단다. 그래서 내가 말했다. 모든 것으로부터 벗어날 수 있어요. 아버지는 넌 그럴 수 있겠느냐고 말했다. 나는 물속에서 살랑거리는 내 뼈들과 바람 같은, 아니 바람의 지붕 같은 깊은 강물을 내려다볼 것이고, 오랜 시간이 지난 후 사람들은 쓸쓸한 해변의 깨끗한 모래에서 내 뼈조차 분간해 내지 못할 것이다. 심판의 날에 신께서 일어나라 하시면 쇠다리미만 위로 떠오를 것이다.[9] 그때는 종교도 자부심도 그 어떤 것도 도움이 되지 못한다는 것을 깨닫는 게 아니라, 그 어떤 도움도 필요치 않다는 것을 깨닫게 될 것이다. 돌턴 에임스. 돌턴 에임스. 돌턴 에임스. 내가 돌턴의 엄마였다면 활짝 열린 몸을 치켜들고 웃으며 그의 아버지를 내 손으로 붙잡아 절대 허락하지 않았을 것이고, 그가 살기도 전에 죽는 것을 지켜보았으리라. 한순간 캐디가 문

일 생각이었지만 그럴 경우 다 같이 지옥에 있게 된다는 사실을 두려워한다. 총을 쏘지 못하는 것은 퀜틴 자신의 성적 무능력과도 연관이 있다.
  9 쇠다리미를 품고 강물에 투신자살할 자신의 모습을 상상하는 대목. 〈심판의 날〉이란 성서에 예언날로, 세상의 마지막 때 신의 음성을 듣고 모든 죽은 자들이 무덤 속에서 일어나 신의 심판을 받게 될 것을 기록하고 있다.

앞에 서 있었다[10]

　나는 화장대로 가서 여전히 엎어져 있는 시계를 집어 들었다. 유리를 화장대 모서리에 부딪혀 깬 다음 조각들을 손으로 받아 재떨이에 버렸다. 시침과 분침은 비틀어 뽑은 후 접시 위에 놓았다. 그래도 시계는 계속 째깍댔다. 나는 시계를 뒤집었다. 텅 빈 문자판 뒤의 조그만 톱니바퀴들이 여전히 째깍대고 있었다. 갈릴리 바다를 걷던 예수나 거짓말하지 않았던 워싱턴.[11] 아버지는 세인트루이스에서 열린 박람회에서 시곗줄에 다는 장식품을 제이슨에게 사다 주었다. 작은 오페라글라스였는데 한 눈을 가늘게 뜨고 보면 고층 건물도 보이고, 거미줄처럼 보이는 관람차도, 그리고 옷핀 머리 위로 나이아가라 폭포 같은 것도 보였다. 시계 문자판에 빨간 얼룩이 보였는데, 그 순간 엄지손가락이 욱신대기 시작했다. 시계를 내려놓고 슈리브의 방으로 건너가 소독약을 찾아 베인 상처에 발랐다. 그런 다음 시계 테두리에 있던 유리 조각들을 수건으로 깨끗하게 치웠다.

　나는 속옷 두 벌, 양말, 셔츠, 옷깃, 넥타이를 꺼내 바닥

---

　10 1909년 여름, 캐디가 에임스와 있다가 집으로 돌아왔을 때. 냄새로 모든 것을 감지하는 벤지는 문 앞에 선 캐디가 처녀성을 잃었다는 것을 알고 울부짖는다.
　11 시계를 부수는 것은 시간의 흐름에 대한 의식을 없애는 행위로, 예수가 태어난 시점과 조지 워싱턴이 살았던 시절, 그리고 현재가 다 같은 시간대에 있게 된다.

에 펼친 다음 가방을 꾸렸다. 새 양복과 입던 양복, 구두 두 켤레, 모자, 그리고 책을 제외한 모든 것을 트렁크에 넣었다. 책은 거실로 옮겨 책상 위에 쌓아 놓았다. 그중에는 내가 집에서 가져온 것도 있고, 빌린 것도 있었다. 아버지는 말했다 예전엔 소유한 책을 보면 신사 자격이 있는지 알 수 있었지만 지금은 돌려주지 않은 책을 보면 알 수 있지 트렁크에 열쇠를 채운 다음 그 위에 주소를 썼다. 15분을 알리는 종이 울렸다. 나는 하던 일을 멈추고 종소리가 멎을 때까지 조용히 귀를 기울였다.

이어서 몸도 씻고 면도도 했다. 유리에 베인 곳이 물에 닿자 쓰라렸다. 다시 슈리브의 소독약을 발랐다. 새 양복을 입고 시계를 주머니에 넣은 다음 다른 양복 한 벌과 장신구, 면도기와 솔을 손가방에 챙겼다. 트렁크 열쇠는 종이에 싼 다음 봉투에 넣고는 그 위에 아버지의 집 주소를 썼다. 그리고 두 통의 짧은 편지를 써서 봉인했다.

그림자가 현관 계단에 남아 있었다. 나는 문 안쪽에 서서 그림자가 이동하는 모습을 지켜보았다. 문 안쪽으로 스멀스멀 기어 들어온 그림자는 눈에 띌 정도로 안쪽까지 이동해 왔다. 내가 그 소리를 들었을 때 캐디는 이미 달리고 있었다. 거울 속 캐디는 내가 무슨 일인지 알아차리기도 전에 달리고 있었다. 옷자락을 한쪽 팔 위에 휘감은 채 마치 한 조각 구름처럼 매우 빠르게 거울 밖으로 뛰쳐나갔다. 긴 면사포는 반짝이며 소용돌이쳤고 하이힐은 위태로웠다. 다른 한 손으로는 웨딩드레스를 어깨 위로 끌어올리며 캐디는 거울 밖으로 뛰쳐나갔다 그 냄새는 장미꽃 장미꽃 그 목소리는 에덴동산 위로 울리는 목소리. 캐디는 곧 현관을 가로질렀고 하이힐 소리는 들리지 않았다. 달빛 아래 한 조각 구름처럼, 풀밭을 가로질러 둥실 떠가는 면사포 그림자는 울부짖는 소리가 나는 곳으로 달려갔다. 웨딩드레스를 벗어던지며 면사포를 부여잡고 뛰어갔다. 티피는 이슬 위에서 휘이 사스프릴러를 마신 채 취해 있었고 벤지는 상자 아래서 울부짖고 있었다. 달려온 아버지는 가슴에 V 자 모양의 결혼식 은제 갑옷을 입고 있었다[12]

슈리브가 말했다. 「결국 안 갔네……. 근데 너 결혼식에 가니, 아니면 초상집에라도?」

「못 갔어.」 내가 말했다.

「그렇게 차려입고 수업에 갈 리가 없지. 한데 뭔 일이래? 오늘이 무슨 일요일이라도 되나?」

「새 양복 한번 입었다고 경찰이 날 잡아가진 않겠지.」 내가 말했다.

「스퀘어 학생들[13]이 생각나서 말이야. 걔들이 보면 네가 하버드 다니는 줄 알 거야. 너도 수업 들을 필요가 없

12 그림자는 시간을 알려 주는 수단이기에, 이 장 전체에 걸쳐 시간을 망각하고 극복해 보려는 퀜틴에게 정면으로 맞서는 하나의 인물처럼 등장한다. 아침 햇살에 그림자가 스멀스멀 밀고 들어오자 캐디의 결혼식 장면이 떠오른다. 결혼식 날 술에 취해 울부짖는 벤지를 보고 달려가던 캐디의 모습과 이를 보고 달려온 아버지의 모습이 그려진다.

13 Harvard Square Students. 정장 차림으로 하버드 스퀘어에서 어슬렁거리지만 정작 하버드 대학생이 아닌 학생들.

다고 건방 떠는 거야?」

「일단 뭐 좀 먹고.」현관 계단의 그림자는 이제 사라졌다. 햇빛 아래로 걸어 나가니 내 그림자가 보였다. 그림자보다 약간 앞서 계단을 내려갔다. 30분을 알리는 종소리가 들리더니 이내 사라졌다.

우체국에서도 집사[14]는 보이지 않았다. 나는 두 통의 편지에 인장을 찍어 한 통을 아버지에게 부치고, 슈리브에게 줄 것은 안주머니에 넣었다. 그 순간 마지막으로 집사를 본 곳이 떠올랐다. 현충일[15]에 북군 제복 차림으로 행진 대열 한가운데 서 있었다. 행진이 있는 날이면 어디서든지 그를 보게 된다. 지난번 행진은 콜럼버스의 날인지, 가리발디의 날인지, 아니면 누군가의 탄생 기념일 행진이었다. 실크해트를 쓰고는 빗자루와 삽을 든 도로 청소부들의 행진 대열 사이에 서 있었는데, 소형 이탈리아 국기를 흔들며 시가를 피우고 있었다. 하지만 마지막으로 본 모습은 분명 북군 제복 차림이었다. 슈리브가 이렇게 말했기 때문이다.

「저기 봐. 네 할아버지가 저 불쌍한 늙은 깜둥이에게 뭔 짓을 했는지 보라고.」

「그래.」내가 말했다.「덕분에 매일 행진 대열에 끼어

14 퀜틴과 친한 남부 출신 흑인을 가리키는 호칭으로, 집안의 모든 일을 맡는 집사처럼 하버드 대학 부근에서 항상 눈에 띄는 인물이다.
15 Decoration Day. 전몰장병을 위해 꽃을 바친다는 의미로, 남북 전쟁 때 전몰한 장병을 추모하는 날이다.

소일하고 있게 된 거지. 우리 할아버지가 아니었으면 저들도 우리 백인들처럼 일만 했을 텐데.」

오늘은 집사가 어느 곳에서도 보이질 않았다. 하긴 요즘은 일을 안 해도 호의호식하는 깜둥이들은 말할 것도 없고, 일을 하는 깜둥이들도 필요할 때 찾으면 눈에 띄는 법이 없다. 전차가 왔다. 나는 시내로 나가 파커스 하우스 호텔 레스토랑에서 훌륭한 아침 식사를 했다. 식사 중에 정시를 알리는 종소리가 들렸다. 하긴 한 시간도 지나기 전에 시간에서 벗어나기는 힘들 거라는 생각이 들었다. 인간은 역사가 기계적 시간의 흐름 속으로 진입하기 훨씬 이전부터 존재해 왔으니까.

식사 후 시가를 샀다. 판매대 여종업원이 50센트짜리 시가가 최상품이라고 하기에, 그걸 사서 불을 붙이고 거리로 나섰다. 거리에 서서 시가 두 모금 정도를 뻐끔거린 후, 손에 들고 길모퉁이로 향했다. 보석상 진열창 앞을 지나면서도 시간에서 멀어지려고 했다. 길모퉁이에서 구두닦이 소년 둘이 양쪽에서 나를 붙잡았는데, 목소리가 마치 찌르레기처럼 귀에 거슬리고 날카로웠다. 한 명에게는 시가를, 다른 한 명에게는 5센트짜리 동전을 주자 이내 나를 놔주었다. 시가를 받은 소년은 동전을 받은 소년에게 5센트에 시가를 다시 팔려고 하는지 둘은 실랑이를 벌였다.

하늘 높이 시계탑이 솟아 있었다. 우리가 무언가를 하고 싶지 않을 때조차 우리 몸은 우리도 모르는 사이에 그것을 하도록 만든다는 생각이 들었다. 못 뒷덜미 근육이 움찔하는 게 느껴졌다. 그러자 점차 주머니에서 째깍대는 시계 소리가 들리더니, 이제 그것 말고는 아무 소리도 귀에 들어오지 않게 되었다. 나는 오던 길을 되돌아가 보석상 진열창 앞까지 갔다. 머리가 벗겨진 한 사내가 진열대 뒤 탁자에서 일하고 있었는데, 눈에 확대경을 쓴 모습이 마치 얼굴에 쇠관을 박은 듯 보였다. 나는 가게로 들어갔다.

9월경 풀숲에서 요란하게 울어 대는 귀뚜라미 소리처럼, 실내가 온통 째깍대는 시계 소리로 넘쳐났다. 남자의 머리 위로 큰 벽시계 소리가 들렸다. 확대경 너머로 튀어나올 것 같은 충혈된 큰 눈을 들어 사내가 나를 올려다보았다. 나는 시계를 꺼내 그에게 건넸다.

「시계가 깨졌어요.」

그는 내 시계를 뒤집어 보며 말했다. 「그런 것 같네요. 밟은 모양이군요.」

「네, 화장대에서 떨어뜨렸는데 어두워서 밟고 말았어요. 그래도 가긴 합니다만.」

그는 뒷면 뚜껑을 열고 시계 내부를 자세히 들여다보았다. 「괜찮은 것 같긴 한데, 검사해 봐야 알겠어요. 오늘 오후에 검사해 보지요.」

「그러면 다시 가져올게요.」 내가 말했다. 「혹시 여기 진열대에 있는 시계 가운데 시간이 맞는 게 있는지 알려

주실 수 있나요?」

　그는 내 시계를 손에 올려놓은 채 튀어나올 듯한 충혈된 눈으로 나를 다시 올려다보았다.

　「친구와 내기를 했거든요.」내가 말했다. 「게다가 오늘 아침에 깜빡 안경을 두고 나와서요.」

　「네, 그래요.」그가 말했다. 그는 내 시계를 내려놓더니 자리에서 반쯤 일어나 칸막이 너머를 쳐다보았다. 그리고 벽을 올려다보았다. 「지금이 20……..」

　「선생님, 말씀하시면 안 됩니다.」내가 말했다. 「맞는 게 있는지만 말씀해 주세요.」

　그는 다시 나를 쳐다보다가, 자리에 앉아 확대경을 이마 위로 올렸다. 눈가에 확대경 자국이 남았다. 확대경이 사라지자 민낯이 드러났다. 「오늘 무슨 축하 행사라도 있습니까?」그가 말했다. 「조정 경기는 다음 주에 열리지 않나요?」

　「그게 아니고요. 개인적인 행사입니다. 생일이죠. 맞는 게 있나요?」

　「없네요. 시간을 맞춰 놓지 않았어요. 만약 하나 살 생각이 있으시다면…….」

　「아니요, 전 시계가 필요 없습니다. 거실에 시계가 있거든요. 필요할 때 이 시계 수리를 맡기도록 하겠습니다.」나는 시계를 돌려받고자 손을 내밀었다.

　「그냥 두고 가셔도 됩니다.」

「아니, 다음번에 다시 가져오겠습니다.」그가 시계를 돌려주었다. 나는 시계를 다시 주머니에 넣었다. 가게 안의 소음 때문인지 시계 소리가 들리지 않았다. 「감사합니다. 제가 시간을 너무 뺏은 건 아닌지 모르겠습니다.」

「괜찮습니다. 시계는 편할 때 가져오세요. 그리고 축하 행사는 우리가 조정 경기를 이긴 후로 미루자고요.」

「네, 잘 알겠습니다.」

나는 시계 소리를 뒤로하고 문을 닫고 밖으로 나왔다. 진열대 안을 다시 바라보니, 주인이 칸막이 너머로 나를 쳐다보고 있었다. 진열대에 있는 열두 개 남짓 되는 시계는 시간이 제각각이었다. 마치 시곗바늘 없는 내 시계처럼 자기만이 옳다는 듯 서로 다른 확신에 차 있었다. 저마다 다른 주장을 펼치고 있었다. 내 시계 소리가 들렸다. 내 시계는 아무도 볼 수 없는데도, 그리고 설령 본다 한들 시간을 알려 줄 수 없는데도, 주머니 속에서 째깍대고 있었다.

그래서 나는 아무거나 하나를 고르자고 나 자신에게 말했다. 시계가 시간을 살해한다는 아버지의 말 때문이었다. 아버지는 조그만 톱니바퀴들에 의해 째깍대며 시간이 흐르는 한 시간은 죽어 있는 것이며, 시계가 멈췄을 때에야 시간이 살아난다고 했다. 마치 바람을 타고 위로 떠오르는 갈매기의 모습처럼 내가 고른 시계의 바늘들이 약간 위로 솟아 있는 듯 보였다. 깜둥이들 속담에 초승달은 그 안에 물을 담고 있다고 하는데,[16] 그 시계에는 내가 아쉬워하는 모든 것이 담겨 있었다. 가게 주인은 작업대 위로 고개를 숙인 채 다시 일에 몰두하고 있었다. 마치 얼굴에 터널을 파고 들어가기나 한 듯 확대경이 깊이 박혀 있었다. 머리 한복판에는 가르마가 있었고, 그것은 물 빠진 12월의 늪지 같은 대머리 부분까지 죽 이어져 있었다.

길 건너편으로 철물점이 보였다. 나는 사람들이 다리미를 파운드 무게에 따라 산다는 사실을 처음 알았다.

「아마도 재봉사용 쇠다리미를 원하시는 모양입니다.」 점원이 말했다. 「그건 무게가 10파운드 나갑니다.」 생각한 것보다 큼직해 보였다. 나는 대신 6파운드짜리 두 개를 샀는데, 그건 포장해 놓으면 구두 한 켤레처럼 보일 것이기 때문이다. 두 개를 함께 쓴다면 무게가 충분할 것 같았다. 하버드에서 배운 것을 활용할 유일한 기회가 될 것이라 생각하니, 인간의 경험이 부조리하다는 아버지의 말이 다시금 떠올랐다. 내년쯤이면 어떨까. 제대로 하자면 2년 정도는 배워야 하는 것 아닌가.

들어 보니 다리미는 무게가 제법 나갔다. 전차가 도착했다. 전차 앞에 걸린 행선지조차 보지 않고 집어탔다. 제법 사는 듯해 보이는 대부분의 승객들이 신문을 읽고

---

16 흑인 민담으로, 초승달의 양쪽 끝이 위를 향할 때 그 안에 물을 담고 있어서 날씨가 건조하다고 여긴다.

있었다. 깜둥이 옆자리만 유일하게 비어 있었다. 중산모에 광택 나는 구두를 신은 그는 꺼진 시가 꽁초를 손에 들고 있었다. 나는 북부 지역에 사는 남부인은 항상 흑인을 의식해야 한다고 생각했다. 북부 사람들이 남부 출신 백인에 대해 그렇게 기대하고 있다고 생각했기 때문이다. 처음 동부에 도착했을 때 흑인들을 깜둥이가 아니라 유색 인종으로 볼 것을 잊지 말자고 마음먹었다. 내가 깜둥이들과 함께 섞여 지낸 경험이 없었다면, 백인이건 흑인이건 이들을 대하는 최선의 방법은 그들이 스스로를 보는 방식대로 생각하는 것이며, 그게 전부라는 사실을 깨달을 때까지 많은 시간과 수고를 허비했을 것이다. 그들과 지내면서 나는 깜둥이란 어떤 사람이라기보다 일종의 행동 양식이라는 점을, 다시 말해 함께 살고 있는 백인들의 이면을 비추는 것이라는 점을 깨달았다. 처음에는 북부인들이 내게 기대하듯이, 주위에 많은 깜둥이를 거느린 삶을 그리워해야 한다고 생각했다. 하지만 정작 내가 로스커스와 딜지, 다른 깜둥이들을 진정 그리워하고 있다는 걸 깨달은 것은 어느 날 아침 버지니아에서 있었던 일 때문이었다. 졸다가 깨어 보니 기차가 멈춰 서 있었다. 차양을 거두고 밖을 내다보았다. 내가 탄 기차가 건널목을 가로막고 있었다. 하얀 울타리 두 줄이 언덕을 따라 내려오다가 마치 소뿔처럼 양쪽으로 갈라졌다. 바퀴자국이 난 채로 굳은 흙길 한가운데에 노새를 탄 한 깜둥이가 기차가 지나가길 기다리며 서 있었다. 얼마나 오래 서 있었는지는 알 수 없었지만, 그는 머리를 모포로 싸매고는 노새 위에 다리를 벌린 채 앉아 있었다. 이들은 마치 울타리와 길, 그리고 언덕이 생겨날 당시 모두 함께 생겨난 것처럼, 마치 집에 온 것을 환영한다는 표시로 누군가 언덕에 조각해 놓은 형상처럼 보였다. 그는 안장도 없이 앉아 땅에 닿을 정도로 두 다리를 축 내려뜨린 채 있었고, 노새 또한 마치 토끼 같아 보였다. 나는 창문을 올렸다.

「이봐요, 아저씨, 이렇게 하는 거 맞나요?」

「예?」 그가 나를 쳐다보더니, 머리 위 모포를 풀고 내 말에 귀를 기울였다.

「크리스마스 선물!」[17] 내가 말했다.

「곧 크리스마스가 오네요. 제가 걸려들었군요.」

「이번엔 봐줍니다.」 나는 작은 그물 선반에 걸어 둔 바지를 당겨 동전을 꺼냈다. 「하지만 다음번엔 조심해요. 새해 둘째 날 내가 이곳을 다시 지나니까, 그땐 조심하시고.」 나는 동전을 창문 밖으로 던졌다. 「크리스마스 선물이나 사세요.」

「예, 도련님.」 그가 노새에서 내려 동전을 주워 바지에 문질렀다. 「젊은 도련님, 고마워요.」 기차가 다시 움직이

17 흑백 간에 행해졌던 남부 지역의 게임으로, 상대방에게 먼저 〈크리스마스 선물〉이라고 외치는 사람이 선물을 받게 된다.

기 시작하자, 나는 창문 밖으로 고개를 내밀어 선선한 공기를 맞으며 뒤를 돌아봤다. 토끼 같아 보이는 마른 노새와 그 옆에 꼼짝하지도 않고 서 있는 모습이 둘 다 초라해 보였지만 조급해 보이지도 않았다. 기차가 짧고 육중한 엔진 폭음 소리를 내며 모퉁이를 돌자, 그와 함께 이들의 초라한 모습, 그러나 변함없이 참아 내고, 전혀 변하지 않는 평온함도 시야에서 사라졌다. 그들은 순진하고 능력 없는 듯 보이지만 역설적으로 신뢰감을 주기도 하는데, 이것이 그들을 보살피고 보호해 준다. 이런 점들이 뒤섞여 그들은 무조건 사랑을 받기도 하고 끝없이 착취당하기도 한다. 또한, 소위 속임수라 하기에는 너무 노골적인 방식으로 책임과 의무를 회피하기도 한다. 그리고 도둑질을 할 때든 슬쩍 무언가를 회피할 때든, 교양 있는 사람들이 공정한 시합에서 자신을 이긴 자에게 느끼는 것과 같은 마음속에서 우러나오는 솔직한 찬사를 보낸다. 그리고 변덕이 죽 끓듯 하는 사고뭉치 손주들을 대하는 할아버지처럼, 이들 역시 변덕스러운 백인들을 사랑으로 품고 끝없는 인내로 참아 낸다. 나는 그런 것을 잊고 있었다. 탈진한 듯 힘들게 꿍얼대는 바퀴 소리와 함께 경사가 급한 협곡과 돌산을 따라 기차가 돌아 나가고 짙은 하늘 속으로 산들이 끊임없이 사라져 가던 그날, 나는 온종일 고향과 황량한 기차역, 진창길, 깜둥이들, 그리고 광장 주위에서 장난감 원숭이, 장난감 마차, 사탕,

그리고 삐죽 튀어나온 원통형 폭죽이 든 가방을 들고는 천천히 무리 지어 움직이던 고향 사람들을 생각했다. 그럴 때면 학교에서 종소리를 들었을 때 종종 그랬듯이 속이 울렁대기 시작했다.

3시를 알리는 소리가 나면 나는 숫자를 세기 시작했다. 60까지 센 후 한 손가락을 접고는 손가락이 열네 번 더 접히길 기다렸는데, 그런 식으로 열셋, 열둘, 여덟, 일곱, 하며 줄어들다가 어느 순간 조용해지면 두 눈을 뜨고 나를 주시하는 시선들을 알아차리곤 했다. 내가 〈왜요, 선생님?〉 하고 물으면, 〈네 이름이 퀜틴이지?〉 하고 로라 선생님이 물었고, 침묵이 더 깊어지면서 잔인할 정도로 나를 주시하는 시선과 손짓 들이 간간이 침묵 사이로 들어오는 것을 느꼈다. 「헨리, 미시시피강을 누가 발견했는지 퀜틴에게 말해 줄래.」 「디소토예요.」 그러면 날 바라보던 시선들이 사라지고, 덕분에 나는 숫자 세는 게 늦어졌다고 생각하면서 다시금 손가락을 접으며 세기 시작했다. 그러다가 너무 빨리 센 것 같아 속도를 늦췄다가도 이내 다시 속도를 내곤 했다. 그래서 종이 울려도 교실 밖으로 나가지 못한 채, 수업에서 해방된 아이들의 발소리가 봇물처럼 들려오고, 발로 비벼 대는 교실 바닥이 마치 땅처럼 느껴지고, 한낮의 햇살이 반짝거리며 날카롭게 유리창을 두드려도, 속이 울렁거려 가만히 앉아 있곤 했다. 우린 앉은 채 몸을 움직였다. 너 때문에 창자가 다 울렁대.[18] 한순간 캐디가 문 앞에 서 있었다. 울부짖는 벤지.[19] 늘그막에 얻은 내 아들 벤저민이 울고 있네.[20] 캐디! 캐디!

나는 집 나갈 거야.[21] 벤지가 울기 시작하자 캐디가 가서 달랬다. 뚝. 안 나갈게. 뚝. 벤지가 뚝 그쳤다. 딜지.

벤지는 원하기만 하면 사람들이 말하는 걸 다 냄새로 알아챈다고. 굳이 듣고 말할 필요가 없어요.

그러면 지어 준 새 이름도 맡을 수 있나? 운수가 나쁘다는 것도 냄새로 알 수 있나?

벤지가 뭣 땜에 운수를 걱정하니? 운수가 벤지에게 무슨 해를 끼친다고.

나쁜 운수를 피하는 게 아니라면 뭣 때문에 이름을 바꾸는 거지?

전차가 멈췄다 출발했고, 이내 다시 멈췄다. 창문 아래로 아직 색이 바래지 않은 밀짚모자를 쓴 사람들의 머리가 보였다. 차 안에는 시장바구니를 든 여자들이 보였고, 윤이 나는 구두에 옷깃을 단 남자들보다는 작업복 차림의 남자들이 더 많아 보였다.

18 어린 시절 수업이 끝날 즈음 느꼈던 〈울렁대는〉 기분이 퀜틴이 여자 친구 내털리와 앉아서 성적 유희를 즐길 때 울렁대던 것으로 연결된다.

19 1909년 여름 캐디가 처녀성을 잃고 집에 돌아왔을 때.

20 구약 성서에서 벤저민은 야곱이 마지막으로 얻은 아들의 이름이다. 퀜틴은 벤지가 모리에서 벤저민으로 개명한 때를 떠올린다.

21 다머디 할머니가 돌아가신 날 냇가에서 놀다가 옷이 젖고 속옷 엉덩이에 흙이 묻은 캐디에게 퀜틴이 집에 가서 혼날 거라고 하자, 집을 나가 버리면 된다고 말하던 캐디의 모습을 떠올린다.

한 깜둥이가 내 무릎을 툭 쳤다. 「잠시만요.」 그가 말했다. 나는 그가 지나가게끔 무릎을 바깥쪽으로 돌렸다. 전차가 휑한 벽면 옆을 지나치자, 바퀴 덜컹대는 소리가 차 안으로 반사되어 무릎 위에 시장바구니를 놓은 여자들과 담배 파이프를 얼룩진 모자 띠에 꽂은 남자들에게로 향했다. 강물 냄새가 났다. 벽면 사이로 난 틈새로 강물이 보이고 돛대 두 개가, 그리고 돛대 사이로 갈매기가 보였다. 갈매기는 마치 투명한 전선에 앉아 있는 것처럼 꼼짝하지 않고 공중에 떠 있었다. 나는 외투 사이로 손을 넣어 내가 쓴 편지를 만져 보았다. 전차가 멈춰 서자 나는 내렸다.

　스쿠너가 지나가도록 다리가 들어 올려져 있었다. 예인선이 스쿠너의 뒤쪽을 밀고 가면서 한 줄기 연기를 뿜어 대고 있었다. 하지만 스쿠너는 아무런 도움 없이 스스로 움직이고 있는 듯 보였다. 웃통을 벗은 남자가 선실 머리에서 밧줄을 감고 있었다. 벗은 몸통은 햇빛에 그을려 잎담배 색깔이었다. 뚜껑 없는 밀짚모자를 쓴 또 다른 남자가 키를 잡고 있었다. 스쿠너는 백주대낮에 나타난 귀신처럼 빈 돛으로 다리 아래를 지나갔다. 스쿠너 뒤편 하늘 위로 갈매기 세 마리가 떠 있었는데, 마치 투명한 전선 위에 앉아 있는 장난감 새처럼 보였다.

　다리가 다시 내려오자 나는 건너편으로 건너가 보트 창고 위의 난간에 기대어 섰다. 부잔교에는 아무도 없었고 문도 닫혀 있었다. 조정 선수들은 휴식을 취하다가 오후 늦게야 나온다. 다리와 난간 줄, 그리고 내 그림자가 마치 물 위에 납작 누운 듯 보였다. 내 속임수를 눈치챘는지 그림자가 내게서 떨어지려 하지 않았다. 수면까지는 적어도 50피트는 돼 보였다. 물속에 처넣어 익사시킬 정도로만 그림자를 붙들어 줄 게 있으면 된다. 포장한 구두 한 켤레처럼 생긴 그림자가 물 위에 드리워져 있었다. 깜둥이들은 익사한 사람의 그림자는 항상 물속에서 그를 기다리고 있다고 했다. 마치 숨 쉬듯 그림자가 깜빡이며 반짝였다. 부잔교 역시 숨 쉬는 듯 움직였다. 부서진 그림자 파편들은 반은 가라앉은 채 바다로, 동굴로, 그리고 바다 밑 작은 석굴 속으로 상처가 치유되면서 사라진다. 무언가로 넘친 물의 양은 무언가의 부피와 같다. 6파운드짜리 다리미 두 개가 재봉사용 다리미 한 개보다 더 무겁다. 인간의 경험은 부조리하다. 이 무슨 천벌받을 낭비냐고 딜지는 말하겠지. 다머디 할머니가 돌아가시는 걸 벤지는 알고 있었다. 벤지가 울었다. 그 애는 냄새로 알았어. 그 애는 냄새로 알았지.

예인선이 하류 쪽으로 다시 내려왔다. 강물은 마치 굴러가는 긴 원통같이 갈라져 나가면서 메아리처럼 울리는 파도 소리와 함께 부잔교를 흔들었다. 그러자 부잔교가 철썩 하는 소리와 함께 굴러가는 원통 위로 올라탔다. 그때 귀에 거슬리는 소리를 내며 창고 문이 뒤로 열리더니 조정용 보트를 든 두 사람이 나타났다. 보트를 물에 띄우

자 이내 노를 든 제럴드 블랜드가 나타났다. 그는 플란넬 바지 차림으로, 회색 윗도리와 빳빳한 밀짚모자를 쓰고 있었다. 그가 혹은 그의 엄마가 옥스퍼드 대학생들은 플란넬 옷을 입고 빳빳한 모자를 쓴다는 것을 어디선가 읽었다는데, 그에게 조정 보트를 사주자 3월 초인데도 어느 날 플란넬 차림에 빳빳한 밀짚모자를 쓰고 강으로 나온 것이다. 보트 창고에 있던 사람들이 아직은 위험하니 경찰에 신고하겠다고 으름장까지 놓았지만 그는 그냥 보트를 타고 가버렸다. 그의 엄마는 차를 빌려 타고 무슨 극지방 탐험가나 되는 것처럼 모피 옷차림으로 등장해, 양털 모양의 지저분한 유빙들이 계속 떠다니고 시속 25마일의 바람이 부는 가운데 보트를 타는 자기 아들을 배웅했다. 그 이후로 나는 혹시 하느님은 신사일 뿐 아니라 운동을 좋아하는 켄터키 출신이 아닐까 하고 생각했었다. 아들이 출발하자 엄마도 아들과 나란히 강을 따라가면서 천천히 차를 몰았다. 두 사람은 마치 이전에 서로 전혀 본 적이 없는 이들 같았다고 사람들은 말했다. 왕과 왕비처럼, 서로에게 눈길도 주지 않고, 나란히 질주하는 두 개의 행성처럼 매사추세츠를 가로질러 나아갔다고 한다.

그가 보트에 올라 노를 저었다. 그러더니 이내 제법 잘 저어 나아갔다. 그럴 수밖에 없었을 것이다. 그의 엄마가 아들에게 노 젓는 일 대신 다른 아이들이 하지 않거나 못하는 걸 시켜 보려 했으나, 이번만큼은 그가 고집을 피웠다고 하니 말이다. 그의 엄마가 우리에게 그가 타는 말과 그의 깜둥이 하인들, 그의 여자들에 대해 떠들어 대는 동안, 노란 곱슬머리에 보랏빛 눈과 속눈썹, 값비싼 뉴욕 옷을 걸친 채 왕자처럼 권태롭게 앉아 있던 것을 고집이라고 해야 할지 모르겠지만. 켄터키에 사는 남편들과 아버지들은 그녀가 제럴드를 데리고 케임브리지로 떠났을 때 정말로 기뻐했을 것이다. 그녀는 시내에 아파트 한 채를 얻었고, 제럴드도 대학 기숙사 외에 시내에 아파트 한 채를 더 얻었다. 그녀가 제럴드와 내가 교유하는 것을 인정해 준 것은 내가 메이슨과 딕슨 라인[22] 아래인 남부 지역 출신으로 서툴게나마 노블레스 오블리주를 보여 주었기 때문이다. 이러한 지리적 조건(최소한의 요건)이 맞아떨어져 인정받은 친구들이 몇 명 더 있었다. 용서받았다고 해야 하나, 아니면 용인받았다고 해야 하나. 하지만 어느 날 밤 그녀가 채플에서 나오는 스포드와 마주친 이후, 그리고 스포드가 늦은 밤에 여자가 싸돌아다니는 모습을 보니 블랜드 부인은 숙녀일 턱이 없다고 말한 이후, 그녀는 스포드의 이름에 영국 공작 가문을 포함해 다섯 가문의 이름이 포함되어 있는데도 녀석을 용인할 수 없었다. 그녀는 맹고인지 모르테마르[23]인지 하는 가문의 놈팡이가 여관집 딸과 관계를 맺어 녀석이 태어났을 거

22 미국의 자유주인 북부와 노예주인 남부의 경계선.
23 유럽 귀족의 이름들.

140

라면서 스스로를 위안했다. 그녀가 지어낸 이야기든 아니든 그건 꽤 설득력 있는 이야기였다. 그는 게으름뱅이로는 세계 챔피언감이었고, 싸울 때는 아무런 규칙도 없이 남의 눈알까지 후벼 파는 짓을 할 그런 인간이었기 때문이다.

이제는 보트가 점처럼 보였다. 선체는 흘러가면서 윙크하듯 깜빡였고, 햇빛을 받은 노는 물결을 따라 반짝였다. 누이동생이 있어 봤니? 아니 하지만 어차피 다 화냥년일 뿐이야. 누이동생이 있어 봤냐고? 한순간 캐디가. 화냥년. 화냥년이 아니야 한순간 캐디가 문 앞에 서 있었다 돌턴 에임스. 돌턴 에임스. 돌턴 셔츠.[24] 나는 돌턴의 셔츠도 카키색 천, 군복의 카키색 천인 줄 알았는데, 실은 도톰한 중국 비단이나 고운 플란넬 면이었다. 그래서 얼굴도 갈색이고, 눈도 파래 보인다. 돌턴 에임스. 그의 얼굴은 고상하지는 않았다. 마치 무대의 가면, 파피에 마셰 같았다. 그런데 손을 대면 그것은 하얗고 매끄러운 석면처럼 느껴졌다.[25] 물론 청동까진 아니었지만. 하지만 캐디는 집 안에서 그를 만나려 하지 않았다.

캐디도 여자라는 걸 기억해. 여자이기에 캐디도 꼭 해야 할

24 당시 유행했던 셔츠의 상표.
25 퀜틴이 에임스에 대해 느끼는 긍정적인 감정을 표현하는 대목. 에임스의 얼굴은 종이 반죽으로 만드는 점토인 파피에 마셰처럼 보이지만 실은 하얀 석면처럼 윤이 난다. 하지만 캐디와 결혼한 허버트의 얼굴은 셀로판지처럼 번들거린다.

일이 있어.

캐디, 왜 그 사람을 집에 안 데려오는 거니? 왜 깜둥이들처럼 목장이나 도랑이나 어두운 숲속에서 뜨겁고 은밀하고 격렬하게 어두운 숲속에서 그러는 거니.

그리고 얼마 후 보니 나는 한동안 내 시계 소리를 듣고 있었고, 난간에 맞닿은 외투 속에서 편지가 부스럭대는 걸 느꼈다. 나는 난간에 기대어 내 그림자를, 내가 어떻게 그것을 속였는지 내려다보았다. 그리고 난간을 따라 걸었다. 그림자처럼 양복도 검은색이었기에 더러워진 손을 옷에 닦으면서 내 그림자를, 내가 어떻게 그것을 속였는지 내려다보았다. 나는 걷다가 강둑 그림자 속에 내 그림자를 처넣었다. 그런 다음 동쪽으로 걸어갔다.

하버드 하버드 다니는 내 아들 하버드 하버드[26] 형형색색의 리본이 걸린 운동장에서 캐디가 만났던 여드름투성이 소년. 마치 강아지 새끼에게 하듯 휘파람 소리로 캐디를 불러내려고 울타리를 따라 숨어 다니던 녀석. 그 녀석을 꾀어 식당으로 불러들이지 못하자, 엄마는 녀석이 캐디에게 무언가 주문 같은 걸 걸려고 캐디를 혼자서 만나려는 것이라고 믿었다. 하지만 엄마는 어떤 놈팡이라도 창문 아래 상자 옆에 누워 울부짖고 있었다 단춧구멍에 꽃을 꽂고

26 Harvard my Harvard boy Harvard havard. 아마도 하버드에 입학한 퀜틴을 자랑스러워하는 엄마의 대사로 보인다. 마지막 하버드는 소문자로 시작되는데, 시간에 대한 퀜틴의 통제력이 다시 사라지고 있다는 것을 보여 준다.

리무진을 타고 오는 놈이면 괜찮은 것이다. 하버드. 퀜틴 이 사람은 허버트야. 하버드 다니는 내 아들. 허버트가 큰형이 돼줄 거야 제이슨에게 벌써 은행 일 한자리를 약속해 주었어

상냥하지만 외판원처럼 셀로판지가 윤나듯 번지르르 하다. 웃지도 않으면서 이빨을 훤히 드러낸다. 얘기 많이 들었어요. 이만 보일 뿐 웃지 않는 놈. 네가 운전하는 거야?

차에 타, 퀜틴.

네가 운전을 하다니?

캐디 차란다 이 동네에서 최초의 차란 사실이 자랑스럽지 않니 허버트가 네 여동생에게 준 선물이야. 루이스[27]가 아침마 다 운전을 가르쳐 주었지 내 편지 받지 못했니[28] 제이슨 리 치먼드 콤슨 부부는 딸 캔디스와 시드니 허버트 헤드 군 의 결혼식이 있다는 소식을 알립니다. 1910년 4월 25일 미시시피주 제퍼슨에서 열립니다. 신혼부부는 8월 1일 부터 인디애나주 사우스밴드의 몇 번지에 가정을 꾸릴 것입니다. 편지를 열어 보지도 않을 거냐고 슈리브가 내 게 물었다. 3일. 3회. 제이슨 리치먼드 콤슨 부부 젊은 로킨 바[29]가 서부에서 너무 일찍 온 건 아닌가?

난 남부 출신이에요. 당신 제법 재미있네요.

27 로스커스의 형제로 버시가 삼촌이라고 부른다.
28 캐디의 결혼식에 오려고 고향에 내려온 퀜틴을 기차역으로 마중 나왔을 당시의 기억이 현재 시간과 중첩되는 대목이다.
29 월터 스콧이 지은 서사시 『마미온』의 주인공으로, 자기 애인이 다 른 남자와 결혼식을 올리기 직전에 그녀를 말에 태워 구출한다.

그래, 그게 이 나라 어딘가에 있다는 건 알지.

농담을 잘하시네요. 서커스단에나 가보시지 그래요.

갔었지. 그래서 코끼리 벼룩에 물을 뿌리다가 그만 내 시력을 잃어버리게 된 거야. 3회 여기 시골 처녀들. 대체 속을 알 수가 없어. 어쨌든, 바이런이 자기 욕망을 안 푼 게 다행이네.[30] 안경 쓴 사람을 때리면 안 되지 편지 열어보지 않을 거야? 모서리마다 초를 켜놓은 테이블 위에 편지가 놓여 있었고 색 바랜 분홍색 밴드로 봉한 편지 위에는 조화 두 송이가 놓여 있었다. 안경 쓴 사람을 때리면 안 되지.

불쌍한 촌사람들 자동차를 본 적이 없어서 말이야 경적을 눌러 캔디스 그래서 캐디는 나를 쳐다보려 하지 않았다 사람들이 비키게 말이야 나를 쳐다보려 하지 않았다 누구라도 다치면 아버지가 싫어하실 게다 그렇지만 이제 분명 네 아버지도 차를 사야만 할걸 차를 갖고 내려오게 해서 미안하네 허버트 물론 나는 좋았지 우리 마차가 있긴 하지만 내가 외출하려고 들면 남편이 깜둥이들을 죄다 일을 시켜 버리거든 일을 그만 시키려면 내가 머리를 써야 해 그러면 네 아버지는 로스커스가 항상 내 명령에 대기하고 있다고 말하지 나는 그게 무슨 말인지 알지 자기 양심에 거리끼지 않으려고 괜스레 약속해 주는 척하는 거야 허버트 자네는 내 딸에게 그러면 안 되네 그러지 않을 거라는 걸 아네 허버트가 우리를 다 염치없는 사람들로 만들었어

30 영국 시인 바이런은 이복 누이에게 연정을 품었다.

퀜틴 내가 편지에 쓰지 않았니 제이슨이 고등학교를 졸업하면 허버트가 자기 은행에 데려갈 거라고 말이야 제이슨은 훌륭한 은행가가 될 거야 내 아이들 중에 그 애만 현실 감각을 갖고 있거든 그 녀석이 내 가문 사람을 닮은 게 다행이지 나머지 애들은 죄다 콤슨 가문 핏줄을 타고났어 제이슨이 우릴 먹여 살리지.[31] 제이슨과 패터슨 집 아이들이 집 뒤편 현관에서 연을 만들어 하나에 5센트씩 받고 팔았다. 제이슨이 회계를 봤다.

이 전차에는 깜둥이가 보이지 않았다. 아직 색이 바래지 않은 모자들이 차창 아래로 지나가고 있었다. 하버드에 가다니. 우리는 벤지의 목장을 팔았네 벤지가 창문 아래 바닥에 누워 울부짖고 있었다. 퀜틴을 하버드에 보내려고 벤지의 목장을 팔았다네 자네의 형제, 아니 자네의 어린 동생이야.

어머니도 차가 있어야겠어요 차가 있으면 좋은 일이 많지요 그렇게 생각하지 않나 퀜틴 제가 단숨에 퀜틴이라고 부르잖아요 캔디스한테 퀜틴 얘기 많이 들었어요.

왜 안 되겠나 나는 우리 아이들이 자네에게 친구 이상이길 바라네 퀜틴과 캔디스는 친구 이상이야 아버지 제가 죄를 지었어요 형제자매가 없다니 마음이 안타까워 누이동생이 누이동생이 누이동생이 없었다 퀜틴에게 묻지 말게 남편

---

31 Jason furnished the flour. 직역하면 〈제이슨이 밀가루를 마련했다〉라는 표현으로, 연을 만들 때 쓸 밀가루 풀을 만들었다는 의미와, 집안을 꾸려 간다는 중복적 의미로 쓰였다. 재무를 보며 돈을 챙기는 제이슨의 모습과 연결된다.

과 그 애는 내가 기력을 회복해 식탁에 내려오니까 언짢아 하는 것 같아 내가 불편한 소리를 하나 보군 모든 게 끝나면 내가 값을 치를 걸세 자네는 내 딸을 데리고 가주게 내 누이에게는 없구나.[32] 내가 엄마 하고 불러 볼 수 있다면. 엄마

제가 원하는 대로 캔디스를 데려가는 대신 어머님을 태우고 간다 해도 아버님이 못 쫓아오실 겁니다.

오 허버트 캔디스 너 저 말 들었니 캐디가 나를 돌아보지 않는다 부드러우면서도 고집스러워 보이는 턱선이 뒤를 돌아보지 않는다 질투하진 마라 그저 늙은 할머닌데 결혼하는 딸을 둔 늙은 여자를 위로하는 거니까 나도 못 믿을 얘기야.

무슨 말씀이세요 꼭 소녀 같으세요 볼 색깔이 캔디스보다도 훨씬 어린 소녀 같아요 눈물 흘리며 책망하는 얼굴 장뇌 냄새 눈물 냄새 황혼 빛이 일렁이는 문 너머로 들리는 끊임없이 흐느끼는 소리 황혼 빛에 젖은 인동덩굴 냄새 빈 여행 가방을 들고 다락방 계단을 내려오는 소리가 마치 관 소리 같았다 프렌치 릭.[33] 솔트 릭[34]에서는 죽음을 모른다

32 구약 성서 「아가서」 8장 8절. 〈우리 누이가 아직 어려서 가슴이 없구나. 청혼이라도 받는 날이 되면, 우리가 누이에게 무엇을 해야 하나?〉

33 부자들이 즐겨 찾던 인디애나주의 휴양지로, 콤슨 부인은 캐디의 신랑감을 찾기 위해 그곳에 여행을 간다. 캐디가 처녀성을 잃은 날 콤슨 부인은 딸이 죽었다고 한탄하며 흐느낀다. 캐디의 임신 소식에 콤슨 부인은 그녀가 아기를 낳기 전에 신랑감을 구하려 한다.

34 짐승들이 소금을 핥아먹도록 만든 인공 소금못으로 짐승 유인용으로도 쓰였다. 여기서는 캐디의 남편감을 찾기 위해 간 곳인 프렌치 릭을 빗대어 말한 것이다.

바래지 않은 모자들과 모자를 안 쓴 학생들. 3년 후면 나도 모자를 벗을 수 있지만, 나는 그러지 못할 것이다.[35] 다 과거일 테니까. 내가 없으면 하버드도 없을 텐데 그럼 모자가 있을까. 하버드는 최고의 지성이 마치 죽은 담쟁이덩굴처럼 낡은 벽돌 위에 붙어 있는 곳이라고 아버지는 말했다. 그땐 하버드도 없을 것이다. 적어도 나에게는 말이다. 다시라니. 지난날보다 더 슬픈 일이다. 다시. 아니 무엇보다 슬픈 일이다. 다시.

스포드가 셔츠 차림이었다. 그렇다면 지금 몇 시가 됐을지 확신이 섰다. 내가 속여서 물에 처넣은 그림자를 다시 보게 된다면 이번에는 익사하지 않은 이놈을 그냥 밟아 버릴 거다. 하지만 누이동생이 없다. 나는 안 그랬을 거다. 내 딸이 감시당하게 두는 건 용납 못 해 하라고 해도 안 했을 거다.

당신이 애들에게 나나 내가 원하는 걸 염두에 두라고 가르치질 않는데 어찌 애들이 내 말을 듣겠어요 당신이 처가 사람들을 우습게 보는 건 알지만 그렇다고 내가 산통을 겪으며 낳은 애들에게 나를 존경하지 말라고 하는 게 말이나 돼요 단단한 발뒤꿈치로 내 그림자의 뼈까지 콘크리트 바닥에 짓밟으며 걷고 있는데 시계 소리가 들렸다. 나는 외투 속의 편지를 만져 보았다.

<hr />

35 하버드에서는 4학년 졸업반 학생만 모자를 안 쓰고 다닐 수 있다. 1학년인 퀜틴이 졸업반이 되려면 3년이 더 지나야 한다.

캐디가 뭔 짓을 했다고 당신이 생각하든 말든 당신이나 퀜틴 아니 그 누구라도 걔를 감시하는 건 용납 못 해

감시당할 이유가 있다는 건 인정하시는구려

전 안 그랬을 겁니다 하라고 해도 안 했을 거예요. 나도 네가 안 그러리라는 걸 안다 심하게 말하려고 했던 건 아니야 하지만 여자들은 서로를 그리고 스스로를 존중할 줄 모르니 말이다

그런데 어째서 엄마는 그림자를 밟을 때 종이 울렸다. 15분을 알리는 종소리였다. 집사는 어느 곳에서도 보이지 않았다. 왜 제가 그랬을 것이라고 그럴 수 있으리라고 생각했을까요

네 엄마가 그렇게 생각한 건 아니야 여자들 일 처리 방식이 그렇단다 그저 캐디를 사랑하기 때문이지

가로등이 언덕 아래로 내려가다가 다시 시내 쪽으로 올라갈 것이다 나는 내 그림자의 정중앙 부분을 밟았다. 손을 뻗으면 손이 그림자 밖으로 나갈 것이다. 8월의 여름날 풀벌레 소리가 나는 어둠 너머로 가로등이 있었고 아버지가 내 뒤에 있는 것을 느꼈다 아버지와 나는 여자들을 서로에게서 우리 집 여자들을 그들 자신들로부터 지키려 한다 여자들은 그래서 인간에 대해 알려고 하질 않아 그건 남자들의 몫이야 여자들은 태어날 때부터 의심을 품는 실제적인 능력이 있고 이것으로 제대로 결과물을 내곤 하지 여자들은 악과 친해서 악에 결여되어 있는 것까지 채워 주기 좋아하며 사람들이

잠을 자면서 이불을 끌어당기듯이 본능적으로 그것을 주변에 끌어당겨 악을 위해 마음을 살찌운단다 악이 실제로 존재하든 안 하든 악의 목적을 다 이룰 때까지 집사가 신입생 두 명 사이로 걸어 내려왔다. 아직 행진의 기억에서 빠져나오지 못했는지 내게 경례를 했는데, 마치 상관이 아랫사람을 대하는 식의 인사였다.

「잠시 볼 수 있을까요?」 내가 말했다.

「나를? 알겠네. 친구들, 다시 보게나.」 그는 잠시 멈춰 뒤를 돌아보며 말했다. 「얘기 나눌 수 있어서 반가웠소.」 이게 바로 집사의 전형적인 모습이었다. 타고난 심리학자라고 말할 수 있다. 그는 지난 40년간 학년 초에 기차 시간을 놓친 적이 한 번도 없다고 했다. 그리고 남부 출신을 단번에 알아본다고 했다. 한 번도 틀린 적이 없는데다, 말하는 소리만 듣고 출신 주까지 알아맞힌다는 것이다. 기차 시간에 맞춰 학생들을 마중 나갈 때 입는 제복은 톰 아저씨의 농장에 나오는 흑인 복장처럼 헝겊 조각을 기워 놓은 누더기 옷차림이었다.

「예, 젊은 나리, 여깁니다.」 이러면서 그는 가방을 받는다. 「어이, 이리 와서 가방 좀 받아 주게나.」 산더미처럼 쌓인 가방들이 조금씩 움직이면서 한 열다섯 정도 돼 보이는 백인 학생이 보인다. 그러면 집사는 어떻게 해서든 또 다른 짐을 그 학생에게 얹고 출발한다. 「자, 그거 떨어뜨리지 말게. 젊은 나리, 이 늙은 깜둥이에게 방 번호만 알려 주죠. 하필 도착하는 날 날씨가 쌀쌀해졌네.」

그런 다음 학생을 완전히 자기에게 예속시킬 때까지 수다를 떨면서 기숙사 방 안팎을 여기 번쩍 저기 번쩍 하며 들락거린다. 옷차림이 바뀌면서 그의 태도 또한 점차 북부 스타일로 바뀌어 간다. 그러다가 학생이 상황을 파악하게 될 즈음이 되면 퀜틴이라든가 그저 이름으로 부르곤 한다. 다음번 다시 만날 때가 되면 누군가 버린 브룩스 양복 차림에 클럽 이름은 모르겠지만 누군가 준 프린스턴 대학의 클럽 띠를 맨 모자를 쓰고 나타난다. 그는 이 띠가 링컨 대통령의 군복 장식이라고 확신하며 즐거워한다. 어디서 왔는지는 모르지만, 집사가 처음 대학 부근에 나타났을 때 그가 하버드 신학대 출신이라는 소문을 누군가가 퍼뜨렸다. 하버드 출신이 무슨 의미인지를 뒤늦게야 알아챈 집사는 그 소문에 매료되어 자기 스스로 그 소문에 살을 붙이기 시작했다. 그러다가 결국 자신이 정말 그 대학 출신이라고 믿게 된 것이 틀림없었다. 어쨌든 그는 자신의 학부 시절 이야기를 두서없이 길게 늘어놓기 시작하더니, 고인이 됐거나 학교를 떠난 교수들의 이름을, 그것도 대부분 정확하지도 않은 이름을, 마치 아주 친한 척하면서 읊어 대기 시작했다. 어쨌든 이 사람이 순진하고 외로운 많은 수의 신입생들에게 친구이자 멘토 역할을 한 건 틀림없다. 사소한 속임수와 위선적인 태도에도 불구하고 하늘에서 내려다볼 때 다른 사람보다는 집사에게서 악취가 덜 날 거라고 나는 생각한다.

「사나흘 못 봤네.」 아직도 군인 분위기를 풍기는 그가 나를 쳐다보며 말했다. 「어디 아팠나?」

「아니, 괜찮아요. 공부하느라 그렇지요. 그런데 난 집사 아저씨를 봤는데.」

「그래?」

「저번에 행진할 때 말이죠.」

「아, 그거. 맞아, 거기 있었지. 난 그런 거 별로 신경 안 쓰는데, 전역 군인들 말이야, 그 녀석들이 나랑 같이 하자네. 여자들이 늙은 전역 군인들이 참가하길 바란다니 어쩌나, 그렇게 할 수밖에.」

「그리고 그 이탈리아인 축제일에도 봤어요.」 내가 말했다. 「그날도 기독 여성 금주 연맹[36]에서 참석해 주길 원했나 보군요.」

「그거? 그건 내 사위 놈 때문이지. 시에서 일자리를 얻고 싶어 하거든. 청소부 일 말일세. 난 사위에게 그러지, 넌 기대어 잘 수 있는 빗자루 한 자루를 원하는 것뿐이라고. 자네가 날 봤다는 거지?」

「네, 두 번이요.」

「제복 입은 걸 봤겠네. 내가 어찌 보이던가?」

「멋졌어요. 누구보다도 멋지던데요. 아저씨를 장군으

---

36 이탈리아 남자들의 지나친 음주 습관을 염두에 두고 집사에게 던진 농담.

로 진급시켜 줘야 할 거 같아요.」

　그는 닳아서 부드러워진 깜둥이 특유의 손으로 툭 하고 가볍게 내 팔을 쳤다. 「들어 보게나, 남에게 할 얘기는 아니지만, 자네나 나나 좌우간 같은 지역 출신이니까 말해 주겠네.」 그는 나를 쳐다보진 않았지만 내 쪽으로 살짝 몸을 굽히며 서둘러 말했다. 「나도 지금은 줄 댈 데가 있거든. 내년까지 기다려 보게. 기다리면 내가 어느 위치에서 행진하는지 보게 될 거야. 내가 어떻게 할지까지는 말해 줄 거 없고, 젊은이, 그냥 지켜보기나 하게.」 그제야 나를 쳐다보며 가볍게 내 어깨를 두드리고는, 뒤꿈치에 힘을 주며 굽힌 몸을 폈다. 「내가 괜히 3년 전에 민주당으로 옮긴 게 아닐세. 사위가 시에서 일하고, 나는⋯⋯ 그래. 민주당으로 옮겨서 사위 녀석을 일하게 해줄 거야. 그리고 말일세, 내년에도 오늘보다 이틀 전에 날 한번 봐주게나.」

　「기대할게요. 아저씨라면 충분히 자격 있어요. 그리고⋯⋯.」 나는 안주머니에서 편지를 꺼냈다. 「이 편지를 내일 제 방에 가져가 슈리브에게 전해 주세요. 그러면 슈리브가 뭔가 줄 거예요. 꼭 내일 이후에 하셔야 합니다.」

　그는 편지를 받고는 이리저리 살폈다. 「봉인했군.」

　「네, 봉투 안에다 써놨어요. 내일 이전에는 안 됩니다.」

　「그래.」 집사가 말했다. 그는 입술을 삐죽이며 다시 편지를 살폈다. 「내게 줄 게 있다고?」

　「네, 제가 준비한 선물이에요.」

햇살이 비치는 가운데 새까만 손으로 하얗게 빛나는 편지를 든 채 그는 나를 쳐다보았다. 홍채 없이 부드러운 갈색 눈이었다. 나는 순간 제복과 정치와 하버드식 태도로 이루어진 백인식의 허풍을 떠는 집사의 모습 이면에서, 나를 바라보는 로스커스를, 소심하고 비밀스럽고 모호하게 말하는 애잔한 모습의 로스커스를 떠올렸다.

「이 늙은 깜둥이를 놀리는 건 아니지?」

「아닌 거 다 알잖아요. 남부 출신이 집사 아저씨를 놀린 적 있나요?」

「자네 말이 맞아. 좋은 사람들이야. 하지만 같이 살 순 없어.」

「노력해 보신 적 있어요?」 내가 말했다. 하지만 이미 로스커스의 모습은 사라졌다. 그는 다시금 오랜 기간 스스로를 길들여 온 모습으로 돌아왔다. 세상의 시선에 맞추고, 과장되고, 위선적인 모습이지만, 그러나 불쾌하지는 않았다.

「젊은이, 자네가 원하는 대로 함세.」

「내일 이전에는 안 됩니다, 알겠지요?」

「물론.」 그가 말했다. 「잘 알아들었네, 젊은이. 자······.」

「부디······.」 내가 말했다. 푸근하면서도 깊은 눈길로 그가 나를 내려다보았다. 순간 나는 손을 내밀어 그와 악수를 나누었다. 집사는 시와 군인과 연관된 멋진 꿈의 정상에서 진지한 표정을 지으며 내게 악수했다. 「집사 아저씨는 좋은 분이에요. 부디……. 여기저기서 많은 젊은 친구들을 도와주셨잖아요.」

「나름대로 모든 이에게 잘 대하려고 했네.」 그가 말했다. 「속 좁게 사람들을 구별하진 않았어. 어디에서 만나든 내게 사람은 그저 사람일 뿐이야.」

「부디 지금까지 그랬던 것처럼 계속 좋은 사람들을 많이 만나시길 바랄게요.」

「젊은이들 말이지. 녀석들과 잘 지내고 있어. 녀석들도 나를 잊지 않거든.」 편지를 흔들며 그가 내게 말했다. 그는 편지를 주머니에 넣고는 단추를 채웠다. 「아무렴, 난 친구가 정말 많지.」

종소리가 다시 울리며 30분을 알렸다. 내 그림자 중앙에 서서, 나는 아직 작고 얇은 나무 이파리들 사이로 햇빛을 따라 일정한 간격으로 평온하게 울리는 종소리를 들었다. 신부의 달인 6월임에도 불구하고 평화롭고 차분하게 일정한 간격으로 울리는 종소리에서 초가을의 기운이 느껴진다. 벤지가 창문 아래 바닥에 누워 울부짖고 있다 벤지는 캐디를 한 번 보고 단번에 알아차렸다. 젖먹이들 입에서 나오는 소리.[37] 가로등이 종소리가 멈췄다. 나는 길바닥에 있는 내 그림자를 밟으며 다시 우체국으로 갔다.

---

37 신약 성서 「마태오의 복음서」 21장 16절에 나오는 아이들과 젖먹이들의 입에서 나오는 예수에 대한 찬미를 빗대어 한 말로, 벤지의 아기 같은 모습을 표현한 것이다.

마치 벽에 층층이 걸려 있는 등처럼 줄지어 언덕을 내려가다가 다시 도심지 쪽으로 올라간다. 아버지는 엄마가 캐디를 사랑하기 때문이라고 했다. 엄마는 사람들이 지닌 결점 때문에 그들을 사랑한다고 했다. 불 앞에서 다리를 벌리고 서 있는 모리 삼촌은 크리스마스 축하주를 마실 때만큼은 한 손을 빼고 있을 수밖에 없다. 두 손을 주머니에 넣고 달리던 제이슨은 자빠졌고, 결국 버시가 일으켜 줄 때까지 줄에 묶인 닭처럼 바닥에 누워 있어야 했다. 달릴 때는 주머니에서 손을 빼라고 했잖아 그래야 자빠져도 일어나지 요람에 누워 머리를 돌리듯 제이슨이 바닥에 누워 머리를 돌렸다. 캐디는 제이슨과 버시에게 말하길, 모리 삼촌이 아무 일도 안 하는 것은 어릴 적 요람에서 머리를 굴리던 버릇 때문일 거라고 했다.

슈리브가 휘청대면서 살찐 몸으로 열심히 길을 따라 올라오고 있었다. 나뭇잎이 이어지는 길을 따라 올라오는 그의 얼굴에서 안경이 마치 작은 물웅덩이처럼 빛나고 있었다.

「집사에게 내 물건 몇 가지를 적은 쪽지를 줬어. 오후에는 내가 여기 없을 수 있으니까 내일이 되기 전에는 아무것도 못 가져가게 해.」

「알았어.」 슈리브가 나를 쳐다보며 물었다. 「대체 오늘 뭘 하는데? 사티[38]의 시작이라도 알리는 사람처럼 정장

38 남편의 시신과 함께 아내를 산 채로 화장하는 힌두교의 풍습.

차림으로 멍하게 돌아다니니까 하는 말이야. 오늘 심리학 수업은 들었니?」

「아무 일도 안 할 거야. 내일까지는.」

「손에 든 건 뭐야?」

「아무것도 아냐. 구두 바닥 창을 갈았어. 내일까진 아무 일 없다니까.」

「알았어. 그런데 아침에 테이블에 있던 편지 가져갔어?」

「아니.」

「편지 거기 뒀는데. 세미라미스[39] 여왕이 보낸 거야. 10시도 되기 전에 운전사가 가져왔어.」

「알았어. 내가 챙길게. 뭘 원하는 건지 궁금하네.」

「밴드 리사이틀이겠지. 빰빠라빠빠 제럴드가 어쩌고저쩌고 빠밤빰. 〈퀜틴, 드럼 소리 더 올려.〉 세상에, 내가 남부 신사가 아니길 다행이지.」 슈리브가 책을 품고는 다시 걸어갔다. 볼품없이 뚱뚱하지만, 뭔가에 열중한 모습이었다. 가로등이 우리 가문에는 주지사가 한 분 장군이 세 분인데 외가 쪽엔 아무도 없어서 그렇게 생각하시나요

산 자가 죽은 자보다 낫긴 하지만 산 자든 죽은 자든 다른 산 자나 죽은 자보다 나을 건 별로 없어 하지만 엄마의 마음속에서는 이미 모든 게 끝난 거예요. 끝난 거라고요. 그리고 우리 몸엔 독이 퍼졌고요 너는 죄와 도덕 의식을 혼동

39 바빌론을 창건한 아시리아의 아름답고 현명한 여왕. 블랜드 부인에 대한 별칭이다.

하고 있구나 여자들은 안 그래 네 엄마는 도덕 의식만 생각하고 있단다 죄가 되든 말든 거기엔 아무 관심 없고

여보 난 떠나야 해요 당신이 다른 애들을 봐줘요 아무도 모르는 곳으로 제이슨을 데려가 이곳을 다 잊도록 아이를 키울 거예요 다른 애들은 날 사랑하지 않아요 이기심과 거짓된 자만심으로 가득 찬 콤슨 가문의 피 때문에 아무도 날 사랑하질 않아요 아무 두려움 없이 내 마음이 가는 애는 제이슨뿐이에요

말도 안 되는 소리 제이슨에게 무슨 일이 있겠어 몸이 나아지면 당신과 캐디는 프렌치 릭으로 가라고

당신과 깜둥이들만 있는 이 집에 제이슨을 놓고 가라고요

그러면 캐디가 그 녀석을 잊게 될 거고 다른 풍문도 다 사라질 거요 솔트 릭에서는 죽음을 몰라요

캐디의 남편감을 찾을 수 있을지 몰라요 솔트 릭에서는 죽음을 몰라요

전차가 도착하더니 이내 멈춰 섰다. 종은 아직도 30분을 알리고 있었다. 차에 올라타니 차 소리에 묻혀 30분 종소리가 들리지 않았다. 아니, 45분 종소리였다. 그렇다면 정오까지 이제 10분 정도 남은 셈이다. 하버드를 떠나는 것 네 엄마의 꿈이다 너를 위해 벤지의 목장을 팔았어

내가 무슨 짓을 했다고 벤저민 같은 아이를 주시는 건지 벤저민을 주신 것만으로도 충분히 벌을 받은 건데 이

제 캐디조차 엄마 생각을 전혀 안 하니 걔 때문에 고생하면서 꿈도 꾸고 계획도 세우고 희생도 하고 골짜기까지 내려갔는데[40] 세상일에 눈뜬 후로 내 생각은 전혀 할 줄 모르니 대체 저 애가 내가 낳은 애가 맞나 싶기도 해요 제이슨은 내가 품에 안은 후 단 한 번도 날 아프게 한 적이 없어요 그 애는 내 기쁨이요 내 구원이 될 줄 알았어요 내가 지은 모든 죄에 대해 벤저민만으로 충분하다고 생각했지요 내 자존심을 꺾고 나보다 잘난 척하는 사람과 결혼한 것에 대한 천벌인 거예요 제이슨만이 내 마음에 끌리지만 나의 의무로 생각하며 벤저민을 키우고 사랑했던 것을 불평하는 게 아니에요 그런데 이제 보니 내가 내 죗값을 충분히 치르지 않은 거예요 이제 보니 나는 내 죄뿐 아니라 당신의 죗값도 치러야 하는 거예요 당신 무슨 짓을 한 건가요 고상한 척 강한 척하는 당신 가문 사람들이 나에게 죄를 불러온 거예요 당신은 그 사람들 편을 들겠죠 매번 변명으로 그들을 감쌌잖아요 콤슨 가문보다 배스콤 가문의 피를 더 타고난 제이슨은 당신에게는 항상 잘못된 애였어요 당신의 딸 내 소중한 딸 내 귀염둥이 딸도 나을 게 없어요 어린 시절 저는 배스콤 집안 자식이라 불행했어요 여자는 숙녀거나 아니거나 둘 중의 하나지 그 중간은 없다고 배웠어요 한데 내 품에 안

---

40 구약 성서 「시편」 23장 4절 〈사망의 음침한 골짜기로 다닐지라도〉에서 인용. 아이를 낳는 분만의 고통을 언급하는 표현이다.

겼던 딸이 저렇게 스스로를 타락시킬 줄은 꿈에도 몰랐어요 당신은 몰라요 나는 저 애 눈을 보면 알 수 있어요 당신은 저 애가 말할 줄 알지만 절대 말 안 해요 비밀스러운 데가 있거든요 당신은 저 애를 몰라요 나는 저 애가 무슨 일을 했는지 알아요 당신에게 그걸 말하느니 차라리 죽는 게 나아요 그게 다예요 계속 제이슨을 비난해 봐요 당신 딸이 놀아나는 동안 그 애를 감시시킨 게 무슨 죄라도 되는 것처럼 나를 비난하네요 당신이 제이슨을 사랑하지 않는 걸 잘 알아요 당신에게 없는 단점을 그 애가 갖고 있다고 믿고 싶은 거지요 그래요 모리 오빠를 비웃었듯이 그 애를 비웃어 봐요 그래 봤자 당신 애들이 준 상처에 비하면 아무것도 아니니까 내가 떠나면 제이슨은 아무도 사랑해 줄 사람도 보호막도 없을 텐데 저는 매일 그 애를 볼 때마다 혹시 그 애도 자기 누나가 그 이름이 뭐라더라 그 놈팡이를 만나러 몰래 집을 빠져나가는 꼴을 보면서 점차 콤슨 가문의 피가 드러나게 되는 건 아닐까 불안해요 당신은 그놈을 본 적 있나요 그놈이 누군지 내가 찾아보게나 해줄 건가요 날 위해서가 아니에요 그놈을 보면 나도 견딜 수 없어요 단지 당신을 지키기 위해서예요 하지만 그 누가 나쁜 피에 맞설 수 있겠어요 당신은 내가 그 녀석을 찾는 것도 허락하지 않을 테고 캐디가 당신의 이름을 더럽히고 당신 애들이 숨 쉬는 공기를 오염시키고 있는데도 단지 뒷짐 지고 앉아 있겠지요 여보

날 보내 주세요 더 이상 못 참겠어요 제이슨은 내가 맡고 당신이 나머지 애들을 맡아요 제이슨 말고는 다 내 혈육이 아니에요 그러니까 나와 관계없는 애들이라구요 난 저 애들이 두렵기까지 해요 아는 사람 하나 없는 곳으로 제이슨을 데려갈 거예요 내 죄를 사해 주시고 제이슨을 이 저주에서 벗어나게 해주십사 무릎 꿇고 기도할 거예요 다른 애들이 있다는 것조차 다 잊을 거예요

아까 그게 45분 종이었다면 정오까지는 이제 10분도 남지 않은 셈이다. 기차 한 대가 막 출발했는데 사람들이 벌써 다음 기차를 기다리고 있었다. 내가 물어봤지만, 시외선 기차 편이 그렇듯이 정오 전에 또 다른 기차가 떠날지는 다들 몰랐다. 결국 먼저 온 건 전차였다. 나는 전차를 탔다. 정오가 되면 우리는 이를 느낄 수 있다. 나는 땅속에서 작업하는 광부들도 정오를 느낄 수 있을지 궁금했다. 그래서 경적이 있는 모양이다. 힘들게 일하는 사람들 때문이다. 그러니 힘든 일에서 멀리 떨어져 있기만 하다면 경적 소리가 들리지 않을 것이며, 정오가 되기 전 남은 8분 안에 힘든 일이 도사린 보스턴에서 멀리 떨어져야 한다. 아버지는 인간이란 자기 불행의 총합이라고 했다. 언젠가는 불행도 지칠 거라고 생각하겠지만 그때가 되면 시간이 불행이 되리라고 했다. 창문으로 갈매기가 보였는데, 허공에 매달린 투명한 전선 위에 앉아 있는 듯 움직임이 없었고, 날아가는 게 아니라 마치 전차에 끌

려오는 것처럼 보였다. 너의 절망의 상징을 영원으로 가져간다고 하자. 그러면 날개는 더 크겠지만 과연 누가 하프를 연주하겠느냐. 아버지는 말했다.[41]

전차가 정지할 때마다 내 시계 소리가 들렸다. 하지만 식사 시간이라 승객들이 없는지 자주 정차하진 않았다 누가 그런 일을[42] 먹는다는 것 먹는다는 일 몸 안에도 공간이 있어서 시간과 공간은 위(胃)를 혼란시켜 두뇌에게 식사 시간이라고 알려 준다 좋아 나도 몇 시인지 궁금하다 그래 별도리가 없다. 사람들이 내린다. 식사 시간이라 사람들이 없는지 전차는 자주 서지 않는다.

그러다 정오가 지났다. 전차에서 내려 내 그림자 안에 얼마간 서 있다가 전차 한 대가 오기에 그걸 타고는 시외선 기차역으로 돌아왔다. 막 출발하려는 기차를 타고 창가에 앉았다. 기차가 출발하자 바깥 도시 풍경이 완만하고 느슨한 물결의 모습으로 녹아내리면서 숲으로 바뀌었다. 간혹 가다 강이 보이면 나는, 반짝거리는 늦은 아침 햇살에 제럴드의 보트가 강을 거슬러 올라가는 장엄한 모습을 뉴런던에 사는 사람들이 보았다면 좋았을 텐데 하는 생각이 들었다. 또한, 아침 10시도 되기 전에 내게

---

41 〈절망의 상징〉이 인간의 몸이라는 해석도 가능하다. 몸이 죽은 후 날개 달린 천사처럼 영원을 생각하겠지만 그것이 가능할지 아버지는 회의를 품는다. 날개 달린 갈매기를 보고 떠오른 기억이다.

42 Who would play a. 하프를 연주하는play 것에서 캐디를 감시하는 일이 연상된 것이다.

편지를 전달한 그 늙은 여인이 무엇을 원할지 궁금해졌다. 제럴드가 있는 사진에서 나는 어떤 사진의 돌턴 에임스 아아 석면 퀜틴이 총을 쐈다 배경에 있을까. 여자들이 거기 있겠지. 여자들은 재잘대며 울리는 목소리 너머로 들리는 벤지의 울음소리 악과 친해서인지, 어떤 여자도 믿어서는 안 되며 어떤 남자들은 너무 순진해서 자신을 보호하지 못한다고 생각한다. 그저 그런 여자들. 그저 면식이 있다는 이유로 일종의 혈연의 의무로 노블레스 오블리주를 부여받은 먼 사촌이나 집안의 친지들. 블랜드 부인은 그들과 함께 앉아서는 면전에 대고 하는 말이, 남자라면 그럴 필요가 없는데 제럴드가 집안의 잘생긴 용모를 타고났으니 안타까울 뿐이라고 한다. 여자가 그런 용모가 없다면 그건 끝이겠지만 남자니까 그런 용모를 갖추지 않는 것이 더 나을 뻔했다는 것이다. 그러면서 제럴드의 여자들에 대해 퀜틴이 허버트를 쐈다 캐디 방의 바닥을 뚫고 허버트의 목소리를 쐈다 칭찬하듯이 말했다. 「제럴드가 열일곱이 되던 어느 날 내가 〈그런 입술은 여자 얼굴에나 마땅한 입술이니 안타깝구나〉라고 했지요. 그랬더니 개가 뭐랬는지 아세요. 사과나무 향기 속 황혼에 기댄 커튼 황혼을 뒤로하고 드러나는 캐디의 머리 머리 뒤로 뻗은 캐디의 팔에 기모노 소매처럼 펄럭이는 날개 같은 옷 사과나무 너머로 냄새를 통해 보이는 침대 위로 펼쳐진 에덴의 옷 위로 울리는 목소리 글쎄, 열일곱 살짜리가요, 〈네, 엄마. 이런 입

술 자주 봐요)라고 하는 겁니다.」 제럴드는 마치 제왕의
모습으로 앉아 속눈썹 사이로 여자 두세 명을 쳐다보았
고, 그녀들은 그의 속눈썹 위에 내려앉는 제비처럼 소란
을 떨어 댔다. 슈리브는 말하기를 자기는 항상 벤지와 아
버지를 돌봐 줘요

벤지와 아버지 얘기를 안 할수록 좋은 거 아니니 캐디 네가
언제부터 그 둘을 신경 썼다고 그래

약속해 줘요

그 두 사람 걱정할 필요 없어 넌 멀쩡하게 떠날 거잖니

약속해 줘요 몸이 안 좋아요 어서 약속해 줘요 제럴드의
입술에 대한 그 농담을 누가 지어냈는지 궁금했다고, 블
랜드 부인은 제법 자기 관리를 잘하는 여자라고 항상 생
각해 왔다고 했다. 또 그녀가 제럴드를 잘 단장시켜 언젠
가는 공작 부인을 유혹할 수 있게 만들 거라고 했다. 블
랜드 부인은 슈리브를 살찐 캐나다 청년이라고 부르면서
나오는 상의도 없이 두 번씩이나 내 룸메이트를 바꾸려
했는데, 한 번은 내가 옮기는 방식이었고 다른 한 번은

해 질 무렵 슈리브가 꼭 호박 파이 같은 얼굴을 하고는
문을 열고 들어왔다.

「자, 잘 가게나. 잔인한 운명이 우리를 갈라놓는군. 하
지만 난 다른 그 누구도 사랑하진 않을 거야. 절대로 말
이지.」

「대체 뭔 소리야?」

「8야드 정도 되는 살구빛 비단을 두르고 갤리선 노예들이 찬 쇠사슬보다 더 무거운 장식을 하고 다니는 잔인한 운명에 대해 말하고 있는 거야. 최고의 방랑 챔피언이고 남부 동맹 군인인 자네를 맘대로 다루는 주인이자 소유주인 블랜드 부인 말이야.」슈리브는 그녀가 자기를 쫓아내려고 기숙사 사감을 만났고, 사감이 슈리브를 직접 만나 알아보겠다고 넌지시 고집을 피웠다는 얘기를 전해주었다. 그녀는 지금 당장 슈리브를 불러와야 한다고 했지만 사감이 거절했고, 그 이후로 슈리브를 호의적으로 대하지 않는다는 것이다. 〈여자를 두고 절대 심하게 말하지 않는 것이 내 원칙이지만, 저 여자는 미합중국의 그 누구보다 더 상스러운 여자야〉라고 슈리브는 말했다. 인편으로 전달된 책상 위의 편지는 난초 향이 났고 난초 색깔을 띠었다 만약 그 편지가 거기 있는 걸 알면서도 내가 창문 아래를 그냥 지나쳤다는 걸 그녀가 안다고 해도 친애하는 부인께 저는 아직 부인의 연락을 받을 기회를 갖지 못하였으니 어제나 오늘이나 내일이나 혹은 아무 때나 미리 양해를 구합니다 제가 기억하는 바로 다음에 들을 이야기는 제럴드가 깜둥이 녀석을 계단 밑으로 어떻게 밀쳤는지 하는 이야기와 그럼에도 그 녀석이 제럴드 주인님과 함께 있고 싶어서 신학교에 들어가게 해달라고 조른 이야기와 제럴드 주인님이 떠날 때 눈물을 흘리며 마차를 따라 역까지 뛰어갔다는 이야기이겠지요 그리고

언젠가는 제재소 남편에 대한 이야기도 듣게 될 날을 고
대하겠습니다 그 남편이 엽총을 들고 부엌문으로 갔는데
제럴드가 내려가서는 이빨로 총을 두 동강 내어 도로 돌
려주고 비단 손수건에 손을 닦은 뒤 난로 속에 집어던졌
다는 이야기 말이지요 이 이야기는 두 번밖에 못 들었거
든요

　뚫고 그를 쐈다 자네가 이리로 오는 걸 보고 기회를 보
다가 따라왔네 서로 알고 지낼 수 있다고 생각했어 시가
피우게나

　고맙지만 저는 안 피웁니다

　내가 다닐 때보다 많이 변했군 불붙여도 되겠지

　마음대로 하세요

　고맙네 자네 얘기 많이 들었지 여기 칸막이 뒤에 성냥
을 둬도 자네 어머니께서 신경 안 쓰시겠지 자네 얘기 많
이 들었어 프렌치 릭에서 캔디스가 줄곧 자네 얘기를 했
다네 정말 질투심이 날 정도였어 도대체 퀜틴이 누굴까
생각했지 도대체 이 짐승이 어떻게 생겼는지 꼭 봐야겠
다고 말일세 자네의 어린 여동생을 봤을 때 난 세게 한
대 맞은 기분이었어 자네에게 얘기해도 괜찮겠지 난 그
애가 줄곧 말하고 다닌 이가 오빠일 줄은 정말 몰랐어 그
애에게 자네가 세상에서 유일한 남자라면 그렇게 말하진
못했겠지 아마 그 세상엔 남편도 없었을 거고 한 대 피울
마음 있나

안 피웁니다

꽤 좋은 담배야 아바나에 있는 도매업자 친구에게 1백 개에 25달러에 샀네 하버드 대학도 많이 변했겠지 한번 가봐야지 하면서도 근처에도 못 갔네 지난 10년간 일만 했지 은행 일이 바빴어 학생들 습성도 변하겠지 대학생 들에게 중요해 보이는 일들 말이야 요즘 그곳 상황이 어떤지 얘기 좀 해주게나

그 얘길 말씀하시는 것 같은데 아버지 어머니에게는 말하지 않을 겁니다

말하지 않겠다고 말하지 않겠다니 아 그거 말이로군 자네가 말하든 안 하든 난 관심 없어 운이 없었지만 범죄 행위는 아니잖나 내가 처음인 것도 아니고 마지막인 것 도 아닌데 단지 운이 없었어 자네는 운이 좋았겠지

거짓말을 하시는군요

진정하게나 자네가 원치 않는 걸 말하게 하고 싶진 않 네 자네 기분을 상하게 하려는 게 아니야 자네같이 젊은 사람은 그런 일을 더 심각하게 보겠지 한 5년 후면 다를 걸세

내가 부정행위를 보는 방식은 하나밖에 없어요 하버 드에서도 부정행위를 다른 방식으로 보라고는 가르치지 않아요

자네가 하버드 대학 연극부에서 무대에 올렸을 법한 그런 유치한 연극보다야 우리 얘기가 낫지 않은가 자네

말이 맞아 부모님께 말씀드릴 필요까진 없겠지 지나간 일은 지나간 대로 두게나 그런 하찮은 일이 우리 사이에 개입되는 건 좋지 않다고 보네 나는 자네가 좋아 자네 모습도 마음에 들고 이 동네 촌놈들과는 달라 나는 우리가 잘해 나가고 있어 기쁘다네 그리고 제이슨에게 도움을 주겠다고 자네 모친과 약속했지 자네에게도 뭔가 해주고 싶어 제이슨은 이곳에서도 잘 살아갈 수 있겠지만 자네 같은 친구라면 이런 촌구석에서는 미래가 없어

말은 고맙지만 제이슨이나 챙기세요 나보다는 걔가 더 잘 맞을 겁니다

부정행위 건은 나도 애석하게 생각하네 하지만 그 당시엔 나도 어렸고 자네처럼 하나하나 다 가르쳐 주는 그런 어머니도 없었다네 그 일을 아시게 되면 자네 모친께서 괜스레 걱정하실 걸세 자네가 맞아 그럴 필요 없지 물론 캔디스도 알 필요 없고

나는 부모님에게만이라고 했어요

자네 날 좀 보게 나랑 한판 붙으면 얼마나 견딜 것 같은가

하버드에서 싸우는 법까지 배우셨다면 내가 오래 견딜 필요조차 없겠지요 내가 얼마나 견디는지 한번 해보시든가

요 조그만 친구 대체 무슨 생각을 하는 거야

해보시라니까요

이런 제길 시가를 깜빡했군 자네 모친이 벽난로에 기포가 생긴 걸 보면 뭐라고 하시겠나 지금 봐서 그나마 다행일세 그리고 퀜틴 자칫하면 우리 모두 후회할 짓을 하고 말 걸세 난 자네가 좋아 보자마자 마음에 쏙 들었어 자네 얘기가 나올 때마다 누군지 몰라도 참 좋은 사람일 거라고 내가 말했어 그러니까 캔디스가 그렇게 반한 거지 내 말 들어 보게 나는 사회에 나온 지 벌써 10년이 됐어 세상일 별거 아닐세 자네도 알게 될 거야 하버드 출신들이잖아 우리 이 문제에 대해선 의견을 같이하자고 이제는 내가 학교를 못 알아본 것 같네만 젊은이들에겐 세상 최고의 학교지 내 아이들도 거길 보내려고 한다네 나보다 더 좋은 기회를 주려는 거야 조금만 더 있게나 이 일을 마무리하자고 젊은이라면 그런 생각을 품는 게 당연하지 난 전폭 지지한다네 학교 다닐 동안에는 정말 유익한 일이지 품성도 만들어 주고 전통에도 좋지 이 학교에 말일세 하지만 세상에 나와 자기 걸 차지하려면 최선을 다해야 해 빌어먹을 모두 같은 처지이기 때문이야 우리 악수나 하고 자네 모친을 위해 지나간 일은 지나간 걸로 치부해 버리세 자네 모친 건강도 생각해야지 자 손을 이리 주게 이거 방금 찍어 낸 거야 깨끗하잖아 보라고 구겨지지도 않았어

더러운 돈은 집어치워요

그러지 말게 자 나도 이제 한집안 사람이야 젊은이에겐 돈이 필요하다니까 개인적으로 할 일이 많잖아 늘 아

버지한테서 돈 빼내기도 어렵잖나 나도 알지 한때 나도 그랬었으니까 그리 오래된 일도 아니야 하지만 난 이제 결혼도 했고 그러니 하버드 일 말일세 우리 바보처럼 굴지 말자고 우리가 진정으로 얘기를 나눌 기회가 있으면 그곳 시내에 있던 젊은 과부 얘기를 해주겠네

그 얘기도 들었어요 빌어먹을 돈 좀 치워요

빌린 걸로 생각하게 잠깐 눈 한번 감아 주면 곧 50달러가 생긴다고

손 치워요 그리고 벽난로 위에 있는 시가도 치우는 게 좋을 겁니다

가서 일러바쳐 봐 그래 봤자니까 뭔 일이 벌어질지 보자고 자네가 아무리 설익은 갤러해드[43]처럼 순진한 오라버니라고 해도 멍청이가 아니라면 내가 그들과 끈끈해졌다는 걸 알아챘을 텐데 자네 모친도 허파에 바람만 잔뜩 들어간 자네에 대해 말해 주었거든 아 어서 들어와요 여보 들어와요 퀜틴과 이제 막 친해졌소 하버드 얘길 하고 있었거든 날 보러 왔나요 그저 늙은 남편과 잠시도 떨어지질 못하니 원

허버트 잠깐 나가 있어요 오빠와 할 말이 있어요

들어와요 어서 들어와요 같이 수다 좀 떨면서 친해집시다 퀜틴에게 막 얘기를

허버트 잠깐 나가 있어요

43 아서왕의 원탁의 기사 중 하나로 성배를 발견한 고결한 성품의 인물.

알겠어요 오빠를 한 번이라도 더 보고 싶은 모양이지

벽난로에서 시가 치우는 게 좋을 겁니다

역시 올바른 젊은이군 그럼 나는 나가네 퀜틴 남들이 나에게 이래라저래라 명령할 수 있을 때 하게 내버려 두는 게 좋지 내일모레부터는 매번 남편한테 부탁해야 할 거야 여보 키스해 주구려

내일모레를 위해 아껴 두세요

그럼 나중에 이자까지 받을 거요 그리고 퀜틴에게 끝내지 못할 일은 절대 하지 말라고 일러 줘요 아차 퀜틴에게 어떤 사람의 앵무새에 대한 얘길 내가 해줬던가 슬픈 얘기인데 나중에 얘기해 달라고 말해 주게 그리고 자네도 무슨 얘기일지 생각해 보고 그럼 또 만나요 안녕

네

가요

오빠 무슨 짓을 하고 있는 거야

아무 짓도

또 내 일에 끼어드는 거야 작년 여름에 그 정도로 했으면 된 거 아냐[44]

캐디 너 열이 있구나 캐디 아픈 거야 어떻게 아픈 건데

그냥 아파. 물어볼 수도 없어.

뚫고 그의 목소리를 쐈다

---

44 지난해 여름 캐디가 돌턴 에임스와 사귈 때 퀜틴이 이를 저지하려 했던 일을 언급한다.

저런 놈팡이는 안 돼 캐디

정오가 지나자 강물은 마치 위에서 쏟아져 내리는 햇살처럼 사물들 너머로 반짝거렸다. 이제부터는 괜찮다. 비록 제럴드가 여전히 신, 아니 신들 앞에서 당당하게 물살을 거슬러 올라가며 노를 젓고 있는 곳을 지나왔기는 하지만. 신보다는 신들이라고 하는 게 나을 것이다. 여기 매사추세츠주 보스턴에서 신은 그저 하층민에 해당하니까. 혹은 아내를 둔 남자들만 아니면 누구나 다. 물에 젖은 노가 반짝이는 윙크와 여자들의 갈채 속에서 윙크를 보낸다. 갈채를 보낸다. 아내를 둔 남자들만 그러지 않을 뿐. 그는 신조차 무시할 것이다. 저런 놈팡이는, 캐디 강물이 햇살 쏟아지는 모퉁이를 돌아 반짝이며 사라졌다.

나 몸이 안 좋아 오빠 약속해 줘

아프다니 어떻게 아픈 건데

그냥 아프다니까 물어볼 데도 없어 약속해 줘

그 둘을 돌볼 필요가 있다면 그건 너 때문이야 어떻게 아픈 거야 창문 아래에서 역으로 떠나는 차 소리가 들렸다. 8시 10분 기차였다. 친척들을 데려오는 일이었다. 헤드 가문 사람들. 머릿수[45]만 늘어날 뿐 이발사는 오지 않았다. 손톱을 손질하는 여인들. 한때 마구간에서 순종 말을 키운 적이 있는데, 안장을 얹는 순간 들개로 변했다. 퀜틴이 캐

45 허버트의 성이 〈머리〉라는 뜻의 헤드Head인 것을 두고 한 농담.

디 방의 바닥을 뚫고 그들의 모든 목소리에 대고 총을 쐈다[46]

전차가 멈췄다. 나는 전차에서 내려 내 그림자 가운데에 섰다. 길 하나가 철로를 가로지르고 있었다. 천막 안에서 한 노인이 종이 봉지에서 무언가를 꺼내 먹고 있었다. 전차 소리도 이내 귓가에서 사라졌다. 길은 숲으로 나 있었고 그늘이 져 있었지만, 6월의 뉴잉글랜드는 고향의 4월만큼도 숲이 우거져 있지 않았다. 굴뚝이 눈에 들어왔다. 나는 굴뚝을 등진 채 먼지를 풍기며 내 그림자를 밟고 걸어갔다. 내 안에 끔찍한 것이 있는데 밤이 되면 그것이 나를 비웃는 모습이 보여 그들 사이로 나를 비웃는 게 보이는데 이제는 없어졌어 하지만 몸이 안 좋아

캐디

내 몸에 손대지 말고 그냥 약속이나 해줘

몸이 아프면 결혼할 수 없잖아

아냐 할 수 있어 결혼하고 나면 다 괜찮아질 거야 아무 문제 없을 거야 벤지를 잭슨시로 보내지 못하게 해줘 약속해 줘 제발

약속할게 캐디 캐디

건드리지 말라니까 손대지 말라고

그게 어떤 모습이니 캐디

뭐 말이야

46 허버트의 목소리를 총으로 쏘는 장면은 자신을 떨어뜨려 다리가 부러지는 바람에 총으로 쏴 죽인 순종 말을 연상시킨다.

그들 사이로 너를 비웃는 그것 말이야

아직도 공장 굴뚝이 보였다. 강물이 있는 곳일 것이다. 강물은 치유되어 바다로 나가고 평화로운 동굴로 사라진다. 내 뼈들은 평온하게 강물 속을 굴러다닐 것이다. 그러다가 신께서 일어나라 하실 때에 쇠다리미만 위로 떠오르겠지. 버시와 하루 종일 사냥할 때 우리는 점심을 건너뛰곤 했지만 12시가 되면 시장기를 느꼈다. 그러나 1시경까지 있다 보면 한순간 배고프다는 사실도 잊고 말았다. 가로등이 언덕 아래로 내려가고 차가 내려가는 소리가 들린다. 내 이마에 닿은 의자 팔걸이는 평평하고 매끄럽고 차가웠다 의자 모양이 되면서 냄새를 통해 보이는 에덴의 옷 위로 내 머리에 드리워진 사과나무 너 열이 많아 어제도 이랬어 마치 난롯불 옆에 있는 것 같아.

내게 손대지 말라고.

캐디 몸이 아프면 하면 안 돼. 저런 놈팡이 같으니.

난 어쨌든 누군가와 결혼해야 해. 그러면 뼈가 다시 부러질 수 있다고 내게 그랬어

마침내 굴뚝의 모습이 시야에서 사라졌다. 돌담을 따라 길이 나 있었다. 햇빛이 흩뿌려져 있는 담벼락 너머로 나무가 뻗어 있었다. 돌담은 차가웠다. 가까이 가면 그 냉기를 느낄 수 있었다. 우리 마을은 여기와는 달랐다. 단지 길만 따라 걸어도 무언가가 있었다. 마치 빵에 굶주린 사람도 배부르게 해주는 조용하고 격렬한 풍요로움

같은 것. 이곳에선 돌멩이 하나하나를 품으며 먹이기보다는 그저 우리를 휘돌아 나간다. 나무 사이로 보이는 수풀도 그저 녹음이 있게 하기 위해 임시로 대충 만든 것이다. 멀리 보이는 푸른 하늘도 환상적인 풍요로움이 있는 우리 마을과는 달랐다. 뼈가 다시 부러질 수 있을 거라고 말하자 몸속에서 아 아 아 하는 소리가 나면서 진땀이 났다. 뭔 상관이람 다리가 부러진다는 게 뭔지 다 알고 있고 별것도 아니라는 것도 아는데 며칠만 더 집에 머물러 있으면 된다는 걸 아는데 턱 근육이 마비되고 진땀을 흘리며 입으로는 잠깐만 잠깐만 이빨 사이로는 아 아 아 하는 소리가 흘러나오는 가운데 아버지가 빌어먹을 저놈의 말이라고 하는 소리가 들린다. 잠깐만요 제 잘못이에요. 그놈이 매일 아침 막대기로 울타리를 때리면서 바구니를 들고 부엌 쪽으로 왔다 나도 붕대를 감은 다리를 끌며 부엌 쪽으로 가서는 석탄 한 덩어리를 들고 그놈을 기다렸다 딜지는 그러다간 병신이 될 거라면서 다리 부러진 지 얼마 되지도 않았는데 정신이 있는 거냐고 말했다. 기다려 봐 이내 익숙해진다고 조금만 기다리라니까

　이런 공기 속에서는 소리마저 사라지는 듯했다. 저 멀리까지 소리를 실어 나르느라 공기가 지쳐 버린 듯했다. 개 짖는 소리는 기차 소리보다 더 멀리 들린다. 어쨌든 어둠 속에서는 그렇다. 그리고 사람 목소리도. 특히 깜둥이들. 루이스 해처는 뿔로 만든 나팔을 가지고 다녔지만 한 번도 그것을 써본 적이 없었다. 그 낡은 랜턴도 마찬

가지였다.「루이스, 그 랜턴 마지막으로 언제 닦았어?」
내가 물었다.

「얼마 전에 닦았지. 위쪽 지방에 홍수가 나서 사람들
을 다 쓸어 버린 거 기억나지? 그날 닦았다고. 그날 밤 마
누라랑 같이 불 앞에 있을 때 마누라가 내게 물었지. 〈여
보, 여기까지 홍수가 닥치면 어떡해요?〉 그래서 내가 〈맞
아. 저 랜턴을 닦아 놓는 게 좋겠어〉라고 말하고선 그날
밤 닦았다니까.」

「홍수는 북쪽 펜실베이니아주에서 났는데.」내가 말했
다.「여기까지 내려올 수는 없어.」

「그건 네 생각이고.」루이스가 말했다.「펜실베이니아
에서 물이 넘치면 제퍼슨에도 홍수가 날 수 있다고 난 생
각해. 지붕 꼭대기에 매달린 채 멀리서 떠내려오는 사람
들도 물이 여기까진 내려올 수 없을 거라고 장담한 놈들
인 법이거든.」

「그날 밤 마사랑 같이 집 밖으로 나갔어?」

「그랬다니까. 랜턴부터 닦고선 밤새 묘지 뒤 언덕에
올라가 있었다고. 더 높은 곳이 있으면 가려고 밤새 찾아
다녔다니까.」

「그 이후론 안 닦았다는 거군.」

「당장 필요한 게 아닌데 뭐 하러 닦아?」

「그러니까 다음번 홍수 때까지 안 닦는다는 거야?」

「지난 홍수 때도 우릴 무사하게 해줬잖아.」

「나 참, 루이스, 말도 안 돼.」 내가 말했다.

「알겠네, 자넨 자네 길로 난 내 길로 가자고. 하지만 이 랜턴을 닦기만 해도 홍수에서 벗어날 수 있다고. 이 문제로 말싸움하긴 싫어.」

「루이스 삼촌은 랜턴이 있어도 어차피 아무것도 못 잡으니까.」 버시가 말했다.

「사람들이 네 아버지 머리에 석유를 부어 서캐를 잡아내고 있을 때부터 난 이미 여기서 주머니쥐 사냥을 하러다녔다고.」 루이스 아저씨가 말했다. 「잡기도 했고.」

「그건 사실이야.」 버시가 말했다. 「이 지역에서 삼촌보다 주머니쥐를 많이 잡은 사람은 없다니까.」

「맞아.」 루이스 아저씨가 말했다. 「주머니쥐들을 볼 수 있을 만큼의 불빛은 충분하니까. 그놈들이 내게 투덜대는 소리는 한 번도 들어 본 적 없어. 쉿. 저기 있네. 후이, 가자, 개들아.」 우리는 마른 잎 위에 앉아 있곤 했다. 우리가 기다리면서 서서히 내뱉는 숨소리, 땅이 서서히 내뿜는 숨소리, 바람 없는 10월의 날씨, 차가운 공기를 오염시키는 랜턴의 썩은 냄새와 함께 나뭇잎이 나직하게 속삭였다. 우리는 개가 짖는 소리를 듣고, 메아리치며 사라지는 루이스의 목소리를 들었다. 그는 한 번도 목소리를 높이지 않았다. 그러나 조용한 밤이면 앞쪽 현관에서도 그의 목소리를 들을 수 있었다. 개를 불러들일 때 루이스의 목소리는 마치 한 번도 쓰지 않으면서 항상 어깨에 메고 다니던 나팔 소리 같으면서도, 그보다 더 분명하고 부드럽게 들렸다. 마치 어둠과 정적의 일부인 것처럼 감겨 나왔다가 다시 감겨 들어가는 소리 같았다. 후우우우 후우우우 후우우우우우우우. 누구하고든 결혼해야 해

만난 사람이 아주 많았니 캐디

별로 많이 만난 건 아냐 아버지와 벤지를 돌봐 줘

애 아빠가 누군지 모르는구나 그럼 그 사람은 그걸 아니

내 몸에 손대지 마 벤지와 아버지를 꼭 돌봐 줘야 해

다리에 도착하기도 전에 강물을 느낄 수 있었다. 회색 돌다리는 이끼가 끼고 곰팡이가 묻은 채 눅눅한 물기로 얼룩져 있었다. 다리 아래 그림자가 드리운 강물은 투명하고 잔잔했으며, 바위를 돌아 나간 물이 소용돌이치듯 속삭이며 소리를 냈고 하늘도 뱅뱅 돌고 있었다. 캐디 저

난 누구하고든 결혼해야 해 버시가 스스로 자신을 불구로 만든 남자의 이야기를 해준 적이 있다. 숲속 개울가에 앉아 면도칼로 그 짓을 했다는 건데, 부러진 면도칼로 그것을 잘라 어깨 뒤로 집어던졌다는 것이다. 실타래 같은 피도 함께 뒤로 던졌는데 원 모양이 아니라 꼬인 실타래 모양으로 퍼졌다고 했다. 하지만 그건 아니라고 본다. 이미 있는 그것을 갖고 안 갖고의 문제가 아니다. 그건 당초부터 없었어야 하는 것이다. 그래야 내가 오 그건 나도 모르는 말이에요 난 그런 말 자체를 모르거든요 하고 말할 수 있을 테니까. 아버지는, 그건 네가 아직 동정이기

때문이야, 라고 말했다. 여자들은 애당초 처녀가 아니야. 순결이라는 건 부정적인 상태고 자연에 반하는 거란다. 네게 상처를 주는 건 캐디가 아니라 자연이야. 나는 그건 단지 말장난일 뿐이에요, 라고 말했고 아버지는 처녀성이란 것도 마찬가지라고 했다. 나는 아버지는 뭘 모르신다고 말했다. 아실 수도 없다고 하자 아버지는 잘 안다고 하면서, 우리가 그걸 알게 되는 순간 비극 역시 볼품없는 중고품이 되는 거라고 했다.

다리 그림자가 있는 곳에서 나는 물속을 바닥까지는 아니더라도 어느 정도 깊게 볼 수 있었다. 나뭇잎을 물에 오래 놔두면 잎사귀는 다 사라지고 섬세한 섬유만 남아 물 위에서 잠자는 듯이 잔잔하게 움직인다. 한때 아무리 조직들이 잘 얽혀 있고, 아무리 뼈에 잘 붙어 있었다고 해도 이제는 흩어져 서로 닿지 않는다. 그러다 심판의 날에 신께서 일어나라 하시면 조용히 깊은 잠을 자다가도 그 영광을 보려고 눈알들만 둥실 떠오를지 모른다. 시간이 흐르면 다리미도 떠오를지 모른다. 나는 다리미를 다리 모퉁이에 숨겨 두고는 다시 돌아와 난간에 기대섰다.

바닥은 안 보였지만 볼 수 있는 한도 내에서 물의 움직임이 멀리 깊은 곳까지 보였다. 그림자 하나가 물살에 맞서 통통한 화살 모양으로 가만히 떠 있는 것이 보였다. 하루살이 벌레들이 다리 그림자 안으로 들어갔다 나왔다 하면서 수면 위를 나는 모습이 보였다. 죽음 너머에 단지 지옥만 있다면. 우리 둘이 죽어도 정결한 불길 속에 있다면. 그러면 너는 나만을 또 나만을 갖게 될 것이고 우리는 정결한 불길 너머 고통과 공포 가운데 있으리니 화살이 움직임도 없이 점차 커지기 시작하더니 한순간 소용돌이 속에서 송어 한 마리가 꿈틀하며 튀어 올라 하루살이를 집어삼켰다. 마치 거대한 코끼리가 땅콩 한 조각을 줍는 것 같은 섬세한 동작이었다. 물결을 따라 소용돌이가 사라지고, 강물을 거스르는 쪽으로 코를 대고는 물의 흐름에 따라 섬세하게 움직이는 화살의 모습이 다시 눈에 띄었다. 그 위로 하루살이들이 비스듬히 자리하고 있었다. 정결한 불길에 둘러싸여 공포와 고통 가운데 너와 나만 있다면

물결을 따라 흔들리는 그림자들 가운데 교묘하게 움직임도 없이 송어가 떠 있었다. 낚싯대를 든 아이들 셋이 다리 위로 올라왔다. 아이들과 나는 난간에 기대어 송어를 내려다보았다. 아이들은 그 물고기를 익히 알고 있는 눈치였다. 이 동네에서 유명한 물고기인 듯했다.

「사람들이 25년 동안 저 송어를 잡으려고 했어요. 보스턴에 있는 어떤 가게에서는 저 송어를 잡으면 25달러짜리 낚싯대를 준대요.」

「너희들이 잡으면 되겠네? 25달러짜리 낚싯대를 갖고 싶지 않니?」

「물론이죠.」 아이들이 말했다. 난간에 기댄 채 송어를 내려다보다가 한 아이가 말했다. 「꼭 잡고 싶어요.」

「난 낚싯대 싫어요.」두 번째 애가 말했다. 「대신 돈을 받고 싶어요.」

「그렇게는 안 해줄걸.」첫 번째 애가 말했다. 「분명 낚싯대를 가져가라고 할 거야.」

「그럼 팔면 되지 뭐.」

「그러면 25달러 다 못 받을걸.」

「받을 만큼만 받으면 되지. 이 낚싯대로도 25달러짜리 낚싯대만큼 많이 잡을 수 있거든.」아이들은 25달러를 받으면 무얼 할지를 두고 계속 떠들어 댔다. 모두 한꺼번에 말을 하고 고집을 피우고 반박을 하고 짜증을 내기도 하면서, 불가능한 일이 가능성 있는 일로 바뀌기도 하고 그다음엔 꽤 그럴싸한 일이 되었다가 마침내는 확실한 사실이 되었다. 원하는 걸 말로 표현할 때 보통 그러하듯이 말이다.

「난 말이랑 마차를 살 거야.」두 번째 애가 말했다.

「한번 해보시지.」다른 애들이 말했다.

「꼭 할 거야. 25달러로 살 수 있는 곳을 알아. 파는 사람도 알고.」

「누군데?」

「누군지는 알 거 없어. 25달러에 살 수 있다니까.」

「에이.」다른 애들이 말했다. 「얘는 아무것도 모르면서 그냥 떠드는 거예요.」

「그렇게 생각해?」두 번째 애가 말했다. 나머지 애들이 계속 놀려 대자 그 애는 더 이상 말을 하지 않았다. 아이는 난간에 기대어 말로는 이미 잡아 버린 송어를 내려다보았다. 그리고 마치 두 번째 애가 이미 송어를 잡아 말과 마차를 사기라도 한 양, 아이들의 말에서는 신랄한 어투와 갈등이 사라져 버렸다. 어른들의 세계에서 침묵을 통해 자신의 우월함을 나타내는 사람에게 승복하는 경향이 있는 것처럼, 아이들도 마찬가지였다. 사람들은 자기 자신과 서로에 대해 모든 걸 말로 떠들어 대면서도 침묵하는 혀에서 지혜를 찾는 건 매한가지인가 보다. 한동안 나머지 아이들이 두 번째 아이에게 맞서서 말과 마차를 빼앗을 방법을 재빨리 찾아내려고 하는 모습이 보였다.

「그 낚싯대로는 25달러 못 벌지.」첫 번째 애가 말했다. 「내가 장담한다.」

「아직 송어를 잡지도 못했잖아.」별안간 세 번째 애도 거들었다. 그러다 둘 다 동시에 말했다.

「에이, 내가 뭐라고 했어? 그 사람 이름이 뭐냐니까? 이름을 대보라고. 그런 사람이 없잖아.」

「조용히 해.」두 번째 애가 말했다. 「저기 봐, 다시 올라온다.」모두 똑같이 움직임을 멈추곤 난간에 기대어 햇빛 아래에서 가느다랗게 비스듬히 낚싯대를 내렸다. 송어가 서서히 수면 위로 올라왔다. 어렴풋이 너울거리는 그림자가 점점 커졌다가, 작은 소용돌이를 만들며 다시 물결을 따라 사라졌다. 「저런.」첫 번째 애가 중얼거렸다.

「우리는 더 이상 잡지 않을 거예요. 보스턴 사람들이 와서 잡는 거 구경이나 하려고요.」

「이 물웅덩이에 있는 게 저 녀석 한 마리뿐이야?」

「네, 저 녀석이 나머지 고기를 다 쫓아 버렸어요. 이 부근에서 낚시하기 제일 좋은 곳은 하류에 있는 에디 근처예요.」

「그렇지 않아.」 두 번째 애가 말했다. 「비글로 공장 부근이 두 배나 더 좋아.」 그러곤 얼마간 어느 곳이 제일 좋은지를 두고 다시 논쟁을 벌였다. 그러다가 송어가 다시 떠오르는 바람에 순간 멈췄다. 소용돌이치며 수면이 갈라졌다가 이내 물 위에 비친 하늘의 일부가 물속으로 빨려들어 갔다. 가장 가까운 동네까지 얼마나 되는지 내가 물었다.

「가장 가까운 전차 선로는 저쪽이에요.」 길 아래쪽을 가리키며 두 번째 애가 말했다. 「어디 가시게요?」

「아무 데도. 그냥 걷는 중이야.」

「하버드 대학 다니세요?」

「그래. 그리고 그 마을에 공장이 있니?」

「공장요?」 아이들이 나를 쳐다보았다.

「없어요.」 두 번째 애가 말했다. 「거긴 없어요.」 아이들이 내 옷차림을 다시 살폈다. 「일자리 찾으시는 거 아니죠?」

「비글로 공장이 있잖아?」 세 번째 애가 말했다. 「그것도 공장이잖아.」

「그게 무슨 공장이야. 저분은 진짜 공장을 묻는 거잖아.」

「경적 소리 나는 공장 말이다.」 내가 말했다. 「아직 1시 경적을 못 들었거든.」

「아.」 두 번째 애가 말했다. 「유니테리언 교회 첨탑에 시계가 있어요. 그걸로 시간을 알 수 있어요. 그 줄에 달린 거 시계 아니에요?」

「오늘 아침에 망가졌단다.」 아이들에게 시계를 보여 주자, 궁금한지 꼼꼼하게 쳐다보았다.

「아직 가긴 하는데요.」 두 번째 애가 말했다. 「이런 시계는 얼마나 해요?」

「선물받은 거야.」 내가 말했다. 「고등학교 졸업할 때 아버지가 주셨지.」

「캐나다 분이세요?」 빨간 머리의 세 번째 애가 물었다.

「캐나다 사람이냐고?」

「캐나다 사람과 말투가 다르잖아.」 두 번째 애가 말했다. 「그 사람들 말투는 들어 봤거든. 이분 말투는 유랑극단 공연단원 말투 아닌가?」

「야.」 세 번째 애가 말했다. 「너 그렇게 말하다간 저분에게 맞는다.」

「날 때린다고?」

「흑인 말투라고 했잖아.」

「에이, 입 다물어.」 두 번째 애가 말했다. 「저기 언덕을 올라가면 첨탑이 보일 거예요.」

나는 고맙다고 말했다. 「행운을 빈다. 그리고 물속 저 늙은 친구는 안 잡는 게 좋겠다. 내버려 둘 만한 값어치가 있지 않니.」

「아무도 못 잡을 거예요.」 첫 번째 애가 말했다. 아이들이 난간에 기대어 아래를 내려다보았다. 햇빛에 비친 낚싯대 세 대가 마치 노란 불꽃이 옆으로 늘어진 것처럼 보였다. 나는 내 그림자를 얼룩덜룩한 나무 그림자 속으로 밟아 넣으며 걸었다. 길이 굽어지면서 물가로부터 멀어지며 오르막길이 되었다. 언덕을 넘자 다시 꼬불꼬불한 내리막길이 나왔고, 쥐 죽은 듯 조용한 숲속 터널로 내 시선과 마음이 따라갔다. 나무 위로 첨탑과 둥근 시계탑이 보였지만 너무 멀어 시간이 보이지 않았다. 나는 길옆에 앉았다. 무성한 풀이 내 발목까지 덮었다. 길 위의 그림자는 마치 스텐실로 찍은 듯 움직임이 없었고, 햇살은 비스듬히 비치고 있었다. 소리가 들렸는데 그저 기차 소리일 뿐이었다. 기차 소리는 길게 늘어지더니 이내 나무 너머로 사라졌다. 내 시계 소리도 들렸다. 기차 소리가 마치 또 다른 달로, 아니 또 다른 여름 어딘가로 달려가는 것처럼 긴 여운과 함께 사라져 갔다. 소리 역시 공중에 떠 있는 갈매기 아래로 모든 것들처럼 급하게 달려갔다. 제럴드는 예외였다. 게다가 당당한 모습일 것이다. 정오를 가로질러 외로이 노를 젓다가 정오를 지나서도 홀로 나아갔다. 마치 신의 경지에 오르듯 빛나는 대기를 거슬러 올라 잠 속으로 빠져들듯 영원 속으로 나아간다. 오직 제럴드와 갈매기만 존재하는 곳. 하나는 무서울 정도로 움직임이 없고, 다른 하나는 마치 관성 그 자체가 된 것처럼 같은 속도로 꾸준히 노를 밀고 당긴다. 태양 아래 그들의 그림자 아래, 세상은 작아 보였다. 캐디 그 놈팡이는 그 놈팡이는

아이들의 소리가 언덕 위로 다가왔다. 날렵한 세 대의 낚싯대는 마치 균형 잡힌 세 줄의 빛줄기처럼 보였다. 아이들은 걸음을 멈추지 않은 채 나를 지나치며 계속 쳐다보았다.

「이런.」내가 말했다.「송어가 안 보이네.」

「잡을 마음도 없었어요.」첫 번째 애가 말했다.「그 녀석은 못 잡아요.」

「저기 시계가 보이네요.」손으로 가리키며 두 번째 애가 말했다.「조금 더 가까이 가면 시간을 알 수 있을 거예요.」

「응.」내가 말했다.「알겠어.」나는 일어섰다.「너희들은 마을로 가는 거니?」

「처브[47]를 잡으려고 에디 물가로 가요.」첫 번째 애가 말했다.

「에디에서는 그거 못 잡아.」두 번째 애가 말했다.

「너 공장 지역에 가고 싶은 모양이구나. 거기선 사람

47 잉엇과 물고기.

들이 물을 튕겨서 고기들이 겁을 먹고 다 달아날 텐데.」

「에디에서는 한 마리도 못 잡는다니까.」

「이러다가 아무 데도 못 가고 한 마리도 못 잡겠네.」세 번째 애가 말했다.

「왜 계속 에디 쪽 얘기만 하는 거니?」두 번째 애가 말했다. 「거기선 한 마리도 못 잡는다니까.」

「그럼 넌 갈 필요 없어.」첫 번째 애가 말했다. 「날 따라다닐 필요 없잖아.」

「우리 공장 지역에 가서 수영이나 하자.」세 번째 애가 말했다.

「난 에디에 가서 낚시할 거야.」첫 번째 애가 말했다. 「너희는 너희 좋을 대로 해.」

「보라고, 사람들이 에디에서 고기 잡았다는 얘기를 들어 본 적 있는지 말해 봐.」두 번째 애가 세 번째 애에게 말했다.

「공장 지역에 가서 수영이나 하자.」세 번째 애가 다시 말했다. 첨탑이 서서히 나무 너머로 사라지고, 시계의 둥근 판은 아직 멀리 있었다. 우리는 얼룩덜룩한 그림자 속을 계속 걸어갔다. 분홍색 그리고 흰색 꽃이 핀 과수원에 도착했다. 벌이 많은지 웅웅대는 소리가 벌써 우리 귀에 들렸다.

「공장 지역에 가서 수영이나 하자고.」세 번째 애가 말했다. 과수원 옆으로 샛길이 나 있었다. 세 번째 애가 천천히 걷다가 멈춰 섰다. 첫 번째 애는 계속 걸어갔다. 얼룩진 햇살이 아이가 어깨에 걸친 낚싯대를 타고 셔츠 등 쪽으로 내려왔다. 「가자고.」세 번째 애가 말했다. 두 번째 애도 멈춰 섰다. 캐디 결혼을 왜 해야 하는 건데

내가 그걸 말해 주길 원해 내가 그걸 말하면 그게 없던 일이 될 거라고 생각해

「공장 쪽으로 가자.」두 번째 애가 말했다. 「가자니까.」

첫 번째 애는 계속 걸어갔다. 맨발이라 소리도 없었고, 마른 흙 위로 떨어지는 이파리 소리보다 더 부드러웠다. 과수원에서 들려오는 벌 소리가 이제는 몰아치는 바람 소리처럼, 점차 높아지다가 뭣에 홀린 듯 그대로 계속되고 있었다. 담을 따라 길이 이어졌고, 아치 모양으로 담 위에 흐드러져 있는 꽃들이 나무 속으로 녹아들었다. 드문드문 강렬한 햇살이 비스듬하게 비쳤다. 노란 나비들이 얼룩진 햇살처럼 그늘을 따라 하늘거렸다.

「대체 에디 쪽에는 뭐 때문에 가는데?」두 번째 애가 말했다. 「원하면 공장 지역에서도 잡을 수 있잖아.」

「에이, 내버려 둬.」세 번째 애가 말했다. 둘 다 첫 번째 애를 쳐다보았다. 걸어가는 첫 번째 애의 어깨 위로 햇살이 드문드문 미끄러졌고, 마치 노란 개미가 기어가듯이 낚싯대를 따라 반짝거렸다.

「케니.」두 번째 애가 말했다. 아버지에게 말씀드려 내가 아버지를 낳았거든 아니 낳을 거거든 내가 그를 만들었어

그를 창조했으니 아버지에게 말씀드리면 그게 아니었다는 것이 되는 것은 그가 말씀하시길 내가 있지 아니한 것이 되고 그러면 너와 나는 다시 태어날 것이니 나는 다산자이기 때문이지[48]

「내버려 두라니까.」세 번째 애가 말했다. 「이미 가고 있잖아.」둘은 첫 번째 애를 바라보았다. 「에이.」별안간 둘이 같이 말했다. 「마마보이, 그냥 꺼지라고. 수영하다가 옷이 다 젖으면 엄마한테 혼날까 봐 그러지.」그들은 샛길로 들어가 걷기 시작했다. 노란 나비들이 그늘을 따라 비스듬히 날아다녔다.

왜냐하면 별게 없기 때문이야 저는 무언가 있다고 믿어요 없을지도 몰라요 그러면 저는 너도 알게 될 거다 심지어 불의도 너 자신보다 나을 게 없다는 것을 첫 번째 애는 나를 전혀 신경 쓰지 않았다. 옆에서 보니 입을 굳게 다문 채였고 찢어진 모자 밑으로 고개를 반대편으로 살짝 돌리고 있었다.

「쟤네들이랑 수영하러 안 가니?」내가 말했다. 그 놈팡이는 캐디

오빠 저 사람이랑 싸우려고 한 거지 그렇지

거짓말쟁이에다 못된 놈이야 캐디 카드 게임하다 사기 쳐서

---

48 복잡하게 전개되는 의식의 흐름이라 논리적인 말로 옮기기가 불가능할 정도이다. 하지만 캐디의 임신을 부정하려고 하는 퀜틴의 모습을 두서없는 말을 통해 알 수 있다.

클럽에서도 쫓겨났고 중간시험 때 부정행위를 하다가 걸려서 친구들로부터 따돌림당하고 학교에서 쫓겨났어

그래서 어쩌라고 내가 그 사람이랑 카드 게임을 할 것도 아닌데

「수영보다 낚시가 더 좋니?」 내가 말했다. 벌 소리가 줄어들었다. 아니 지속되고 있었다. 우리 사이가 침묵 속으로 빠져들었다기보다는 마치 물이 불어나듯 침묵이 불어난 듯했다. 길이 다시 구부러지더니, 하얀 집들이 있는 그늘진 풀밭 사이로 난 큰길로 변했다. 캐디 그 놈팡이와 결혼하지 마 내가 아니라 벤지와 아버지를 위해서라도 그럴수 있니

내가 뭘 더 생각할 수 있겠어 뭘 생각할 수 있었겠냐고 아이는 큰길에서 방향을 틀었다. 뒤도 돌아보지 않고 울타리를 넘더니 풀밭을 가로질러 나무 쪽으로 갔다. 그리고 낚싯대를 내려놓고 나뭇가지 위로 올라갔다. 등을 돌린채 앉아 있는 아이의 하얀 셔츠 위로 마침내 얼룩진 햇살이 가만히 내려앉았다. 뭘 더 생각하란 말이야 이제 눈물도 안 나 난 지난해 죽었다고 했잖아 하지만 그땐 내가 무슨 말을 하는지도 몰랐어 뭘 지껄이는지도 몰랐다고 8월 말경 고향에서는 며칠간 이렇게 공기가 엷으면서도 강렬하게 느껴질 때가 있다. 그러면 슬프고도 향수 어린, 뭔가 친숙한 것을 느끼게 되지. 아버지는 인간이란 자신이 겪은 날씨의 총합이라고 했다. 가지고 있는 모든 잡다한 것의 총

합. 불순한 자질들이 완전히 무로 사라질 때까지 장황하게 전개되는 하나의 문제 같은 것. 티끌과 욕망의 교착 상태. 하지만 이제 알아 나는 죽은 거야 알겠어

그럼 왜 그렇게 하는 건데 너하고 벤지하고 나 우리 셋이 아무도 모르는 곳으로 떠나자 한 마리 하얀 말이 마차를 끌었고, 옅은 흙먼지 속으로 말발굽 소리가 들렸다. 나풀거리는 스카프 같은 나뭇잎 밑으로 거미줄 같은 마차 바퀴가 엷고 메마른 소리를 내며 언덕을 올라간다. 엘름 나무. 아니, 엘름. 엘름.

돈은 어쩌려고 오빠 하버드 보내려고 학교 등록금 때문에 목장을 팔았다고 알겠어 공부를 마쳐야 하는 이유를 학교를 관두면 아빠는 모든 걸 다 잃는 거야

목장을 팔았다고 어른거리는 그늘 아래 나뭇가지 위에 앉은 아이의 하얀 셔츠는 전혀 움직임이 없었다. 마차의 바퀴살은 마치 거미줄 같았다. 무겁게 누르는 마차 아래 말발굽들은 수를 놓는 여인의 깔끔하고도 빠른 움직임처럼, 그리고 신속하게 무대 밖으로 끌려 나가는 쳇바퀴처럼, 가지 않는 듯 보이면서 사라져 갔다. 하얀 첨탑과 고집스레 자신을 드러내는 둥근 시계판이 보였다. 목장을 팔았다고

아빠는 술 안 끊으면 1년을 못 버티신대 그런데 나 때문에 지난해 여름 이후로 끊지도 않고 끊으려고 하지도 않아 그러면 벤지는 잭슨시로 보내질 거야 난 눈물이 안 나와 울지도

못한다고 한순간 캐디가 문 앞에 서 있었고 벤지는 캐디의 옷을 붙잡고 울부짖기 시작했다 울부짖는 소리는 마치 파도처럼 오가며 세차게 벽을 때렸다 벽에 기댄 채 더 왜소해진 캐디의 창백한 얼굴 위 두 눈은 마치 엄지손가락이 푹 박힌 것처럼 보였다 벤지가 캐디를 방에서 밀어낼 때 그의 목소리가 벽을 앞뒤로 내리치며 세차게 울렸다 마치 목소리 자체에 속도가 붙어 멈춰지지 않는 듯이 마치 침묵 속에는 그것이 있을 자리가 없다는 듯이 울부짖으면서

문을 열자 종이 울렸다. 문 위쪽의 아주 어두컴컴한 공간에서 맑은 고음이 단 한 번 짧게 울렸다. 마치 종이 닿지 않도록, 혹은 막 구운 따스한 빵 냄새 속에 문이 열렸을 때 다시 정적을 회복하기까지 너무 많은 정적이 소모되지 않도록, 단 한 번 짧고 깔끔한 소리가 나게끔 조율해 놓은 것 같았다. 안에는 지저분해 보이는 어린 소녀가 하나 있었는데, 장난감 곰 인형 같은 눈에 윤이 나는 까만 댕기 머리를 하고 있었다.

「안녕, 아가씨.」 달콤하고 따스한 빈 공간에서 소녀는 커피를 조금 탄 우유 같은 얼굴을 하고 있었다.

「누구 없어요?」

문이 열리고 난 뒤 여주인이 나올 때까지 소녀는 나를 빤히 쳐다보았다. 바삭바삭해 보이는 것들이 정렬되어 있는 유리 진열대 너머로 여주인의 말쑥한 잿빛 얼굴, 머리숱은 없지만 바싹 빗어 넘긴 말쑥한 잿빛 머리, 말쑥한

잿빛 안경테가 마치 철사 줄에 매달려 움직이는 가게 현금 통처럼 미끄러지듯 내게 다가왔다. 그녀는 꼭 도서관 사서처럼 보였다. 오랫동안 현실과 동떨어진 채로 질서 정연한 확신으로 가득 찬 먼지 낀 책장 한가운데서 평화롭게 말라 가고 있는 것처럼 보였는데, 마치 불의가 행해지는 것을 묵인하고 있는 듯한 분위기를 풍겼다.

「아주머니, 이거 두 개 주세요.」

그녀는 진열대 아래에서 사각형으로 자른 신문지 조각을 꺼내 그 위에 빵 두 개를 올려놓았다. 유대인 지역이자 이탈리아인들의 동네. 어린 소녀는 마치 커피 잔에 고요히 떠 있는 건포도 알처럼 생긴 까만 눈을 깜빡이지도 않고 차분한 시선으로 빵을 바라보았다. 빵과 그 말쑥한 잿빛의 손, 그리고 왼손 집게손가락의 푸르죽죽한 마디 곁에 끼워진 굵직한 금반지를 바라보았다.

「아주머니가 직접 빵을 만드세요?」

「뭐라고요?」 그녀가 말했다. 꼭 무대에서 말하는 투였다. 「5센트예요. 더 주문하실 게 있나요?」

「됐습니다. 제 것은 됐고요. 이 꼬마 숙녀도 뭘 원하는 것 같은데요.」 진열장 너머로 소녀를 볼 수 있을 정도로 키가 크지 않은 여주인은 진열대 끝으로 걸어가 그녀를 쳐다보았다.

「손님이 애를 데리고 들어왔나요?」

「아니요. 들어올 때부터 이미 여기 있었어요.」

「요 망할 계집.」여주인은 그렇게 말한 후, 진열장을 돌아 나왔다. 하지만 소녀에게 손찌검을 하지는 않았다. 「주머니에 뭘 집어넣었니?」

「애한테는 주머니가 없는데요.」내가 말했다. 「아무 짓도 안 하고 아주머니를 기다리며 그저 서 있었어요.」

「그런데 종이 왜 안 울렸을까?」여주인은 나를 노려보았다. 마치 칠판에 2×2=5로 쓴 학생을 혼내기 위해 회초리 한 다발이 있어야겠다는 표정이었다. 「옷 속에 감추면 아무도 몰라요. 애야, 너 어떻게 안에 들어왔어?」

아무 말 없이 여주인을 쳐다보던 소녀는 까만 눈동자로 나를 흘끔 쳐다보곤 다시 여주인을 쳐다봤다. 「망할 외국 놈들.」여주인이 말했다. 「대체 종소리도 안 났는데 어떻게 들어온 거야?」

「제가 문 열 때 같이 들어왔어요.」내가 말했다. 「둘이 함께 와서 한 번만 울린 거죠. 어쨌든 작아서 진열장에는 손도 닿지 않아요. 훔치려고 한 게 아닐 겁니다. 애야, 그렇지?」소녀는 뭔가 생각하는 듯한 비밀스러운 시선으로 나를 쳐다보았다. 「뭘 원하니, 빵?」

소녀가 손을 펼쳐 보였다. 축축하고 때에 찌든 5센트 동전이 있었다. 축축한 때가 살에도 묻어나 있었다. 동전은 축축하고 따뜻했다. 어렴풋이 쇠 냄새가 났다.

「아주머니, 5센트짜리 빵 있어요?」

여주인은 진열장 아래에서 사각형 신문지 조각을 꺼

내 진열장 위에 놓고선 롤빵 한 개를 포장했다. 나는 소녀가 내민 동전에 내 동전 하나를 더 보태 진열장 위에 올려놓았다. 「롤빵 하나 더 주세요.」

그녀가 진열장에서 롤빵 한 개를 더 꺼냈다. 「포장한 거 다시 줘봐요.」 포장된 빵을 돌려주자, 여주인은 포장을 풀어 세 번째 빵을 넣고 다시 포장했다. 동전을 챙기더니 앞치마에서 1센트짜리 동전 두 개를 꺼내 주었다. 나는 소녀에게 동전을 건네주었다. 동전을 꼭 쥔 소녀의 손가락은 마치 꼬물거리는 벌레처럼 축축하고 뜨거웠다.

「애한테 빵을 다 주려고요?」 여주인이 말했다.

「네, 아주머니.」 내가 말했다. 「빵 냄새가 저만 구수한 게 아니라 저 애한테도 구수할 거예요.」

나는 빵 꾸러미 두 개를 집어 소녀에게 주었다. 온통 잿빛을 띠는 여주인은 진열장 뒤에서 뭔가 확신하는 듯한 냉철한 표정으로 우리를 쳐다보고 있더니, 〈잠깐만요〉 하면서 가게 뒤로 들어갔다. 문이 다시 닫혔다. 더러운 옷으로 빵을 감싼 소녀는 나를 쳐다보았다.

「이름이 뭐니?」 내가 묻자, 소녀는 시선을 돌린 채 여전히 꼼짝도 하지 않고 서 있었다. 마치 숨도 쉬지 않는 것 같았다. 여주인이 무언가 이상하게 생긴 것을 들고는 돌아왔다. 마치 죽은 애완용 쥐라도 되는 것처럼 손으로 조심스럽게 들고 있었다.

「자.」 여주인이 이렇게 말하자, 소녀는 그녀를 쳐다보았다. 여주인은 그것을 소녀에게 찌르듯이 넘겨주면서, 〈이거 받아〉라고 말했다. 「모양만 이상할 뿐이야. 먹으면 별 차이도 없을 거다. 자, 계속 그렇게 서 있을 수는 없잖아.」 소녀가 여주인을 빤히 바라보면서 그것을 받았다. 여주인은 앞치마에 손을 닦았다. 「저 종부터 고쳐야겠네.」 그렇게 말하곤 문 쪽으로 다가가더니 문을 활짝 열어젖혔다. 보이지 않는 곳에서 여리면서도 분명한 종소리가 들렸다. 우리가 문 쪽으로 다가가자 여주인은 흘끔 우리를 돌아보았다.

「케이크 감사합니다.」 내가 말했다.

「망할 외국 놈들.」 여주인은 혼자 중얼대며 종소리가 난 어두컴컴한 곳을 노려보았다. 「젊은이, 내 말 명심해요. 재들은 멀리하는 게 좋아요.」

「알겠습니다.」 내가 말했다. 「애야, 그만 나가자.」 우리는 제과점에서 나왔다. 「아주머니, 고맙습니다.」

여주인이 문을 흔들다가 홱 열어젖히자, 다시 여린 종소리가 한 번 울렸다. 「외국 놈들.」 종을 쳐다보며 그녀가 말했다.

우리는 계속 걸었다. 「혹시 아이스크림 먹고 싶니?」 내가 물었다. 소녀는 울퉁불퉁한 케이크를 먹고 있었다. 「아이스크림 좋아해?」 소녀는 케이크를 씹으며 까만 눈으로 가만히 나를 쳐다보았다. 「가자.」

우리는 잡화상에 들어가 아이스크림을 샀다. 하지만

소녀는 손에서 빵을 놓으려 하지 않았다. 「내려놔야 아이스크림을 먹지.」나는 아이스크림을 주며 이렇게 말했다. 소녀는 빵을 손으로 꼭 잡은 채, 마치 땅콩 버터볼을 먹듯이 아이스크림을 먹었다. 먹다 만 케이크는 탁자 위에 놓여 있었다. 소녀는 꾸준한 속도로 아이스크림을 다 먹은 후 가게 진열장 안을 쳐다보며 다시 케이크를 먹기 시작했다. 나도 마저 먹은 후 우리는 가게를 나왔다.

「넌 어느 쪽에 사니?」내가 말했다.

흰 말이 끄는 마차 한 대가 보였다. 피보디 원장[49]은 뚱뚱했지. 3백 파운드나 나갔으니까. 그와 함께 마차를 타면 그의 무게 때문에 한쪽으로 기울어 들려 올라간 자리에서 무언가를 꼭 붙들고 있어야만 했다. 들려 올라간 채 무언가를 붙들고 있는 것보다 차라리 걷는 편이 나았다. 의사는 아직 안 만나 봤니 안 만나 봤니 캐디

그럴 필요 없어 지금은 물어볼 수 없거든 나중에는 괜찮을 거야 별문제 없다니까

아버지가 말했다. 여자들이 그토록 미묘하고 신비스러운 것은 달과 달 사이에 균형을 맞춰 가며 주기적으로 오물을 쏟아 내는 정교한 평형 감각을 갖고 있기 때문이지. 그리고 수확철 보름의 꽉 차고 노란 달덩이 같은 여자들의 엉덩이와 허벅지. 하지만 그 바깥쪽은 바깥쪽은

---

49 캐디를 진찰한 마을 의사. 흰 말이 끄는 마차를 보고 퀜틴은 마차로 진찰을 가던 장면, 캐디의 임신 진찰 장면을 떠올린다.

항상. 노랗다. 몸을 섞을 때는 마치 걷는 것처럼 발바닥을 위로 든다. 그리고 어느 남자가 그 신비하고 오만한 모든 것이 내부에 감추어져 있는 것을 알게 된다. 그 신비한 내부를 갖고 겉으로는 부드러운 모습으로 남자의 손길을 기다린다. 마치 뭔가 익사한 것 같은 액체 상태의 부패물, 인동덩굴 냄새가 마구 섞여 있는 창백한 고무 튜브는 뭔가 담긴 채 축 늘어져 있다.

「빵은 집에 가져가는 게 좋겠지, 그렇지?」

소녀가 나를 바라보았다. 말없이 계속 빵을 씹는 소녀의 목 안쪽으로 음식이 조금씩 주기적으로 부드럽게 넘어갔다. 나는 포장을 풀어 롤빵 하나를 소녀에게 주었다. 「잘 가라.」

나는 계속 걸었다. 그러다 뒤를 돌아보니 소녀가 내 뒤에 있었다. 「너 저 아랫동네에 사니?」 소녀는 아무 말도 없이 계속 내 옆을, 아니 내 팔꿈치 아래에서 빵을 먹으며 걸었다. 우리는 계속 걸어갔다. 사방이 고요했고 주위에 아무도 없었는데 인동덩굴 냄새가 뒤섞여 있었어 캐디는 내게 말했어야 했어 어스름한 시간에 내가 계단에 앉아 그녀가 문을 쾅 닫는 소리를 듣기 전에 그리고 벤지가 계속 울부짖는 소리를 듣기 전에 나에게 말했어야 했어 밥 먹자 하는 소리에 캐디가 내려올 때 인동덩굴 냄새가 온통 섞여 있었어 우리는 길모퉁이에 도착했다.

「자, 나는 이쪽으로 내려간다.」 내가 말했다. 「잘 가.」

소녀는 나를 따라 멈춰 섰다. 마지막 남은 케이크를 다 먹은 소녀는 길을 건너는 내 모습을 지켜보며 롤빵을 먹기 시작했다. 「잘 가.」 내가 말했다. 그리고 길을 꺾어 들어 계속 걷다가 이내 다음 모퉁이에서 멈춰 섰다.

「너 어느 쪽에 사는데?」 내가 물었다. 「이쪽이니?」 손으로 아래쪽을 가리켰다. 소녀는 그저 나만 바라볼 뿐이었다. 「저 윗동네구나. 기차가 다니는 역전 가까이에 사는구나. 그렇지?」 소녀는 알 수 없는 차분한 표정으로 계속 빵을 씹으며 나를 쳐다볼 뿐이었다. 나무 사이로 고요한 잔디밭과 말끔한 주택이 있었지만, 길은 비어 있었다. 우리가 지나온 길을 제외하면 아무도 보이지 않았다. 우리는 돌아서 다시 걷기 시작했다. 가게 앞 의자에 두 사람이 앉아 있었다.

「혹시 이 아이 아세요? 어쩌다 저를 따라오게 됐는데 대체 어디 사는지 모르겠어요.」

두 사람은 나를 쳐다보다가 다시 소녀를 쳐다봤다.

「새로 온 이탈리아 사람들 아이일 거야.」 한 사람이 말했다. 그는 낡은 프록코트를 입고 있었다. 「전에 본 적이 있어. 얘야, 네 이름이 뭐니?」 소녀는 롤빵을 계속 씹으며 까만 눈으로 잠시 두 사람을 쳐다보았다. 그러는 와중에도 계속 빵을 씹어 삼켰다.

「아마 영어를 할 줄 모르나 보네.」 다른 사람이 말했다.

「빵을 사 오라고 보낸 모양이에요.」 내가 말했다. 「무슨 말이라도 할 줄 아니까 보냈을 테죠.」

「아버지 이름이 어떻게 되니?」 첫 번째 사람이 말했다. 「이름이 피트나 조, 혹시 존이니?」 소녀는 롤빵을 한입 더 베어 물었다.

「얘를 어떻게 하지요?」 내가 물었다. 「계속 따라오는데, 전 보스턴으로 돌아가야 해서요.」

「하버드 대학에서 왔나 보네.」

「예. 학교로 돌아가야 해요.」

「길을 따라가다가 아이를 앤스에게 넘겨. 말 대여소에 있을 텐데, 이곳 보안관이거든.」

「그렇게 하면 되겠네요.」 내가 말했다. 「얘를 어떻게든 해야겠어요. 고맙습니다. 애야, 가자.」

우리는 그늘진 쪽으로 길을 따라 걸었다. 허물어진 건물 정면의 그림자들이 길을 가로질러 드리워져 있었다. 말 대여소에 왔지만 보안관은 거기 없었다. 별로 높지 않은 너른 문짝에 의자를 기대 놓고 앉아 있던 사람이 우체국에 가보라고 말해 주었다. 그 사람 역시 이 소녀가 누구인지 모르고 있었다. 줄지어 서 있는 마방에서 새어 나오는 퀴퀴한 암모니아 냄새가 서늘한 바람에 실려 나왔다.

「외국 놈들. 누가 누군지 도무지 분간이 안 돼. 기찻길 건너 그자들이 사는 곳에 데려가면 분명 누군가 자기 애라고 하며 나타날 거야.」

우리는 우체국으로 갔다. 왔던 길을 다시 되돌아가야 했다. 프록코트 차림을 한 어떤 사람이 신문을 읽고 있었다.

「앤스는 방금 마을 밖으로 나갔는데.」그 사람이 말했다. 「기차역을 지나 아래쪽으로 내려가면 강가에 있는 집들 가운데 아마 애를 아는 사람이 있을 거야.」

「그래야 할 것 같네요.」내가 말했다. 「애야, 그만 가자.」소녀가 마지막 롤빵 한쪽을 입에 넣고는 삼켰다. 「하나 더 줄까?」내가 말했다. 소녀는 빵을 씹으면서 나를 쳐다보았다. 깜빡거리지 않는 까만 눈은 이제 제법 우호적이었다. 롤빵 두 개를 꺼내 아이에게 하나 주고 나도 하나 입에 물었다. 어떤 사람에게 기차역 위치를 물었더니 알려 주었다. 「애야, 가자.」

역에 도착해 철길을 건너자 강이 나왔다. 다리를 건너자 강과 맞대고 있는 난잡한 목조 가옥들이 강을 따라 죽 늘어서 있었다. 거리는 초라했지만 뭔가 이질적이고 생기가 감돌았다. 부서진 말뚝으로 세운 허술한 울타리로 둘러싸인 방치된 공간 한가운데 한쪽으로 기울어진 낡은 마차와 비바람에 쇠락한 집 한 채가 있었다. 위층 창문에는 밝은 분홍색 옷이 걸려 있었다.

「저기가 네 집 같지 않니?」내가 말했다. 소녀는 빵을 먹으며 나를 쳐다보았다. 「이 집이야?」손으로 가리키며 내가 말했다. 빵을 씹고 있는 소녀의 모습에서 뭔가 적극적이진 않지만 긍정적으로 동의하는 낌새가 나타났다. 「이 집 맞아?」내가 말했다. 「자, 가보자고.」망가진 문을 통해 안으로 들어갔다. 소녀를 돌아보며 다시 말했다. 「여기야? 여기가 너희 집 같아?」

소녀는 반달 모양으로 남은 축축한 빵을 삼키면서 재빨리 머리를 끄덕이며 나를 쳐다보았다. 우리는 안으로 들어갔다. 들쭉날쭉하고 부서진 돌들이 깔린 길 틈새로 거친 풀들이 새로 여기저기 돋아나 있었고, 길은 부서진 계단으로 이어졌다. 집 주변에 인기척이 전혀 없었고, 바람 한 점 불지 않아 위층 창문에 분홍색 옷이 축 늘어져 있었다. 종 치는 줄에 도자기로 만든 손잡이가 매달려 있었다. 6피트 정도 되는 줄이었다. 나는 그걸 잡아당기다가 멈추고 이내 문을 두드렸다. 빵을 씹던 소녀의 입가에는 빵 껍질이 묻어 있었다.

한 여인이 문을 열었다. 그녀는 나를 쳐다보다가 소녀에게 이탈리아어로 빠르게 말했다. 억양이 점차 세졌다가 잠시 멈추었다가 다시 소녀를 취조하듯이 떠들어 댔다. 소녀는 빵 껍질 너머로 여인을 바라보다가 더러운 손으로 그것을 입안으로 밀어 넣었다.

「애가 여기 산다는데요.」 내가 말했다. 「마을 아래에서 앨 만났어요. 이 빵 심부름 시키신 거죠?」

「영어 못 해요.」 여인이 말했다. 그러곤 다시 소녀에게 말을 걸었지만 소녀는 다만 쳐다볼 뿐이었다.

「애 여기 안 살아요?」 손으로 소녀를, 여인을, 그리고 문을 차례로 가리키며 내가 말했다. 여인은 고개를 가로

저으며 황급하게 말하더니, 현관 끝으로 나와 길 아래를 가리켰다.

나는 세게 고개를 끄덕이며 〈그럼 알려 줘요〉라고 말했다. 나는 한 손으로 그녀의 팔을 잡고는 다른 한 손으로 한쪽 방향을 가리켰다. 그녀도 손으로 방향을 가리키며 내게 급하게 말했다. 나는 그녀를 계단 아래로 인도하면서, 〈와서 알려 줘요〉라고 말했다.

「네, 네.」 그녀는 주저하는 어투로 어딘가를 가리키며 내게 말했다. 나는 고개를 끄덕였다.

「고맙습니다. 고마워요, 고마워요.」 나는 계단을 내려가 대문으로 향했다. 뛰지는 않았지만 잰걸음으로 걸었다. 문에 도착하자 잠시 멈춰 서서 소녀를 쳐다보았다. 빵 껍질은 이미 입안으로 사라져 있었다. 소녀는 검은 눈으로 친근한 표정을 지으며 나를 바라보았다. 여인도 현관에 서서 우리를 쳐다봤다.

「자, 그만 가자.」 내가 말했다. 「곧 제대로 찾게 되겠지.」

소녀는 내 팔꿈치 바로 아래서 나를 따라왔다. 우리는 계속 걸었다. 집들이 모두 빈집 같았고, 한 사람도 눈에 띄지 않았다. 빈집 특유의 숨 막히는 듯한 분위기가 있었다. 하지만 다 빈집일 수는 없었다. 마치 무 자르듯 집들을 횡렬로 자른다면 분명 다양한 방들이 보일 테고, 그러면 부인, 댁의 따님인가요, 라고 물어볼 수 있을 텐데. 아니, 부인 제발, 댁의 따님입니다, 라고 할 텐데. 세게 묶은 반들거리는 댕기 머리를 한 소녀는 계속 내 팔꿈치 부근에서 나를 따라왔다. 마침내 마지막 집이 나타났고, 길은 강을 따라 구부러지면서 담장 너머로 사라졌다. 머리에 걸친 숄을 턱 밑에서 잡아맨 한 여인이 부서진 문에서 나왔다. 길은 계속 휘어져 있었고, 아무 인기척도 없었다. 나는 은화 한 개를 꺼내 소녀에게 주었다. 25센트였다. 「얘야, 잘 가.」 그리고 나는 냅다 달리기 시작했다.

뒤도 돌아보지 않은 채 급하게 내달렸다. 길이 휘어지기 직전 뒤를 돌아보았더니, 소녀는 더러운 옷 위로 빵을 꼭 끌어안은 채 길 위에 서 있었다. 새까만 두 눈은 여전히 깜빡이지 않고 있었다. 나는 계속 달렸다.

길 옆으로 샛길이 나타났다. 나는 그 길로 들어서서 달리다가 잠시 후 급하게 걷기 시작했다. 집들의 뒤뜰 사이로 샛길이 이어졌다. 칠도 하지 않은 집들에는 밝고 현란한 색깔의 옷들이 빨랫줄에 걸려 있었고, 손질이 안 된 분홍색과 하얀색 나무들로 우거진 잡초 속에서 기둥이 무너진 헛간이 조용히 썩어 가고 있었다. 햇살이 비치는 가운데 웅웅거리는 벌 소리가 들렸다. 나는 뒤를 돌아봤다. 샛길 입구에는 아무도 없었다. 속도를 더 늦춰 걸었다. 내 그림자는 울타리를 뒤덮은 잡초들 사이로 머리를 끌며 나를 따라왔다.

빗장 지른 문에 이르자 풀숲 속으로 샛길이 사라져 버렸고, 새로 난 풀 위에 상처를 낸 것처럼 통로 같은 것이 보였다. 문을 넘어 나무숲을 지나자 또 다른 담이 나왔다. 나는 담을 따라 걸었고, 내 그림자는 이제 내 뒤에서 나를 따라왔다. 덩굴나무와 나무줄기들이 자라 있는 것이 눈에 띄었다. 내 고향이라면 인동덩굴이 있었을 곳에. 비 내리는 어스름한 저녁 무렵이면, 마치 그 냄새가 없으면 안 된다는 듯이, 더 못 견디게 해야 한다는 듯이, 공기 중에 온통 인동덩굴 냄새가 섞여 밀려오곤 했다. 왜 녀석이 키스 키스하도록 내버려 둔 거야

내버려 둔 게 아니고 내가 하라고 한 거라고 캐디는 내가 화내는 모습을 보고 있었다 그래 맛이 어때? 캐디의 얼굴 위로 내 손바닥 자국이 벌겋게 올라왔다 마치 손에 불을 켜기나 한 것처럼 캐디의 눈이 반짝이며 빛났다

키스했다고 때린 게 아니야. 열다섯 계집애의 팔꿈치 아버지는 내게 왜 생선 가시를 삼킨 듯한 표정을 하고 있냐고 물었다 무슨 일이야 테이블 건너에 앉은 캐디는 나를 쳐다보지 못했다. 그건 읍내에 사는 빌어먹을 놈팡이 녀석이 키스하게 내버려 뒀기 때문이야 또 할 테야 이제 안 그런다고 할 거지. 벌건 내 손자국이 캐디의 뺨에 떠오르고 있었다. 그 애의 머리를 바닥에 비빈 건 어떻고. 머리를 비벼 대느라 풀잎이 얼기설기 살에 붙게 한 거 말이야. 항복하는 거지 그렇지

어쨌든 난 내털리처럼 더러운 계집애하고는 키스 안 한다고 담벼락이 그늘 속으로 들어갔다. 내 그림자 역시 그늘 속으로 사라졌다. 내가 다시금 그림자를 속인 셈이다. 나는

한동안 길을 따라 돌아가는 강물을 잊고 있었다. 나는 담 위로 올라갔다. 그랬더니 그 소녀가 옷 위로 빵을 꼭 끌어 안은 채 내가 담을 타고 뛰어내리는 것을 지켜보고 있었다.

잠시 잡초 속에 서서 서로를 쳐다봤다.

「얘야, 왜 이쪽에 산다고 말하지 않았니?」 닳아빠진 포장지 밖으로 빵이 삐져나와 있었다. 벌써 새 포장지가 필요한 듯했다. 「자, 이리 와서 너희 집까지 안내해 주겠니?」 내털리처럼 더러운 애랑은 안 해. 비가 내리고 있었고 비가 지붕에 부딪히는 소리가 들렸다. 헛간 속 달콤한 빈 공간을 가로질러 숨소리가 들려왔다.

여기? 그녀를 만졌다

거기 아냐

그러면 여기지? 비가 억수같이 퍼붓진 않았지만 지붕에 비가 닿는 소리 외엔 아무것도 들리지 않았다 내 피인지 그녀의 피인지

캐디가 날 밀어서 사다리에서 떨어뜨리고 도망쳤다니까 나를 그냥 두고 도망갔어 캐디가

캐디가 널 밀치고 내뺄 때 아팠던 곳이 여기야 아니면 여기야

오 반들거리는 소녀의 검은 머리가 내 팔꿈치 바로 아래 있었다. 빵은 이미 닳아빠진 포장지 밖으로 삐져나와 있었다.

「서둘러 집에 안 가면 그 빵들 다 버리게 된다고. 그러면 네 엄마가 뭐라 하시겠니?」 너를 안아서 들 수 있다니까

안 돼 내가 너무 무거워

캐디가 도망쳤니 집으로 갔니 우리 집에서는 이 헛간이 안 보여 집에서 헛간을 보려 해본 적 있니

캐디 잘못이라니까 날 밀어 버리고는 내뺐다고

자 내가 널 들 수 있을 테니 보라고

오 그녀의 피인지 아니면 내 피인지 오 우리는 엷은 흙먼지 속을 우리 발이 마치 고무라도 되는 것처럼 아무 소리도 내지 않은 채 계속 걸어갔다. 햇살은 나무 사이로 비스듬히 내리비쳤다. 나는 그늘지고 은밀한 곳에서 빠른 속도로 평화로이 흐르는 물살을 다시 느낄 수 있었다.

「집이 멀구나, 그렇지? 시내까지 멀리 혼자 온 걸 보니 넌 상당히 똑똑하구나.」 마치 앉은 채로 춤을 추는 것 같아 앉아서 춤춰 본 적 있어? 빗소리, 옥수수 창고에서 들리는 쥐 소리, 말이 한 마리도 없는 빈 헛간. 춤출 때 어떻게 잡아 이렇게 잡고 추나

오

나는 이렇게 잡고 추곤 했어 내가 힘들어서 못 할 줄 알았지 오 오 오 오

나는 이렇게 하려고 잡아 아니 내 말은 내가 하는 말 알겠지 오 오 오 오

사람 하나 없는 고요한 길이 이어졌고, 햇살은 점점 더 비스듬히 비쳤다. 소녀의 댕기 머리는 자주색 천으로 단단히 묶여 있었다. 걸을 때마다 포장지 한 귀퉁이가 펄럭

거렸고 빵 조각이 삐죽 나와 있었다. 나는 걸음을 멈췄다.

「애, 너 길 아래 사는 것 맞아? 거의 1마일을 걸어왔지만, 집이 한 채도 없잖아?」

소녀는 의미를 알 수 없는 검은 눈으로 친근하게 나를 쳐다봤다.

「대체 어디 사는 거야? 혹시 아까 지나온 마을에 사는 거 아냐?」

비스듬히 내리쬐는 드문드문 끊어진 햇살 너머로 숲속 어디에선가 새소리가 들렸다.

「네 아빠가 걱정 많이 하실 거야. 빵 사 가지고 곧장 집으로 안 왔다고 매를 맞을지도 몰라.」

보이지도 않고 뜻도 모르겠지만 어디선가 일정한 톤으로 들리는 새소리가 의미심장하게 다시 들렸다. 그러다가 마치 칼로 자르듯 뚝 끊어졌다가 다시 이어졌다. 그리고 보이지도 않고 들리지도 않지만 은밀한 곳들 위로 빠르고 평화롭게 흐르는 강물이 느껴졌다.

「이런 젠장.」 빵 포장지가 반 이상이나 벗겨져 축 늘어져 있었다. 「이제 포장이 아무 의미가 없네.」 나는 포장지를 벗겨 길옆에 놓았다. 「자, 다시 마을로 돌아가자. 강을 따라 돌아가는 거야.」

우리는 도로를 벗어났다. 이끼 속에 조그만 여린 꽃들이 피어 있었다. 보이지 않는 말 없는 강물이 느껴졌다. 나는 이렇게 하려고 잡고 있어 아니 이렇게 잡곤 했어 캐디가

허리 위에 양손을 얹고는 문 앞에서 우리를 보고 있었다

네가 날 밀었잖아 네 잘못이야 나도 다쳤어

우리는 앉아서 춤을 추고 있었어 캐디는 앉아서 춤출 줄 모르지

그만둬 제발 그만둬

네 등에 묻은 걸 털어 내려고 했던 거야

그 더러운 손 치우지 못해 네가 날 민 건 네 잘못이야 나도 화가 났다고

난 관심 없어 캐디가 우리를 쳐다보았다 계속 화내 보라고 그녀가 사라졌다 크게 떠드는 소리와 첨벙대는 물소리가 들렸다. 순간 내 눈에 반짝이는 갈색 몸뚱이가 들어왔다.

계속 화내 봐. 내 옷도 머리도 다 젖었다. 지붕을 가로질러 빗소리가 크게 들렸다 그리고 빗속에서 텃밭을 지나가는 내털리가 보였다. 흠뻑 젖으라고 그래서 폐렴이나 걸려 버려 집에 가 이 소대가리야. 나는 힘껏 진흙 수렁으로 뛰어들었다 허리까지 진흙으로 뒤범벅이 됐고 심한 냄새가 났다 나는 넘어질 때까지 계속 뛰었고 그 속에서 뒹굴었다 「얘야, 누가 수영하나 보다? 나도 하고 싶네.」 시간만 있다면. 시간이 있을 때. 내 시계 소리가 다시 들렸다. 진흙은 빗물보다 따스했고 심한 냄새가 진동했다. 캐디가 등을 돌리자 나는 캐디 앞으로 갔다. 내가 뭐 하고 있었는지 아니? 캐디가 다시 등을 돌렸고 나는 다시 캐디 앞으로 갔다. 빗물이 진흙 속으로 스며들자 속에 입은 보디스가 캐디의 몸에 들러붙었고 냄새가 진동했다.

나는 내털리를 안고 있었어 그러고 있었다니까 캐디가 등을 돌리자 내가 다시 앞으로 갔다. 내가 걔를 안고 있었다니까

오빠가 뭔 짓을 했는지 알 바 아니야

너 신경 쓰이지 그렇지 신경 쓰이게 만들어 줄게 신경 쓰이게 말이야 캐디가 내 손을 치워 버렸고 나는 다른 손으로 캐디의 몸에 진흙을 발랐다 나를 때리는 캐디의 손조차 느낄 수 없었다 다리에 묻은 진흙을 훑어 도망가려는 캐디의 젖은 몸에 발랐다 캐디가 손으로 내 얼굴을 긁는 소리가 들렸지만 아무 느낌이 없었다 빗물이 흘러 내 입술에서 달콤하게 느껴질 때도 그랬다

물속에서 머리와 어깨를 드러낸 아이들이 먼저 우리를 봤다. 소리를 지르더니 한 명이 몸을 웅크렸다가 그들 사이에서 솟아올랐다. 그들은 마치 비버 같았고, 마구 소리를 지르는 아이들의 턱에서 물이 뚝뚝 떨어졌다.

「여자애는 저리 데려가요! 걔를 뭐 하러 여기 데려왔어요? 어서 가라고요!」

「애가 너희를 해치기나 한다니. 그저 잠시 보려고 한 것뿐이야.」

아이들이 물속에 쪼그리고 앉았다. 머리를 한데 모으곤 우리를 쳐다보더니 순간 흩어지면서 우리에게 물을 뿌리며 달려왔다. 우리는 재빨리 움직였다.

「애들아, 조심해. 애가 너희한테 뭘 하겠니.」

「꺼지라고, 하버드!」 소리를 지른 건 아까 다리 위에서

말과 마차를 사겠다고 했던 두 번째 애였다. 「애들아, 물 뿌리자!」

「나가서 잡아다 물에 처넣자고.」 다른 애가 말했다. 「난 어떤 계집애도 겁 안 나.」

「물 뿌려! 물 뿌리라니까!」 물을 뿌리며 아이들이 우리에게 덤벼들었다. 우리는 움찔하며 뒤로 물러섰다. 「꺼져!」 아이들이 소리쳤다. 「꺼지라니까!」

우리는 그곳을 떠났다. 아이들은 반짝이는 물 위로 매끈한 머리를 한 줄로 내민 채 둑 아래 모여 있었다. 우리는 계속 걸었다. 「우리가 있을 곳이 못 되는구나.」 햇살이 여기저기 자라난 이끼 위로 비스듬히 비치고 있었다. 「가엾게도. 그저 여자아이일 뿐인데 말이야.」 이끼 사이로 자그만 꽃들이 피어 있었다. 내가 본 것 중 가장 작은 꽃이었다. 「여자애일 뿐인데 말이야. 가엾게도.」 강물 옆으로 휘어지는 길이 있었다. 어두운 수면은 잔잔했고 빠른 속도로 흘러가고 있었다. 「그저 어린 여자애일 뿐인데. 가여운 아가씨.」 우리는 헐떡이며 축축한 풀 위에 누웠다. 차가운 빗줄기가 내 등을 때렸다. 이제 신경이 쓰이지 신경이 쓰이냐고

맙소사 우리 꼴이 엉망진창이네. 빗물이 이마에 닿자 통증이 느껴졌다 손으로 얼굴을 훔쳤더니 빗물 위로 진홍색 피가 흩어졌다. 아파

아픈 게 당연하지 어떨 거라고 생각했어

오빠 눈을 후벼 내려고 했는데 맙소사 몸에서 악취가 나네 냇가에서 씻는 게 낫겠어 「자, 이제 마을에 다 왔다. 집에 돌아가. 나도 학교로 돌아가야 하거든. 너무 늦었어. 자, 집으로 가야지, 어서.」 하지만 소녀는 이제 반쯤 남은 빵을 가슴에 품은 채 까만 눈을 들어 알 듯 모를 듯 푸근한 시선으로 나를 바라만 보았다. 「빵이 다 젖었네. 물줄기를 제때 피한 줄 알았는데.」 손수건을 꺼내 빵을 닦았지만 계속 빵 껍질이 떨어지기에 그만두었다. 「저절로 마를 때까지 기다려야겠다. 자, 빵을 이렇게 잡아 봐.」 아이는 내가 시킨 대로 빵을 고쳐 잡았다. 마치 쥐새끼가 빵을 갉아먹은 듯 보였다. 그리고 쪼그려 앉은 등까지 빗물이 계속 차올라 오고 몸에서 떨어진 진흙은 냄새를 풍기며 떠올랐다 빗물은 마치 뜨거운 난로 위에 부은 기름처럼 퍽퍽 튀며 수면 위에 자국을 남겼다. 내가 신경 쓰이게 해준다고 했지

오빠가 뭘 하든 상관 안 한다니까

달음박질 소리가 들리기에 가던 길을 멈추고 뒤를 돌아봤는데, 한 녀석이 길을 따라 달리는 것이 보였다. 녀석의 다리 뒤로 흔들거리는 그림자가 수평으로 길게 누워 있었다.

「바쁜 모양이네. 우리도……」 그때 막대기를 손에 들고 묵직한 걸음으로 달려오는 나이 든 사람과 웃통을 벗고 달려오는 아이의 모습이 보였다. 그 아이는 흘러내리는 바지를 움켜잡은 채 뛰고 있었다.

「줄리오다.」소녀가 말했다. 그 이탈리아 남자의 얼굴과 눈이 보이는가 싶더니, 어느새 그 사람이 나를 향해 달려들었다. 우리는 바닥에 넘어졌고, 그자는 내 얼굴을 주먹으로 때리며 무언가 떠들어 댔고 심지어 이빨로 나를 물려고 들었다. 사람들이 그를 떼어 놓았지만, 그는 계속 소리를 지르고 씩씩대며 나를 때리려 했고 사람들이 다시 그의 팔을 잡았다. 발길질을 하려 들자 사람들이 그를 뒤로 잡아끌었다. 어린 소녀는 양팔로 빵을 끌어안은 채 소리를 질러 댔다. 반쯤 벗은 채 달려오던 아이도 바지춤을 잡고는 펄쩍 뛰어 내게 달려들었다. 누군가 나를 일으켜 세울 때, 또 다른 알몸의 사내 녀석이 조용한 길모퉁이를 돌아 마구 달리다가 길을 틀어 숲속으로 뛰어 들어가는 모습이 보였다. 뒤로는 판자처럼 뻣뻣하게 마른 옷 두 벌이 보였다. 줄리오라는 자는 지금도 뻣대고 있었다. 나를 잡아 일으킨 사람이 말했다. 「자, 이제야 잡았네.」그는 외투 없이 조끼만 입고 있었다. 조끼에 금속 배지를 달고 있었고, 다른 한 손에는 옹이 진 번들번들한 경찰봉이 들려 있었다.

「당신이 앤스군요?」내가 말했다. 「제가 찾고 있었어요. 대체 무슨 일이에요?」

「경고하지만, 이제부터 당신이 하는 말은 당신에게 불리하게 작용할 수도 있소.」그가 말했다. 「당신은 체포됐소.」

「내가 저놈을 죽일 거야.」 줄리오가 버둥대며 소리쳤다. 두 사람이 그를 붙들었다. 소녀는 빵을 부둥켜안은 채 계속 울어 댔다. 「네가 내 동생을 납치했지.」 줄리오가 말했다. 「당신들, 이거 봐.」

「동생을 납치했다고요?」 내가 말했다. 「난 계속…….」

「가만있어.」 앤스가 말했다. 「가서 판사한테나 얘기하라고.」

「동생을 납치했다니?」 내가 말했다. 줄리오가 사람들을 뿌리치고 다시 내게 달려들었다. 하지만 보안관이 막아선 채 그와 실랑이를 벌였다. 마침내 다른 두 사람이 꼼짝 못 하게 그의 팔을 잡았다. 앤스는 숨을 몰아쉬며 다시 그를 놓아주었다.

「빌어먹을 외국 놈이.」 앤스가 말했다. 「생각 같아서는 너도 폭행과 구타로 체포하고 싶어.」 그리고 다시 내게 돌아섰다. 「자네도 순순히 갈래, 아니면 수갑 차고 갈래?」

「순순히 갈게요.」 내가 말했다. 「뭐든 할게요. 누군가를 찾아서…… 일을 해결해야겠지요…… 동생을 납치하다뇨.」 내가 말했다. 「납치라니…….」

「경고했지.」 앤스가 말했다. 「저자는 계획적인 폭행죄로 널 고소하려는 거야. 거기, 저 여자애 그만 좀 울게 하라고.」

「그렇군요.」 나는 말했다. 그리고 웃기 시작했다. 물에 젖어 달라붙은 머리에 동그란 눈을 한 아이 두 명이 어깨

와 팔까지 흠뻑 젖은 셔츠 단추를 잠그며 숲속에서 나왔다. 나는 웃음을 멈추려 했지만 멈출 수가 없었다.

「조심해요, 앤스. 저놈 분명히 미쳤어요.」

「이제 우…… 웃음을 그만 멈…… 멈춰야 하는데.」내가 말했다. 「곧 멈출 거예요. 지난번에도 아 아 아 소리가 났는데.」내가 웃으며 말했다. 「잠시 앉을게요.」사람들이 자리에 앉는 나를 지켜보았다. 쥐가 갉아먹은 것 같은 빵을 손에 든 소녀는 얼굴에 눈물 자국이 나 있었다. 강물은 길 아래로 신속하고 평화롭게 흘러갔다. 얼마 후 웃음이 그쳤다. 하지만 내 목구멍에선 아직도 웃음이 떠나지 않았고, 마치 빈속에 헛구역질을 하는 것 같았다.

「자.」앤스가 말했다. 「정신 차리라고.」

「네.」목에 힘을 주며 내가 말했다. 마치 햇살 한 조각이 떨어져 나온 듯 노랑나비 한 마리가 날아다녔다. 조금 지나 목구멍이 진정되자 나는 일어났다. 「자, 갑시다. 어느 쪽입니까?」

우리는 길을 따라 걸었다. 다른 두 사람은 줄리오와 소녀를 감시했고, 남자애들이 맨 뒤에서 따라왔다. 강을 따라가다가 다리에 도착했다. 다리와 철로를 건너자 사람들이 문밖으로 나와 우리를 쳐다보았다. 어디서 왔는지 더 많은 애들이 몰려들었고, 대로로 들어설 즈음엔 꽤 긴 행렬이 되었다. 그때 대형 승용차 한 대가 가게 앞에 섰다. 누군가 내렸는데 돌아보니 블랜드 부인이었다.

「이게 누구야, 퀜틴 아니야! 퀜틴 콤슨!」 그리고 제럴드가 보였고, 뒷좌석에는 등받이에 목을 기댄 채 스포드가 앉아 있었다. 슈리브도 있었고, 나머지 두 여자는 모르는 사람이었다.

「퀜틴 콤슨!」 블랜드 부인이 말했다.

「안녕하세요.」 모자를 벗으며 내가 인사했다. 「저 지금 체포됐어요. 죄송하지만 편지는 못 봤어요. 슈리브한테 들으셨나요?」

「체포라니?」 슈리브가 말했다. 「잠깐만요.」 슈리브가 몸을 움츠리며 차 안 여자들의 다리를 피해 차 밖으로 나왔다. 그는 내 플란넬 바지를 마치 장갑을 낀 것처럼 꽉 끼게 입고 있었다. 내가 바지를 빠뜨렸는지 기억이 나지 않았다. 또한 블랜드 부인의 턱이 몇 겹인지도 기억나지 않았다. 가장 예쁜 여자가 제럴드와 같이 앞좌석에 앉아 있었다. 여자들은 무섭다는 듯 베일 너머로 나를 쳐다봤다. 「누가 체포된 거야?」 슈리브가 말했다. 「경찰관 아저씨, 대체 무슨 일입니까?」

「제럴드.」 블랜드 부인이 말했다. 「이 사람들 다 쫓아 버려라. 퀜틴, 넌 이 차에 타.」

제럴드가 차에서 내렸다. 스포드는 움직이지 않았다.

「아저씨, 대체 이 친구가 무슨 일을 저질렀나요?」 그가 말했다. 「양계장이라도 털었나요?」

「젊은이, 말조심하게.」 앤스가 말했다. 「자네 이 사람을 아는가?」

「알다마다요.」 슈리브가 말했다. 「보세요…….」

「그러면 자네도 함께 법정에 가면 되겠네. 자네는 지금 법 집행을 방해하고 있는 거야. 자, 가자고.」 앤스가 내 팔을 잡아끌었다.

「그럼 잘들 가세요.」 모두에게 내가 말했다. 「어쨌든 만나서 반가웠어요. 같이 있지 못해 미안해요.」

「제럴드.」 블랜드 부인이 말했다.

「보세요, 경찰관 나리.」 제럴드가 말했다.

「자네 지금 경찰관의 법 집행을 방해하고 있다는 걸 알고 있나?」 앤스가 말했다. 「할 말 있으면 법정에 같이 가서 참고인 진술을 하라고.」 우리는 다시 걸었다. 이제 제법 긴 행렬이 되었다. 앤스와 내가 맨 앞에 섰다. 사람들이 무슨 일이냐며 수군대는 소리와 스포드가 사람들에게 자초지종을 묻는 소리가 들렸다. 줄리오가 이탈리아 말로 격하게 떠드는 소리도 들렸다. 돌아보니 그 소녀가 모퉁이에 서서 알 듯 모를 듯 푸근한 눈길을 보내고 있었다.

「집에 가.」 줄리오가 그 소녀에게 소리 질렀다. 「너 된통 맞을 줄 알아.」

우리는 길을 따라 내려가다가 작은 잔디밭으로 들어섰다. 거리에서 조금 떨어져 있는, 하얀색으로 치장한 단층 벽돌 건물이 그곳에 있었다. 우리는 돌길을 올라가서 문으로 향했다. 앤스가 모두 밖에 있으라고 하고는 우리만 데리고 퀴퀴한 담배 냄새가 나는 텅 빈 방 안으로 들어갔다. 모래를 채운 나무 상자 가운데에 철제 난로가 있었다. 벽에는 색 바랜 지도와 지저분한 마을 토지 측량도가 걸려 있었다. 긁힌 자국이 있는 너저분한 탁자 뒤로 희끗희끗한 머리를 위로 빗어 올린 한 남자가 금속 테 안경 너머로 우리를 노려보고 있었다.

「잡았군, 앤스?」 그가 말했다.

「예, 잡았습니다.」

그는 먼지투성이 장부를 열어 자기 앞으로 당기더니 석탄 가루로 채워진 듯 보이는 잉크병에다 지저분한 펜을 담갔다.

「선생님, 잠깐만요.」 슈리브가 말했다.

「범인 이름은?」 치안 판사가 말했다. 나는 이름을 댔다. 그는 장부에다가 아주 천천히 내 이름을 써 내려갔다.

「선생님, 잠깐만요.」 슈리브가 다시 말했다. 「우리는 이 친구를 잘 알아요. 우리는…….」

「법정에서는 조용히.」 앤스가 말했다.

「슈리브, 가만있어.」 스포드가 말했다. 「저분 하시는 대로 내버려 둬. 어차피 절차대로 할 테니까.」

「나이.」 치안 판사가 말했다. 나는 나이를 말했다. 그는 입으로 소리를 내며 써 내려갔다. 「직업.」 내가 답했다. 「하버드 학생이란 말이지?」 그가 말했다. 그는 안경 위로 넘겨다보느라 고개를 살짝 숙이며 나를 올려다보았다.

산양처럼 두 눈이 맑고 냉정해 보였다. 「대체 무슨 일로 여기까지 와서 아이를 납치한 건가?」

「저 사람들 돌았어요, 판사님.」 슈리브가 말했다. 「이 친구가 아이를 납치했다고 하는 사람들은 누구든 모두…….」

줄리오가 과격하게 반응했다. 「돌았다고?」 그가 말했다. 「내가 잡았는데도? 내 눈으로 직접 봤는데도…….」

「당신은 거짓말쟁이야.」 슈리브가 말했다. 「당신이 보긴 뭘…….」

「정숙, 정숙.」 앤스가 목소리를 높였다.

「모두 조용히 해요.」 치안 판사가 말했다. 「앤스, 계속 소란을 피우면 다들 내보내게.」 다들 소리를 죽였다. 치안 판사는 먼저 슈리브를, 그리고 스포드를, 마지막으로 제럴드를 쳐다봤다. 「자네, 이 사람 아나?」 치안 판사가 스포드에게 물었다.

「네, 판사님.」 스포드가 말했다. 「저 친구는 하버드에 다니는 시골 친구입니다. 절대 나쁜 짓을 할 사람이 아네요. 아마 저 보안관 나리께서도 곧 실수라는 걸 알게 될 겁니다. 이 친구 아버지는 회중파 교회 목사님[50]이에요.」

「흠.」 치안 판사가 말했다. 「자네 뭘 하고 있었는지 분명히 말해 보게나.」 내가 대답하는 동안 치안 판사는 냉정하고 파리한 시선으로 나를 주시했다. 「어떤가, 앤스?」

50 사실 퀜틴의 아버지는 변호사인데, 목사라고 하는 것이 더 유리하다고 생각한 듯하다.

「그랬던 것 같습니다만.」앤스가 말했다. 「그런데 저 외국인 놈들이 말이죠.」

「나도 미국인이오.」줄리오가 말했다. 「증명서도 있어요.」

「여자애는 어디 있나?」

「집에 돌려보냈어요.」앤스가 말했다.

「애가 겁을 먹었다든가, 뭐 그런 게 있었나?」

「줄리오가 저 친구에게 달려들 때까지는 괜찮았습니다. 강을 따라 마을 쪽으로 같이 걸어오고 있더라고요. 헤엄치던 아이들이 어느 쪽으로 갔는지 알려 줬습니다.」

「판사님, 그저 뭔가 잘못된 겁니다.」스포드가 말했다. 「오늘처럼 동네 애들이나 개들이 항상 저 친구를 따랐거든요. 그건 저 친구도 어쩔 수 없어요.」

「흠.」치안 판사가 말했다. 그리고 잠시 창문 밖을 내다보았다. 우리는 그를 바라보았다. 줄리오가 몸을 긁는 소리가 들렸다. 판사가 뒤를 돌아보았다.

「어이, 당신, 여자애가 아무 데도 다치지 않은 걸 인정하나?」

「다친 곳은 없습니다.」줄리오가 퉁명스럽게 답했다.

「동생 때문에 일을 못 하고 왔나?」

「당연하죠. 달려왔어요. 죽도록 달려왔단 말입니다. 여기저기 찾아보다가 저자가 동생에게 먹을 것을 주는 걸 봤다고 어떤 사람이 알려 줬어요. 같이 가고 있다는 거예요.」

「흠.」 치안 판사가 말했다. 「자, 젊은이, 자네는 저자가 일을 못 한 것에 대해 배상해야 한다고 보네.」

「예, 판사님.」 내가 말했다. 「얼마를 배상하나요?」

「1달러를 배상하게.」

나는 줄리오에게 1달러를 주었다.

「자.」 스포드가 말했다. 「이걸로 끝이죠⋯⋯ 판사님, 그러면 이제 석방이죠?」

판사는 스포드를 쳐다보지 않았다. 「앤스, 자네는 이 친구를 얼마나 추적했나?」

「적어도 2마일 정도 됩니다. 잡기까지 두 시간 정도 걸렸습니다.」

「흠.」 치안 판사가 말했다. 그는 잠시 생각에 잠겼다. 우리는 그를 바라보았다. 머리카락은 위로 뻣뻣하게 솟아 있었고, 안경이 코에 낮게 걸쳐져 있었다. 창문의 노란 그림자가 서서히 바닥을 가로지르더니 벽을 타고 올라갔다. 비스듬한 햇살에 떠도는 먼지가 보였다. 「6달러.」

「6달러라뇨?」 슈리브가 말했다. 「그건 왜죠?」

「6달러라고.」 치안 판사가 말했다. 그는 잠시 슈리브를 쳐다보다가 다시 나를 쳐다보았다.

「저기요, 판사님.」 슈리브가 말했다.

「조용히 해.」 스포드가 말했다. 「줘버려. 그리고 빨리 여길 나가자고. 여자들이 우리를 기다리잖아. 6달러 있어?」

「있어.」 내가 말했다. 나는 치안 판사에게 6달러를 지불했다.

「사건을 종료합니다.」 치안 판사가 말했다.

「영수증 받아야지.」 슈리브가 말했다. 「지불한 돈에 대해 사인한 영수증을 받으라고.」

치안 판사가 온화한 표정으로 슈리브를 쳐다보았다. 「사건 종료합니다.」 평온한 목소리로 판사가 다시 말했다.

「제기랄…….」 슈리브가 말했다.

「가자고.」 스포드가 그의 팔을 끌며 말했다. 「안녕히 계세요, 판사님. 고맙습니다.」 밖으로 나오는데 안에서 소리 지르는 줄리오의 목소리가 들리는가 싶더니 이내 멈췄다. 스포드가 그의 갈색 눈으로 이해가 안 된다는 듯이 나를 차갑게 쳐다봤다. 「어이, 친구, 앞으론 보스턴에서나 여자들 꽁무니를 따라다니라고.」

「이 멍청한 녀석.」 슈리브가 말했다. 「이런 곳까지 와서 저런 빌어먹을 이탈리아 놈들한테 놀아나고, 대체 뭐 하는 거야?」

「자.」 스포드가 말했다. 「여자들이 짜증 내겠다.」

블랜드 부인이 여자들에게 뭔가 말을 하고 있었다. 한 사람은 홈스 양, 다른 한 사람은 데인저필드 양[51]으로, 내가 다가서자 얘기를 듣다 말고는 미묘한 표정으로 무섭

---

51 Miss Holmes and Miss Daingerfield. 여자 이름에 〈집〉과 〈위험한 들판〉이라는 의미의 말장난을 한 것이다.

다는 듯 나를 쳐다보았다. 다시 내려 쓴 베일 밑으로 이들의 하얀 코가 보였고, 뭔가를 회피하려는 듯 야릇한 시선이 느껴졌다.

「퀜틴 콤슨.」 블랜드 부인이 말했다. 「어머니가 뭐라고 하시겠어? 젊은이들이 어려움에 처할 수도 있다는 건 알겠지만, 시골 경찰에게 현장에서 체포되는 건 다른 문제지. 제럴드, 대체 퀜틴이 뭔 짓을 했다고 저 사람들이 그러는 거니?」

「아무것도 아니에요.」 제럴드가 말했다.

「말도 안 돼. 스포드, 뭔 일이니?」

「글쎄, 지저분하게 생긴 어린 여자애를 납치하려다가 잡혔다고 하네요.」 스포드가 말했다.

「말도 안 돼.」 블랜드 부인이 말했다. 하지만 목소리가 잦아들면서 잠시 나를 쳐다보았다. 여자들이 동시에 작게 숨을 들이쉬는 소리가 들렸다. 「쓸데없는 소리.」 블랜드 부인이 재빨리 말했다. 「이 동네 사람들, 누가 무식하고 천한 양키 아니랄까 봐. 자, 퀜틴, 그만 차에 타거라.」

나와 슈리브는 조그만 접이식 좌석에 앉았다. 제럴드가 크랭크를 돌려 시동을 건 후 차에 올라탔다. 그리고 우리는 출발했다.

「자, 퀜틴, 대체 이 모든 어리석은 일의 자초지종을 말해 보렴.」 블랜드 부인이 말했다. 나는 사실 그대로 대답했다. 슈리브가 작은 의자에 웅크리고 앉아 노발대발했고, 스포드는 데인저필드 양 옆에 앉아 좀 전처럼 등받이에 목을 기댔다.

「그런데 웃기는 건 말이야, 퀜틴이 우리를 계속 속여 왔다는 거지.」 스포드가 말했다. 「우리는 늘상 퀜틴 정도면 누구라도 딸을 맡길 수 있는 사람이라고 생각했었는데, 경찰이 나타나 퀜틴의 부정한 짓을 폭로해 버린 거야.」

「스포드, 조용히.」 블랜드 부인이 말했다. 우리는 길을 따라 내려가다가 다리를 건넜다. 창가에 분홍색 옷이 널려 있던 집도 지나쳤다. 「내가 보낸 편지를 안 본 대가네. 왜 와서 가져가지 않았어? 거기에 놔뒀다고 매켄지 군이 말했다던데.」

「네, 그러려고 했는데, 그만 제 방으로 돌아가질 못했어요.」

「매켄지 군이 아니었으면 우리는 그것도 모르고 마냥 기다릴 뻔했어. 자네가 안 돌아오는 바람에 자리가 하나 비었고, 그래서 매켄지 군을 오라고 했지. 매켄지 군, 어쨌든 같이 있게 돼서 정말 반가워.」 슈리브는 아무런 대꾸도 하지 않았다. 그는 팔짱을 긴 채 제럴드의 모자 너머로 앞만 뚫어지게 쳐다보았다. 영국에서 운전할 때 쓴다고 블랜드 부인이 말했던 그 모자였다. 그 집과 다른 세 집, 그리고 또 한 집의 뜰을 지나가는데, 집 문 앞에 그 소녀가 서 있는 모습이 보였다. 이제 빵은 들고 있지 않았다. 얼굴에는 마치 석탄 가루라도 흘러내린 듯 검은 줄이 그어져 있었다. 내가 손을 흔들었지만, 아무 반응 없이 차가 지나가는 방향으로 서서히 고개를 돌리며 미동도 없는 시선으로 우리를 쳐다보았다. 담을 따라 차가 달릴 때 그림자도 함께 따라왔다. 잠시 후 길가에 떨어진 빵 포장용 신문지 조각을 보고는, 나도 모르게 다시 웃음이 나왔다. 목구멍에서 웃음이 터질 것 같기에 나는 비스듬히 누운 나무숲을 바라보며 오후를 생각했고, 새와 헤엄치던 아이들도 생각해 봤다. 하지만 웃음을 참을 수가 없었고 계속 멈추려 했다가는 눈물이 나올 것 같았다. 나는 내가 동정으로 남을 수가 없다고 생각했던 것을 다시 생각해 보았다. 그늘진 곳을 걸어 다니는 여자들이 이처럼 부드러운 목소리로 왔다 갔다 하면서 속삭이고, 말소리, 향수 냄새, 보이진 않지만 느껴지는 그들의 눈동자가 있는데도 내가 동정으로 남을 수 있을까 하고 생각했다. 동정을 잃는 것이 그렇게 간단한 일이라면 그건 별게 아닐 것이다. 그게 별게 아니라면 나는 대체 뭐가 되는 걸까. 그때 블랜드 부인이 나를 불렀다. 「퀜틴? 매켄지 군, 혹시 퀜틴이 어디 아픈 건 아닌가?」 그러자 슈리브가 두툼한 손으로 내 무릎을 만졌다. 스포드가 떠들기 시작했고, 나는 웃음을 멈추려는 노력을 그만두었다.

「매켄지 군, 혹시 바구니가 퀜틴 쪽에 있으면 자네 쪽으로 옮기게. 젊은 신사라면 와인 정도는 마셔도 된다고 생각해서 와인 바구니를 가져왔네. 우리 아버지, 그러니까 제럴드의 할아버지는」해본 적 있어 해본 적 있냐고 어스름한 어둠 속에 어렴풋한 빛이 있었고 캐디가 두 손으로

「손에 넣을 수만 있다면 왜 마다하겠어요.」스포드가 말했다. 「슈리브, 넌 어때?」무릎을 감싼 채 하늘을 올려다보고 있는데 온통 인동덩굴 냄새가 얼굴과 목에서

「맥주도 마찬가지죠.」슈리브가 말했다. 그는 다시 내 무릎에 손을 얹었고, 나는 무릎을 치웠다. 나는데 마치 라일락색 물감을 엷게 바른 듯했다 돌턴 에임스 얘기를 꺼내자

「넌 신사가 못 돼.」스포드가 말했다. 그가 우리 사이에 끼어들며 캐디의 모습이 흐려졌다 그건 어둠 때문이 아니었다

「맞아, 나는 캐나다 사람이야.」슈리브가 말했다. 그에 대한 얘기를 하는데 노가 반짝거리며 영국에서 차를 몰 때 쓰던 모자도 그를 따라 반짝거렸다 시간은 모두 그 밑으로 흐르고 두 사람이 서로 섞이며 점점 더 흐려졌다 그는 군대도 다녀왔고 사람도 죽였다는데

「난 캐나다가 좋아요.」데인저필드 양이 끼어들었다. 「훌륭한 나라라고 생각해요.」

「향수 마셔 본 적 있어?」스포드가 물었다. 한 손으로 캐디를 어깨 위에 얹고도 달릴 수 있다 캐디와 함께 달리고 달린다

「아니.」슈리브가 말했다. 두 개의 등을 가진 짐승이 되어 달린다 노가 반짝이는 가운데 캐디의 모습이 흐려지고 에우블

레우스의 돼지들[52]이 달리니 둘이 하나가 되어 달린다 캐디 몇 사람과 한 거니

「나도 마찬가지야.」 스포드가 말했다. 나도 몰라 너무 많았어 내 속에 뭔가 끔찍한 게 있어 끔찍한 거 말이야 아버지 제가 그 짓을 했어요 네가 그 짓을 했다고 우린 안 했어요 안 했어요 우리가 그 짓을 했을까

「그리고 제럴드의 할아버지는 아침 식사 전 아직 이슬이 있을 때 손수 박하를 따셨단다. 윌키 영감이 손도 못 대게 하시고 직접 하셨지. 제럴드, 너도 기억나니? 매번 손수 따신 다음 당신의 줄렙 술을 만드셨단다. 줄렙 만드실 때면 머릿속으로 만드는 법을 하나하나 따지시며 노련한 하녀처럼 퍽이나 까다로우셨어. 평생 딱 한 사람에게만 만드는 법을 알려 주셨단다. 그건 말이다」 우리가 했어 어떻게 그걸 모를 수 있어 기다려 봐 내가 말해 줄게 그건 범죄였어 우린 끔찍한 짓을 저지른 거야 숨길 수도 없어 숨길 수 있다고 생각하겠지만 기다려 봐 불쌍한 우리 오빠 한 번도 못 해봤구나 어땠는지 내가 말해 줄게 내가 아버지에게 말할게 그렇게 해야 해 너는 아버지를 사랑하잖니 그러면 우리는 비난을 받으며 공포 그리고 정결한 불길 속에 떠나야 할 거야 난 우리가 했다고 네가 실토하게 할 거야 난 너보다 힘이 세

52 그리스 신화에 나오는 돼지 치는 신으로, 페르세포네를 데려가려고 지옥의 신 하데스가 땅 위로 나왔을 때 돼지와 함께 갈라진 틈 속으로 떨어진다.

거든 우리가 했다는 것을 네가 알게 해줄 거야 넌 그 짓을 한
게 남들이라고 생각하지 그건 나였어 내 말 들어 봐 너를 갖
고 논 건 나였어 넌 내가 집에 있는 줄 알았지 그 빌어먹을 인
동덩굴이 있는 곳 그네 삼나무 비밀스러운 충동 거친 숨을 들
이쉬며 좋아 좋아 좋아 좋아 하며 내는 두 사람의 맞물린 숨
소리를 잊으려고 말이야 「자신은 술을 마시지 못했지만 항
상 말씀하시길, 술 담은 바구니 — 지금 무슨 책 읽니, 제
럴드의 조정 경기 복장에 대한 책이요 — 는 신사들의 야
유회에 없어선 안 될 물건이라고 했어」 그들을 사랑했니
캐디 그들을 사랑했냐고 그 남자들이 나를 건드렸을 때 나는
죽었어

　한순간 캐디가 거기 서 있었고 이어서 벤지가 울부짖으
며 캐디의 옷을 잡아끌었다 둘은 복도로 나가 계단을
올랐고 벤지는 소리를 지르며 캐디를 위층 화장실 문 앞
으로 밀어 댔다 캐디가 화장실 문에 등을 기댄 채 얼굴을
양팔로 감싸고 있는데 벤지는 악을 쓰며 캐디를 화장실
안으로 밀어 넣으려 했다 캐디가 식사하러 내려왔을 때
티피가 벤지에게 밥을 먹이고 있었는데 그때도 마찬가지
였다 처음엔 칭얼대다가 캐디가 손을 대자 울부짖기 시
작했다 마치 구석에 몰린 쥐새끼처럼 캐디는 멀뚱히 그
자리에 서 있었다 나는 어슴푸레한 어둠 속을 달려갔다
비 냄새 그리고 축축하고 온화한 대기가 뿜어 대는 여러
가지 꽃 냄새가 났다 울던 귀뚜라미들은 나를 따라오다

가 침묵의 섬처럼 풀 속에서 숨을 죽였고 울타리 너머에
서 나를 쳐다보던 팬시가 마치 빨랫줄에 걸린 누비이불
처럼 얼룩덜룩해 보였다 빌어먹을 깜둥이가 팬시에게 밥
주는 걸 또 잊었구나 생각하면서 귀뚜라미 소리의 진공
상태 속을 달려 언덕 아래로 내려갔다 마치 거울을 가로
질러 멀리 떠나는 숨소리 같았다 캐디가 모래톱에 머리
를 대고는 물 위에 누워 있었다 개울물이 캐디의 엉덩이
부근에서 찰랑거렸고 물 위로 빛이 조금 더 반짝였다 반
쯤 젖은 치마는 제자리에서 맴도는 개울물이 스스로 움
직이며 큰 물결을 일으킬 때마다 옆구리 근처에서 철벅
댔고 둑에 올라서니 계곡에 피어 있는 인동덩굴 냄새가
났다 대기 속에 인동덩굴 냄새와 귀뚜라미 우는 소리가
이슬비처럼 내려오는 것 같았고 피부로 느낄 수 있는 실
체로 다가왔다

벤지가 아직 울고 있을까

나도 몰라 모른다고

불쌍한 벤지

나는 개울둑에 앉았는데 풀이 조금 축축했고 신발은
젖어 있었다

물 밖으로 나와 너 미쳤니

하지만 캐디는 꼼짝도 하지 않았다 얼굴이 머리칼 주
변의 흩뿌려진 모래가 만들어 준 희미한 틀 속에서 하얗
게 보였다

이제 나와

마침내 몸을 일으켜 앉았다가 일어섰고 치마가 몸에 붙어 철벅대며 물이 뚝뚝 떨어졌다 옷을 철벅거리며 캐디가 둑으로 올라와 앉았다

물을 짜내야지 그러다 감기 들겠어

응

개울물이 모래톱을 핥고 지나가며 콸콸 흐르다가 버드나무 사이 어두운 곳에 있는 여울물을 지날 때면 천 조각이 나풀대듯 흘렀다 여느 물이 그러하듯 약간의 빛을 품고 있었다

그는 전 세계 대양을 다 횡단했다고 한다

어슴푸레한 빛 가운데 얼굴을 뒤로 젖힌 채 축축하게 젖은 무릎을 붙잡고 있던 캐디가 그 사람에 대해 이야기했다 인동덩굴 냄새가 났다 엄마 방에도 불이 켜져 있었고 티피가 벤지를 재우는 방에도 불빛이 보였다

그 사람 사랑하니

캐디가 손을 내밀었지만 나는 움직이지 않았다 캐디가 내 팔을 더듬어 내려가 내 손을 잡더니 자기 가슴에 갖다 댔다 심장이 쿵쿵대고 있었다

아니 아니

그자가 강제로 한 거니 억지로 하게 만든 거냐고 그러게 내버려 둔 거니 그자가 너보다 힘이 세니까 내일 내가 그자를 맹세코 죽일 거야 아버지는 이 일에 대해 미리 아

실 필요 없어 그리고 아무도 모르게 너와 내가 학교 등록금을 갖고 떠나는 거야 하버드 입학을 취소할 거야 캐디 그 사람 밉지 그렇지 그렇지

캐디가 다시 내 손을 잡아 자기 가슴에 갖다 댔다 심장이 쿵쿵거렸다 나는 돌아서서 캐디의 팔을 잡았다

캐디 그 사람 싫지 그렇지

캐디가 내 손을 자기 목에 갖다 댔다 거기서도 쿵쿵대는 심장 소리가 느껴졌다

불쌍한 우리 오빠

캐디가 하늘을 올려다보았다 하늘이 너무 낮아 밤의 모든 냄새와 소리가 마치 푹 꺼진 천막 아래 있는 것처럼 바닥에 내려앉았다 유달리 인동덩굴 냄새 그 냄새가 내 숨결 속으로 들어왔다 캐디의 얼굴과 목에도 마치 페인트칠을 한 것처럼 묻어 있었고 그녀의 맥박이 내 손에서 진동했다 바닥을 짚은 다른 팔마저 움찔하고 뛰기 시작했다 진한 잿빛 인동덩굴 냄새 때문에 숨쉬기조차 쉽지 않아 헐떡거렸다

그래 그를 싫어해 그 사람 때문이라면 죽어도 좋아 난 이미 그 사람 때문에 죽은 거야 심장이 뛸 때마다 나는 매번 죽곤 해

바닥에 있던 손을 올렸는데도 마구 섞여 있던 나뭇가지와 풀잎들의 느낌이 손바닥에 남아 얼얼했다

불쌍한 우리 오빠

캐디가 손깍지를 끼고 무릎을 잡고는 몸을 뒤로 젖혔다

오빠 아직 해본 적 없지 그렇지

뭘 해봤다는 거야 뭘

내가 한 짓 말이야 내가 한 짓

물론 여러 번 했지 여러 여자들과

그리고 나는 울고 있었고 캐디가 손으로 다시 나를 어루만졌다 나는 캐디의 축축한 블라우스에 기대어 울었다 캐디가 누워서 내 머리 너머로 하늘을 바라보았다 캐디 눈의 홍채 아래로 하얀 테가 보였다 나는 칼을 꺼내 들었다

다머디 할머니가 돌아가셨을 때 기억하니 네가 속바지만 입고 냇가에 앉아 있었지

응

나는 칼끝을 캐디의 목에 갖다 댔다

몇 초면 끝나 그다음 나도 할 거야 나도 할 거라고

좋아 그런데 오빠 혼자 할 수 있겠어

그럼 칼날이 충분히 길어 지금쯤 벤지는 자고 있겠지

그렇겠지

몇 초면 끝이야 아프지 않도록 할게

좋아

눈 감을래

그냥 해 세게 밀어야 해

이 날에 손 좀 대봐

캐디는 눈도 깜짝하지 않았다 눈을 크게 뜬 채 내 머리 너머로 하늘만 바라보았다

캐디 너 속옷이 진흙투성이라고 딜지가 야단치던 일 기억나니

울지 마

난 안 울어 캐디

세게 밀어 넣으라니까

내가 해주길 바라니

그럼 밀어 봐

손 갖다 대봐

불쌍한 오빠 제발 울지 마

하지만 울음을 멈출 수 없었다 캐디가 내 머리를 잡고는 축축하게 젖은 자신의 가슴으로 끌어안았다 캐디의 심장이 전처럼 쿵쿵대지 않고 확실하게 천천히 뛰고 있었다 어둠 속에서 버드나무들 사이로 개울물이 콸콸 흘러내렸고 인동덩굴 냄새가 대기 중에 파도처럼 타고 올라왔다 내 팔과 어깨가 내 몸 아래서 뒤틀렸다

오빠 뭐 하고 있어 뭐 하는 거야

캐디의 근육이 경직되었다 나는 일어나 앉았다

칼을 바닥에 떨어뜨렸어

캐디도 일어나 앉았다

몇 시야

나도 몰라

캐디가 벌떡 일어섰고 나는 땅바닥을 더듬어 칼을 찾았다

난 갈 거야 칼은 내버려 둬

집에 가니

캐디가 그냥 거기 서 있는 게 느껴졌다 축축한 옷 냄새가 났고 거기 있는 게 느껴졌다

여기 어딘가 떨어졌는데

내버려 두라니까 내일 아침에 와서 찾아봐 어서

잠깐만 찾아볼게

오빠 겁나지

여기 있네 여기 떨어져 있었어

그래 이제 가자

나는 일어나 캐디를 따라갔다 언덕 위로 오르자 귀뚜라미들이 울음소리를 멈췄다

웃기네 정말 어떻게 앉아서 떨어뜨린 칼을 온통 주위에서 찾는 거야

잿빛 하늘이었다 이슬이 비스듬히 잿빛 하늘과 그 너머 나무로 올라갔다

빌어먹을 인동덩굴 냄새 그만 좀 났으면 좋겠는데

예전에 좋아했잖아

우리는 언덕을 넘어 숲으로 갔다 캐디가 내 앞으로 들어왔다가 조금 비켰다가 했다 잿빛 풀밭에 있는 도랑이 마치 시커먼 상처처럼 보였다 캐디가 다시 내 앞으로 들

어와 나를 쳐다보다가 비켜섰다 우리는 도랑에 도착했다

이쪽으로 가자

뭣 때문에

낸시 유골이 아직 있는지 보자고 오랫동안 볼 생각 안 해봤는데 너는

도랑은 덩굴과 가시넝쿨로 우거져 있었다

여기였는데 어디인지 알 수 있겠니

그만둬 오빠

자 어서

도랑이 좁아지다가 끝이 막혔다 캐디는 나무숲 쪽으로 돌아섰다

그만두라니까

캐디

내가 다시 캐디의 앞을 가로막았다

그만해

캐디를 잡았다

내가 너보다 힘이 세다고

캐디는 전혀 동요하지 않았다 단호하지만 조용하게 버텼다

싸우기 싫어 그만해 그만하는 게 좋을 거야

캐디 이러지 마 캐디

아무 소용 없어 안 되는 거 알잖아 가게 해줘

인동덩굴 냄새가 이슬비처럼 내리고 또 내렸다 이슬

비처럼 귀뚜라미들이 우리 주위에 둘러서서 조용히 우리를 보고 있었다 캐디가 뒤로 물러나서 나를 돌아 숲으로 갔다

오빠는 집에 돌아가 이리 올 필요 없어

나는 계속 갔다

왜 집으로 안 가는 거야

빌어먹을 인동덩굴 냄새

울타리에 도착해 캐디가 기어 들어갔고 나도 기어 들어갔다 굽혔던 몸을 일으키니 그 사람이 숲에서 나와 어스름한 곳으로 걸어와 우리 쪽으로 왔다 훤칠하고 단호하고 고요해 보였으며 움직일 때도 마치 가만히 서 있는 것 같았다 캐디가 그 사람에게 갔다

여긴 오빠 퀜틴이야 나 온통 다 젖었어 다 젖었으니까 원치 않으면 안 해도 돼

두 그림자가 하나가 됐다 캐디의 머리가 하늘을 배경으로 그 사람의 머리 위로 솟았다 머리 둘이 높이 솟았다

원치 않으면 안 해도 돼

그다음 머리는 둘이 아니었고 어둠 속에서 비 그리고 젖은 풀과 이파리 냄새가 났다 어렴풋한 빛이 마치 비처럼 내렸고 인동덩굴 냄새가 파도처럼 일었다 그 사람 어깨에 기댄 캐디의 얼굴이 흐릿했다 마치 캐디를 어린애처럼 한 팔로 들더니 남은 팔을 쭉 폈다

알게 되어 반갑군

우리는 악수를 하고 그곳에 서 있었다 캐디의 그림자
가 그의 그림자를 배경으로 높이 솟아 있었고 둘은 하나
의 그림자가 되었다

오빠 뭐 할 거야

잠시 걷다가 숲을 지나 큰길이 나오면 시내를 거쳐 집
으로 돌아갈 거야

떠나려고 몸을 돌렸다

잘 가

오빠

나는 멈춰 섰다

왜

청개구리들이 대기 속에서 비 냄새를 맡고 울면서 마
치 잘 안 돌아가는 장난감 뮤직 박스 같은 소리를 낸다
그리고 인동덩굴 냄새가

이리 와봐

왜

이리 와봐 오빠

나는 돌아갔다 캐디가 몸을 숙여 내 어깨를 툭 쳤다 캐
디의 그림자 캐디의 어렴풋한 얼굴이 그 사람의 높은 그
림자에서 내게로 기울었다 나는 뒤로 물러섰다

조심해

집으로 돌아가

잠이 안 와 산책할 거야

그러면 개울가에서 기다려 줘

난 산책할 거야

곧 갈게 기다리고 있어 기다려

아니 나는 숲을 통해 갈 거야

나는 뒤를 돌아보지 않았다 청개구리도 내게 무심한 듯 신경도 안 썼다 어슴푸레한 빛은 마치 나무이끼처럼 뿌옇게 퍼졌지만 비는 내리지 않았다 잠시 후 나는 방향을 돌려 숲 가장자리로 돌아갔다 그곳에 도착하자마자 다시 인동덩굴 냄새가 나기 시작했다 법원 건물 시계에 비친 불빛 그리고 하늘에 네모나게 비치는 시내의 불빛 개울을 따라 서 있는 버드나무와 엄마 방 창가의 불빛도 보였고 벤지의 방에 아직 켜진 불빛도 보였다 몸을 굽혀 울타리로 기어 들어가 목장을 가로질러 내달렸다 거무스레하게 보이는 풀밭을 달리며 귀뚜라미 소리를 지나쳐 갔다 인동덩굴 냄새와 물 냄새가 점점 더 강해졌다 개울 물이 보였는데 거무스레한 인동덩굴색을 띠었다 나는 둑에 누워 냄새를 피하려고 바닥에 코를 박았다 그러자 냄새가 사라졌고 옷을 통해 땅의 기운이 느껴졌다 물소리를 들으며 잠시 누워 있자 숨쉬기가 편해졌다 얼굴만 움직이지 않으면 별 어려움 없이 숨을 쉴 수 있을 거라는 생각이 들었다 그런 후에는 아무런 생각도 하지 않았다 둑을 따라 캐디가 돌아와 내 앞에 섰지만 나는 꼼짝도 하지 않았다

늦었어 집에 가

뭐

늦었으니까 집에 가라고

알았어

캐디의 옷이 스치는 소리가 났지만 나는 꼼짝도 하지
않았다 스치는 소리가 멎었다

내가 말한 대로 집에 들어가는 거야

아무 소리도 안 들려

캐디

오빠가 원하면 그렇게 할게 그렇게

내가 일어나 앉자 캐디가 바닥에 앉아 손깍지를 끼고
무릎을 껴안았다

내가 말한 대로 집에 가라니까

그래 오빠가 원하는 것 다 들어줄게 그렇게

캐디는 나를 쳐다보지도 않았다 나는 캐디의 어깨를
잡고 세게 흔들어 댔다

입 닥쳐

다시 캐디를 세게 흔들었다

입 닥쳐 닥치라니까

그래

캐디가 얼굴을 들었지만 나를 전혀 쳐다보지 않는다
는 것을 알았다 캐디 눈의 홍채에 하얀 테가 보였다

일어나

238

캐디를 잡아당겼지만 곧 축 늘어졌다 나는 캐디를 일
으켜 세웠다

어서 가자

오빠가 집에서 나올 때도 벤지가 울고 있었어

가자

개울을 건너자 지붕이 눈에 들어왔고 2층 창문이 보
였다

지금쯤 자고 있을 거야

잠시 걸음을 멈추고 문을 걸어 잠가야 했다 캐디가 어
슴푸레한 빛 가운데 안으로 들어갔다 비 냄새가 났지만
아직 비는 내리지 않았다 텃밭 울타리에서 다시 인동덩
굴 냄새가 나기 시작했다 캐디가 어둠 속으로 들어갔고
발자국 소리만 들렸다

캐디

계단 앞에서 멈춰 서자 캐디의 발소리가 더 이상 들리
지 않았다

캐디

캐디의 발소리가 다시 들렸다 손으로 캐디의 몸을 건
드렸다 따스하지도 차지도 않았다 옷은 아직 약간 축축
했다

지금 그 사람 사랑하니

마치 멀리서 들려오는 것처럼 느릿한 숨소리만 들렸다

캐디 지금도 그를 사랑하냐고

나도 몰라

집 밖 어슴푸레한 어둠 속 그림자들이 마치 고인 물속에 잠겨 있는 시신처럼 보였다

네가 죽었으면 좋겠어

그렇구나 그런데 오빠 안 들어올 거야

지금도 그 사람 생각하고 있니

나도 모른다니까

무슨 생각하는지 말해 봐 말해 보라니까

그만 그만 좀 해 오빠

너나 입 닥쳐 입 닥치라고 내 말 안 들려 그만하라고 그만 입 닥치라니까

알았어 그만할게 너무 시끄러워지니까

내가 널 죽여 버릴 거야 알겠어

그네 터로 가자 여기서 떠들면 안에 다 들리겠어

나 안 울어 너 내가 운다는 거니

아니 제발 조용히 해 벤지 깨우겠어

넌 안으로 들어가 가라니까

알았어 울지 마 어쨌든 내가 나빴어 오빠도 어쩔 수 없는 일이야

우리에게 내린 저주야 우리 잘못이 아니야 우리 잘못이라고 생각하니

자 조용히 해 이제 들어가 자

내가 알아서 할 거야 우리에게 내린 저주라고

마침내 나는 이발소로 들어가는 그 사람을 찾아냈다

그가 내다보았지만 나는 계속 그대로 그를 기다렸다

2, 3일 동안 찾아다녔어요

나를 보려고

한번 봐야겠어서요

그는 한두 번 손을 움직여 재빨리 담배를 말더니 엄지 손가락으로 성냥불을 켰다

여기서는 곤란해 딴 곳에서 만나자고

내가 당신 방으로 갈게요 호텔에 묵고 있죠

거긴 안 좋아 개울 건너 저편에 있는 다리로 하지

네 좋아요

1시 정각이야

좋아요

나는 돌아섰다

고마워요

잠깐

나는 발걸음을 멈추고 돌아섰다

캐디에게 아무 일 없지

카키색 군복 상의 차림을 한 모습이 마치 청동상 같아 보였다

어쨌든 지금 캐디에겐 내가 필요하다네

1시에 갈게요

티피에게 1시까지 프린스에게 안장을 얹어 놓으라고

말하는 소리를 캐디가 들었다 내가 식사도 별로 하지 않는 걸 지켜보더니 나를 따라왔다

오빠 뭐 하려고 그래

아무 일도 아냐 말 타는 것도 내 마음대로 못 하니

무슨 일 꾸미고 있잖아 말해 봐

네가 알 바 아니야 화냥년 화냥년 같으니라고

티피가 옆문에다 프린스를 준비시켰다

필요 없어 걸어갈게

나는 진입로로 내려가 문을 나선 후 좁은 길로 들어섰다 그런 다음 다리까지 뛰어갔다 그 사람이 다리 난간에 기대서 있었다 그의 말은 숲속에 매어져 있었다 그가 어깨 너머로 나를 쳐다보다가 이내 등을 돌렸다 그러곤 내가 다리에 도착해 멈출 때까지 쳐다보지 않았다 그는 손에 들고 있던 나무껍질을 조각내 난간 너머 물속으로 던졌다

여길 떠나라고 말하려고 왔어요

그는 나무껍질을 신중하게 조각내더니 조심스럽게 강물에 던지고 떠내려가는 모습을 지켜보았다

이 마을에서 떠나요

그가 나를 쳐다보았다

캐디가 자네를 내게 보냈나

내가 떠나라고 하는 겁니다 우리 아버지도 그 누구도 아니에요 바로 내가

자 그 이야기는 접어 두고 우선 캐디에게 아무 일도 없
는지 말해 주게 집에서 캐디를 힘들게 하는 건 아닌지

그건 당신이 걱정할 필요가 없어요

그리고 나는 해 질 때까지 시간을 줄 테니 이 마을을
떠나라고 그에게 말하는 내 목소리를 들었다

그는 나무껍질을 떼어 내 물속에 떨어뜨렸다 그런 다
음 난간 위에다 남은 껍질을 놓고 나서 한두 번 손을 움
직여 신속히 담배를 말고는 난간 너머로 성냥을 던졌다

내가 안 떠나면 어쩔 건데

내가 당신을 죽일 거예요 내가 어린애로 보인다고 못
할 것 같나요

콧구멍에서 두 줄기 담배 연기가 나와 얼굴 앞으로 분
출됐다

자네 몇 살이지

내 손이 떨리기 시작했다 그렇다고 난간 위의 손을 숨
기면 그 사람이 눈치챌 것 같았다

오늘 밤까지 시간을 줄게요

이보게 자네 이름이 뭐지 벤지라는 친구는 태어날 때
부터 천치였다니 자네는 아닐 테고 그럼 자네는

퀜틴

내가 말한 게 아니라 내 입이 말했다

오늘 해 지기 전까집니다

퀜틴

그가 난간에 대고 담뱃재를 조심스럽게 긁어냈다 마치 연필 깎듯이 천천히 그리고 조심스럽게 내 손은 더 이상 떨리지 않았다

이보게 그렇게 괴로워할 거 없어 자네 잘못이 아니야 내가 아니면 다른 누가 그렇게 했을 거야

누이동생이 있어 봤나요

아니 하지만 어차피 다 화냥년일 뿐이야

주먹으로 치고 싶은 충동을 참고 손바닥으로 그를 때렸다 하지만 그의 손도 내 손만큼이나 빨리 움직였다 담배가 난간 너머로 날아갔다 다른 손을 휘둘렀지만 담배가 물에 닿기도 전에 그가 그 손마저 잡았다 그는 한 손으로 내 두 손목을 다 잡고 다른 한 손은 윗옷 겨드랑이 쪽으로 향했다 그의 등 뒤로 해가 기울고 있었고 해 너머로 어디선가 새 우는 소리가 들렸다 우리는 서로를 쳐다봤다 새는 울고 있었고 그가 내 손을 풀어 주었다

이봐

그는 난간에 있던 나무껍질을 집어 물에 떨어뜨렸다 물결에 흔들리던 나무껍질이 조류에 실려 떠내려갔다 그는 권총을 느슨하게 쥔 손을 난간 위에 얹었다 우리는 말없이 있었다

지금 저걸 맞출 수 있겠나

아니요

나무껍질은 흘러가고 있었고 숲속은 정말 고요했다

새소리가 다시 들리고 물소리가 뒤따르고 권총이 발사됐다 조준하지도 않았는데 나무껍질이 사라졌고 그 조각들이 넓게 퍼지면서 떠올랐다 그는 1달러짜리 은화보다 크지 않은 조각 두 개를 더 맞췄다

저 정도면 되겠지

그런 다음 탄창을 열고는 총신에 입김을 후 불었다 한 줄기 옅은 연기가 대기로 사라졌다 그는 총알 세 개를 장전하고 탄창을 닫더니 손잡이를 내 방향으로 한 채 내게 총을 넘겼다

왜요 나보고 어쩌라고요

나를 죽이겠다고 하니 이 총이 필요할 거야 자 어떻게 하는지 봤으니 이걸 자네에게 주겠네

총 같은 건 치워요

나는 그를 때렸다 그가 내 손목을 잡은 지 오래되었지만 아직도 그를 때리려고 버둥거렸다 그때 마치 색유리를 통해서 그를 보고 있는 것 같은 느낌이 들었다 내 심장 박동 소리가 들렸고 다시 하늘이 보이고 하늘을 배경으로 나뭇가지가 그리고 그 사이로 비스듬히 떠 있는 태양이 보였다 그가 나를 부축하고 있었다

당신이 날 쳤나요

나는 아무 소리도 들을 수 없었다

뭐라고요

그래 몸은 어때

괜찮아요 날 내버려 둬요

그가 나를 풀어 주자 나는 난간에 기댔다

괜찮겠어

내버려 둬요 괜찮다니까요

무사히 집에 갈 수 있겠어

날 내버려 두고 그만 가요

걸어가지 않는 게 좋겠네 내 말을 타고 가

아니요 그만 가라니까요

안장 머리에 고삐를 걸고 풀어놓으면 지가 알아서 마구간으로 돌아올 거야

제발 날 내버려 둬요 놔두고 그만 가요

나는 난간에 기대어 강물을 내려다봤다 그가 고삐를 풀어 말을 타고 가는 소리가 들렸다 잠시 후 물소리 외에는 아무 소리도 들리지 않다가 새소리가 다시 들렸다 나는 다리를 벗어나 나무에 등을 기댄 채 바닥에 앉았다 그런 다음 머리를 기대고 눈을 감았다 한 줌 햇살이 새어들어와 내 눈 위로 떨어졌다 나무 뒤로 돌아가 앉았더니 다시금 새소리와 물소리 그리고 모든 것들이 흘러가는 소리가 들렸다 그리고 나는 아무것도 느끼지 못했고 어둠 속에서 밀려온 인동덩굴 냄새가 내 방으로 들어와 잠 못 이루고 뒤척이던 지난 모든 낮과 밤에도 불구하고 이제는 기분이 좋아졌다 잠시 후 나는 그가 날 때리지도 않았고 날 때리지도 않았으면서 캐디를 위해 때렸다고 거

짓말했다는 사실과 내가 계집애처럼 기절하고 말았다는 사실을 알았지만 그래도 기분은 좋았다 이제는 그런 것들이 별로 문제가 되지 않았다 나무에 기대어 앉아 있자 가지에 붙은 노란 잎처럼 얼룩덜룩한 한 줌 햇살들이 내 얼굴을 스쳤다 말이 급하게 달려오는 소리가 들릴 때도 나는 물소리를 들으며 아무 생각도 하지 않았다 나는 눈을 감은 채 앉아 있었고 바닥의 모래를 차면서 네 다리로 구르는 말발굽 소리가 들렸다 그리고 나를 거세게 어루만지는 캐디의 손길을 느꼈다

이 바보야 많이 다쳤어

눈을 뜨자 캐디가 손으로 내 얼굴을 어루만지고 있었다

총소리를 듣고서야 길을 찾았어 어디인지 몰랐어 오빠랑 그 사람이 슬쩍 빠져나갈 줄은 몰랐어 그 사람이 그럴 거라고는 생각 안 했어

캐디가 두 손으로 내 얼굴을 잡고는 나무에 대고 흔들어 댔다

그만해 그만하라니까

나는 캐디의 손목을 잡았다

그만해 그만하라고

난 그 사람이 그러지 않을 줄 알고 있었어 그러지 않을 줄 알고 있었다고

캐디가 여전히 내 머리를 나무에 대고 흔들려 했다

다시는 내게 말도 걸지 말라고 했는데 내가 그랬다고

캐디가 손목을 빼내려고 했다

내 손 놔

그만둬 내가 더 힘이 세니까 이제 그만해

내버려 둬 그 사람 쫓아가서 사과해야 한다고 오빠 가 게 해줘 제발 날 놔달라고

손목을 빼내려다가 말고 별안간 캐디가 축 늘어졌다

맞아 그 사람한테 말할 수 있어 언제라도 날 믿게 할 수 있어

캐디

캐디가 프린스를 매어 두지 않아서 언제라도 그 녀석 은 집으로 내뺄 듯했다

언제라도 내 말을 믿으니까

캐디 그 사람 사랑하니

내가 사랑하냐고

캐디가 내게 시선을 돌렸다 모든 것이 빠져나간 듯 텅 빈 눈이었다 마치 멍해 보이는 조각상의 눈길처럼 초점 없이 차분해 보였다

내 목에다 손을 대봐

캐디가 내 손을 끌어다 자신의 목에 바짝 갖다 댔다

자 그 사람 이름을 말해 봐

돌턴 에임스

캐디의 목으로 피가 몰려오는 걸 느꼈고 점점 심장 박 동이 거세지는 것을 느꼈다

다시 말해 봐

캐디가 비스듬히 햇살이 비치고 새가 지저귀는 나무 숲으로 시선을 돌렸다

다시 말해 봐

돌턴 에임스

내 손에서 캐디의 심장이 뛰며 계속 피가 솟구치는 것을 느꼈다

한참 동안 피가 흘렀지만, 얼굴이 차갑고 아무런 감각이 없었다. 눈과 상처 난 손가락이 다시 욱신거렸다. 슈리브가 펌프질하는 소리가 들렸고 이어 세숫대야를 들고 왔다. 대야 속에 어스름한 빛이 동그란 얼룩이 되어 노란 테두리 안에서 어른거렸는데, 그 모양이 마치 색 바랜 풍선 같았다. 내 모습도 비치기에 얼굴이 어찌 되었는지 보려고 들여다봤다.

「피는 멈췄니?」 슈리브가 말했다. 「수건 좀 줘봐.」 슈리브가 내 손에서 수건을 빼앗아 가려 했다.

「됐어.」 내가 말했다. 「내가 할 수 있어. 이제 거의 멈췄어.」 수건을 다시 물에 담그자 풍선 모양이 이지러졌다. 수건 때문에 물이 피로 얼룩졌다. 「깨끗한 수건 좀 줘봐.」

「눈에 있는 멍 자국 때문에 고깃덩어리가 좀 필요하겠어.」 슈리브가 말했다. 「내일이 되면 더 퍼렇게 될 거야. 빌어먹을 놈 같으니.」

「나도 좀 때리긴 했나?」 나는 수건에서 물기를 짜고는

조끼에 묻은 피를 닦아 내려 했다.

「안 지워질 거야.」 슈리브가 말했다. 「내일 세탁소로 보내. 자, 이거 눈에다 대라고, 내 말 들어.」

「좀 더 지워 볼게.」 내가 말했다. 하지만 별 효과가 없었다. 「내 옷깃은 어찌 됐어?」

「나도 몰라.」 슈리브가 말했다. 「이거 눈에 대라니까. 자.」

「됐어.」 내가 말했다. 「내가 할 수 있다니까. 그나저나 나도 그 자식 좀 때렸냐고?」

「때렸을지도 모르지. 내가 딴 데 쳐다볼 때 아니면 잠시 한눈팔 때 한 대 쳤을 거야. 하여간 그놈이 널 개 패듯 패더라니까. 온몸을 마구 패더라고. 이 멍청아, 대체 왜 그놈이랑 주먹질을 한 거야? 기분은 좀 어때?」

「괜찮아.」 내가 말했다. 「조끼 닦을 거 뭣 좀 없나.」

「빌어먹을 조끼는 내버려 둬. 눈은 괜찮은 거야?」

「괜찮다고.」 내가 말했다. 모든 게 멈춘 듯 보랏빛으로 보였고, 초록빛 하늘은 집의 박공 너머로 옅은 금빛으로 변했다. 바람 한 점 없는 가운데 깃털처럼 보이는 연기가 피어오르고 있었다. 다시 펌프질 소리가 들렸다. 어떤 남자가 펌프질하는 어깨 너머로 우리를 쳐다보면서 물통을 채우고 있었다. 한 여자가 문밖으로 나왔지만 내다보지는 않았다. 어디선가 소 울음소리가 들렸다.

「자.」 슈리브가 말했다. 「옷은 신경 끄고 수건이나 눈에 대고 있으라고. 내일 아침 맨 먼저 옷부터 보낼게.」

「알았어. 그 자식도 피 좀 보게 했어야 하는 건데, 아쉽네.」

「빌어먹을 놈.」 슈리브가 말했다. 스포드가 그 집에서 나왔다. 그 여자에게 무슨 말을 하고 있었다. 뜰을 가로질러 가면서 뭔가 의심스러워하는 차가운 시선으로 나를 쳐다보았다.

「이보게, 친구.」 나를 쳐다보며 그가 말했다. 「별 사고를 다 치고 다니면서 재미를 보는 건가. 납치에다가 이제 싸움질까지. 그럼 휴일엔 뭐 하나? 집에 불이라도 내려나?」

「난 멀쩡해.」 내가 말했다. 「블랜드 부인이 뭐래?」

「너를 피투성이로 만들었다고 제럴드 녀석을 야단치고 있어. 널 만나게 되면 왜 그렇게 되도록 맞았냐고 널 야단치겠지? 싸우는 걸 뭐라 하는 게 아니라 피 흘린 것 때문에 짜증이 나신 거야. 피 흘렸으니까 점수 좀 깎였을 거다. 지금은 어때?」

「맞아.」 슈리브가 말했다. 「블랜드 가문 사람이 될 수 없다면 차선책은 그 집안 사람 누군가와 간통을 저지르든가 아니면 상황에 따라 만취해서 한판 붙든가 해야 하는 거야.」

「그렇고말고.」 스포드가 말했다. 「그런데 퀜틴이 술에 취해 있었는지는 몰랐는데.」

「안 취했어.」 슈리브가 말했다. 「꼭 술에 취해야만 그 빌어먹을 놈을 때리고 싶은 건 아니잖아?」

「글쎄, 퀜틴이 맞는 걸 보니 차라리 흠뻑 술에 취하는 편이 낫겠는걸. 근데 제럴드는 어디서 권투를 배웠대?」

「시내에 있는 마이크 체육관에 매일 나가잖아.」 내가 말했다.

「그래?」 스포드가 말했다. 「그걸 알면서 걔를 건드린 거야?」

「나도 몰라.」 내가 말했다. 「그런 것 같아. 그래.」

「다시 물에 적실까?」 슈리브가 말했다. 「새 물로 갈아 줘?」

「이거면 됐어.」 내가 말했다. 나는 수건을 다시 적셔 눈에 갖다 댔다. 「내 조끼 닦을 수 있는 거 뭐 없을까?」 스포드가 여전히 나를 쳐다보고 있었다.

「자.」 그가 말했다. 「대체 왜 때린 거야? 제럴드가 뭐라고 했는데?」

「나도 몰라. 왜 그랬는지 나도 모르겠어.」

「내가 아는 건 네가 별안간 펄쩍 뛰면서 제럴드에게, 〈누이동생이 있어 봤니? 있어 봤어?〉라고 말한 거야. 없다고 하니까 냅다 때리더군. 네가 계속 제럴드를 쳐다보는 걸 내가 봤다고. 그리고 다른 사람들 하는 말에는 전혀 신경도 안 쓰는 것 같더니만 벌떡 일어나 누이동생이 있냐고 묻더라고.」

「그래, 그 녀석은 여느 때처럼 자기 여자 얘기로 나발 불고 있었고.」 슈리브가 말했다. 「있잖아, 여자애들 앞에서 항상 하는 거 말이야. 그 자식이 무슨 말을 하는지 여자애들은 제대로 알지도 못해요. 빌어먹을 놈이 빈정대다가 거짓말하다가, 대체 뜻도 모를 말만 한다니까. 애틀랜틱시티 댄스홀에서 어떤 여자와 만나기로 했다가 바람을 맞히고 호텔로 가 누웠다는 둥, 그러고 있으려니 그 여자가 원하는 걸 하지 못하고 부둣가에서 자길 기다리고 있을 거란 생각에 미안해졌다는 둥, 여자의 아름다운 육체가 아쉽게 끝나고 마는 게 유감스럽다면서 누워서 하는 것 말고는 아무것도 못 하는 여자들의 삶이 고달픈 것 같다는 둥. 여자는 숲속에 숨은 레다처럼 백조를 기다리느라 찡찡대며 슬퍼한다고 말이야,[53] 빌어먹을 놈 같으니. 나라도 한 대 쳤을 거야. 나라면 부인이 가져온 와인 바구니를 잡고 내리쳤을 거야.」

「오호.」 스포드가 말했다. 「퀜틴 자넨 누이동생의 수호자지. 하지만 여자에게 감동뿐 아니라 공포감도 불러일으킨다고.」 그는 뭔가 의심에 찬 차가운 눈길로 나를 쳐다보았다. 「세상에나.」 그가 말했다.

「내가 먼저 때려서 미안하긴 해.」 내가 말했다. 「가서 싸움을 마무리 짓고 싶긴 한데 내 모습이 너무 안 좋지?」

「사과하려고?」 슈리브가 말했다. 「빌어먹을 놈, 지옥에나 가라 그래. 우린 시내나 가자고.」

53 그리스 신화에서 레다의 미모에 넋이 빠진 제우스는 백조로 변해 그녀를 강간한다.

「가는 게 좋을걸. 그래야 퀜틴이 신사처럼 싸운다고 할 거 아냐.」스포드가 말했다. 「내 말은 신사답게 졌다는 거지.」

「이런 꼴로 말이지?」슈리브가 말했다. 「옷이 다 피투성이인 꼴로 말이야?」

「알았어.」스포드가 말했다. 「퀜틴은 네가 잘 아니까.」

「속옷 바람으로 돌아다닐 순 없어.」슈리브가 말했다. 「아직 4학년이 아니잖아. 자, 시내로 가자고.」

「그럴 필요 없어.」내가 말했다. 「넌 피크닉 장소로 돌아가.」

「그놈들이 거기서 뭘 하든 알 게 뭐야.」슈리브가 말했다. 「자, 가자고.」

「내가 뭐라고 말해 줄까?」스포드가 말했다. 「이번엔 너랑 퀜틴이랑 싸웠다고 해줄까?」

「아무 말도 하지 마.」슈리브가 말했다. 「블랜드 부인한테 해가 졌으니 계약도 끝났다고 전해 줘. 퀜틴, 그만 가자. 내가 저 부인에게 가장 가까운 기차역을 물어볼 테니까…….」

「아냐.」내가 말했다. 「난 시내로 안 갈 거야.」

슈리브가 멈칫하며 나를 쳐다봤다. 돌아보는데 안경이 조그마한 노란 달 같아 보였다.

「뭐 하려고?」

「아직 안 돌아갈 거야. 너도 그냥 피크닉 장소로 돌아

가. 난 옷이 엉망이라 못 간다고 전해 줘.」

「야.」 슈리브가 말했다. 「너 대체 뭔 일이 있는 거야?」

「아무 일도. 난 괜찮다니까. 너랑 스포드는 돌아가. 내일 보자고.」 나는 뜰을 지나 길로 나섰다.

「전차역이 어딘 줄은 알아?」 슈리브가 소리쳤다.

「찾아볼게. 내일 보자고. 블랜드 부인에게 파티를 망쳐서 미안하다고 전해 줘.」 둘은 나를 쳐다보며 서 있었다. 그 집을 돌아 나가니 돌을 깐 길이 대로로 이어져 있었다. 길 양쪽으로 장미꽃이 피어 있었다. 나는 문을 통해 대로로 들어섰다. 내리막길이 숲을 향해 있었고, 길옆으로 서 있는 차가 보였다. 나는 오르막길로 올라갔다. 올라갈수록 빛이 점점 밝아졌고, 언덕배기에 이르기 전 자동차 소리가 들렸다. 석양빛을 가로질러 저 멀리에서 들려왔다. 나는 멈춰 서서 귀를 기울였다. 더 이상 차는 보이지 않았지만 슈리브가 집 앞 길가에 서서 언덕배기를 올려다보고 있었다. 슈리브의 등 뒤로 마치 지붕에 물감을 칠한 듯 노란 빛이 보였다. 나는 손을 들어 보이고는 차 소리를 들으며 언덕배기를 넘어갔다. 그러자 더 이상 집이 보이지 않았다. 나는 푸르고 노란 빛 가운데 멈춰 서서 점점 더 커지는 차 소리에 귀를 기울였다. 소리는 점차 줄어들더니 완전히 사라졌다. 다시 소리가 나기를 기다리다가 다시 길을 나섰다.

내리막길로 들어서자 석양빛도 서서히 줄어들었다.

하지만 석양 특유의 빛깔은 그대로였고 다만 내가 변하고 줄어든다는 느낌이 들었다. 숲 가운데로 난 길로 들어선 후에도 신문을 읽을 수 있을 정도로 밝았다. 얼마를 더 가자 샛길이 나왔다. 샛길로 들어서니 대로보다 나무가 빽빽하고 어두웠지만, 전차역에 이르자 — 또 다른 나무 정자가 있었다 — 다시금 환해졌다. 샛길을 벗어나자 밤이 가고 아침이 오기나 한 것처럼 사방이 더욱 환해졌다. 곧 전차가 도착했다. 전차에 오르니 사람들이 고개를 돌려 내 눈을 쳐다보기에 왼편 자리를 찾아 앉았다.

전차 안에 불이 켜져 있어서 나무숲 사이로 달릴 때 창에 비친 내 얼굴과 통로 건너편에 앉은 여자를 제외하고는 아무것도 볼 수 없었다. 그녀는 부러진 깃털을 꽂은 모자를 눌러쓴 채 앉아 있었다. 숲을 벗어나자 다시 석양빛이 보였다. 마치 태양이 수평선 바로 아래 걸린 채 시간이 잠시 멈추기나 한 것 같은 빛이었다. 이어서 전차는 어떤 노인네가 봉지에서 뭔가를 꺼내 먹으며 앉아 있던 천막을 지나쳤다. 길은 석양빛 아래서 계속 석양 속으로 펼쳐졌고 그 너머로 강물은 평화롭고 빠르게 흘러갔다. 전차는 계속 달렸고, 열린 문으로 바람이 들어와 여름 냄새와 어둠 냄새를 차 안으로 끌어들였다. 인동덩굴 냄새는 나지 않았다. 내겐 인동덩굴 냄새가 가장 슬픈 냄새였다. 나는 수많은 냄새를 기억한다. 등나무도 그중 하나다. 비 오는 날 엄마가 창가에 앉아 있어도 될 정도로 몸이 한결 나아졌을 때면 우리는 등나무 밑에서 놀곤 했다. 엄마가 침대에 누워 있어야 할 때는 딜지가 애들은 비 좀 맞아도 괜찮다고 하면서 우리에게 낡은 옷을 입혀 빗속에서 놀게 해주었다. 엄마가 일어나 앉아 있을 정도가 되면 우리는 늘 현관에서 놀다가, 엄마가 너무 시끄럽다고 하면 결국 쫓겨나 등나무 정자에서 놀았다.

오늘 아침에 강물을 마지막으로 본 곳이 바로 이 근처였다. 석양빛 너머로 강물이 있다는 느낌이 들었다. 강물냄새가 났다. 봄에 꽃 필 무렵이 되면 봄비가 내렸는데, 그러면 그 냄새가 사방에 퍼졌다. 다른 때는 잘 몰라도 비가 내릴 때면 해 질 무렵에 그 냄새가 집 안으로 들어왔다. 석양이 질 때 비가 더 오는 건지 아니면 석양빛 자체에 무언가가 있는 건지는 몰라도 그때 냄새가 가장 심했다. 그러면 이 비가 언제 멈출까 언제 멈출까 하며 침대에 누워 있곤 했다. 문틈으로 들어오는 바람에서 강물냄새가 났다. 한결같이 축축한 호흡의 냄새 같았다. 어떤 때는 밤새 같은 말을 되뇌다가 인동덩굴 냄새가 모든 것에 섞일 즈음이 되어서야 잠이 들었고 모든 것이 밤과 불안을 상징하게 되었다 나는 잠이 들지도 깨어 있지도 않은 채 어슴푸레한 긴 복도를 내려다보았다 모든 안정적인 것들이 덧없고 모순적인 것이 되고 내가 행한 모든 것도 단지 그림자와 같았으며 내가 고통스럽게 느꼈던 것들도 기묘하게 뒤틀린 형태로 보였다 그것들은 아무 내

재적인 관련성도 없이 스스로를 조롱하고 스스로 인정해야 할 의미를 부정했다 나는 생각했다 나는 존재한다 존재하지 않는다 누가 존재하지 않는가 않는가 누가.

나는 석양빛 너머로 강물이 굽이치는 냄새를 느꼈고, 마지막 석양빛이 깨진 거울 조각처럼 개펄 위에 말없이 누워 있는 모습을 보았다. 그러면 그 너머로 저 멀리서 깜빡거리며 나비처럼 나풀거리는 빛들이 맑고 창백한 대기 가운데 보이기 시작한다. 벤저민 그 아들. 거울 앞에 앉아 있곤 했던 벤저민. 모든 갈등이 누그러지고 풀어지고 없어지는 분명한 피난처.[54] 내 아들 벤저민 늙은 나이에 둔 자식이 이집트에 인질이 되었네.[55] 오 벤저민. 딜지는 엄마가 모리 삼촌을 너무나 자랑스럽게 여겼기 때문에 막내 이름을 모리 대신 벤저민으로 바꾼 것이라고 했다. 이렇듯 딜지 같은 깜둥이들은 갑자기 흩뿌리는 빗방울처럼 백인들의 삶에 끼어들어 마치 현미경으로 들여다보듯 분명한 사실을 한순간에 잡아낸다. 나머지 순간에는 별로 비웃을 것도 없는데 그냥 웃는 목소리나 아무런 울 이유도 없는데 그냥 흘리는 눈물이나 마찬가지다. 그들은 장례식에 오는 하객 수가 홀수일지

54 강물에서 거울을 떠올리고 그 앞에 앉아 있곤 했던 벤저민을 떠올렸다가, 거울 같은 강물 속으로 뛰어드는 자신의 죽음으로 생각이 이어진다.

55 구약 성서에서 야곱의 막내 아들 벤저민은 이집트에 인질로 붙들린다. 「창세기」42~44장 내용.

짝수일지를 놓고 내기를 하기도 할 것이다. 한번은 깜둥이로 가득 찬 멤피스의 한 사창가에서 종교적인 무아지경에 빠진 이들이 모두 맨몸으로 거리로 뛰쳐나온 적이 있었다. 경찰관 세 명이 합세해 겨우 한 명 정도 잡을 수 있었다. 네 예수님 선하신 인자여 예수님 선하신 인자로다.

전차가 멈췄다. 내가 내리는데 사람들이 내 눈을 쳐다보았다. 갈아탈 전차가 왔는데 만석이었다. 나는 뒤쪽 승강구로 올라 멈춰 섰다.

「앞에 자리 있어요.」 차장이 말했다. 안을 들여다보니 왼편 좌석에는 자리가 없었다.

「멀리 안 가요.」 내가 말했다. 「그냥 여기 서 있을게요.」

전차가 강을 건넜다. 아니, 허공 속으로 완만하게 휘어져 높이 뻗어 있는 다리를 건넜다. 침묵과 허무 가운데서 빛이 — 노랗고 빨갛고 초록색을 띠는 — 맑은 대기 중에 반복적으로 떨고 있었다.

「앞에 가 앉아요.」 차장이 말했다.

「곧 내려요.」 내가 말했다. 「두 블록만 가면 돼요.」

우체국에 도착하기 전에 전차에서 내렸다. 지금쯤 사람들이 옹기종기 모여 앉아 있을 것이었다. 그때 내 시계 소리가 들렸고 나는 종소리에 귀를 기울였다. 외투 속에 있던 편지를 만져 봤다. 내 손 위로 느릅나무의 조각난 그림자가 비치고 있었다. 기숙사 건물로 들어설 무렵 종소리가 울리기 시작했다. 내가 걸어갈 때 그 리듬이 마치 고인 물에 이는 작은 물결처럼 계속 다가와 나를 휩쓸고 지나갔다. 나는 계속 걸어가면서 말했다. 몇 시 15분 전이라고? 상관없어, 몇 시 15분 전이든.

기숙사 창문이 깜깜했고 입구는 텅 비어 있었다. 안으로 들어서서 왼쪽 벽 가까이에 붙어서 걸었다. 안에는 아무도 없었다. 어둠 속으로 휘어져 올라가는 계단이 있을 뿐이었다. 그 어둠 위에는 지나간 슬픈 세대가 걸었던 발자국의 메아리 소리가 마치 가벼운 먼지처럼 쌓여 있었다. 내 발걸음이 이들을 흔들어 깨웠고 잠시 후 다시 내려앉았다.

불을 켜기도 전에 편지가 눈에 띄었다. 눈에 띄도록 탁자 위에 있는 책에 기대어 세워져 있었다. 슈리브를 내 남편이라고 불렀지. 그들이 어딘가 갈 거라고 했던 스포드의 말이 생각났다. 늦게 돌아온다고 했고, 블랜드 부인은 나를 대신할 호위 기사가 필요할 것이라고 했다. 슈리브가 그들과 같이 안 갔다면 내가 그를 보았을 것이고, 6시 이후라 그가 전차를 탄다고 해도 한 시간은 더 기다려야 한다. 주머니에서 시계를 꺼냈다. 그것이 거짓조차 알려 주지 못한다는 사실도 잊은 채 째깍거리는 소리에 귀를 기울였다. 자판을 위로 오게 해 탁자에 놓고, 블랜드 부인의 편지를 조각내 쓰레기통에 버렸다. 그러고는 윗옷과 조끼, 옷깃, 그리고 넥타이와 셔츠를 벗었다. 넥타이에도 피가 묻어 있었다. 하지만 깜둥이들은 별로 개의치 않을 거다. 아마도 집사는 넥타이에 묻은 핏자국을 두고 예수님이 걸치던 거라고 허풍을 칠 것이다. 슈리브의 방에서 휘발유를 찾아 편평한 탁자 위에 조끼를 펼쳐놓았다. 그리고 휘발유통 뚜껑을 열었다.

이 동네 최초의 차를 여자가 여자가 제이슨은 그걸 못 참았다 제이슨은 휘발유 냄새를 맡으면 토할 것 같다고 했다 여자 때문에 그 어느 때보다 화를 냈다 여자 여자 누이동생이 없었다 하지만 벤저민 내 슬픈 아들 내게 엄마가 있다면 그래서 엄마 엄마라고 부를 수만 있다면 꽤 많은 휘발유를 쏟았다. 하지만 이게 휘발유 자국인지 아니면 아직도 남아 있는 핏자국인지 알 수 없었다. 휘발유 때문에 상처가 다시 쓰라리기 시작했다. 손을 씻으러 가는 길에 의자에 조끼를 걸고, 얼룩을 말리기 위해 전깃줄을 아래로 당겨 전구를 가까이 갖다 댔다. 그런 다음 손과 얼굴을 씻었다. 하지만 비누 냄새가 나는데도 아직 휘발유 냄새가 코를 찔러 그 냄새 때문에 콧구멍이 약간 수축되었다. 트렁크를 열고는 셔츠와 옷깃, 그리고 넥타이를 꺼냈다. 피가 묻은 옷을 대신 안에 넣고 트렁크를 닫았다. 이제 정장을 갖췄다. 머리를 정리하는데 30분을 알리는 종소리가 들렸다. 어쨌든 45분까지는 괜찮았다 다만 밀려오는 어둠 속에서 슈리브는 차창에 비친 자기 얼굴만 볼 것이다 똑같은 사람 둘이 있어 오늘 밤 보스턴으로 돌아오는 길에 부러진 깃털을 모자에 꽂은 여자만 없다면 말이다 어둠 속에서 전차가 충돌하듯이 서로 도망치듯 지나칠 때 불 켜진 창가에서 잠시 스치듯 서로 얼굴을 볼 수는 있겠지 봤겠지 내가 봤나 작별 인사도 못 한 채 이제는 봉지에서 뭔가 꺼내 먹던 노인도 없는 천막을 지나 적막과 어둠 속 텅 빈 길 적막 속으로 어둠 속으로 휘어지는 다리를 지나 평화롭게 빨리 흐르는 강물에 잠들리라 작별 인사도 없이

불을 끄고는 휘발유 냄새에서 벗어나 내 침실로 들어왔다. 하지만 지금도 냄새가 났다. 나는 창가에 섰다. 커튼이 서서히 어둠 속에서 나와 마치 잠든 사람의 숨결처럼 내 얼굴을 건드리더니 촉감만 남겨 둔 채 다시 서서히 어둠 속으로 돌아갔다. 캐디와 벤지가 계단을 올라가자 장뇌 적신 손수건을 입에 댄 채 엄마는 의자에 기대어 앉았다. 아버지는 여전히 아무 움직임 없이 엄마의 손을 잡고는 옆에 앉아 있었다. 울부짖는 소리는 마치 침묵 속에서는 그것이 있을 자리가 없다는 듯이 벽을 내리치면서 사라졌는데 어릴 적 우리집에 있던 책 중 하나에 어떤 그림이 있었는데 어둠 속에서 고개를 치켜든 두 얼굴 위로 한 줄기 여린 빛이 비치는 그림이었다. 오빠 내가 왕이라면 무슨 일부터 할 것 같아? 캐디는 여왕도 요정도 아니었고 언제나 왕이나 거인 아니면 장군이었다 우선 저길 때려 부숴 문을 열어젖힌 다음 저 사람들을 끌어내 실컷 패줄 거야 그 그림은 책에서 너덜너덜하게 찢겨 나갔다. 나는 기뻤다. 안 그랬다면 매번

다시 그 그림을 봐야 했을 것이니 그럴 때마다 감옥이 엄마로 보일 것이며 엄마와 아버지는 손을 잡고 여린 빛 속으로 들어갔을 것이고 우리는 한 줄기 빛도 없이 그들 아래서 헤매었을 것이다. 그리고 어둠 속으로 인동덩굴 냄새가 스며들었다. 불을 끄고 잠자리에 들려 하면 마치 파도가 들이치듯 냄새가 들이닥치고 내가 숨 쉴 공간조차 없어 헐떡일 때까지 더욱 거세졌다 그러면 나는 내가 어릴 때 그랬듯이 숨 쉴 공간을 찾으려고 더듬으며 방에서 기어 나와야 했다 손이 닿자 보인다 보이지 않는 문이 마음속에 그려진다 이윽고 문을 열자 손으로는 아무것도 보이지 않는다 내 코는 휘발유와 탁자 위의 조끼, 문까지 볼 수 있었다. 복도는 물을 찾아 나온 슬픈 세대들의 발소리조차 없이 고요하기만 했다. 보이지 않는 눈을 이 악물듯 질끈 감는다 잠에 빠진 엄마 아버지 캐디 제이슨 모리의 침실 문 그들의 잠자는 소리로 가득한 어둠 속 길게 이어지는 보이지 않는 계단 난간에 발을 잘못 디뎌도 정강이 발목 무릎이 아프지 않을 것이라 믿고 의심치 않는다 엄마 아버지 캐디 제이슨 모리만 나보다 멀리 앞서 잠에 빠졌을 뿐 나는 무섭지 않다 나도 곧 잠들 테니까 내가 문을 문을 화장실에도 아무도 없었다. 수도관, 세면대, 때 묻은 고요한 벽, 명상하는 좌변기 모두 그대로다. 깜빡하고 물컵을 안 가져왔다. 하지만 어두워 볼 수 없는 백조의 목처럼 긴 수도꼭지에서 나오는 물을 차가운 손가락으로 받는 모습을 내 손이 볼 수 있으니 모세의 지팡이[56]만큼은 못하지만 목처럼 긴 수도꼭지가 차가워지며 서서히 조금씩 나오는 물이 가득 차 넘쳐 물컵이 된 손가락을 시원하게 하면서 잠을 씻어 내고 오랫동안 말이 없던 목구멍을 적시며 축축해진 잠기운을 남겨 놓는다 나는 적막 속에서 길을 잃은 채 소곤거리는 수많은 발걸음들을 잠에서 깨우며 복도를 지나 휘발유 냄새가 나는 방으로 돌아왔다. 어두운 탁자 위에서 시계가 엄청난 거짓말을 하고 있었다. 커튼이 어둠 속에서 내 얼굴에 숨을 내뿜으며 숨소리를 묻혔다. 아직 15분 남았다. 그때가 되면 나는 존재하지 않을 것이다. 정말 평화로운 어휘들. 진정으로 평화로운 어휘들. 논 푸이. 숨. 푸이. 놈 숨.[57] 예전에 어디선가 이런 종소리를 들은 적이 있었다. 미시시피인지 매사추세츠인지. 나는 존재했다. 존재하지 않는다. 미시시피인지 매사추세츠인지. 슈리브 가방 안에 술이 한 병 있다. 열어 보지도 않을 거니 제이슨 리치먼드 콤슨 부부는 3회. 3일. 열어 보지도 않을 거냐고 딸 캔디스의 결혼식이 있다는 소식을 알립니다 술은 목적과 수단을 혼동하는 법을 가르쳐 준다 나는 존재한다. 술을 마신다. 나는 존재하지 않았다. 벤지의 목장을 팔아서 퀜틴을 하버드에 보냅시다

---

56 구약 성서에서 모세는 지팡이로 바위를 깨뜨려 목마른 이스라엘 백성에게 물을 공급한다. 「민수기」 20장 7~11절.

57 Non fui, Sum, Fui, Nom Sum. 라틴어로 〈나는 존재하지 않았다. 나는 존재한다. 나는 존재했다. 나는 존재하지 않는다〉는 뜻. Nom은 Non의 오자이다.

그리하여 내 뼈들이 서로 정답게 부딪힐 순 있도록. 그리고 나도 그 안에서 죽으리라. 캐디가 아버지는 1년도 못 사신다고 했던가. 슈리브 가방에 술이 한 병 있다. 아버지 저는 슈리브의 술이 필요 없어요 제가 벤지의 목장을 팔아 하버드에서 죽을 수 있게 됐어요 동굴 속에서 그리고 바다 밑 작은 석굴 속에서 넘실거리는 물살을 따라 평온하게 굴러다닐 거라고 캐디가 말했어요 하버드는 정말 듣기에 좋거든 그런 소리를 생각하면 40에이커의 땅은 비싼 돈이 아냐. 훌륭한 죽음의 소리야 벤지의 목장을 그런 훌륭한 소리와 바꿀 거야. 벤지에게는 그게 오래 남아 있을 거야 왜냐하면 벤지는 듣지 못하니까 냄새를 맡는다면 몰라도 캐디가 문간에 오자마자 벤지가 울부짖기 시작했다 아버지가 캐디를 놀리는 건 시내 건달들 가운데 한 명 때문이라고 나는 줄곧 생각했었다. 그 사람을 시내 건달 정도쯤 되는 쓰레기나 매한가지라고 보았고 그저 군복 셔츠 정도로 보았기 때문이다. 그러다가 어느 순간 갑자기 깨닫게 되었다 그 사람은 전혀 나를 자신에게 해를 끼칠 만한 요인으로 보고 있지 않으며 오직 캐디만을 생각하고 있을 뿐으로 마치 색안경을 끼고 보듯 캐디를 통해 나를 보고 있다는 것을 왜 내 일에 끼어드는 거야 아무 소용 없다는 거 알잖아 그건 엄마나 제이슨에게 맡겨야 할 일이야

엄마가 제이슨을 시켜서 널 감시하라고 했니 나라면 안 그

랬을 거야.

여자들은 다른 사람들의 명예를 자기 목적에 이용할 뿐이야
캐디를 사랑해서 그런다는 거지 아플 때도 엄마는 아래층에
내려와 있었다 제이슨 앞에서 아버지가 모리 삼촌을 놀
릴까 봐 염려되었기 때문이다 아버지는 모리 삼촌이 눈
가리개를 한 불멸의 소년[58] 역할을 하기에는 너무 형편없
는 고전주의자라서 제이슨을 택해서 시켰어야 한다고 말
했다 왜냐하면 제이슨 역시 모리 삼촌이 했음 직한 똑같
은 실수를 범했을 것이지만 눈에 멍이 드는 짓은 안 했을
것이기 때문이라고 했다 제이슨이 연을 파는 일을 같이
하기 위해 패터슨 집 아들을 고른 것도 그 애가 제이슨보
다 덩치가 작았기 때문이다 연을 5센트에 팔다가 결국
돈 문제가 터져 그만두고 말았다 제이슨이 구한 새로운
파트너 역시 그보다 덩치가 작았다 티피 말에 의하면 이
번에도 제이슨이 계속 회계 일을 보았다고 한다 아버지
는 아버지 자신이 일도 안 하고 매일 오븐 옆에 앉아 발
만 쪼이고 있는 깜둥이 대여섯을 먹일 여유가 있는데 뭣
때문에 모리 삼촌이 일할 필요가 있느냐고 말했다 그 정
도면 할아버지가 믿던 가문에 대한 자부심을 굳건히 지
켜 주는 모리 삼촌에게 때때로 숙식도 제공해 주고 돈도
빌려주는 것쯤이야 어렵지 않다고 말했다 이런 아버지
말에 대해 엄마는 항상 자기 가문이 처가 가문보다 잘났

58 큐피드를 말한다.

다고 믿는 아버지가 모리 삼촌을 비웃고 또한 그런 걸 자식들에게 가르치려 한다며 흐느끼곤 했다 하지만 엄마는 몰랐다 아버지가 우리에게 가르친 것은 인간이란 쓰레기더미에서 긁어모은 톱밥으로 속을 채운 인형일 뿐이며 쓰레기통에 있는 톱밥도 이전에 갖다 버린 모든 인형에게서 나온 것일 뿐이라는 것이었다 그 톱밥은 나를 위해 죽지 않은 어떤 사람의 옆구리에서 새어 나온 것이라고 했다.[59] 나는 죽음을 무언가 할아버지 같은 사람 또는 할아버지의 친구 뭐랄까 일종의 비밀스럽고 독특한 친구 같은 것으로 생각하고 있었다 마치 만져서도 안 되고 그것이 있는 방에서는 떠들어서도 안 되는 할아버지의 탁자 같은 것처럼 말이다 나는 언제나 할아버지와 죽음이 어디에선가 함께 있어서 늙은 사토리스 대령이 그곳으로 내려와 그들과 합석하기를 기다리고 있다고 생각해 왔다 그들은 삼나무숲 너머 어떤 높은 곳에서 그를 기다리고 있고 사토리스 대령은 그보다 더 높은 곳에서 무언가를 바라보고 있어서 그들은 대령이 바라보기를 그만두고 내려오길 기다리고 있는 것이다 할아버지는 남군 군복 차림이었고 삼나무숲 너머에서 이들이 중얼대는 소리가 들렸는데 항상 무언가 말하고 있었고 할아버지 말씀이 항상 옳았다[60]

59 십자가에서 옆구리에 창을 찔려 물과 피를 쏟은 예수를 암시한다.
60 어린 퀜틴에게 죽음은 할아버지의 죽음으로 상징된다. 할아버지

45분 종이 울리기 시작했다. 첫 종소리는 자로 잰 듯 정확하고 차분하고 고요하게 위압적이었으며, 다음 종이 울릴 때까지의 차분한 침묵의 공간을 비워 내고 있었다. 바로 그것이다. 사람들도 이렇게 서로 바뀔 수 있다면 좋겠다 불꽃으로 하나가 되어 한순간 하늘로 올라가 버리고 서늘한 영원의 어둠을 따라 깨끗이 사라질 수만 있다면 좋으련만 그러면 그네 생각을 지우려고 이렇게 누워 고민하지 않아도 될 테고 모든 삼나무숲에서 그 확연한 죽음의 냄새 벤지가 그렇게도 싫어하던 그 향수 냄새를 맡지 않아도 될 텐데. 수풀 생각만 하면 그 소곤거리는 소리와 비밀스러운 충동이 들리는 듯했고 드러난 야생의 육체 아래 박동하는 뜨거운 피의 냄새가 나는 듯했으며 핏발 선 눈꺼풀을 배경으로 풀려난 돼지들이 쌍으로 바닷물에 뛰어드는 모습이 보이는 것 같았다. 그러면 아버지가 우리는 잠들지 말고 잠시라도 악이 행해지는 것을 봐야만 한다고 말했다 나는 용감한 사람이라면 그렇게 오래 걸리지도 않는다고 했다 그러면 아버지는 그런 걸 용기라고 생각하느냐 물었고 나는 그렇다고 하면서 아버지도 그렇게 생각하지 않느냐고 말했다 아버지는 사람은 모두 자기 미덕의 결정권을 가지고 있다고 하면서 용감

는 멀리 있는 분이고 할아버지의 탁자가 있는 방에서는 떠들어서도 안 된다는 언급에서 할아버지가 가족과 가깝지 않았다는 걸 알 수 있다. 삼나무숲은 캐디가 남자 친구들을 만나던 그네가 있던 숲과도 연결된다.

한 행위보다 그것이 용감한 건지 아닌지 따지는 게 더 중요하다고 했다 그렇지 않다면 진지한 게 아니라고 말했다 내가 진지해 보이질 않느냐고 묻자 아버지는 너무 진지해서 놀랄 여지도 없다고 했다 그렇지 않았다면 근친 상간을 저질렀다고 자신에게 말할 정도로 방편을 강구하지는 않았을 거라고 했다 내가 거짓말이 아니라고 거짓말이 아니라고 거듭 말하자 아버지는 내가 자연스러운 인간의 어리석음을 공포로 둔갑시켜 고양시키더니 진실을 이용해 씻어 내려 한다고 했다 나는 캐디를 이 시끄러운 세상에서 따로 격리시키려 한 것이라고 말했다 그러면 우리는 필연적으로 도망쳐야 할 거고 그 시끄러운 소리들은 처음부터 아예 없었던 것처럼 되버릴 거라고 하자 아버지는 캐디에게 그것을 강요할 생각이었느냐고 물었고 나는 무서워서 할 수 없었다고 했다 캐디가 해버릴까 봐 겁이 났고 그렇게 되면 결국 모든 게 헛일이 되기 때문이라고 했다 하지만 아버지께 우리가 그랬다고 말하게 되면 그렇게 한 것이 되고 그러면 다른 남자들은 안 한 것이 될 것이며 세상은 우리를 쫓아낼 거라고 했다 아버지는 설마 이 말도 거짓은 아니겠지 하지만 넌 아직 네 속에 있는 보편적인 진실을 깨닫지 못하는구나 모든 사람의 머리에도 그리고 벤지에게도 그림자를 드리우는 자연스러운 사건과 그 원인의 연쇄 관계를 말이다 너는 인간의 유한성 대신 소위 신성을 생각하는 거야 정신이 육체를 초월해 육체와 대칭을 이루는 일시적인 마음 상태 정신이 정신 자체와 육체 양쪽을 의식하기에 육체도 털어 내지 못한 상태 즉 죽지도 못한 상태 말이야 하고 말했다 내가 잠깐 동안일 뿐이라고 하자 아버지는 넌 언젠가는 이 일이 너에게 지금처럼 상처를 주지 못할 거라는 생각을 참아 내지 못하는구나 말하자면 요점은 다른 모습은 전혀 바뀌지 않으면서 한밤중에 머리만 백발로 만드는 경험으로 그것을 생각하려 한다는 거야 이런 상황에서는 절대 그런 짓을 하지 않지 이런 건 도박일 따름이야 이상한 것은 인간은 우연히 이 세상에 오게 된 후 매번 숨 쉴 때마다 이미 자신에게 불리한 결과가 나오게끔 되어 있는 주사위를 매번 새롭게 던질 뿐인데도 언젠가는 반드시 닥치리란 걸 스스로도 이미 알고 있는 최후의 목적지를 대면하지 않으려 한다는 사실이지 폭력에서부터 어린애도 속지 않을 하찮은 속임수까지 온갖 편법을 시도하지 않고는 대면하는 법이 없거든 그러다가 어느날 혐오감에 젖어서는 될 대로 되란 식으로 그저 한 장의 카드를 뽑아 온 운명을 걸고 마는 거지 절망이나 후회나 사별의 아픔 앞에 처음으로 느끼는 분노 때문에 그런 짓을 하는 사람은 없어 절망이나 후회나 사별의 아픔도 암담한 주사위 노름꾼에게는 더 이상 대수로운 것이 아니라는 사실을 깨닫는 순간 사람들은 비로소 그런 짓을 벌인단다 하고 말했다 내가 잠깐 동안일 뿐이라고 하자 아버지는 사랑이니 슬픔이니 하는 것은 아무런 계획도 없이 매입한 채권과 같아서 좋든 싫든 만기가 되면 아무런 경고도 없이 회수되고 대신 그때 신께서 우연히 발행한 것으로 바뀌는 거란다 넌 그런 짓은 하지 않겠지 캐디조차 네가 절망해야 할 가치가 없다고 믿기 전까지는 하고 말했다 내가 나는 안 그럴 거라고 아무도 내가 뭘 아는지 모른다고 하자 아버지는 당장 케임브리지로 돌아가는 게 좋겠다고 말했다 메인주[61]로 올라가 한 달 정도 쉬어도 되고 돈을 잘만 쓰면 가능할 거다 돈이 예수님보다 사람들의 상처를 더 많이 치료한다는 걸 보는 것도 괜찮은 일이야 그래서 내가 제가 깨달으리라고 아버지가 생각하는 것을 다음 달이나 다음 주쯤 거기 가서 알게 된다면 어찌 될까요 하자 아버지는 그럼 그때 너는 하버드에 가는 것이 너를 낳은 후 네 엄마의 꿈이었다는 것을 기억하게 되겠지 콤슨 가문 사람은 절대 여자를 실망시키는 법이 없단다 하고 말했다 나는 잠깐 동안일 뿐이라고 했고 나를 위해서나 우리 모두를 위해서나 그러는 게 좋겠다고 했다 아버지는 사람은 모두 자기 미덕의 결정권을 가지고 있다고 하면서 절대 자신의 행복을 다른 사람이 결정해서는 안 된다고 했다 나는 잠깐 동안이라 했고 아버지는 세상에서 가장 슬픈 단어가 바로 존재의 과거형이라고

61 앞에서 언급한 〈최후의 목적지final main〉와 〈메인Maine주〉가 발음상 유사하다는 점을 이용한 아이러닉한 말장난이다.

했다 절망도 과거로 흘러가야 있을 수 있고 시간도 지나간 것이 있어야 시간이 되는 것처럼

　마지막 종이 울렸다. 남은 메아리 소리도 사라지고 다시 어둠이 내렸다. 나는 거실로 나가 불을 켠 후 조끼를 걸쳤다. 휘발유 냄새가 거의 사라져 느낄 수 없을 정도였고, 거울에 비추어 봐도 얼룩이 보이지 않았다. 어쨌든 멍든 내 눈처럼 표가 나지는 않았다. 외투를 입었다. 슈리브에게 보내는 편지가 옷 안에서 부스럭댔다. 나는 편지를 꺼내 주소를 확인한 후 옆 주머니에 넣었다. 그런 후 시계를 슈리브의 방으로 가져가 서랍 속에 넣고는 다시 내 방으로 돌아왔다. 깨끗한 손수건을 챙긴 다음 문 앞으로 와 전등 스위치를 눌렀다. 그런데 이를 안 닦은 게 생각나 다시 트렁크를 열어야 했다. 칫솔을 꺼내 슈리브의 치약을 바른 후 나와서 이를 닦았다. 칫솔을 말린 후 트렁크에 넣고는 트렁크를 닫고 문 앞으로 갔다. 불을 끄기 전에 마지막으로 모든 걸 확인하다가 모자를 챙기지 않았다는 걸 알았다. 우체국에 들러야 하기에 혹 누군가를 만나면 하버드 4학년 학생을 흉내 내는 스퀘어 학생쯤으로 생각할 것 같았다. 모자 손질을 깜빡 잊었다. 하지만 슈리브에게 솔이 있었기에 다행히 트렁크를 다시 열 필요는 없었다.

272

1928년 4월 6일

＊ 콤슨가 사 남매 중 셋째인 제이슨이 화자로 등장하는 장이다. 1928년 4월 6일 벌어진 일들이 그려진다. 형과 아버지의 사망 후 집안의 가장 역할을 하게 된 제이슨은 어머니 콤슨 부인과 동생 벤지, 캐디의 딸 퀜틴을 부양하며 살고 있다.

내 말은, 한번 화냥년은 영원히 화냥년이라는 겁니다. 학교 안 가는 걸로 엄마를 걱정시키면 그나마 다행인 거죠. 위층 자기 방에 처박혀 얼굴에 화장이나 떡칠하면서 여섯 놈이나 되는 깜둥이의 대접을 받게 하느니 저 애를 당장 부엌에 내려 보내 일을 시켜야 해요. 한 접시 그득 담긴 고기에 빵까지 처먹어야 자리에서 겨우 일어나 뒤뚱대며 일하는 깜둥이들이 저 애 아침 식사까지 챙겨 주니 말이나 됩니까. 이러는 내게 엄마는 말했다.

「학교 당국이 뭐라 하겠니. 손녀딸 하나도 제대로 돌보지 못한다고 할 텐데……」

「그런데요.」 내가 말했다. 「못 하시잖아요? 쟤한테 뭐 해보신 게 없잖아요. 벌써 열일곱 살이나 처먹었는데 이제 뭘 어쩌시겠어요.」

엄마는 잠시 이 문제를 갖고 고민했다.

「하지만 학교에서 그렇게 생각하면……. 난 저 애가 성적표를 받은 것도 몰랐단다. 작년 가을인가, 저 애가 이제부터 학교에서 성적표 안 준다고 했거든. 그런데 전킨 교장 선생님이 내게 전화해서는 한 번만 더 결석하면 퇴학이라고 하지 않니. 대체 퀜틴은 왜 그러는 걸까? 학교도 안 가고 어딜 가는 거지? 넌 종일 시내에 있으니 재가 거리에서 돌아다니는 걸 봤을 텐데.」

「그럼요.」 내가 말했다. 「거리에 있기만 하면 다행이게요. 난 저 애가 남들이 봐도 괜찮다 싶은 일을 하려고 학교를 빠진다고 생각하지 않아요.」

「그건 무슨 소리니?」 엄마가 말했다.

「별 뜻 없어요.」 내가 말했다. 「엄마 말에 답한 것뿐이에요.」 그러면서 엄마는 자식이 어떻게 대놓고 제 엄마에게 그렇게 말할 수 있느냐며 다시 울기 시작했다.

「엄마가 물어봤잖아요.」 내가 말했다.

「너 때문에 그러는 게 아니야.」 엄마가 말했다. 「내게 망신을 주지 않는 애는 너 하나란다.」

「물론이죠.」 내가 말했다. 「전 그럴 여유조차 없었거든요. 제가 하버드 대학을 갔나요, 아니면 과음으로 땅속에 묻히기를 했나요. 전 일만 해야 했거든요. 하지만 저 애를 쫓아다니며 감시하라고 하시면 가게 다 때려치우고 대신 야간에 일할 데를 찾으면 돼요. 낮에는 제가 재를 쫓아다니면 되고, 밤에는 벤과 교대하면 되겠죠.」

「그래 내가 문제지, 내가 이 집의 짐 덩어리고.」 엄마는

276

베개에 얼굴을 묻고 흐느꼈다.

「저도 알아요.」 내가 말했다. 「지난 30년간 내내 같은 말씀을 하셨잖아요. 이제 벤도 알 정도예요. 제가 그 애한 테 뭐라고 좀 해주길 바라시는 거예요?」

「그러면 잘될 거 같니?」 엄마가 말했다.

「글쎄요, 제가 막 시작하려 들 때 내려와서 방해만 안 하신다면요.」 내가 말했다. 「퀜틴을 잡고 싶으시면 그렇 다고·하시고 여기서 손을 떼세요. 제가 뭘 하려고 들 때 마다 엄마가 끼어드시니까 저 애가 우리를 우습게 보는 거예요.」

「그래도 쟤가 네 혈육이라는 걸 잊어선 안 된다.」 엄마 가 말했다.

「물론이죠.」 내가 말했다. 「혈육, 그게 바로 제가 생각 하고 있는 거예요. 몸에도 손을 대고, 제 식대로 말하자 면 약간의 피를 보게 되더라도 고쳐야지요. 깜둥이처럼 행동하면 그게 누구든 깜둥이처럼 대해 줘야 해요.」

「그러다가 네가 성질부릴까 봐 겁나.」 엄마가 말했다.

「나 참.」 내가 말했다. 「엄마 방식으론 별로 거둔 게 없 잖아요. 그러니 제 방식대로 하길 바라시는 건지 아닌 건 지만 말하세요. 저도 일하러 가야 해요.」

「네가 우리 때문에 평생 노예처럼 일하는 거 잘 안다.」 엄마가 말했다. 「너도 알잖니, 내 식대로 했다면 네가 회 사도 갖고 배스콤 가문에 어울리는 일을 할 수 있었을 텐데. 성은 달라도 넌 배스콤가의 일원이잖니. 네 아버지가 조금만 앞을 내다볼 수 있었더라도…….」

「글쎄요, 뭐.」 내가 말했다. 「아버지도 남들처럼, 아니 깜둥이들처럼, 가끔은 잘못 판단할 때가 있는 거겠죠.」 엄마가 다시 울기 시작했다.

「돌아가신 네 아버지를 그렇게 말하다니.」 엄마가 말했다.

「알았어요.」 내가 말했다. 「알았어요. 마음대로 하세요. 하지만 제 회사가 없으니 지금은 제 직장에라도 나가야 해요. 제가 퀜틴한테 뭐라고 좀 해주길 바라세요?」

「네가 퀜틴한테 성질부릴까 봐 겁이 나서 그런다.」 엄마가 말했다.

「알겠어요.」 내가 말했다. 「그럼 아무 말 안 할게요.」

「하지만 그냥 놔두면 안 돼.」 엄마가 말했다. 「퀜틴이 학교도 안 가고 거리에서 어슬렁거리도록 내가 놔뒀다고 사람들이 생각한다니까. 게다가 내가 막지도 못한다고…… 여보, 여보.」 엄마가 말했다. 「어쩌면 그럴 수 있어요. 내게 이런 무거운 짐만 남겨 두고 혼자 가면 어떡해요.」

「자, 자.」 내가 말했다. 「그러다가 또 병나시겠어요. 쟤를 온종일 가둬 놓으시든가 아니면 제게 넘기고 걱정하지 마시든가?」

「내 혈육이잖니.」 엄마가 울며 말했다. 그래서 내가 말했다.

278

「알겠어요. 제가 돌볼 테니 이제 진정하세요.」

「성질부리면 안 된다.」 엄마가 말했다. 「아직 어리다는 걸 잊지 마라.」

「알았어요.」 나는 말했다. 「안 그럴게요.」 나는 문을 닫고 나왔다.

「제이슨.」 엄마가 말했다. 하지만 나는 대답하지 않고 그냥 내려갔다. 「제이슨.」 문 뒤에서 엄마가 나를 다시 불렀다. 나는 그냥 아래로 내려갔다. 식당에는 아무도 없었지만 부엌에서 퀜틴의 목소리가 들렸다. 딜지에게 커피 한 잔을 더 달라고 하는 모양이었다. 나는 부엌으로 들어갔다.

「그 옷이 네 학교 교복인가 보지?」 내가 말했다. 「아니면 오늘이 공휴일이든가.」

「반 잔만, 딜지.」 퀜틴이 말했다. 「제발.」

「안 돼요.」 딜지가 말했다. 「절대 안 줘. 한 잔 이상은 안 되는 거 알지. 마님 말씀도 그렇고 열일곱 아가씨에게 한 잔 이상은 안 돼. 올라가 학교 갈 준비나 해요. 그래야 삼촌과 같이 시내에 갈 수 있어. 또 지각하면 안 돼요.」

「지각이라니, 그럴 리가.」 내가 말했다. 「그 문제는 지금 당장 해결할 수 있지.」 커피 잔을 손에 든 퀜틴이 나를 쳐다봤다. 얼굴에 흘러내리는 머리카락을 뒤로 넘기자 퀜틴이 걸친 기모노가 어깨 아래로 흘러내렸다. 「아가씨, 컵 내려놓고 당장 이리로 오시지.」 내가 말했다.

「뭐 하게요?」퀜틴이 말했다.

「오라니까.」내가 말했다. 「컵은 싱크대에 내려놓고 이리 오라고.」

「제이슨, 무슨 일이야?」딜지가 말했다.

「할머니나 다른 사람들에게 하듯 나를 그냥 무시하려나 본데.」내가 말했다. 「아마 내가 그 사람들과는 다르다는 걸 알게 될 거야. 내가 말한 대로 10초 안에 당장 그 컵 내려놔.」

퀜틴이 나를 쳐다보다 말고 딜지를 쳐다보았다. 「딜지, 몇 시야?」퀜틴이 말했다. 「10초가 되면 휘파람 불어 줘. 그리고 반 잔만 줘, 제…….」

내가 퀜틴의 팔을 잡아챘다. 그러자 퀜틴이 들고 있던 컵이 바닥에 떨어져 깨지고 말았고, 퀜틴이 나를 쳐다보며 뒤로 홱 물러섰다. 하지만 나는 팔을 놓지 않았다. 딜지가 자리에서 벌떡 일어났다.

「이봐, 제이슨.」딜지가 말했다.

「내 팔 놔요.」퀜틴이 말했다. 「안 그럼 때릴 거예요.」

「네가, 네가 날 치겠다고?」내가 말했다. 「한번 해볼래?」퀜틴이 팔을 휘둘렀다. 나는 살쾡이를 다루듯 그 손도 붙잡았다. 「해보라니까?」내가 말했다. 「할 수 있을 거 같아?」

「제이슨!」딜지가 말했다. 나는 퀜틴을 끌고 식당으로 향했다. 기모노가 다 풀어져 펄럭거렸다. 제길, 거의 벗은 꼴이 되었다. 뒤뚱대며 딜지가 쫓아왔다. 나는 돌아서서 발로 문을 걸어차 딜지가 못 들어오게 막았다.

「당신은 여기서 좀 빠져 있어.」 내가 말했다.

나는 탁자에 기대어 기모노를 여미는 퀜틴을 노려보았다.

「자.」 내가 말했다. 「대체 네가 무슨 짓을 하고 다니는지나 알자. 할머니에게 거짓말하고 학교나 빠지고, 성적표에 가짜 사인이나 해서 할머니 걱정하다 병나시게 하고, 대체 무슨 짓이야?」

퀜틴은 아무 말도 하지 않았다. 그러곤 기모노를 턱 밑까지 추켜올리며 흘러내리지 않게 단단히 잡아맸다. 그리고 나를 쳐다봤다. 아직 화장을 하지는 않았는지 얼굴이 기름걸레로 문지른 것처럼 번지르르했다. 나는 다가가 퀜틴의 손목을 잡았다. 「대체 무슨 짓이냐고?」 내가 말했다.

「삼촌이 알 바 아니에요.」 퀜틴이 말했다. 「내 팔 놓으라고요.」

딜지가 안으로 들어왔다. 「제이슨.」 딜지가 말했다.

「빠져 있으라고 했지.」 나는 뒤도 돌아보지 않고 소리쳤다. 「학교도 안 가고 어디로 행차하시나.」 내가 말했다. 「길거릴 싸돌아다니는 건 아닐 테고. 그럼 내 눈에 띄었을 테니까. 대체 어떤 놈이랑 놀아나는 거야? 빌어먹을 건달들이랑 숲속에 숨어서 노는 거지. 그런 데나 다니는 거지?」

「이…… 빌어먹을, 나잇살은 처먹어 갖고!」퀜틴이 말했다. 퀜틴이 몸부림쳤지만 나는 놓아주지 않았다. 「이 빌어먹을 꼰대!」퀜틴이 소리쳤다.

「내가 본때를 보여 주지.」내가 말했다. 「네가 할머니 한테는 어떻게 했는지 모르겠지만, 이제 누가 너를 잡는지 보여 주마.」나는 한 손으로 퀜틴을 붙잡았다. 그러자 퀜틴은 더 이상 반항하는 대신 까만 눈을 치켜뜨고 나를 노려보았다.

「뭘 어쩌려고요?」퀜틴이 말했다.

「허리띠 풀 때까지 잠깐 기다려. 알려 줄 테니까.」허리띠를 풀며 내가 말했다. 그러자 딜지가 내 팔을 잡았다.

「제이슨, 제이슨, 창피한 줄 알아.」딜지가 말했다.

「딜지.」퀜틴이 말했다. 「딜지.」

「애야, 내가 손 못 대게 할 테니 걱정 마라.」딜지가 말했다. 딜지가 내 팔을 잡았지만 나는 허리띠를 푼 다음 딜지를 한쪽으로 밀쳐 버렸다. 딜지가 비틀대며 탁자 쪽으로 물러섰다. 너무 늙어서 제대로 움직이지도 못했다. 하지만 별수 있나. 부엌에 남아 젊은 사람들이 처리하지 못한 음식을 먹어 치워야 할 사람이 하나 정도는 있어야 하니까. 나를 말리려고 딜지가 다리를 절뚝이며 우리 사이로 끼어들었다. 「그럼 날 때려. 누군가 패야 직성이 풀린다면 나를 때리라니까.」딜지가 말했다.

「내가 못 할 것 같아?」 내가 말했다.

「자네보다 비열하게 구는 사람이 세상에 있을까?」 딜지가 말했다. 계단을 내려오는 엄마의 목소리가 들렸다. 혹시나 했는데 이번에도 역시 엄마가 끼어들었다. 나는 퀜틴을 잡고 있던 손을 놓았다. 퀜틴이 기모노를 여미면서 벽 쪽으로 비틀거리며 물러섰다.

「알았어.」 내가 말했다. 「이 일은 일단 접어 두지. 하지만 네가 날 속일 수 있다고 생각하면 오산이야. 나쁜 년 같으니라고, 난 네 할머니도 아니고 반송장 된 늙은 깜둥이도 아니라는 걸 명심해.」 내가 말했다.

「딜지.」 퀜틴이 말했다. 「엄마 좀 데려다줘.」 퀜틴이 말했다.

딜지가 퀜틴에게 다가갔다. 「자, 자.」 딜지가 말했다. 「내가 있는 한 네게 손찌검 못 하게 할 거야.」 엄마가 계단을 내려왔다.

「제이슨.」 엄마가 말했다. 「딜지.」

「자, 자.」 딜지가 말했다. 「삼촌이 절대 네게 손 못 대게 할 거야.」 딜지가 퀜틴의 어깨에 손을 얹었다. 퀜틴이 이를 뿌리쳤다.

「빌어먹을 늙은 깜둥이.」 퀜틴이 그렇게 말하고는 문 쪽으로 뛰어갔다.

「딜지.」 계단 위에서 엄마가 불렀다. 퀜틴은 엄마도 본 체만체하며 계단 위로 달렸다. 「퀜틴, 애야.」 엄마가 불렀다. 하지만 퀜틴은 그냥 달려갔다. 퀜틴이 계단으로 뛰어 올라가는 소리가 들리더니 이내 쾅 하며 문이 닫혔다.

엄마가 멈춰 섰다가 다시 내려왔다. 「딜지.」 엄마가 불렀다.

「예, 마님.」 딜지가 말했다. 「지금 갑니다. 제이슨, 어서 가서 차를 대고 기다려야지.」 딜지가 말했다. 「그래야 퀜틴이 학교에 가지.」

「걱정 마.」 내가 말했다. 「학교에 데려가 거기에 계속 남아 있는지 확인까지 할 테니까. 한번 시작하면 끝을 봐야지.」

「제이슨.」 엄마가 계단 위에서 다시 불렀다.

「자, 빨리 가봐.」 문 쪽으로 가며 딜지가 말했다. 「마님을 다시 몸져눕게 하려는 건 아니겠지. 네, 마님, 갑니다.」

나는 밖으로 나왔다. 엄마와 딜지가 떠드는 소리가 들렸다. 「침대로 가세요.」 딜지가 말했다. 「벌써 일어나시면 몸에 안 좋은 거 모르세요? 올라가시라니까요. 퀜틴이 제때 학교로 출발하는지 제가 확인할게요.」

나는 차를 꺼내려고 집 뒤로 갔다가 다시 집 앞으로 빙 돌아 나와야 했다. 거기서 그들을 발견했다.

「차 뒤에다 타이어 달아 놓으라고 말한 걸로 아는데.」 내가 말했다.

「시간이 없었어요.」 러스터가 말했다. 「할머니가 부엌일을 마칠 때까지 벤지를 돌볼 사람이 저밖에 없어서요.」

「그래.」내가 말했다. 「벤지나 돌보라고 내가 이 많은 깜둥이들 밥을 먹이는 줄 아나 보지. 이제 자동차 바퀴 하나 바꾸는 것도 내가 직접 해야 할 판이네.」

「벤지랑 같이 있을 사람이 없다니까요.」러스터가 말했다. 때마침 벤지가 침을 질질 흘리며 징징거렸다.

「뒤로 데려가라고.」내가 말했다. 「사람들이 다 쳐다보는데 대체 저 바보를 왜 데리고 나오는 거야?」벤지가 악을 쓰며 소리 지르기 전에 둘을 윽박질러 쫓아 버렸다. 일요일은 최악이었다. 나처럼 집 안에서 이런 촌극을 겪나, 아니면 여섯이나 되는 깜둥이를 먹여 살릴 필요가 있나, 그럴 필요 없는 빌어먹을 인간들이 일요일이면 풀밭에서 좀약만 한 공을 쳐대며 돌아다니는 꼴이라니. 게다가 벤지란 놈은 울타리 쪽으로 사람들이 오기만 하면 오르락내리락 쫓아다니며 소리를 질러 대니, 이러다간 우리더러 골프 요금을 물어내라고 할 판이다. 그러면 엄마랑 딜지가 도기로 만든 동그란 문고리 한두 개랑 지팡이를 가지고 어떻게든 해봐야 할테지. 아니면 내가 랜턴 불을 켜고 한밤중에 공을 치든가. 그럼 마침내 사람들이 우리 모두를 잭슨시로 보내 버릴 것이고. 그런 다음 올드 홈 위크[1]를 개최할지도 모르지.

다시 차고로 돌아와 보니 벽에 기대어 있는 타이어가 보였다. 하지만 내가 타이어를 갈 수는 없는 노릇이었다.

1 마을에 살았던 사람들을 초대해 베푸는 성대한 마을 축제.

나는 차를 빼 방향을 돌려 세웠다. 진입로 앞에 퀜틴이 서 있었다. 내가 말했다.

「책은 안 가져가니? 내 일은 아니지만 대체 책은 어디다 팔아먹었는지 물어봐도 될까. 물론 나한테 그런 걸 물어볼 권한 따윈 없겠지.」 내가 말했다. 「나야 그저 지난 9월에 책값으로 11달러 65센트를 지불한 것뿐이니까.」

「엄마가 사줬겠지요.」 퀜틴이 말했다. 「삼촌은 나한테 땡전 한 푼 쓴 게 없어요. 삼촌한테 받을 바에야 차라리 그냥 굶어 죽을 거예요.」

「그래?」 내가 말했다. 「네가 한 말 그대로 할머니에게 전하고, 뭐라 하시는지 들어 보라고. 다행히 완전히 벗고 있는 걸론 안 보이네.」 내가 말했다. 「옷이 가려 주는 것보단 얼굴에 처바른 것 때문이긴 하지만 말이다.」

「이 옷 사는 데 삼촌이나 할머니 돈이 한 푼이라도 들어간 줄 알아요?」 퀜틴이 말했다.

「할머니에게 물어보라고.」 내가 말했다. 「수표가 어떻게 됐는지 말이야. 내 기억으론 할머니가 수표를 불사르는 걸 너도 봤잖나.」 퀜틴은 아예 들으려고 하지도 않았다. 얼굴은 온통 화장품으로 떡칠을 하고 눈은 조그만 잡종개의 눈처럼 사나워 보였다.

「이 옷에 삼촌이나 할머니 돈이 한 푼이라도 들어갔다면 내가 어떻게 할 거 같아요?」 퀜틴이 옷을 잡고 말했다.

「어쩔 건데?」 내가 말했다. 「옷 벗고 대신 통이라도 뒤

집어쓰고 다닐래?」

「당장 찢어서 길바닥에 버릴 거예요.」 퀜틴이 말했다. 「내 말이 안 믿겨요?」

「그럴 테지.」 내가 말했다. 「매번 그러잖아.」

「하나 안 하나 보실래요.」 퀜틴은 그렇게 말하면서 옷의 목 부분을 양손으로 잡고 찢을 자세를 취했다.

「찢기만 해봐.」 내가 말했다. 「그러면 평생 잊지 못할 정도로 흠씬 패줄 테니까.」

「자, 보세요.」 퀜틴이 말했다. 정말로 옷을 찢을 기세였다. 차를 멈추고 퀜틴의 손을 잡았더니 이미 10여 명이 우리를 쳐다보고 있었다. 순간 나는 너무도 화가 나서 눈앞에 보이는 게 없을 정도였다.

「다시 한번 이런 짓을 하면 태어난 걸 후회하게 만들어 줄 테다.」 내가 말했다.

「이미 후회하고 있어요.」 그렇게 말하며 퀜틴은 옷 찢는 짓을 그만두었다. 그 순간 퀜틴의 눈가가 이상스럽게도 촉촉해졌다. 나는 속으로, 너 이 차 안에서, 길거리 한복판에서 울기만 해봐라, 그래도 내가 실컷 패줄 테니, 하고 중얼댔다. 다행히 울지는 않았다. 나는 퀜틴의 손목을 풀어 주고 다시 차를 몰았다. 다행히 샛길 가까이에 있었기에 뒷길로 차를 몰아 광장을 피해 갈 수 있었다. 사람들이 이미 비어드 씨 공터에 천막을 치고 있었다. 얼이 우리 가게 창문에 공연 광고판을 걸게 해주는 대가로 받은 입장권 두 장을 내게 주었다. 퀜틴은 고개를 돌린 채 앉아 입술을 씹어 대고 있었다. 「이미 후회하고 있다니까.」 퀜틴이 말했다. 「내가 대체 왜 태어났는지 모르겠어.」

「그 문제에 관해선 도무지 이해하지 못하는 사람이 너 말고 한 명[2] 더 있지.」 내가 말했다. 학교 정문 앞에 차를 세웠다. 벨이 방금 울렸고 마지막 지각생이 막 들어가고 있었다. 「어쨌든 이번만은 정시에 왔군.」 내가 말했다. 「네 발로 교실로 들어가서 얌전히 있을래, 아니면 내가 같이 가서 그렇게 해줄까?」 퀜틴이 차에서 내리더니 꽝하고 문을 닫았다. 「내 말 잊지 마.」 내가 말했다. 「농담 아니야. 한 번만 더 뒷골목에서 그 건달들이랑 몰래 쏘다닌다는 말이 내 귀에 들어오면 알지.」

퀜틴이 그 말에 뒤를 돌아보았다. 「난 몰래 다니지 않아요.」 퀜틴이 말했다. 「내가 뭘 하는지 남들이 알아도 신경 안 써요.」

「사람들도 모두 다 알고 있어.」 내가 말했다. 「이 동네 사람 모두 네가 어떤 앤지 다 알고 있다고. 하지만 더 이상 좌시하지 않겠어, 알겠지. 네가 뭘 하든 난 관심 없지만 말이야.」 내가 말했다. 「하지만 이 동네에서의 내 위치라는 게 있거든. 그래서 우리 집 사람 그 누구라도 깜둥이

---

2 캐디와 결혼했다가 사생아 퀜틴 문제로 이혼한 허버트 헤드를 말한다.

계집애처럼 행동하는 건 용납 못 해. 내 말 알아듣겠어?」

「상관없어요.」퀜틴이 말했다. 「난 원래 못됐고 지옥에 나 갈 거니까 아무 관심 없어요. 삼촌과 같이 있을 바에 야 차라리 지옥이 나아요.」

「네가 학교에 가지 않았다는 말이 한 번만 더 들리면 그땐 정말 지옥에 있는 게 낫다고 느끼게 해줄 거다.」내 가 말했다. 퀜틴이 뒤돌아 운동장을 가로질러 달려갔다. 「한 번이야, 잊지 마.」내가 말했다. 퀜틴은 뒤도 안 돌아 보고 달려갔다.

나는 우체국에서 우편물을 챙긴 후 가게로 가서 차를 주차했다. 가게로 들어가다가 얼과 마주쳤다. 지각한 것 에 대해 얼에게 한소리 들을 줄 알고 서 있었지만 그는 아무 말도 하지 않았다.

「경운기가 도착했으니, 가서 조브 영감을 도와 설치하게.」

뒤로 돌아 들어가니 조브 영감이 한 시간에 나사못 세 개 정도를 뽑는 속도로 나무 상자를 풀고 있었다.

「영감도 우리 집에서 일해야겠네요.」내가 말했다. 「쓸 모없는 깜둥이 가운데 둘 중 하나는 우리 집에서 숙식하 거든요.」

「나는 토요일 밤에 내게 일당을 주는 사람을 위해 일 하는 걸세.」그가 말했다. 「그러니 다른 사람들까지 즐겁 게 해줄 그런 겨를이 있겠나.」영감이 너트를 조였다. 「요 즘 이 나라에는 목화 바구미 말고는 일하는 자가 없어.」

그가 말했다.

「당신이 저 경운기들 위에 앉아 기다리는 목화 바구미가 아닌 게 다행입니다.」내가 말했다. 「그럼 저것들 때문에 일을 못 하게 되기 전에 죽도록 일해야 할 테니까요.」

「그건 그렇지.」그가 말했다. 「목화 바구미의 삶도 힘든 삶이지. 일주일 내내 뜨거운 햇빛 아래서, 비가 오든 날이 쨍하든 일해야지. 또 수박이 자라는 걸 지켜보며 쉴 수 있는 베란다 같은 게 있나, 이놈들에겐 토요일도 아무 의미가 없네.」

「영감에게도 토요일이 아무 의미가 없을 수 있어요.」내가 말했다. 「일당을 주는 사람이 나라면 말예요. 자, 상자에서 쟁기나 꺼내 안으로 들여놔요.」

나는 누나의 편지를 먼저 열어 수표를 꺼냈다. 별수 없는 여자였다. 엿새나 늦었다. 그런데도 자기들이 사업상 거래할 능력이 있다는 걸 남자들에게 확신시키려 든다. 월초를 6일로 보는 사람과 사업상 거래를 하면 얼마나 오래갈까. 엄마는 은행 전표를 받고 나면 내가 왜 엿새나 지난 다음에야 봉급을 계좌에 집어넣는지 알고 싶어 할 거다. 여자들은 이런 걸 꿈에도 모른다.

퀜틴의 부활절 드레스에 대해 언급한 내 편지에 답장을 아직 못 받았구나. 편지가 제대로 전달됐는지 궁금해. 그리고 퀜틴에게 쓴 마지막 두 편지에 대한 답장 역시 아직 못 받았어. 하지만 두 번째 편지에 동봉한 수표는 이미 다른 수표들과 함께 현금화되어 있더구나. 퀜틴에게 무슨 일이 있는지 궁금해. 당장 알려 주지 않으면 내가 가서 직접 확인할 생각이야. 퀜틴이 필요한 게 있으면 내게 알려 주겠다고 약속했었지. 10일 이전까지 소식이 오길 기다릴게. 아니 당장 전보로 알려 줘. 퀜틴에게 쓴 편지를 네가 다 보고 있겠지. 그 정도는 안 봐도 눈앞에 훤해. 당장 이 주소로 전보를 띄워 퀜틴 소식을 전해 줬으면 해.

편지를 읽는 중에 얼이 조브 영감에게 고함치는 소리가 들렸다. 그래서 편지를 접고 조브 영감을 정신 차리게 하려고 소리가 나는 곳으로 갔다. 이 나라에 필요한 건 백인 노동력이다. 망할 놈의 깜둥이들은 한두 해 정도 굶겨야 자신들이 얼마나 편하게 지내는지 알 수 있을 것이다.

10시경 매장으로 나갔다가 외판원을 만났다. 10시 조금 전이었기에 나는 콜라를 마시자며 그를 길 건너로 데리고 갔다. 우리는 소출 문제에 대해 얘기를 나눴다.

「별거 없어요.」 내가 말했다. 「목화는 투기업자들이 좋아하는 작물이거든요. 이 사람들이 농부들에게 실컷 허풍을 떨어서 수확만 엄청나게 해놓고선 어리석은 농민들을 속이려고 가격을 조작한다니까. 농부들이야 기껏해야 햇볕에 목덜미나 익든지 허리가 휘는 것 말고 무얼 얻겠어요? 땀 흘리며 땅에 씨 뿌리는 사람들이야 겨우 먹고 사는 거지 어디 한 푼이라도 제대로 법니까?」 내가 말했다. 「목화를 많이 수확해 봤자 그만큼 대가가 따르나요? 그렇다고 수확이 적으면 조면기(繰綿機)에 돌릴 솜조차 없게되죠. 대체 어쩌자는 거죠? 그래서 빌어먹을 동부의 유대인 놈들이, 아니 뭐 유대교를 믿는 사람들에 대해 뭐라 하는 건 아니고요.」 내가 말했다. 「유대인 중에는 훌륭한 미국 시민도 있지요. 댁도 그런 분 가운데 한 분이실 테고.」 내가 말했다.

「아뇨.」 그가 말했다. 「전 미국인입니다.」

「나쁜 뜻으로 말한 건 아닙니다.」 내가 말했다. 「저는 종교나 그런 건 가리지 않고 다 공평하게 대합니다. 유대인 개인에겐 아무 유감 없어요.」 내가 말했다. 「유대 민족에 대해 말하는 겁니다. 당신도 알다시피 이 사람들은 아무것도 생산하지 않아요. 처음 개척한 사람들을 따라와 새로운 땅에서 그저 옷이나 팝니다.」

「아르메니아 사람들을 말씀하시는 거죠?」 그가 말했다. 「개척자들에게는 새 옷이 필요 없거든요.」

「언짢게 듣지 마세요.」 내가 말했다. 「저는 종교로 차별하진 않아요.」

「맞아요.」 그가 말했다. 「전 미국인입니다. 우리 가문 사람들에겐 일부 프랑스 피가 흐르지요. 그래서 제 코 모양이 이렇습니다. 저는 분명 미국인이에요.」

「저도 마찬가지예요.」내가 말했다. 「우리 같은 사람이 이제 별로 없어요. 제가 말하는 놈들은 뉴욕에 퍼질러 앉아 어수룩한 투기꾼들을 등쳐 먹는 자들이에요.」

「맞습니다.」그가 말했다. 「가난한 사람들은 투기할 게 없어요. 하여간 이런 걸 막는 법이 있어야 합니다.」

「제 말이 맞지요?」내가 말했다.

「그럼요.」그가 말했다. 「옳으신 말씀이지요. 농부들만 오가다가 당하는 거지요.」

「제 말이 맞다니까요.」내가 말했다. 「내용을 잘 아는 누군가로부터 내부 정보를 못 얻는 이상 그건 이미 진 게임입니다. 다행히도 저는 현장에 있는 몇몇 사람을 알고 있지요. 이 사람들은 뉴욕 시장에서 시세를 주무르는 큰손 가운데 한 명을 고문으로 두고 있어요.」내가 말했다. 「저는 한 번에 많은 모험을 하지는 않아요. 이자들이 등쳐먹는 건 자기가 다 안다고 하면서 단돈 3달러로 떼돈 벌려 하는 사람들이죠. 그래서 이자들이 먹고사는 겁니다.」

그 와중에 10시 종이 울렸다. 나는 전신국으로 갔다. 그 자들 말대로 개장하며 시세가 약간 올랐다. 구석으로 가서 전보를 다시 꺼내 보았다. 그러는 가운데 다시 보고가 들어왔다. 목화 증권 시세가 2포인트 올라갔다. 대부분의 사람들이 매입하기 시작하는 걸 사람들의 대화에서 알아차릴 수 있었다. 이들도 같은 배에 탄 것이다. 사람들은 마치 주식이 한 방향으로 직진하는 줄 아는 모양이다. 마치 매입하라는 법이라도 있는 듯 행동한다. 하긴 그래야 동부 유대인들도 먹고살 테니까. 하지만 하느님이 정해 준 자기 나라에서 먹고살지 못한 빌어먹을 외국 놈들이 이 땅에 와서 미국인 주머니에서 돈을 빼간다면 이건 정말 곤란한 일이다. 다시 2포인트 상승했다. 이제 4포인트가 되었다. 제길, 하지만 뉴욕 놈들이 뭔 일인지 다 알고 있을 테니까. 그들의 조언 때문에 매달 10달러씩 내고 있는 거잖아. 밖으로 나갔다. 그러다가 문득 생각이 나서 돌아와 전보를 보냈다. 〈잘 있음. Q,[3] 오늘 씀.〉

「Q라고요?」 통신사가 물었다.

「네.」 내가 말했다. 「Q요, 쓸 줄 모르시오?」

「확인차 물었을 뿐입니다.」 그가 말했다.

「내가 쓴 대로 보내면 됩니다.」 내가 말했다. 「수신자 부담입니다.」

「제이슨, 전보 보내나?」 딕 라이트가 내 어깨 너머로 쳐다보며 말했다. 「매입하라는 암호 메시지인가?」

「알 거 없어.」 내가 말했다. 「너희들이 알아서 결정해. 너희가 뉴욕 애들보다 더 잘 알잖아.」

「그래야겠지.」 딕이 말했다. 「올해는 파운드당 2센트 올려서 돈을 모았지.」

또 다른 보고가 도착했다. 이제 1포인트 하락했다.

3 퀜틴Quentin의 머리글자 Q.

「제이슨이 매도한다.」 홉킨스가 말했다. 「저 녀석 얼굴 좀 봐.」

「난 내 맘대로 할 테니까.」 내가 말했다. 「너희들도 알아서 하라고. 돈 많은 뉴욕 유대인들도 다른 사람들처럼 먹고는 살아야 하니까.」 내가 말했다.

나는 가게로 돌아왔다. 얼은 매장에서 분주했다. 내 책상으로 가서 로레인이 보낸 편지를 꺼내 읽었다. 〈사랑하는 자기, 한번 오셨으면 해요. 자기가 없으면 멋진 파티도 없어요. 내 사랑하는 자기, 보고 싶어요.〉 그렇겠지. 지난번에 40달러나 주었으니까. 여자에게는 아무런 약속도 하지 않고 무얼 줄지도 모르게 하는 게 내 철칙이다. 이게 여자를 다루는 유일한 방법이다. 그래야 항상 궁금해한다. 그리고 여자를 놀라게 할 방법이 생각나지 않을 땐 그저 턱이나 한 대 갈기면 된다.

편지를 찢어 타구(唾具)에 버린 후 태워 버렸다. 여자 글씨가 담긴 편지는 절대 보관하지 않는 것도 내 철칙이다. 답장도 절대 보내지 않는다. 매번 답장 좀 하라고 로레인이 보채지만 난 이렇게 말한다. 혹시 내가 깜빡하고 말 안 한 게 있으면 멤피스에 갈 때까지 기억하고 있을게. 그리고 이따금 편지를 쓰겠다면 일반 편지 봉투로 보내는 것까지는 문제 삼지 않겠지만, 나에게 전화를 걸려고 한다면 그걸로 멤피스는 끝장이야. 멤피스에 가도 난 그저 손님 중 하나일 뿐이야. 그리고 어떤 여자도 감히 내게 전화하지는 않아. 자, 받아, 40달러야. 돈을 주며 이렇게 말했다. 혹시 술 취해서 내게 전화할 마음이 생겨도 이 말을 잘 기억하고 하나에서 열까지 꼭 셀 것.

「언제쯤?」 그녀가 말했다.

「뭐가?」 내가 말했다.

「언제 오냐고요.」 그녀가 말했다.

「연락할게.」 내가 말했다. 그녀가 맥주를 사겠다고 했지만 못 하게 했다. 「돈 갖고 있다가 옷이나 사 입어.」 나는 하녀에게도 5달러를 주었다. 돈이란 건 그 자체가 값어치 있는 게 아니다. 내가 말하듯, 어떻게 쓰느냐가 중요하다. 그것은 누구의 것도 아니다. 그러니 왜 쌓아만 두려고 하는지. 돈은 그걸 취해서 갖고 있는 사람의 것일 뿐이다. 여기 제퍼슨에도 허접한 물건들을 깜둥이들에게 팔아먹고 큰돈을 번 사람이 있다. 가게 건너편 돼지우리만 한 방에서 손수 밥을 해 먹으며 살았다. 그러다가 약 4, 5년 전에 병에 걸렸다. 그러자 겁이 났는지 병석에서 일어나자마자 교회에 나가더니, 중국에서 전도 사업을 하는 선교사에게 매년 5천 달러를 헌금하기 시작했다. 나는 만약 그 사람이 죽은 후에 천국이 없다는 사실을 알게되면 그 5천 달러 때문에 얼마나 분통이 터질까 생각해본다. 내가 누누이 말하지만, 그러느니 차라리 빨리 죽어서 돈이나 아끼는 편이 나을 것이다.

편지를 다 태우고 나머지 우편물을 외투 속에 쑤셔 넣

다가 문득 집에 가기 전에 퀜틴 앞으로 온 편지를 읽어야 겠다는 생각이 들었다. 하지만 바로 그때 당장 매장으로 나오라는 얼의 고함 소리에 대충 치우고는 나가서 어떤 촌놈 고객을 상대해야 했다. 이 사람은 20센트짜리 멍에끈을 사느냐 아니면 35센트짜리를 사느냐를 갖고 15분 이나 고민하고 있었다.

「이왕이면 저게 낫지요.」 내가 말했다. 「싼 장비로 잘 되길 바랄 수 있나요?」

「이게 안 좋은 거면 왜 파는 거요?」 그가 말했다.

「안 좋다고는 안 했어요.」 내가 말했다. 「비싼 것만큼 좋지는 않다는 거죠.」

「안 좋은지 어떻게 알아요?」 그가 말했다. 「한 번이라 도 써본 적 있소?」

「아니, 값이 35센트가 안 되는 거니까요. 그래서 저것 만큼 안 좋다는 거지요.」 내가 말했다.

그자는 20센트짜리 멍에끈을 한 손에 잡고 손가락으 로 당겨 보았다. 「난 이걸 살 거요.」 그가 말했다. 그것을 받아 포장해 주려 했지만 그 사람은 그냥 둘둘 말더니 작 업복 안에 넣었다. 그런 후 담배쌈지 같은 걸 꺼내 그 안 에 있는 동전을 흔들어 댔다. 그리고 25센트 동전을 꺼내 주며 내게 말했다. 「15센트 아낀 걸로 간단한 식사는 할 수 있겠어.」 그가 말했다.

「네.」 내가 말했다. 「고객님이 잘 아실 테니까요. 하지만 내년에 다시 새 걸로 교체해야 될 때 제게 불평하시면 안 됩니다.」

「내년 일을 벌써 어찌 알겠소.」그가 말했다. 마침내 그가 사라졌지만, 편지를 꺼낼 때마다 뭔가 해야 할 일이 생겼다. 공연 때문인지 많은 사람들이 시내로 나왔다. 떼로 몰려나와 마을에 아무 도움도 안 되는 무언가에다 돈을 다 써버리고 시청에 있는 썩은 놈들끼리 나눠 먹을 돈 말고는 아무것도 남기지 않았다. 덕분에 얼은 꼭 닭장 속 암탉처럼 왔다 갔다 하느라 바빴다. 「네, 고객님. 콤슨 씨가 도와드릴 겁니다. 제이슨, 이 부인께 교유기(攪乳器) 보여 드리고 5센트짜리 방충망 고리도 좀 드리게.」

그래, 제이슨은 일하길 좋아하지. 아니요. 나는 말했다. 저는 대학 교육 혜택을 받은 적이 없어요. 하버드 대학이라고 해봐야 수영하는 법도 모르는 학생에게 기껏 야밤에 수영하러 가는 거나 가르쳐 주질 않나, 심지어 스와니 대학은 뭐가 술인지 뭐가 물인지도 가르치질 않으니까요.[4] 저를 주립 대학에라도 보내 주었다면, 아마도 전 코에 뿌리는 스프레이로 내 삶을 끝내는 법이라도 배웠을 겁니다. 그러면 벤은 해군이나 기병대에 보내면 되고요. 거기는 거세한 말을 쓴다고 하니까요. 그리고 누나가 자기 딸을 집에 보내 저에게 키워 달라고 했을 때, 제

4 보스턴 찰스강에 투신자살한 형 퀜틴과 테네시주 스와니 대학을 나와 결국 술병으로 돌아가신 아버지에 대한 원망이 담겨 있다.

가 그랬지요. 그래도 괜찮지 뭐, 일자리를 구하러 내가 북부 쪽으로 올라가는 대신 여기로 일을 보내 준 셈이니까. 이렇게 말하자 엄마는 다시 울기 시작했고, 나는 말했다. 저 아이를 집에 두는 걸 반대하는 게 아니에요. 엄마만 좋으시다면 제가 일을 관두고 저 애를 돌봐 주는 대신 엄마와 딜지가, 아니면 벤이 생계를 꾸리면 되지요. 벤은 서커스단에 보내면 되니까. 그 애를 보려고 10센트씩 내는 사람들이 분명 있다니까요. 엄마는 더 크게 울며 이렇게 말했다. 불쌍한 내 새끼. 그래서 내가 말했다. 지금은 벤이 기껏 나보다 한 배 반 정도로 컸지만, 앞으로 더 커서 엄마에게 도움이 될 거예요. 그러자 엄마가 말했다. 내가 빨리 죽어야 모두에게 좋겠지. 그래서 내가 말했다. 알겠어요, 엄마 마음대로 하세요. 당신 손녀잖아요. 그 어떤 할머니 할아버지보다 더 확실하게 내 손녀라고 말씀하시잖아요. 내가 말했다. 그런데 그건 시간문제라고요. 약속처럼 절대로 퀜틴을 다시는 안 볼 거라는 누나 말을 믿는다면 그건 엄마가 자길 속이는 거예요. 왜냐하면 처음엔[5] 엄마가 말했다. 나는 하느님께 감사한단다. 네가 이름 말고는 콤슨 가문 사람이 아니라서. 이제 내게 남은 건 너와 모리 오빠뿐이니까. 그래서 나는 말했다.

[5] 불완전한 문장인 이유는 제이슨이 말을 못 하고 머뭇거린다는 걸 의미한다. 순간 아버지 장례식에 몰래 참석한 캐디에게서 돈을 받고 딸을 보여 줬던 일이 생각났기 때문이다.

글쎄요 저는 모리 삼촌 없이도 잘 지낼 수 있어요. 그때 사람들이 와서 갈 준비가 됐다고 했다. 엄마는 울음을 그치고 베일을 내렸다. 우리는 계단을 내려갔다. 식당에서 나오던 삼촌은 손수건으로 입을 가리고 있었다. 사람들이 줄 서 있었고, 딜지가 벤과 티피를 구석으로 내모는 모습이 보였다. 우리는 계단을 내려와 마차에 탔다. 모리 삼촌이 불쌍한 우리 동생, 불쌍한 우리 동생, 하고 중얼대며 연신 엄마의 손을 토닥이고 있었다. 뭔지는 모르지만 그걸 입에 넣고 입 가장자리로 말했다.

「팔에 상장은 둘렀지?」 엄마가 말했다. 「벤저민이 나와서 난장판 만들기 전에 왜 출발 안 하는 거야? 불쌍한 내 새끼. 아버지가 돌아가신 줄도 모르고. 전혀 알지 못하니.」

「자, 자.」 엄마 손을 토닥이던 삼촌이 입가로 중얼대며 말했다. 「그게 나을지도 모르지. 걔가 꼭 알아야 할 때까지 그냥 내버려 둬.」

「다른 집 여자들은 이럴 때 자식들에게 의지를 하건만.」 엄마가 말했다.

「제이슨이랑 내가 있잖아.」 삼촌이 말했다.

「정말 끔찍해요.」 엄마가 말했다. 「2년 사이에 두 사람이나 보내다니.」

「자, 자.」 삼촌이 엄마를 달랬다. 삼촌은 잠시 후 손을 입에 대더니 뭔가를 뱉어 창밖으로 버렸다. 그제서야 그게 정향[6] 냄새인 걸 알았다. 아마도 삼촌은 아버지 장례 때 최소한 술 한두 잔은 드셔야 한다고 생각했던 모양이다. 아니면 그놈의 찬장이 지나가는 삼촌을 아버지로 착각해 대신 붙들어서 술을 먹였을 수도 있고. 내가 말하듯, 형을 하버드에 보내기 위해 뭔가를 팔아야 했다면 그놈의 찬장부터 팔고 남은 돈으로 아버지를 위해 술 마시는 팔을 묶어 놓을 수 있는 구속용 재킷을 샀어야 했다. 그래야 우리 모두에게 더 좋았을 것. 내 몫이 남기도 전에 콤슨가 사람들이 모든 걸 다 팔아 치운 건 엄마 말대로 아버지가 술로 다 팔아먹었기 때문이다. 나를 하버드에 보내려고 아버지가 뭐라도 팔아 보겠다고 말하는 걸 난 한 번도 들어 본 적이 없다.

삼촌은 연신 엄마 손을 토닥이며 말했다. 「불쌍한 내 동생.」 그렇게 까만 장갑을 낀 손으로 엄마의 손을 토닥였는데, 나흘 후 그 장갑값을 지불하라는 계산서가 집으로 날아왔다. 그날이 26일이었다. 정확히 기억나는 건 바로 그 한 달 전, 아버지가 누나 있는 곳으로 가서 그 애를 데려왔기 때문이다. 아버지는 누나가 어디에 있는지 함구했고, 엄마는 울면서 계속 이렇게 말했다. 「허버트는 보지 못했어요? 애 양육비라도 받아 내지 못했나요?」 아버지가 말했다. 「캐디가 허버트 돈은 한 푼도 안 건드리

6 강한 향기를 지닌 나무의 줄기. 모리 삼촌이 술 냄새를 가리기 위해 항상 씹었다.

겠다고 했소.」그러자 엄마가 말했다. 「법에 호소하면 강제 집행할 수 있어요. 허버트가 뭘 증명할 수 있겠어요. 여보, 당신 혹시…… 제이슨 콤슨.」엄마가 말했다. 「당신 바보처럼 그 얘기를…….」

「여보, 그만.」아버지가 말했다. 그런 다음 나에게 딜지를 도와 다락방에서 낡은 요람을 꺼내 오라고 하기에, 나는 말했다.

「좋아요. 사람들이 오늘 밤 제 일자리[7]를 집으로 가져왔군요.」왜냐하면 우리는 줄곧 누나 부부가 일을 말끔하게 처리하고 둘이 잘 지낼 거라고 기대했기 때문이다. 엄마는 적어도 누나랑 형은 자기들 몫을 잘 챙겼으니 내가 출세할 기회를 위태롭게 하진 않을 거라고, 가족을 위해 최소한 그런 배려는 할 거라고 줄곧 말해 왔다.

「이 아이가 이 집 말고 있을 데가 어디 있겠어?」딜지가 말했다. 「나 말고 누가 애를 키우겠어? 이 집 애들을 누가 다 키웠는데?」

「빌어먹을 정도로 정말 잘 키워 냈지.」내가 말했다. 「어쨌든 얘는 제 할머니에게 걱정거리가 될 게 뻔해.」우리는 요람을 아래층으로 가져와 누나가 쓰던 낡은 방에 설치하려고 했다. 그러자 엄마가 다시 울기 시작했다.

---

7 제이슨이 중의적인 의미로 쓴 대사로, 첫 번째 의미는 퀜틴을 돌보는 일이라는 뜻이고, 두 번째 의미는 헤드가 자기에게 약속해 주었던 은행 일자리를 비꼬는 뜻이다.

「마님, 그만하세요.」딜지가 말했다. 「그러다가 애 깨겠어요.」

「그 방에 둔다고?」엄마가 말했다. 「그 방 공기에 애가 오염되라고? 물려받은 피 때문에 지금도 만만치 않을 텐데 어쩌려고.」

「그만.」아버지가 말했다. 「어리석은 소리를.」

「이 아이가 여기서 자는 게 뭐가 어때서요.」딜지가 말했다. 「이 애 엄마가 혼자 잘 수 있을 만큼 자란 다음에, 밤마다 제가 재워 준 곳도 여긴데요.」

「자네는 몰라.」엄마가 말했다. 「내 딸이 남편에게 버림받게 되다니. 아무것도 모르는 불쌍한 것.」퀜틴을 바라보며 엄마가 말했다. 「아가야, 너 때문에 벌어진 아픔을 절대 알아선 안 된다.」

「여보, 그만하라니까.」아버지가 말했다.

「대체 제이슨 앞에서 뭐 하시는 거예요?」딜지가 말했다.

「난 여태껏 제이슨을 보호해 왔어.」엄마가 말했다. 「이 집 공기로부터 보호하려고 말이지. 애를 위해서도 어쨌든 내가 할 수 있는 한 방패 역할을 해줄 거야.」

「이 방에서 재우는 게 애한테 왜 안 좋다는 건지 모르겠네요.」딜지가 말했다.

「나도 어쩔 수가 없네.」엄마가 말했다. 「내가 귀찮은 노인네인 건 알지만, 신의 계율을 모욕하고서 벌을 피할 수 없다는 것도 알지.」

「말도 안 되는 소리.」아버지가 말했다. 「딜지, 마님 방
에 요람을 갖다 놓거나.」

「당신에겐 말이 안 될지 모르지만.」엄마가 말했다.
「얘가 절대로 알아선 안 돼요. 그 이름조차 몰라야 해요.
딜지, 애 듣는 데서 절대 그 이름 말하면 안 돼. 애가 자기
엄마가 있다는 사실조차 모르고 클 수만 있다면 그나마
다행일 텐데.」

「바보 같은 소리.」아버지가 말했다.

「여보, 여태껏 당신이 애들 키우는 방식에 대해 내가
간섭한 적 있나요?」엄마가 말했다. 「하지만 이제 더 이
상은 안 돼요. 오늘 밤 지금 이 자리에서 우리 결정합시
다. 이 애 듣는 데서 제 어미 이름을 말하지 않기로 하든
가, 이 애를 당장 내보내든가, 아니면 내가 이 집에서 나
가 버리든가. 선택하세요.」

「그만해요.」아버지가 말했다. 「당신 지금 신경이 너무
예민해져서 그래. 딜지, 요람은 여기에 놓게.」

「나리도 병나시겠어요.」딜지가 말했다. 「꼭 정신이 나
간 듯 보여요. 어서 자리에 드시고, 제가 토디 한 잔 준비
할 테니 드시고 주무세요. 집 떠나신 후 한 번도 푹 주무
시지 못한 모양이에요.」

「안 돼.」엄마가 말했다. 「의사가 뭐라고 했는지 자네
잊었나? 대체 왜 술을 드시게 하는 거야. 술이 문제라고.

나를 봐. 나도 힘들긴 하지만 술로 내 생명을 단축할 정도로 약하진 않잖아.」

「쓸데없는 소리.」 아버지가 말했다. 「의사 놈들이 뭘 안다고? 자기들도 못 하는 짓을 환자들에게는 지켜야 한다고 떠들어 대면서 먹고사는 놈들이오. 인간이라는 타락한 유인원에 대해 누구라도 다 알 만한 걸 충고하는 거지. 다음엔 차라리 내 손을 잡아 줄 목사를 불러요.」 그러자 엄마가 다시 눈물을 흘렸고, 아버지는 밖으로 나가 버렸다. 계단을 내려가는 소리가 들리더니 이내 찬장을 여닫는 소리가 들렸다. 잠결에 아버지가 또다시 아래층으로 내려가는 소리가 들렸다. 마침내 집이 고요해진 걸 보니 엄마는 잠이 든 모양이다. 아무 소리가 안 나는 걸 보니 아버지도 기척을 안 내려고 무척이나 신경 쓰는 것 같았다. 잠옷 아랫단 스치는 소리와 찬장 앞에서 맨발로 걷는 소리 빼고는 주위가 고요했다.

딜지가 요람을 정리한 후, 애 옷을 벗기고 요람 위에 눕혔다. 다행히 아버지가 집에 데려온 후로 한 번도 깨지 않았다.

「요람에서 자기엔 애가 너무 크네요.」 딜지가 말했다. 「자, 됐어요. 마님이 밤중에 일어나시지 않게 제가 복도 건너에 자리를 깔고 누울게요.」

「잠 안 잘 거야.」 엄마가 말했다. 「난 괜찮으니 자넨 들어가게. 내 여생을 이 아이한테 쏟아도 난 좋아. 내가 보호해 줄 수만 있다면……」

「그만하세요.」 딜지가 말했다. 「우리가 볼게요. 제이
슨, 그만 가서 자.」 딜지가 내게 말했다. 「내일 학교에 가
야 하니까.」

내가 나가려 하자 엄마가 다시 나를 불렀다. 그러고는
나를 안고 한참 동안 눈물을 흘렸다.

「네가 내 유일한 희망이란다.」 엄마가 말했다. 「나는
매일 밤 너 때문에 하느님께 감사한단다.」 아버지 장례식
을 기다리는 동안 엄마는 내게 말했다. 이제 아버지도 가
셨지만, 남은 게 네 형이 아니고 너라서 하느님께 감사한
단다. 네가 콤슨 가문 사람이 아니라서. 이제 내게 남은
건 너와 모리 오빠뿐이니까. 그래서 나는 글쎄요 전 삼촌
없이도 잘 지낼 수 있어요, 라고 말했다. 내가 엄마와 대
화할 때도 삼촌은 고개를 옆으로 돌린 채 말하며 검은 장
갑을 낀 손으로 연신 엄마의 손을 토닥이고 있었다. 삽을
뜰 차례가 되자 삼촌은 장갑을 벗고 앞줄에 서서 흙을 폈
다. 사람들이 우산을 쓰고 이따금 발을 구르면서 신발에
묻은 진흙을 떼어 내려 했다. 삽에도 진흙이 묻어서 털어
내야 했다. 관 위로 흙 떨어지는 소리가 들렸다. 장례 마
차 뒤로 돌아서자 묘비 뒤로 다시 삼촌의 모습이 보였는
데, 위스키 병을 꺼내 또 한 모금 들이켜고 있었다. 내가
새 양복을 입고 있다고 해서 삼촌이 마시는 걸 그만둘 일
은 결코 없어 보였다.[8] 아직 마차 바퀴에는 진흙이 별로

묻어 있지 않았다. 다만 엄마가 그것을 보고는 내게 새 양복이 언제 생길지 모르겠다고 말하자 삼촌이 이렇게 말했다. 「자, 자. 걱정 마. 항상 내게 의지하면 돼.」

우리는 그렇게 했다. 항상 그랬지. 네 번째 편지는 삼촌에게서 온 것이었다. 하지만 열어 볼 필요도 없었다. 그 편지는 내가 대신 쓸 수도 있고, 외워서 엄마에게 읊어 줄 수도 있을 지경이었다. 혹시 안전을 위해 10달러를 동봉하면 그만이다. 하지만 또 다른 한 통은 뭔가 꺼림칙했다. 누나가 무슨 수작을 부릴 때가 되었다는 느낌이 들었기 때문이다. 누나는 처음 그 일이 있은 후로 제법 약아졌고, 내가 아버지와는 다른 종류의 인간이라는 걸 금세 알아차렸다. 사람들이 아버지 무덤을 흙으로 다 덮자 기대했던 대로 엄마가 대성통곡하기 시작했다. 모리 삼촌이 엄마와 함께 마차에 올라타고 출발하며, 너는 다른 사람들이 태워 줄 테니 다른 마차를 타고 오려무나, 나는 네 엄마를 태우고 먼저 출발해야겠다, 하기에 나는 술을 한 병이 아니라 두 병 정도는 가져오셨어야죠, 하고 말하려다가 장소가 장소인 만큼 참기로 했다. 두 사람은 내가 얼마나 비에 젖을지 신경도 안 썼다. 혹 신경을 썼다면 엄마는 내가 폐렴이라도 걸리면 어쩌느냐고 난리법석을

8 소설 초고에는 삼촌도 돌아가실 때까지 술을 마실 것이고, 그러면 내가 다시 검은 양복을 입게 될 것이라는 의미로 썼다가 다시 수정한 부분이다. 제이슨의 생각이 복잡하게 전개되는 부분으로, 삼촌이 술을 마시고 시간을 끄는 통에 새로 산 양복이 젖는다는 의미로 볼 수도 있다.

떨었을 게 분명했기 때문이다.

어쨌든 나는 그 일에 대해 계속 생각했다. 사람들이 무덤에 흙을 뿌리고 마치 모르타르 반죽을 만들듯 또는 울타리를 세우듯 삽으로 흙을 쳐댔다. 그런 모습을 보고 있자니 야릇한 기분이 들어 잠시 걷기로 마음먹었다. 시내쪽으로 가면 분명 사람들이 나를 보고 마차에 태울 것 같아서 깜둥이들 묘지 쪽으로 가다가, 삼나무 아래로 걸음을 옮겼다. 거기는 비가 많이 오지 않았다. 이따금 빗방울만 떨어졌다. 나는 사람들이 장례를 마치고 떠나는 모습을 지켜보았다. 사람들이 다 돌아가자 잠시 기다렸다가 출발했다.

젖은 풀밭을 피하려면 보도를 따라 걸어야 했다. 보도 가까이 와서야 누나가 와 있다는 걸 알게 되었다. 누나는 검은 망토를 걸친 채 꽃다발을 바라보며 서 있었다. 누나가 돌아서서 베일을 올리며 나를 쳐다보기도 전에 나는 누나라는 걸 직감했다.

「제이슨, 오랜만이야.」 손을 내밀며 누나가 말했다. 우리는 악수를 나눴다.

「여기서 뭐 하는 거지?」 내가 말했다. 「엄마한테 절대로 돌아오지 않겠다고 약속한 줄 알았는데. 누나가 이 정도로 생각이 짧은 줄 몰랐네.」

「그래?」 누나가 말했다. 그리고 다시 꽃다발을 내려다보았다. 못 돼도 50달러어치는 돼 보이는 꽃다발을 누군가 형의 무덤 위에도 갖다 놓은 것이다. 「그렇게 생각했다고?」 누나가 말했다.

「하지만 놀랄 것도 없지.」 내가 말했다. 「누나가 뭔들 못 하겠어. 누나는 원래 자기 멋대로 하고, 남들 신경도 안 쓰잖아.」

「아.」 누나가 말했다. 「그 일자리 말야.」 누나가 무덤을 내려다보며 말했다. 「그건 미안하게 됐다, 제이슨.」

「그러실 테지.」 내가 말했다. 「지금이야 아주 온순하게 말할 테니. 하지만 올 필요까진 없었는데. 아버지가 뭐라도 남긴 게 있어야지. 내 말이 미덥지 않으면, 삼촌에게 확인해 봐.」

「원하는 건 없어.」 누나가 말했다. 다시 꽃다발을 내려다보았다. 「그런데 왜 내게는 알리지도 않았지? 우연히 신문에서 알게 됐어. 부고 면에서 말이야. 정말 우연히도 봤지.」

나는 아무 말도 하지 않았다. 우리는 그렇게 같이 서서 무덤만 내려다보았다. 그러다가 어린 시절 생각이 하나둘 떠오르며 다시 야릇한 느낌이 들었다. 그리고 이제부터는 모리 삼촌이 줄곧 우리와 같이 살 거고, 비가 오는데도 나보고 알아서 돌아오라는 식으로 일을 처리할 거라는 생각이 들자 일종의 분노 같은 게 치밀었다. 내가 말했다.

「아버지가 돌아가시자마자 슬며시 돌아오고, 끔찍이

도 신경 써주시네. 하지만 소용없을 거야. 이걸 기회 삼아 집으로 슬쩍 돌아오려는 모양인데 어림없어. 자기가 탈 말이 없을 땐 그냥 걸어야 하는 거 알지.」 내가 말했다. 「여기선 이제 누나 이름도 몰라. 차라리 저 아래 아버지랑 형이랑 같이 누워 있는 게 나을 뻔했어. 알겠어?」 내가 말했다.

「나도 알아.」 누나가 무덤을 내려다보며 다시 말했다. 「제이슨, 아이를 잠깐만 보게 해주면 50달러 줄게.」

「50달러가 있기나 하고?」 내가 말했다.

「해줄 거지?」 누나가 말했다.

「보여 줘봐.」 내가 말했다. 「50달러가 어디 있냐고.」

누나가 망토 밑으로 손을 넣어 꼼지락대다가 다시 손을 꺼냈는데, 손에 쥔 게 전부 돈이었다. 노란색 지폐[9]도 두서너 장 보였다.

「아직도 그 사람이 돈을 주는 모양이지?」 내가 말했다. 「얼마나 주는 거야?」

「1백 달러 줄게.」 누나가 말했다. 「해줄 거지?」

「잠깐 동안 만이야.」 내가 말했다. 「그리고 내 말대로 해야 해. 누나가 1천 달러를 준다 해도 그 애가 이걸 알아선 안 된다고.」

「당연하지.」 누나가 말했다. 「네가 시키는 대로 할게.

---

9 yellow ones. 당시 미국 정부가 발행했던 10달러 이상의 고액권으로 뒷면 색깔이 노란 지폐인 〈yellow bills〉를 말한다.

잠깐 보는 게 다야. 더 보겠다고 사정하거나 하지 않을게.
곧장 떠날 거야.」

「돈부터 줘.」 내가 말했다.

「나중에 줄게.」 누나가 말했다.

「날 못 믿어?」 내가 말했다.

「못 믿지.」 누나가 말했다. 「우리가 같이 컸는데 내가
널 모르겠니.」

「누나가 믿고 말고를 말할 자격이나 있나.」 내가 말했
다. 「좋아. 난 비 맞기 전에 가야겠어. 잘 가.」 내가 그 자
리를 뜨려고 했다.

「제이슨.」 누나가 말했다. 나는 멈춰 섰다.

「왜?」 내가 말했다. 「빨리 말해. 비 맞아.」

「알겠어.」 누나가 말했다. 「자, 여기.」 주위에 아무도
없었다. 나는 돌아가 돈을 받았다. 하지만 누나가 돈을
잡고 놓지 않았다. 「너 꼭 해주는 거지?」 누나가 베일 너
머로 나를 쳐다보며 말했다. 「약속하는 거다?」

「놓으라니까.」 내가 말했다. 「누가 우리를 보면 어쩌려
고?」

누나가 돈을 놓았고, 나는 그 돈을 주머니에 집어넣었
다. 「약속 지키는 거다, 제이슨.」 누나가 말했다. 「다른 방
법이 있었으면 네게 부탁도 안 했어.」

「다른 방법이 있을 수 있나.」 내가 말했다. 「물론 해줄게.
내가 해준다고 했잖아. 내가 시키는 대로만 해.」

「알았어.」누나가 말했다. 「그렇게.」나는 누나가 있어야 할 곳을 알려 주고 마차 보관소로 갔다. 서둘러 가보니 사람들이 마차에서 말을 막 풀고 있었다. 장례 마차 비용을 지불했냐고 물었더니 아니라고 했다. 엄마가 무언가 잊은 일이 있어서 다시 마차가 필요하다고 하자 마차를 대여해 줬다. 밍크가 마차를 몰았다. 그에게 시가 한 대를 사주고 사람들이 볼까 봐 어두워질 때까지 뒷길로 마차를 몰게 했다. 밍크가 마차를 반납해야 한다기에 시가 한 대를 더 사주겠다고 하고는 뒷길로 마차를 몰아 마당을 가로질러 집 안으로 들어갔다. 복도로 들어가자 위층에서 엄마와 삼촌이 얘기하는 소리가 들렸다. 다시 부엌으로 들어가니 거기에 퀜틴과 벤이 딜지와 함께 있었다. 엄마가 퀜틴을 보고 싶어 한다고 딜지에게 말하고는 퀜틴을 데리고 나왔다. 모리 삼촌의 비옷이 있기에 퀜틴을 비옷으로 감싼 다음 뒷길로 나와 마차에 올랐다. 밍크에게 기차역으로 마차를 몰게 했다. 마차 보관소 앞으로 가기가 겁난다고 해서 뒷길을 택해 가다 보니 누나가 한쪽 구석의 불빛 아래 서 있었다. 밍크에게 보도 옆으로 마차를 몰다가 내가 달리라고 하면 채찍질을 하라고 일러 주었다. 그리고 비옷을 벗긴 후 애를 창가로 들어 올렸다. 애를 보자 누나가 앞으로 뛰어나오듯 달려왔다.

「밍크, 달려.」내가 말하자 밍크가 말에 채찍질을 했고 마치 소방 마차가 달리듯 누나 앞을 쏜살같이 지나쳤다.

「약속한 대로 기차나 잡아타.」내가 말했다. 누나가 우리 뒤를 따라 달려오는 게 뒤쪽 차창으로 보였다. 「더 세게 때려.」내가 말했다. 「집으로 달리자고.」모퉁이를 돌 때까지 누나가 따라오고 있었다.

그날 밤 돈을 다시 세어 보고는 상자에 넣었다. 별로 미안하다는 기분은 들지 않았다. 누나도 이제 깨달았을 것이다. 나를 직장에서 쫓아내고 그냥 사라지면 안 된다는 걸 말이다. 하지만 나는 누나가 약속을 깨고 기차를 타지 않았을 거라는 생각은 전혀 하지 못했다. 그때만 해도 난 사람들에 대해 잘 몰랐고, 사람들이 하는 말을 곧이곧대로 믿는 편이었다. 빌어먹을, 다음 날 아침 누나가 사무실로 걸어 들어온 것이다. 다행히 얼굴을 베일로 가리고 아무에게도 말을 걸지 않는 분별력은 있었다. 토요일 아침이라 가게 안쪽에 있었는데, 내가 있는 책상 앞으로 누나가 급하게 걸어왔다.

「거짓말쟁이.」누나가 말했다. 「이 거짓말쟁이.」

「미쳤어?」내가 말했다. 「무슨 짓이야. 대체 여기가 어디라고 들어오냐구?」누나가 뭔가 말을 하려는 순간 내가 말을 가로챘다. 「내 직장을 잃게 하더니, 이 일마저 그만두게 할 작정인 거야? 할 말 있으면 해가 진 후에 어디서 잠깐 보자고. 뭔 말이 하고 싶은 건데?」내가 말했다. 「말한 대로 다 해줬잖아. 잠깐만 보여 준다고 했잖아, 안 그래? 누나도 그렇게 말하지 않았어?」누나는 학질에 걸린 사람처럼 부들부들 떨며 그 자리에 서서 나를 노려보았다. 불끈 쥔 주먹도 떨리고 있었다. 「내가 약속한 대로 다 했잖아.」 내가 말했다. 「거짓말한 건 누나지, 기차 타고 떠난다더니? 약속했잖아? 돈을 돌려받고 싶은 모양인데 어디 할 테면 해봐.」 내가 말했다. 「1천 달러를 줬다고 해도 내가 감수한 모험을 생각하면 아직 내가 더 받아야 한다고. 만약 17번 기차가 떠난 후에도 누나가 이 마을에 있는 모습을 보거나, 아니면 있다는 소식이 들리면, 그땐 내가 엄마랑 삼촌에게 다 말할 거야. 그러면 퀜틴을 다시 볼 수 있을까, 아마 숨죽이며 살아야 할걸.」 누나는 가만히 선 채 두 손을 비틀며 나를 쳐다봤다.

「빌어먹을 놈.」 누나가 말했다. 「넌 저주받을 놈이야.」

「그렇겠지.」 내가 말했다. 「아무래도 좋아. 하지만 내 말 잘 들어. 17번 기차야. 아니면 다 말할 거야.」

누나가 떠나자 기분이 나아졌다. 내게 약속된 일자리를 빼앗기 전에 최소한 두 번은 더 생각했어야 한다고 누나에게 말했다. 그땐 내가 어려서, 사람들이 뭔가 하겠다고 하면 무조건 그 말을 믿었었다. 하지만 이제는 나도 많이 배웠다. 또한 살아가는 데 그 누구의 도움을 받을 필요도 없었고, 항상 그랬듯이 내 발로 설 수 있었다. 그때 불현듯 딜지와 모리 삼촌이 생각났다. 누나는 딜지 정도는 쉽게 속일 수 있을 것이고, 삼촌은 10달러면 충분히 매수할 수 있을 것이다. 그리고 난 엄마를 돌보기 위해

가게에서 멀리 떠나 있을 수도 없는 입장이다. 엄마는 늘 말했다. 너희 중 누군가 저세상으로 불려 가야 했다면 내게 남아 있는 게 너라서 나는 감사하단다. 너라면 내가 의지할 수 있으니까. 그러면 나는 말했다. 저는 가게를 떠나 엄마가 모르는 곳으로 가진 않을 거예요. 누군가는 남아서 그나마 있는 거라도 붙잡고 있어야 하니까요.

집에 도착하자마자 나는 딜지 먼저 단속했다. 누나가 나병에 걸렸다고 말한 후, 성경책을 들고는 나병으로 살이 썩어 문드러지는 부분을 읽어 줬다. 만약 누나가 딜지나 벤이나 퀜틴을 쳐다보기만 해도 다들 그 병에 전염될 거라고 말했다. 그래서 이제 모든 게 다 잘 끝났다고 생각하고 있었다. 그러던 중 어느 날 집에 돌아오니 벤이 울부짖고 있었다. 하도 난리를 쳐서 아무도 말릴 수 없을 정도였다. 엄마가, 자, 캐디 슬리퍼를 갖다 줘, 라고 했지만 딜지는 못 들은 척했다. 엄마가 다시 말했고, 나는 내가 가져오겠다고, 저놈의 소리 더 이상 못 견디겠다고 말했다. 내가 말하듯, 나는 이 집에서 많은 걸 견딜 수 있고 별로 특별한 것도 기대하지 않지만, 온종일 가게에서 일하고 집에 왔을 때 평화롭고 조용하게 식사할 수 있는 자격은 충분히 있다고 본다. 그래서 내가 가서 가져오겠다고 하자, 딜지가 급히 〈제이슨!〉 하고 불렀다.

순간 무슨 일이 벌어졌구나, 하는 생각이 번쩍 스쳤다. 하지만 확인차 나가서 슬리퍼를 가져왔다. 내 생각대로 벤지는 슬리퍼를 보자마자 마치 남들이 들으면 애를 잡는다고 생각할 정도로 울부짖기 시작했다. 딜지에게 무슨 일인지 다 불게 했고, 이를 그대로 엄마에게 전했다. 그러자 엄마를 침대로 모시고 가야만 했다. 일이 진정된 후 나는 딜지에게 하느님에 대한 경외심을 불어넣어 주었다. 말하자면 깜둥이가 받아들일 수 있을 정도까지만 그랬다는 얘기다. 깜둥이 하인들은 이게 문제다. 너무 오래 같이 지내다 보면 자기가 뭐 대단한 줄 착각하게 되고 결국 아무 쓸모도 없게 된다. 자기들이 온 집안을 꾸려 간다고 생각하는 것이다.

「대체 저 불쌍한 어미가 자기 애를 보는 게 무슨 해가 된다고 그러는지.」 딜지가 말했다. 「주인 나리가 살아 계셨다면 이러지 않으셨을 거야.」

「나리는 여기 안 계셔.」 내가 말했다. 「내 말을 무시하는 건 알지만, 엄마 말은 들어야지. 이렇게 걱정 끼치다가 엄마까지 돌아가시면 어쩌려고. 그러면 이 집은 온통 쓰레기 같은 인간들로 넘칠 거라고. 대체 왜 저 정신 나간 녀석에게 누나를 보여 준 거야?」

「제이슨, 어쩌면 그리 냉정한가. 사람이라면 그럴 수 없어.」 딜지가 말했다. 「비록 내가 깜둥이 심장을 가졌다 해도, 내 가슴이 더 따스하다는 것에 하느님께 감사드리네.」

「적어도 이 집안을 먹여 살리는 건 바로 나야.」 내가 말했다. 「한 번만 더 이런 일이 있었다간 밥도 못 먹게 될 줄 알아.」

　그래서 누나를 다시 만났을 때, 딜지를 통해 한 번만
더 일을 꾸민다면 엄마가 딜지를 내쫓고 벤을 잭슨시로
보낸 다음 퀜틴을 데리고 어디론가 가버릴 거라고 전했
다. 이 말에 누나가 잠시 나를 쳐다보았다. 근처에 가로
등이 없어서 누나 얼굴이 잘 보이지는 않았다. 하지만 나
를 쳐다보는 눈길이 느껴졌다. 어릴 때부터 누나는 화가
났지만 어찌할 수 없으면 윗입술을 씰룩대곤 했다. 씰룩
댈 때마다 입술이 더 올라갔고 이빨이 더 드러나는 것 말
고는 전봇대처럼 꼼짝도 하지 않았다. 잠잠히 듣기만 하
던 누나가 내게 한마디 했다.

　「알겠어. 얼마야?」

　「글쎄, 마차 창문으로 한 번 보는 데 1백 달러라고 한
다면.」 내가 말했다. 그다음부터 누나는 내게 얌전하게
대했다. 딱 한 번 내게 은행 계좌 내역서를 보자고 한 적
이 있었다.

　「내 수표를 엄마가 서명하는 건 알고 있어.」 누나가 말
했다. 「그렇지만 입출금 내역서를 보고 싶어. 대체 그 수
표가 어디로 가는지 직접 보고 싶어서 그래.」

　「그거야 엄마의 개인 사생활이지.」 내가 말했다. 「누나
가 엄마의 사생활을 엿볼 권리가 있다고 생각한다면 엄
마에게 그대로 말해 줄 수밖에 없어. 엄마가 그 수표를
부정하게 사용한다고 의심해서 누나가 회계 감사를 원한

다고 말이야.」

그 말에 누나는 아무 대꾸도 하지 않고 아무런 움직임
도 없었지만, 빌어먹을 놈, 빌어먹을 놈, 하고 중얼대는
소리가 들렸다.

「크게 말해.」 내가 말했다. 「누나와 내가 서로를 어떻
게 생각하는지는 이제 비밀도 아니잖아. 혹시 돈을 돌려
받고 싶은 거야?」 내가 말했다.

「제이슨, 내 말 잘 들어.」 누나가 말했다. 「내게 거짓말
하면 안 돼. 퀜틴에 대해서 말이야. 더 이상 뭘 보여 달라
고 안 할 거야. 돈이 부족하면 매달 더 부칠 수 있어. 이것
만 약속해 줘. 그 애가…… 그 애가…… 넌 할 수 있잖아.
그 애를 위한 일들 말이야. 따뜻하게 대해 줘. 내가 해줄
수 없는 사소한 것들, 식구들이 못 하게 하는 것들 말이
야…… 그런데 넌 안 들어주겠지. 워낙 따스한 구석이라
곤 없는 애니까. 잘 들어.」 누나가 말했다. 「만약 엄마한
테 말해서 내가 퀜틴을 데려갈 수 있게만 해준다면 1천
달러 줄게.」

「누나한테 1천 달러가 어디 있어.」 내가 말했다. 「거짓
말인 거 다 알아.」

「있다니까. 구할 거야. 벌 수 있다니까.」

「난 누나가 어떻게 돈을 버는지 다 알아.」 내가 말했다.
「퀜틴을 얻게 된 방식으로 돈을 벌 테지. 그리고 개도 자
라면 어차피……」 그 순간 누나가 나를 정말 한 대 칠 것

318

같았고, 어떻게 나올지 가늠할 수가 없었다. 잠시 동안 누나는 마치 너무 팽팽하게 감은 태엽이 한순간 풀려 사방으로 분해될 듯한 장난감 같은 모습이었다.

「오, 내가 미쳤구나.」 누나가 말했다. 「정신이 나갔지. 내가 어떻게 데려간다고. 애를 잘 봐줘. 대체 내가 무슨 생각을 한 거야. 제이슨.」 내 팔을 잡으며 누나가 말했다. 두 손이 불덩이처럼 뜨거웠다. 「애를 잘 돌볼 거라고 내게 약속해 줘…… 걔도 네 가족이야. 네 혈육이잖니. 약속해 줘, 제이슨. 네가 아버지 이름을 이어받았잖아. 아버지였다면 내가 이렇게 두 번씩이나 애걸했을까? 한 번조차도 필요 없었을 거야.」

「그렇겠지.」 내가 말했다. 「아버지가 나한테 뭔가 남기기는 하셨지. 그래서 누나는 내가 뭘 하길 바라는데?」 내가 말했다. 「거리에 나가 장사라도 할까? 내가 누나를 이렇게 만든 건 아니잖아.」 내가 말했다. 「내가 누나보다 위험 부담이 더 크다고. 누나는 잃어버릴 게 없잖아. 그러니 정말 원한다면…….」

「그래.」 누나가 말했다. 그러고는 웃어 대기 시작하더니 다시 참으려고 애썼다. 「맞아, 난 잃을 게 없어.」 누나는 손을 입가로 가져가며 이상한 소리를 내며 말했다. 「크, 크, 없어.」

「이봐.」 내가 말했다. 「그만해!」

「그만하, 할게.」 손으로 입을 막으며 누나가 말했다.

「젠장, 젠장.」

「난 이만 가겠어.」 내가 말했다. 「눈에 띄면 안 되거든. 누나도 어서 여길 뜨라고, 알겠어?」

「잠깐만.」 내 팔을 잡으며 누나가 말했다. 「이제 멈췄어. 다신 안 그럴게. 제이슨, 너 약속하는 거지?」 누나가 말했다. 누나의 시선이 마치 내 얼굴을 만지고 있는 듯했다. 「약속해. 엄마…… 그 돈…… 엄마가 이따금 필요한 거 있을 때…… 내가 엄마한테 쓰라고 네게 보내는 수표 말이야. 그 수표 말고 따로 보내 주면, 그건 퀜틴 몫이야. 엄마한테 말 안 하기다. 다른 여자애들처럼 필요한 거 사게 해줄 거지?」

「물론이지.」 내가 말했다. 「누나가 내 말 잘 듣고 내가 시키는 대로만 한다면.」

얼이 모자를 쓰고 매장으로 들어왔다. 「로저스 식당에 가서 간단하게 먹을 거야. 집에 가서 밥 먹을 시간이 없거든.」

「시간이 없다니 무슨 말이에요?」 내가 말했다.

「시내에 공연단이 왔다네.」 그가 말했다. 「오후 공연도 있다는데. 다들 그 전에 거래를 마치고 공연을 보러 갈 거야. 그러니 빨리 로저스 식당에 가는 게 좋을 거야.」

「알겠어요.」 내가 말했다. 「사장님 시장기는 마음대로 처리하세요. 일의 노예가 되고 싶으면 그렇게 하시고, 저랑은 상관없어요.」

「자네는 어떤 일에도 노예는 되지 않겠군.」얼이 말했다.

「제이슨 콤슨의 사업이 아니라면요.」내가 말했다.

마침내 가게 뒤편으로 가 편지를 뜯어 보니 놀랍게도 수표가 아니라 우편환이 들어 있었다. 그렇지. 수표는 못 믿겠다는 거지. 누나가 1년에 한두 번 다녀가는 걸 엄마가 모르게 하려고 내가 거짓말까지 하면서 얼마나 많은 위험을 감수했는데, 결국 이렇군. 이게 그 보답이라는 거지. 게다가 우체국에 통보해 퀜틴 말고는 그 누구도 현금으로 바꾸지 못하게 해놓았을 거다. 애한테 50달러를 주다니. 스물하나가 될 때까지 나는 50달러 지폐도 보지 못했고, 다른 애들이 평일 오후와 토요일 하루 종일 쉴 때도 가게에서 일해야만 했다. 내가 말하듯, 누나가 우리 몰래 퀜틴한테 돈을 주면 과연 누가 그 애를 통제할 수 있겠는가. 그 애는 누나가 자라던 집에서 자라고 있는데, 그 애한테 필요한 게 뭔지는 가정도 없는 누나보다야 엄마가 더 잘 알고 있겠지. 「걔한테 돈 주고 싶으면 엄마에게 보내. 절대 직접 주지 마. 몇 달마다 내게 이런 위험을 감수하게 하려면, 누나도 내 말 잘 들어야 할 거야. 아니면 이걸로 끝이야.」

그리고 나도 그 일을 막 시작할 참이었다. 얼, 내가 자길 위해 레스토랑에 가서 소화도 잘 안 되는 25센트짜리 음식을 먹어 치울 거라 생각한다면 그건 큰 착각이다. 마호가니 책상 위에 발만 올려놓고 앉아 있는 건 아니지만, 어쨌든 나는 이 건물 안에서 일한 대가로 돈을 받고 있다. 이곳 밖에서나마 내가 품위 있는 생활을 영위할 수 없다면 할 수 있는 다른 곳으로 가면 된다. 나도 두 발로 설 수 있기에 나를 지탱해 줄 그 누구의 마호가니 책상은 필요 없다. 그래서 일을 막 시작하려 했지만, 어떤 백인 농부에게 10센트어치 못 같은 것들을 파느라 일을 멈춰야 했다. 얼은 식당에서 샌드위치를 먹고, 벌써 반쯤 돌아오고 있을지도 모른다. 그런데 그때 백지 수표[10]가 다 떨어졌다는 걸 깨달았다. 몇 장 더 모아 둘 작정이었지만 너무 늦었다. 고개를 들어 보니 퀜틴이 오고 있는 모습이 보였다. 뒷문에서 조브 영감에게 내가 여기 있는지 묻는 소리가 들렸다. 가까스로 우편물을 서랍 속에 쑤셔 넣을 수 있었다.

퀜틴이 책상 쪽으로 다가왔다. 나는 시계를 보았다.

「벌써 점심 먹은 거야?」 내가 말했다. 「이제 겨우 12신데. 종소리가 방금 울렸지. 집에 날아갔다 온 모양이군.」

「난 밥 먹으러 집에 가진 않아요.」 퀜틴이 말했다. 「오늘은 내 편지가 왔나요?」

「기다리는 편지가 있나 보지?」 내가 말했다. 「편지 보내는 애인이라도 생겼어?」

「엄마 편지요.」 퀜틴이 말했다. 「엄마한테서 편지가 왔

10 아무것도 기입하지 않은 백지 수표. 제이슨은 위조 수표를 만들기 위해 이것을 찾고 있다.

냐고요?」 퀜틴이 나를 쳐다보며 말했다.

「네 엄마가 할머니에게 보낸 건 있지.」 내가 말했다. 「아직 안 열어 봤는데. 할머니가 열어 볼 때까지 기다려. 설마 너한테 안 보여 주시겠어?」

「삼촌, 부탁해요.」 내 말은 듣는 둥 마는 둥 하며 퀜틴이 말했다. 「편지 왔어요?」

「왜 그래?」 내가 말했다. 「다른 사람에게 이렇게 관심을 보이긴 처음이네. 네 엄마한테서 돈이라도 오길 기다리는 거로군.」

「엄마가 그랬어요. 엄마가…….」 퀜틴이 말했다. 「삼촌, 제발요. 왔어요?」

「오늘은 학교에 갔다 온 모양이군.」 내가 말했다. 「네가 제발요, 하고 말하는 걸 보니 말이야. 잠깐만, 손님 맞을 동안 기다리고 있어.」

나가서 손님을 맞았다. 다시 돌아오니 퀜틴이 그 자리에서 사라져 책상 뒤로 가 있었다. 책상 뒤로 급히 가보니, 퀜틴이 어느새 서랍에서 손을 빼고 있었다. 그 손목을 잡아챈 후 편지를 쥔 손을 책상 위로 내리쳐 편지를 빼앗았다.

「네가 감히?」 내가 말했다.

「이리 줘요.」 퀜틴이 말했다. 「이미 열어 봤잖아요. 주세요. 삼촌, 부탁이에요. 내 편지예요. 이름도 봤다고요.」

「나한테 좀 맞아야겠구나.」 내가 말했다. 「내가 줄 건

매질밖에 없어. 감히 내 서류에 손을 대다니.」

「안에 돈 있지요?」 퀜틴이 손을 뻗으며 내게 말했다. 「엄마가 돈 보낸다고 했어요. 내게 약속했다고요. 편지 주세요.」

「대체 돈 가지고 뭐 하려고?」 내가 말했다.

「엄마가 보낸다고 그랬어요.」 퀜틴이 말했다. 「어서 줘요. 삼촌, 제발요. 이번에 그걸 주면 앞으로 절대 뭘 달라고 안 할 거예요.」

「그러지, 시간만 좀 준다면 말이다.」 내가 말했다. 나는 봉투에서 우편환을 꺼낸 후 편지만 돌려줬다. 퀜틴은 편지에는 아무 관심도 보이지 않고 내게서 우편환을 빼앗으려 했다. 「우선 서명부터 해야 해.」 내가 말했다.

「얼마예요?」 퀜틴이 말했다.

「편지부터 읽어 봐. 거기 써 있다고.」 내가 말했다.

퀜틴은 편지를 한두 번 급하게 훑어보았다.

「안 써 있잖아요.」 나를 쳐다보며 퀜틴이 말했다. 그러곤 마룻바닥에 편지를 떨어뜨렸다. 「얼마예요?」

「10달러짜리야.」 내가 말했다.

「10달러라고요?」 퀜틴이 나를 빤히 쳐다보며 말했다.

「10달러나 받으니 넌 정말 좋겠다.」 내가 말했다. 「너 같은 어린애가 말이야. 근데 네가 별안간 돈이 필요한 이유가 뭐지?」

「10달러라고요?」 마치 잠꼬대하듯이 내게 물었다. 「달랑 10달러요?」 그러면서 우편환을 잡으려 했다. 「거짓말 말아요.」 퀜틴이 말했다. 「도둑놈!」 퀜틴이 말했다. 「삼촌은 도둑놈이야!」

「한번 해보겠다고, 감히 네가?」 퀜틴을 붙들고 내가 말했다.

「내게 줘요!」 퀜틴이 말했다. 「내 거예요. 엄마가 보내 준 거잖아요. 내가 볼 테니, 이리 줘요.」

「그래?」 퀜틴을 붙들고 내가 말했다. 「네가 어떻게 하려고?」

「삼촌, 보여 줘요.」 퀜틴이 말했다. 「제발요. 앞으로 아무것도 달라고 하지 않을게요.」

「내가 거짓말한다고 생각하는 거지, 그렇지?」 내가 말했다. 「그래서 내가 더 안 보여 주는 거야.」

「하지만 10달러라니요.」 퀜틴이 말했다. 「엄마가 그랬어요. 엄마가…… 엄마가 말해 줬어요…… 삼촌, 제발, 제발요. 나 돈이 필요해요. 꼭 필요해요. 주세요, 시키는 거다 할게요.」

「돈이 왜 필요한지 말해 봐.」 내가 말했다.

「꼭 있어야 해요.」 퀜틴이 말했다. 그리고 나를 처다보다가, 별안간 시선은 그대로인데 딴 곳을 처다보는 듯했다. 나는 직감적으로 퀜틴이 거짓말하려는 것을 알았다. 「빌린 돈이 있어요.」 퀜틴이 말했다. 「갚아야 해요. 오늘 당장요.」

「누구한테?」내가 말했다. 퀜틴이 손을 약간 꼬면서 뭔가를 지어내려는 듯한 모습을 보였다. 「가게에서 외상으로 산 게 있나?」내가 말했다. 「대답 안 해도 된다. 내가 시내 사람들에게 그렇게 말했는데도 너에게 외상을 주는 사람이 있다면, 내가 손에 장을 지지지.」

「어떤 여자애한테요.」퀜틴이 말했다. 「어떤 여자앤데요, 돈을 좀 빌렸는데 빨리 갚아야 해요. 삼촌, 그 돈 주세요. 제발요. 뭐든지 할 테니 꼭 주세요. 엄마한테 연락해 삼촌에게 돈을 주라고 할게요. 엄마에게 편지 써서 삼촌에게도 돈을 주라고 하고 앞으론 절대 엄마한테도 뭘 부탁하지 않겠다고 할게요. 편지를 써서 삼촌에게 보여 줄게요. 삼촌, 부탁이에요. 돈이 있어야 해요.」

「솔직하게 그 돈을 어디에 쓸 건지 말해. 그러면 생각해 보지.」내가 말했다. 「말해 봐.」퀜틴은 그 자리에 서서 손으로 옷만 만지작대고 있었다. 「좋아.」내가 말했다. 「10달러가 너무 적다면 이 돈 가져가서 할머니에게 보여 주자고. 그러면 어떻게 될지 너도 잘 알고 있잖아. 물론 넌 부자라서 10달러 정도는 필요도 없겠지만……」

퀜틴은 바닥만 쳐다보면서 혼잣말로 중얼대며 서 있었다. 「엄마는 돈을 보내 주겠다고 했고, 이리로 보낸다고 했는데. 삼촌은 안 보냈다고 하고. 엄마는 내게 돈을 많이 보냈고, 내 거라고 했는데. 그 가운데 얼마를 써도 된다고 했는데. 삼촌은 한 푼도 없다고 하고.」

「그건 너도 나만큼 잘 알고 있을 텐데.」내가 말했다. 「보내온 수표가 어찌 됐는지 잘 알잖니.」

「네.」퀜틴이 바닥을 내려다보며 말했다. 「10달러 줘요.」퀜틴이 말했다. 「10달러요.」

「10달러씩이나 받는 걸 감사해야지.」내가 말했다. 「자.」나는 우편환을 뒤집어 탁자 위에 놓은 후 손으로 눌렀다. 「서명해라.」

「한번 보게 해줘요.」퀜틴이 말했다. 「보기만 할게요. 얼마가 써 있든지 10달러만 달라고 할게요. 나머지는 삼촌이 다 가져요. 보여만 주세요.」

「나를 그렇게 대했으니 그건 안 되지.」내가 말했다. 「너 이거 하나는 배워야 해. 내가 네게 뭘 하라고 하면, 넌 그냥 하면 되는 거야. 자, 그 줄 위에 서명해.」

퀜틴이 펜을 잡았다. 하지만 서명 대신 펜 잡은 손을 떨며 고개를 숙인 채 그냥 서 있었다. 그 모습이 꼭 자기 엄마 같았다. 「젠장.」퀜틴이 말했다. 「젠장.」

「그래.」내가 말했다. 「아무것도 배운 게 없다면 말 잘 듣는 거라도 배워야지. 서명해, 그리고 여기서 나가.」

퀜틴이 서명했다. 「돈 주세요.」나는 우편환을 집어 압지로 잉크를 마르게 한 다음 주머니에 넣었다. 그런 후 퀜틴에게 10달러를 주었다.

「오후에는 학교로 돌아가는 거다. 내 말 들어.」내가 말했다. 퀜틴은 아무런 대꾸도 하지 않고, 손에 든 지폐를 마치 휴지 조각처럼 구겨 움켜쥐고는 앞문으로 나갔다. 그 순간 얼이 손님 한 사람과 함께 들어왔다. 나는 우편물들을 정리하곤 모자를 쓰고 앞쪽으로 나갔다.

「바빴지?」 얼이 말했다.

「별로요.」 내가 말했다. 얼이 문밖을 내다봤다.

「저기 있는 게 자네 차 아닌가?」 얼이 말했다. 「집에 가서 식사하지 않는 게 좋을 거야. 공연 시작하기 전에 아마 손님들이 한바탕 몰려올 거라고. 로저스 식당에서 먹고, 입장권 한 장은 서랍에 넣어 두게.」

「고맙군요.」 내가 말했다. 「하지만 내가 알아서 할게요.」

얼은 분명 문 앞에 서서 내가 다시 그 문으로 돌아올 때까지 매와 같은 눈초리로 지켜보고 있을 거다. 어쨌든 나는 최선을 다하는 거고 얼은 당분간 문을 지켜보고 있는 것이다. 지난번에 이게 마지막 백지 수표니 잊지 말고 즉시 더 구해야 한다고 다짐했었지만, 이런 와중에 그걸 기억할 사람이 어디 있겠나. 하지만 집안 굴러가게 하기도 바쁜데 백지 수표를 구하러 시내를 다 뒤져야 할 판이고, 하필 공연단이 들어올 게 뭐람. 얼은 계속 매섭게 가게 문만 쳐다보고 있었다.

인쇄소로 찾아가 친구에게 장난 좀 치려고 하는데 백지 수표를 구할 수 있느냐고 말했지만 한 장도 없다고 했다. 그러더니 예전 오페라 극장 자리에 가보라고 하면서, 거기에 어떤 사람이 농상 은행이 부도났을 때 많은 서류와 잡동사니를 가져다 쌓아 놓았다고 일러 줬다. 혹시 얼에게 들킬까 봐 골목 몇 개를 돌아가 마침내 시먼스라는 사람을 만났다. 그에게 열쇠를 받아 극장으로 들어가 안을 뒤져 보았다. 그러다가 세인트루이스 은행이 발행한 백지 수표 한 다발을 찾았다. 이번에는 엄마가 수표를 더 꼼꼼하게 볼 것이 뻔했다. 그래도 이것으로 어떻게든 해야 한다. 나도 더 이상 낭비할 시간이 없었다.

다시 가게로 돌아왔다. 「어머니가 은행에 가시려는데 서류를 몇 개 깜빡하셔서.」 얼에게 말했다. 책상으로 돌아와 수표를 위조했다. 나는 급하게 서두르며 마음속으로 말했다. 집에 창녀 같은 애가 있는데, 엄마처럼 참을성이 있는 독실한 기독교인이 있어서 다행이고, 엄마 눈이 점점 안 좋아지고 있는 것도 다행이군. 내가 말했다. 엄마도 뻔히 아시잖아요, 저 애가 커서 뭐가 될지. 그저 아버지가 데려왔다고 해서 저 애를 집에서 키우겠다면 알아서 하세요. 그러자 엄마는 울면서 그 애도 내 혈육이라고 했고, 그러면 나는 말했다. 알겠어요, 엄마 좋으실 대로 하세요. 엄마가 괜찮다면 저도 참을 수 있어요.

편지를 다시 손보고 풀로 붙인 후 밖으로 나왔다.

「될 수 있으면 멀리는 가지 마.」 얼이 말했다.

「알겠어요.」 내가 말했다. 나는 전신국으로 갔다. 약삭빠른 녀석들이 다 모여 있었다.

「아직 백만장자가 된 녀석은 없나?」 내가 말했다.

「이런 장에서 뭘 하겠나?」 닥이 말했다.

「어떻게 됐는데?」 내가 말했다. 들어가 시세를 확인했다. 개장 때보다 3포인트 하락했다. 「자네들 목화 시장 같은 하찮은 걸로 영향받는 건 아니겠지?」 내가 말했다. 「다들 현명하시잖아.」

「현명하다고, 빌어먹을.」 닥이 말했다. 「12시경엔 12포인트나 빠졌다고. 난 다 털렸어.」

「12포인트라고?」 내가 말했다. 「왜 아무도 내게 말 안 해준 거지? 어이, 왜 내게 알려 주지 않은 거야?」 내가 통신사에게 말했다.

「난 들어오는 대로 수신할 뿐이에요.」 그가 말했다. 「내가 무허가 증권 거간꾼은 아니잖아요.」

「그 정도는 알아야 하지 않나?」 내가 말했다. 「쓴 돈이 얼만데 적어도 내게 알려는 줘야 하는 거 아닌가. 아니면 자네 회사가 동부의 사기꾼들과 동업이라도 하는 모양이지.」

그는 아무 대꾸도 하지 않은 채 그저 바쁜 척했다.

「자네 요즘 너무 거만해졌어.」 내가 말했다. 「그러다 가 진짜 먹고살기 위해 일을 해야 할 수도 있다는 걸 알 아야지.」

「무슨 일이야?」 닥이 말했다. 「자넨 아직 3포인트 이익 아닌가?」

「그래.」 내가 말했다. 「만약 팔았다면 그렇지. 아직 그 애기는 안 했군. 자네들은 다 털렸나?」

「두 번이나 걸렸어.」 닥이 말했다. 「다행히 시간에 맞춰 팔긴 했지만.」

「그래.」 I. O. 스놉스가 말했다. 「내가 그걸 잡았다네. 간혹 이렇게 이득도 봐야 공평한 것 아니겠나.」

나는 그들이 자기들끼리 1포인트에 5센트씩 거래하는 모습을 보고 자리를 떴다. 거리에 있던 깜둥이를 시켜 차를 가져오라 하고는 길모퉁이에서 기다렸다. 여기서는 가게 문이 보이지 않아서, 한 눈으로 시계를 보면서 다른 눈으로는 길 위아래를 쳐다보는 얼의 모습이 보이지 않았다. 그놈의 깜둥이가 차를 몰고 나타나는 데 한 일주일은 걸린 것 같았다.

「대체 어디 다녀온 거야?」 내가 말했다. 「계집애들에게 자랑하려고 차 타고 온 동네를 돌다 온 거지?」

「곧장 온 거예요.」 그 녀석이 말했다. 「그놈의 마차들 때문에 광장을 빙 돌아서 왔어요.」

이놈의 깜둥이들은 무슨 짓을 하든 항상 빈틈없는 알리바이를 대곤 한다. 하여튼 차를 맡겨 놓기만 하면 돌아다니며 자랑질을 한다니까. 차를 타고 광장을 돌아 나갔다. 광장 건너로 문 앞에 있는 얼의 모습이 언뜻 보였다.

곧장 부엌으로 가서 딜지에게 서둘러 점심을 차리라고 전했다.

「퀜틴이 아직 안 왔어.」 딜지가 말했다.

「그런데?」 내가 말했다. 「다음번엔 러스터가 아직 밥 먹을 준비가 안 됐다고 내게 말할 참이야? 이 집 점심이 몇 신지 퀜틴도 알잖아. 빨리 식사 준비해.」

엄마 방으로 가서 편지를 전해 주었다. 엄마는 편지를 열어 수표를 꺼냈다. 나는 방구석에 있던 삽을 가져온 후 엄마에게 성냥을 주었다. 「자.」 내가 말했다. 「얼른 끝내세요. 곧 우실 거잖아요.」

엄마는 성냥을 받았지만 불을 켜진 않았다. 자리에 앉은 채 수표만 바라봤다. 내가 말한 대로였다.

「태우기 싫구나.」 엄마가 말했다. 「퀜틴까지 맡겨서 네게 부담을 지웠는데…….」

「이것 없어도 살 수 있어요.」 내가 말했다. 「자, 끝내 버리세요.」

하지만 엄마는 수표를 손에 든 채 가만히 있었다.

「이 수표는 다른 은행이 발행한 거네.」 엄마가 말했다. 「지금까지는 인디애나폴리스 은행 거였는데.」

「맞아요.」 내가 말했다. 「여자들도 그렇게 할 수 있어요.」

「뭘 한다고.」 엄마가 말했다.

「은행 두 곳에 계좌를 열 수 있다고요.」 내가 말했다.

「아.」 그러면서 한동안 수표를 쳐다보았다. 「네 누나가 그렇게나…… 많다니…… 다행이다. 하느님도 내가 올바르게 사는 걸 아시나 보다.」 엄마가 말했다.

「자.」 내가 말했다. 「이제 끝내세요. 재미는 그만 보시

332

고요.」

「재미?」 엄마가 말했다. 「내가 이걸 생각하면…….」

「전 엄마가 매달 2백 달러를 태워 없애는 걸 재미있어 한다고 생각했어요.」 내가 말했다. 「자, 어서요. 성냥 켜드려요?」

「이젠 수표를 받을 수 있을 것 같구나.」 엄마가 말했다. 「내 아이들을 위해서 말이다. 난 이제 남은 자존심도 없어.」

「그러면 마음이 안 편하실 거예요.」 내가 말했다. 「그럴 거 아시잖아요. 한번 결정하셨으면 그냥 지키세요. 우린 그거 없어도 살 수 있어요.」

「모든 걸 네게 맡긴다.」 엄마가 말했다. 「하지만 이런 짓을 하면서 가끔은 네가 마땅히 받아야 할 걸 내가 빼앗는 건 아닌지 걱정이 된단다. 이러다 벌받을 것 같아. 하지만 너만 괜찮다면 내 자존심 같은 거 버리고 이걸 받을 수도 있어.」

「지난 15년간 수표를 없애 왔는데 이제부터 받는다고 뭐가 좋겠어요?」 내가 말했다. 「그냥 없애면 아무것도 잃는 게 없지만, 이제부터 받는다면 5만 달러를 잃는 게 돼요. 지금까지 그게 없어도 잘 지내 왔잖아요?」 내가 말했다. 「아직 양로원에서 지내신 일도 없었잖아요.」

「맞아.」 엄마가 말했다. 「배스콤 가문은 누구의 동정도 받지 않아. 게다가 타락한 여자의 동정은 더욱이나.」

엄마는 성냥을 켜서 수표에 불을 붙이고 그걸 삽 위에

놓았다. 그런 다음 봉투에도 불을 붙여 타는 모습을 바라 보았다.

「넌 모를 거다.」 엄마가 말했다. 「어미라는 게 어떤 심 정인 건지 넌 모를 거야.」

「이 세상에는 누나 같은 여자도 많아요.」 내가 말했다.

「하지만 그 여자들은 내 딸이 아니잖아.」 엄마가 말했 다. 「날 위해서가 아니란다. 내 새끼니 죄를 지었든 아니 든 기쁜 마음으로 캐디를 받아들일 수 있지만, 퀜틴 때문 에 못 그러는 거지.」

글쎄, 과연 퀜틴에게 상처를 줄 사람이 있을까요, 라고 말하고 싶었지만, 내가 말하듯, 내가 크게 뭘 바라는 건 아니지만 두 여자가 집 안에서 싸우며 울고불고하는 가 운데 살고 싶은 마음은 추호도 없었다.

「너를 위해서이기도 해.」 엄마가 말했다. 「네가 누나를 어떻게 생각하는지 잘 안다.」

「이제 집에 오게 해주세요.」 내가 말했다. 「난 괜찮으 니까.」

「안 돼.」 엄마가 말했다. 「네 아버지를 생각해서라도 그럴 순 없단다.」

「허버트가 누나를 내쫓았을 때 아버지가 누나를 집으 로 데려오자고 엄마를 그렇게 설득했는데도요.」 내가 말 했다.

「너는 몰라.」 엄마가 말했다. 「네가 일을 더 힘들게 만들지 않으려고 하는 건 잘 안다. 하지만 아이들 때문에 고통을 겪는 건 엄마의 몫이지.」 엄마가 말했다. 「난 다 참을 수 있어.」

「그러시느라 쓸데없는 고생을 많이 하시는 것 같아요.」 내가 말했다. 수표가 다 탔다. 나는 그 재를 벽난로에다 버렸다. 「이렇게 큰돈을 태워 없애는 게 죄스럽긴 해요.」 내가 말했다.

「우리 애들이 그런 돈을 받는 날이 와서는 결코 안 돼. 그건 죄지은 대가로 받은 돈이야.」 엄마가 말했다. 「그럴 바에야 차라리 네가 먼저 죽어서 관에 누운 모습을 보는게 낫지.」

「마음대로 하세요.」 내가 말했다. 「그나저나 식사는 하셨어요?」 내가 말했다. 「아니면, 가게에 나가야 해요. 오늘 무척 바쁜 날이에요.」 엄마가 일어났다. 「딜지에게 이미 말했어요.」 내가 말했다. 「퀜틴인지 러스터인지, 누군가 기다리나 보지요. 제가 부를 테니 기다리세요.」 하지만 엄마는 계단참으로 가더니 딜지를 불렀다.

「퀜틴이 아직 안 왔어요.」 딜지가 말했다.

「전 다시 가야겠어요.」 내가 말했다. 「시내에서 샌드위치를 사면 돼요. 딜지의 계획을 방해하고 싶지 않거든요.」 내가 말했다. 그 말에 엄마가 다시 흥분했고, 딜지가 절뚝거리며 왔다 갔다 하면서 구시렁대며 말했다.

「알았어요. 알았다고요. 빨리 식사 준비할게요.」

「난 모두가 다 좋게 하려고 애쓰고 있단다.」 엄마가 말했다. 「매사에 널 편하게 해주려고.」

「전 불평하지 않아요.」 내가 말했다. 「일하러 가야 한다고 말한 거밖에 없어요.」

「나도 알아.」 엄마가 말했다. 「다른 애들이 누렸던 걸 넌 누릴 기회가 없어서 조그만 시골 가게에 묻혀 지낼 수밖에 없는 거지. 난 네가 잘되었으면 했다. 네가 유일하게 사업에 대한 감각을 지녔다는 걸 아버지가 생전에 깨닫지 못했다는 걸 난 알아. 모든 게 다 수포로 돌아갔을 때, 나는 네 누나가 결혼하면 허버트가…… 약속까지 했는데…….」

「허버트가 거짓말한 건지도 모르죠.」 내가 말했다. 「어쩌면 은행을 소유하지 않았을지도 몰라요. 가졌다 해도 미시시피까지 내려와 사람을 구할 리 있겠어요.」

잠시 식사를 하는데, 부엌에서 벤의 소리가 들렸다. 러스터가 밥을 먹이고 있었다. 먹여 살려야 할 입이 하나 더 있고 돈은 안 받겠다고 하면서, 대체 왜 벤은 내 말대로 잭슨시로 보내지 않는 건지. 거기에는 벤 같은 사람들이 많아서 본인도 더 행복할 텐데. 이 집안에 더 이상 자존심이 남아 있는 구석이라곤 전혀 없다는 걸 하느님도 알고 계실 테고. 서른세 살짜리 남자가 깜둥이 소년이랑 마당에서 놀고 있는 모습이 보이는 마당에 도대체 무슨 자존심이 필요할까. 울타리를 따라 오르락내리락하면서 골퍼들이 나타나기만 하면 황소 울어 대듯 울부짖는데 말이다. 벤을 잭슨시로 보냈으면 우리 모두 지금쯤 다 좋았을 텐데. 나는 말했다. 엄마는 벤에게 할 만큼 했어요. 누가 뭘 기대하든 엄마는 할 걸 다 하셨고, 그 누구보다도 더 하신 겁니다. 그러니 이제는 벤을 병원에 보내 우리가 지불하는 세금에서 일부 혜택이라도 좀 받아야 하는 것 아닌가요. 그러면 엄마는 말했다. 「나도 이제 얼마 안 남았단다. 내가 짐인 줄은 알고 있다.」 그러면 나는 말했다. 「너무 같은 말을 오랫동안 하셔서 이젠 그 말이 믿어지네요.」 혹여 가시더라도 제가 모르게 가시는 게 좋을 거예요. 왜냐하면 그날 밤에 제가 벤을 17번 기차에 태워 보낼 테니까요. 그리고 퀜틴을 데려갈 곳도 아는데, 그곳은 밀크 스트리트나 허니 애비뉴[11]가 아닐 거예요. 그러자 엄마가 울기 시작했고 나는 말했다. 괜찮아요 괜찮아요 저도 우리 가문이 어디서 왔는지는 몰라도 누구 못지않게 자부심이 있어요.

우리는 잠자코 식사를 했다. 엄마가 딜지를 집 앞으로 내보내 퀜틴을 찾아보라고 시켰다.

「다시 말하지만 걔는 식사하러 안 와요.」 내가 말했다.

「걔가 그 정도는 아니야. 길거리 쏘다니지 말고 집에 와서 식사해야 된다는 것쯤은 잘 알고 있다고. 딜지, 바깥 좀 둘러봤나?」

11 Milk street and Honey avenue. 구약 성서 「출애굽기」 3장 8절에 나오는 〈젖과 꿀이 흐르는 땅〉, 즉 약속된 낙원 같은 곳을 의미한다.

「그럼 걔가 그러지 못하게 하세요.」내가 말했다.

「내가 어쩌겠니?」엄마가 말했다.「너희 모두 항상 내 말을 무시해 왔잖니.」

「엄마가 가만히 계시기만 하면 제가 버릇을 고칠 수 있다니까요.」내가 말했다.「제대로 고치는 거 하루면 됩니다.」

「걔한테 너무 거칠게 하지 마라.」엄마가 말했다.「넌 성질이 모리 삼촌을 닮았어.」

그 말에 삼촌의 편지가 떠올랐다. 편지를 꺼내 엄마에게 전했다.

「열어 볼 필요도 없어요.」내가 말했다.「이번에도 은행에서 얼마를 빼갔는지 알려 줄 거예요.」

「네 앞으로 보낸 건데.」엄마가 말했다.

「그럼 열어 보세요.」내가 말했다. 엄마는 편지를 열고는 조금 읽다가 내게 넘겼다.

〈사랑하는 조카에게.〉 편지는 이렇게 시작했다.

내가 지금 어떤 기회를 잡을 수 있는 상황인지 안다면 너도 기분이 좋을 거다. 조만간 네게 밝히겠지만 지금은 자세히 말할 수 없는 이유가 있단다. 나중에 보다 안전한 방식으로 밝힐 기회가 있을 거야. 사업을 하다 보니 비밀스러운 정보는 말보다 확실한 방식으로 전해야 한다는 걸 배웠거든. 이번에 내가 이처럼 극도로 조심하는 것을 보면 이번 기회가 지닌 값어치를 너도 가늠할 수 있을 거야. 이제 막 이번 일에 대한 철저한 단계별 검토를 끝냈다고 말할 필요까지 있을까 싶지만, 이번 일은 평생 한 번 오는 황금 같은 기회라는 건 말해야겠다. 내가 그렇게 오랫동안 꾸준하게 노력해 온 결과가 눈앞에 분명히 보이는구나. 다시 말해, 내가 우리 가문의 자손 중 마지막 남자라는 영예를 짊어지고 우리 가문이 올바른 위치를 되찾도록 하기 위한 일이자, 그 위치를 확고하게 하는 마지막 단계에 와 있다는 걸 알리마. 나는 요조숙녀 같은 네 어머니와 우리 조카들도 우리 가문의 일원으로 여겨 왔단다.

그런데 아쉽게도 내가 지금 이 기회를 최고로 활용할 수 있는 위치에 있지 않아. 초기에 투자한 자금을 보강하기 위해 필요한 얼마 안 되는 돈을 밖에서 해결하기보다는, 이를 네 어머니의 계좌에서 인출하려고 한다. 그래서 격식에 맞춰 연 8퍼센트로 이자를 지불하겠다는 차용증을 동봉하마. 물론 형식적인 절차에 지나지 않지만, 간혹 인간들이 장난치는 상황에 대비해 네 어머니를 보호해 주기 위한 거란다. 물론 나는 이 돈을 내 돈처럼 쓸 것이며, 네 어머니도 모든 걸 쏟아붓는 이번 투자의 기회를 즐길 수 있을 거다. 내가 철저하게 조사한 바에 의하면 이번 일은 가장 맑고 순수한 기회이자, 비속어를 쓰자면 최상의 노다지야.

너도 이해하겠지만, 이건 사업하는 사람끼리의 비밀로 해주길 바란다. 우리만의 포도밭을 같이 수확해 보는 거야. 네 어머니가 병약하기도 하고, 나약하게 자란 남부 귀부인들은 사업 문제와 관련해 소심증을 보이거든. 게다가 남들과 대화하다가 자기도 모르게 이런 문제를 발설하는 대단히 훌륭한 성향이 있으니, 아무래도 네 어머니한테는 말하지 않는 게 좋겠다. 다시 생각해 보고 하는 말인데, 절대 말하지 말 것을 충고하마. 가까운 미래에 네 어머니에게 여러 차례에 걸쳐 빌린 금액과 이자를 포함해 모든 돈을 한꺼번에 입금해 갚을 때까지 모두 비밀로 남겨 두는 것이 좋을 것 같다. 될 수 있으면 이 거칠고 험한 물질세계에서 네 어머니를 보호하는 것이 우리가 할 일 아니겠니.

사랑하는 삼촌이
모리 L. 배스콤

「어떻게 하실래요?」 탁자 너머로 편지를 던지며 내가 말했다.

「삼촌에게 주는 돈 때문에 네가 불만스러워하는 거 잘 안다.」 엄마가 말했다.

「엄마 돈이잖아요.」 내가 말했다. 「날아가는 새한테 돈을 뿌린다고 해도 그건 엄마 문제예요.」

「삼촌은 내 혈육이야.」엄마가 말했다. 「마지막 남은 배스콤 가문 사람이지. 우리마저 없어지게 되면 배스콤 가문은 사라지는 거야.」

「그건 누구라도 힘든 일이지요.」내가 말했다. 「알겠어요, 알겠어요.」내가 말했다. 「엄마 돈이니까 엄마 마음대로 하세요. 은행에서 인출해도 된다고 삼촌에게 알려 줄까요?」

「네가 삼촌을 꺼리는 건 안다.」엄마가 말했다. 「너에게 짐이 된다는 것도 알고. 하지만 내가 세상을 뜨면 좀 편해질 거다.」

「지금 당장 그 짐을 덜 수도 있지요.」내가 말했다. 「알겠어요, 알겠어요. 다시는 이런 말 안 할게요. 원하시면 정신 병원을 통째로 이리 옮겨 오지요, 뭐.」

「걔는 네 친동생이야.」엄마가 말했다. 「비록 장애가 있더라도 말이다.」

「엄마 통장 갖고 갈게요.」내가 말했다. 「오늘은 수표를 발행할 수 있어요.」

「엿새나 늦었네.」엄마가 말했다. 「가게 운영이 되긴 하니? 지불 능력이 있는 가게가 월급도 제때 안 주다니, 원.」

「가게는 괜찮아요.」내가 말했다. 「은행처럼 안전해요. 매달 수금이 끝날 때까지 제 월급은 신경 쓰지 말라고 얼에게 말했어요. 그래서 가끔 늦게 들어오는 거예요.」

「내가 너를 위해 투자한 돈인데 조금이라도 뺏기는 건

참을 수 없지.」 엄마가 말했다. 「난 종종 얼이 가게 운영을 제대로 못 한다는 생각이 든다. 네가 투자한 액수만큼 너를 신임하지 않는 것 같고 말이야. 내가 직접 한마디 해야겠어.」

「아녜요, 내버려 두세요.」 내가 말했다. 「그 사람 사업이니까요.」

「너도 1천 달러 투자했잖니.」

「저도 사태를 주시하고 있어요. 제게 위임하셨잖아요. 괜찮을 거예요.」

「네 덕분에 내 마음이 얼마나 편한지 넌 몰라.」 엄마가 말했다. 「넌 항상 나의 자부심이자 기쁨이었지. 게다가 네가 자진해서 네 월급을 매달 내 통장에 넣는다고 했을 때, 난 네 아버지와 형을 데려가셨어도 너를 내게 남겨주신 하느님께 감사했단다.」

「아버지와 형도 나름대로 잘하셨어요.」 내가 말했다. 「본인들이 할 수 있는 만큼은 하셨다고 생각해요.」

「네가 그렇게 얘기해도 난 아버지에 대한 네 기억이 좋지 않다는 걸 알지.」 엄마가 말했다. 「그럴 만한 이유가 있는 것도 알지만, 그래도 그렇게 말하면 내 가슴이 아프단다.」

나는 그만 자리에서 일어났다. 「엄마, 우실 일 있으면 혼자서 하셔야 할 거예요. 전 이만 돌아가야 해요. 통장 가져갈게요.」

「내가 갖다 주마.」 엄마가 말했다.

「그냥 계세요.」 내가 말했다. 「제가 가져갈게요.」 나는 위층으로 올라가 엄마 탁자에서 통장을 꺼내 시내로 향했다. 은행에 가서 수표와 우편환, 그리고 나머지 10달러를 입금했다. 그리고 전신국에 들렀다. 이제 개장 때보다 1포인트 올라 있었다. 이미 13포인트나 잃은 셈이다.[12] 이 모든 게 퀜틴이 12시경 가게에 들러 소란을 피우는 바람에 그 편지 걱정을 하게 된 탓이다.

「그 보고서 언제 들어왔어?」 내가 말했다.

「한 시간 전에요.」 통신사가 말했다.

「한 시간 전이라고?」 내가 말했다. 「대체 내가 당신에게 돈을 주는 이유가 뭐지?」 내가 말했다. 「이게 한 주에 한 번 받는 보고냐고? 이래 가지고 뭔 일을 하겠어? 젠장, 꼭대기에서 바닥으로 처박혀도 우리는 알지도 못할 거 아냐.」

「뭘 하라는 게 아니에요.」 그가 말했다. 「저들이 목화 시장 투자 법규를 바꿨어요.」

「바꿨다고?」 내가 말했다. 「난 듣지도 못했는데. 그놈의 웨스턴 유니온을 통해 그 소식을 보냈나 보지.」

가게로 돌아왔다. 13포인트라니. 제길, 뉴욕 사무실 뒤편에 앉아 촌놈들이 자기들 돈 좀 맡아 달라고 애걸하는

---

12 오전에 12포인트 내려갔다가 1포인트가 되었으니, 주식 공매로 올라야 수익을 얻는 제이슨에게는 총 13포인트를 잃은 셈이 된다.

모습이나 보고 있는 자들을 빼곤 제대로 아는 놈이 하나
도 없네. 포커에서 상대에게 콜만 외치는 놈은 자신감이
없다는 걸 보여 주는 거다. 그리고 내가 말하듯이, 전문
가의 조언도 못 들을 바에야 뭣 하러 돈을 내는가 말이다.
게다가 그 사람들은 현장에 있는 셈인데 모르는 것이 없
지 않은가. 주머니 안의 전보문이 몸에 느껴졌다. 그들이
전신국과 손잡고 우리를 등쳐 먹는 걸 증명하면 되는데.
그러면 무허가 거간꾼임을 입증하는 것이고, 그렇게 되
면 내가 오래 주저할 필요도 없는데. 웨스턴 유니온 같은
부유한 대형 회사가 시장 상황에 대한 보고도 제때 보내
지 못한다는 것은 말이 안 된다. 고객님의 계정이 정지되
었습니다, 라는 전보는 신속히 보내면서 말이다. 손해를
보든 말든 사람들 일에 관심을 둘 리가 있나. 이놈들은
뉴욕 놈들과 한통속이다. 누가 봐도 뻔하다.

　가게로 돌아오자 얼이 자기 시계를 들여다봤다. 아무
말 없이 있다가 손님이 나가자마자 내게 말했다.

　「식사하러 집에 간다며?」

　「치과에 들러야 했어요.」 내가 어디서 식사를 하든 얼
이 상관할 바는 아니지만, 오후 내내 가게에서 둘이 같이
있어야 했기에 그렇게 대답했다. 내가 오늘 겪은 일에다
가 이제는 오후 내내 얼이 시끄럽게 구는 것까지 더해질
게 뻔했기 때문이다. 내가 말하듯이, 쥐구멍만 한 시골
가게를 가지고 있으면 5백 달러를 가지고 마치 5만 달러

를 걱정하듯이 한다.

「말을 했어야지.」얼이 말했다. 「금세 돌아오는 줄 알았잖아.」

「이놈의 이빨을 바꿀 수만 있다면 언제든지 10달러 드릴게요.」내가 말했다. 「그리고 식사 시간은 한 시간으로 하기로 계약했잖아요.」내가 말했다. 「제 방식이 맘에 안 드시면 어떻게 하면 될지 아시잖아요.」

「예전부터 그리할까 했네.」얼이 말했다. 「자네 모친만 아니었다면 이미 그렇게 했을 걸세. 숙녀인 자네 모친을 안쓰럽게 생각해서 이러는 거야. 안타깝게도 어떤 사람들은 그런 마음을 갖고 있지만 말일세.」

「그러면 그 동정심은 그냥 혼자 갖고 계세요.」내가 말했다. 「동정심이 필요할 때가 되면 충분한 여유를 두고 알려 드리죠.」

「제이슨, 그 일에 대해서 내가 오랫동안 자네를 지켜 온 건 알고 있겠지.」얼이 말했다.

「뭐라고요?」말을 계속하라는 의미로 내가 말했다. 입막음하기 전에 어떤 말을 듣게 될지 궁금했다.

「그놈의 자동차가 어디서 나왔는지 난 자네 모친보다 더 잘 알고 있다고 생각하네.」

「그렇게 생각하세요?」내가 말했다. 「엄마 돈 훔친 거라고 언제쯤 소문내시려고요?」

「나는 아무 말도 안 했네.」얼이 말했다. 「자네가 어머니 위임장을 받은 건 나도 알아. 그리고 자네 모친은 그 1천 달러를 이곳에 투자했다고 아직도 믿고 있지.」

「좋아요.」 내가 말했다. 「그렇게 많이 알고 계시니, 좀 더 알려 드릴게요. 은행에 가서 지난 12년 동안 내가 매달 누구 계좌에 160달러를 입금시켰는지 물어보세요.」

「아무 말 안 한다니까.」 얼이 말했다. 「난 자네가 앞으로 좀 더 조심했으면 하는 마음뿐일세.」

나도 말하지 않았다. 떠들어 봤자 별 소득도 없을 것 같았다. 고정된 사고를 지닌 사람에게 할 수 있는 최선의 방침은 그냥 그렇게 살라고 내버려 두는 것이다. 그리고 누군가를 위해 그 누군가를 일러바쳐야겠다는 생각을 하는 사람이 있을 경우엔, 그냥 헤어지면 된다. 아픈 강아지를 돌봐야 한다는 식의 쓸데없는 양심이 내게 없으니 그나마 다행이다. 조그만 구멍가게에서 8퍼센트 이상의 수익은 내지 않으려 신경 쓰는 소심한 얼과 나는 완전히 딴판이다. 그는 8퍼센트 이상 수익을 올리면 이자 제한 법에라도 걸릴 거라고 생각하는 모양이다. 이런 시골에서 이따위 가게를 운영하면서 도대체 무슨 기회를 잡을 수 있겠는가. 내가 1년만 이 가게를 맡는다면 평생 얼이 일을 안 해도 먹고살 수 있도록 해줄 수 있을 텐데. 하지만 결국 번 돈을 모두 교회나 딴 곳에 갖다 바칠 인물이다. 내 비위랑 맞지 않는 건 그놈의 위선이라는 거다. 자기가 이해하지 못하는 것은 죄다 잘못됐다고 생각하는 사람은 기회만 있으면 자기와는 아무 관련도 없는 일을 제삼자에게 다 일러바치는 게 도덕적인 책무라고 생각한다. 내가 말하듯이, 내가 이해하지 못하는 일을 누군가 했을 때마다 그게 잘못되었다고 생각한다면, 저 안에 있는 장부 속에서 어렵지 않게 무언가를 찾아낼 수 있을 것이다. 그리고 이런 문제를 알아야 된다고 생각되는 사람들에게 돌아다니며 그것을 설명해 봤자 아무 소용 없다. 그 사람들은 나보다 그 문제에 대해 더 잘 알고 있을지도 모르고, 모르고 있다 한들 그따위 일이 나와 무슨 상관인가. 그런데 그는 말한다. 〈누구든 내 장부를 볼 수 있네. 볼 이유가 있고 우리 사업에 대해 어떤 문제라도 제기하는 사람은 환영할 테니, 누구든 와서 보면 되네.〉

「말하시진 않겠죠.」 내가 말했다. 「그러면 양심에 거리낄 테니까요. 하지만 직접 말하는 대신 엄마를 가게 안으로 모셔 와 그걸 찾게 하시겠죠.」

「자네 일에 참견하려는 건 아닐세.」 얼이 말했다. 「자네가 형 퀜틴과 달리 기회가 없었던 건 잘 알고 있네. 하지만 자네 모친도 불행하게 사셨어. 여기 오셔서 자네가 왜 일을 관뒀냐고 물으시면 난 다 말할 수밖에 없네. 그 1천 달러에 대한 얘기가 아닐세. 실제와 장부의 내용이 일치하지 않는 사람은 결코 잘될 수 없다네. 나는 나 자신에게나 누구에게나 절대 거짓말은 안 할 걸세.」

「그러면 좋아요.」 내가 말했다. 「아저씨의 양심이 저보다 더 훌륭한 점원이 되는 셈이네요. 그놈의 양심은 점심 때가 돼도 밥 먹으러 집에 갈 필요도 없고요. 하지만 그 양심이 내 입맛까지 간섭하면 안 되지요.」 내가 말했다. 내 말은, 빌어먹을 식구들 때문에 뭣 하나 제대로 할 수 있는 게 없다는 것이다. 엄마는 퀜틴이든 누구든 통제하려 들지 않는다. 웬 잡놈이 누나에게 키스하는 걸 봤을 때도 다음 날 엄마가 고작 한다는 일은, 온종일 상복 같은 검은 옷차림에 베일까지 쓰고 다니면서 아버지가 무슨 일인지 말하라고 해도 그저 울면서 우리 딸이 죽었다고 말한 것밖에 없었다. 당시 누나가 열다섯 살 정도였는데, 그대로 3년 정도 더 지났다간 엄마가 수녀처럼 거친 마직 옷을 입고 다니게 될 판이었다. 아니, 그런 식으로 가면 거친 사포를 입고 다닐 수도 있었다. 내 말은, 그럼에도 불구하고 내가 시내에 들어오는 모든 장사치들과 함께 거리를 싸돌아다니는 퀜틴을 그냥 내버려 둘 수 있겠느냐는 것이다. 그놈들은 여기저기서 만나는 새로운 장사치들에게 제퍼슨에 가면 화끈한 여자를 만날 수 있다고 떠들어 댄다고 한다. 내겐 별반 자존심이란 것도 없다. 부엌엔 먹여 살려야 할 깜둥이들이 득실대고 주립 정신 병원에 갈 환자가 집에 처박혀 있는 마당에 무슨 자존심이 있겠는가. 주지사, 장군의 가문이라고. 왕이나 대통령이 없었다는 게 그나마 천만다행이다. 아니면 우리 가족 모두 결국 미쳐서 병원에서 나비나 쫓아다니고 있었을 테니까 말이다. 내 말은 퀜틴이 내 새끼였다 해도 개판이었을 거라는 것이다. 처음부터 망나니였을 게 뻔하기 때문이다. 아마 하느님도 그건 잘 모르셨을 것 같다.

얼마 후 밴드의 연주 소리가 들렸고, 거리에 사람들이 사라지기 시작했다. 모두 공연 구경을 하러 간 것이다. 20센트짜리 멍에끈을 갖고 실랑이해 번 15센트를 10달러만 달랑 내고 공연 허가를 받아 낸 양키 놈들에게 홀라당 갖다 바치는 것이다. 나는 가게 뒤로 나갔다.

「이런.」 내가 말했다. 「정신줄 놓았다간 그 나사못이 자라서 조브 영감님 손으로 파고들어 가겠네. 그러면 내가 도끼로 그 손모가지를 잘라 낼 수밖에요. 수확할 수 있게끔 저놈의 경운기를 조립해 놓지 않으면 저 목화 바구미들은 뭘 먹고 살라고요?」 내가 말했다. 「세이지 풀이나 먹으라는 건가?」

「저 사람들 나팔 정말 잘 부네.」 조브 영감이 말했다. 「공연단에는 톱으로 연주하는 자도 있다고 하더군. 반조 연주하듯 말이야.」

「잘 들어요.」 내가 말했다. 「저 공연단이 이 마을에서 쓰는 돈이 얼마나 될 거 같아요? 10달러 정도 될 거예요.」 내가 말했다. 「그 돈은 벅 터핀의 주머니 안에 이미 있을 거고요.」

「벅에게 왜 10달러를 주는 건데?」 조브 영감이 말했다.

「여기서 공연하는 대가로요.」 내가 말했다. 「그자들이 쓰는 돈은 코딱지 정도나 될 만큼 적고요.」

「공연하는 데 10달러를 지불한단 말인가?」 조브 영감
이 말했다.

「그게 다예요.」 내가 말했다. 「그럼 영감님은 얼마나
된다고…….」

「세상에나.」 조브 영감이 말했다. 「여기서 공연 좀 한
다고 돈을 요구하다니. 나 같으면 톱 연주를 보려고 10달
러는 내겠는데. 만약 내야 한다면 말이야. 입장료가 25센
트니, 내일 아침이면 내가 아직 이자들에게 9달러하고
75센트 빚진 셈이 되는군.」

게다가 어떤 양키 놈은 깜둥이들이 앞으로 나아가고
있다고 목이 터지도록 떠들어 댈 거다. 앞으로 나아가라,
내 말이 그 말이다. 제발 멀리 나아가게 해서 경찰견을
풀어서 찾아봐도 루이빌 남쪽으로는 단 한 명도 깜둥이
를 찾을 수 없게 해줬으면 좋겠다. 내가 이자들은 토요일
밤을 택해 최소한 1천 달러 정도는 가지고 이 마을을 뜬
다고 얘기해 주자, 영감이 이렇게 말했다.

「난 그 사람들 원망 안 하네. 25센트 정도는 쓸 수 있
다고.」

「25센트요.」 내가 말했다. 「그게 끝이 아니죠. 거기에
서 2센트짜리 사탕 박스 살 때 쓰는 10센트나 15센트는
어쩌고요. 게다가 그놈의 공연단 밴드 소리 들으며 낭비
하는 시간 비용까지 포함해 봐요.」

「맞는 말이긴 해.」 조브 영감이 말했다. 「그렇다 해도 내가 오늘 밤에 살아 있다면 저자들이 이 동네에서 내 돈 25센트를 더 가져갈 건 확실할 것 같네.」

「그러니까 영감님이 바보지요.」 내가 말했다.

「어쨌든.」 그가 말했다. 「이걸로 왈가왈부하고 싶지 않아. 공연 보러 가는 게 범죄라고 치자고. 그래도 쇠사슬에 묶인 죄수들이 다 흑인인 건 아니잖나.」

그때 우연히 골목길을 쳐다보다가 퀜틴을 발견했다. 나는 뒤로 물러서서 시계를 보았다. 그 바람에 같이 있던 녀석이 누군지는 보지 못했다. 겨우 2시 반이었다. 학교가 끝나기까지 아직 45분이 더 있어야 하니, 나 말고 그 누구라도 퀜틴이 밖을 돌아다닐 거라 기대조차 할 수 없는 시간이었다. 다시 문밖을 보니 빨간 넥타이가 맨 처음 눈에 들어왔다. 대체 어떤 녀석이기에 빨간 넥타이를 매고 다닐 수 있는 건지. 하지만 퀜틴이 문을 살펴 가며 골목길을 따라 숨어 다녔기에 둘이 사라질 때까지 그 녀석을 생각할 겨를이 없었다. 내가 하지 말라고 경고했는데도 학교에서 도망치고, 나 보란 듯이 가게 앞을 지나가는 퀜틴을 보니 정말 애가 날 무시하는 건가 하는 생각이 들었다. 햇빛이 가게 문을 정면으로 비추고 있어서 퀜틴이 문 안을 들여다보지는 못했다. 마치 자동차 헤드라이트를 정면으로 쳐다보는 것 같아 내가 안에 서 있는데도 못 보고 그냥 지나친 것이다. 광대처럼 화장한 얼굴에 머리는 기름을 발라 감아 올렸고, 옷은 가슴과 엉덩이만 가릴 정도였다. 내가 젊은 시절에 가봤던 가요소 스트리트나 빌 스트리트[13]에서도 여자가 저렇게 입고 나오면 감옥에 처넣을 그런 차림이었다. 지나치는 모든 남자들이 손을 뻗어 엉덩이를 만지고 싶은 마음이 들게 하려는 옷차림이 분명했다. 그리고 대체 빨간 넥타이를 맨 저자가 누굴까 생각하다가 마치 퀜틴이 말해 주기나 한 듯 문득 공연단의 일원이라는 걸 깨달았다. 내가 참을성이 있는 인간이기에 망정이지, 하마터면 곤란한 상황이 벌어질 수도 있었다. 둘이 모퉁이를 돌자 나는 밖으로 나가 이들을 쫓았다. 백주대낮이고 모자도 안 쓴 채 나간지라 엄마 이름에 먹칠을 하지 않으려다 보니 어쩔 수 없이 골목길을 따라 그냥 쫓을 수밖에 없었다. 내가 말하듯이, 계집애에게 그런 기질이 있으면 어쩔 도리가 없다. 할 수 있는 거라고는 자기 마음대로 하게 놔두고, 같은 부류의 인간들과 어울리도록 내버려 두는 것뿐이다.

거리로 나섰지만 두 연놈은 어느새 내 시야에서 사라졌다. 나도 미친 사람처럼 모자도 안 쓴 채 거리에 서 있는 꼴이 되어 버렸다. 사람들은 결국 내가 미쳤다고 생각했을 거다. 저 집안 아이 하나는 원래 미쳤고, 또 하나는 물에 뛰어들어 자살했고, 다른 하나도 남편에게 내쫓겼으니, 남아 있는 놈 역시 미쳤다고 하지 않겠는가. 매처

13 멤피스시의 환락가.

352

럼 날카로운 사람들의 시선이 날 향하고 있다는 걸 항상 느껴 왔다. 새삼 별일도 아니지, 온 식구가 미쳤는데 남은 놈이라고 별수 있겠나, 하고 말할 기회를 찾고 있는 것 같았다. 아들놈을 하버드 대학에 보내려고 목장을 팔질 않나 야구 경기를 구경하느라 그나마 두 번쯤 가볼 수 있었던 주립 대학을 위해 매달 세금을 내질 않나 집 안에서 딸 이름을 입에 담지도 못하게 하질 않나 아버지는 이후 한동안 시내에도 안 나가고 하루 종일 술병을 낀 채 두문불출했다 방 밑으로 보이는 건 아버지의 잠옷 자락과 맨발뿐이었고 술잔에 술 따르는 소리만 들릴 뿐이었으며 결국 티피가 술을 따라 줘야만 하는 처지가 되고 말았다 엄마는 자식이 아버지를 기억하면서 그렇게 존경심이 없을 수 있냐고 했고 나는 그렇지 않아요 가슴속 깊이 오래 간직하고 있어요 다만 혹시 나도 미치게 되면 그때는 어떻게 기억할지 모를 뿐이죠 왜냐하면 난 물만 봐도 토할 것 같고 위스키를 마시느니 차라리 휘발유를 마시고 싶기 때문이에요[14] 로레인은 말하길 이 사람이 술을 마시진 않을지 몰라도 사내라는 게 믿기지 않는다면 사내라는 걸 어떻게 알 수 있는지 보여 줄 수 있다고 하지요 그리고 만약 내가 여기 다른 창녀들과 놀아나다가 걸

14 별안간 의식이 과거로 돌아가면서 온점이 없어진다. 퀜틴과 아버지의 죽음은 제이슨에게 물과 위스키에 대한 트라우마를 갖게 했다는 것을 보여 준다.

1928년 4월 6일 **353**

리기만 하면 자기가 그년을 잡아 패줄 거라고 내 눈에 띄는 한 계속 팰 거라고 하지요 그러면 나는 내가 술을 마시든 안 마시든 그건 내 문제고 내가 남자 같지 않은 적이 있느냐고 하면서 네가 원하면 목욕을 할 수 있을 만큼 맥주를 사주겠다고 하지요 왜냐하면 난 착하고 솔직한 창녀를 존경하거든요 내가 지켜 드리고 싶은 엄마의 건강과 사회적 지위가 있는데도 퀜틴이라는 년은 자기 이름과 내 이름 그리고 엄마 이름까지 제퍼슨 시내에서 웃음거리가 되게 할 정도로 내가 하는 말을 무시하거든요.

퀜틴이 어디론가 사라져 버렸다. 내가 오는 걸 보고는 다른 골목으로 사라진 것이다. 사람들이 보면 어떤 인간이기에 저렇게 빨간 넥타이를 맸을까 생각하며 쳐다볼 놈과 함께 이 골목 저 골목을 쏘다니겠지. 그런데 거기서 전신국 통신원 녀석이 계속 내게 말을 해대는 통에, 나는 정신없이 전보문을 받아 들었다. 거기에 서명을 하고 나서야 정신이 들었다. 그런 후 내용에는 별 관심도 없이 봉투를 열었다. 그래 이럴 줄 알았지. 난 그 내용을 이미 알고 있었던 것 같다. 벌어질 수 있는 유일한 상황은 이거였다. 난 누나의 수표를 내 통장에 입금시키고서야 전보 내용을 확인한 것이다.

나는 뉴욕처럼 별로 크지도 않은 도시가 우리 같은 촌놈들에게서 돈을 갈취해 가는 그 많은 사람들을 어떻게 수용하는지 이해할 수 없다. 매일을 하루 종일 뼈 빠지게 일해 번 돈을 그들에게 보내고 기껏, 고객님의 거래 계좌는 20.62포인트에 종료되었습니다, 라는 내용이 적힌 종이 한 장을 받다니 말이다. 살살 약을 올리며 서류상으로만 이익을 보게 하다가 한순간 빵! 한다. 고객님의 계좌가 20.62포인트에 종료되었다고. 그게 다가 아니다. 돈을 빨리 잃는 방법을 알려 주는 놈한테 난 매달 10달러씩 지불한다. 이놈들은 아는 게 전혀 없거나 아니면 전신 회사랑 한패거나 둘 중에 하나다. 이제 이놈들과는 끝이다. 내 돈을 빨아먹는 것도 이번이 마지막이다. 유대인 놈들 말을 곧이곧대로 듣는 멍청이만 아니라면, 빌어먹을 삼각주 전체가 다시 홍수에 잠기게 되면 작년처럼 목화가 깡그리 쓸려 나갈 것이고, 그와 함께 시장이 줄곧 상승세를 탈 거라는 것쯤은 알 수 있을 거다. 해마다 이렇게 수확한 것이 싹 쓸려 갔으면 좋겠다. 워싱턴에 있는 작자들은 니카라과나 뚱딴지같은 곳에 군대를 보내 매일 5만 달러를 쓰고 있다. 물론 다시 범람할 것은 뻔하고 그러면 목화 1파운드에 30센트가 되겠지. 좋아, 딱 한 번만 빵 터져 내 돈을 되찾았으면 좋겠다. 떼돈을 벌어들이려고 하는 게 아니다. 그건 시골 마을 투기꾼들이 원하는 것이다. 나는 단지 이 유대인 놈들이 확실한 내부 정보라고 하면서 나한테서 갈취해 간 돈을 되찾고 싶을 뿐이다. 그러면 끝이다. 그 다음엔 내 돈을 1센트라도 가져가려면 내 발에 입이라도 맞춰야 할 거다.

나는 가게로 돌아갔다. 거의 3시 반이 되었다. 무언가 하기엔 시간이 너무 부족했지만, 나도 이런 것에는 익숙해졌다. 그건 하버드에 가야만 배우는 것도 아니다. 공연단이 밴드 연주를 멈췄다. 관객들을 다 불러들였으니 더 이상 연주할 필요가 있겠나. 얼이 말했다.

「그 친구 봤지, 그렇지? 한참 전에 여기 왔었는데, 난 자네가 뒤편 어딘가에 있는 줄 알았지.」

「네.」 내가 말했다. 「전보 받았어요. 오후 내내 전보를 전하지 않을 수는 없겠지요. 동네가 워낙 작아서요. 잠깐 집에 다녀와야겠어요.」 내가 말했다. 「내 월급에서 제하세요. 그래야 마음이 편하시다면요.」

「다녀오게.」 얼이 말했다. 「이제 혼자 할 수 있네. 나쁜 소식이 아니길 바라네.」

「전신국에 가서 알아보세요.」 내가 말했다. 「거기 있는 사람들은 알려 줄 시간이 있을 거예요. 전 바빠서.」

「그냥 궁금해서.」 얼이 말했다. 「자네 모친도 내가 믿을 수 있는 사람이라는 걸 아실 거야.」

「고마워하실 테죠.」 내가 말했다. 「그리 오래 안 걸릴 거예요.」

「천천히 하게나.」 얼이 말했다. 「혼자 할 수 있다니까. 어서 가라고.」

차를 타고 집으로 향했다. 아침에 한 번, 정오에 두 번, 지금 또다시 차를 타고 온 동네를 돌아다니고, 내가 돈을 지불한 음식인데도 좀 먹게 해달라고 깜둥이들한테 구걸이나 하고. 가끔 나는 대체 이런 짓을 왜 하는 건지 생각해 본다. 이미 충분히 겪었는데도 같은 일을 계속하다니 미친 게 아닌가 싶다. 이제 집에 가면 다시 차를 타고 나가서 토마토 같은 것을 잔뜩 사야 할 거다. 그리고 장뇌 공장 같은 냄새를 풍기며 읍내로 돌아올 거다. 그래야 내 머리가 어깨 위에서 폭발하지 않을 테니까. 난 엄마에게 줄곧 말했다. 그놈의 아스피린은 밀가루와 물로만 만들어졌는지 진짜 환자보다 상상병 환자에게나 맞는다니까요. 엄마는 두통이 뭔지도 몰라요. 엄마는 저놈의 자동차가 내게 부담이 되는데도 내가 그것 없이는 못 산다고 생각하시지만, 난 그것 없이도 살 수 있어요. 전 아무것도 없이 사는 법을 배웠거든요 엄마가 아직 덜 큰 깜둥이가 모는 낡아 빠진 마차에 목숨을 걸겠다면 마음대로 하세요 하느님은 벤같이 안된 사람을 돌봐 주시니까요 하느님은 그런 사람을 위해 뭔가 해줘야 한다는 걸 아세요 하지만 1천 달러나 되는 복잡한 기계를 덜 큰 깜둥이에게든 다 자란 깜둥이에게든 맡기려 한다면 차라리 한 대를 사주세요 엄마도 차 타는 걸 좋아하시잖아요 인정하시지요.

엄마는 집에 있다고 딜지가 말했다. 복도로 들어가 귀를 기울였지만 아무 소리도 들리지 않았다. 위층으로 올라가 엄마 방 앞을 막 지나려는데, 엄마가 나를 불렀다.

「밖에 누굴까 궁금해서 불렀다.」 엄마가 말했다. 「여기 혼자 있으니 온갖 소리가 다 들리는구나.」

「집에 계실 필요 없어요.」 내가 말했다. 「원하시면 다른 여자들처럼 종일 밖을 돌아다니며 시간을 보내세요.」 엄마가 문 앞으로 나왔다.

「네가 어디 아픈 줄 알았다.」 엄마가 말했다. 「그렇게 급히 점심을 먹었으니 말이다.」

「잘못 짚으셨어요.」 내가 말했다. 「뭐 원하시는 거 있어요?」

「무슨 일 있지?」 엄마가 말했다.

「무슨 일이요?」 내가 말했다. 「제가 대낮에 집에 오면 뭔 일이라도 벌어진 건가요?」

「퀜틴은 봤니?」 엄마가 말했다.

「학교에 있어요.」 내가 말했다.

「3시가 넘었다.」 엄마가 말했다. 「벌써 3시 종이 울린 지 30분이나 지났어. 지금쯤 집에 와 있어야 할 시간인데.」

「꼭 그래야 해요?」 내가 말했다. 「어둡기 전에 그 애가 집에 오는 걸 본 적이 있어요?」

「집에 와야지.」 엄마가 말했다. 「내가 어릴 적엔 말이다……」

「엄마에게는 행동거지를 똑바로 하라고 가르친 사람이 있었잖아요.」 내가 말했다. 「걔는 없어요.」

「나도 어찌 해볼 도리가 없구나.」 엄마가 말했다. 「나도 노력했잖니.」

「왜 그러시는지는 몰라도 저한테는 못 하게 하셨잖아요.」 내가 말했다. 「그러니까 그냥 계세요.」 내 방으로 갔다. 열쇠를 돌려 손잡이가 돌아갈 때까지 서 있었다. 그때 엄마가 말했다.

「제이슨.」

「왜요.」 내가 말했다.

「뭔가 잘못됐다는 생각이 들어서.」

「여긴 아니에요.」 내가 말했다. 「잘못 짚으셨어요.」

「널 힘들게 하려는 건 아니고.」 엄마가 말했다.

「반가운 소리네요.」 내가 말했다. 「저도 잘 몰라요. 뭔가 오해하셨나 보네요. 뭐 원하시는 거 있어요?」

잠시 후 엄마가 말했다. 「아니, 아무것도 없어.」 엄마가 문에서 물러났다. 나는 상자를 꺼내 돈을 세어 본 후 다시 숨겨 놓았다. 그런 다음 방문을 열고 나왔다. 장뇌 생각이 났지만 시간이 너무 늦을 것 같았다. 이제 한 번만 더 갔다 오면 될 것 같았다. 엄마가 방문 앞에서 나를 기다리고 있었다.

「시내에서 사 올 것 없어요?」 내가 말했다.

「없어.」 엄마가 말했다. 「네 일에 참견하고 싶진 않지만, 네게 뭔 일이라도 벌어지면 어쩌나 걱정이 되는구나.」

「아무 일 없어요.」 내가 말했다. 「머리가 좀 아플 뿐이에요.」

「아스피린 좀 먹지 그러니.」 엄마가 말했다. 「차는 계속 몰 거지?」

「차랑 무슨 상관인데요?」 내가 말했다. 「어떻게 차 때문에 머리가 아플 수 있어요?」

「휘발유 때문에 네가 항상 토할 것 같다고 했잖아.」 엄마가 말했다. 「어릴 때부터 그랬어. 아스피린 몇 알 먹으면 좋으련만.」

「엄마는 계속 그게 좋다고 생각하세요.」 내가 말했다. 「그런다고 해가 될 건 없을 테니까요.」

차에 올라 다시 시내로 차를 몰았다. 길모퉁이를 돌 때 요란하게 달려오는 포드 자동차 한 대가 눈에 띄었다. 차가 갑자기 정지하더니, 바퀴 미끄러지는 소리가 들렸다. 그런 다음 차를 돌려 뒤로 빼더니 다시 획 하고 내달렸다. 대체 무슨 일인가 생각하는 순간 빨간 넥타이가 눈에 들어왔다. 그리고 창문을 통해 뒤를 돌아보는 퀜틴의 얼굴이 보였다. 차는 뒷골목으로 사라졌다. 다시 차를 돌리는 모습이 보였다. 뒷골목에 도착해 보니 이미 빠른 속도로 사라지고 없었다.

빨간 넥타이. 그렇게도 말했건만, 그놈의 빨간 넥타이를 본 순간 난 다른 걸 다 잊고 말았다. 첫 갈림길에서 차를 세울 때에야 비로소 두통 생각이 떠올랐다. 길에다 돈을 퍼붓는데도 도로가 꼭 굴곡진 양철 지붕처럼 울퉁불퉁했다. 이래 가지고 손수레나 지나다닐 수 있을지 모르겠다. 나는 이 차를 많이 아끼기에 저 포드 자동차처럼 마구 몰아서 차를 박살 내고 싶은 마음은 없다. 혹시 훔친 차일 수도 있다. 그러니 차를 저렇게 몰겠지. 내가 말하듯이, 피는 타고나는 거다. 퀜틴 같은 피를 타고났으면 무슨 짓을 못 하겠는가. 쟤를 책임질 의무가 있다 해도 이제는 다 사라진 것이다. 이제부터는 나밖에 탓할 사람이 없으니, 그것은 생각이 있는 사람이라면 어떻게 해야 할지 다 알기 때문이다. 이제부터 내 시간의 절반을 빌어먹을 탐정 놀이에 써야 한다면 적어도 대가를 받는 곳에서 일하고 싶을 뿐이다.

결국 나는 갈림길에서 차를 멈췄다. 그때 그 생각이 떠올랐다. 마치 누군가 망치로 내 머릿속을 때리는 것 같았다. 나는 말했다. 전 엄마가 개 때문에 걱정하는 걸 막아 보려 했어요. 차라리 그 애가 원하는 대로 하게 내버려 두세요. 빠르면 빠를수록 좋아요. 이 마을에 들어오는 장사치나 싸구려 공연단원 말고 누가 개랑 놀아나겠어요. 이제 동네 건달들도 개를 쳐다보지 않아요. 엄마는 무슨 일이 벌어지는지도 몰라요. 제 귀에 들려오는 이야기를 엄마는 모르시죠. 제가 사람들이 떠들어 대는 이런 소문들을 다 막고 있다고 보시면 돼요. 너희가 초라한 시골 가게나 운영하고 깜둥이들조차 소작 안 할 그런 땅에서 농사지을 때 우리 집안엔 이미 노예가 있었다고 하면서 말이죠.

그들이 농사를 실제 지었는지도 모를 일이다. 하느님

이 이 땅을 위해 뭔가 해주신 게 천만다행이지. 여기 사는 사람들은 농사도 안 지어 봤다. 여기서부터 약 3마일 정도까지 전혀 경작되지 않은 땅이 보인다. 금요일 오후인데도 시골 청년들이 모두 시내로 공연을 보러 갔는지, 내가 만약 굶어 죽을 지경에 처한 이방인이라면 어찌했을까. 마을로 들어가는 길을 물어볼 사람조차 전혀 찾을 수 없을 정도다. 그런데 엄마는 내게 아스피린을 먹으라고 한다. 나는 빵 먹을 때 식탁에서 먹겠어요, 라고 말한다. 엄마는 매년 새 옷 열 벌을 살 만한 돈으로 그놈의 빌어먹을 약품을 사셨어요. 그러면서 항상 우리 때문에 많은 것을 포기한다고 말씀하시죠. 제가 필요한 것은 두통을 치료할 무엇이 아니라, 두통이 안 오게 해주는 공평한 대우입니다. 하지만 나는 자기들 익숙한 대로 살아가면서 처먹기만 하는 저놈의 깜둥이들을 먹여 살리고 또 이들을 그놈의 공연에 보내느라고 매일 열 시간씩 일하고 있어요. 이 나라의 깜둥이들 가운데 둘 중 하나는 공연을 보러 가지요. 저기 오는 깜둥이는 너무 늦었군. 저자가 여기 닿을 때면 공연이 다 끝나 있겠네.

한참 후 그 깜둥이가 내 차가 있는 곳으로 왔다. 오던 길에 혹시 두 사람이 포드 차를 타고 지나가는 걸 봤느냐는 질문을 겨우 그에게 이해시켜 물었더니, 그는 봤다고 대답했다. 그래서 계속 차를 몰았다. 마찻길이 갈라지는 곳에 도착하자 바큇자국이 보였다. 자기 땅에 서 있는 에브 러셀의 모습이 눈에 들어왔지만 굳이 찾아가 묻지는 않았다. 그 집 헛간을 막 지나치는 순간 마침내 포드 차가 눈에 들어왔다. 어딘가에 차를 숨기려 했던 모양이다. 그 애가 모든 일을 그런 식으로 넘긴 것처럼 이번에도 차를 제법 잘 숨겨 놓았다. 내가 말하듯이, 나도 그렇게 크게 반대할 생각은 없다. 퀜틴 자신도 어쩔 수 없는 것일지 모른다. 걔는 조신하게 지내겠다고 마음먹을 정도로 가족을 배려할 마음이 없기 때문이다. 혹시 대로상에서, 아니면 재수 없게도 광장에 서 있는 마차 밑에서 마치 두 마리 개새끼처럼 붙어 있는 이 둘을 마주할까 봐 나도 겁이 난다.

주차를 하고 차에서 내렸다. 경작지를 빙 돌아 건너가야 했다. 시내를 떠난 뒤 처음으로 본 유일한 경작지였다. 한 걸음 한 걸음 움직일 때마다 누가 날 따라와서 뒤통수를 내리치는 것 같았다. 이 밭만 건너면 평지가 나타날 거고, 그러면 걸을 때마다 내 머리가 뒤흔들리지는 않으리라 생각했다. 하지만 숲으로 들어가자 덤불투성이라 몸을 비틀며 지나가야 했다. 이어서 가시덩굴이 들어찬 도랑이 나타났다. 도랑을 따라 한참을 걸었지만 갈수록 가시덩굴이 점점 더 빽빽하게 들어서 있었다. 아마도 얼은 내가 어디 있는지 알고 싶어서 집에 전화해 엄마를 더 불안하게 만들 것 같았다.

사방을 빙빙 돌아 마침내 도랑을 벗어났다. 나는 잠시

멈춰 서서 대체 그놈의 차를 어디에 세워 뒀는지 살펴봤다. 그 두 사람은 가까운 덤불 밑이나, 차에서 멀지 않은 곳에 있을 것 같았다. 그래서 방향을 바꿔 길 쪽으로 돌아 내려가 보았다. 그러다 대체 내가 얼마나 멀리 온 건지 알 수 없어서 걸음을 멈추고 조용히 귀 기울여야 했다. 그런데 다리가 써야 할 피가 온통 머리로 몰렸는지 당장이라도 터질 것 같은 기분이 들었다. 게다가 해가 지면서 석양빛이 내 눈을 정면으로 비추었고, 귓속은 웅웅대며 아무 소리도 들리지 않았다. 나는 말없이 앞으로만 전진했다. 잠시 개 짖는 소리 같은 게 들렸다. 그놈의 개가 내 냄새를 맡게 되면 내게 득달같이 덤벼들 것이고, 그러면 모든 게 끝장이라는 생각이 들었다.

온몸에도, 옷 속과 신발 속에도 도깨비바늘과 그 가지, 그리고 덤불이 들러붙었다. 게다가 사방을 둘러보다가 문득 내 손이 덩굴 옻나무에 닿아 있다는 걸 알았다. 왜 그게 뱀 같은 것이 아니라 우연찮게도 덩굴 옻나무였는지 나도 이해할 수 없었다. 그래서 손을 떼지 않고 그대로 있었다. 나는 개가 사라질 때까지 그 자리에 서 있다가 다시 걸어 나갔다.

도대체 그 차가 어디에 있는지 가늠할 수가 없었다. 터질 것 같은 내 머리에 대한 생각 외에는 아무것도 떠오르지 않았다. 가다가 문득 멈춰 서서 혹시 내가 포드 차를 정말 보긴 한 건지 나 자신을 의심하기도 했다. 그러다가 이젠 그것조차 신경 쓰지 않기로 했다. 내가 말하듯이, 그 애가 낮이고 밤이고 밖에 나가서 바지를 입은 이 동네 놈들 누구랑 놀아난들 내가 상관할 바 아니다. 나를 전혀 배려하지 않는 사람에겐 난 아무것도 빚진 게 없다. 저년이 기껏 한 짓이라고는 그놈의 포드 차를 숨겨 놓고 오후 내내 내가 그걸 찾게 만든 거다. 게다가 이 세상을 살아가기에는 너무 결백한 얼이란 놈은 엄마를 가게 안으로 데려가 분명 장부를 보여 줄 것이다. 남의 일에 간섭할 일이 전혀 없는 저 하늘나라에 가면 얼이란 놈도 지겨워서 어떻게 시간을 때울지 궁금하다. 나는 말했다. 내게 걸리지만 말아 다오. 네 할머니 때문에 내가 눈감아 준다. 하지만 여기 우리 엄마가 살고 계시는 이 마을에서 그 짓을 하다가 한번 걸려만 봐라. 번지르르하게 머릿기름을 칠한 네놈들이 맘대로 놀아나고 있다고 생각하겠지만, 내가 진정 맘대로 노는 게 무언지 보여 줄 테니. 그놈이 내 조카랑 숲속에서 도망칠 수 있다고 생각한다면, 그놈이 맨 그 빨간 넥타이가 지옥문에 걸려 있는 걸쇠 끈이라는 걸 내가 보여 줄 테다.

해가 눈을 정면으로 때리고 피는 위로 몰리고, 덤불과 온몸에 들러붙은 것들 때문에 매 순간 내 머리가 터져 버리고 모든 게 끝나는 건 아닌가 싶을 때, 그들이 머물렀던 흔적이 있는 모래 도랑을 발견했고 이내 포드 차가 있는 곳을 찾았다. 도랑에서 나와 달려가니 차 시동 거는 소리가 들렸다. 그리고 경적 소리와 함께 득달같이 차가 튀어나와 마치 야아, 야아, 야아아아아 하고 말하듯 계속 경적을 울려 대다가 내 시야에서 사라졌다. 길에 올라서니 차는 이미 사라지고 말았다.

내 차가 있던 곳으로 와보니 여전히 경적 소리만 들리고 포드 차는 흔적조차 없이 내 시야에서 완전히 사라지고 없었다. 나는 아무 생각 없이, 그저 달려, 라고 말하고 있었다. 제발 집으로 달려가서 그 차에 네가 타고 있었던 적이 없다고 엄마를 설득시켜 봐. 그리고 같이 있던 놈이 누군지 전혀 모른다고 믿게 해봐. 내가 그 도랑에서 너를 거의 잡을 뻔한 적도 없었다는 걸 믿게 해봐. 네가 서 있었다는 것도 믿게 해보라고.

야아아아, 야아아아, 야아아아아아, 하는 경적 소리가 계속 들리다가 점점 희미해져 갔다. 그러다가 완전히 사라졌고, 대신 러셀의 헛간에서 소 우는 소리가 들려왔다. 아무 생각도 들지 않았다. 차 문을 열고 올라탔다. 이상하게도 길이 기운 것보다 더 차가 한쪽으로 쏠려 있다는 느낌이 들었다. 하지만 차에 타서 시동을 걸고 나서야 왜 그런지를 깨달았다.

그냥 차에 앉아 있었다. 해는 서서히 지고 마을은 약 5마일 정도 떨어져 있었다. 그놈들은 타이어를 펑크 낼 만한, 아니 구멍을 뚫을 만한 배짱은 없었고, 다만 바람을 빼놓았을 뿐이다. 부엌에 있는 그 많은 깜둥이들 가운데 보조 타이어를 들어 내 차에 걸고 나사로 죄어 놓을 놈이 한 명도 없었나 생각하며 한참 앉아 있었다. 퀜틴이 일부러 타이어 펌프를 미리 없애 둘 만큼 주도면밀하지는 않았을 텐데 조금 이상했다. 그놈이 바람을 뺄 동안 그런 생각을 했다면 몰라도 말이다. 아마도 누군가 갖고 나가 물총 대신 갖고 놀라며 벤에게 주었을 것이다. 왜냐하면 그 녀석이 달라고 하면 차를 다 분해해서라도 줄 판이라는 걸 아니까 말이다. 그런데도 딜지는 차에 손대는 사람이 아무도 없다고 한다. 우리가 왜 차를 건드리겠어? 그럼 내가 말한다. 그야 깜둥이니까. 당신은 행운아야, 알기나 해? 제발 하루라도 내 처지를 당신과 바꿨으면 좋겠어. 창녀 같은 저년이 뭔 일을 할까 걱정하는 건 나 같은 백인 놈이나 하는 짓이라고 하니까 말이야.

   러셀네 집으로 걸어갔다. 거기에는 펌프가 있었다. 그놈들이 여기까지는 생각을 못 했을 거다. 하지만 퀜틴이 그 정도로 대담한 애인 게 믿기지 않았다. 여자들은 못 하는 짓이 없다는 걸 왜 내가 몰랐을까, 하는 생각이 계속 내 머릿속을 맴돌았다. 나는 계속 생각해 보았다. 내가 그 애를 어떻게 생각하는지, 그리고 걔가 날 어떻게 생각하는지 잠시 잊어버리자. 나도 너를 이런 식으로 대하지 않겠다. 네가 어떤 짓을 하든 말든 이제 이런 식으로 혼내지 않겠다. 타고난 피는 어찌할 도리가 없으니까 말이다. 이건 여덟 살짜리 애도 생각해 낼 수 있는 그런 장난이 아니야. 이건 빨간 넥타이를 맨 어떤 놈이 네 삼촌을 능멸한 일이야. 이 작자들은 우리 마을에 들어와 우리를 촌놈으로 여기면서, 자기들에게는 여기가 너무 비좁다는 듯 행동한다. 그놈은 자기가 얼마나 옳은지도 모른다. 그건 퀜틴도 마찬가지다. 퀜틴의 생각이 그렇다면 차라리 그냥 내버려 두는 게 나을 것 같다. 그러면 내게서 떨어져 나가 나도 시원할 테니까.

러셀의 펌프를 돌려주고 시내로 차를 몰았다. 잡화점에 들러 콜라를 산 후, 전신국으로 향했다. 40포인트 떨어져 20.21포인트로 장이 마감되었다. 5달러 곱하기 40. 그 돈으로 뭐라도 사보는 게 어때, 그러면 퀜틴은 전 그 돈이 필요해요 정말 필요해요, 할 것이고, 그러면 나는 애석하지만 딴 사람이나 찾아보지 그러니, 난 돈이 없어, 너무 바빠서 돈을 벌 수 없었어, 라고 할 것이다.

나는 그를 쳐다보았다.

「전해 줄 소식이 있네.」내가 말했다. 「내가 목화 시장에 관심이 있다는 걸 알면 놀라겠지.」내가 말했다. 「그런 생각은 전혀 못 하는 모양이야, 그렇지?」

「전해 드리려고 노력했어요.」그가 말했다. 「가게로 두 번 연락했고 집에도 연락했어요. 다들 어디 계신지 모른다고 해서.」서랍을 뒤지며 그가 말했다.

「전하다니 뭘?」내가 말했다. 그가 전보문을 내게 주었다. 「몇 시에 온 거야?」내가 말했다.

「3시 반경이요.」그가 말했다.

「지금 5시 10분이잖아.」내가 말했다.

「글쎄, 전달해 주려고 했다니까요.」그가 말했다. 「그런데 찾을 수가 있어야지요.」

「내가 잘못했다는 건가?」내가 말했다. 대체 이번엔 무슨 거짓 정보를 주려고 그러는지 전보문을 열어 보았다. 매달 10달러를 훔치려고 미시시피까지 내려오려면 몹시도 힘들었겠지. 거기에는 〈매각하시오〉라고 써 있었다. 〈대체로 하락 추세이며 장이 불안정할 겁니다. 정보 발표에 동요하지 말 것.〉

「이런 전보를 보내려면 비용이 얼만가?」내가 물었다. 그가 얼마쯤 든다고 대답했다.

「그 사람들이 지불했어요.」

「그러면 그 정도를 내가 빚진 셈이군.」내가 말했다. 「이렇게 될 줄 알았지. 이거 수취인 지불로 보내게.」전보 용지를 집으며 내가 말했다. 매입할 것, 그렇게 썼다. 장이 폭발 직전임. 아직 전신국과 통하지 않은 시골 촌놈들을 몇 명 더 유인하기 위한 일시적 주가 파동임. 동요하지 말 것. 「이거 수취인 지불로 보내게.」내가 말했다.

그는 전보 내용을 확인하더니 다시 시계를 쳐다보았다. 「한 시간 전에 장이 마감되었는데요.」그가 말했다.

「그래.」내가 말했다. 「그것도 내 잘못은 아니지. 내가 그렇게 한 건 아니니까. 난 전신국 상황이 어찌 돌아가는지를 내게 알려 줄 거라 생각하고 조금 매입한 것뿐이니까.」

「보고서는 들어오는 즉시 게시됩니다.」 그가 말했다.

「그렇고말고.」 내가 말했다. 「멤피스에서는 매 10초마다 칠판에다 게시하지.」 내가 말했다. 「난 오늘 오후 거기에서 67마일 떨어진 곳에 있었거든.」

내용을 보더니, 〈이거 보낼 겁니까?〉라고 내게 물었다.

「아직 생각이 안 바뀌었네.」 내가 말했다. 나는 한 장을 더 쓴 후 돈을 세었다. 「이것도 보내게. 〈매입〉이라고 쓸 줄 알지?」

가게로 돌아왔다. 아직 길 아래쪽에서 밴드의 연주 소리가 들려왔다. 금주법은 참 근사한 거야. 토요일이면 집에 있는 한 켤레 신발을 가장이 신고서, 모두가 시내로 나와 운송 회사로 가서 소포를 받았었다.[15] 이제는 모두 맨발로 공연을 보러 나왔고, 장사꾼들은 마치 늘어선 호랑이나 우리 속의 짐승처럼 가게 앞에 서서 지나가는 사람들을 지켜본다. 얼이 말했다.

「뭐 심각한 일은 아니겠지?」

「네?」 내가 말했다. 얼이 시계를 보았다. 그런 후 문 앞으로 가더니 법원 건물의 시계를 바라보았다. 「싸구려 시계 하나 사셔야겠네요.」 내가 말했다. 「시계가 거짓말한

15 1920년부터 1933년까지 유지되었던 금주령이 전국적으로 시행되기 전에, 금주령을 시행하는 지역에서는 주류를 소포로 주문해 받을 수 있었다.

다고 믿는 데 드는 비용은 얼마 안 되거든요.」

「뭐라고?」 얼이 말했다.

「아무것도 아니에요.」 내가 말했다. 「저 때문에 힘들지 않으셨어야 하는데.」

「별로 바쁘진 않았네.」 얼이 말했다. 「죄다 공연을 보러 갔거든. 그래서 별일 없었어.」

「괜찮지 않을 경우 어떻게 하면 될지 아시잖아요.」 내가 말했다.

「괜찮았다고 하잖아.」 얼이 말했다.

「알아들었어요.」 내가 말했다. 「그런데 괜찮지 않았을 땐 어떻게 하면 될지 아시잖아요.」

「일을 그만두고 싶은가?」 얼이 말했다.

「제 가게도 아닌데요.」 내가 말했다. 「제가 뭘 바라는 게 중요한가요? 하지만 저를 여기에 둔다고 해서 저를 보호해 주시는 걸로 생각하시면 안 돼요.」

「제이슨, 자네는 마음만 먹으면 훌륭한 사업가가 될 거야.」 얼이 말했다.

「적어도 저는 제 사업에만 전념하고 남의 일엔 간섭하지 않겠지요.」 내가 말했다.

「난 자네가 왜 내가 자넬 해고하길 바라는지 알 수가 없군.」 얼이 말했다. 「아무 때고 관두면 되고, 그러면 우리 사이에 아무런 서운한 감정도 없을 텐데.」

「아마 그래서 못 떠나는가 봐요.」 내가 말했다. 「제 일에만 전념하는 한 항상 보수를 주시잖아요.」나는 책상으로 가서 물을 마시곤 뒷문 쪽으로 나갔다. 마침내 조브 영감이 경운기를 조립해 놓았다. 주위가 고요했다. 그러자 두통도 좀 가라앉았다. 노랫소리가 들리더니 다시 밴드의 연주가 시작되었다. 저놈들이 이 시골 동네 푼돈마저 죄다 챙겨 가려고 저러는군. 나와는 상관없다고. 난 내가 할 수 있는 건 다 했으니까. 내 나이쯤 되어 가지고 언제 그만둘지 모른다면 그건 바보다. 특히 내 사업이 아닐 때는 더욱. 그놈의 계집애가 내 딸이었다면 상황이 달랐을 것이다. 저년이 저런 짓을 할 시간도 없었을 테니까. 병자와 백치, 그리고 깜둥이들을 먹여 살리려면 일할 수밖에 없기 때문이다. 무슨 염치로 내가 저 집구석에 어떤 여자를 데려올 수 있겠는가. 그러기엔 나는 남들을 너무 존중한다. 나는 남자니까 참을 수 있다. 결국 다 내 혈육이니까. 내가 어울리는 여자들에 대해 무례하게 말하는 놈들이 있다면 그놈들 눈깔이 어떤 색인지 보고 싶다. 그리고 그 젠장맞게 훌륭하신 부인네들도 그따위 소릴 하지. 교회에 나가는 그 훌륭한 여자들 가운데 창녀든 아니든 간에 로레인의 절반만큼만 솔직한 여자가 있으면 나와 보라고 해. 나는 말했다. 내가 결혼하면 엄마는 끈 떨어진 연 신세가 될 거라는 걸 아시죠. 그러면 엄마는 말했다. 나는 네가 결혼해 네 가족을 갖기를 원해. 우리 때문에 노예같이 살지 말고. 나는 머지않아 이 세상을 떠나고 너는 아내를 맞겠지만, 너에게 합당한 여자를 구하긴 어려울 게야. 나는 말했다. 아니요, 구할 수 있어요. 엄마는 무덤에서 벌떡 일어나 나오시겠죠. 그럴 거라는 걸 아시잖아요. 나는 말했다. 전 결혼은 사양합니다. 지금도 돌볼 여자가 많아요. 제가 결혼하게 되면 신부는 아마 마약 중독자 같은 사람일 거예요. 이 집안에 유일하게 없는 부류거든요.

해가 이제 감리교회 뒤로 넘어갔다. 교회 첨탑 주위로 비둘기가 이리저리 날아다녔다. 밴드의 연주가 끝나자 비둘기 우는 소리가 들렸다. 크리스마스가 지나고 넉 달도 안 됐는데 여느 때처럼 비둘기가 많았다. 월트홀 목사의 교회도 비둘기로 혼잡했을 것이다. 연설을 하고 나서 비둘기들이 날아오자 총을 꺼내 든 어떤 사람의 총을 그가 붙잡는 모습을 누군가 봤다면, 우리가 사람이라도 쏘려고 하는 줄 알았을 것이다. 땅에서는 하느님께서 기뻐하시는 사람들에게 평화요, 공중의 새 한 마리도 땅에 떨어뜨릴 수 없다고 하더니.[16] 하긴 비둘기가 늘어나는 걸 목사가 신경 쓸 일이 있겠나. 할 일이 없으니 지금이 몇 시인지 그에게는 상관도 없다. 세금도 안 낼 뿐 아니라, 비둘기 똥 때문에 안 돌아가는 시청 시계가 다시 작동하게끔 청소하는 데도 자기 돈이 낭비되는 게 아니니 상관

16 제이슨은 신약 성서의 「루가의 복음서」 2장 14절과 「마태오의 복음서」 10장 29절의 말을 인용하고 있다.

할 바가 없다. 청소 인부 한 명에게 45달러나 지불되는데 말이다. 세어 보니 갓 태어난 새끼 비둘기가 1백 마리나 넘게 있었다. 저놈들이 여길 떠나 주면 좋으련만. 내가 말하듯이, 내가 이 마을과 고작 비둘기 따위를 통해 유대감을 형성하고 있다고 생각하니 다행이라는 생각이 든다.

밴드의 연주가 다시 시작되었다. 이제는 사람들이 해산하는지 빠른 곡조를 크게 연주하고 있었다. 이제 모두 만족하겠지. 14, 15마일을 운전해 집으로 돌아가는 동안, 그리고 어둠 속에서 마구를 풀고 꼴을 먹이고 우유를 짜는 동안 음미할 연주곡을 들었을 것이다. 이제는 마구간에서 가축에게 휘파람 소리로 그 음악을 들려주거나 농담이나 들려주겠지. 그러면서 가축들을 공연에 데려가지 않아서 얼마를 절약했는지 계산할 거다. 자식 다섯에 노새 일곱 마리를 가진 사람이라면 가족만 데리고 가는 통에 25센트를 벌었다고 어림 계산할지도 모른다. 다 그런 식이다. 얼이 상자 두 박스를 들고 돌아왔다.

「여기 배달할 게 더 있네.」 얼이 말했다. 「조브 어디 갔나?」

「공연 보러 갔을 겁니다.」 내가 말했다. 「감시했어야지요.」

「그 사람은 몰래 빠져나가진 않아.」 얼이 말했다. 「난 그 사람을 믿네.」

「절 두고 빗대어 말씀하시는군요?」

얼이 문으로 가더니 귀를 기울이며 밖을 내다보았다.

「훌륭한 밴드로군.」 얼이 말했다. 「이제 사람들이 돌아올 때가 됐는데.」

「거기서 밤을 지새우지만 않는다면 말이죠.」 내가 말했다. 제비들이 울기 시작했고 참새들이 법원 앞 나무 위로 모여들기 시작하는 소리가 들렸다. 이따금씩 한 무리가 지붕 위로 빙빙 날아올랐다가 이내 사라졌다. 내게는 참새도 비둘기만큼이나 귀찮은 존재다. 이놈들 때문에 법원 앞마당에 앉아 있을 수도 없다. 우선, 모자 위에다 찍 하고 똥을 싸댄다. 한 방에 5센트씩 지불해 저것들을 깡그리 다 잡아 버리려면 백만장자라야 할 것이다. 물론 광장에다 독약만 조금 뿌리면 하루 안에 다 잡을 수 있다. 장사꾼들이 자기네 가축들이 광장에서 뛰어다니는 것을 막을 수가 없다고 하면, 닭 같은 것 말고 쟁기나 양파같이 바닥에서 무언가를 주워 먹지 않는 걸 팔면 된다. 만약 자기 개를 잘 간수하지 못하는 사람이 있다면, 그 사람은 개를 원치 않거나 개를 기를 자격이 없는 사람이다. 내가 말하듯이, 시내 가게를 시골 가게처럼 운영하면 시골 동네가 되고 만다.

「공연 끝나고 온다고 해도 별 도움이 안 될 겁니다.」 내가 말했다. 「마차에다 말을 매고 집으로 오면 자정쯤에 도착할 테니까.」

「글쎄.」 얼이 말했다. 「공연을 좋아하는 사람들이니까.

가끔 공연에다 돈 좀 써도 좋지. 산골 농부들은 일을 죽어라고 하는데도 별 소득이 없거든.」

「그 사람들이 산골에서 농사지어야 한다는 법은 없지요.」 내가 말했다. 「산골이든 어디든.」

「농부들 아니었음 자네나 나나 지금쯤 어찌 되었겠나?」 얼이 말했다.

「전 지금쯤 집에 있겠죠.」 내가 말했다. 「누워서 머리에 얼음찜질이나 하면서 말이죠.」

「자넨 두통이 너무 잦네.」 얼이 말했다. 「자네 치아 검사는 잘 했나? 아침에 그 사람이 제대로 진찰했나?」

「누구 말이죠?」 내가 말했다.

「오늘 아침에 치과 의사를 만났다고 안 했나?」

「근무 시간에 두통이 있다니까 못마땅하신 거군요?」 내가 말했다. 「그런 거죠?」 사람들이 공연 관람을 끝내고 골목길을 건너오고 있었다.

「저기 오네.」 얼이 말했다. 「매장에 나가 있는 게 좋겠어.」 얼이 나갔다. 이상도 하지, 뭐가 잘못인지도 모르고 어떤 남자는 치아 검사나 받으라 하고, 어떤 여자는 결혼이나 하라고 하니. 성공도 못 해본 사람이 장사 잘하는 법에 대해 말해 주곤 한다더니. 마치 양말 한 짝도 없는 대학교수가 10년 안에 백만장자가 되는 법을 가르쳐 주는 것과 마찬가지다. 이는 남편도 구하지 못한 여자가 아이 양육에 대해 떠드는 것과 다름없다.

조브 영감이 마차를 끌고 왔다. 잠시 후 채찍걸이에 고삐 끈을 감았다.

　「그래.」 내가 말했다. 「공연은 좋았어요?」

　「아직 못 가봤네.」 조브 영감이 말했다. 「하지만 오늘 밤은 저 공연 천막 안에 붙들려 있을 거야.」

　「젠장, 못 가봤다니.」 내가 말했다. 「3시부터 가게를 떠나 있었잖아요. 사장님이 방금 전에 영감님을 찾으러 왔었다고요.」

　「내 일을 하고 있었다니까.」 조브 영감이 말했다. 「사장님도 내가 뭔 일을 했는지 아실 텐데.」

　「사장님을 속일 순 있겠죠.」 내가 말했다. 「저도 고자질 안 할게요.」

　「그럼 결국 내가 속일 수 있는 유일한 사람이 사장님이라는 거군.」 조브 영감이 말했다. 「토요일 밤에 보든 말든 아무 상관도 없는 사람을 속이려고 내가 왜 시간을 허비하겠나? 자네는 속일 마음도 없네.」 그가 말했다. 「그러기엔 자네가 너무 똑똑하지. 그렇고말고.」 아주 바쁜 척하면서 짐 꾸러미 대여섯 개를 마차에 싣고는 조브 영감이 말했다. 「자네는 내가 감당 못 할 정도로 똑똑해. 똑똑한 걸로 치면 이 마을 그 누구도 자넬 못 따라가지. 너무 똑똑해서 자신조차 따라잡을 수 없는 사람도 자네는 속일 수 있거든.」 마차에 올라타 고삐를 풀며 조브 영감이 말했다.

「그게 누군데요?」내가 말했다.

「그야 바로 제이슨 콤슨이지.」조브 영감이 말했다. 「가자, 댄.」

마차 바퀴 하나가 떨어져 나갈 듯 보였다. 나는 바퀴가 빠지기 전에 마차가 골목을 빠져나갈 수 있을지 지켜보았다. 깜둥이에게 뭘 맡기든 다 저렇게 되고 말지. 나는 말했다. 눈에 거슬리는 저 덜컹대는 고물 마차는 아마 마차 차고에 백 년 이상 세워 두겠지요. 그래야 매주 한 번 벤이 저걸 빌려 타고 묘지에 갈 수 있으니까. 자기가 원치 않는 일을 해야만 하는 인간이 벤이 처음은 아닐 거예요. 나라면 문명인답게 차에 태워 가거나 그냥 집에 있게 하겠어요. 저 애는 자기가 어딜 가는지 무얼 타고 가는지도 모르거든요. 그런데도 우리는 그 애가 일요일 오후에 타고 갈 수 있게끔 말과 마차를 가지고 있는 거죠.

조브 영감은 걸어서 돌아올 길이 멀지만 않다면 바퀴가 빠지든 말든 별 상관하지 않았다. 내가 말하듯이, 해가 떠서 질 때까지 저 깜둥이들이 있어야 할 유일한 곳은 저들이 일하는 들판뿐이다. 저자들은 잘살거나 편하게 사는 건 자기들도 못 견딘다. 그래서 백인들과 한동안 같이 있다 보면, 이들은 결국 죽일 가치조차 없는 그런 인간이 되고 만다. 같이 지내다 보면 결국 자기가 할 일을 당신의 면전에서 지레짐작하고 기고만장하게 된다. 로스커스가 그랬다. 그가 저지른 유일한 실수는 어느 날 그만

378

방심하다가 죽고 만 것이다. 이들은 꾀나 부리고 몰래 훔치고 주둥이나 놀리다가, 결국 각목 같은 것으로 맞을 수밖에 없게 된다. 어쨌든 이건 얼의 사업이다. 내 사업이었다면 뒤뚱거리는 늙은 깜둥이가 모퉁이를 돌 때마다 주저앉을 것 같은 마차를 타고 다니며 온 동네에 소문내는 일은 결코 없을 것이다.

햇빛은 이제 하늘 높은 곳에만 비치고 있었고 실내는 어두워지기 시작했다. 매장으로 나가니 앞 광장에는 사람들이 없었다. 얼은 뒤편에서 금고를 닫고 있었다. 그때 시계 종소리가 울리기 시작했다.

「뒷문 잠갔나?」얼이 말했다. 나는 뒤편으로 가서 문을 잠근 후 돌아왔다. 「자네도 오늘 공연 구경하러 가나?」얼이 말했다. 「어제 내가 입장권 줬잖아?」

「그랬죠.」내가 말했다. 「왜, 돌려드려요?」

「아닐세.」얼이 말했다. 「자네한테 줬는지 생각이 안 나서. 그냥 버리면 아깝지 않겠어.」

얼이 앞문을 잠그고 잘 가라는 인사를 한 후 이내 사라졌다. 참새들이 아직도 나무 위에서 지저귀고 있었다. 광장에는 차 몇 대를 빼곤 텅 비어 있었다. 잡화점 앞에 포드 차 한 대가 서 있었지만 아예 쳐다보지도 않았다. 이미 충분히 할 만큼 했다고 생각했다. 퀜틴을 도와주고는 싶지만 이제 더 이상 하고 싶은 마음이 없었다. 러스터한테 운전하는 법을 가르쳐 줄까도 생각해 봤다. 필요하면 러스터가 차를 몰아 퀜틴을 뒤쫓고 나는 집에서 벤과 놀면 되니까.

잡화점에 들어가 시가 두 개를 샀다. 그리고 혹시 두통이 다시 올까 싶어서 콜라 한 병을 더 살까 생각했다. 상점 안에 서 있다가 잠시 사람들과 얘기를 나눴다.

「그런데.」맥이 말했다.「자네 올해 양키스 팀한테 돈을 걸었겠지?」

「왜?」내가 말했다.

「우승 팀이니까.」맥이 말했다.「리그 내 다른 어떤 팀도 이길 수가 없잖은가.」

「뭐가 없다는 거야.」내가 말했다.「그 팀은 이제 글렀어. 그 운발이 영원할 것 같아?」

「그건 운발이 아냐.」맥이 말했다.

「난 루스란 놈이 뛰는 그런 팀에는 절대 돈을 걸지 않아.」내가 말했다.「설령 우승을 한대도 말일세.」

「뭐라고?」맥이 말했다.

「양대 리그에서 그놈보다 더 잘하는 선수가 열댓 명이나 있다고.」내가 말했다.

「자네 루스에게 불만 있나?」맥이 말했다.

「아니.」내가 말했다.「아무 불만 없어. 난 단지 그 녀석 사진도 보기 싫을 뿐이야.」그렇게 말하곤 밖으로 나갔다. 거리에 불이 켜지고 사람들은 귀가를 서두르고 있었다. 때때로 참새들은 완전히 어두워질 때까지 가만있지를 못한다. 법원 주변에 가로등을 새롭게 설치한 어느 날 밤인가는 불 때문에 다들 잠이 깼는지 밤새 날아다니면서 가로등에 부딪치기도 했다. 한 이틀 밤을 계속 그러다가 어느 날 다 사라지더니, 두 달쯤 지나자 모두들 다시 돌아왔다.

집으로 차를 몰았다. 집에는 아직 불이 켜져 있지 않았다. 하지만 다들 창문 밖을 쳐다보고 있을 것이다. 내가 돌아올 때까지 부엌에서 식사를 데워야 하는 딜지는 마치 그게 제 것이라도 되는 양 투덜대고 있을 것이다. 딜지의 투정 소리를 들으면, 이 세상에 단 한 끼밖에 없는 식사를 바로 나 때문에 몇 분 더 기다려야 하는 것처럼 여겨진다. 같은 우리 속에 있는 곰과 원숭이처럼 문에 매달려 있는 벤과 깜둥이 녀석이 오늘은 안 보였다. 해가 질 무렵만 되면, 벤은 마치 외양간으로 돌아가는 암소처럼 문에 매달린 채 고개를 마구 흔들어 대며 신음 소리를 낸다. 벌로 거세당한 수퇘지처럼 말이다. 열린 문 때문에 바보 짓거리를 하다가 벤이 당한 일을 내가 당했다면 난 더 이상 저 문을 보고 싶지 않았을 것이다. 저 녀석이 대체 문에 매달려 무슨 생각을 할지 정말 궁금했다. 학교가 끝나고 귀가하는 여학생들을 바라보면서, 자기가 하지 않았다고 기억도 못 하고 더 이상 할 수도 없는 것을 원하면서 무슨 생각을 하는 건지, 그리고 사람들이 옷을 벗겨서 어쩌다 자기 모습을 볼 때마다 울어 대며 과연 무슨 생각을 하는 건지 궁금했다. 하지만 내가 말하듯이, 그걸로 끝난 게 아니다. 나는 너한테 필요한 게 뭔지 안다. 벤에게 한 짓이 바로 네게도 필요하단 거다. 그래야 네가 말을 잘 듣지. 그리고 그게 뭔지 모른다면, 내 말은 딜지를 통해 알려 주라고 하마.

엄마 방에 불이 켜져 있었다. 차고에 차를 넣고는 부엌으로 갔다. 벤과 러스터가 거기 있었다.

「딜지는?」 내가 말했다. 「저녁 차리고 있나?」

「마님 방에 올라가셨어요.」 러스터가 말했다. 「계속 저러고 있어요. 퀜틴이 돌아온 다음부터 계속이요. 엄마가 두 사람 싸움을 말리고 있어요. 시내에 공연단이 들어왔어요?」

「그래.」 내가 말했다.

「밴드가 연주하는 소릴 들었어요.」 러스터가 말했다. 「저도 가고 싶어요. 25센트만 있으면 갈 텐데.」

딜지가 들어왔다. 「왔나?」 딜지가 말했다. 「이 저녁까지 뭐하고? 내가 할 일이 얼마나 많은지 알잖아. 제발 제때에 올 수 없나?」

「공연 구경을 가느라 늦었을 수도 있지.」 내가 말했다. 「저녁은?」

「저도 가고 싶어요.」 러스터가 말했다. 「25센트만 있으면 될 텐데.」

「공연이 너랑 무슨 상관이 있다고?」 딜지가 말했다.

「넌 안에 들어가 있어.」 딜지가 말했다. 「위층으로 올라가서 말썽 피우지 말고.」

「대체 뭔 일이야?」 내가 말했다.

「좀 전에 퀜틴이 돌아와서는 자네가 오후 내내 자기를 감시했다고 해서, 마님이 걔를 혼내고 있어. 그냥 놔두지 그랬나? 제발 자네 피붙이 조카랑 한집에서 싸우지 않고 지낼 수 없겠어?」

「싸움은 무슨.」 내가 말했다. 「아침 이후로 걔를 본 적도 없구만. 그래, 저 계집애가 대체 내가 어쨌다고 합디까? 학교에 억지로 등교시켰다고? 대체 어쩌라고.」 내가 말했다.

「글쎄, 자넨 자네 일을 하고 저 앨 그냥 내버려 두면 되지.」 딜지가 말했다. 「마님과 자네만 허락하면 퀜틴은 내가 돌볼 테니. 안에 들어가 저녁 차릴 때까지 가만히 있게나.」

「25센트만 있으면 공연 구경을 갈 수 있을 텐데요.」 러스터가 말했다.

「왜, 날개만 있으면 날아갈 수 있다고 하지.」 딜지가 말했다. 「너 공연 얘기 한 번만 더 해봐라.」

「가만 있자.」 내가 말했다. 「내가 얻은 입장권 두 장이 있을 텐데.」 외투에서 표를 꺼냈다.

「그거 쓰실 거예요?」 러스터가 말했다.

「아니.」 내가 말했다. 「10달러를 준다고 해도 난 안 가지.」

「그럼 저 한 장만 주세요.」러스터가 말했다.

「한 장만 팔게.」내가 말했다. 「어떠냐?」

「돈이 없어요.」러스터가 말했다.

「그거 안됐네.」내가 말했다. 그러면서 부엌 밖으로 나가려고 했다.

「한 장만 주세요.」러스터가 말했다. 「두 장 다 필요 없잖아요.」

「조용히 하지 못해.」딜지가 말했다. 「제이슨이 공짜로는 아무것도 안 주는 거 모르니?」

「얼마에 팔 거예요?」러스터가 말했다.

「5센트.」내가 말했다.

「그만한 돈 없어요.」러스터가 말했다.

「얼마 있어?」내가 말했다.

「한 푼도 없어요.」러스터가 말했다.

「그럼 알겠어.」나는 말했다. 그리고 나가려 했다.

「제이슨 나리.」러스터가 말했다.

「너 입 닥치지 못해?」딜지가 말했다. 「널 그냥 놀리는 거야. 저 표는 제이슨이 쓴다니까. 제이슨, 저 애 좀 건드리지 말게.」

「나도 필요 없어.」내가 말했다. 그리고 스토브 옆으로 갔다. 「이걸 태우려고 들어온 거야. 하지만 10센트 내고 산다면 팔고.」나는 러스터를 쳐다보며 스토브 뚜껑을 열었다.

「그런 돈이 어디 있어요.」러스터가 말했다.

「알았어.」그러면서 표 한 장을 스토브 안으로 떨어뜨렸다.

「이봐, 제이슨.」딜지가 말했다.「창피한 줄 알게.」

「제이슨 나리.」러스터가 말했다.「제발요. 제가 한 달간 매일 타이어를 돌볼게요.」

「난 현금이 필요하거든.」내가 말했다.「이거 5센트에 주마.」

「가만있어, 러스터.」그렇게 말하며 딜지가 러스터를 뒤로 잡아챘다.「어서 하게.」딜지가 말했다.「스토브에 넣으라니까. 어서 끝내.」

「5센트면 된다니까.」내가 말했다.

「자.」딜지가 말했다.「얘는 5센트가 없어. 자, 어서 떨어뜨리라니까.」

「좋아.」내가 말했다. 내가 나머지 표 한 장을 스토브에 넣자, 딜지가 얼른 뚜껑을 닫아 버렸다.

「어른이라는 인간이 하는 짓 좀 봐.」딜지가 말했다. 「어서 내 부엌에서 나가게. 뚝.」딜지가 러스터에게 말했다.「벤지를 울리기만 해봐. 내가 네 엄마에게 말해 25센트 줄 테니, 내일 저녁에 구경하러 가거라. 그러니 이제 뚝 해.」

나는 거실로 나갔다. 위층에서는 아무 소리도 나지 않

왔다. 나는 신문을 폈다. 조금 있다 벤과 러스터가 들어왔다. 벤은 거울이 달려 있던 벽면 어두운 곳을 문지르고 침을 흘리며 끙끙댔다. 러스터가 부지깽이로 불을 마구 쑤셔 댔다.

「뭐 하는 거야?」내가 말했다. 「오늘 밤엔 불이 필요 없어.」

「쟤 좀 조용히 시키려고요.」러스터가 말했다. 「부활절엔 항상 추워요.」

「오늘은 부활절이 아니지.」내가 말했다. 「그냥 놔둬.」

러스터가 부지깽이를 제자리에 놓고는 엄마 의자에서 쿠션을 꺼내 벤에게 주었다. 벤이 불 앞에 쪼그리고 앉더니 조용해졌다.

나는 신문을 읽었다. 위층에서는 아무 소리도 들리지 않았다. 딜지가 들어와 벤과 러스터를 부엌으로 보내곤 식사가 준비되었다고 내게 말했다.

「알았어.」내가 말했다. 딜지가 나갔다. 나는 그대로 앉아 신문을 읽었다.

잠시 후 딜지가 거실 문을 열고 내게 떠드는 소리가 들렸다.

「왜 와서 식사 안 해?」

「난 저녁 식사를 기다리고 있는데.」내가 말했다.

「식탁 위에 있어.」딜지가 말했다. 「말했잖나.」

「그래?」내가 말했다. 「미안해. 근데 왜 아무도 안 내려

386

오지.」

「안 내려올 거야.」딜지가 말했다. 「빨리 와서 먹게. 위층에도 뭣 좀 갖고 올라가야 해.」

「두 사람 다 아픈가?」내가 말했다. 「의사가 뭐래? 천연두는 아니겠지.」

「제이슨, 빨리 와.」딜지가 말했다. 「그래야 나도 끝내지.」

「알겠어.」신문을 다시 들며 내가 말했다. 「난 지금 식사를 기다리고 있어.」

문간에서 나를 쳐다보는 딜지의 시선을 느꼈다. 나는 계속 신문을 읽었다.

「대체 왜 이런 짓을 하는 거지?」딜지가 말했다. 「그렇잖아도 성가신 일이 얼마나 많은데.」

「엄마가 몸이 더 안 좋아져서 내려와 드시지 못한다면, 그건 어쩔 수 없지.」내가 말했다. 「하지만 나보다 어린 것들은 내가 내 돈으로 자기들 밥을 먹이고 있다면, 처먹기 위해 당연히 식탁으로 내려와야지. 식사가 준비되면 알려 줘.」다시 신문을 집어 들며 내가 말했다. 딜지가 위층으로 올라가는 소리가 들렸다. 마치 계단 사이가 3피트나 되고 수직 계단을 올라가기라도 하듯이 다리를 질질 끌며 꿍얼대는 신음 소리를 냈다. 엄마 문 앞에서 딜지의 목소리가 들렸고, 이어서 퀜틴을 부르는 소리도 들렸다. 방문이 잠겨 있었는지 다시 엄마 방으로 가는 소리가 들렸고, 엄마가 가서 퀜틴에게 말하는 소리가 들렸다. 잠시 후 다들 아래로 내려왔다. 나는 신문을 읽고 있었다.

딜지가 문 앞에 와서 말했다 「어서 와요. 더 이상 못된 짓할 생각하지 말고. 오늘은 정말 못되게 구네.」

나는 식당으로 갔다. 퀜틴이 고개를 숙인 채 앉아 있었다. 얼굴은 아직 화장한 모습 그대로였다. 마치 사기로 된 절연체처럼 코가 하얗게 반들거렸다.

「내려오실 수 있을 정도로 회복돼서 다행이에요.」 내가 엄마에게 말했다.

「널 위해 식탁에 내려오는 것 정도는 해줘야겠지.」 엄마가 말했다. 「내 몸이 어찌 되었든, 남자가 하루 종일 일하고 귀가하면 식구들과 식탁에 둘러앉고 싶겠지. 널 편하게 해주고 싶어. 그리고 퀜틴하고 잘 지내길 바란단다. 그래야 내 마음이 편하지.」

「잘 지내고 있어요.」 내가 말했다. 「나는 개가 자기가 원해서 하루 종일 방에 처박혀 있어도 아무 상관 안 해요. 하지만 식탁에서 법석을 떨고 뚱해 있는 건 참을 수 없죠. 애한테 너무 많은 걸 바라는 건지 모르겠지만, 내 집에서는 내 식대로 하는 거예요. 내 말은 엄마 집에선 말이죠.」

「이건 네 집이다.」 엄마가 말했다. 「네가 이제 이 집 가장이지.」

퀜틴은 쳐다보지도 않았다. 내가 접시를 돌리자 퀜틴이 먹기 시작했다.

「좋은 고기 먹었니?」[17] 내가 말했다. 「아니면 내가 좋은 거 찾아 줄게.」

퀜틴이 아무 말도 없이 앉아 있었다.

「내 말은, 고기 맛이 괜찮냐고?」 내가 말했다.

「뭐라고요?」 퀜틴이 말했다. 「아, 예, 괜찮아요.」

「밥도 더 먹으렴.」 내가 말했다.

「됐어요.」 퀜틴이 말했다.

「좀 더 줄게.」 내가 말했다.

「필요 없어요.」 퀜틴이 말했다.

「설마.」 내가 말했다. 「그럴 리가.」

「두통은 나아졌니?」 그때 엄마가 말했다.

「두통이요?」 내가 말했다.

「더 심해질까 봐 걱정했단다.」 엄마가 말했다. 「오늘 오후에 집에 들렀을 때 말이다.」

「오.」 내가 말했다. 「아니요. 아무렇지도 않아요. 오늘 너무 바쁜 탓에 다 잊고 지냈어요.」

「그래서 늦었구나.」 엄마가 말했다. 나는 말없이 듣고만 있는 퀜틴을 쳐다봤다. 퀜틴은 나이프와 포크를 움직이면서도 나를 흘끔 쳐다보다가 나와 눈이 마주쳤다. 그러자 다시 접시로 눈을 돌렸다. 내가 말했다.

「아뇨. 3시경에 친구에게 차를 빌려주는 바람에 돌려

---

17 퀜틴이 남자와 함께 있었던 것을 두고 성적인 암시를 하며 조롱하고 있다.

줄 때까지 기다릴 수밖에 없었어요.」 나는 잠시 조용히 식사를 했다.

「누군데?」 엄마가 말했다.

「공연단원 중 한 명이에요.」 내가 말했다. 「자기 매형이 시내의 어떤 여자랑 차를 타고 나가는 바람에 그 사람들을 쫓아간다나요.」

퀜틴이 아무 말 없이 음식만 씹으며 앉아 있었다.

「그런 일에 차를 빌려주면 안 되지.」 엄마가 말했다. 「넌 마음이 너무 착해. 그래서 나도 피치 못할 때가 아니면 널 부르지 않는 거야.」

「저도 요즘 그러지 말아야겠다는 생각이 들어요.」 내가 말했다. 「하지만 그 친구가 무사히 돌아왔어요. 자기가 찾던 두 사람을 찾았다고 하더군요.」

「그 여자가 누군데?」 엄마가 말했다.

「나중에 말씀드릴게요.」 내가 말했다. 「퀜틴 앞에서 그런 얘기하기 싫어요.」

퀜틴이 식사를 마쳤다. 가끔 물을 마실 뿐 접시만 바라보며 빵을 잘게 뜯고 있었다.

「그래라.」 엄마가 말했다. 「나처럼 방에 처박혀 지내는 사람이 시내에서 무슨 일이 벌어지는지 뭘 알겠니.」

「그렇죠.」 내가 말했다. 「알 수가 없죠.」

「내 인생은 그런 것과는 전혀 달랐지.」 엄마가 말했다. 「그런 사악한 짓을 하다니. 더 이상 알고 싶지도 않다. 나는 대부분 사람들과는 달라.」

나는 더 이상 아무 말도 하지 않았다. 내가 식사를 마칠 때까지 퀜틴은 빵만 뜯으며 자리에 앉아 있었다. 그러다 아무도 쳐다보지 않은 채 한마디 했다.

「이제 가도 돼요?」

「뭐?」 내가 말했다. 「물론, 가도 되지. 우릴 기다리고 있었던 거니?」

퀜틴이 나를 쳐다보았다. 이미 빵을 다 뜯었지만 두 손은 마치 아직도 뜯을 게 있다는 듯 움직이고 있었다. 두 눈이 한쪽으로 몰린 듯 보였고 입술을 씹어 대기 시작했다. 입술이 독약이라도 마신 듯 붉은색으로 변했다.

「할머니.」 퀜틴이 말했다. 「할머니…….」

「더 먹고 싶은 거라도 있니?」 내가 말했다.

「할머니, 삼촌은 내게 왜 이러는 거예요?」 퀜틴이 말했다. 「난 삼촌에게 잘못한 게 없어요.」

「나는 너와 삼촌이 잘 지냈으면 좋겠어.」 엄마가 말했다. 「내게 남은 사람은 너희 둘뿐이야. 그러니 더 잘 지내야 하지 않겠니.」

「삼촌 잘못이에요.」 퀜틴이 말했다. 「나를 그냥 놔두질 않아요. 그래서 그러는 거예요. 내가 여기 있는 게 싫으면, 왜 나를 못 가게…….」

「됐다.」 내가 말했다. 「그만해.」

「왜 나를 그냥 놔두질 않아요?」 퀜틴이 말했다. 「삼촌은…… 단지…….」

「삼촌은 친아버지나 다름없어.」엄마가 말했다. 「너나나나 삼촌이 먹여 살리는 거야. 그러니 네가 말을 잘 듣기를 바라는 게 맞지.」

「다 삼촌 탓이에요.」그렇게 말하며 퀜틴은 자리에서 벌떡 일어났다. 「삼촌이 날 이렇게 만든다고요. 만약 삼촌이…….」퀜틴이 우리를 쳐다봤다. 한쪽으로 눈이 몰렸고, 양 옆구리에 걸친 손은 경련이라도 인 듯 떨고 있었다.

「내가 뭘?」내가 말했다.

「내가 무슨 짓을 하더라도, 다 삼촌 때문이에요.」퀜틴이 말했다. 「내가 나빴다면 그건 어쩔 수 없기 때문이에요. 삼촌이 그렇게 만든 거예요. 그저 죽고 싶어요. 우리 모두 죽어 버렸으면 좋겠어요.」그러곤 뛰쳐나갔다. 계단을 뛰어 올라가는 소리가 들렸고, 이어 문이 꽝 하고 닫히는 소리가 들렸다.

「쟤가 생전 처음으로 말을 조리 있게 하네요.」내가 말했다.

「저 애 오늘 학교에 안 갔구나.」엄마가 말했다.

「어떻게 아세요?」내가 말했다. 「시내에 나가셨어요?」

「그냥 알지.」엄마가 말했다. 「저 애한테 좀 더 따스하게 대해 주렴.」

「그렇게 하려면 저 애를 하루에 한 번 이상은 만나야 하겠군요.」내가 말했다. 「엄마가 쟤를 끼니때마다 식탁에 오게 만들어야 해요. 그래야 제가 매번 고기라도 한 점 더 주지요.」

「네가 해줄 수 있는 사소한 일들도 있잖니?」 엄마가 말했다.

「쟤가 학교에 가나 살펴보라고 저한테 부탁하셔도 전혀 신경 쓰지 않는 것, 그런 거 말씀하시나요?」

「오늘 학교에 안 갔어.」 엄마가 말했다. 「안 간 거 알지. 오늘 오후에 어떤 남자 녀석이랑 차 타러 갔다고 했거든. 그런데 네가 따라갔다며.」

「제가 어떻게 그래요?」 내가 말했다. 「오후 내내 제 친구가 차를 갖고 갔는데요. 쟤가 학교에 갔든 안 갔든 그건 이미 지난 일이에요.」 내가 말했다. 「걱정은 다음 월요일에나 하세요.」

「나는 너랑 저 애가 서로 잘 지냈으면 좋겠다.」 엄마가 말했다. 「저 애는 그 고집스러운 성미를 그대로 물려받았어. 게다가 네 형의 성질까지도. 그런 성질을 물려받았다고 해서 네 형 이름을 붙여 준 거지. 어떤 때는 저 애가 네 누나와 네 형이 내게 내린 심판이 아닌가 싶기도 하단다.」

「세상에.」 내가 말했다. 「맘씨도 착하셔라. 그러니 항상 몸이 편찮으실 수밖에요.」

「뭐라고?」 엄마가 말했다. 「무슨 말이니?」

「모르시는 게 좋아요.」 내가 말했다. 「엄마같이 착한 여자는 차라리 모르고 지나치는 게 나아요.」

「둘은 항상 고집이 셌어.」엄마가 말했다.「좀 더 올바르게 키우려고 하면 항상 아버지가 편을 들어 내게 반대했단다. 둘 다 전혀 통제할 필요가 없다고 네 아버지가 항상 말했지. 둘 다 단정하고 정직하다고 하면서, 사람이 다른 건 몰라도 이 둘만 지키면 된다는 식이었지. 이런 상황인데 그이는 땅속에서 만족하려나.」

「엄마가 의지할 수 있는 벤이 있잖아요.」내가 말했다.「힘내세요.」

「모두들 일부러 날 제외시켰어.」엄마가 말했다.「언제나 네 누나와 퀜틴이었지. 둘이 공모해서 날 반대했어. 넌 너무 어려서 몰랐겠지만 너한테도 그랬지. 걔들은 항상 너랑 나를 이방인처럼 대했고, 모리 삼촌한테도 그런 식으로 대했어. 걔들을 너무 둘만 있게 놔두고, 자유분방하게 키운다고 네 아버지에게 줄곧 말했지. 네 형을 학교에 보낼 즈음, 오빠랑 같이 지내게 하려고 어쩔 수 없이 네 누나도 그다음 해 학교에 보낼 수밖에 없었어. 네 누나는 자기가 못 하는 걸 남들이 하는 꼴을 참지 못했거든. 네 누나는 자만심이 있었어, 자만심과 헛된 자부심 같은 거. 네 누나한테 문제가 생기기 시작했을 때, 나는 퀜틴도 뭔가 그렇게 나쁜 짓을 저질러야겠다고 생각하고 있을 거란 걸 알았지. 하지만 나는 네 형이 그 정도로 이기적이고…… 난 정말 꿈에도 그런 짓을 하리라고는…….」

「형은 아마도 태어날 아이가 여자라는 걸 알았나 보지

요.」 내가 말했다. 「자기들 같은 여자애가 하나 더 늘어난 다는 사실을 참을 수 없었나 봐요.」

「네 형이라면 여동생 정도는 잘 통제할 수 있었을 텐데.」 엄마가 말했다. 「그래도 네 누나가 유일하게 신경 쓴 사람이 네 형이니까. 하지만 결국 그것도 하느님의 심판 인 거지.」

「알겠어요.」 내가 말했다. 「형이 아니고 제가 갔어야 하는 건데. 그랬으면 엄마가 훨씬 더 편하셨을 텐데.」

「또 내게 상처를 주려고 그런 말을 하는구나.」 엄마가 말했다. 「그래, 난 당해도 싸지. 퀜틴을 하버드에 보내려 고 목장을 팔 때 아버지께 말씀드렸단다, 너한테도 똑같 이 나눠 줘야 한다고. 그리고 허버트가 널 은행에 집어넣 으려 할 때, 드디어 네게도 생계 대책이 마련되는구나 싶 었지. 점점 가계비가 늘어나고 내 가구랑 남은 목장까지 다 처분하게 되자, 내가 네 누나에게 편지를 썼단다. 네 누나랑 네 형은 자기들 몫에다 네 것까지 챙겼으니, 너에 대한 보상을 네 누나가 책임지라고 말이다. 돌아가신 아 버지를 생각해서라도 그래야 한다고 했어. 그땐 그럴 거 라고 믿었지. 난 정말 바보 같은 늙은이란다. 혈육을 위 해서라면 자기 정도는 희생해야 한다고 배웠거든. 다 내 실수지. 그래, 네가 날 원망하는 것도 당연하지.」

「엄마는 남의 도움이 있어야 제가 두 발로 설 거라고 생각하세요?」 내가 말했다. 「자기가 낳은 애 아빠 이름도 말 못 하는 그런 여자는 제발 내버려 두세요.」

「제이슨.」엄마가 말했다.

「알겠어요.」내가 말했다. 「그런 뜻이 아니에요. 절대 아니죠.」

「지금도 힘든데, 그런 일이 말이나 되니.」엄마가 말했다.

「물론 아니죠.」내가 말했다. 「제 말은 그게 아니었어요.」

「적어도 그것만은 아니겠지.」엄마가 말했다.

「그럼요.」내가 말했다. 「하지만 그걸 의심하기엔 걔가 그 둘을 너무 많이 닮았어요.」

「그 생각은 견딜 수가 없구나.」엄마가 말했다.

「그럼 그 생각은 그만하세요.」내가 말했다. 「걔가 야밤에 나가는 일로 엄마를 걱정 끼쳐 드리진 않아요?」

「아니. 그게 자길 위한 거고 언젠가 내게 감사할 거라고 알아듣게 얘기했어. 그러니까 책 가지고 방에 들어가더라고. 내가 방문을 잠그면 공부를 하고. 어떤 날은 밤 11시까지 불이 켜져 있더구나.」

「걔가 공부한다는 걸 어떻게 아세요?」내가 말했다.

「혼자서 다른 일을 할 게 뭐가 있겠니.」엄마가 말했다. 「소리 내서 읽지는 않더구나.」

「안 읽지요.」내가 말했다. 「엄마는 모르실 거예요. 그걸 모르시니, 엄마는 운 좋은 여자라는 걸 감사하셔야 해요.」내가 말했다. 그 말을 크게 입 밖에 내봤자 무슨 소용이 있나. 엄마가 날 붙잡고 또 울게 될 뿐인데.

엄마가 위층으로 올라가는 소리가 들렸다. 엄마가 퀜틴을 부르자, 문을 통해 퀜틴이, 왜요? 하고 되묻는 소리가 들렸다. 「잘 자거라.」 엄마가 말했다. 그리고 문을 잠그는 소리가 났고, 엄마가 방으로 들어가는 소리가 들렸다.

시가를 다 피우고 나도 내 방으로 올라갔다. 퀜틴 방에는 아직 불이 켜져 있었다. 열쇠 구멍에 열쇠가 꽂혀 있지 않았고, 아무 소리도 들리지 않았다. 조용히 공부하고 있는 모양이었다. 이 정도는 아마 학교에서 배웠나 싶었다. 엄마에게 주무시라는 인사를 하고 내 방으로 갔다. 상자를 꺼내 돈을 다시 세어 봤다. 옆방에서 〈위대한 미국의 거세마〉가 나무 표면을 가는 듯한 소리를 내며 코를 골고 있었다. 여자 목소리를 갖게 하려고 남자를 거세한다는 걸 어디선가 읽은 적이 있었다. 저 애는 사람들이 자기에게 무슨 짓을 했는지도 모를 것이다. 또한 자기가 무슨 짓을 하려고 했는지도, 그리고 버지스 씨가 왜 울타리 말뚝으로 자길 팼는지도 알지 못할 거다. 마취시킨 후 저 애를 잭슨시로 보냈더라도 아무것도 몰랐을 텐데. 하지만 그런 일은 콤슨가에서 생각해 내기엔 너무나 단순한 작업이다. 그보다 배로 복잡해야만 했다. 그래서 벤이 길거리로 뛰쳐나가 어린 계집애 아빠가 보는 앞에서 그 애를 자빠뜨릴 때까지 기다려야 했다. 어쨌든 내 말은 거세 작업을 너무 늦게 했다는 거고, 또 너무 일찍 그 일을 끝냈다는 것이다. 내 생각에는 최소한 두 사람에게 더 그런 작업이 필요하다고 본다. 게다가 그중 한 명은 그리 멀지 않은 곳에 있다. 하지만 그래 봤자 별 도움이 될까 싶은 생각도 든다. 내 말은, 한번 화냥년은 영원히 화냥년이니까 말이다. 그리고 뉴욕의 유대인 녀석들이 내게 주식 상황을 알려 주지 않는 날이 단 하루만 있었으면 좋겠다. 난 횡재하는 꿈을 꾸진 않는다. 그런 건 약삭빠른 투기꾼 같은 놈들을 속이는 데나 쓰면 된다. 나는 내 돈을 건질 수 있는 그런 공정한 기회를 원할 뿐이다. 그런 다음에는 빌 스트리트[18]건 정신 병원이건 다 여기에 옮겨 놓아도 상관없다. 그중 두 명은 내 침대에서 자라고 하면 되고, 다른 한 명은 내 식탁 자리를 차지하면 되니까.

18 테네시주 멤피스에 있는 환락가.

1928년 4월 8일

* 다른 장과 달리 3인칭 시점으로 쓰였으면서도, 콤슨가의 하녀 딜지의 시선을 중심으로 전개되는 장이다. 사 남매를 모두 자기 손으로 키워 내며 콤슨가의 모든 것을 지켜봐 온 딜지의 1928년 4월 8일 부활절 이야기이다.

해가 밝았다. 황량하고 서늘한 날씨였다. 움직이는 장벽처럼 북동쪽에서 회색빛 여명이 다가왔다. 그 빛은 공기 중의 수증기 속으로 사라지지 않고 마치 먼지처럼 유해한 미립자로 분해되면서 오두막집 문을 열고 나온 딜지의 살갗을 바늘로 찌르는 듯했다. 수증기처럼 와 닿는 게 아니라 굳지 않은 기름 막처럼 얇은 것이 살갗에 내려앉는 것 같았다. 머리에 두른 터번 위로 빳빳하고 까만 밀짚모자를 쓰고, 보랏빛 드레스 위에 더럽고 이름도 모를 털가죽으로 가장자리를 장식한 밤색 벨벳 망토를 걸친 그녀는, 홀쭉하고 주름이 자글자글한 얼굴과 물고기 배처럼 회색빛을 띤 손바닥을 내밀어 날씨를 살피며 한동안 문 앞에 서 있었다. 그러다가 망토를 옆으로 젖혀 드레스의 가슴 쪽을 살펴보았다.

드레스가 힘없이 어깨로부터 흘러내렸다. 호화스럽지만 낡아 빠진 드레스는 푹 꺼진 가슴을 지나 뚱뚱한 배

위에서 팽팽해지며 흘러내리다가 껴입은 아랫도리 위에서 다시 부풀었다. 봄이 오고 날씨가 따스해지면 그녀는 껴입었던 아랫도리를 하나씩 벗어 버리곤 했다. 한때는 살집이 있었지만 지금은 뼈대만 남아 헐렁한 듯 보였고 늘어진 살갗은 수종(水腫)에 걸린 것처럼 불룩한 배를 팽팽하게 감싸고 있었다. 근육과 조직도 마치 세월이 소진해 버린 용기나 인내처럼 풀어져 버렸고 무너지지 않은 뼈대만이 무기력하고 무감각한 창자 위로 마치 유적이나 이정표라도 되듯이 솟아 있었다. 얼굴은 광대뼈들이 살 위로 돌출한 모양새였다. 고개를 들어 비바람이 휘몰아치는 하늘을 보더니 어쩔 수 없다는 식의 숙명론자 같은, 그리고 놀란 나머지 실망한 아이들과 같은 표정을 지었다. 그러더니 다시 집으로 들어가 문을 닫았다.

문 앞은 아무것도 없는 맨땅이었고 몇 세대에 걸쳐 맨발로 밟아 온 덕에, 손으로 회반죽을 입혀 만든 낡은 은백색의 멕시코 집 벽처럼 반질반질했다. 집 옆으로는 여름에 그늘을 만들어 주는 뽕나무 세 그루가 있었는데, 이제 막 자라난 이파리들은 곧 손바닥만하게 커져 오늘처럼 비바람이 불면 물결치며 앞뒤로 흔들릴 것이다. 어치새 두 마리가 어디선가 날아와, 돌풍을 타고 날아오르는 요란한 색깔의 천 조각이나 종잇조각처럼 날갯짓을 하더니 뽕나무 가지에 내려앉았다. 머리를 숙였다 세웠다 하기를 요란스럽게 반복하면서 맞바람을 맞으며 날카로운 소리로 울어 댔다. 번갈아 들리는 새들의 거친 울음소리는 다시금 종잇조각이나 천 조각처럼 저 멀리 퍼져 나갔다. 세 마리가 더 날아오더니 얼마간 함께 울어 대며 비틀린 나뭇가지 위에서 흔들거렸다. 문이 다시 열리고 딜지가 나타났다. 이번에는 남자 중절모에 군대식 외투 차림이었다. 낡은 외투 밑에는 푸른 깅엄 천 치마가 여기저기 부풀려져 있었고, 그녀가 마당을 지나 부엌문 계단을 오를 때 몸의 앞뒤에서 펄럭거렸다.

잠시 후 맞바람에 우산을 앞으로 기울인 채 다시 나오더니 나뭇단 쪽으로 건너가 펼쳐진 채로 우산을 바닥에 내려놓았다. 그러다가 다시 황급히 우산을 접고 잠시 주위를 돌아보고는 우산을 땅에 내려놓고 구부정한 팔로 장작을 품에 안았다. 그리고 다시 우산을 펼치곤 장작이 떨어지지 않게 균형을 맞추며 조심스레 계단으로 가더니, 한 손으로 우산을 접어 문 안쪽 구석에 세워 놓았다. 장작은 스토브 뒤 상자에 쌓아 놓았다. 외투와 모자를 벗고 벽에 걸린 더러운 앞치마를 걸치고는 불을 지폈다. 그녀가 받침쇠를 덜그럭거리며 스토브 뚜껑을 맞추는 동안 계단 위쪽에서 콤슨 부인이 부르는 소리가 들렸다.

콤슨 부인은 검은색 새틴 누비 가운을 한 손으로 턱 밑까지 부여잡고, 다른 한 손으로는 보온용 빨간 고무주머니를 들고 뒤쪽 계단 꼭대기에 서 있었다. 억양 변화 없이 일정한 간격을 두고 〈딜지〉 하고 부르는 소리가 조용한 계단통을 통해 들려왔다. 계단통은 깜깜한 어둠 속으로 사라졌다가 어둠을 가로지르는 희뿌연 창문의 빛으로 다시 드러났다. 서두르지도 않고 억양도 없이 단조롭게 부르는 소리는 마치 아무런 대답도 기대하지 않는 것처럼 들렸다. 「딜지.」

딜지는 대답을 하고는 스토브 작동을 멈췄다. 하지만 그녀가 부엌을 가로지르기도 전에 콤슨 부인이 또 불렀다. 그리고 식당을 지나 창문을 통해 들어오는 회색빛에 머리가 실루엣으로 드러날 즈음 또다시 부르는 소리가 들렸다.

「알았어요.」 딜지가 말했다. 「자, 여기 왔어요. 뜨거운 물 받아다 곧 채울게요.」 딜지가 치마를 움켜잡고 계단을 오르자 등 뒤로 비치던 회색빛이 완전히 가려졌다. 「거기 내려놓고 다시 자리에 가서 누우세요.」

「대체 무슨 일인 게야?」 콤슨 부인이 말했다. 「적어도 한 시간 동안 깨어 있었는데, 왜 부엌에서 아무 소리도 안 들리는 거지?」

「거기 놓고 가서 누우세요.」 딜지가 말했다. 숨을 헐떡이고 뒤뚱거리며 딜지가 계단을 힘겹게 올라갔다. 「금방 불 피우고, 곧 물을 데워서 해드릴게요.」

「적어도 한 시간은 누워 있었네.」 콤슨 부인이 말했다. 「난 내가 직접 내려와 불 피우길 자네가 기다린다고 생각했지.」

딜지가 계단 꼭대기까지 올라가 온수 주머니를 받았다. 「곧 가져다드릴게요.」 딜지가 말했다. 「지난밤에 러스터가 밤늦게까지 공연을 보고 오는 바람에 늦잠을 잤어요. 그래서 제가 불을 지폈어요. 자, 들어가 계세요. 그래야 제가 식사를 준비할 동안 식구들이 깨지 않지요.」

「자기가 할 일에 방해되는 짓을 하게끔 그냥 내버려 두니까 자네가 고생하는 걸세.」 콤슨 부인이 말했다. 「제이슨이 들으면 기분 언짢아할 거야. 자네도 잘 알지 않나.」

「제이슨 돈으로 보러 간 게 아니에요.」 딜지가 말했다. 「그건 분명해요.」 딜지가 아래로 내려갔다. 콤슨 부인도 자기 방으로 돌아갔다. 침대에 누울 때까지도 딜지가 고통스럽고 힘들게 계단을 내려가는 발걸음 소리가 들렸다. 삐걱거리는 식당 저장실 소리 때문에 더 이상 안 들렸기에 망정이지 듣는 사람들을 짜증나게 할 정도였다.

딜지는 부엌으로 가서 불을 다시 지핀 후 아침 식사 준비를 했다. 그리고 일하다 말고 창가로 다가가 오두막집 쪽을 쳐다봤다. 그런 다음 문을 열더니 비바람에다 대고 소리쳤다.

「러스터, 이 녀석아.」 그렇게 소리치고는 비바람을 피해 고개를 숙이고 대답을 기다리며 서 있었다. 「너, 러스터 이놈.」 그리고 다시 귀를 기울였다. 또다시 소리를 지르려고 할 때 러스터가 부엌 모퉁이를 돌아 나타났다.

「할머니?」 짐짓 모른 척하며 러스터가 대답했다. 너무 태연한 척하는 모습에 딜지는 놀라기보다 어이없다는 표정으로 잠시 녀석을 빤히 쳐다보았다.

「너 어디 있었어?」 딜지가 말했다.

「아무 데도요.」 러스터가 말했다. 「잠깐 지하실에 있었을 뿐이에요.」

「거기서 뭘 하는데?」 딜지가 말했다. 「이 녀석아, 빗속에 서 있지 말고.」

「아무 일도 안 했어요.」 러스터가 이렇게 말하며 계단을 올라섰다.

「장작 한 아름 안고 오기 전엔 절대 안으로 들어올 생각 마라.」 딜지가 말했다. 「장작 날라다 불 지펴야 할 네 일을 내가 다 했어. 장작 통 다 채워 놓기 전엔 절대 나가면 안 된다고 어젯밤에 말했지?」

「했다니까요.」 러스터가 말했다. 「다 채웠어요.」

「그럼 그게 다 어디로 간 건데?」

「저도 몰라요. 전 손도 안 댔어요.」

「어쨌든, 지금 다 채워 놔라.」 딜지가 말했다. 「그런 다음 올라가서 벤지 좀 보고.」

딜지가 문을 닫았고, 러스터는 장작더미 쪽으로 갔다. 집 위로 어치 새 다섯 마리가 지저귀며 날아다니다가 다시 뽕나무 속으로 들어갔다. 러스터가 새들을 쳐다보다가 돌을 집어던지며, 〈휘어이〉 하고 소리쳤다. 「너희들 있던 지옥으로 다들 꺼져. 아직 월요일이 아니야.」[1]

러스터가 장작을 산더미처럼 안고 왔다. 앞이 보이지 않아 계단까지 비틀대며 겨우 올라가다가 꽝 하고 문에 부딪치는 바람에 장작 몇 개가 바닥에 떨어졌다. 다행히 딜지가 문을 열어 주어 비틀거리며 부엌으로 들어갈 수 있었다. 「러스터, 조심해.」 딜지가 소리쳤지만, 이미 요란한 소리를 내며 장작더미를 통 안에 떨어뜨린 후였다. 「휴.」 러스터가 한숨을 쉬었다.

「식구들 모두 다 깨울 참이냐?」 딜지가 호통을 치면서 손바닥으로 러스터의 뒤통수를 때렸다. 「당장 올라가서 벤지 옷이나 입혀.」 딜지가 말했다.

「네.」 러스터가 말했다. 그는 집 밖으로 나가는 문으로 향했다.

「뭐 하는 짓이야?」 딜지가 말했다.

「집 밖으로 돌아 나가서 앞문으로 들어오려고요. 그래야 캐럴라인 마님이나 다른 식구들을 안 깨우죠.」

「내 말대로 뒤쪽 계단으로 올라가. 그리고 벤지 옷이나 입혀 주고.」 딜지가 말했다. 「빨리 못 해.」

「알겠어요.」 러스터가 대답하고는 다시 돌아와 식당 문을 통해 나갔다. 문이 앞뒤로 삐걱대다가 이내 닫혔다. 딜지는 비스킷 만들 준비를 했다. 그녀는 비스킷 나무틀

1 민담에 따르면 어치새는 금요일에 지옥으로 날아갔다가 월요일에 돌아온다고 한다.

위에 체를 놓고 가루를 내리며 흥얼거렸다. 처음에는 별다른 곡조나 가사도 없이 흥얼거리듯 하다가, 틀 위로 희뿌연 밀가루가 눈처럼 끊임없이 떨어지자 반복되는 곡조가 애처롭게 들리며 점점 더 호소력 있는 진중한 소리로 바뀌었다. 방은 스토브의 열기로 데워지고 있었고 단조음계 같은 소리를 내며 불길이 타오르고 있었다. 딜지의 목소리도 열기 때문에 풀린 듯 점점 큰 소리로 바뀌어 갔다. 그때 안쪽에서 다시 콤슨 부인이 딜지를 부르는 소리가 들렸다. 얼굴을 들어 앞을 보는 딜지의 시선이 마치 벽과 천장을 뚫고, 계단 꼭대기에서 누비 가운 차림으로 단조로운 기계음처럼 딜지를 부르는 부인의 모습을 훤히 보는 듯했다.

「아, 이런.」 딜지가 말했다. 딜지는 체를 내려놓고 치맛단에다 손을 닦은 다음 의자 위에 올려놓은 온수 주머니를 집어 들었다. 그러고는 앞치마를 그러모아 김이 막 올라오는 주전자의 손잡이를 잡았다. 「잠깐만요.」 딜지가 말했다. 「물이 이제 막 끓었어요.」

콤슨 부인이 원한 건 사실 온수 주머니가 아니었다. 딜지는 마치 죽은 닭 모가지 붙잡듯 온수 주머니를 들고는 계단 앞으로 와서 위를 쳐다보았다.

「러스터가 거기 위층에 벤지와 같이 있지 않나요?」 딜지가 말했다.

「그 녀석은 집에 들어오지도 않았어. 누워서 인기척이

있나 기다렸다니까. 그 녀석이 늦을 줄은 알고 있었지만, 혹시 벤저민이 깨어나 일주일에 단 하루 늦게까지 편하게 자는 제이슨의 아침잠을 깨울까 봐 그러지.」

「이른 새벽부터 마님이 복도에 서서 고함을 치시는데 자고 있을 사람이 누가 있겠어요.」 딜지가 말했다. 그녀는 힘겹게 계단을 다시 오르기 시작했다. 「러스터를 올려 보낸 지가 반 시간이나 됐는데요.」

턱 밑까지 가운을 부여잡은 콤슨 부인이 딜지를 내려다보았다. 「뭐 하려고 그러나?」

「벤지 옷 입혀서 부엌으로 데려오려고요. 그래야 제이슨이나 퀜틴이 안 깰 거 아니에요.」 딜지가 말했다.

「아침 준비는 했나?」 콤슨 부인이 말했다.

「그것도 알아서 할게요.」 딜지가 말했다. 「러스터가 불 지필 때까지 침대에 누워 계세요. 오늘 아침엔 날씨가 추워요.」

「나도 아네.」 콤슨 부인이 말했다. 「발이 얼음장같이 차가워. 너무 차가워서 잠이 깰 정도야.」 부인은 딜지가 계단을 오르는 모습을 바라보았다. 딜지는 한참이나 걸려 계단을 올라왔다. 「아침 식사가 늦으면 제이슨이 얼마나 짜증 내는 줄 알지 않나.」 부인이 말했다.

「한 번에 하나밖에 못 해요.」 딜지가 말했다. 「침대로 가세요. 아니면 오늘 아침에는 제가 마님 시중까지 들어야 하니까요.」

「벤저민 옷 입히느라고 다른 일을 다 접어 둘 거면, 차라리 내가 내려가서 아침 준비를 하는 게 낫지. 식사가 늦으면 제이슨이 어떻게 하는지 나나 자네나 잘 알잖아.」

「마님이 만든 음식을 누가 먹겠어요?」 딜지가 말했다. 「말해 보세요. 자, 들어가세요.」 계단을 오르며 딜지가 힘겹게 말했다. 딜지가 계단을 오르는 모습을 보며, 콤슨 부인은 한 손을 벽에 기대고 다른 한 손으로 치마를 잡고 있었다.

「옷 입히려고 걔를 깨울 참인가?」 부인이 말했다.

딜지가 멈칫했다. 다음 계단 위에 발을 올려놓고 벽에 손을 짚은 채 서 있는 그녀의 모습이, 뒤쪽 창문을 통해 들어오는 뿌연 빛에 비쳐 윤곽도 없이 멈춰 선 채 드러났다.

「옷 입히려고 애를 깨운단 말인가?」 부인이 말했다.

「아직 안 일어났어요?」 딜지가 말했다.

「내가 들여다볼 땐 자고 있었네.」 부인이 말했다. 「헌데 깰 시간이 지났거든. 7시 반 이후에는 꼭 깨어 있거든. 자네도 알잖나?」

딜지는 아무 말도 없이 움직이지 않았다. 딜지의 모습이 아무런 입체감도 없는 희미한 형체로 보였지만, 콤슨 부인은 그녀가 얼굴을 조금 숙인 채 마치 비 맞는 소처럼 서서, 빈 온수 주머니의 목을 잡고 서 있다는 걸 알고 있었다.

「견뎌 내야 할 사람은 자네가 아닌데.」 콤슨 부인이 말했다. 「자네 책임이 아니니 자넨 언제든지 떠날 수 있어. 허구한 날 자네가 그 짐을 질 필요는 없네. 애들에게나 그 양반에게나 자넨 빚진 게 없지. 자네가 제이슨을 좋게 본 적이 없다는 것도 아네. 자네가 그걸 숨기려 한 적도 없고.」

딜지는 아무 대답도 하지 않았다. 그리고 천천히 몸을 돌려 마치 아기들이 걷듯이 벽에 손을 짚고 몸을 숙인 채 한 계단씩 조심스레 내려왔다. 「침대로 가시고, 벤지는 그냥 내버려 두세요.」 딜지가 말했다. 「그 방에 들어가지 마시고요. 러스터를 찾자마자 올려 보낼게요. 지금은 그냥 두세요.」

딜지는 부엌으로 돌아왔다. 스토브를 한번 본 다음 앞치마를 머리 위로 벗더니 외투를 걸치곤 바깥문을 열었다. 그런 다음 마당을 위아래로 두리번거렸다. 가는 비가 매섭게 불어와 살에 닿을 뿐 움직이는 거라곤 아무것도 없었다. 아무 소리도 내지 않으려는 듯 조심스레 계단을 내려가 부엌 구석을 돌아 나갔다. 그때 러스터가 지하 창고 문을 열고는 재빨리 그리고 천연덕스럽게 나타났다.

딜지가 제자리에 멈춰 섰다. 「무슨 일이야?」

「아무 일도요.」 러스터가 말했다. 「제이슨 나리께서 지하실 어디서 물이 새는지 알아보라고 해서요.」

「그게 언젠데?」 딜지가 말했다. 「지난번 새해 첫날에 그랬겠지?」

「모두 주무실 때 잠깐 살펴보려고 했어요.」 러스터가 말했다. 딜지는 지하 창고로 내려갔다. 러스터가 옆으로 비켜섰고, 딜지는 축축한 흙 내음과 곰팡내와 고무 냄새가 뒤섞인 어두운 곳을 들여다봤다.

「흠.」 딜지가 말했다. 다시 러스터를 쳐다보자, 러스터는 마치 아무 일 없다는 듯 덤덤하고 순진한 표정으로 딜지를 바라보았다. 「대체 무슨 속셈인지 모르겠구나. 남들이 그러니까 너도 오늘 아침에 나를 시험하려 드는구나, 그렇지? 당장 위층에 가서 벤지를 돌봐 주란 말 안 들려?」

「예.」 그렇게 말하면서 러스터는 재빨리 부엌 계단으로 향했다.

「그리고.」 딜지가 말했다. 「이 참에 장작이나 한 아름 더 갖다 놓으렴.」

「네.」 러스터가 말했다. 그러곤 계단에 있던 딜지를 지나 장작더미로 향했다. 잠시 후 품에 안은 장작더미 속에 파묻혀, 그리고 장작더미 때문에 앞이 안 보이는 러스터가 문 앞에서 더듬거리자 딜지가 문을 열어 그를 붙잡고는 부엌을 지나가게 도와주었다.

「장작 통에 쏟기만 해봐라.」 딜지가 말했다. 「쏟아만 봐.」

「어쩌라고요.」 숨을 헐떡이며 러스터가 말했다. 「이런 식으로 내려놓을 수밖에 없어요.」

「거기 서서 잠시 기다려 봐.」 딜지가 말했다. 그녀는 한

번에 하나씩 장작을 내려놓았다. 「오늘 아침엔 대체 뭔 생각을 하는 거니? 제 몸 아끼느라고 매번 장작개비 네댓 개만 가져오던 애가. 내게 뭐 부탁할 게 있으면 지금 해라. 공연단이 아직 안 떠났나 보지?」

「아니, 벌써 떠났어요.」

딜지가 마지막 장작개비를 통 안에 놓았다. 「자, 이제 내가 시킨 대로 벤지한테 가봐라.」 딜지가 말했다. 「그리고 내가 종을 울릴 때까지 저 계단 위에서 고함치는 사람이 없게 해야 한다. 내 말 알아들었지.」

「네.」 러스터가 말했다. 그러곤 미닫이문을 통해 사라졌다. 딜지는 스토브에 장작개비 몇 개를 더 집어넣었다. 그런 후 비스킷 나무틀로 가더니 다시 흥얼대며 노래하기 시작했다.

부엌이 서서히 훈훈해지기 시작했다. 딜지는 부엌을 왔다 갔다 하며 음식 재료를 모아 식사 준비를 했다. 이제 그녀의 피부색도 마치 러스터의 피부처럼, 옅은 나무재가 뒤덮여 있는 듯하던 아까와는 달리 기름지고 광택이 나는 듯 보였다. 찬장 벽 위의 작은 괘종시계가 째깍대고 있었다. 전등불이 있어야만 보이기에 밤이 되어야 눈에 띄고, 시곗바늘도 하나밖에 없어서 도대체 알 수 없는 느낌을 주곤 하던 시계였다. 그 시계가 미리 목청이라도 다듬기나 하듯이 끄르륵 소리를 내다가 다섯 번의 종을 뱉어 냈다.

「8시네.」[2] 딜지가 말했다. 딜지가 동작을 멈추고는 위층에 귀를 기울였다. 시계 소리와 장작 타는 소리만 들렸다. 그녀는 오븐을 열고는 판 위에 놓은 빵을 들여다보다가 누군가 내려오는 소리에 허리를 숙인 채 가만히 멈춰있었다. 식당을 지나치는 소리가 들리더니 곧이어 미닫이문이 열리며 러스터가 들어왔다. 그 뒤로 덩치가 큰 사람이 따라왔는데, 마치 몸뚱이가 서로 결합하지 않으려하거나 실제 결합하지 못한 분자 덩어리로 구성된, 또는이들을 담는 틀과도 맞지 않아 보이는 그런 모습이었다. 죽은 사람의 피부색에 털도 없고, 수종 때문에 부은 듯보였으며, 훈련받은 곰처럼 휘청대며 걸었다. 머리털은색이 옅고 가늘었으며, 마치 은판 사진에 찍힌 아이들의모습처럼 이마 위로 말끔하게 빗겨져 있었다. 눈은 수레국화꽃처럼 여린 푸른색이었고, 열려 있는 두꺼운 입술에서는 침이 조금 흘러내렸다.

「애 추워하니?」 딜지가 말했다. 그런 다음 손을 앞치마에 닦고는 덩치 큰 사람의 손을 잡았다.

「애는 안 추울지 몰라도, 저는 추워요.」 러스터가 말했다. 「부활절은 항상 추워요. 안 추워 본 적이 없어요. 그리고 마님이 온수 주머니 안 됐으면 그냥 놔두래요.」

2 바늘도 하나밖에 없고 종소리도 제때에 울리지 않는 괘종시계지만, 시간을 피하려고 했던 퀜틴과는 대조적으로 딜지는 이와 상관없이 자연스럽게 시간을 읽어 낸다.

「아이고, 세상에.」그렇게 말하며 딜지는 장작 통과 스토브 사이 귀퉁이로 의자를 당겨 놓았고, 그는 순순히 그 의자에 앉았다.「식당에 가서 내가 그 주머닐 어디에 놨나 찾아봐라.」딜지가 말했다. 러스터가 식당에서 고무주머니를 찾아 가져다주자 딜지가 물을 채워 다시 러스터에게 주었다.「서둘러.」딜지가 말했다.「그리고 제이슨 나리 일어났나 보고, 식사 준비됐다고 전해라.」

러스터가 나갔다. 벤은 스토브 옆에 앉아 있었다. 축 늘어진 채로 꼼짝도 하지 않고 앉아서는, 딜지가 움직일 때마다 부드럽고 멍한 시선으로 바라보며 계속 고개를 흔들고 있었다. 러스터가 부엌으로 돌아왔다.

「일어났어요.」러스터가 말했다.「마님이 이거 그냥 식탁 위에 놔두라네요.」러스터는 스토브로 가더니 아궁이 위에 손바닥을 올리고 양손을 펼쳤다.「일어나서는 아침부터 화가 잔뜩 났는지 두 발로 바닥을 치고 있던데요.」

「왜 그런다니?」딜지가 말했다.「여기서 얼쩡거리지 마라. 스토브 옆에 서 있으면 내가 부엌일을 할 수 있겠니?」

「추워요.」러스터가 말했다.

「지하 창고에 있을 땐 그런 생각도 못 했니.」딜지가 말했다.「근데 제이슨은 왜 그런대?」

「저랑 벤지가 나리 방 창문을 깼다고요」

「창문이 깨졌다고?」딜지가 말했다.

「그렇다네요.」러스터가 말했다.「제가 깼다고 하시는

거예요.」

「밤낮 잠가 놓는데 네가 어떻게 창문을 깬단 말이냐?」

「돌멩이로 깼다는 거예요.」 러스터가 말했다.

「네가 그랬어?」

「아니요.」 러스터가 말했다.

「거짓말하면 안 돼.」 딜지가 말했다.

「그런 적 없다니까요.」 러스터가 말했다. 「벤지에게 물어보세요. 전 창문 같은 거 관심도 없어요.」

「그럼 누가 깼다는 거야?」 딜지가 말했다. 「퀜틴을 깨우려고 괜히 심술부리는 것 아냐?」 비스킷이 구워진 팬을 스토브에서 꺼내며 딜지가 말했다.

「그런 것 같아요.」 러스터가 말했다. 「웃기는 사람들이에요. 제가 이 집안 식구가 아닌 게 다행이에요.」

「누구 식구가 아니라고?」 딜지가 말했다. 「요 깜둥이 녀석, 내가 한마디 해주마. 너에게도 이 집안 식구 못지않게 콤슨가의 마가 끼어 있어. 네가 안 깬 거 정말이지?」

「그걸 깨서 뭐 하게요?」

「네가 못된 짓 하는 데 이유가 있겠니?」 딜지가 말했다. 「벤지나 잘 봐. 식탁 차릴 때까지 또 손 데게 하면 안 된다.」

딜지가 식당으로 건너갔고 왔다 갔다 움직이는 소리가 들렸다. 다시 돌아와서는 부엌 식탁에 접시를 놓고 음식을 차렸다. 벤은 옅은 신음 소리를 내며 음식이 먹고 싶은지 침 흘리면서 이 모습을 지켜봤다.

「우리 아기, 다 됐어요.」 딜지가 말했다. 「아침 식사가 여기 있네. 러스터, 의자를 끌어오렴.」 러스터가 의자를 앞으로 당기자 침을 흘리고 끙끙대면서 벤이 앉았다. 딜지가 수건을 목에 걸어 주며 한쪽으로 벤의 입을 닦아 주었다. 「한 번만이라도 좋으니 제발 옷 버리지 않게 잘 좀 먹여 봐.」 딜지가 러스터에게 숟가락을 주며 말했다.

더 이상 벤이 끙얼대지 않았고 입으로 숟가락이 다가오는 걸 쳐다보았다. 그는 배고픔 자체도 뭔지 모르기에 표현할 수 없고, 뭔가 먹고 싶다는 욕망도 근육의 움직임으로 나타나는 듯했다. 러스터는 딴생각을 하는 듯 보이면서도 능숙하게 벤지를 먹였다. 간혹 제정신이 들면 숟가락으로 장난을 쳐 벤이 허공에 대고 입을 벌리게 하곤 했지만 대개 마음은 딴 곳에 가 있는 듯했다. 다른 손은 의자 등받이에 기대고 있었는데, 마치 아무 소리도 없는 허공에서 어떤 곡조라도 들리는 듯 의자 등받이에 대고는 잠시 정교하게 손장단을 맞췄다. 숟가락 장난조차 잊을 정도로 의자 등받이 나무에 대고는 빠르게 소리 없이 연주를 하다가도 벤이 끙얼대기 시작하면 금세 정신을 차렸다.

식당에서 이리저리 분주히 움직이던 딜지가 마침내 맑은 소리가 나는 작은 종을 쳤다. 부엌에 있던 러스터는 콤슨 마님과 제이슨이 아래로 내려오는 소리를 들었다. 그는 제이슨의 목소리에 흰자위가 보일 정도로 눈알을 굴리며 귀를 기울였다.

「저놈들이 깨뜨리지 않았다는 걸 저도 알아요.」제이슨이 말했다.「그럼요, 저도 분명히 알아요. 아마 날씨가 변해서 깨졌을 수도 있죠.」

「어찌 그럴 수가 있지.」콤슨 부인이 말했다.「네가 시내로 갈 때 잠그면 하루 종일 그대로 잠겨 있잖니. 청소하려고 일요일에 들어가는 것 말고는 아무도 안 들어가잖아. 내가 들어가선 안 되는 곳에 들어가거나 누군가 들어가게 하는 사람이라고 생각하진 말아라.」

「제가 언제 엄마가 그랬다고 했어요?」제이슨이 말했다.

「나도 네 방에 들어가기 싫어.」콤슨 부인이 말했다.「난 남들 사생활을 존중한단다. 설령 열쇠가 있다 해도 네 방 문지방을 넘지 않을 거야.」

「그럼요.」제이슨이 말했다.「엄마 열쇠는 맞지도 않아요. 자물쇠를 바꿨거든요. 제가 궁금한 건 창문이 어떻게 깨질 수 있냐는 거예요.」

「러스터도 안 건드렸다는데.」딜지가 말했다.

「그건 묻지 않아도 나도 알아.」제이슨이 말했다.「근데 퀜틴은 어디 있어?」

「일요일 아침마다 있는 데 있겠지.」딜지가 말했다.「그런데 요 며칠 왜 그러는 건가?」

「집 안의 모든 것을 바꿀 참이야.」제이슨이 말했다.「올라가서 아침 준비됐다고 전해.」

「제이슨, 퀜틴을 혼자 있게 내버려 둬.」 딜지가 말했다. 「주중에는 아침 식사하러 일어나지만 일요일에는 마님께서 침대에 있게 내버려 두는 거 자네도 알잖아.」

「그렇게 해주고 싶지만, 걔 하나 시중들게 하려고 부엌을 깜둥이들로 가득 채울 순 없어.」 제이슨이 말했다. 「올라가서 식사하러 내려오라고 해.」

「그 애 시중들 필요도 없어. 식사를 난로 한구석에 따스하게 놔두기만 하면 걔가…….」

「내 말 안 들려?」 제이슨이 말했다.

「들리네.」 딜지가 말했다. 「자네가 집에 있으면 자네 목소리만 들리지. 퀜틴이나 자네 어머니를 못살게 굴지 않으면, 러스터나 벤지를 건드리지. 마님, 제이슨이 저렇게 하는 걸 왜 그냥 놔두시는 거예요?」

「시키는 대로 하게나.」 콤슨 부인이 말했다. 「이 집의 가장이지 않은가. 자기가 바라는 걸 존중하도록 우리에게 요구하는 건 제이슨의 권리야. 나도 따르려 하네. 내가 하는데 자네라고 안 하겠나.」

「성질이 났다고 자기 마음대로 퀜틴을 깨우는 건 말도 안 돼요.」 딜지가 말했다. 「설마, 자네 창문도 퀜틴이 깼다고 생각하는 건 아니겠지?」

「걔는 맘만 먹으면 그렇게 할 거야.」 제이슨이 말했다. 「가서 내가 시킨 대로 해.」

「걔가 깼다고 해도 난 뭐라 하지 않을 거야.」 계단 쪽으로 가며 딜지가 말했다.「집에만 있으면 항상 걔를 괴롭히니 말이지.」

「딜지, 조용히 하게.」콤슨 부인이 말했다.「이 집은 자네 집도 내 집도 아니니 제이슨에게 뭐라고 하지 말게. 제이슨이 잘못할 때도 있어. 하지만 우리 모두를 위해 난 제이슨 말에 따르는 거야. 나도 식탁에 내려올 수 있는데, 퀜틴이라고 왜 못 내려오겠나.」

딜지가 나갔다. 계단 오르는 소리가 들렸다. 올라가는데 시간이 꽤 오래 걸렸다.

「상 줄 만한 깜둥이가 많아서 엄마는 좋으시겠어요.」제이슨이 말했다. 그리고 자기와 엄마 접시에 음식을 담았다.「죽일 만한 가치라도 있는 하인을 집에 두신 적이 있었나요? 기억도 안 나는 어린 시절엔 몇 명 있었겠죠.」

「난 저들 비위를 맞춰야 해.」콤슨 부인이 말했다.「저들에게 의지해야 하거든. 난 강하지 못해. 그랬으면 좋겠지만. 내 스스로 집안일도 해봤으면 좋겠어. 그러면 아들 어깨에서 그만큼 짐을 더는 게 될 텐데 말이야.」

「그러면 우리는 돼지우리에서 살게 될 거예요.」제이슨이 말했다.「서둘러, 딜지.」제이슨이 고함을 질렀다.

「저들을 교회에 보내 준다고 날 책망하는 것도 알아.」부인이 말했다.

「어딜 간다고요?」제이슨이 말했다.「빌어먹을 공연단이 아직 안 떠났나요?」

「교회에 간다고.」부인이 말했다.「깜둥이들 부활절 특별 예배가 있다는구나. 두 주 전에 가도 된다고 이미 약속해 줬어.」

「그건 우리가 부활절에 식은 음식을 먹거나 아니면 굶는다는 말인데요.」제이슨이 말했다.

「내 잘못인 거 안다.」부인이 말했다.「날 책망할 줄 알았다.」

「뭣 때문에요?」제이슨이 말했다.「예수를 부활시킨 게 엄마는 아니잖아요.」

위층에서 딜지가 마지막 계단을 오르는 소리가 나더니 이어서 서서히 발걸음을 옮기는 소리가 들렸다.

「퀜틴.」딜지가 불렀다. 첫 번째로 부르는 소리에 제이슨이 나이프와 포크를 내려놓았고, 그와 어머니는 같은 모습으로 마주 앉아서 대답을 기다리는 듯 보였다. 한 사람은 차갑고 날카로운 인상으로 마치 만화에 등장하는 바텐더처럼 숱 많은 갈색 머리가 이마 위 양쪽으로 갈고리처럼 고집스럽게 구부러져 있었고, 대리석 같은 적갈색 눈에는 홍채 주위에 까만 테두리가 둘러져 있었다. 다른 한 사람은 차갑고 불만스러운 모습에 머리는 완전히 하얗게 세었고 눈 밑은 주머니처럼 처져 있으며 당혹스러워하는 모습이었다. 눈은 전체 색이 너무 짙어서 눈동자나 홍채만 있는 것처럼 보였다.

「퀜틴.」딜지가 말했다.「애야, 일어나야지. 아침 먹으려고 다들 기다리고 있어.」

「대체 창문은 왜 깨진 걸까?」 콤슨 부인이 말했다. 「어젯밤에 깨진 거 맞니? 날씨가 풀리면서 조금씩 그래 왔던 건 아닐까. 창문 위쪽인데다 커튼에 가려져 있었으니까.」

「어제 깨진 거라고 결론적으로 말씀드렸잖아요.」 제이슨이 말했다. 「내가 살던 방을 모를 것 같아요? 창문에 주먹 하나가 들어갈 만한 구멍이 난 채 제가 일주일을 지낼 수 있었겠어요?」 제이슨의 목소리가 점차 잦아들다가 아예 멈췄고, 그가 잠시 콤슨 부인을 아무런 의미도 없는 시선으로 뚫어지게 바라봤다. 마치 그의 눈조차 호흡을 멈춘 듯했다. 콤슨 부인은 맥없어 보이면서도 성마르고, 통찰력이 있어 보이면서도 둔해 보이는, 끝내 알 수 없는 그런 표정이었다. 그들이 그렇게 앉아 있는데, 위층에서 딜지가 말했다.

「퀜틴, 애야, 나랑 장난 그만 치고 내려와 식사해라. 다들 기다리고 계셔.」

「대체 이해할 수 없구나.」 콤슨 부인이 말했다. 「누군가 네 방으로 들어가려 한 것 같은데.」 그 순간 제이슨이 벌떡 일어났다. 그 바람에 의자가 뒤로 벌렁 자빠졌다. 「왜…….」 자기를 홱 지나쳐 계단을 뛰어 올라가는 제이슨의 모습을 보며 부인이 말했다. 그는 계단을 올라가다 딜지를 만났다. 제이슨의 얼굴 표정이 어두웠다. 딜지가 말했다.

「얘가 아직 삐쳐 있는 모양이야. 마님이 문을 안 따줘서…….」하지만 제이슨은 딜지를 지나쳐 복도를 따라 문으로 다가갔다. 퀜틴을 부르는 대신 문고리를 잡고 돌려보더니 문고리를 잡은 채로 문 너머의 물리적 공간보다 훨씬 먼 곳에서 나는 소리, 무언가 이미 들어 알고 있었던 소리를 들으려는 듯 머리를 약간 앞으로 숙였다. 마치 자기가 들었던 소리지만 이를 부인하면서 믿지 못하겠다는 듯 다시금 귀를 기울이는 모습이었다. 그 뒤를 따라 제이슨을 부르며 콤슨 부인이 계단을 올라왔다. 그러다가 딜지를 보고는 제이슨 대신 딜지를 불렀다.

「마님이 아직 문을 안 열어 놨대도.」딜지가 말했다.

딜지가 그렇게 말하자 제이슨이 돌아서서 다가왔다. 목소리가 조용하고 사무적이었다. 「엄마가 열쇠를 갖고 있나?」제이슨이 말했다. 「내 말은 지금 갖고 있냐고, 아니면 혹시 그걸…….」

「딜지.」계단에서 콤슨 부인이 불렀다.

「도대체 뭐야?」딜지가 말했다. 「왜 퀜틴을 가지고…….」

「열쇠 말야.」제이슨이 말했다. 「엄마가 열쇠를 항상 갖고 있냐고?」그리고 콤슨 부인을 보자 계단을 내려가 말했다. 「열쇠 주세요.」그는 콤슨 부인이 입고 있는 낡아빠진 검정 실내복 주머니를 더듬기 시작했다. 콤슨 부인이 저항했다.

「제이슨.」콤슨 부인이 말했다. 「제이슨! 너랑 딜지가 날 다시 눕게 만들려는 거냐?」제이슨을 뿌리치며 그녀가 말했다. 「일요일에도 맘 편히 지낼 수가 없구나.」

「열쇠요.」계속 콤슨 부인의 실내복 주머니를 더듬거리며 제이슨이 말했다. 「이리 주세요.」제이슨은 아직 손에 넣지도 않은 열쇠를 갖고 문을 따러 가기도 전에 미리 문이 활짝 열리길 기대라도 하듯 고개를 돌려 문을 쳐다봤다.

「이봐, 딜지!」실내복을 부여잡고는 부인이 말했다.

「이 맹한 할망구야, 열쇠를 달라고!」별안간 제이슨이 소리쳤다. 그러곤 마치 중세 시절 감옥의 간수가 지녔을 법한 둥근 쇠고리에 달린 녹슨 열쇠 꾸러미를 꺼내 두 여자를 지나쳐 복도로 내달렸다.

「제이슨 너 이 녀석!」부인이 말했다. 「어느 열쇠인지 찾을 수 있나 보자고.」그녀가 말했다. 「누구에게도 내 열쇠를 준 일이 없는데, 딜지.」그녀가 큰 소리로 울기 시작했다.

「그만 우세요.」딜지가 말했다. 「퀜틴한테 별짓 못 할 겁니다. 제가 못 하게 할 거예요.」

「일요일 아침인데, 그것도 내 집에서 말이야.」콤슨 부인이 말했다. 「저 애들을 기독교인으로 키우려고 얼마나 노력했는데. 제이슨, 내가 맞는 열쇠를 찾아 주겠다.」콤슨 부인이 제이슨의 팔을 잡고 승강이를 벌이며 말했다. 하지만 그는 콤슨 부인을 옆으로 밀치더니 냉정하지만 당황스러운 눈길로 잠시 그녀를 바라봤다. 그리고 거추장스러운 열쇠 꾸러미를 가지고 다시 방문으로 다가갔다.

「그만해.」딜지가 말했다.「이봐, 제이슨.」

「뭔가 끔찍한 일이 벌어진 거야.」다시 울음을 터뜨리며 콤슨 부인이 말했다.「난 알아, 무슨 일인가 벌어졌다고. 얘야, 제이슨.」다시 제이슨을 붙잡으며 말했다.「저녀석이 내가 내 집 열쇠도 못 만지게 하다니!」

「자, 자.」딜지가 말했다.「제가 여기 있는데 뭔 일이 벌어지겠어요. 절대 퀜틴에게 손도 못 대게 할 거예요.」딜지가 목소리를 높였다.「퀜틴, 애야, 겁먹지 마. 나 여기있다.」

문이 안쪽으로 홱 하고 열렸다. 제이슨이 앞을 막고 서있는 바람에 잠시 방 안을 볼 수 없었다. 제이슨이 옆으로 비켜섰다.「들어가 봐요.」굵지만 가벼운 톤으로 제이슨이 말했다. 모두들 방으로 들어갔다. 여자아이의 방이아니었다. 누구의 방도 아니었다. 옅은 싸구려 화장품 냄새에 몇 가지 안 되는 여자 용품들과 방을 여성스럽게 꾸미려고 한 듯한 조야하고 되지도 않는 몇 가지 흔적이 보였지만, 방 주인이 누군지 더욱 알 수 없게 할 뿐이었다. 마치 창녀촌의 쪽방처럼 잠시 머물다 가는 곳 같았다. 침대는 그대로였고 바닥에는 때 묻은 진한 분홍색 속옷 하나가 떨어져 있었다. 반쯤 열린 옷장 서랍에는 스타킹 한짝이 걸려 있었다. 창문이 열려 있었고, 창문 가까이에 붙어 자라고 있는 배나무 한 그루가 보였다. 꽃이 만개한 가지들이 벽에 닿아 바스락거렸으며 창문으로 한없이 들어오는 바람은 쓸쓸한 꽃향기를 몰고 왔다.

「봐요.」 딜지가 말했다. 「퀜틴한테 아무 일 없다고 했잖아요.」

「아무 일 없다고?」 콤슨 부인이 말했다. 딜지가 콤슨 부인을 따라 안으로 들어가 손을 잡았다.

「이제 가서 자리에 누우세요.」 딜지가 말했다. 「제가 10분 내로 퀜틴을 찾아낼게요.」

콤슨 부인이 그녀를 밀치며 말했다. 「메모를 찾아봐. 퀜틴이 그랬을 때도 메모를 남겼다고.」

「알았어요.」 딜지가 말했다. 「제가 찾을 테니 방으로 가세요, 어서요.」

「걔 이름을 퀜틴으로 지을 때 이런 일이 벌어질 줄 알았다고.」 콤슨 부인이 말했다. 옷장으로 가더니 흩어져 있는 물건들을 들추기 시작했다. 향수병, 분통, 이빨 자국이 남아 있는 연필, 그리고 날 하나가 부러진 가위가 립스틱 자국이 묻어 있고 분가루가 덮여 있는 짜깁기한 스카프 위에 놓여 있었다. 「메모를 찾으라니까.」 콤슨 부인이 다시 말했다.

「찾고 있어요.」 딜지가 말했다. 「자, 그만 가세요. 저랑 제이슨이 찾을게요. 방으로 가시라니까요.」

「제이슨.」 부인이 말했다. 「얘는 어디 간 거야?」 그런 다음 문으로 나갔다. 딜지가 그녀를 따라 복도로 나가 다른 방으로 갔다. 문이 잠겨 있었다. 「제이슨.」 문에 대고 외쳤다. 아무런 대답도 없었다. 문고리를 돌리려 했지만 열리지 않자 다시 불렀다. 하지만 여전히 묵묵부답이었다. 방 안에서는 제이슨이 옷장에서 물건들을 꺼내 뒤로 내던지고 있었다. 옷, 구두, 여행 가방 등등. 그러더니 이음새로 연결되고 톱으로 자른 흔적이 있는 판자를 들고 와 바닥에 내려놓고는 다시 옷장 안에서 철제 상자를 들고 나왔다. 침대 위에 그걸 놓고 주머니에서 열쇠를 더듬어 찾으면서도 망가진 자물쇠를 쳐다보고 있었다. 오랫동안 손에 열쇠를 쥔 채 망가진 자물쇠를 쳐다보다가, 열쇠를 다시 주머니에 넣고는 상자를 기울여 안의 내용물들을 조심스럽게 침대에 쏟아 놓았다. 서류들을 한 번에 하나씩 주의 깊게 꺼내 흔들어 보았다. 그런 다음 상자를 거꾸로 들고 흔들어 보더니 서류들을 다시 제자리에 넣곤 가만히 서 있었다. 손에 상자를 들고는 고개를 숙인 채 망가진 자물쇠를 쳐다보았다. 창문 밖에서 어치 새 몇 마리가 지저귀며 멀리 날아가는 모습이 보였다. 바람을 타고 새들 지저귀는 소리가 사라지며 어디선가 자동차 소리가 들리더니 이내 사라졌다. 문밖에서 콤슨 부인이 부르는 소리가 들렸지만 그는 여전히 꼼짝도 하지 않았다. 딜지가 부인을 모시고 다시 복도를 따라 걸어가는 소리가 나더니 잠시 후 문 닫히는 소리가 들렸다. 제이슨은 상자를 옷장에 다시 넣고 옷가지를 던져 넣은 다음 계단을 내려가 전화기로 향했다. 수화기를 귀에 대고 기다리며 서 있는데 딜지가 내려왔다. 그녀는 제이슨을 쳐다보다가 그냥 지나쳤다.

전화가 연결됐다. 「여긴 제이슨 콤슨입니다.」 제이슨이 말했다. 목소리가 거칠고 탁해서 다시 말해야 했다. 「제이슨 콤슨이오.」 목소리를 달래며 다시 말했다. 「당신이 못 가면 부보안관이라도 가야 해요. 10분 내로 차를 대기시키세요. 누가 했는지 압니다…… 강도 사건이에요. 차를 대기…… 뭐라고요? 당신들 세금으로 월급 받으며 일하는 법 집행인들 아닙니까…… 예, 저도 5분 내로 갑니다. 당장 출발할 수 있게 준비해 주세요. 어기면 지사에게 보고합니다.」

그는 수화기를 던지듯 내려놓고 식당을 가로질러 부엌으로 나갔다. 식탁에는 거의 손도 대지 않은 음식이 식은 채 놓여 있었다. 딜지는 온수 주머니에 다시 온수를 채웠다. 벤은 말없이 멍하니 앉아 있었고, 그 옆에서 러스터가 잡종견처럼 눈에 불을 켜고 사방을 주시하며 뭔가 먹어 대고 있었다. 제이슨이 부엌을 지나 밖으로 나갔다.

「아침도 안 먹을 작정이야?」 딜지가 말했다. 제이슨은 아무런 대꾸도 하지 않았다. 「제이슨, 아침은 먹어야지.」 그러나 그는 그냥 나갔고, 그 뒤로 바깥의 덧문이 쾅 하고 닫혔다. 러스터가 벌떡 일어나 창문으로 다가가 내다봤다.

「휘이.」그가 말했다. 「대체 뭔 일이 생긴 거야? 퀜틴을 때린 거야?」

「너 입 다물지 못해.」딜지가 말했다. 「벤지만 울려 봐라, 네 머리통을 박살 낼 테니. 내가 올 때까지 조용히 데리고 있어야 해.」온수 주머니 주둥이를 닫고 부엌을 나간 딜지가 힘겹게 계단을 올라가는 소리가 들렸고, 제이슨이 차를 타고 집을 떠나는 소리도 들렸다. 부엌에는 주전자의 물 끓는 소리와 시계 소리 외에 아무런 소리도 들리지 않았다.

「내가 장담한다.」러스터가 말했다. 「퀜틴을 때린 거야. 머리를 때리는 바람에 지금 의사를 부르러 갔다고. 내가 장담해.」째깍대는 시계 소리가 묵직하고 의미심장하게 들렸다. 마치 쇠락해 가는 집이 내는 희미한 맥박 소리처럼 들렸다. 잠시 후 끄르륵대면서 목을 가다듬더니 종이 여섯 번 울렸다. 벤이 시계를 쳐다보고는 다시 창문으로 들어온 빛 때문에 총알 모양으로 검게 보이는 러스터의 머리를 쳐다보았다. 그러더니 침을 흘리고 머리를 흔들어 대면서 흐느끼기 시작했다.

「뚝 그쳐, 이 미치광이야.」고개도 돌리지 않은 채 러스터가 말했다. 「자칫하면 오늘 교회도 못 갈 것 같은데.」벤은 큼지막하지만 부드러운 손을 무릎 사이로 내린 채 의자에 앉아 작은 소리로 끙끙대고 있었다. 그러다가 소리쳐 울어 대기 시작했다. 서서히 소리가 커지며 아무 이유도 없이 계속 울어 댔다. 「뚝.」 러스터가 말했다. 러스터가 고개를 돌리며 주먹을 들었다. 「한 대 맞고 싶어 그래?」 벤이 러스터를 쳐다보며 숨 쉴 때마다 흐느끼면서 천천히 울어 댔다. 러스터가 돌아와 그를 잡고 흔들었다. 「당장 그쳐!」 러스터가 소리 질렀다. 「자.」 러스터는 벤을 의자에서 끌어내린 다음 스토브를 마주하도록 의자를 당겨 놓았다. 그리곤 나무를 태우는 화덕 문을 열고 벤을 다시 의자에 앉혔다. 마치 작은 예인선이 덩치 큰 화물선을 좁은 도크 안으로 밀어 넣는 듯 보였다. 붉은 장밋빛 화덕 문을 마주하고 앉은 벤이 울음을 멈췄다. 다시 시계 소리가 들리며 딜지가 계단을 내려오는 소리도 들렸다. 딜지가 들어오자 벤이 다시 흐느끼기 시작했다. 우는 소리가 다시 커졌다.

「대체 무슨 짓을 한 거야?」 딜지가 말했다. 「많은 날들 가운데 왜 하필 오늘 아침에 벤지를 그냥 놔두지 못하는 거야?」

「아무 짓도 안 했어요.」 러스터가 말했다. 「제이슨 나리가 겁을 줘서 그래요. 그게 다예요. 퀜틴을 죽인 건 아니죠, 그렇죠?」

「벤지, 뚝.」 딜지가 말했다. 벤지가 울음을 멈췄다. 딜지가 창가로 가서 밖을 내다봤다. 「비가 멈췄나?」 딜지가 말했다.

「네.」 러스터가 말했다. 「오래전에 그쳤어요.」

「그러면 너희들 잠시 바깥에 나가 있어라.」 딜지가 말했다. 「나는 마님을 진정시켜야 하니까.」

「할머니, 저희 교회에 가나요?」 러스터가 말했다.

「때가 되면 말해 줄 거다. 내가 부를 때까지 벤지 좀 밖에 데리고 나가 있어.」

「목장에 가도 돼요?」 러스터가 말했다.

「좋아. 집에만 안 데려오면 돼. 이 할미도 할 만큼은 다했다.」

「네.」 러스터가 말했다. 「그런데 할머니, 제이슨 나리는 뭣 때문에 나갔어요?」

「그건 네가 알 바 아니지, 그렇지?」 딜지가 말했다. 그런 후 식탁을 정리하기 시작했다. 「벤지, 이제 뚝. 러스터가 너를 데리고 나가서 놀 거야.」

「할머니, 제이슨 나리가 퀜틴을 어떻게 했어요?」 러스터가 말했다.

「아무 짓도 안 했어. 너희들 어서 여기서 나가.」

「퀜틴은 집에 없을 거예요.」 러스터가 말했다.

딜지가 러스터를 쳐다봤다. 「집에 없는 걸 네가 어떻게 알아?」

「어젯밤 창문 밖으로 기어 나가는 걸 저랑 벤지가 봤거든요. 벤지, 우리가 봤지?」

「봤다고?」 러스터를 보며 딜지가 물었다.

「매일 밤 그러는 걸 봤어요.」러스터가 말했다. 「저 배나무를 타고 내려갔어요.」

「이 깜둥이 녀석, 거짓말하는 거지?」딜지가 말했다.

「거짓말 아니에요. 거짓말인지 벤지에게 물어봐요.」

「그런데 왜 아무 말도 안 했어?」

「제가 상관할 일이 아니니까요.」러스터가 말했다. 「백인들 일에 말려들고 싶지 않아요. 벤지, 이리 와, 우리 나가서 놀자.」

둘이 밖으로 나가자, 딜지는 얼마 동안 식탁 앞에 서 있었다. 그런 후 식당으로 가서 식탁을 치운 뒤, 아침 식사를 하곤 부엌을 정리했다. 앞치마를 벗어 걸어 놓은 후 계단 앞으로 가서 잠시 귀를 기울였다. 아무 소리도 나지 않았다. 외투를 걸치고 모자를 쓴 후 오두막집으로 건너갔다.

비가 멈췄다. 남동쪽에서 바람이 불어와 구름을 흩뜨려 놓는 바람에 여기저기 파란 조각구름이 보였다. 마을의 나무숲, 지붕들, 첨탑 너머의 언덕마루에 햇살이 옅은 천 조각처럼 걸려 있다가 점차 사라졌다. 대기 중에 종이 울리더니 마치 무슨 신호라는 되듯이 나머지 종들도 따라 울렸다.

오두막집 문이 열리고 딜지가 밤색 망토와 보라색 드레스 차림으로 나타났다. 팔꿈치까지 오는 때 묻은 장갑을 끼고 있었지만 이제는 머리에 터번 같은 건 두르지 않왔다. 뜰로 나와 러스터를 불렀다. 한참 기다리다가 본채로 가서 주위를 돌아 지하 창고로 향했다. 벽에 가까이 다가가 안쪽을 들여다보았다. 벤이 계단에 앉아 있었다. 그 앞 축축한 바닥에 러스터가 쭈그린 채 앉아 있었다. 왼손에 톱을 들고는 손으로 눌러 날을 휘게 했다. 그런 다음, 딜지가 지난 30년 넘게 비스킷용 반죽을 두드리는 데 써오던 낡은 나무망치로 톱날을 때리고 있었다. 톱날이 통 하고 무거운 소리를 내더니 이내 맥없이 멈추고 말았다. 러스터의 손과 바닥 사이에서 얇은 톱날이 깔끔하게 휘어져 있었고, 이유는 모르겠지만 톱날이 배만 불쑥 내밀고 있었다.

「분명히 이렇게 했는데.」러스터가 말했다. 「제대로 때릴 수 있는 도구를 못 찾겠네.」

「너 이런 짓을 하고 있었구나, 그렇지?」딜지가 말했다. 「어서 망치 가져오지 못하겠니?」딜지가 말했다.

「망치는 멀쩡해요.」러스터가 말했다.

「이리 가져와.」딜지가 말했다. 「그 톱은 있던 데 놔두고.」

러스터가 톱을 치운 후 딜지에게 나무망치를 가져다주었다. 벤이 다시 울부짖으며 절망적으로 길게 소리를 질렀다. 아무것도 아닌, 그저 소리일 뿐이었다. 그것은 마치 행성들이 만나는 순간에 불의와 슬픔이 내는 소리 같았다.

「할머니, 들어 보세요.」러스터가 말했다. 「할머니가

우릴 내보낸 후부터 계속 저 모양이에요. 대체 오늘 아침에 무슨 생각을 하는지 모르겠어요.」

「이리 데려와 봐.」 딜지가 말했다.

「벤지, 이리 와.」 러스터가 말했다. 그는 계단 아래로 내려가 벤지의 팔을 잡았다. 벤지가 울면서 순순히 따라왔다. 그 울음소리는 마치 느릿하고 거친 뱃고동 소리, 그 소리가 시작되기 전에 시작된 듯했다가 그치기 전에 그친 것 같은 그런 소리였다.

「달려가서 벤지 모자를 가져오너라.」 딜지가 말했다. 「마님한테 소리 들리지 않게 조심하고. 자, 빨리. 벌써 늦었어.」

「쟤가 울음을 멈추지 않으면 어쨌든 마님이 들을 수밖에 없어요.」 러스터가 말했다.

「여길 나가면 멈춘다니까.」 딜지가 말했다. 「그 냄새를 맡은 거야. 그래서 그러는 거야.」

「할머니, 무슨 냄새요?」 러스터가 말했다.

「모자나 가져오라니까.」 딜지가 말했다. 러스터가 모자를 가지러 갔다. 모두 지하 창고 문 앞에 서 있었다. 벤이 딜지보다 한 계단 더 아래 있었다. 하늘이 개면서 조각구름 그림자들이 초라한 꽃밭을 훅 지나가더니 무너진 담장을 넘어 마당을 가로질러 갔다. 딜지가 벤지 이마로 흘러내린 머리카락을 만지며 계속 천천히 머리를 쓰다듬어 주었다. 벤지가 서서히 소리를 낮춰 흐느끼기 시작했다.「뚝.」딜지가 말했다.「이제 그만 울고. 우리 이제 곧 나갈 거야. 이제 뚝 하고.」벤지가 서서히 소리를 죽이며 울었다.

러스터가 색깔 있는 밴드가 달린 새 밀짚모자를 쓰고 천 모자를 손에 들고 돌아왔다. 모자는 러스터의 머리와 전혀 어울리지 않아서, 마치 머리에 비친 스포트라이트처럼 어디로 보나 머리와 모자가 분리된 듯 보였다. 모양도 독특해서 언뜻 보면 마치 러스터 바로 뒤의 누군가 다른 사람이 쓰고 있는 것처럼 보였다.

「쓰던 모자는 왜 안 쓰고.」딜지가 말했다.

「어디 있는지 못 찾겠어요.」러스터가 말했다.

「암, 못 찾겠지. 지난밤에 찾지 못하도록 벌써 수를 썼겠지. 새것도 망가뜨릴 작정인 게지.」

「에이, 할머니.」러스터가 말했다.「비 안 올 거예요.」

「네가 어찌 알아? 당장 가서 새것 놔두고 예전 모자 쓰고 오지 못해.」

「에이, 할머니.」

「그러면 우산이나 가져오든지.」

「에이, 할머니.」

「선택해.」딜지가 말했다.「예전 모자를 쓰든가 우산을 가져오든가. 난 상관 안 할 테니.」

러스터가 오두막집으로 돌아갔다. 벤은 조용히 흐느끼고 있었다.

「자.」 딜지가 말했다. 「이제 러스터가 우리를 따라올
거야. 빨리 가서 찬양을 들어야지.」 두 사람은 집을 돌아
대문으로 향했다. 「그만 뚝.」 진입로로 내려가면서 딜지
가 계속 말했다. 대문에 도착해 딜지가 문을 열었다. 러
스터가 우산을 챙겨 이들을 따라 진입로를 내려오고 있
었다. 어떤 여자와 함께였다. 「저기 오네.」 딜지가 말했
다. 문을 통과해 나갔다. 「자, 그만.」 딜지가 말했다. 벤이
울음을 그쳤다. 러스터와 프로니가 이들을 따라잡았다.
프로니는 밝은 빛깔의 푸른 실크 옷에 꽃 장식 모자를 쓰
고 있었다. 가냘픈 몸매에 얼굴이 납작했고 상냥한 여자
였다.

「넌 6주나 일해서 번 돈으로 산 옷을 걸쳤구나.」 딜지
가 말했다. 「비 오면 어쩌려고 그래?」

「그냥 젖는 거죠.」 프로니가 말했다. 「아직 비를 멈추
게 할 수는 없으니까요.」

「할머닌 맨날 비 온다고 한다니까.」 러스터가 말했다.

「내가 너희들 걱정을 안 하면 누가 하겠니?」 딜지가 말
했다. 「서둘러라, 우리 늦겠다.」

「오늘은 시고그 목사님이 설교하신대요.」 프로니가 말
했다.

「그래?」 딜지가 말했다. 「누군데?」

「세인트루이스에서 왔대요.」 프로니가 말했다. 「유명
한 목사님이래요.」

「그래..」 딜지가 말했다. 「우리가 필요한 사람은 쓸모없는 어린 깜둥이 녀석들에게 하느님을 경외하는 법을 가르쳐 줄 수 있는 사람이야.」

「시고그 목사님은 가르쳐 줄 수 있어요.」 프로니가 말했다. 「사람들이 그러던데요.」

다 같이 길을 따라 걸었다. 밝은 모습의 백인들이 길을 따라 무리 지어 교회로 걸어갔다. 이따금씩 비쳤다가 사라졌다 하는 햇살 아래 그들은 바람에 실려 오는 종소리를 들으며 걷고 있었다. 남동쪽에서 오는 바람은 거셌고, 따스한 날들이 지난 후라 그런지 차갑고 으슬으슬했다.

「엄마, 쟤는 교회에 안 데려갔으면 좋겠어요. 사람들이 수군거려요.」 프로니가 말했다.

「어떤 사람들?」 딜지가 말했다.

「그런 소리가 들린다니까요.」 프로니가 말했다.

「어떤 자들인지 내가 알지.」 딜지가 말했다. 「쓰레기 같은 백인들이야. 그런 자들이라고. 백인 교회에 가자니 안 될 것 같고 흑인 교회는 자기들에게 안 맞는 것 같은 그런 자들.」

「그러나저러나 사람들이 다 얘기한다고요.」 프로니가 말했다.

「그런 사람들은 내게 보내라.」 딜지가 말했다. 「선한 하느님께서는 현명하건 아니건 상관 안 하신다고 말해 주실 테니. 덜떨어진 백인 놈들이나 그런 거 상관한다니까.」

길이 직각으로 꺾이며 내리막길로 이어지다가 흙길이 되었다. 길 양쪽이 가파르게 비탈지다가 넓은 평지로 다시 이어졌는데, 군데군데 있는 작은 오두막들의 비바람에 낡은 지붕들은 주변의 길과 높이가 같았다. 그 집들은 풀포기 하나 없는 좁은 공터에 있었는데, 깨진 물건이나 벽돌, 판자, 토기 등 한때는 실용적인 값어치가 있었던 것들이 주변에 널브러져 있었다. 자라는 건 거의 잡초였고 나무라고는 뽕나무, 아카시나무, 플라타너스들뿐이었다. 이 나무들도 집들을 둘러싼 지저분하고 메마른 분위기에 한몫했다. 나무에서 움트는 새싹들에도 지난해 9월의 애잔한 자취가 고집스럽게 남아 있는 듯했고, 새로운 봄마저 깜둥이들만의 확실하고도 풍부한 냄새를 자양분 삼아 자라나는 이 나무들을 그냥 지나친 게 아닌가 하는 느낌이 들었다.

사람들이 지나가자 문 앞에 있던 깜둥이들이 말을 걸었다. 대개는 딜지에게 하는 말이었다.

「깁슨 여사, 오늘 아침 어떠시우?」

「전 괜찮아요. 댁은 어떠시고?」

「나도 잘 있다우. 감사해요.」

이들은 오두막들을 벗어나 흙을 올려 쌓은 둑 위로 올라섰다. 남자들은 금색 시곗줄을 차고 몇몇은 지팡이를 짚었으며 차분하고 진한 갈색이나 검정색 옷차림이었다. 젊은이들은 진한 파란색이나 줄무늬가 있는 싸구려 옷을 입고 폼나는 모자를 썼다. 여자들은 풀을 먹여 약간 빳빳하고 사각사각 소리가 나는 옷을 걸치고, 아이들에게는 백인들에게서 중고로 산 옷을 입혔다. 이 사람들은 마치 야행성 동물들이 숨어서 몰래 쳐다보듯이 은밀한 시선으로 벤지를 쳐다봤다.

「너는 저 사람 만지지 못할걸?」

「왜 못 만지는데?」

「못 만진다니까. 겁이 나서.」

「사람들을 해치진 않아. 그저 바보일 뿐이라고.」

「정신 나간 놈이 어떻게 사람을 해치지 않아?」

「저자는 안 그런다고. 내가 건드려 봤다니까.」

「이제는 못 할걸?」

「딜지 할머니가 보고 계시잖아.」

「넌 안 그래도 못 해.」

「사람들 해코지는 안 한다고. 그저 바보일 뿐이야.」

나이 든 사람들이 연이어 딜지에게 말을 걸었다. 나이가 많은 사람이 아닐 경우 프로니가 대신 대답하게 내버려 두었다.

「엄마가 오늘 몸이 좀 안 좋으세요.」

「에고, 안됐네. 하지만 시고그 목사님이 고쳐 주실 거야. 위안도 주시고 짐도 벗게 해주실 거야.」

길은 다시 오르막으로 바뀌면서 마치 색칠한 무대 배경 같은 모습이 나타났다. 붉은 황토를 V자 형태로 파낸 것처럼 생긴 길은 잘린 리본처럼 끊어져 보였고, 꼭대기에는 참나무가 자라고 있었다. 길옆으로는 꼭 그림에서 보는 것 같은 낡아 빠진 교회 건물이 있었고 첨탑이 이상하리만치 높게 솟아 있었다. 전반적인 모습은 바람 속에 햇살도 비치고 사방이 종소리로 가득 찬 4월의 어느 아침나절, 편평한 지구의 맨 가장자리에 색칠한 판지로 세운 듯한 건물이 보이는데, 원근감이라곤 전혀 없는 이차원적인 그림 같아 보였다. 사람들은 안식일답게 진중한 태도로 무리 지어 교회로 향했다. 여자와 아이들은 안으로 들어갔고 남자들은 밖에 모여 종소리가 멈출 때까지 조용히 잡담을 나누었다. 그런 후 모두 안으로 들어갔다.

교회에는 텃밭과 산울타리에서 가져온 꽃들이 드문드문 놓여 있었고 주름 잡힌 색종이로 만든 리본이 장식되어 있었다. 설교단 위쪽으로는 종이로 접은 낡은 크리스마스 종이 곧 떨어질 듯이 달려 있었다. 설교단에는 아무도 없었지만, 성가대는 제자리에 앉아 덥지도 않은데 부채질을 하고 있었다.

여자들 대부분은 한쪽에 모여 수다를 떨고 있었다. 그러다가 종이 한 번 울리자 다들 자기 자리로 돌아가 예배를 기다리며 앉아 있었다. 종이 다시 한 번 더 울렸다. 성가대가 일어나 찬양을 부르기 시작했고, 신도들은 한쪽으로 고개를 돌려 통로를 따라 입장하는 여섯 명의 아이들을 보고 있었다. 여자아이 넷은 나비같이 생긴 조그만

천 조각으로 머리를 묶어 단단하게 땋아 늘였고, 남자아이 둘은 머리를 짧게 깎은 모습이었는데, 하얀 리본과 꽃으로 만든 줄로 연결되어 있었다. 그 뒤로 남자 어른 둘이 한 줄로 들어왔다. 두 번째 사람은 덩치가 컸고 가벼운 커피색 피부였다. 프록코트에 흰 타이를 걸친 위엄 있는 모습으로, 얼굴은 권위가 넘치고 심오해 보였으며 옷깃 위로는 목살이 여러 겹 겹쳐 보였다. 하지만 그는 모두 아는 사람이었기에 그 사람이 지나가도 고개를 돌려 쳐다보지는 않았다. 성가대 찬양이 끝나고서야 사람들은 초빙 목사가 이미 지나쳐 갔다는 걸 알았다. 담임 목사보다 앞서 들어간 사람이 설교단에 오르자 사람들이 무슨 말인지 알아듣지 못할 정도로 중얼대기 시작했다. 놀라움과 실망감을 담은 한숨 소리 같기도 했다.

초빙 목사는 덩치도 작았고, 낡아 빠진 알파카 모직 코트 차림이었다. 체구가 작은 늙은 원숭이처럼 주름진 까만 얼굴을 하고 있었다. 성가대가 다시 찬양을 부르고 여섯 명의 아이가 일어나 살짝 겁이 난 것처럼 가냘픈 목소리로 단조롭게 속삭이는 듯 노래하는 동안에도 볼품없는 난쟁이처럼 앉아 있었으며, 게다가 담임 목사의 덩치에 눌려 촌티까지 나는 그를 사람들은 대경실색한 표정으로 쳐다보았다. 담임 목사가 일어나 유유히 흐르는 듯한 큰 목소리로 그를 소개할 때도 사람들은 못 믿겠다는 듯 놀란 표정을 지었다. 담임 목사의 과장된 듯 열정적인 어투도 방문자를 더 초라하게 만들었다.

「저 사람을 그 멀리 세인트루이스에서 모셔 왔다는 거야?」프로니가 중얼거렸다.

「하느님은 저 사람보다 더 이상한 사람을 도구로 쓰신 적도 있으셔.」딜지가 말했다.「이제 뚝.」딜지가 벤에게 말했다.「조금 이따가 찬양을 또 부를 거야.」

초빙 목사가 일어나 말을 하는데 꼭 백인 목소리처럼 들렸다. 단조롭고 냉랭한 목소리는 그 체구에서 나왔다고 하기에는 믿기 어려울 정도로 웅장했다. 처음에는 마치 원숭이가 어떻게 말하는지 궁금해 듣기라도 하듯이 신도들은 호기심으로 귀를 기울였다. 그러다가 서커스에서 밧줄 타는 사람을 쳐다보기나 하듯 목사를 바라보기 시작했다. 초빙 목사가 차갑고 억양 없는 목소리를 줄로 삼아 균형을 잡고 급강하하는 기교를 선보이자, 신도들은 보잘것없는 그의 외모 따위는 완전히 잊게 되었다. 마침내 그가 줄을 타며 미끄러지듯 내려오는 동작으로 한쪽 팔을 어깨 높이의 성서대에 올리고 원숭이 같은 작은 체구를 빈 수레나 미라처럼 미동도 하지 않자, 신도들은 마치 집단적 꿈에서 깨어난 사람들처럼 한숨을 내쉬면서 앉은 자리에서 꿈틀거리기 시작했다. 설교단 뒤의 성가대원들은 연신 부채질을 해댔다. 딜지가 속삭였다.「자, 쉿, 이제 찬양 시작한다.」

그때 어떤 목소리가 들렸다.「형제 여러분.」

초청 목사는 꼼짝도 하지 않았다. 여전히 성서대를 가로질러 한 팔을 올려놓은 채, 양쪽 벽 사이로 메아리처럼 울려 퍼지는 그의 목소리가 잦아들 동안 미동도 하지 않았다. 그 목소리는 낮과 어둠 간의 차이처럼 이전의 어조와는 완전히 다르게 들렸다. 마치 알토 호른처럼 애잔하게 울리며 신도들의 가슴속을 뚫고 들어갔고, 말이 멈춘 뒤에도 점차 잦아들면서 쌓여 나가는 메아리처럼 귓가에 울리는 듯했다.

「형제, 자매 여러분.」다시 목소리가 들렸다. 초청 목사는 팔을 치우곤 뒷짐을 진 자세로 성서대 앞을 왔다 갔다 했다. 빈약한 몸은 마치 오랫동안 무자비한 대지에 맞서며 죽도록 일을 해온 농부처럼 구부정했다. 「하느님의 어린양을 기억하는 제게 어린양의 피가 흐릅니다!」그는 뒷짐을 진 채 구부정한 자세로 나사 모양으로 만든 장식용 색종이와 크리스마스 종 사이를 왔다 갔다 했다. 그는 연이어 파도처럼 몰아치는 자신의 목소리에 스스로 압도당한 닳아빠진 작은 바위 같았다. 마치 흡혈귀가 자신의 몸에 이빨을 박고 피를 빨아먹듯이, 초청 목사의 구부정한 몸은 자신의 목소리에 자양분을 제공하는 듯했다. 신도들은 목소리가 그를 먹어 치우는 모습을 목전에서 보고 있는 것 같았고, 그가 사라지자 자신들 역시 사라지고 목소리조차 사라지게 되자 이제 아무런 말도 필요 없게 되었으며, 대신 찬양하는 리듬을 통해 서로의 가슴으로 소통하기 시작했다. 마침내 성서대에 기댄 채 설교를 멈추고 원숭이 같은 얼굴을 들자 그의 모습은 초라함과 하찮음을 초월하여 차분한 고난의 십자가가 되었고, 그의 얼굴은 이제 전혀 중요하지 않게 되었다. 그때 신도들로부터 신음하는 듯한 긴 숨소리가 들려왔다. 그리고 한 여자가 소프라노 톤으로 외쳤다. 「네, 예수님.」

머리 위로 구름이 질주하며 태양을 가리자 교회의 더러운 창문이 마치 유령처럼 밝아졌다가 다시 어두워지곤 했다. 교회 밖에서 자동차 한 대가 모랫길을 힘겹게 지나쳐 가는 소리가 들리다가 사라졌다. 딜지는 벤지의 무릎에 손을 올린 채 허리를 세우고 앉았다. 두 줄기 눈물이 그녀의 푹 꺼지고 주름진 뺨을 따라, 세월과 희생과 자기부정이 만들어 준 주름 안팎으로 무수한 빛을 발하며 흘러내렸다.

「형제 여러분.」 목사는 전혀 미동도 없이, 거친 소리로 속삭이듯 말했다.

「네, 예수님!」 그 여자의 목소리가 들렸다. 아직은 조용한 소리였다.

「형제, 자매 여러분.」 호른 같은 그의 소리가 다시 울렸다. 그는 성서대에서 팔을 거두고 똑바로 서서 팔을 위로 들어 올렸다. 「하느님의 어린양을 기억하는 제게 어린양의 피가 흐릅니다!」 사람들은 그의 억양과 발음이 언제부터 깜둥이 톤으로 바뀌었는지 알지 못했다. 목소리가 자기들을 사로잡기 시작하자 사람들은 자리에 앉은 채 조금씩 몸을 흔들거릴 뿐이었다.

「그 길고, 추운…… 여러분께 말합니다, 그 길고 추운 나날…… 주님의 빛이 보이고 말씀이 보입니다, 가련한 죄인들! 이들은 이집트에서 죽었습니다, 불마차를 타고 저 위로 올라갔습니다. 모든 세대가 다 죽어 나갔습니다.[3] 형제 여러분, 한때 부자였던 자들은 지금 어디 있습니까? 자매 여러분, 가난한 자들 또한 어디 있습니까? 제가 말합니다. 기나긴 추운 시절이 다 흘러가고, 지난 시절 구원으로 받은 젖과 이슬이 없다면 어떡하시겠습니까!」

「네, 예수님!」

「형제 여러분, 자매 여러분, 제가 말하건대, 때가 올 것입니다. 불쌍한 죄인이 말하길, 주님 제 짐을 내려놓으니 주님의 품에 눕게 하소서. 형제 여러분, 그러면 주님께서 뭐라 하십니까? 여러분도 주님을 기억하고 어린양의 피가 흐릅니까? 왜냐하면 주님은 아무나 천국에 들여보내지 않기 때문입니다.」

목사는 코트를 더듬더니 손수건을 꺼내 얼굴을 닦았다. 신도들 사이에서 마치 합창이나 하듯 낮은 소리가 들려왔다. 「으으으으으음!」 여인의 소리가 들렸다. 「네, 예수님! 예수님!」

3 이집트의 포로가 된 유대 민족과 노예로 잡혀 온 흑인들을 동시에 암시하고 있다. 흑인 영가에는 죽은 영혼을 실어 나르는 마차가 등장한다.

「형제 여러분! 저기 앉아 있는 어린애들을 보세요. 예수님도 한때 저랬습니다. 예수님의 어머니인 마리아도 영광과 고통을 함께했습니다. 해가 지면 천사들이 자장가를 불러 줄 동안 어떤 때는 아기 예수를 안고 있었을 겁니다. 어떤 때는 문밖을 보다가 로마 병정이 지나가는 모습을 보았을 수도 있지요.」그는 얼굴을 닦으며 앞뒤로 왔다 갔다 했다.「잘 들으세요, 형제 여러분! 그때가 보입니다. 마리아는 예수를 무릎에 앉히고 문 앞에 앉아 있습니다. 그 어린 예수를 말입니다. 저 아이들처럼 말이죠. 영광 가운데 천사들이 부르는 평화로운 노래가 들립니다. 예수님이 눈을 감고 있고 마리아가 군인들의 얼굴을 보고 펄쩍 뜁니다. 우리가 죽일 것이다! 우리가 죽일 것이다! 너의 어린 예수를 우리가 죽일 것이다! 내게 들립니다. 저녁의 탄식 속에 여인네들의 통곡 소리가 들립니다. 구원받지 못하고 말씀을 받지 못한 가련한 어머니들의 한숨 소리와 통곡 소리가 들립니다!」

「으으으으으으으음! 예수님! 어린 예수여!」누군가 일어나며 소리를 지른다.

「제 눈에 보입니다. 오, 예수님! 제 눈에 보입니다!」마치 물에서 피어오르는 물방울처럼 아무 말도 없이 누군가 일어난다.

「형제여, 제 눈에 보입니다! 보입니다! 내 눈을 멀게 하는 끔찍한 광경이 보입니다! 내 눈에 골고다 언덕이 보이고 성스러운 나무, 도둑놈과 살인자, 그리고 이들 중 가장 작은 자가 보입니다. 병사들의 희롱 소리와 허풍 소리가 들립니다. 네가 진정 예수라면 얼굴을 들어 나무에서 걸어 내려오시오! 여인네들의 울음소리와 저녁의 통곡 소리가 들립니다. 고개를 돌리신 예수님의 얼굴이 보입니다. 저들이 예수를 죽였습니다. 내 아들을 죽였습니다!」

「ㅇㅇㅇㅇㅇㅇㅇ음! 예수님! 제게 보입니다. 오, 예수님!」

「눈먼 죄인들아! 형제 여러분, 제가 말합니다. 자매 여러분, 여러분에게 말합니다. 하느님이 전능하신 얼굴을 외면한 이상 이제 더 이상 하늘에 들어갈 수 없습니다! 인간에게 버림받은 하느님이 천국의 문을 닫는 모습이 보입니다. 그 사이로 넘치는 대홍수가 보입니다. 우리 세대에 닥친 끝없는 어둠과 죽음이 보입니다. 자, 여러분 보십시오! 예, 형제 여러분! 뭐가 보이냐고요? 죄인들이여, 뭐가 보이는지 아시나요? 부활과 빛이 보입니다. 자비로우신 예수님께서 말씀하십니다. 저들이 나를 죽여 너희들을 다시 살게 했노라. 내가 죽은 것은 나를 보고 믿는 자들을 영원히 살게 하려 함이라. 형제 여러분, 오, 형제 여러분! 저는 종말이 시작되는 걸 봅니다. 그리고 금빛 나팔이 하느님의 영광을 노래하는 모습이 보입니다. 그날이 오면, 어린양의 피를 받고 이를 기억하는 사람들이 부활할 것입니다!」

사람들의 목소리와 박수 소리 가운데 벤도 행복해 보이는 푸른 눈으로 황홀감에 빠져 앉아 있었다. 바로 옆에서 딜지가 꼿꼿이 앉아 기억된 어린양의 피와 새로운 약속 안에서 엄숙하게 그리고 조용히 울고 있었다.

사람들이 밝은 대낮에 모랫길로 걸어 나오며 여기저기 모여 편하게 얘기를 나누고 있었다. 딜지는 그들의 대화에 신경 쓰지 않고 계속 눈물만 흘렸다.

「진짜 설교 잘하네! 처음엔 그저 그렇게 보였는데, 그런데 말도 마!」

「하느님의 능력과 영광을 본 것 같아.」

「맞아, 분명히 본 게 맞아. 직접 눈앞에서 본 거야.」

딜지는 아무 말도 하지 않았다. 푹 꺼지고 주름진 얼굴을 따라 눈물이 이리저리 흘러내려도 전혀 동요가 없었고, 흐르는 눈물을 닦으려 하지도 않은 채 고개를 들고 걸어갔다.

「엄마, 그만 우세요.」 프로니가 말했다.

「사람들이 다 쳐다봐요. 이제 백인 구역을 지나간단 말이에요.」

「난 처음과 끝을 봤단다.」 딜지가 말했다. 「내 걱정은 하지 마.」

「처음과 끝이라니요?」 프로니가 말했다.

「신경 쓰지 마라.」 딜지가 말했다. 「시작을 봤는데, 이제 끝도 봤단다.」

하지만 거리로 나서기 전 딜지는 잠깐 멈춰서 치마를 들어 속치맛단으로 눈물을 닦고는, 다시 걸어갔다. 벤은 딜지 옆에서 광대 짓을 하는 러스터를 바라보며 어기적 어기적 앞서서 걸어갔다. 러스터는 햇빛 아래 우산을 들고 새 밀짚모자를 삐딱하고 불량스러운 모습으로 쓰고 있었다. 그런 러스터를 바라보고 있는 벤의 모습은 마치 덩치 큰 멍청한 개 한 마리가 약삭빠른 작은 개를 쳐다보고 있는 것처럼 보였다. 집에 도착해 안으로 들어갔다. 들어가자마자 벤이 다시 끙끙대기 시작했다. 잠시 진입로 끝에 서서 페인트가 벗겨진 네모난 모양의 집을 쳐다보았다. 썩어 들어가는 현관이 보였다.

「저 집에 오늘 무슨 일이 있어요?」프로니가 말했다. 「뭔 일 있는 거 아녜요?」

「아무 일 없어.」딜지가 말했다. 「넌 네 일이나 보고, 백인들 일은 백인더러 하라 그래.」

「뭔 일 있지요?」프로니가 물었다. 「아침에 눈 뜨자마자 제이슨 소리가 들렸어요. 하지만 난 상관 안 해요.」

「나도 뭔 일인지 알아.」러스터가 말했다.

「넌 쓸데없는 걸 알고 있어.」딜지가 말했다. 「방금 네 엄마가 자기랑 상관없다고 한 말 안 들었니? 벤지를 뒤로 데려가서 점심 준비할 때까지 잘 돌보기나 해.」

「퀜틴이 어디 있는지 전 알아요.」러스터가 말했다.

「그럼 잠자코 있어.」딜지가 말했다. 「퀜틴이 네놈 충고가 필요하다고 하면 내가 알려 줄 테니. 자, 뒤로 가서 놀아, 어서.」

「사람들이 저기서 공을 치기 시작하면 벤지한테 어떤 일이 벌어지는지 아시잖아요.」 러스터가 말했다.

「아직 시작 안 할 거다. 그때가 되면 티피가 와서 벤지를 태워 갈 거야. 자, 그 새 모자는 내게 주고.」

러스터는 할머니에게 모자를 주었다. 벤이 뒤뜰을 가로질러 갔다. 큰 소리는 아니지만 아직 낑낑거리고 있었다. 딜지와 프로니는 오두막집으로 건너갔다. 잠시 후 딜지가 다시 낡은 무명옷을 입고는 부엌으로 향했다. 불은 꺼졌고, 집 안은 쥐 죽은 듯 고요했다. 딜지가 앞치마를 두르고 위층으로 올라갔다. 아무 소리도 들리지 않았다. 퀜틴의 방은 나갈 때의 모습 그대로였다. 방으로 들어가 속옷과 스타킹을 집어 다시 옷장에 넣은 다음 문을 닫고 나왔다. 콤슨 부인의 방은 닫혀 있었다. 잠시 귀를 기울이며 문 옆에 서 있다가 문을 열고 들어갔다. 방 안은 장뇌 냄새로 가득했다. 커튼이 처져 있어서 방은 약간 어두웠다. 침대도 조용하기에 콤슨 부인은 잠이 들어 있다고 생각했다. 문을 닫고 나가려는데 콤슨 부인이 말을 걸었다.

「왜?」 콤슨 부인이 말했다. 「누구야?」

「저예요.」 딜지가 말했다. 「필요하신 거 있어요?」

콤슨 부인이 아무 말도 하지 않았다. 잠시 후 고개도 돌리지 않은 채로 물었다. 「제이슨은?」

「아직 안 돌아왔어요.」딜지가 말했다. 「왜요?」

다시 아무 말도 하지 않았다. 냉정하지만 심지가 약한 사람들에게 피치 못할 재앙이 들이닥쳤을 때 보통 그러하듯이, 콤슨 부인도 어디서 끌어왔는지는 몰라도 일종의 불굴의 의지 같은 강인함을 보여 줬다. 그녀에게 있어 그것은 아직 전모를 알 수 없는 확실치 않은 사건에 대해 보이는 굳은 확신 같은 것이었다. 「그럼.」그녀가 말했다. 「그 메모는 찾았나?」

「뭘요? 무슨 말씀을 하시는 거예요?」

「메모 말일세. 최소한 메모 정도는 남길 생각을 했을 거야. 제 삼촌인 퀜틴도 그러지 않았나?」

「대체 무슨 말씀을 하시는 거예요?」딜지가 말했다. 「아무 일 없다는 거 모르세요? 어둡기 전에 이 문을 통해 걸어 들어온다니까요.」

「바보 같은 소리.」부인이 말했다. 「그건 타고난 거야. 그 삼촌에 그 조카지. 아니면 제 엄마를 닮았든가. 어느 게 더 나쁜 건지도 모르겠네. 이젠 상관하고 싶지도 않아.」

「왜 계속 그런 식으로 말하세요?」딜지가 말했다. 「대체 걔가 왜 그런 짓을 하겠어요?」

「내가 아나. 퀜틴 녀석은 왜 그런 짓을 했겠나? 무슨 이유로 그랬겠나? 그저 날 비웃고 상처 주려고 그런 건 아닐 거야. 하느님이 어떤 분이신지 몰라도 그런 걸 허락하시겠나. 적어도 나 같은 고상한 집안 여자에게 말일세. 내 자식들을 보면 믿기지 않겠지만, 그건 사실이네.」

「좀 더 두고 보세요.」딜지가 말했다. 「밤이 되면 바로 저 방 침대에 누워 있을 거예요.」콤슨 부인은 아무 말도 하지 않았다. 장뇌에 적신 천이 이마 위에 놓여 있었다. 침대 끝에는 검은 상복 같은 것이 놓여 있었다. 딜지가 문고리를 잡고 서 있었다.

「그래.」부인이 말했다. 「뭐가 필요한데? 제이슨과 벤지 저녁 식사는 준비할 건가?」

「제이슨은 아직 안 돌아왔어요.」딜지가 말했다. 「준비는 해야죠. 마님은 아무것도 안 드실 건가요? 그리고 고무주머니는 아직 따뜻해요?」

「성경 책 좀 건네주게.」

「오늘 아침 제가 떠나기 전에 드렸잖아요.」

「자네가 침대 끝자락에 놓아뒀는데, 그게 계속 그 자리에 있겠나?」

딜지가 침대로 건너가 침대 끝자락 밑 어두운 곳을 더듬다가 바닥에 엎어져 있는 성경 책을 찾았다. 구겨진 부분을 펴서 다시 침대 위에 올려놓았다. 콤슨 부인은 눈도 뜨지 않은 채로 누워 있었다. 침대 위 베개와 머리카락이 같은 색이었다. 수녀의 쓰개수건 같은 천을 약에 적셔 이마에 얹은 모습이 마치 노수녀가 기도하는 모습처럼 보였다. 「거기에 놓지 말게.」부인이 눈을 감은 채 말했다. 「아까도 거기에 놓지 않았나. 그게 떨어지면 내가 일어나서 힘들게 그걸 집어 들길 바라는 겐가?」

딜지가 성경 책을 누워 있는 부인의 건너편 넓은 쪽으로 옮겨 놓았다. 「어차피 안 보여서 읽진 못해요. 커튼 좀 열어 놓을까요?」

「아닐세, 그냥 놔두게. 가서 제이슨 저녁이나 차리고.」

딜지가 방에서 나왔다. 문을 닫고는 부엌으로 돌아갔다. 스토브가 거의 다 식어 있었다. 가만히 서 있는데 찬장 위 시계가 종을 열 번 쳤다. 「1시네.」 딜지가 크게 말했다. 「제이슨은 집에 오지 않을 거야. 난 시작과 끝을 봤어.」 그리고 식은 스토브를 보며 다시 말했다. 「난 시작과 끝을 봤다니까.」 그녀는 탁자 위에 식은 음식을 차렸다. 그리고 왔다 갔다 하며 찬양을 불렀는데, 첫 두 소절만 반복해서 불렀다. 음식을 차린 후 문으로 가서 러스터를 불렀다. 잠시 후 러스터와 벤이 들어왔다. 벤이 자기 자신에게 뭐라고 하듯, 아직도 끙끙대고 있었다.

「아직도 안 그쳐요.」 러스터가 말했다.

「너희들 먼저 먹자.」 딜지가 말했다. 「제이슨은 식사하러 안 오니까.」 모두 식탁에 앉았다. 음식이 차갑고 단단한데도 이번엔 벤이 혼자서도 잘 먹었다. 딜지가 목에 턱받이를 묶어 줬다. 둘이 식사를 하고, 딜지는 부엌을 왔다 갔다 하면서 기억나는 찬양 두 소절을 불렀다. 「너희들 먼저 먹어도 돼. 제이슨은 집에 오지 않을 거야.」

그즈음 제이슨은 집에서 약 20마일 떨어져 있었다. 집을 떠나자마자 시내로 급하게 차를 몰아 느지막이 안식일 예배를 보러 가는 사람들을 지나쳐 여기저기 햇빛이 비치는 가운데 확실하게 울려 퍼지는 종소리를 헤치고 달렸다. 빈 광장을 지나 갑자기 적막한 좁은 골목으로 들어갔다. 목조 건물 앞에 차를 세우곤 꽃이 놓인 보도를 지나 현관으로 올라갔다.

방충망 문 너머로 사람들이 떠드는 소리가 들렸다. 그는 노크를 하려다가 사람 발자국 소리가 나기에 그만두었다. 이내 검은 포플린 천 바지에 옷깃이 없는 빳빳한 흰 셔츠를 입은 덩치 큰 사람이 문을 열었다. 그는 헝클어진 철회색 머리에 숱도 많았고, 동그란 회색빛 눈동자는 어린아이의 눈처럼 반짝였다. 그는 제이슨의 손을 잡더니 반갑게 흔들며 안으로 인도했다.

「어서 오시게.」 그가 말했다. 「들어오라고.」

「갈 준비가 됐나요?」 제이슨이 말했다.

「들어오라니까.」 그는 제이슨의 팔꿈치를 당기며 두 남녀가 앉아 있는 방 안으로 제이슨을 들어오게 했다. 「자네 머틀 남편 알지? 버논, 제이슨 콤슨일세.」

「네.」 제이슨은 그 남자에게 눈길도 주지 않으며 말했다. 보안관이 방을 가로질러 의자를 당겨 올 때 남자가 말했다.

「우리가 나가서 말할 테니 자네들 얘기 나누게나. 머틀, 나가자고.」

「아닐세.」 보안관이 말했다. 「앉아서 말씀 나누게나. 제이슨, 별일 아니지? 우선 앉게나.」

「가면서 얘기할게요.」 제이슨이 말했다. 「모자랑 외투부터 챙기세요. 그놈들이 떠난 지 벌써 열두 시간이나 지났어요.」 보안관이 앞장서서 현관으로 나갔다. 지나가던 남녀가 말을 걸자, 그는 화사한 몸짓으로 밝게 대꾸했다. 아직도 벨이 울리고 있었다. 흑인 구역으로 알려진 곳에서 나는 소리였다. 「보안관님, 모자부터 챙기세요.」 제이슨이 말했다. 보안관은 의자 두 개를 끌어왔다.

「우선 앉아서 무슨 문제인지 말해 보게.」

「전화로 이미 얘기했잖아요.」 제이슨이 선 채 대답했다. 「시간이 아까워서 그래요. 가서 법정에 호소해야만 보안관의 선서 임무를 수행하시겠어요?」

「앉아서 말해 보라니까.」 보안관이 말했다. 「내가 잘 처리해 볼 테니까.」

「처리한다고요, 빌어먹을.」 제이슨이 말했다. 「이게 잘 처리하는 거예요?」

「일을 방해하는 건 자네야.」 보안관이 말했다. 「우선 앉아서 얘기해 보라고.」

제이슨은 자기가 입은 상처와 무력감 때문인지 목소리가 커지더니, 자기의 정당성과 분노를 표출하느라 바쁘다는 사실도 잊고 보안관에게 다 털어놓았다. 그는 반짝이는 눈으로 차분하게 제이슨을 바라보았다.

「헌데 걔들이 그랬다는 걸 모르잖나?」보안관이 말했다.「그렇게 생각만 하는 것뿐이지.」

「모른다고요?」제이슨이 말했다.「제가 이틀이나 뒷골목을 쫓아다니며 그놈에게서 떨어지게 하려고 개고생을 하고, 그놈이랑 있다가 잡히면 내가 가만두지 않겠다고 그렇게 말했건만, 그 조그만 계집애가 한 짓이란…….」

「자. 그러면.」보안관이 말했다.「그걸로 됐네. 충분하다고.」그는 양손을 주머니에 넣은 채 길 건너편을 쳐다봤다.

「법을 집행하는 사람에게 제가 왔다는 건.」제이슨이 계속 말했다.

「이번 주엔 공연이 못슨에서 있을 거야.」보안관이 말했다.

「네.」제이슨이 말했다.「법을 집행하는 사람이 자길 뽑아 준 사람에 대해 조금이라도 신경 써줬다면 아마 지금쯤 저도 거기에 도착해 있을 거예요.」제이슨은 자기 사정을 요약해 다시 거칠게 얘기했지만, 실상 보안관은 이런 그의 분노와 무력감을 즐기는 것처럼 보였다. 아니 아예 듣는 것 같지도 않았다.

「제이슨.」보안관이 말했다.「그런데 집에 감춘 3천 달러로 뭘 할 생각이었나?」

「뭐라고요?」제이슨이 말했다.「내가 돈을 어디에 감추건 그건 내 문제잖아요. 당신 일은 그걸 되찾게 도와주는 거라고요.」

「자네 모친도 그 많은 돈이 집에 있다는 걸 아시나?」

「보세요.」제이슨이 말했다. 「저의 집이 도난당했다고요. 누가 한 짓인지도 알고 그놈들이 어디에 있는지도 알고요. 그래서 난 법 집행관인 당신에게 온 겁니다. 다시 한번 묻겠는데, 내 재산을 되찾는 걸 도와줄 건지 아닌지만 말해요.」

「잡으면 자네 조카를 어떻게 할 건가?」

「아무것도요.」제이슨이 말했다. 「아무것도 안 해요. 손도 안 댈 겁니다. 그년 때문에 직장도 잃었어요. 출세할 수 있는 절호의 기회였는데 말예요. 걔 때문에 아버지도 돌아가시고, 엄마 수명도 매일 짧아지신다고요. 덕분에 저도 이 동네에서 웃음거리가 됐고요. 그래도 아무 짓도 안 할 거예요.」제이슨이 말했다. 「절대로요.」

「제이슨, 자네가 그 애를 도망치게 한 건 아닌가?」보안관이 말했다.

「제가 우리 가족을 어떻게 대하는가는 당신 일이 아니에요.」제이슨이 말했다. 「절 도와주실 건지 말 건지만 말하세요.」

「자네가 그 앨 내쫓은 걸세.」보안관이 말했다. 「그리고 그 돈도 누가 주인인지 의혹이 가네. 확실치가 않거든.」

제이슨이 손에 든 모자의 챙을 천천히 비틀며 자리에서 일어났다. 그리고 조용히 말했다. 「결국 그놈들 잡는 걸 안 도와주시겠다는 거죠.」

「그건 내 할 일이 아니야, 제이슨. 확실한 증거가 있다면 내가 나서겠네. 하지만 그런 증거가 없다면 내 일이 아니라고 보네.」

「그게 대답이군요.」 제이슨이 말했다. 「잘 생각하세요.」

「맞아, 제이슨.」

「알겠어요.」 제이슨이 말했다. 그는 모자를 집어 썼다. 「언젠가 후회할 겁니다. 저도 힘이 있거든요. 여기는 조그만 보안관 배지를 달았다고 해서 법과 무관하다고 여기는 러시아 같은 나라가 아니에요.」 그는 계단을 내려와 차에 올라타서 시동을 걸었다. 보안관은 제이슨이 차를 돌려 시내로 향하는 모습을 내려다보았다.

빠르게 흐르는 구름 사이로 햇살이 드문드문 비치는 가운데 종소리가 울렸다. 하늘 높이 흩어지며 무질서하게 찢어지는 듯한 소리였다. 주유소에 들러 타이어를 점검하고는 휘발유를 넣었다.

「여행 가시나 봐요?」 깜둥이가 말을 걸었다. 그는 아무 답변도 하지 않았다. 「곧 날씨가 갤 거 같아요.」 깜둥이가 말했다.

「개기는, 빌어먹을.」 제이슨이 말했다. 「정오쯤 되면 폭우가 쏟아질 것 같은데.」 제이슨은 하늘을 올려다보면서, 폭우가 내리는 질척질척한 진흙 길을 가다가 마을에서 떨어진 곳에 이르러 차가 멈춰 선 모습을 떠올렸다.

이런 생각을 하며 제이슨은 모종의 승리감을 느꼈다. 식사도 거른 채 지금 서둘러 출발해야 한다는 강박감도 충족시키고 정오 즈음이면 양쪽 마을로부터 최대한 멀리 떨어진 지점에 도착해 있을 거라고 생각했다. 그리고 이런 상황이 자기에게 숨 돌릴 틈을 줄 것 같았다. 그래서 깜둥이에게 말했다.

「대체 뭐 하고 있는 거야? 할 수 있는 한 이 차를 여기 오래 붙들어 두라고 누가 시키던가?」

「타이어에 바람이 거의 없어요.」깜둥이가 말했다.

「그럼 그만두고 저 타이어로 바꿔.」제이슨이 말했다.

「이제 됐어요.」자리에서 일어나며 깜둥이가 말했다. 「운전해도 됩니다.」

제이슨은 차에 올라타 시동을 걸고 출발했다. 2단 기어를 넣자 엔진이 숨 가쁘게 덜덜거렸다. 그는 스로틀 밸브를 열고 공기 조절 장치를 조절해 전속력으로 차를 몰았다. 「비가 오겠군.」그가 말했다. 「중간쯤 가면 억수처럼 오겠어.」그는 교회 종소리에서 벗어나 마을을 빠져나오며, 진창 속에 빠진 차를 버린 채 마차를 찾아 나서는 자기 모습을 떠올렸다. 「모든 깜둥이 연놈들이 다 교회에 가 있을 테지.」그러다 마침내 교회를 발견하게 될 것이고, 마차를 갖고 나오다가 주인 놈을 만나면 그놈이 자기에게 소릴 지를 테고, 그러면 자기가 그놈을 때려눕히는 모습을 상상했다. 「내가 바로 제이슨 콤슨이야. 나를 막으려면 어디 막아 봐. 날 막을 수 있는 놈이 있다면 선거로 뽑아서 그런 자리에 앉혀 봐.」그렇게 중얼대면서 군사를 이끌고 법원으로 쳐들어가 보안관을 끌어내는 모습을 상상했다. 「그 자식은 뒷짐 지고 앉아서 내가 일자리를 잃는 걸 보고 있을 수밖에 없다고 생각하겠지. 내가 일자리가 뭔지 보여 주지.」이제 조카 생각은 안중에도 없었고 도둑맞은 돈이 대충 얼마인지도 중요하지 않았다. 지난 10여 년 동안 그에게는 조카나 도둑맞은 돈이나 둘 다 특별한 실체가 있거나 개별적인 존재로 여겨지지 않았다. 단지 미처 일도 해보기 전에 기회를 박탈당한 은행 일을 상징적으로 대신할 뿐이었다.

대기가 맑아졌다. 빨리 흐르던 조각구름의 그림자들이 줄고 이제 햇볕이 들었다. 제이슨에게는 날이 갠다는 게 적이 만드는 또 다른 속임수인 것 같았다.[4] 그는 옛 상처를 지닌 채 전쟁터로 가고 있었다. 그는 이따금 함석으로 만든 첨탑이 보이는 칠도 안 한 목조 교회 건물들을 지났다. 그 주변에는 줄에 매여 있는 마차들과 낡아 빠진 자동차들이 있었다. 교회 건물 하나하나는 마치 상황이라는 군대의 주둔지[5] 같아서, 그 후위 부대가 그를 흘끔

4 날이 개는 것이 또 다른 속임수라는 말이 지닌 의미는 분명치 않지만, 아마도 퀜틴으로 하여금 더 멀리 도망갈 수 있는 기회를 주기 때문일 수 있을 것이다. 어쨌든 이 부분은 분노감으로 인해 점점 더 편집 증세를 보이는 제이슨의 모습을 보여 준다.

5 제이슨은 주변 상황Circumstance이 자기편을 들고 있지 않다는

흘끔 쳐다보는 것 같았다. 「너도 꺼져.」 제이슨이 말했다. 「날 막을 생각일랑 말라고.」 이렇게 말하면서 그는 불가 피하다면 전능한 신조차 그의 옥좌로부터 끌어내리고 자 기 수하의 군인들이 보안관을 수갑 채워 끌고 오는 상상 을 했다. 또한 천당과 지옥 간의 전쟁터를 뚫고 나가면서 마침내 도망가는 조카를 붙잡아 오는 모습을 떠올렸다.

남동쪽에서 바람이 불어와 꾸준히 그의 뺨을 스쳤다. 계속 불어오는 이 바람이 그의 두개골까지 스며드는 듯 했다. 불길한 예감이 들어 차를 세운 후, 그는 가만히 앉 아 있었다. 그러곤 손을 목에 갖다 대고 욕설을 퍼붓다가, 차에 앉은 채 쉰 목소리로 속삭이듯 계속 저주를 퍼붓기 시작했다. 오랜 시간 운전해야 할 때 제이슨은 장뇌를 적 신 수건으로 무장했다. 그래서 시내를 벗어나면 수건을 목에 걸친 채 그 냄새를 맡곤 했다. 제이슨은 차에서 내 려 혹시 잊어버리고 쓰지 않은 장뇌가 있나 해서 좌석 쿠 션을 들어 보았다. 양쪽 좌석을 다 찾아봐도 없자 잠시 그 자리에 서서 욕을 퍼부어 대며 자신의 승리감에 오히 려 스스로가 조롱당했다고 생각했다. 그는 차의 문에 기 대어 잠시 눈을 감고 생각했다. 돌아가서 장뇌를 다시 가 져오거나 그냥 가거나 둘 중 하나였다. 두 경우 다 머리 가 깨질 일이었다. 집으로 가면 분명 구할 수 있겠지만, 가게 문을 닫는 일요일이기에 그냥 운전해 간다면 구할

것을 보여 주기 위해 〈상황〉을 군대 주둔지의 이름으로 표현한다.

수 있을지 확신할 수가 없었다. 그렇지만 집으로 돌아갈 경우 한 시간 반이나 더 늦게 못슨에 도착할 수 있을 것이다. 「천천히 운전하면 괜찮겠지.」 제이슨이 말했다. 「천천히 운전하면서 딴생각을 하면 되겠지…….」

다시 차에 올라 시동을 걸었다. 「딴생각을 해야지.」 그렇게 말하면서 로레인을 떠올렸다. 그녀와 함께 침대에 누워 있는 상상을 했다. 하지만 그녀 옆에 가만히 누워 자기를 도와서 일을 치르자고 부탁하고 있는 자신을 보았다.[6] 그러다가 다시 돈 생각이 났고, 자기가 여자, 아니 어린년한테 당했다는 생각이 또 떠올랐다. 도둑질한 게 남자였다면 이렇진 않았을 텐데. 게다가 놓친 기회에 대한 보상인 그 돈을, 그리고 엄청나게 고생하고 위기를 겪으며 얻은 그 돈을 도난당했다고 생각하니 견딜 수가 없었다. 놓쳐 버린 일자리를 대신해 주는 상징인데, 더군다나 그걸 계집애한테 도난당했다는 사실이 참기 어려웠다. 제이슨은 계속 차를 밟아 댔다. 불어오는 바람을 피하느라 외투 한쪽으로 얼굴을 가렸다.

제이슨은 자기 운명과 자기 의지라는 서로 충돌하는 힘이 돌이킬 수 없는 교차점을 향해 다 같이 빠르게 다가가고 있다는 것을 알 수 있었다. 그는 더 잔꾀를 쓰기 시작했다. 이번 일을 망치면 안 돼, 하고 스스로에게 다짐

---

6 로레인과 정상적인 관계를 맺지 못하고 특별한 도움이 있어야 관계를 맺을 수 있는 제이슨의 모습을 보여 준다.

했다. 올바른 방법은 단 하나, 다른 선택의 여지가 없으니 그걸 찾아야 한다. 두 연놈은 나를 즉시 알아볼 거야. 그러니 그 녀석이 아직도 빨간 넥타이를 매고 있다면 모르겠지만, 그게 아니라면 우선 퀜틴을 먼저 보게 되는 요행을 바랄 수밖에 없었다. 빨간 넥타이에 운명이 달려 있다고 생각하니 마치 닥쳐올 재앙의 절정인 듯했다. 절정의 냄새가 나는 듯했다. 그 냄새는 씀벅대는 두통보다 더 강하게 다가왔다.

이제 마지막 언덕 꼭대기에 올랐다. 계곡에는 연기가 자욱했고 나무 위로 지붕들과 첨탑 한두 개가 보였다. 언덕을 내려가 속도를 줄이며 마을로 들어갔다. 다시 한번 조심하자고 다짐하며 우선 텐트가 있는 곳을 찾았다. 이제 두통 때문에 앞도 잘 보이지 않았다. 제이슨은 이놈의 두통이 우선 약부터 사라고 자기를 부추기는 그 자체가 자신에게 재앙이라는 걸 알고 있었다. 주유소 사람들이 텐트는 아직 안 쳤지만 철도 대피선 지역에 공연단 차들이 와 있다고 알려 주었다. 그곳으로 차를 몰았다.

현란한 색으로 도색한 풀먼식 객차 두 대가 선로에 서 있었다. 차에서 내리기 전에 먼저 주위부터 정찰했다. 머릿속에서 맥박이 너무 세게 뛰지 않도록 하려고 숨을 가볍게 내쉬려 노력했다. 이제 차에서 내려 객차를 주시하며 기차역 담을 따라 내려갔다. 창문에는 방금 빨아서 널었는지 옷가지 몇 벌이 축 처지고 주글주글한 상태로 걸려 있었다. 한 차량의 승강구 옆 땅바닥에는 간이 의자 세 개가 놓여 있었다. 아무런 인기척이 없다가 지저분한 앞치마를 두른 남자가 승강구 문 앞에 나타났다. 그는 큰 동작을 취하면서 설거지통의 물을 비웠다. 금속 그릇 바닥이 햇빛에 반짝였다. 그런 후 다시 안으로 들어갔다.

제이슨은 이 사람이 두 연놈에게 도망가라고 할까 봐 몰래 잡기로 했다. 그는 이 차에 두 사람이 없으리라는 생각은 전혀 하지 않았다. 거기에 없을 거라든가 아니면 모든 결과가 자신이 먼저 두 연놈을 보느냐 그놈들이 먼 저 자기를 보느냐에 달려 있지 않다거나 하는 생각은 순 리에도 맞지 않고 사건의 전반적 리듬에도 맞지 않다고 보기 때문이었다. 나아가, 필히 먼저 발견해서 돈만 회수 한다면 두 연놈들이 무슨 짓을 했건 상관할 바가 아니었 다. 그렇지 않으면 온 세상 사람들이 다 제이슨 콤슨이 걸레 같은 자기 조카에게 돈을 빼앗겼다는 사실을 알게 될 것이 뻔하기 때문이다.

그는 다시 한번 주위를 둘러본 후 재빨리 그리고 몰래 객차로 다가가 계단을 오른 후 승강구 문 앞에 섰다. 차 량 안은 어두웠고 음식 썩은 냄새가 진동했다. 사내의 모 습이 뿌옇게 보였다. 그는 목소리가 갈라지는 불안한 테 너 톤으로 노래를 하고 있었다. 노인에다가 덩치도 자기 보다 작아 보였다. 차량 안으로 들어가자 사내가 고개를 들어 쳐다보았다.

「누구시오?」사내가 노래를 멈추고는 물었다.

「어디 있소?」제이슨이 다짜고짜 물었다. 「빨리 말해. 침대차 안에 있어?」

「누구 말이오?」사내가 말했다.

「거짓말하지 마.」제이슨이 말했다. 그러면서 뭔가가 어질러져 있는 희미한 곳을 더듬으며 들어갔다.

「뭐라고?」사내가 말했다. 「누구더러 거짓말쟁이라는 거야.」제이슨이 어깨를 붙잡자 사내가 고함을 질렀다. 「이놈이, 뭐야!」

「거짓말 마.」제이슨이 말했다. 「대체 어디 있냐고?」

「이 썩을 놈이.」사내가 말했다. 제이슨에게 붙잡힌 그의 팔은 약하고 가늘었다. 벗어나려고 버둥대다가 몸을 돌려 뒤쪽에 있던 어질러진 탁자 위를 더듬기 시작했다.

「자.」제이슨이 말했다. 「그놈들 어디 있냐고?」

「그래, 내가 말해 주지.」사내가 고함을 질렀다. 「내 고기 칼부터 찾고.」

「자.」그자를 꼼짝 못 하게 붙잡고는 제이슨이 말했다. 「내가 묻잖아.」

「이 자식이.」탁자 위를 더듬거리며 사내가 소리쳤다. 제이슨은 보잘것없는 그자의 분노를 힘으로 제압하려고 양팔을 다 붙들었다. 사내는 나이도 먹고 연약해 보였지만 오로지 칼을 잡겠다는 집념으로 똘똘 뭉쳐 있었다. 제이슨은 그제야 자기가 재앙에 빠졌다는 것을 분명하고도 확실하게 알 수 있었다.

「그만!」 제이슨이 말했다. 「자! 자! 내가 나갈 테니, 흥분하지 말고. 나간다고.」

「나보고 거짓말쟁이라고.」 사내가 울부짖었다. 「내 팔 안 봐. 당장 못 놓겠어. 내가 본때를 보여 주마.」

제이슨은 사내를 잡은 채 정신없이 사방을 두리번댔다. 바깥은 이제 화창한 날씨에 해가 쨍쨍 빛났고 빛이 시시각각 움직이면서 사방이 밝고 텅 빈 듯했다. 예배를 끝내고 교회에서 나와 품위 있는 축제 분위기로 부활절 오찬을 즐기기 위해 조용히 귀가할 사람들의 모습이 떠올랐다. 그리고 호전적이고 분노에 찬 늙은 사내를 붙잡고는 도망칠 틈이 없을까 봐 감히 놔주지도 못하고 있는 자기 모습을 생각했다.

「내가 나갈 동안 가만히 있을 수 없겠소?」 제이슨이 말했다. 「가만히 있으라니까?」 하지만 사내가 버둥대자 잡았던 한 손을 떼고는 사내의 머리통을 갈겼다. 어설프고 성급하게 살짝 때렸건만 순간 사내가 바닥에 넘어졌고, 그릇과 양동이 사이로 미끄러지면서 요란한 소리를 내며 자빠졌다. 제이슨은 그 사내에게 집중하면서 헐떡대며 내려다보다가, 순간 몸을 돌려 밖으로 달려 나갔다. 승강구 문 앞에 잠시 서서 자신을 추스르며 천천히 계단을 내려가 멈춰 섰다. 숨이 턱에 닿아 헉헉 소리가 났고 숨을 고르려고 잠시 사방을 주시했다. 그때 등 뒤에서 뭔가 끌리는 소리가 나기에 뒤를 돌아보니, 그 사내가 녹슨 손도끼를 높이 쳐든 채 격노한 모습으로 승강구에서 어설프게 뛰어내리는 것이 보였다.

제이슨은 도끼를 든 사내의 손을 잡았다. 도끼에 맞은 충격을 느끼진 못했지만 자기가 자빠지고 있다는 걸 알고 이제 모든 게 끝났구나 하고 생각했다. 뭔가가 뒤통수에 와서 부딪치자 그는 이제 내가 죽는구나, 라고 믿었다. 그런데 어떻게 도끼로 내 뒤통수를 때릴 수가 있지? 하는 생각이 들었다. 어쩌면 맞은 지 꽤 시간이 흘렀는데 이제야 느낌이 오는 건지도 모르지. 제이슨은 서둘러, 서둘러, 이제 끝장을 내, 하고 속으로 생각했다. 그런데 그 순간 죽을 순 없다는 격렬한 욕망이 그를 사로잡았다. 갈라진 목소리로 울부짖으며 욕을 해대는 사내의 목소리를 들으면서 제이슨도 힘껏 몸부림쳤다.

사람들이 그를 일으켜 세울 때까지 그는 버둥댔다. 하지만 사람들이 그를 붙잡는 통에 멈췄다.

「피를 많이 흘렸나요?」 제이슨이 말했다. 「내 뒤통수요. 피가 흐릅니까?」 자신이 급하게 끌려 나간다고 느끼는 동안에도 계속 물어봤다. 분노에 찬 사내의 목소리는 점차 뒷전으로 사라지고 있었다. 「머리 좀 봐줘요.」 제이슨이 말했다. 「잠깐만요, 제가…….」

「뭐가 잠깐이에요.」 제이슨을 붙든 사람이 말했다. 「저 빌어먹을 독한 노인네가 당신을 죽이려고 해요. 계속 도망쳐요. 나친 데는 없으니까.」

「저자가 날 쳤어요.」제이슨이 말했다.「나 피 흘리지요?」

「계속 가기나 하라니까.」그 사람이 말했다. 그 사람이 제이슨을 기차역 한구석으로 데려갔다. 급행 화물차가 서 있는 텅 빈 승강장이었는데, 단단한 풀포기들 사이로 꼿꼿이 핀 꽃들이 자리하고 있었고, 불이 들어와 있는 표지판이 서 있었다. 표지판에는 〈못슨에서 👁 을 떼지 마시오〉라고 써 있었는데, 눈이란 글자 대신 전깃불로 표시된 사람의 눈이 그려져 있었다. 그 사람이 이제야 제이슨을 놓아주었다.

「자.」그가 말했다.「이제 여길 떠나 돌아오지 마시오. 대체 뭘 하려는 거요? 자살할 속셈이었소?」

「두 연놈을 찾고 있었어요.」제이슨이 말했다.「그 노인네한테 그놈들이 어디 있냐고 물어본 것뿐인데.」

「누굴 찾는다고요?」

「여자애예요.」제이슨이 말했다.「그리고 사내놈 하나랑. 어제 제퍼슨에서 빨간 넥타이를 맸었어요. 이 공연단 소속이에요. 그놈들이 내 돈을 훔쳐 달아났어요.」

「아.」그가 말했다.「바로 당신이군요. 헌데 그 사람들 여기 없어요.」

「그런 것 같네요.」제이슨이 말했다. 그는 벽에 기대어 뒤통수에 손을 댔다가 다시 손바닥을 쳐다봤다.「피가 나는 줄 알았는데.」제이슨이 말했다.「그 노인네가 도끼로 내 뒷머릴 쳤다고 생각했어요.」

「기차 레일에 머릴 부딪친 거요.」 그가 말했다. 「그냥 가는 게 좋겠어요. 그 사람들 여기 없어요.」

「그래요. 그 노인네도 여기 없다고 했어요. 난 거짓말 하는 줄 알았어요.」

「나도 거짓말하는 것 같소?」 그가 말했다.

「아니요.」 제이슨이 말했다. 「여기 없다는 거 압니다.」

「내가 둘 다 여기서 꺼지라고 했어요.」 그가 말했다. 「우리 공연단에 그런 자가 있으면 안 되지요. 난 부끄럽지 않은 극단을 운영하고 부끄럽지 않은 공연을 합니다.」

「그렇군요.」 제이슨이 말했다. 「혹시 그놈들 어디로 갔는지 아시나요?」

「모릅니다. 알고 싶지도 않고요. 내 공연단원 누구도 그런 짓거린 안 합니다. 당신이 그 여자애…… 오빠입니까?」

「아니요.」 제이슨이 말했다. 「상관없어요. 그냥 그놈들을 만나고 싶었어요. 노인네가 날 치지 않은 게 확실하죠? 내 말은, 피도 안 났고요.」

「내가 그때 거기 안 갔다면 피가 났겠지요. 자, 여길 떠나요. 저 빌어먹을 노인네가 죽이려 들 거예요. 저기 있는 게 당신 찹니까?」

「네.」

「자, 빨리 타고 제퍼슨으로 돌아가요. 걔들을 찾는다 해도 이제 내 공연단에는 없을 겁니다. 전 훌륭한 극단을 운영합니다. 그자들이 당신 돈을 훔쳤다고 했지요?」

「아닙니다.」 제이슨이 말했다. 「이제 아무런 의미도 없어요.」 제이슨이 자기 차로 돌아가 차에 올랐다. 이제 뭘 해야 하지? 그러다가 기억이 났다. 그는 시동을 걸고 길을 따라 올라가면서 약국을 찾았다. 문이 닫혀 있었다. 머리를 약간 숙인 채 얼마 동안 문고리를 잡고 서 있었다. 그러다가 돌아서려는데 어떤 남자가 다가오기에 혹시 이 부근에 문을 연 약국이 있는지 물었다. 문을 연 곳은 없었다. 그러자 제이슨은 다시 북쪽행 기차가 언제 있는지 물었다. 그 남자가 2시 반에 있다고 일러 주었다. 제이슨은 길을 건너가 다시 차에 올라탔다. 잠시 후 지나가는 깜둥이 아이 둘을 보고는 이들을 불러 세웠다.

「너희 중에 운전할 수 있는 아이 있니?」

「있지요.」

「얼마를 주면 지금 당장 제퍼슨으로 나를 태워다 주겠니?」

두 아이는 서로를 쳐다보며 뭐라고 중얼댔다.

「1달러 줄게.」 제이슨이 말했다.

다시 뭐라고 속삭였다. 「그 돈으론 안 돼요.」 한 명이 말했다.

「그럼 얼마 주면 가겠니?」

「너 갈 수 있어?」 한 명이 말했다.

「난 못 가.」 다른 한 명이 말했다. 「별일도 없는데 네가 운전해서 모셔다 드려.」

「나도 할 일이 있어.」

「뭔 일인데?」

둘은 낄낄대며 다시 중얼댔다.

「2달러 주마.」제이슨이 말했다.「너희 둘 중 아무나 가도 돼.」

「난 아무 데도 못 가요.」첫 번째 아이가 말했다.

「알았어.」제이슨이 말했다.「가봐라.」

제이슨은 얼마 동안 그곳에 앉아 있었다. 어디선가 30분을 알리는 시계 소리가 들렸다. 사람들이 부활절 주일 옷을 입고는 지나다니기 시작했다. 지나가는 사람 가운데는 조그마한 차 운전석에 말없이 앉아 있는 제이슨의 모습을, 그들 눈에는 안 보이지만 낡아 빠진 양말 올이 얽히듯 삶이 꼬인 제이슨의 모습을 쳐다보는 사람이 있었다. 잠시 후 작업복 차림의 깜둥이 한 명이 다가왔다.

「제퍼슨으로 가고 싶다는 분이세요?」그가 물었다.

「그런데.」제이슨이 말했다.「얼마에 갈래?」

「4달러요.」

「2달러 줄게.」

「4달러 아래론 안 돼요.」차에 앉은 제이슨은 아무 말도 하지 않았다. 깜둥이에게 아예 눈길도 주지 않았다. 깜둥이가 말했다.「좋아요, 싫어요?」

「알았다.」제이슨이 말했다.「타거라.」

제이슨이 조수석으로 옮기자 그 깜둥이 녀석이 운전대를 잡았다. 제이슨은 눈을 감았다. 제퍼슨에 가면 무어라도 구할 수 있을 거다, 흔들리는 차에 몸을 맡기며 제이슨은 생각했다. 무언가 구할 수 있을 거야. 차는 평화롭게 집으로 돌아가 주일 오찬을 즐기려는 사람들이 걸어가는 길을 따라 달려갔다. 하지만 그는 마을을 벗어나면서도 벤과 러스터가 부엌 식탁에서 먹다 남은 찬 음식을 먹고 있을 집에 대한 생각은 전혀 하지 않았다. 무언가 ─ 어떠한 악행이 항구적으로 저질러진다 해도 재앙이나 위험이 없다는 것 ─ 가 제이슨으로 하여금 제퍼슨을 잊게 만들었다. 그가 이전에 봐왔던 마을, 그리고 자기의 삶이 다시 시작되어야 하는 그 도시를 잊게 한 것이다.

벤과 러스터가 식사를 마치자 딜지는 둘을 밖으로 내보냈다. 「4시까지 벤 울리지 말고 잘 보고 있어라. 그때가 되면 티피 삼촌이 돌아올 거다.」

「알겠어요.」 러스터가 말했다. 둘은 밖으로 나갔다. 딜지는 식사를 마치고 부엌을 치웠다. 그런 다음 계단 앞에 가 귀를 기울였다. 아무 소리도 들리지 않았다. 부엌으로 돌아와 문밖으로 나가 계단 위에 멈춰 섰다. 벤과 러스터가 보이지 않았다. 가만히 있는데 지하 창고 문 쪽에서 둔탁하게 퉁 하는 소리가 들려왔다. 가서 보니 아침에 봤던 장면이 다시 재현되고 있었다.

「그 사람도 이런 식으로 했는데.」 러스터가 말했다. 그는 실망하면서도 희망을 갖고 아무 움직임이 없는 톱을 쳐다보았다. 「이걸 뭘로 치는지 몰라서 그래.」 러스터가 말했다.

「거기서도 못 찾을 거다.」 딜지가 끼어들며 말했다. 「벤 데리고 햇볕 있는 데로 나오너라. 축축한 바닥에 있다가 폐렴 걸리면 안 돼.」

딜지는 둘이 마당을 지나 울타리 가까이 삼나무숲으로 가는 모습을 지켜보다가 오두막집으로 갔다.

「또 울기만 해봐.」 러스터가 말했다. 「오늘 너 때문에 고생만 실컷 했어.」 그곳에는 밀가루 통의 널빤지를 철사로 엮어 만든 해먹이 있었다. 러스터가 흔들거리는 해먹에 누웠다. 벤은 멍하니 아무런 생각 없이 그저 걸어갔다. 그러다가 다시 낑낑대기 시작했다. 「이제 뚝.」 러스터가 말했다. 「그러다가 맞는다.」 러스터가 다시 해먹에 누웠다. 벤이 멈춰 섰다. 하지만 계속 낑낑거렸다. 「그만하지 못해?」 러스터가 말했다. 해먹에서 일어나 따라가 보니 작은 흙무덤 앞에 벤이 쭈그리고 앉아 있었다. 흙무덤 양쪽 끝에는 한때 독약을 담던 파란색 빈 유리병이 놓여 있었다. 병 하나에는 축 시들어 버린 흰독말풀이 담겨 있었다. 그 앞에서 느릿하게 분명치 않은 소리로 끙끙대며 벤이 앉아 있었다. 계속 신음 소리를 내며 멍하니 무언가를 찾다가 나뭇가지 하나를 찾아 다른 병에 꽂았다. 「조용히 하지 못해.」 러스터가 말했다. 「정말로 낑낑거리게 해줄까? 자, 이건 어때.」러스터가 무릎을 꿇고 앉았더니 별안간 병을 집어 등 뒤로 숨겼다. 벤은 신음 소리를 멈추곤 엎드려서 병이 있던 움푹 들어간 자리를 쳐다보았다. 벤이 크게 숨을 들이켜려는 순간 러스터가 병을 다시 앞으로 가져왔다. 「쉿!」러스터가 말했다. 「소리 질러 봐! 안 그럴 거지. 여기 있네. 그렇지? 근데 여기 있다가 또 소리 지를 거지. 자, 저기 사람들이 공 치기 시작했는지 보러 가자.」벤지의 팔을 잡아끌며 둘은 울타리 쪽으로 향했다. 같이 나란히 서서 아직 꽃이 피지 않은 채 뒤엉켜 있는 인동덩굴 사이로 들여다보았다.

「저기.」러스터가 말했다. 「몇 명 온다. 보여?」

네 명이 운동을 하면서 그린 위로 왔다가 다시 티 박스로 가서 드라이브를 치는 모습이 보였다. 벤은 낑낑대고 침을 흘리면서 바라보았다. 네 명이 움직이자 벤도 울타리를 따라 머리를 흔들고 낑낑거리면서 움직였다. 한 사람이 말했다.

「어이, 캐디. 골프 백 이리 가져오게.」

「벤지, 조용히 해.」러스터가 말했다. 하지만 벤은 휘청거리는 발걸음으로 급하게 따라가더니, 울타리에 매달려 쉰 소리로 필사적으로 울부짖기 시작했다. 그 사람이 공을 치고 앞으로 가자, 울타리가 직각으로 휠 때까지 벤도 그와 보조를 맞춰 따라갔다. 그러고는 울타리에 매달려 사람들이 멀리 걸어가는 모습을 지켜보았다.

「이제 좀 그만할래?」 러스터가 말했다. 「그만 안 할 거냐고?」 러스터가 벤의 팔을 잡아 흔들어 댔다. 그러나 벤은 울타리에 매달린 채 쉰 목소리로 계속 울부짖었다. 「제발 그만하지 못해?」 러스터가 말했다. 「진짜로 울 거지?」 벤이 울타리 사이로 계속 쳐다보았다. 「그러면 좋아.」 러스터가 어깨 너머로 집 쪽을 잠시 쳐다보다가, 벤에게 중얼거렸다. 「캐디! 자, 소리 질러 봐. 캐디! 캐디! 캐디!」

잠시 후 벤의 울음소리가 서서히 끊어질 무렵, 러스터는 딜지가 부르는 소리를 들었다. 벤의 팔을 잡고는 뜰을 지나 할머니에게로 갔다.

「조용히 안 있을 거라고 제가 말했죠.」 러스터가 말했다.

「이 나쁜 놈 같으니!」 딜지가 말했다. 「또 무슨 짓을 했니?」

「아무 짓도 안 했어요. 저 사람들이 공을 치기 시작하면 애가 울어 대기 시작하는 거예요.」

「이리 와라.」 딜지가 말했다. 「벤지, 이제 뚝.」 하지만 계속 울어 댔다. 그들은 마당을 가로질러 오두막집으로 갔다. 「들어가서 그 신발 가져와.」 딜지가 말했다. 「마님 모르게 해야 한다. 혹 뭐라 그러시면 내가 벤지를 데리고 있다고 해. 자, 가서 제대로 할 수 있겠지.」 러스터가 나갔다. 딜지가 벤지를 침대로 데려가 자기 옆에 끌어다 앉힌 후, 치맛단으로 침을 닦아 주면서 앞뒤로 몸을 흔들며

얼러 주었다. 「이제 뚝.」 딜지가 벤지의 머리를 쓰다듬으
며 말했다. 눈물도 안 나는 울음소리가 느릿하게 그리고
비참하게 들렸다. 하늘 아래 소리 없는 비참함 가운데 가
장 절망적인 소리였다. 러스터가 하얀 새틴 슬리퍼를 갖
고 돌아왔다. 이제 여기저기 구겨지고 더러워져 흰색이
노랗게 바래져 있었다. 슬리퍼를 잡게 해주자 벤이 그제
야 잠시 울음을 멈췄다. 하지만 끙끙대다가 이내 울음소
리가 커졌다.

「너 가서 티피 삼촌 찾을 수 있겠어?」 딜지가 말했다.

「어제 말하길 오늘 세인트존스[7]에 간다고 했는데. 4시
경에 돌아온다고 했어요.」

딜지가 벤지를 안고는 머리를 쓰다듬으며 앞뒤로 몸
을 흔들었다.

「그렇게나 오래, 오 주님.」 딜지가 말했다. 「그렇게나
오래 기다려야 하다니.」

「제가 저 마차를 끌 수 있어요.」 러스터가 말했다.

「모두 죽게 할 셈이냐?」 딜지가 말했다. 「넌 마차만 타면
장난을 치잖아. 네가 마차 잘 모는 건 할미도 알아. 하지만
널 못 믿겠어. 자, 벤지, 뚝」 딜지가 말했다. 「그만 울어.」

「아니요. 절대 장난질 안 해요.」 러스터가 말했다. 「티
피 삼촌이랑 마차 몰잖아요.」 딜지가 벤을 붙잡고 앞뒤로
흔들며 얼러 주었다. 「마님이 그러시는데요, 벤지를 조용

7 제퍼슨(실제로는 옥스퍼드) 북쪽에 위치한 교회.

히 못 시키면 직접 내려와서 조용히 시키겠대요.」

「우리 아기, 그만 울거라.」 벤의 머리를 쓰다듬으며 딜지가 말했다. 「얘, 러스터. 이 늙은 할미를 생각해서 마차를 제대로 몰 수 있겠지?」

「그럼요.」 러스터가 말했다. 「저도 티피 삼촌만큼 잘 몰 수 있어요.」

딜지가 벤을 앞뒤로 흔들어 가며 머리를 쓰다듬었다. 「이 할미도 최선을 다하고 있단다.」 딜지가 말했다. 「하느님도 알고 계실 거다. 자, 가서 마차를 가져오너라.」 몸을 일으키며 딜지가 말했다. 러스터가 서둘러 달려 나갔다. 벤은 아직 울면서 슬리퍼를 안고 있었다. 「자, 뚝 해야지. 러스터가 마차를 가지러 갔어. 널 데리고 묘지에 갈 거다. 네 모자를 가지러 갈 필요는 없겠지.」 딜지가 말했다. 그런 다음 방구석에 있는 무명천으로 만든 커튼을 달아 옷장처럼 쓰는 곳에서 자기가 쓰던 중절모를 가져왔다. 「동네 사람들은 모를 테지만 우리 처지가 이 낡은 모자보다 못하게 됐구나.」 딜지가 말했다. 「어쨌든 너는 주님의 자녀야. 나도 마찬가지지. 주님을 찬양해야지. 자, 여기 있다.」 딜지가 벤에게 모자를 씌운 다음 외투 단추를 채워 주었다. 벤은 계속 울어 댔다. 딜지가 슬리퍼를 빼앗은 뒤, 벤지를 데리고 밖으로 나갔다. 러스터가 다 망가져 한쪽으로 기울어진 마차에 늙은 백마를 매달아 가지고 왔다.

「러스터, 조심해야 한다.」딜지가 말했다.

「네.」러스터가 말했다. 딜지가 벤을 도와 뒤에 앉혔다. 울음을 그쳤다가 다시 끙끙대기 시작했다.

「꽃 때문이에요.」러스터가 말했다. 「잠깐만요, 제가 하나 가져올게요.」

「거기 앉아 있어.」딜지가 말했다. 그녀가 볼 쪽 말굴레 끈을 잡아 말을 움직이지 못하게 했다. 「자, 빨리 하나 갖다 쥐라.」러스터가 집을 돌아 텃밭에 가더니 수선화 한 송이를 꺾어 왔다.

「부러진 건데.」딜지가 말했다. 「멀쩡한 걸로 구해 주지 않고.」

「이거 하나밖에 없어요.」러스터가 말했다. 「교회 장식한다고 금요일에 죄다 꺾었나 봐요. 기다려 보세요, 제가 손 좀 볼게요.」딜지가 말굴레 끈을 잡고 있는 동안 러스터가 나뭇가지를 구해 와 부러진 꽃에 부목 삼아 대고는 끈 두 개로 묶어 벤에게 주었다. 그런 후 마차에 올라타고삐를 잡았다. 딜지는 아직 말굴레 끈을 잡고 있었다.

「가는 길 알지?」딜지가 말했다. 「거리로 나가 광장을 돌아 묘지로 갔다가 집으로 곧장 오는 거다.」

「네.」러스터가 말했다. 「퀴니, 가자.」

「자, 조심해야 해.」

「그럼요.」딜지가 말굴레 끈을 놓았다.

「가자, 퀴니.」러스터가 말했다.

「얘야.」딜지가 말했다.「채찍은 내게 다오.」

「에이, 할머니.」러스터가 말했다.

「이리 줘.」딜지가 바퀴 쪽으로 가서 다시 말했다. 러스터는 마지못해 채찍을 넘겼다.

「그러면 출발을 어떻게 하라고요.」

「걱정 마.」딜지가 말했다.「어떻게 할지는 너보다 퀴니가 더 잘 아니까. 네가 할 일은 가만히 앉아서 고삐나 잡고 있는 거야. 자, 어떻게 가는 줄은 알지?」

「그럼요. 매주 일요일 티피 삼촌이 가던 대로 할게요.」

「이번 일요일도 똑같이 하는 거다.」

「그럼요. 티피 삼촌이랑 백번도 더 몰아 봤잖아요.」

「그럼 그대로 해.」딜지가 말했다.「자, 가봐. 벤지가 다치기라도 하면, 요 깜둥이 녀석, 너 어떻게 되는 줄 알지. 넌 밧줄에 묶인 죄수 신세가 될 테지만, 내가 그 전에 널 거기에 처넣을 거다.」

「네, 할머니.」러스터가 말했다.「가자, 퀴니.」

러스터가 고삐 끈으로 퀴니의 등짝을 치자 마차가 움찔대며 움직이기 시작했다.

「러스터, 이 녀석.」딜지가 말했다.

「이랴, 가자.」러스터가 말했다. 다시 등짝을 쳤다. 땅속에서 우르르 소리가 나며 퀴니가 서서히 진입로를 빠져나가 거리로 들어섰다. 러스터는 발을 앞으로 잠시 들었다가 서서히 떨어지게 하는 식으로 퀴니를 달리게 했다.

벤도 울음을 그쳤다. 부목을 댄 꽃을 세워 잡은 채, 침착하면서도 무어라고 표현할 수 없는 눈길을 던지며 자리 한가운데 앉아 있었다. 바로 앞에 앉은 러스터가 총알 모양의 머리를 돌려 계속 흘끔대며 뒤를 돌아봤다. 집이 시야에서 사라지자 길옆으로 마차를 세우더니 벤이 보는 가운데 잠시 내려 울타리에서 회초리 하나를 꺾어 왔다. 퀴니는 고개를 숙인 채 풀을 뜯고 있었다. 러스터가 다시 올라타더니 고삐를 틀어 퀴니의 머리를 잡아당기며 다시 움직이게 했다. 그런 다음 팔을 쭉 펴서 회초리와 고삐를 높이 잡아 뽐내는 자세를 취했지만 활기 없는 퀴니의 말발굽 소리와 퀴니의 몸에서 울려 나오는 오르간의 낮은 음과 같은 소리하고는 도무지 잘 어울리지 않았다. 자동차가 옆을 지나가고 사람들도 지나갔다. 한번은 어린 깜둥이 녀석들 한 무리가 지나가며 말했다.

「야, 러스터. 어디 가니? 묘지에 가?」

「그래.」 러스터가 말했다. 「너희들 가는 깜둥이들 묘지 말고. 이랴, 이 코끼리 같은 녀석아, 달리자.」

광장 가까이에 가자, 비가 오나 바람이 부나 대리석 손을 눈 위에 대고 공허한 시선으로 어딘가를 쳐다보는 자세로 서 있는 남군 동상이 나타났다. 러스터는 한술 더 떠 광장을 둘러보며 둔한 퀴니를 회초리로 한 대 내리쳤다. 「저기 제이슨 나리 차가 있네.」 러스터가 말했다. 그리고 또 다른 무리의 깜둥이를 발견했다. 「벤지, 저놈들

한테 신분 높은 백인들이 어떻게 하는지 보여 주자.」러
스터가 말했다. 「어때, 벤지?」뒤를 돌아보니 손에 꽃을
잡은 채 공허하고 차분한 눈으로 앞만 바라보는 벤지가
앉아 있었다. 러스터가 다시 회초리로 퀴니를 때리며 동
상 왼쪽으로 마차를 몰았다.[8]

한순간 완전한 단절감에 빠진 벤이 울부짖기 시작했
다. 울부짖고 또 울부짖으면서 목소리가 점점 더 커졌다.
이제 숨 쉴 틈도 없이 울어 댔다. 그것은 놀란 정도가 아
니라 공포감 그 자체였다. 눈도 없고 혀도 없는 고통의
충격이었다. 오로지 소리만 들렸다. 러스터도 한순간 눈
의 흰자위가 커지면서 휘둥그레졌다. 「이런.」러스터가
외쳤다. 「조용히 해! 조용히 하라고! 이런, 세상에!」러스
터는 회초리로 퀴니의 등짝을 때리며 다시 마차를 몰았
다. 회초리가 부러지자 바닥에 버렸다. 벤의 울음소리가
이제 믿을 수 없을 정도로 크게 들려왔고 러스터는 고삐
끈을 부여잡은 채 몸을 앞으로 숙였다. 그때 제이슨이 광
장을 가로질러 달려와 마차에 올라탔다.

제이슨은 손등으로 러스터를 후려치며 그를 옆으로
밀쳤다. 이내 말고삐를 잡고는 퀴니를 이리저리 앞뒤로

8 첫 번째 장에서 딜지는 아들 티피에게 벤지를 태운 마차를 곧장
몰아야지 장난치면 안 된다고 경고한 바 있다. 항상 동상을 오른쪽으로
도는 벤지에게 반대쪽으로 말을 모는 러스터의 장난질은 모든 질서를
무너뜨리게 된다. 제이슨이 동상 오른쪽으로 말을 몰자 모든 질서가 회
복되고, 벤지도 평정심을 되찾게 된다.

움직였다. 그리고 고삐를 겹쳐 잡아 퀴니의 엉덩짝을 때렸다. 고통에 찬 벤의 쉰 목소리가 들리는 와중에도 그는 방향을 틀어 퀴니를 다시 동상 오른쪽으로 돌게 만들었다. 그런 다음 주먹으로 러스터의 머리통을 후려쳤다.

「벤지를 태우고 동상 왼쪽으로 돌 만큼 생각이 없어?」 제이슨이 소리쳤다. 그리고 뒤로 돌아 벤을 후려쳤다. 그 바람에 꽃줄기가 다시 부러졌다. 「닥쳐!」 제이슨이 말했다. 「닥치라고!」 고삐를 당겨 퀴니를 세우더니 제이슨이 마차에서 내렸다. 「당장 집에 데려가. 다시 한번 쟤랑 집 밖으로 나오면, 내 손에 죽을 줄 알아.」

「예, 알았어요.」 러스터가 말했다. 그는 고삐를 잡고는 고삐 끈으로 퀴니를 때렸다. 「이랴! 이랴! 벤지, 제발 좀.」

벤의 목소리가 점점 더 커지고 있었다. 퀴니가 다시 움직이기 시작했다. 말발굽 소리가 뚜벅뚜벅 일정하게 울리자 마침내 벤도 울음을 그쳤다. 러스터가 등 뒤로 고개를 돌려 흘끔 쳐다보고는 다시 말을 몰았다. 벤의 손에는 부러진 꽃이 그대로 들려 있었다. 건물 처마와 정면의 모습이 왼쪽에서 오른쪽으로 다시 한번 부드럽게 흐르고, 기둥과 나무, 창문과 입구, 간판이 각각 제 위치로 돌아왔다. 벤지의 두 눈은 아무 생각도 없는 듯 푸른색을 띠며 다시 차분해졌다.

콤슨가 사람들과 포크너의 세계

1

1956년『파리 리뷰』봄 호에 실린 한 대담에서 포크너는『고함과 분노』가 어떻게 시작되었느냐는 대담자의 질문에 답하면서, 이 작품이 자신의 머릿속에 그린 한 장의 이미지에서 비롯되었다고 밝힌 바 있다. 이미지 속의 한 소녀는 배나무를 타고 올라가 외할머니의 장례식 장면을 훔쳐보며 나무 아래에 있는 형제들에게 그 모습을 전해 주고 있고, 형제들은 소녀의 진흙 묻은 속옷 엉덩이를 올려다보고 있다. 포크너는 이 이미지에 생명력을 불어넣기 위해 요크너퍼토퍼Yoknapatawpha 카운티와 제퍼슨Jefferson시라는 허구 세계를 미시시피주에 구축했고, 그곳에 거주하는 콤슨가 사람들을 창조한 후 구체적인 지도까지 마련했다. 1936년 출판된『압살롬, 압살롬! *Absalom, Absalom*』을 위해 포크너가 직접 그린 지도에 따르면, 요크너퍼토퍼는 2천4백 평방마일의 면적에 15,611명의 주민이 거주하는 곳으로 되어 있다. 포크너는 이들 주민 가운데 콤슨가 사람들이 누구이며 무슨 일을 하고 있고 소녀의 속옷은 왜 진흙으로 더럽혀져 있었는지 설명해야 한다고 느꼈을 때, 이 이미지에서 비롯된 이야기를 『고함과 분노』라는 장편소설로 확장하게 되었다고 말한다.

이제 제퍼슨시라는 허구적 공간에서 벌어지는 주요 사건들의 시간적 배경을 살펴보기로 하자. 포크너가 그렸던 이미지 속의 소녀인 캐디가 배나무를 타고 올라가 지켜봤던 외할머니 다머디의 장례식은 1898년 여름이다. 막내 벤저민이 선천적인 백치인 것을 알고 그의 이름을 모리에서 벤저민으로 개명시킨 것은 1900년, 그리고 1908년에서 1910년 사이에 캐디는 처녀성을 잃게 된다. 이 시기에 캐디가 찰리라는 남자 친구와 그네에서 성적인 유희를 즐기는 모습을 보고 벤지가 울부짖는다. 또 다른 사건은 1909년 여름경에 있었던 돌턴 에임스와의 성적 관계로, 정황상 돌턴 에임스는 캐디가 낳은 사생아 퀜틴의 아버지로 추측된다. 둘 사이의 관계를 눈치챈 오빠 퀜틴은 직접 담판을 지어 보고자 그를 만나지만, 오히려 그의 남성적인 모습에 반하게 된다. 퀜틴은 그와 캐디의 부적절한 관계를 감추고 여동생을 보호해 주려고 캐디와 사랑을 나눈 것이 동네 놈팡이가 아니라 바로 자기라고 아버지에게 고백한다. 사생아를 임신한 사실을 숨긴 채 캐디가 허버트 헤드와 결혼하는 건 다음 해인 1910년 4월 25일이다. 1892년생인 캐디는 결혼 당시 열여덟 살이 되는 셈이다. 두 번째 장의 시간적 배경이기도 한 1910년 6월 2일 하버드생인 퀜틴은 찰스강에 투신자살한다. 전후의 시간적 맥락에서 볼 때 캐디의 사생아인 퀜틴은 1911년 1월경 태어난다. 과음으로 인한 아버지 콤슨의 죽음은 1912년, 콤슨 부인이 벤지와 함께 남편과 큰아들의 무덤을 방문한 해는 1912년부터 1914년 사이다. 딜지의 남편인 로스커스는 1915년 사망한다. 그러나 이 모든 주요 사건들은 시간순으로 등장하는 것이 아니라 등장인물의 의식 흐름 속에서 마구 뒤섞여 떠오르게 된다. 선천적 백치인 벤지에게 이 모든 사건은 청각, 후각, 미각 등 오감과 기타 감각적인 연관성으로 연결되며, 이지적 능력이 탁월한 하버드 대학생 퀜틴에게는 감성보다는 이성적인 사고에 바탕을 둔 흐름으로 전개된다. 그렇기 때문에 퀜틴에게서는 벤지보다 더 복잡한 의식의 흐름이 전개된다. 그나마 독자들로 하여금 시간의 흐름을 붙잡을 수 있게 해주는 것은 세월의 흐름에 따라 벤지를 돌보는 이가 버시, 티피, 러스터로 바뀐다는 점이다. 벤지가 아주 어린 시절에는 버시가 등장하고, 작품의 현재 시점인 1928년 4월 6, 7, 8일, 즉 세 번째, 첫 번째, 네 번째 장에서는 러스터가, 그 사이에는 러스터의 삼촌인 티피가 주로 벤지를 돌보는 이로 등장한다.

소설의 첫 번째 장은 1928년 4월 7일로 1895년 4월 7일 태어난 벤지의 서른세 번째 생일날이자, 부활절 바로 전날인 성 토요일이다. 이 장은 이제 서른세 살이지만 자기를 둘러싼 주위 사건들에 대해 단지 일어난 것만을 알 뿐 왜 일어났는지, 그리고 사건들 간에 어떤 연관이 있는지 아무런 설명을 할 수 없는 백치인 벤지의 시선으로 전개된다. 소설의 첫 문장은 이렇게 시작한다. 〈울타리를 휘감아 핀 꽃 사이로 사람들이 치는 모습이 보였다.〉 사건들 간의 인과 관계를 알지 못하는 벤지이기에 사람들이 무엇을 치는지, 그리고 치는 사람들이 누구인지도 알지 못한다. 포크너는 머릿속에 그렸던 첫 이미지를 백치의 시선으로 전달하는 것이 효과적이라 생각했다고 말하면서, 그런 이유에서 단편으로 구상된 이 작품의 처음 제목도 〈황혼twilight〉으로 정했었다고 밝혔다. 시간의 흐름에 대해 이성적인 이해가 불가능한 벤지에게는 주위에서 벌어지는 사건들이 낮 시간도 아니고 저녁 시간도 아닌, 어슴푸레한 황혼의 시공간으로만 존재한다. 그렇기에 벤지에게는 과거, 현재, 미래로 흘러가는 단선적인 시간의 흐름이 별다른 의미를 갖지 못한다. 단선적인 시간의 흐름 대신 벤지는 자신이 느끼는 감각의 흐름으로 시간을 받아들인다. 그에게는 현재가 과거 속 현재

일 수도, 과거가 현재 속 과거일 수도 있다. 이제는 골프장이 되어 버린 벤지의 유년 시절 목장은 캐디라는 존재로 인해 그의 의식 속에서 동시대에 존재하게 된다. 그렇기에 현재의 골프장에서 골퍼들이 〈캐디〉 하고 부르는 소리를 듣고 벤지는 과거 시절 자신을 따뜻하게 품어 주었던 캐디 누나를 현재로 소환한다. 울타리를 기어 나가다가 못에 걸린 현재는 다시금 과거의 어느 겨울날 못에 걸린 자신을 풀어 주던 캐디에게로 연결된다.

하지만 이런 벤지에게는 현재에 묶여 살아가는 사람들이 전혀 느끼지 못하는 특별한 능력이 있다. 세 살짜리 백치의 지능만을 갖고 있지만 그는 냄새로 사람이 죽는 것을 알아차리고, 캐디 누나가 순결을 잃은 상태로 귀가한 것을 직감적으로 알아차린다. 그는 순결을 잃은 캐디를 방에서 몰아내 화장실로 보낸다. 캐디가 몸을 씻고서 다시 순결하게 되기를 바라는 몸짓인 것이다. 딜지의 남편 로스커스가 말하듯이, 벤지는 〈우리가 생각하는 것보다 훨씬 더 많이 알고 있〉을 뿐 아니라, 어찌 보면 어슴푸레한 황혼의 시공간에서 벌어지는 일들을 가장 정확히 인지하고 느끼는 인물일 수도 있다.

포크너는 이러한 황혼의 모습을 다양한 시점으로 보여 주기 위해, 두 번째 장은 큰아들인 퀜틴의 시선으로, 세 번째 장은 둘째 아들인 제이슨의 시선으로, 그리고 마지막 장은 3인칭인 객관적 시점으로 그리면서, 동시에

이 집의 흥망성쇠를 끝까지 지켜보며 집안을 돌본 흑인 하녀 딜지의 시선을 중심으로 콤슨 가문의 모습을 그려 낸다. 포크너가 최종적으로 작품 제목을 〈고함과 분노〉로 정한 시점이 정확하게 언제인지는 알 수 없지만, 한 장의 이미지에서 출발해 「황혼」이라는 단편으로 성장한 이 작품은 점차 분량이 늘어나 결국 『고함과 분노』라는 장편소설로 출간된다. 이 작품에 엄청난 에너지와 애정을 쏟아부은 포크너는 작품을 완성한 후 콤슨가의 전후 역사를 밝혀 주는 「콤슨가 사람들 1699~1945Compson 1699~1945」라는 부록까지 출간했다.

무의식중에 〈고함과 분노〉라는 제목을 떠올렸다고 말하는 포크너는, 후에 생각해 보니 맥베스가 죽기 전에 남긴 독백이 이 소설의 제목으로 적합할 뿐 아니라 더 나았다고 밝힌 바 있다. 왕위를 찬탈하기 위해 왕을 살해하면서까지 욕망을 채우려 했던 맥베스는 그 욕망의 대가로 죽음을 맞게 되자, 인생은 바보 천치가 고함치고 화를 내면서 떠들어 대는 아무 의미 없는 이야기일 뿐이라고 울부짖으며 생을 마감한다. 맥베스의 마지막 독백처럼 『고함과 분노』는 1928년 4월 7일, 십자가에 매달린 서른세 살 예수의 부활 바로 전날인 성 토요일 아침, 서른세 살 먹은 천치의 아무 의미 없는 고함 소리와 울부짖는 소리로 첫 장이 시작된다. 포크너가 제목을 끌어온 것에서도 알 수 있듯이, 두 작품은 여러 면에서 서로 공명한다. 맥

베스의 독백을 떠올리면서 이 작품의 전반적인 내용을
따라가 보자.

2

　내일, 내일, 또 내일이
　기록된 시간의 마지막 순간까지 매일 조금씩 다가
가고
　모든 지난날들은 우리 같은 바보들에게 흙먼지가
되어 죽음으로 돌아가는 길을
　비춰 주었다. 꺼져라, 꺼져라, 짧은 촛불이여!
　인생은 한낱 걸어다니는 그림자에 불과한 것,
　무대 위에서 뽐내기도 하고 초조하게 떠들기도 하
지만.
　그것이 지나면 아무도 알아주는 이 없는
　가련한 배우에 지나지 않는다. 그것은 고함과 분노
로 가득 찬,
　천치가 떠들어 대는 아무 의미 없는 이야기일 뿐이다.

　죽음을 목전에 둔 맥베스가 시간의 덫에서 벗어나 무
언가를 이루고자 욕망했던 자신의 어리석은 삶을 돌아보
며 회한에 젖어 고백하는 공간적 배경이 스코틀랜드였다

면, 『고함과 분노』는 남북 전쟁에서 패배한 후 정신적·도
덕적 붕괴 현상을 겪는 미국 남부의 미시시피주를 배경
으로 삼아 몰락해 가는 콤슨 가문의 이야기를 다룬다. 맥
베스가 혼자 떠들며 후회했던 의미 없는 삶을 말 그대로
체현한 인물은 두 번째 장의 화자로 등장하는 콤슨가의
장남 퀜틴 콤슨이다. 그는 맥베스 못지않게 인간을 서서
히 죽음의 길로 몰아가는 시간의 덫에 걸려 삶을 마감한
다. 시간의 덫에서 벗어나려는 그의 노력은 가히 애처로
워 보일 정도다. 시간의 덫에서 벗어나 보고자 그는 시계
앞면 유리를 깨뜨려 시침과 분침을 비틀어 빼내 보기도
하고, 시간을 알려 주는 종소리를 듣지 않으려고 전차를
타고 보스턴 시내를 벗어나 보기도 한다.

퀜틴이 자살하던 그날, 죽음을 목적에 둔 사람들이 그
러하듯 그는 이제까지 그가 직면했던 모든 사건들을 주
마등 스쳐 지나가듯 떠올린다. 벤지에게 있어서 시간의
흐름이 감각의 흐름으로 다가왔다고 한다면, 퀜틴에게
있어 시간은 피해야 할 대상이기도 하지만 자신이 이지
적으로 재구성해 나가는 대상이기도 하다. 수시로 앞뒤
시간의 순서가 바뀌는 의식의 흐름으로 인해, 퀜틴의 대
사는 한 문장 안에 세 가지 사건이 동시에 등장하기도 하
고, 문장 부호가 전혀 없이 급하게 전개되기도 한다. 독
자들이 이러한 퀜틴의 의식을 좇기란 여간 힘든 게 아닐
것이다. 퀜틴의 의식이 한순간 네댓 번이나 시점을 바꾸

며 흘러가는 예를 하나 들어 보기로 하자.

　　……속이 울렁거려 가만히 앉아 있곤 했다. 우린 앉은
채 몸을 움직였다. 너 때문에 창자가 다 울렁대. 캐디가 한
순간 문 앞에 서 있었다. 울부짖는 벤지. 늘그막에 얻은 내
아들 벤저민이 울고 있네. 캐디! 캐디!
　　나는 집 나갈 거야. 벤지가 울기 시작하자 캐디가 가서
달랬다. 뚝. 안 나갈게. 뚝. 벤지가 뚝 그쳤다. 딜지.

　　처음 장면은 어린 시절 수업이 끝나기를 기다리다가
퀜틴이 느꼈던 울렁거림을 떠올린다. 울렁거리는 느낌은
여자 친구인 내털리와 앉아서 성적 유희를 즐기던 시절
창자가 요동칠 정도로 울렁거렸던 기억으로 연결되고,
성적 유희에 대한 죄책감은 여동생 캐디가 처음 처녀성
을 잃고 집에 돌아왔던 시점으로 연결된다. 그리고 냄새
나 느낌으로 이를 알아차리고 울부짖던 벤지, 그리고 다
시 벤지가 모리라는 이름에서 야곱이 늦게 얻은 아들의
이름인 벤저민으로 이름을 바꿨던 시점으로 흘러간다.
자기 오빠의 이름을 따서 막내아들의 이름을 모리로 지
었다가 그가 백치라는 것을 알게 된 콤슨 부인은, 자신의
가문을 욕되게 한다고 생각해서 그의 이름을 벤저민으로
바꾼다. 그리고 그 순간 울고 있는 벤저민을 달래던 캐디
와, 다머디 할머니가 돌아가신 날 집을 나갈 거라고 말하

던 캐디를 떠올린다. 이렇듯, 학교 장면이 성적 유희의 장면으로, 다시금 캐디의 처녀성 상실의 순간으로, 이 때문에 울부짖던 벤지와 그의 개명 시점으로, 그리고 다시 마지막으로 다머디 할머니가 돌아가신 날로 연결되는 퀜틴의 의식을 좇기란 여간 힘든 일이 아니다.

시간에 대해 퀜틴이 품는 강박 관념은 자신의 그림자에 대해 느끼는 강박 관념으로 연결된다. 이는 어디를 가든 자신을 따라다니는 그림자가 그 길이를 통해 실상 시간을 알려 주는 전위병 역할을 하기 때문이다. 아침 무렵 길게 늘어지는 그림자는 해가 머리 위에서 비치는 정오 무렵에는 거의 사라졌다가 저녁 시간이 되면 다시금 등장해 퀜틴에게 현재의 시간을 짐작하게 해준다. 퀜틴은 그림자를 피해 보려고 필사적으로 노력한다. 그는 자신을 따라다니는 그림자를 물속에 익사시키려고 물에 비친 그림자 위에 무거운 다리미 그림자를 올려놓기도 하고, 정오 무렵에는 자신의 그림자를 짓밟아 보기까지 한다. 하지만 아버지 제이슨 콤슨이 말한 대로, 인간이 시간과 싸워 이기려고 해서는 안 되며 시간과 싸워 이겨 본 자도 없다는 사실을 절감할 뿐이다. 이 싸움터는 인간의 어리석음과 절망만을 보여 줄 뿐이라는 아버지의 냉소적인 말들이 의미하는 바를 깨닫게 되는 순간, 그는 결국 모든 시도를 포기하고 강에 투신자살하게 된다.

퀜틴의 의식을 점령한 가장 지배적인 강박 관념은, 자

신이 여동생 캐디의 순결성을 지켜 내야 한다는 의무감과 더불어 그렇게 함으로써 콤슨 가문의 명예를 지켜야 한다는 왜곡된 책임감이다. 그는 자신이 여동생 캐디의 순결성을 지켜 내고자 하는 건지, 아니면 동생에 대해 왜곡되고 부정한 애정을 품고 있는 건지도 구분하지 못한다. 자살을 시도한 날 오후 내내 퀜틴의 팔꿈치 아래서 그를 따라다니던 이탈리아 소녀에 대한 그의 이중적인 감정은 결국 그를 〈누구라도 딸을 맡길 수 있는 사람〉에서 어린 이탈리아 소녀에게까지 〈부정한 짓〉을 저지를 수 있는 변태적인 인물로 의심받게 만든다. 이는 여동생 캐디에 대한 그의 모순된 태도를 상징적으로 보여 준다. 캐디의 속옷 엉덩이에 진흙이 묻는 것조차 싫어했던 퀜틴은 캐디의 성적 충동이 실현되는 숲속 공간을 피하고, 그곳에서 스며 나오는 인동덩굴 냄새를 극도로 싫어한다. 그는 캐디가 이 숲속 공간에서 행한 일로 사생아를 갖게 되자 이를 자기와의 사랑으로, 즉 근친상간이라고까지 말하면서 캐디의 임신 사실을 덮고 이에 대해 책임지려 한다. 하지만 그는 캐디를 보호하려는 책임감과 여동생에 대한 자신의 일탈적인 사랑 사이에서 방황하고 있다.

청교도적이면서 위선적인 퀜틴의 이중적인 태도는 내틸리와의 일탈 행위를 통해서도 나타난다. 그는 캐디에게는 절대로 해서는 안 된다고 말하는 성적인 일탈 행위를 내틸리에게 강요하며 변태적인 사랑놀이에 빠진다.

캐디의 사생아인 퀜틴의 아버지로 추정되는 인물인 돌턴 에임스에게 느끼는 감정 또한 이중적인 모습을 취한다. 퀜틴은 캐디가 일탈 행위를 저지르는 상대인 돌턴 에임스를 만나 그를 살해하겠다고 협박까지 하지만, 한편으로는 그의 남성다운 모습을 부러워하며 동경하기도 한다. 이런저런 강박 관념에서 벗어나지 못한 그는 결국, 1910년 6월 2일 걸어다니는 그림자 같은 인생, 자기의 역할을 마치면 아무도 거들떠보려 하지 않는 불쌍한 배우 같은 인생을 스스로 마감하고 만다.

시간의 덫에서 벗어나지 못한 채, 고함과 분노로 가득 찬 아무 의미 없는 이야기일 뿐인 삶을 자살로 마감하는 인물이 퀜틴이라고 한다면, 남동생 제이슨은 오히려 시간에 쫓기며 사는 인물이다. 자신의 야욕을 성취하기 위해 왕을 죽이고 왕위도 찬탈했던 맥베스처럼 눈앞에 보이는 사익을 추구하며 앞만 보고 달려가는 인물이다. 죽는 순간 삶에 대한 회한에 싸여 자신의 어리석음을 고백하는 맥베스와는 달리, 그는 마치 삶이 원래 그렇다는 것을 알고나 있는 듯이 행동한다. 그에게 시간이 갖는 유일한 의미는 바로 돈벌이 수단이라는 것이다. 그가 시간에 쫓기는 이유는 바로 돈을 쫓기 때문이다. 그는 집안의 살림을 책임진다는 명분하에 주위의 모든 사람들을 돈으로 매김질 한다. 집에서 밥만 축내는 벤지는 당연히 세금을 내는 시민에게 무상으로 제공해 주는 주립 정신 병원에 집어넣어야 하고, 부엌에서 밥이나 축내는 깜둥이 노예들도 이제는 다 내쫓아야 한다는 게 그의 삶의 방식이다. 그에게는 사랑이니 결혼이니 가족이니 하는 것을 생각할 여유가 없다. 〈한번 화냥년은 영원히 화냥년〉이라고 여기는 제이슨에게 캐디나 캐디의 사생아인 퀜틴은 단지 집안의 명예와 재산을 축내는 기생충 같은 인물일 뿐 가족이 아니다. 그러면서도 정작 자신은 평생 시간을 같이 공유할 사람인 아내를 구하기보다는, 자신의 돈을 기다리며 복종하고 사는 〈화냥년〉 같은 여자로 만족해한다. 또한 캐디의 이혼 때문에 허버트가 자신에게 약속했던 직장을 잃게 되자 캐디가 딸에게 보내 주는 모든 돈을 가로챌 뿐 아니라, 어린 딸을 보고 싶어 하는 캐디에게 그 조건으로 돈을 요구하기도 한다. 하지만 철저한 물질주의자로서 시간에 쫓기며 돈만 추구하던 그의 욕망은 한순간에 물거품이 되고 만다. 성 토요일 밤 퀜틴은 엄마 캐디가 자신에게 보낸 돈을 숨겨 놓은 외삼촌의 방에 몰래 들어가서 이를 훔친다. 그리고 이 돈을 갖고 남자 친구인 공연단원과 함께 사라진다. 다머디 할머니가 돌아가신 날, 오빠와 동생이 자신의 진흙 묻은 속옷 엉덩이를 쳐다보고 있는 가운데 엄마 캐디가 올라갔던 그 배나무를, 그로부터 30년 후 그녀의 딸인 퀜틴이 타고 내려와, 부활절이 시작되는 날 새벽 외삼촌 제이슨의 돈을 갖고 야반도주한 것이다.

하지만 제이슨의 이러한 왜곡된 삶의 방식은 그만의 책임이라기보다 콤슨 집안의 내력일 수도 있다. 가문에 대한 허위의식에 젖은 콤슨 부인은 자신의 친정 집안인 배스콤 가문에 대한 자부심 때문에, 속 썩이는 자식들은 모두 콤슨 가문으로 여기고 둘째 아들인 제이슨만을 배스콤 가문이라 말하며 두둔해 왔다. 그렇기에 큰아들 퀜틴이 자살한 사실이 알려지는 것이 두려워 쉬쉬하고, 성적으로 문란한 생활을 하다 결국 사생아를 낳은 딸 캐디를 모성애로 보호하기보다 그러한 방탕한 생활이 제이슨에게 전염이라도 될까 봐 전전긍긍한다. 게다가 캐디의 사생아 퀜틴이 혹시라도 엄마의 행실을 빼닮을까 봐, 그리고 이런 사실이 외부로 알려져 가문에 먹칠을 하게 될까 봐 두 모녀가 만나는 것조차 철저하게 막는다. 자신이 낳은 아들이 선천적인 백치라는 사실을 알게 된 순간, 그에게 붙여 주었던 친오빠의 이름을 다른 이름으로 바꿔 버린 점 역시 마찬가지이다. 자식의 약점이나 탈선을 가문의 수치로 여길 뿐 이들을 애정으로 품지 못하는 그녀의 위선적인 기독교 신앙은, 제이슨으로 하여금 결국 누나인 캐디나 동생 벤지를 수치의 대상으로 여기게 만든다. 자식에 대한 사랑보다 위선적인 자부심을 우선시한 콤슨 부인의 삶이 자식들에게, 특히 그녀가 진정한 배스콤 가문 사람이라며 애지중지하던 제이슨의 삶에 그대로 뿌리내린 셈이다.

그러나 따뜻한 시선으로 모든 것을 지켜보는 콤슨가의 하녀 딜지에게 시간이 갖는 의미는 콤슨가 사람들의 그것과는 전혀 다르다. 그녀에게 시간이란 자신이 조절할 수 있는 대상일 뿐이다. 그녀의 부엌 찬장 벽에 걸려 있는 괘종시계는 바늘이 하나밖에 없을 뿐 아니라 시간도 세 시간이나 느리다. 시간에서 벗어나 보고자 시곗바늘을 모두 비틀어 빼내는 퀜틴과는 달리, 딜지에게 시계란 바늘이 하나건 둘이건 별 의미가 없다. 그녀에게 시간이란 그저 흘러가는 대상일 뿐이다. 종소리를 피해 시외로 나가려고 발버둥 치던 퀜틴과 다르게 그녀는 망가진 채 끊임없이 울려 대는 종소리에 전혀 아랑곳하지 않는다. 그러므로 종소리가 다섯 번 울려도 그녀는 8시인 줄 안다. 그녀는 자신에게 주어진 하녀로서의 임무를 묵묵히 수행해 나가는 동시에, 콤슨가의 자식들을 모두 키워낸다. 자기 자식임에도 불구하고 백치라는 사실을 안 순간 이름까지 바꿔 버리고 정을 주지 않는 콤슨 부인과는 달리, 그녀는 벤지를 받아들이고 돌봐 준다. 캐디의 사생아 퀜틴에 대해서도, 어미 없는 어린 피붙이를 어떻게 잘 키울까보다 어떻게 해야 자기 엄마인 캐디를 닮지 않을까 노심초사하는 콤슨 부인과는 달리, 정작 그녀를 애정으로 받아 키우는 사람은 딜지이다. 그녀는 콤슨가 사람 하나쯤 더 키우는 것은 별문제가 없다고 하면서, 어린 퀜틴이 잘 곳을 마련해 주고 엄마 역할을 대신한다. 처음부터 끝까지 콤슨가의 흥망성쇠 과정을 지켜본 그녀는, 시간의 흐름에 동참하지 못하고 단절을 고집한 콤슨가 사람들과는 달리, 시간의 시작과 끝을 바라보면서 시간에 몸을 맡기는 인물이다. 부활절 예배를 보기 위해 흑인 교회에 벤지를 데려간 그녀는 초빙 목사의 부활절 설교를 듣고는 이렇게 말한다. 〈난 처음과 끝을 봤단다…… 시작을 봤는데 이제 끝도 봤단다〉라고. 이런 딜지 옆에 앉은 벤지 역시 고함과 분노 대신 〈행복해 보이는 푸른 눈으로 황홀감에 빠져〉 앉아 있다.

3

마지막으로, 우리말로 옮기는 과정에 대한 언급으로 작품 소개를 끝맺고자 한다. 첫 번째 벤지의 장과 두 번째 퀜틴의 장은 워낙 많은 의식과 무의식적 사고가 상호 침투하고 급격한 이성적·감성적 변화와 시공간적 변화가 별다른 단서도 없이 마구 섞여 등장하기에, 원문 자체도 이해하기 어려웠지만 이를 우리말로 옮기는 과정도 만만치 않았다. 그렇기에 작품에 역자 주를 다는 것이 글 읽기에 방해가 된다는 사실을 알면서도 어쩔 수 없이 많은 주석을 달 수밖에 없었다는 점을 밝혀 둔다. 우리말로 옮기는 과정에서 구체적으로 어떤 점이 힘들었는지 몇 가지 예를 들어 설명하는 것이 이 작품의 이해를 위해서도 도움을 줄 수 있을 것으로 생각된다.

앞에서 언급했듯이, 벤지의 경우 모든 사물과 사건을 인지하는 방식이 세 살짜리 아이 수준이기에 내용뿐 아니라 표현 방식이 대부분 비문에다 어색한 문장이었다. 또한 벤지가 내뱉는 대부분의 표현이 단문 형태이기에 우리말로 옮겼을 때 매우 어색했으며, 목적어가 없는 문장이 많았고 등위접속사를 통해 단문을 연결한 경우에도 앞뒤 문장 간에 별다른 인과 관계가 없는 경우가 태반이었다. 골프장의 캐디를 통해 집 나간 누나 캐디를 연상하는 것은 모든 것을 오감의 차원에서 받아들이는 벤지에게는 당연하겠지만, 이를 우리말로 옮길 경우 자칫 독자들에게는 이해하기 어려운 내용으로 다가갈 수도 있었다. 이런 경우 어쩔 수 없이 역자 주를 첨부할 수밖에 없었다. 사물을 표현하는 수준 역시 세 살짜리 어린애이기에 골프장이라는 표현 등 어른의 세계에 등장하는 단어들은 사용할 수가 없어서, 우리말로 옮길 경우 이해하기 쉽지 않은 경우가 많았다. 사물의 움직임을 파악할 경우에도 벤지는 자신의 관점에서 모든 사물을 인지하기에, 자신의 몸이 빙빙 돌 때도 자기가 아니라 세상이 돌아가는 것으로 인지한다. 그렇기에 술에 취해 자빠지는 벤지에게는 〈땅바닥이 계속 엎어졌고〉, 〈소들이 헛간 밖으로 튀어〉나오는 것으로 인식된다. 또한 벤지의 눈에 비친 사물은 그 자체의 움직임으로 표현되기보다 그 위에 떨어지는 빛이 움직이는 것으로 이해된다. 그러므로 마차를 타고 마을 건물을 지나갈 때 벤지는 난데없이 건물에 비친 빛 때문에 그의 주변을 밝은 형체들이 지나가는 것으로 인식한다. 〈양쪽으로 밝은 형체들이 계속 유유히 지나갔고 그 그림자들이 퀴니의 등을 따라 흘러갔다.〉

　벤지가 세 살짜리 수준의 백치가 느끼는 상태에서 사물을 감각적으로 경험한다면, 하버드생 퀜틴은 모든 것을 추상적인 개념의 차원에서 이해하고 받아들인다. 추상적 개념에 바탕을 둔 사고의 변화는 추적하기가 쉽지 않다. 또한 자살 직전의 상황인지라 지나간 과거의 일들이 의식과 무의식 차원에서 주마등처럼 섞여 지나가고, 마치 정신 분열증을 앓는 환자처럼 한 가지 상황이 제대로 끝나기도 전에 다른 상황이 섞여 등장하며, 의식에 대한 통제력을 상실한 상태에서 무의식과 의식이 서로 경쟁하며 드러나기에 벤지의 장보다도 더욱 난해했다. 사물에 대한 감각적 차원의 이해를 표현한 벤지의 경우 시공간적 차원의 변화가 있을 경우 최소한의 단서가 주어졌기에 따라갈 수 있었지만, 퀜틴의 경우는 현실을 받아들이는 방식이 혼란스러운 데다가 자기방어에 집착하기 때문에 따라가기가 더욱 쉽지 않았다. 한 문장 내에서도 시공간적 차원의 변화가 나타나기도 하고, 한 단어가 한 문장을 나타내는 등 비문의 차원을 넘어 파편적인 문장도 자주 등장한다. 강물에 뛰어들어 자살할 시간이 다가올수록 자아에 대한 통제력을 점점 상실해 가면서 퀜틴의 독백은 더욱 미궁에 빠지게 된다. 이런 경우 우리말 번역 자체가 거의 불가능한 경우도 있었다. 게다가 전형적인 지식인의 모습을 취하는 퀜틴이 자기변명을 위해 수많은 지식인들의 말을 끌어오고 있어서, 성경은 물론이고 그리스 신화와 여러 현대 작가들에 대한 인용이 아무런 표시도 없이 부지불식간에 등장하는 경우도 잦았다.

번역을 끝내고 보니 다소 부족한 점들이 여기저기 눈에 띈다. 번역에 있어서의 모든 불찰은 번역자의 역량 부족 때문임을 고백하면서, 독자들의 혜량을 바랄 뿐이다. 우리말 제목을 〈소리와 분노〉로 할지, 아니면 〈고함과 분노〉로 할지 마지막까지 고민을 했다. 최종적으로 〈고함과 분노〉로 정한 것은, 맥베스의 독백에서 끌어온 제목이기에 〈소리〉보다 〈고함〉으로 하는 것이 원문 내용에 더 적합하다고 보았기 때문이다.

끝으로, 이 책의 번역 원전으로는 William Faulkner, *The Sound and the Fury*(New York: W. W. Norton & Company, 2014)를 사용했음을 밝힌다.

2022년 7월
윤교찬

윌리엄 포크너 연보

1897년 출생 9월 25일 미시시피주 뉴올버니에서 아버지 머리 커스버트 포크너Murry Cuthbert Falkner와 어머니 모드 버틀러Maud Butler 사이에서 네 아들 가운데 장남으로 태어남.

1902년 5세 아버지 머리 포크너가 『고함과 분노*The Sound and the Fury*』의 배경 도시인 요크나퍼토퍼Yoknapatawpha 카운티 제퍼슨 Jefferson시의 모델이 되는 미시시피주 라파예트Lafayette 카운티의 옥스퍼드Oxford시로 이주함. 포크너는 이후 여기저기로 이주하긴 했지만 이곳을 평생의 주거지로 삼음.

1907년 10세 외할머니 레일러 버틀러Leila Butler 사망. 〈다머디〉라고 불리던 그녀는 후일 포크너의 작품에 〈다머디〉라는 이름으로 등장하며, 그녀의 죽음은 『고함과 분노』 첫 번째 장의 중심 사건으로 등장함.

1914년 17세 옥스퍼드 출신인 필립 스톤Philip Stone과 교제 시작. 미시피 대학과 예일 대학을 졸업한 필립은 포크너보다 네 살 연상으로, 포크너의 재능을 발견하여 전문 작가가 되는 데 결정적인 영향을 준 인물임. 12월 학업에 흥미를 잃고 고등학교를 자퇴함.

1915년 18세 11학년으로 다시 등록함. 그해 늦가을에 다시 학교를 떠남.

1918년 [21세]　봄, 어린 시절 여자 친구였던 에스텔 올덤Estelle Oldham이 변호사인 코넬 프랭클린Cornell Franklin과 약혼하자, 상심한 나머지 육군에 지원하지만 신장이 작아 거부당함. 다시금 토론토에 있는 영국 육군 보충병으로 지원해 영국 육군 항공대 소속으로 근무함. 6월 중순, 누군가 그의 이름인 Falkner를 Faulkner로 잘못 표기했지만 〈둘 다 괜찮다Either way suits me〉고 말하고는 그 이후로 Faulkner로 쓰기 시작함. 11월 11일 종전 선언으로 12월 초에 옥스퍼드로 돌아옴.

1919년 [22세]　제대 군인에게 주는 특혜로 미시시피 대학에 입학. 8월 『뉴 리퍼블릭*The New Republic*』에 첫 시 「목신의 오후L'Apres-midi d'un Faune」가 게재됨.

1920년 [23세]　11월 미시시피 대학 중퇴.

1921년 [24세]　뉴욕의 서점에서 일하다가 옥스퍼드로 돌아와 미시시피 대학 구내 우체국 국장으로 일함.

1924년 [27세]　10월 우체국 국장 직을 그만둠. 12월 첫 시집 『대리석 목신*The Mable Faun*』 출간.

1925년 [28세]　유럽 여행을 떠나기 위해 루이지애나주 뉴올리언스로 가서 셔우드 앤더슨Sherwood Anderson의 아파트에 거주하며 문인들과 교류를 갖기 시작함. 첫 소설 『병사의 봉급*Soldier's Pay*』과 두 번째 소설인 『모기들*Mosquitoes*』을 완성함. 앤더슨은 초보 작가인 포크너에게 무엇을 다룰지 고민하지 말고 우표딱지만 한 고향 땅을 다루라고 조언했으며, 포크너는 이를 받아들여 고향을 배경으로 하는 글을 쓰기 시작함. 8월 이탈리아, 스위스, 영국, 프랑스를 여행함.

1926년 [29세]　2월 앤더슨의 도움으로 『병사의 봉급』 출간.

1927년 [30세]　4월 『모기들』 출간. 여름, 『고함과 분노』의 배경인 요크너퍼토퍼 카운티를 배경으로 하는 첫 소설 『흙먼지 속의 깃발

Flags in the Dust』집필.

1928년 ³¹세 『고함과 분노』집필 시작. 처음에는 콤슨가의 세 자녀를 중심으로 3편의 단편으로 시작했다가 장편으로 완성함.

1929년 ³²세 『흙먼지 속의 깃발』이 출판사에서 출간을 거절당한 후 작품을 편집, 수정하게 허락하여 1월에『사토리스*Sartoris*』로 출간. 5월 소설『성역*Sanctuary*』초고를 완성함. 에스텔 올덤이 4월에 프랭클린과 이혼하자 6월 20일 옥스퍼드 근교의 교회에서 그녀와 결혼함. 10월『고함과 분노』출간. 소설 『내가 누워 죽어 갈 때*As I Lay Dying*』집필을 시작해 초고 완성함.

1930년 ³³세 10월『내가 누워 죽어 갈 때』출간. 『포럼*The Forum*』에 첫 단편소설「에밀리에게 장미를A Rose for Emily」 발표 후 여러 잡지에 단편소설을 발표함.

1931년 ³⁴세 1월 첫딸 앨라배마Alabama가 출생하나 9일 후 사망함. 2월『성역』출간. 9월「에밀리에게 장미를」등 13편을 실은 첫 단편집『테제 13*These 13*』을 출간해 앨라배마와 부인 에스텔에게 헌정함.

1932년 ³⁵세 2월 소설『8월의 빛*Light in August*』출간. 돈이 필요했던 포크너가 할리우드의 MGM 영화사와 대본 작가 계약을 맺음. 5월 캘리포니아주 컬버시에 도착해 영화감독 하워드 혹스Howard Hawks와 같이 일함. 이후 1950년대까지 간헐적으로 대본 작가로 활동함.

1933년 ³⁶세 4월 시집『녹색 가지*The Green Bough*』출간.

1935년 ³⁸세 3월 소설『파일론*Pylon*』출간.

1936년 ³⁹세 10월 소설『압살롬, 압살롬!*Absalom, Absalom!*』출간.

1938년 ⁴¹세 2월 소설『정복되지 않은 사람들*The unvanquished!*』출간.

1939년 [42세]   1월 소설 『야생 종려나무 *The Wild Palms*』 출간.

1940년 [43세]   4월 〈스놉스 3부작 Snopes Trilogy〉의 첫 작품인 소설 『햄릿 *The Hamlet*』 출간.

1942년 [45세]   5월 서로 연관된 7편의 단편소설이 담긴 『모세여, 내려가라 *Go Down, Moses*』 출간.

1945년 [48세]   10월 비평가 맬컴 카울리 Malcolm Cowley에게 『고함과 분노』의 부록인 「콤슨가 사람들 1699~1945 Compson 1699-1945」를 보냄.

1946년 [49세]   맬컴 카울리가 편집한 선집 『포터블 포크너 *The Portable Faulkner*』 출간. 서문과 해설, 그리고 「콤슨가 사람들 1699~1945」을 붙인 이 출판본이 나오면서 포크너 작품에 대한 관심이 높아짐.

1948년 [51세]   9월 소설 『무덤의 침입자 *Intruder in the Dust*』 출간.

1950년 [53세]   1949년도 노벨 문학상 수상자로 지명되어 1950년 수상자인 버트런드 러셀 Bertrand Russell과 함께 그해 12월에 스톡홀름에서 수상하고 연설함. 명성을 지극히 싫어했던 그는 이런 사실을 집에도 말하지 않아 그의 열일곱 살 된 딸조차 교장실에서 아버지의 수상 소식을 전해 들었다고 함.

1951년 [54세]   『윌리엄 포크너 단편선』으로 전미도서상 수상. 9월 『성역』의 속편인 소설 『어느 수녀를 위한 진혼곡 *Requiem for a Nun*』 출간. 10월 프랑스 정부로부터 레지옹 도뇌르 훈장 수훈.

1954년 [57세]   8월 소설 『우화 *A Fable*』 출간.

1955년 [58세]   『우화』로 퓰리처상과 전미도서상 수상.

1956년 [59세]   9월 알베르 카뮈가 각색한 『어느 수녀를 위한 진혼곡』이 파리에서 연극으로 상연됨.

1957년 60세   5월 〈스놉스 3부작〉의 두 번째 작품 『타운*The Town*』 출간. 버지니아 대학의 레지던스 작가로 강의를 하게 되어 이후 1958년까지 진행함.

1959년 62세   3월 『고함과 분노』가 마틴 릿Martin Ritt 감독에 의해 영화화됨. 〈스놉스 3부작〉의 마지막 작품 『저택*The Mansion*』 출간.

1962년 65세   6월 낙마 사고로 심하게 다친 후 혈전증으로 입원. 마지막 작품이 된 소설 『약탈자들*The Reivers*』 출간. 7월 6일에 심장 마비로 사망. 다음 날 가족 묘지가 있는 옥스퍼드의 세인트 피터스 공동묘지에 묻힘.

1963년   『약탈자들』로 퓰리처상 수상.

열린책들 세계문학 280 고함과 분노

옮긴이 윤교찬 서강대학교 영어영문학과를 졸업하고 동 대학원과 미국 노스캐롤라이나 대학에서 석사 학위를, 서강대학교에서 박사 학위를 받았다. 현재 한남대 영어교육과 교수로 재직 중이며 19, 20세기 미국 소설, 탈식민주의 문학 이론, 문화 연구, 영문학 교육 등에 관심을 가지고 연구 중이다. 옮긴 책으로 『허클베리 핀의 모험』, 『문학비평의 전제』, 『젠더란 무엇인가』(공역), 『나의 도제시절』(공역), 『미국의 인종차별사』(공역) 등이 있다.

지은이 윌리엄 포크너 **옮긴이** 윤교찬 **발행인** 홍예빈·홍유진
발행처 주식회사 열린책들 **주소** 경기도 파주시 문발로 253 파주출판도시
전화 031-955-4000 **팩스** 031-955-4004 **홈페이지** www.openbooks.co.kr
Copyright (C) 주식회사 열린책들, 2022 *Printed in Korea.*
ISBN 978-89-329-1280-6 04840 **ISBN** 978-89-329-1499-2 (세트)
발행일 2022년 8월 25일 세계문학판 1쇄

열린책들 세계문학
Open Books World Literature

각 권 8,800~19,800원